D1720983

BASTEI
LÜBBE

Roberta Latow

Laras Erwachen

Erotischer Roman

Ins Deutsche übertragen
von Cécile G. Lecaux

BASTEI-LÜBBE-TASCHENBUCH
Band 13 852

Erste Auflage: April 1997

Deutsche Lizenzausgabe 1997
Bastei-Verlag Gustav H. Lübbe GmbH & Co.,
Bergisch Gladbach
Originaltitel: Cannonberry Chase
Lektorat: Christiane Wagner/Dr. Edgar Bracht
Titelbild: Bavaria-Bildagentur
Umschlaggestaltung: Quadro Grafik, Bensberg
Satz: KCS GmbH, Buchholz/Hamburg
Druck und Verarbeitung: Brodard & Taupin,
La Flèche, Frankreich
Printed in France
ISBN 3-404-13852-X

Der Preis dieses Bandes versteht sich einschließlich der
gesetzlichen Mehrwertsteuer.

Im Gedenken an eine Freundin,
die Lara ebenfalls geliebt hat

LARA
1969

Kapitel 1

Es war ein Cord, ein schwarzes Sedanca-de-Ville-Automobil, lang und schnittig für ein Modell Baujahr 1931. Lautlos glitt es auf seinen riesigen Weißwandreifen in den Verkehrsstrom. Stilvoll und elegant repräsentierte es für eingeweihte New Yorker altes Geld, die High Society – passend für Emily Dean Stanton, die Frau, die unter dem Lederverdeck hinter dem offenen Fahrerabteil saß.

Jeder Zentimeter die attraktive Frau des gewissen Alters, holte sie eine goldene Puderdose aus ihrer Handtasche, ließ die Schließe aufschnappen – eine kleine Kartusche aus Diamanten und Rubinen –, klappte den Deckel auf und betrachtete sich in dem kleinen Spiegel. Sie war nicht unzufrieden mit dem, was sie sah, berührte aber dennoch mit den Fingerspitzen ihre Wangen und die Haut an den Augenwinkeln. Sie ließ den Spiegel sinken, hob das Kinn und strich sich über den Hals. Dann prüfte sie den Sitz ihres rabenschwarzen Haares, das aus ihrem Gesicht gekämmt und im Nacken zu einem Französischen Knoten geschlungen war. Kein einziges graues Haar war zu sehen, keine einzige Strähne, die nicht so gelegen hätte, wie es sein sollte. Alles perfekt.

Emily Dean Stanton war keine impulsive Frau, neigte nicht zu Temperamentsausbrüchen. Hierin lagen ihre Kraft und Macht. Auch war sie ausgesprochen praktisch veranlagt. Sie lehnte sich in die grauen Worcester-Polster zurück, zupfte die Jacke ihres »kleinen schwarzen Stadtkostüms« von Mainbocher zurecht und nahm den Zobel von den Schultern, um ihn auf den Sitz neben sich zu legen. Dieser praktische Zug veranlaßte sie auch, Rigby, ihren Chauffeur, anzuweisen, bei Laras Schule vorbeizufahren. Sie waren nur wenige Blocks von dort entfernt. Sie hatte auf die Uhr gesehen. Die Kinder müßten etwa um diese Zeit das Schulgebäude verlassen. Sie würde ihre Tochter abholen.

Rigby parkte den Cord in zweiter Reihe hinter mehreren anderen Wagen. Einige Minuten verstrichen, ehe die Mädchen in ihren Schuluniformen, mit Büchern und Schultaschen beladen, durch die reich verzierten Eichentüren auf die Straße hinaustraten. Einige entfernten sich rasch, hatten es offenbar eilig fortzukommen, während andere sich Gruppen von Freundinnen anschlossen. Emily kurbelte das Seitenfenster herunter. Sie betrachtete ihre eigene lange, schlanke Hand, elegant bis zu den ovalen, rubinrot lackierten Nägeln. Kaum die Hand einer Frau ihres Alters. Emily machte es nichts aus zu altern, aber sie war entschlossen, sich ihr gepflegtes Aussehen und ihren Chic zu erhalten. Sie genoß es, die Stanton-Matriarchin zu sein, als die amerikanische Herzogenwitwe der New Yorker High Society bezeichnet zu werden. Das war ihr Leben.

Sie beugte sich aus dem bequemen Rücksitz vor, um aus dem Fenster zu sehen. Dort waren die Mädchen. Laut plappernd nahmen sie ihre Schulkrawatten ab und stopften sie in ihre Jackentaschen, um dann, ihre beste Freundin untergehakt oder auch allein, in alle Richtungen auszuschwärmen. Irritierende Wesen. So völlig unelegant. Und was für eine Peinlichkeit: eine Frau ihres Alters, die nicht gekommen war, ihre Enkelin abzuholen, sondern ihre eigene Tochter. Das Ganze war einfach zu öffentlich. Sie wünschte, Lara würde endlich herauskommen. Weitere Mädchen strömten durch das Portal, und dann kam endlich auch Lara, gefolgt von ihrer besten Freundin Julia. Lara hob sich von dem Gewimmel junger Mädchen ab, die zwitscherten wie eine Schar doch langweiliger grauer Vögel. Sie besaß Präsenz, eine Art sinnlichen Strahlens, das sie von den anderen Mädchen unterschied. Emily registrierte es überrascht. Sie hätte es bei weitem vorgezogen, wenn ihre Tochter sich unauffällig in die Schar eingefügt hätte. Sollte sie doch nur ein weiteren Vogel unter vielen sein, wenn sie schon diese Schule besuchen mußte.

Zwei Mädchen liefen über die Straße und kletterten in den Fond des Cadillacs, der direkt vor ihnen parkte. Emily fühlte, wie der Motor des Cord schnurrend zum Leben erwachte. Als Rigby den ersten Gang einlegte, hielt sie ihn durch die Gegensprechanlage zurück. »Danke, Rigby, aber bleiben wir einfach hier stehen.«

»Soll ich Miss Lara holen?«

»Ich denke, nein.«

Emily lehnte sich wieder zurück, vor neugierigen Blicken verborgen. Fasziniert beobachtete sie ihre Tochter durch das offene Fenster. Lara nahm den grauen Filzhut ab und stopfte ihn gemeinsam mit ihrer Krawatte in ihre Schultasche. Ihr silbrigblondes Haar glänzte in der Nachmittagssonne. Emily sah, wie Lara nach hinten langte, um das grobgerippte, graue Seidenband zu lösen, mit dem ihr Haar zum Pferdeschwanz gebunden war. Das Mädchen schüttelte seine Lockenmähne. Ein verschmitztes Glitzern trat in ihre grünen Augen, als sie einen Lippenstift aus der Tasche zog. Ohne Spiegel trug sie den blassen Pfirsichton auf und reichte dann den Stift an Julia weiter, die es ihr gleichtat. Lara zog ihre Jacke aus und hängte sie sich lose über die Schultern, um anschließend die obersten Knöpfe ihrer über den Brüsten spannenden weißen Baumwollbluse zu öffnen. Vor den Augen ihrer Mutter verwandelte sie sich von einem braven Schulmädchen in eine aufreizende junge Frau. Die beinahe unanständige Schönheit des Mädchens war viel zu auffällig. Emily bemerkte Rigbys Blick. Sie fand das ganz und gar nicht amüsant.

Sie hatte schon vorher Anzeichen von Laras erblühender Weiblichkeit bemerkt, aber noch nie auf offener Straße. Es machte sie ganz krank. Ihr Zuhause war der angemessene Ort für die sinnliche, aufreizende Schönheit und den unwiderstehlichen Charme ihrer Tochter. Sollten sie die Männer der Familie und ihre Freunde betören. Draußen in der Welt stellten sie, das spürte Emily, eine Gefahr für Lara und die ganze Familie dar. Emily duldete keine Schwierigkeiten innerhalb der Familie. Die Antwort lag natürlich bei der Schweiz. Auf eine gute, strenge Schule für höhere Töchter war Verlaß.

Sie würde noch an diesem Abend mit ihrem Mann Henry sprechen. Und mit David. David, ihr Neffe, lebte bei den Henry Garfield Stantons, seit seine Eltern, als er erst fünf Monate alt gewesen war, bei einem Autounfall ums Leben gekommen waren. Sein Vater war Henrys Bruder gewesen. David war für Emily und Henry wie ihr ältester Sohn. David hatte größeren Einfluß auf Lara als ihre Geschwister. Er betete sie an; ebenso wie Henry und die anderen Kinder. Sie hatten sie verwöhnt. Nur Emily hatte eine gewisse Immunität gegen Laras Charme und ihr Bedürfnis nach Liebe entwickelt.

Emily beobachtete, wie Lara und Julia sich vom Wagen entfernten. Die Mädchen hatten den Cord nicht bemerkt. Emily war erleichtert. Sie kurbelte das Fenster wieder hoch und lehnte sich zurück. Sie nahm eine kleine silberne Thermosflasche und ein geschliffenes Kristallglas aus einem Fach. Ein Schluck kalter Martini würde ihr jetzt guttun. Sie kippte ihn herunter. Sie mußte dem Mädchen eine neue Uniform besorgen.

Einige Monate später stürmte Lara in Davids Wohnzimmer.

»Ich muß mit dir sprechen. Ich habe den ganzen Tag versucht ...«

Es war niemand da. Ein Geräusch aus dem Schlafzimmer.

Sie riß die Tür auf und platzte herein, »... dich allein zu erwischen.« Ihr Vetter war splitternackt und keineswegs allein. Ein Teil ihres schockierten Selbst nahm die aparte Schönheit jeder der zwei sinnlichen nackten Frauen wahr, die mit ihm das Bett teilten. Der Anblick ließ sie erstarren und verstummen. Eine erotische Aura erfüllte den Raum wie der schwere Duft eines verführerischen Parfums.

Davids schmutzigblondes Haar war zerzaust, seine Blöße teils von Luan verdeckt, die über ihm kniete, während Myling ihn mit streichelnden Händen und leidenschaftlichen und doch zarten Küssen liebkoste: Er wirkte noch kräftiger, noch unwiderstehlicher und männlicher, umgeben von der Laszivität der beiden Frauen.

Lara mußte zusehen, wie David die glänzenden, blaßrosa Lippen zwischen Mylings langen, wohlgeformten Schenkeln liebkoste, die weit gespreizt waren, um ihre intimste Weiblichkeit dem Streichen seiner Zunge darzubieten. Luans Seufzer und ihr hilfloses Wimmern verrieten, welche Lust sie empfand. Nicht so Myling. Flehen mischte sich unter ihr lustvolles Stöhnen. Sie wollte mehr von David: Sie wollte, daß er sie, mit welchen Mitteln auch immer, auf welche Weise es ihm auch beliebte, in sexuelle Ekstase versetzte.

Und David, Laras Cousin … woher kam dieser Ausdruck auf seinem Gesicht? Er schien völlig abwesend, ganz vertieft in seine zügellosen Sexspiele. Sie spürte, daß sie ihn nie nach der Bedeutung dieses Ausdrucks würde fragen können.

Aber sie wußte außerdem, daß sie noch nie etwas so Erregendes gesehen hatte. Es war überwältigend intim und elektrisierend. Schockierend, aber auch unglaublich schön. Furchteinflößend, weil es etwas völlig Neues in ihr wachrief, ein Gefühl von einer Intensität, die sie nie für möglich gehalten hätte. Etwas in ihr wollte, daß es niemals aufhörte. Ein diskreter Rückzug war unmöglich. Ihr Herz raste, und das Blut rauschte in ihren Ohren. Sie wünschte sich, wie von einem Magneten angezogen, in das Liebesspiel der drei einbezogen zu werden. Das gleiche zu fühlen wie Myling und Luan.

Zum erstenmal regte sich in ihr eine Lust, die bislang nur in Abständen vage aufgeflackert war. Ihre sexuelle Unerfahrenheit war ihr in diesem Augenblick eine Qual. Sie erkannte, daß sie sich danach sehnte, daß ein Mann sie auf die gleiche Art nahm wie ihr geliebter David diese zwei Asiatinnen. Wo sollte sie einen so göttlichen Mann wie ihn finden, der sie von dem befreite, was sie einen Moment als Bürde ihrer Jungfräulichkeit empfand? Sie machte einen Schritt auf das Bett zu.

Sie hatte ihr ganzes Leben Davids Liebe gekannt. Seine brüderlichen Küsse, seine sanften Hände, seine Berührungen, die sie stets als so erregend empfunden hatte, hatten so untrennbar zu ihrem Leben gehört wie das Atmen. Aber jetzt erkannte sie, daß David mehr, noch etwas völlig anderes, zu geben hatte. Wenn auch leider nicht ihr. Zum erstenmal verspürte Lara einen schmerzhaften Stich der Eifersucht, gepaart mit Sehnsucht und körperlichem Verlangen – ein Verlangen, das alles andere auslöschte. Gefühle, die sie verwirrten. Verbotene Erregung.

Als David schließlich bemerkte, daß Lara sein ausschweifendes Liebesspiel beobachtete, war er zu irgendeiner Reaktion gezwungen. Verlegenheit reichte nicht aus. Halb zornig unterbrach er einen Orgasmus, der scheinbar endlos gedauert hatte. Mit großer Sanftheit befreite er sich aus der erotischen Umarmung der beiden Frauen und lehnte sich entspannt in die zerwühlten Kissen mit dem weißen Leinenbezug zurück.

David empfand keinerlei Scham, sich nackt vor Lara zu präsentieren, und es schien ihm auch nicht peinlich zu sein, daß sie ihn bei dieser kleinen Orgie ertappt hatte. Sie war mit vier Jungen aufgewachsen, ihm selbst und ihren drei Brüdern. Es war unausweichlich gewesen, daß sie sie gelegentlich nackt, ja sogar in verschiedenen Stadien der Erregung gesehen hatte. David und Lara hatten sich schon immer völlig offen und frei über Sex unterhalten. Das Band der Liebe, das so eng war wie bei Bruder und Schwester, wurde von der körperlichen Anziehung zwischen ihnen verstärkt. Intime Begegnungen waren unter ihnen etwas völlig Natürliches, und bei diesen Gelegenheiten war David stets besonders darauf bedacht gewesen, seine Gefühle in Schach zu halten und sie nicht über freundschaftliche Zuneigung hinausgehen zu lassen. Nein, Scham gab es zwischen ihnen nicht.

Er war ihr Liebeslehrer geworden, hatte Lara sacht in die Welt der Sinnlichkeit und erotischen Liebe eingeführt, nach der sie sich sehnte. Er hielt es für besser, wenn sie vorbereitet in die Welt der Sexualität ging, fähig, jede erotische Begegnung zu genießen. Besser durch ihn als einen der geilen, lieblosen Universitätstypen, die Schlange stehen würden, sie ins »Laß-uns-miteinander-schlafen«-Syndrom zu stürzen.

Aber soweit er wußte, hatte Lara ihre Brüder noch nie bei richtigem, hartem, zügellosem Sex beobachtet. Wie lange hatte sie schon dort gestanden? Wie viel hatte sie gesehen?

Keine Traumata für Lara. Das war für ihn oberstes Gebot. Er würde dafür sorgen müssen, daß das, was sie gesehen hatte, sie in irgendeiner Weise bereicherte. Er mußte ihr klarmachen, daß darin nichts Häßliches oder Bedrohliches lag. Er wollte, daß sie wußte, welche Freuden die erotische Liebe barg. Welch einzigartige Lust tabuloser Sex bescheren konnte. Wie unbeschreiblich das Eintauchen in das eigene animalische, triebhafte Selbst sein konnte.

Da er stets darauf bedacht war, Lara etwas Wertvolles mit auf den Weg zu geben, erkannte David, daß er sie nun in die Szene, die sie so unvorbereitet beobachtet hatte, einbeziehen mußte. Aber wie? Er wußte instinktiv, daß der beste Weg der war, sich locker und unbekümmert zu geben. Sie durfte ihre erste *voyeuristische* Erfahrung nicht als beschämend empfinden. Er wollte nicht, daß irgend etwas Lara die Freude am Sex verdarb. Er wollte, daß sie den Sex genießen konnte, ihn liebte, an jedem Aspekt der Erotik ebensoviel Spaß hatte wie er selbst. Allerdings zu ihren Bedingungen, und erst, wenn sie bereit dafür war.

Die zwei nackten chinesischen Schönheiten, die sich inzwischen mit dem Laken bedeckt hatten, das ihre verführerischen Rundungen nur bedingt verhüllte, hatten sich eher dekorativ erotisch als aktiv pornographisch an David geschmiegt. Es oblag ihm, sie alle heil aus dieser Situation herauszubringen. Das Mädchen war seine ihn anbetende siebzehnjährige Cousine und nicht die ihre.

David ließ sich Zeit. Er musterte das hübsche, gerötete Gesicht, die schwelenden grünen Augen. Einen Augenblick lang empfand er Trauer, daß das übermütige, schalkhafte Glitzern aus ihnen verschwunden war. Statt dessen las er in den geliebten Augen hungriges Verlangen. Ganz plötzlich war in der kleinen Lara die Frau hervorgebrochen, mit all ihren Bedürfnissen und Wünschen. Sofort änderten sich seine Gefühle für sie. Jetzt liebte er ebenso das Kind wie die Frau. Er fühlte sich ihr näher als je zuvor.

David lächelte Lara zu. »Hi. Nun, da wir alle gemeinsam zu Mittag gegessen haben, bleibt uns wenigstens lästiges Bekanntmachen erspart.« Er wartete ab, wie sie reagieren würde.

Lara sagte keinen Ton, rührte sich nicht. Die Stille schien das erotische Knistern, das in der Luft lag, noch zu verstärken.

Myling, die die Verlegenheit des Mädchens spürte, drückte David einen Kuß auf die Wange und glitt dann aus dem Bett. Das lange, glatte, schwarze Haar verhüllte ihre Nacktheit wie ein Mantel, und sie bewegte sich mit der Anmut einer Gazelle. Sie trat vor Lara und fuhr sacht mit dem Handrücken über ihre Wange. Dann küßte sie sie sanft und sehr zärtlich auf die Wange und strich ihr über das seidige blonde Haar. Lara zeigte keinerlei Reaktion auf die Avancen der Chinesin, vielleicht abgesehen von der Träne in ihrem Augenwinkel. Die sinnliche Myling entfernte die Träne mit der Zungenspitze, küßte das junge Mädchen erneut zärtlich auf die Wange und ging, die Türe zu schließen, die Lara einen Spaltbreit offen gelassen hatte.

Dann kehrte Myling zu ihr zurück, nahm sanft, beinahe zögernd, Laras Hand in die ihre und zog sie, während sie geschickt ihre Bluse aufknöpfte, auf das Bett zu. Wenngleich David nur Augen für Lara hatte, galt seine sexuelle Erregung allen drei Frauen und schien sich trotz seiner Sorge um seine Cousine immer mehr zu steigern. Mylings zärtliche Verführung Laras und Luans Brüste mit den verhärteten Brustwarzen in seinen Händen, ihre Lippen, die zu seinem erneut erigierten Penis hinabwanderten, das alles erregte ihn mehr, als ihm lieb war. Und dann war Lara bei ihm. Wie in Trance kniete sie, bis zu den Hüften entblößt, neben ihm. Seine Hände schlossen sich um ihre vollen Brüste, und er fuhr mit der Zunge über die dunklen Höfe, ehe er fest an den unschuldigen Knospen saugte. »Ich dachte, du liebst mich, nur mich«, hörte er sie verletzt flüstern. Tränen liefen ihr über das Gesicht.

Er küßte sie zärtlich zwischen die Brüste. »Ich liebe dich auch.« Als er sah, wie Myling Lara auf die Kissen drückte und ihr den Rock über die Hüften zog, fühlte er sich plötzlich unbehaglich. Myling machte Lara für ihn bereit. Schlagartig war er ernüchtert. Er warf Myling einen strengen Blick zu und schickte die beiden Chinesinnen aus dem Zimmer. »David, nimm mich, bitte nimm mich. Ich will den Penis eines Mannes in mir fühlen, ich will dasselbe fühlen wie vorhin Myling und Luan. Liebe mich, David, so wie du sie geliebt hast.«

Er küßte und streichelte Lara und versuchte, sich von der Lust abzulenken, die ihre Hände in ihm weckten, indem er ihr die Bluse über die Schultern zog. Sie liebkoste seinen noch erigierten Penis und nahm zum erstenmal diesen Körperteil, den sie bis zu diesem Augenblick immer ein wenig lächerlich gefunden hatte, Zentimeter für Zentimeter in den Mund. Nachdem sie ihn eine Weile mit Lippen und Zunge liebkost hatte, begann sie mit dem gleichen natürlichen Hunger daran zu saugen wie ein Kind an der Mutterbrust. Beide Hände um sein Glied gelegt, blickte sie auf und flehte: »Was sollen wir tun? Ich sehne mich mindestens so sehr wie diese zwei Frauen danach, daß du mich liebst.«

»Ich liebe dich mehr als sie, Lara. Aber ich kann keinen Sex mit dir haben. Jetzt nicht, niemals. Nicht die Art von Sex wie mit ihnen und anderen Frauen. Das hast du immer gewußt.«

Ehe er noch etwas sagen konnte, war Lara aufgesprungen und aus dem Zimmer gelaufen. Tränen der Verzweiflung strömten ihr über die Wangen. Sie fühlte sich zutiefst verletzt und zurückgewiesen.

David ließ sich unter Dusche Zeit. Er war keineswegs unsicher, wie er sich Lara gegenüber verhalten sollte. Er zog den grauen Frotteebademantel mit der weißen Bordüre über und steckte ein hübsch verschnürtes Päckchen von Cartier in die Tasche. Barfuß ging er den Flur hinunter zu Laras Zimmer. Er klopfte an die Tür. Keine Antwort. Er klopfte erneut und trat ein.

»Ich möchte nicht mit dir sprechen, David.«

»Gilt das nur für jetzt oder für immer?« fragte er mit einem Lächeln auf den Lippen.

»Vielleicht nicht für immer. Aber von jetzt an wird es zwischen uns nie wieder so sein wie früher.« Er verspürte bei diesen Worten einen Stich, denn er wußte, daß sie recht hatte. Dann trat er an ihr imposantes Vierpfosten-Bett. Lara lag quer darüber, in einem weißen Baumwollmorgenmantel, der an den Ärmeln und um den Hals herum verknittert und vorn geknöpft war. Sie sah sehr jung und verwundbar aus in dem Mantel, der ihren verführerischen Körper verbarg, der so bereit war für die Liebe und sich so verzweifelt nach Sex sehnte.

Ihr auffallendes platinblondes Haar war wie ein silbriger Fächer über das Kissen gebreitet; die sinnlichen, verführerischen grünen Augen sandten nur eine Botschaft aus: ihr Verlangen nach körperlicher Liebe.

David nahm die Botschaft mit gemischten Gefühlen auf. Er legte sich zu ihr auf das Bett, nahm sie in seine Arme und zog sie mit sich gegen die Kissen, bis sie halb sitzend am Kopfende des Bettes lehnten. Lara versuchte wortlos, sich aus seinem Griff zu befreien, aber je mehr sie sich wehrte und wand, desto fester packte er zu.

»Das ist doch lächerlich, Lara. Wir müssen reden«, sagte er leise. Er strich ihr über das Haar und küßte sie auf die Wange. Er knöpfte die Perlmuttknöpfe ihres Morgenmantels auf und streichelte mit der freien Hand ihre Brust. Das schien sie zu beruhigen, und unter seinen Liebkosungen und Küssen gab sie die Gegenwehr bald auf.

»Ich dachte, du liebst mich«, sagte sie schließlich.

»Wie kannst du daran zweifeln? Dir muß doch klar sein, daß ich, gerade weil ich dich so sehr liebe, immer derjenige sein wollte, der dir dabei hilft, deine eigene Sexualität zu entdecken. Der dir zeigt, wie wunderbar die Freuden des Fleisches sein können. Dich lieben? Das werde ich immer, aber jetzt, an diesem Nachmittag, müssen wir unserem Verlangen ein Ende machen. Wir sind so weit gegangen, wie es uns beiden nur möglich war, Lara. Du hast immer von meiner Schwäche für Frauen gewußt, es wird also kaum eine traumatische Erfahrung für dich gewesen sein, mich heute nachmittag bei meinen Sexspielen zu überraschen. Ich lasse nicht zu, daß du dir das einredest.«

»Habe ich behauptet, daß ich schockiert wäre? Hatte es den Anschein, als wäre ich entsetzt? Bin ich weggelaufen?«

Jetzt kam ihr Stolz ins Spiel, wie David mit Erleichterung registrierte. Das Folgende würde leichter sein, als er erwartet hatte. Wieder dieses kindliche Schmollen! Er knöpfte Laras Morgenmantel wieder zu und schenkte ihr das verführerische

David-Stanton-Lächeln, das ihn bei den Frauen so beliebt machte und mit dessen Hilfe er alles erreichte, was er wollte.

»Es war doch vielmehr genau das Gegenteil, oder? David?« Die Überheblichkeit in ihrer Stimme, der Anflug von Arroganz hinter ihren Augen schwanden, und etwas zögernd fuhr sie fort. »Ich will ein Sexleben wie Myling und Luan. Ich war so eifersüchtig auf sie! Ich war am Boden zerstört, als du mich zurückgewiesen hast. Sicher kenne ich die Gründe. Aber David, nur dieses eine Mal … es hätte mir so viel bedeutet.« Tränen traten ihr in die Augen, aber sie zwang sich fortzufahren. »Was soll ich denn mit all meinen erotischen Gefühlen machen? Soll ich sie an irgendeinen Typen verschwenden, der mir nicht das geringste bedeutet? Kein sehr verlockender Gedanke, nachdem ich meine bisherigen lustvollen Augenblicke mit jemandem geteilt habe, den ich liebe. Wenn du mich nicht nimmst, wer soll es dann tun? Willst du einen Liebhaber für mich auswählen? Vielleicht einen deiner ach so sexy Freunde? Das bezweifle ich doch sehr.«

»Du hast recht. Ich habe dir keinen meiner Freunde zugedacht. Aber andererseits täuschst du dich auch, ich habe nämlich tatsächlich jemanden für dich ausgewählt. Ich glaube, er ist der ideale Mann für dich – zumindest in der aktuellen Phase deines Lebens. Ein Mann, mit dem du glücklich sein wirst. Jemand, der dich liebt und dich schon immer begehrt hat. Deine erste Erfahrung mit Sex solltest du wenn möglich mit jemandem haben, der dich liebt. Wenn du ihn willst, wird er ganz sicher nicht nein sagen. Du weißt schon, ein Nicken, ein aufreizender Kuß … Das kleinste Zeichen deiner Bereitwilligkeit wird genügen.«

Lara lachte. In ihrem Lachen schwangen Unsicherheit mit und mehr als nur ein Anflug von Zorn.

»Was ist denn so komisch?«

»Nicht komisch. Pathetisch.«

»Okay, was ist so pathetisch?«

»Du. Dadurch, daß du einen Liebhaber für mich suchst, ist das Problem meines Verlangens nach dir gelöst. Damit bist du aus dem Schneider. Und natürlich wird auf diese

Weise auch der gute alte moralische Standard der Stantons gewahrt.«

Sie rückte von ihm ab und legte ihm eine Hand auf die Lippen. »Nein, kein Wort mehr darüber. Ich könnte es nicht ertragen. Eines Tages wirst du dich ebensosehr nach mir sehnen, wie ich mich nach dir gesehnt habe, und dann werde *ich* für *dich* jemand anderen aussuchen. Bis dahin wirst du wohl nicht begreifen, welchen Schmerz ich in diesem Augenblick empfinde. – O Gott, ich will nicht mehr über uns nachdenken. Laß uns nie wieder davon sprechen. Sag mir nur, wer dieser Mann ist, den du zu meinem ersten Liebhaber auserkoren hast. Wen hast du als Ersatzhengst für dich ausgewählt?«

Sie nahm die Hand weg, damit David sprechen konnte. Aber er schwieg und musterte sie eindringlich. Beinahe glaubte sie, er würde schwanken in seinem Entschluß, sie einem anderen zu überlassen. Hoffnungsvoll hielt sie die Luft an. Aber sie erkannte, daß es vergeblich gewesen war, als er schließlich antwortete. »Sam Fayne. Und ich habe mir die Wahl nicht leicht gemacht. Er kennt dich beinahe dein ganzes Leben. Ihr seid die besten Freunde. Er betet dich an. Er sieht gut aus, ist ein netter, liebenswerter Kerl, und du könntest mit ihm eine wunderbare Affäre haben und deine sexuellen Phantasien ausleben. Ich habe versucht, dafür zu sorgen, daß du alles bekommst, Lara. Nimm ihn für solange, wie es dir Spaß macht.«

»Ich glaube es einfach nicht! Der Junge von nebenan. Du bist noch erbärmlicher, als ich dachte. Ich will ein aufregendes, prickelndes Abenteuer. Einen Hauch von Lasterhaftigkeit, wie ich ihn heute nachmittag gesehen habe. Und du willst mich mit meinem besten Freund verkuppeln.«

»Sei nicht so eine trotzige, kleine Besserwisserin, Lara. Er hat schon andere Frauen gehabt, und glaub mir, nach allem, was ich gehört habe, wirst möglicherweise du *seinen* Ansprüchen nicht gerecht.«

David bereute seine Worte, kaum daß er sie ausgesprochen hatte. Das Kind brach wieder aus der sinnlichen jungen Frau hervor. Wieder füllten ihre Augen sich mit Tränen. Rasch zog er sie in die Arme und sagte leise: »Es tut mir leid, so schrecklich leid. Es war gemein von mir, so etwas zu sagen. Aber du machst es mir nicht gerade leicht. Du *bist* aufregend. So aufregend, daß ich dich begehre, wenn ich dich nur in die Arme nehme. Meine Phantasien sind voll von dir. Andere Frauen sind mir nicht genug. Du kannst dir nicht vorstellen, wie sehr ich mir wünsche, mit dir zu schlafen, was ich mir alles vorstelle, mit dir zu tun. Der Gedanke, daß ein anderer dich in die Welt der körperlichen Liebe einführt, macht mich rasend vor Verlangen nach dir.« Plötzlich war es um seine Selbstbeherrschung geschehen. Er krallte die Finger in ihr Haar, zog sie auf sich und küßte sie leidenschaftlich. Die Worte, die sie hören wollte. Die Küsse, von denen sie wünschte, sie würden niemals enden. Sie fühlte ihre Macht über David und genoß dieses Gefühl. Selten hatte sie solche Macht über einen anderen Menschen gehabt. Es gefiel ihr, und in diesem Augenblick wurde Lara Stanton zur Frau.

David, der ein Gespür hatte auch für die leisesten Veränderungen bei Frauen, vor allem in Momenten großer Leidenschaft, zwang sich zurück in die Wirklichkeit des Augenblicks. Dies war sein und Laras großer Abschied als Liebende. Er rückte leicht von ihr ab und betrachtete sie. Ihre Augen waren geschlossen, und sie zitterte. »O ja, ja«, hauchte sie. David schob eine Hand unter ihren Morgenmantel, fand ihre weiche, feuchte Scham und liebkoste sie, bis er fühlte, wie sie ihren ersten kindlichen Orgasmus erlebte.

David strich mit den Finger über ihre Lippen und leckte Laras Feuchtigkeit von ihnen, während sie noch von den langsam verebbenden Wellen der Ekstase geschüttelt wurde. Als sie schließlich die Augen aufschlug, saß er am Bettende. Lara würde den Blick, den sie tauschten, als den traurigsten ihres Lebens in Erinnerung behalten. Es war vorbei, dieses besondere, geheime Etwas, das sie schon immer füreinander empfunden hatten. Aus. Sie zupfte ihren Morgenmantel zurecht, glitt vom Bett und ging zur Frisierkommode. Sie nahm die Bürste mit dem silbernen Griff und begann, sich das

Haar zu bürsten. Dann kehrte sie zum Bett zurück und setzte sich zu ihm

»Freunde?« fragte er.

»Beste Freunde.«

Er nahm ihr die Bürste aus der Hand und ersetzte sie durch das längliche Cartier-Kästchen, ehe er selbst fortfuhr, ihr Haar zu bürsten. »Mach es auf. Es wird dir gefallen.«

»Wofür soll das sein?«

»Seit wann brauche ich einen besonderen Anlaß, um dir mit etwas Hübschem eine Freude zu machen?«

Sie lächelte und riß das rote Geschenkpapier auf. Ein goldenes Armband, ein Kettchen aus länglichen Gliedern. Er legte es ihr um. Lara war ganz aus dem Häuschen. »Mutter hat recht, du verwöhnst mich. Aber versprich, daß du nie damit aufhörst. O David, es ist wunderschön.«

Er lachte. »Ich werde ebensowenig damit aufhören wie Steven, Max oder John. Und Elizabeth ist von uns allen die schlimmste. Nein, das nehme ich zurück, Euer Ehren, dein Vater ist der größte Übeltäter. Hast du nicht Glück, daß du das Nesthäkchen der Familie bist?«

»Ich weiß nicht.«

»Hör auf mich, Lara, stell es nie in Frage. Du bist ein Goldmädchen, ein Stanton-Goldmädchen, verwöhnt und verhätschelt, schön und sexy. Und die Welt liegt dir zu Füßen. Du bist intelligent und witzig und hast eine solide Familie im Rücken. Geh hinaus in die Welt und greif dir dein Glück. Das tun alle Stantons. Dabei fällt mir ein, daß ich mich um die Zwillinge kümmern muß.«

»Du gehst zu ihnen zurück?«

»Ja.«

»Wirst du da weitermachen, wo du unterbrochen wurdest? Wirst du wieder mit ihnen schlafen?« fragte sie ruhiger, als er erwartet hätte.

»Ich werde gar nicht erst versuchen, dir etwas vorzumachen, Lara. Ja, sie machen mich immer noch an.«

Sie war selbst überrascht davon, daß der Gedanke an David und die beiden sinnlichen Zwillinge sie nicht länger störte. Sie hatte immer auf seinen Rat gehört, und er hatte sich nur höchst selten als falsch erwiesen. Sie würde ausziehen und Liebe suchen, einen Partner, der sie nicht zurückwies. Sie ging zur Tür und hielt sie für ihn auf. »Dann solltest du sie nicht länger warten lassen.« Als er an ihr vorbeiging, stellte sie sich auf ihre Zehenspitzen, drückte ihm einen Kuß auf die Wange und bedankte sich für das Armband.

»Sei vorsichtig, da draußen. Wenn du das Bedürfnis hast zu reden, werde ich immer für dich da sein, so wie auch die anderen.« Er drückte ihre Hand. In gewisser Weise verließ er sie, ganz gleich, was er sagte. Und auch wenn sie sich dagegen sträubte, versetzte ihr dies einen schmerzhaften Stich.

Lara kehrte zurück in ihr Zimmer. Sie legte sich auf die Chaiselongue und deckte sich mit einem Cashmere-Plaid zu, der mit rosafarbener, mit Rosen bestickter Bordüre eingefaßt war. Sie hielt den Arm hoch, um ihr neues Armband zu betrachten. Es glitzerte im Nachmittagslicht, das gefiltert durch die weißen Seidenvorhänge fiel. Es war wunderschön. Ihre Gedanken kehrten immer wieder zu der Sexszene in Davids Zimmer zurück. Wieder stieg Erregung in ihr auf. Welch lustvollen Spielen mochten die drei sich gerade hingeben? Ihre Phantasie ging mit ihr durch. Und Myling ... noch nie hatte eine Frau solch erotische Gefühle in ihr geweckt wie die Chinesin, als sie Lara bedeutet hatte, sich ihrer Orgie anzuschließen. O David, du hättest mir diese Erfahrung gestatten sollen. David ... sein Geschmack in ihrem Mund, das bittersüße Sehnen, ihn zu fühlen. Sie verzehrte sich danach, ihn in sich zu spüren, zu fühlen, wie er immer wieder tief in sie eindrang, so wie er Luan genommen hatte.

Während sie versuchte, ihre Frustration und das Gefühl der Zurückweisung und Einsamkeit niederzukämpfen, fühlte Lara, wie sie in ein dunkles emotionales Loch stürzte. Es zog sie immer tiefer hinab. Ein häßliches, verzweifeltes Gefühl. Sie haßte es. Sie wollte oben sein, ganz oben. Ob David recht hatte? Sehnte sie sich nach einem Mann, nach Sex und nicht wirklich nach ihm? Sie befaßte sich näher mit diesem Gedanken. Ein halbes Dutzend junger Männer, die ihr nachgelaufen waren, kamen ihr in den Sinn. Sie stellte sich vor, mit ihnen zu schlafen. Es erregte sie. Sie konnte an nichts anderes mehr denken als an Sex. Ihr Bedürfnis danach schien unstillbar.

Sam? Vielleicht hatte David recht. Sie dachte an seine Küsse. Nicht schlecht. Seine Hände. Ganz okay. Sie hatte ihn nicht ausgelacht, als sie seine Erregung gefühlt und er sie angefleht hatte, es mit ihm zu tun. Andererseits hatte sie ihn auch nicht ganz ernst genommen. Ihr war das alles vorgekommen wie Kinderkram, Experimentiererei. Sie hatte es nie als wirklichen Sex betrachtet. Schon gar nicht im Vergleich zu den erregenden Gefühlen, die sie stets bei David empfunden hatte. Oder im Vergleich zu dem, was sie an diesem Nachmittag beobachtet hatte und wonach sie sich in eben diesem Moment verzehrte.

Sie schwor sich, nie wieder Zurückweisung und Einsamkeit zu fühlen. Das hob ihre Stimmung. Sie konnte den Gedanken an diese geistigen Zwillinge ihres Gefühlslebens ebensowenig ertragen wie den an die menschlichen Zwillinge Myling und Luan in sexueller Ekstase. Sie zog sich an und floh zum Tenniscourt auf dem Dach des Anwesens in der Fifth Avenue.

Lara gesellte sich zu ihrem Vater, Henry Garfield Stanton, ihren drei Brüdern Steven, Max und John sowie Mr. Chou Lee, dem Freund ihres Vaters. Der Vater der Zwillinge war ein alter Freund der Familie, seit den Tagen, da Henry Stanton ein Flug-As gewesen war, ein Flying Tiger im Kampf gegen die Japaner im Zweiten Weltkrieg. Inzwischen war Mr. Chou Lee zu einem der wohlhabendsten Industriellen Hong Kongs avanciert. Warum fragte er nicht, wo seine Töchter steckten? Wieder verspürte Lara ein Aufkommen von Eifersucht. Die Abwesenheit der Zwillinge erinnerte sie an das, was sie versäumte. Einen Moment lang haßte sie David beinahe ebenso sehr, wie sie ihn liebte.

Ihre Mutter, Emily Dean Stanton, und ihre Schwester Elizabeth, die Gräfin von Chester, lieferten sich ein hitziges Match. Elizabeths Mann Jeremy, der Graf von Chester, begrüßte Lara mit den Worten: »Scheint, als würde dieser ehrgeizige Zug der Stantons Krieg bedeuten. Zumindest aber ein Duell auf Leben und Tod, ob mit Tennisschlägern, Golfschlägern oder im Geschäft. Spielt ihr Stantons eigentlich nie aus Spaß an der Freude?«

»Spaß ist der einzige Grund, irgend etwas zu spielen, Jeremy. Aber bei den Stantons sind Spaß und Gewinnen Synonyme«, bemerkte sein Schwiegervater. Er legte seiner Tochter einen Arm um die Schultern und küßte sie auf die Wange.

»O Henry, erspare mir die Stanton-Maxime zum Siegerwillen. Damit deckt Elizabeth mich reichlich ein.« Henry lachte. Er konnte es sich leisten: er und seine Familie waren berühmte Gewinner. Lara entspannte sich an der Seite ihres Vaters, dankbar für seine Zuneigung, seine Körperwärme, seine Unterstützung. Auch galt ihr die Aufmerksamkeit ihrer Brüder, die sie begrüßten und freundschaftlich neckten. John nahm ihre Hand und hielt sie fest. Die Blicke aller blieben auf das Duell auf dem Court gerichtet. Umgeben von ihrer Familie, fiel die düstere Laune von Lara ab.

Matchball, und dann war es vorbei. Emily Stanton warf lachend ihren Schläger in die Luft und fing ihn wieder auf. Elizabeth sprang über das Netz und umarmte ihre Mutter, aber sie lächelte nicht, sondern schüttelte nur bewundernd den Kopf und überlegte, wie sie das nächste Match gewinnen könnte.

Zwei ihrer Brüder eilten ihrer Mutter entgegen, küßten sie und nahmen ihre Plätze auf dem Court ein, kampfbereit. Diese ausgeprägte Wettkampfmentalität war die Norm in der Familie Stanton. Sie pulsierte im Blut eines jeden Stanton wie Adrenalin, und die selbst taten alles, sie sich zu erhalten und zu schüren.

Elizabeth und ihre Mutter gesellten sich zu den Zuschauern und nahmen zwei große Gläser Tom Collins – Emilys Lieblingsgetränk nach dem Tennisspielen – und das Lob für ihr Spiel entgegen. Laras Mutter bemerkte als erste die Veränderung an ihr. Sie mußte sehr auffällig sein, da sie sofort eine Bemerkung dazu machte.

»Lara, wie erwachsen du doch in letzter Zeit geworden bist. Eine junge Frau und nicht mehr unser kleines Mädchen.« Jetzt richteten sich die Blicke aller auf sie. Ihr Vater trat ein paar Schritte beiseite. Sie hätte sich am liebsten wieder in seine Arme geflüchtet. Ihre Mutter hakte nach. »Du scheinst über Nacht zu einer attraktiven jungen Dame aufgeblüht zu sein. Du bist nicht mehr unser kleines Baby. Ich denke, ich werde etwas tun müssen. Dich in die Gesellschaft einführen, mit dir einen Sommerball besuchen und etwas mit dir herumreisen.«

Lara verübelte ihrer Mutter ihren Tonfall. Er gab Lara das Gefühl, als wäre sie nur eine von Emilys zahlreichen Wohltätigkeitsprojekten, die organisiert und ausgeschöpft werden mußten, um ihren Freunden beträchtliche Summen aus der Tasche zu ziehen. Nur daß es in diesem Fall darum gehen würde, die amerikanische High Society wissen zu lassen, daß nach Elizabeth nun eine zweite Erbin und Anwärterin auf Emilys Titel als Grande Dame der amerikanischen High Society bereitstand. Und der Blick, mit dem sie ihr jüngstes Kind bedachte – Liebe? – Nun, vielleicht war es das, aber jedenfalls eine Liebe auf Armeslänge, von jener Art, wo Nannies, Chauffeure und Privatschulen die Lücken ausfüllten. Die Art von Liebe, bei der es Brüdern und Schwestern anstelle von Mama oblag, das Nesthäkchen mit Liebe zu überhäufen.

Wird Mama mich je mit denselben stolzen, liebevollen Blicken betrachten, mit denen sie spontan meine Brüder ansieht und Elizabeth, ihre Erstgeborene und ihr Lieblingskind? Wieder dieselbe alte, nagende Frage. Ihr ganzes Leben hatte sie ihre Mutter sagen hören: »Baby verlangt zu viel Aufmerksamkeit«; »Unser Baby wird zu sehr mit Liebe überhäuft«; »Sie ist zu eitel, zu egoistisch«. Nun, vielleicht stimmt das sogar, Mama, aber an dich reiche ich nicht heran. Und Lara fragte sich, welche Geheimnisse ihrer Mutter hüten mochte. Jeder liebte, verehrte oder fürchtete Emily Dean Stanton. Sogar Lara.

Sie hörte ihre Schwester sagen: »Du kannst auf uns zählen, was die Londoner Saison betrifft, nicht wahr, Jeremy? O, das wird ein Spaß.«

Jetzt fühlte sie sich erst recht zum guten Zweck herabgesetzt, dem die beiden Frauen sich widmen wollten. Alle verfolgten wieder das Geschehen auf dem Court, auch Lara. Konzentration auf die Familienmanie: Tennismatches. Aber das Spiel vermochte sie nicht zu fesseln; ihr sexuelles Verlangen überlagerte alles andere. Sie setzte sich zu ihrem Bruder Max. Sie sahen einander an und lächelten. »Ich bin immer so froh, wenn du zu Hause bist, Max.« Sie drückte ihn, und Tränen der Erleichterung stiegen ihr in die Augen, als sie die Arme eines Mannes um sich fühlte, der ihre Zuneigung erwiderte. Aber sie schluckte die Tränen wieder herunter.

Max zauste ihr das Haar. »Du wirkst so verändert, Baby. Mom hat ganz recht.«

Albert, der Butler, verkündete, daß im Dachpavillon der Tee serviert wäre. Irgendwie gelang es der mütterlichen Autorität, das Spiel zu unterbrechen. Im Pavillon standen silberne Platten mit Bergen köstlicher Gurkensandwiches bereit: kleine Quadrate dick mit Butter bestrichenen dunklen Brotes, hauchdünn, mit noch dünneren Gurkenscheiben belegt. Die Sandwiches schmolzen förmlich auf der Zunge. Dazu gab es mundgerechte Häppchen Toast mit gefüllten Schinkenröllchen. In barocken französischen Silberkörbchen, die mit spitzenumrandeten, weißen Leinenservietten ausgelegt waren, türmten sich Teeplätzchen, Sauerteigfladen und Scones, die mit Devonshire-Sahne und Erdbeermarmelade gegessen wurden. Eine Madeira- und eine Kokosnußtorte lockten von antiken gläsernen Kuchenplatten von Gallé. Es gab Madeleines, Florentiner und eine Tarte Tartin, deren dicken, karamelisierten Apfelhälften nicht einmal die angespannten männlichen Kontrahenten widerstehen konnten, die sich ausnahmsweise geschlagen gaben vor den gastronomischen Köstlichkeiten.

Der Butler servierte den Tee aus einer georgianischen Silberkanne und ein Dienstmädchen aus einer zweiten den Kaffee. Außerdem stand in einem Queen-Anne-Krug Heiße Schokolade bereit. Lara, die im Augenblick weder mit sich selbst noch mit ihrem Leben sonderlich zufrieden war, neidete den anderen ihre blendende Laune. Gelächter und ungekünstelter Charme schienen um die Teetafel herum zu strömen. Lara versuchte, sich zusammenzunehmen und ihre Familie und deren Freunde objektiv zu betrachten. Sie waren eine so fröhliche, lockere, gutaussehende und vitale Gruppe in ihrer weißen Tenniskleidung und den Strickpullovern mit V-Ausschnitt, strahlten solche Gesundheit und Dynamik aus. Sie mußte sich eingestehen, daß sie alle interessanter und vitaler waren als sie selbst oder die meisten anderen Leute, die sie kannte. Lara fand ihr Leben plötzlich langweilig. David hatte wie gewöhnlich recht. Es war an der Zeit auszuziehen, die Welt zu entdecken und sich einen Liebhaber zu suchen, sich ein erfülltes Sexleben zuzulegen. Alle Anwesenden hatten es schon getan. Sie mußten irgendwann in ihrem Leben an demselben Punkt angelangt sein, an dem nun sie stand. Sie alle waren erwachsen geworden. Und sie würde es auch werden. Sie fühlte sich vorübergehend besser. Lara ließ sich eine zweite Tasse Tee einschenken und nahm sich ein weiteres Gurkensandwich. David erschien gerade noch rechtzeitig für das letzte Stück Tarte Tartin und bot Lara auf seiner Gabel einen Bissen an. Sie erstickte beinahe daran, als der Vater der Zwillinge fragte: »Was hast du mit meinen Mädchen gemacht, David?«

War es nur Einbildung, oder sah sie tatsächlich wissende Erleichterung auf den Gesichtern ihrer Brüder, als David entgegnete: »Ich habe sie bei Bergdorf abgesetzt. Sie meinten, sie hätten für heute abend nichts anzuziehen.«

Alle außer Lara lachten. Die Zwillinge, beide mit Hongkonger Millionären verheiratet, waren berühmt für ihren Chic. Sie waren mit unzähligen Louis-Vuitton-Koffern angereist sowie mit zwei Mädchen, deren einzige Aufgabe darin bestand, die Garderobe ihrer Herrinnen in Ordnung zu halten und ihnen beim Ankleiden zu helfen. Laras Gedanken kreisten um Max, Steven und John und den Blick, den sie mit David gewechselt hatten. Hatten sie sich ebenfalls von Mr. Lees Töchtern verwöhnen lassen? Erneut stieg Eifersucht in Lara auf. Sie verachtete diese Empfindung, weigerte sich, ihr nachzugeben, und bemühte sich, sich von ihr freizumachen.

Warum fühlte sie sich so betrogen, so von den Männern der Familie verlassen? So isoliert von intimer Liebe. Wäre sie doch bloß nicht in Davids Zimmer gestürmt. Hätte sie doch bloß nicht auf ihren Gesichtern diesen Ausdruck sexueller Ekstase gesehen. Wie naiv sie doch gewesen war, was Sex, seine Motivationen und ihre Phantasien betraf. Jetzt wußte sie, daß es nicht nur Hirngespinste oder Filmfiktionen waren. Ausschweifender Sex wurde von Männern und Frauen praktiziert, die ebenso geliebt und respektiert wurden wie ihre eigene Familie. Und von geistreichen, schönen Frauen, nicht nur von gekauften Huren.

Es war Henry Stanton, der Lara in die Wirklichkeit zurückholte. »Zu schade, das mit dem Gold Cup.« Er setzte sich zu ihr, beugte sich vor und nahm sich einen Scone, den er auf seinen Teller legte und aufbrach. Lara löffelte Schlagsahne für ihn aus der silbernen Schale. Er wandte sich ihr zu und lächelte. Seit sie alt genug war, bereitete Lara beim Nachmittagstee einen Scone für ihn zu. Ein gehäufter Löffel Erdbeermarmelade krönte seine liebste Süßspeise. Sie sah zu, wie er in das Gebäck biß. Lara liebte ihren Vater, sein gutes Aussehen, seine Autorität und seine Herzensgüte. Er war der mächtigste Mann, den sie kannte: Sie maß alle anderen an ihm.

»Ich war verdammt sicher, daß du dir in diesem Jahr die Segeltrophäe holen würdest.« Er stellte seinen Teller auf den Kaffeetisch. Dann legte er seiner Tochter den Arm um die Schultern und richtete das Wort an die anderen. »Dieses Mädchen segelt allen Söhnen der Familie davon und auch den meisten Clubmitgliedern, Chou. Ich bin überrascht, daß nicht wir Champagner aus dem goldenen Clubpokal schlürfen. Nun, vielleicht nächstes Jahr.«

Lara hätte ihn umarmen mögen, dafür, daß er keine Spur von Enttäuschung zeigte. Statt dessen begnügte sie sich damit, sich an ihn zu lehnen. Er zog diskret seinen Arm zurück und rückte von ihr ab, um nach seiner Tasse und Untertasse zu greifen. In diesem Augenblick bot Henry Garfield Stanton Lara nicht die Zuneigung, derer sie bedurfte. Es kam oft vor, daß er sich zurückzog, wenn sie emotional seine Unterstützung suchte. Und doch konnte er zuweilen auch überschwenglich sein in seinen Zuneigungsbekundungen. Sein Stolz auf seine jüngste Tochter konnte grenzenlos sein. In letzter Zeit war Lara aufgefallen, daß er sich immer dann zurückhaltend verhielt, wenn ihre Mutter in der Nähe war. Es war beinahe so, als könne er niemanden sonst lieben außer seiner Frau.

»Baby, du hattest es in der Tasche, du hattest es beinahe geschafft, verdammt. Was um alles in der Welt hat dich bewogen, die Segel zu streichen? Es war noch reichlich Zeit, mit vollen Segeln in den Hafen einzufahren, ohne das Dock zu rammen. Warum hast du gekniffen?« John war die Enttäuschung anzuhören.

David warf ihm einen tadelnden Blick zu, sagte jedoch nichts. »Macht nichts, La«, sagte Max. »Du gewinnst den Cup im nächsten Jahr. Aber ich hoffe doch, daß du aus deinen Fehlern gelernt hast.«

Es waren nicht so sehr ihre Worte als der kritische Tonfall, der Lara verletzte. Sie schwieg, kochte jedoch innerlich. Als Steven sagte: »Meine Leidenschaft sind die Pferde, und ich habe beim Flachrennen gelernt, daß man oft in letzter Sekunde überrundet wird. Ein Segelboot, ein Pferd ... das ist doch alles das gleiche. Man muß in einer Niederlage nur eine Lektion sehen, wie man das nächste Mal gewinnen kann. Vielleicht warst du dir deiner Sache zu sicher. Ein Anflug von Hochmut oder etwas in der Art? Das ist der sicherste Weg zu verlieren, egal, worum es geht. Vergiß nicht: ›Es ist erst vorbei wenn die dicke Lady singt‹.«

Alle lachten, und Lara flüchtete aus dem Pavillon. »Sehr komisch. Wirklich geistreich, Steven. Ich brauche euch aber nicht, um mich daran zu erinnern, welch ein Versager ich im Vergleich zu euch bin, wie unwürdig. Vielen Dank, Steve.«

David und Max fanden sich als erste in ihrem Zimmer ein, ganz offensichtlich, um sie aufzuheitern. Sie trafen sie so an, wie sie es erwartet hatten, wütend und schweigsam. »Okay, warum bist du so sauer auf uns?« Max' Frage verdiente es, ignoriert zu werden. Sie trat an den Kleiderschrank und nahm ein Kleid und Schuhe heraus. Sie schob sich an Steven vorbei, der ihr den Weg versperrte und auf einer Antwort beharrte.

»Weil ich dich kritisiert habe? Dich aufgezogen habe? La, du bist wirklich albern.« David legte ihr die Hand auf den Arm, aber sie schüttelte sie ab. Sie fuhr herum und funkelte David und Max an, die sich auf ihrem Bett niedergelassen hatten. David blätterte in einer ihrer Zeitschriften, während Max das Band um eine Schachtel kandierter Maronen löste; eine Süßigkeit, der sie nur selten widerstehen konnte. Er verwöhnte sie gern mit dieser Nascherei.

»Nein. Ich bin wütend, weil ihr mich an einem Tag behandelt wie ein Kind und am nächsten von mir erwartet, Wonderwoman zu sein. Weil ihr mich im Stich laßt, wenn ich euch brauche, und mir das Gefühl gebt, ein Außenseiter und Versager zu sein. Und ich brauche euch nicht, damit ihr mir sagt, wie man vom Versager zum Gewinner wird. Und nennt mich nicht mehr La oder Baby. Ich will nur, daß ihr mich liebt – mich, Lara Victoria Stanton, um meiner selbst willen. Ob ich nun gewinne oder verliere. Außerdem möchte ich von heute an mit Respekt behandelt werden wie eine Frau, auch wenn ich nur eure kleine Schwester bin.«

»Abgemacht. Wir geben dir unser Wort darauf.« Das war Steven, der während ihrer Tirade in der Tür gestanden hatte. Er ging zu ihr, schlang die Arme um sie und hob sie hoch. Sich langsam mit ihr um die eigene Achse drehend, fügte er hinzu: »Verzeih mir und den anderen. Es ist nur so, daß dein Erwachsenwerden für uns so plötzlich kommt. Du mußt doch wissen, daß wir alle dich lieben. Seit deiner Geburt haben wir dich verhätschelt, weil wir dich lieben. Ich kenne keine andere Schwester, die von ihren Brüdern so geliebt und verwöhnt worden wäre wie du, La. Ups, ich meine Lara.« Er schenkte ihr sein strahlendstes Lächeln. »Ich mache mich nicht über dich lustig, Liebes, ich muß mich nur erst daran gewöhnen, in dir die junge Lady zu sehen. Ich kann mich nicht erinnern, daß wir dich je zur Nanny abgeschoben hätten, wenn es möglich war, dich mit einzubeziehen. Erinnerst du dich an die Tour de France in Max' kleinem Bugatti? An die Wochen in der Wüste von Mali mit David und mir? Daran, daß wir alle dich auf eine Nilkreuzfahrt mitgenommen haben? Mit wie vielen Freundinnen haben wir Schluß gemacht, weil wir dich im Schlepptau hatten und dich unendlich weit mehr liebten als sie? Und Elizabeth ist auch keine lieblose Schwester gewesen. Mir scheint es durchaus möglich, daß wir dich mit Liebe schrecklich verwöhnt haben. *Und jetzt sag, daß du uns lieb hast.*«

Steven ließ nicht locker, bis sie dies eingeräumt hatte. Die Liebesbande der Familie waren wieder fest geknüpft. Als sie schließlich allein war, dachte Lara über ihren Tag und den bevorstehenden Abend nach. Die ganze Familie war auf dem Wohnsitz in Manhattan versammelt: Steven war von seiner anthropologischen Expedition auf den Solomon-Inseln zurückgekehrt; sie, ihre Mutter und ihr Vater waren von Cannonberry Chase, ihrem Haus auf Long Island, angereist; Elizabeth und Jeremy aus London; ihre beiden Brüder Max und John, die sich ihre Zeit zwischen ihrer Firmen- und Stiftungsarbeit und den Wohnsitzen in Manhattan und Long Island aufteilten, und schließlich David, der mit dem Lufttaxi zwischen Manhattan und Long Island hin und her pendelte, wenn er nicht gerade seinen politischen Ambitionen nachging oder sich mit irgendwelchen Frauen amüsierte.

Die ganze Familie war vereint. Bei diesen Gelegenheiten war Lara am glücklichsten. Dann kam keine Langeweile auf. Das Haus füllte sich mit Gästen, und Freunde kamen und gingen. Ihre Mutter war ganz in ihrem Element, wenn sie die Rolle der Gastgeberin und Matriarchin einnehmen konnte, während ihr Vater gelassen seinen eigenen Beschäftigungen nachging und alles und jeden so hin- und herschob, wie es ihm paßte.

Da etwas in ihr sich radikal verändert hatte, sah Lara die Ereignisse des kommenden Abends mit völlig anderen Augen. Sie erschienen ihr bedeutsamer als zuvor. Ein privater Rundgang durch das Metropolitan Museum und anschließend ein Dinner mit den Mitgliedern ihrer Familie als Ehrengästen. Und bei dem Empfang würde auch sie, Lara Victoria Stanton, gefeiert werden. Eine Dankesgeste der Museumskuratoren für den von Henry Garfield Stantons Familie gestifteten neuen Flügel, in dem die Abteilung Moderne Kunst untergebracht worden war.

Emily Dean Stanton verschwendete keine Liebe auf ihre Tochter Lara. Es war nicht so, daß sie sie nicht geliebt hätte, sondern vielmehr, daß das Kind immer schwierig gewesen war, anspruchsvoll und anstrengend. Sie war spät in Emilys Leben zur Welt gekommen. Sie war ein Unfall gewesen, eine Peinlichkeit, und Emily hatte sie in mittleren Jahren geboren. Eine schwierige Schwangerschaft, eine lange und schmerzhafte Geburt, und ein Baby, das ständig an Koliken litt, angebetet von Henry und ihren anderen Kindern – nein, Lara hatte nichts getan, das Herz ihrer Mutter zu erobern. Von dem Augenblick an, da Emily festgestellt hatte, daß sie schwanger war, hatte sie entschieden, daß Lara ihr Leben nicht durcheinanderbringen würde. Und so war dies dem Kind einfach nicht gestattet worden. Dafür hatte Emily mit einer wunderbaren Kinderfrau und gut ausgebildetem Personal gesorgt. Und die Familie hatte ihr die Bürde der Mutterliebe weitestgehend abgenommen. Tatsächlich hatte sie Lara gern, wenn sie sie auch nicht liebte. Lara war ausgesprochen schön, intelligent und störte nur selten Emilys vollen Stundenplan. Um ihre Wünsche und Bedürfnisse kümmerte sich gewöhnlich ein anderes Familienmitglied. Wie sollte eine Mutter ein solches Kind nicht gern haben?

Aber jetzt ist sie kein Kind mehr, dachte sie, als sie an ihrer Frisierkommode saß und ein breites Diamant- und Smaragdarmband von Van Cleef & Arpels an ihrem Handgelenk befestigte. Sie trat an den Wandsafe, der hinter einem Sargent-Porträt ihrer Großmutter verborgen war, schob das Gemälde beiseite und öffnete den Stahlschrank. Sie fand, was sie suchte, in einem grauen Samtkästchen. Sie suchte Lara auf.

Die Tür war nur angelehnt. Emily stieß sie auf und blieb in der Türöffnung stehen. Ihre Tochter betrachtete sich nachdenklich in einem großen Spiegel. »Einen Penny für deine Gedanken. Darf ich reinkommen?«

»O, wie elegant du aussiehst, Mutter«, sagte Lara mit aufrichtiger Bewunderung. Sie ging zu Emily hinüber, nahm ihre Hand, führte sie ins Zimmer und bot ihr einen Stuhl an. »Du wirst heute abend wie gewöhnlich die attraktivste unter den Damen sein.«

»Danke, Liebes. Du gefällst mir in diesem Kleid. Weiß steht dir gut. Du siehst plötzlich sehr erwachsen aus. Wenn ich bedenke, daß Elizabeth und ich, als wir das Kleid bei Saks für dich besorgt haben, befürchtet haben, du könntest noch zu jung dafür sein …«

Emily erhob sich und forderte ihre Tochter auf, sich einmal um die eigene Achse zu drehen. Das schulterfreie weiße Chiffon-Kleid von Oleg Cassini war bis zur Taille hauteng geschnitten und ging dann in einen weichfallenden weiten Rock über, der fast bis zu Laras zarten Knöcheln reichte. An den Füßen trug sie burgunderrote Samtballerinen.

Emily mußte an sich halten, die Korsage nicht höher über Laras Brüste zu ziehen. Ihr war gar nicht aufgefallen, bemerkte sie später Henry gegenüber, daß Lara so vollbusig geworden war. Auch war sie nicht begeistert von den roten Schuhen. Sie selbst hatte zu dem Kleid weiße Samtschuhe ausgewählt, wollte sich aber nicht damit auseinandersetzen, aus welchem Grund Lara sie nicht angezogen hatte. Die manchmal ein wenig extravaganten Akzente, die ihre Tochter bei der Wahl ihrer Kleidung setzte, waren etwas zu auffällig für Emilys Geschmack. Sie würde einen der Jungen bitten, beiläufig eine Bemerkung über Vorteile und Chic von Accessoires zu machen. Aber nicht an diesem Abend. Sie berührte das lange, von Natur aus silbrigblonde Haar, so weich und seidig, und lächelte.

Wie Engelhaar, wenn sie an Weihnachten vor den Lichtern des geschmückten Baumes stand. Das gefiel Emily. Sie liebte Weihnachten mit allen Traditionen, den ganzen Glitter. Das

Lächeln war ein mütterliches Lob, und Lara fühlte sich geliebt und schön.

»Du hast sehr nachdenklich gewirkt, als ich hereingekommen bin. Anstatt eines Pennys gebe ich dir das hier. Das dürfte deinen Gedanken entsprechen. Sie hat deiner Urgroßmutter gehört. Nimm sie, Lara, sie wird wunderbar an dir aussehen. Heb dein Haar im Nacken an.«

Emily legte Lara eine kurze, fünfreihige Kette aus makellosen, gleichmäßigen Perlen um, mit einer langen, schmalen Diamantenschließe in Form einer Lilie. Sie drehte das eng am Hals anliegende Kollier so lange, bis die Lilie sich direkt unterhalb von Laras Kinn befand und den langen, schlanken Hals des Mädchens betonte. Beide Frauen waren entzückt von Laras Spiegelbild. Aber Emily sagte nur: »Ich denke, wir sollten deinen Pa bitten, dir ein Paar Diamantohrringe zu kaufen, Liebes. Ganz kleine, dezente natürlich. Du wirst sie brauchen, jetzt da die Saison für dich eröffnet ist.«

Lara war verblüfft über die großzügige Geste ihrer Mutter. Erst das Kleid, jetzt die Perlen und dazu die Andeutung, daß noch mehr folgen würde. Die Saison war für sie eröffnet? Konnte das bedeuten, daß sie endlich nicht mehr Emilys und Elizabeths abgelegte Kleider tragen mußte? Daß sie eine eigene Garderobe zusammenstellen durfte? Das würde Spaß machen. Abgesehen davon, daß sie keine Ahnung hatte, wie man Kleider einkaufte. Du bist ein richtiges Baby, dachte sie. Weißt nicht einmal, wie man ein verdammtes Kleid kauft.

»Nun, Lara?«

»Ich dachte gerade, daß ich bislang ein sehr behütetes Leben geführt habe, Mutter.«

»Selbstbezogen, denke ich, Liebes. Aber das sind die meisten Kinder. Wie bist du zu dieser Erkenntnis gelangt?«

Unfähig, ihre Gefühle zu erklären, erzählte Lara nur einen Teil dessen, was sie empfand. »Heute abend. All dieses Brimborium im Museum – plötzlich ist mir klargeworden, wie wichtig es ist. Wie wichtig wir als Familie sein müssen. Bislang habe ich uns einfach nur als meine Familie betrachtet. Ich habe nie darüber nachgedacht oder mich darum geschert, was andere denken oder ob sie überhaupt einen Gedanken an uns verschwenden. Ich habe es als selbstverständlich angesehen, daß wir wir sind, wenn du verstehst, was ich meine, Mutter.«

»Nun, offen gestanden, nicht so ganz. Es fällt mir schwer zu glauben, daß du so naiv warst, die Bedeutung der Stantons nicht zu erfassen …«

»Das könnte stimmen, Mutter.«

»Du überraschst mich, Lara. Aber du siehst bezaubernd aus, Liebes. Sei bitte spätestens in einer halben Stunde unten.«

Emily Stanton wandte sich zum Gehen. »Danke für das Kollier, Mutter«, rief Lara ihr nach. »Ich gebe es dir morgen früh zurück.«

»O nein, Liebes. Das ist ein Geschenk, sagen wir zur Erinnerung an diesen denkwürdigen Augenblick.«

Eine Viertelstunde später wurde Lara eine Nachricht von ihrer Mutter überbracht:

> Dies stand heute in der Abendzeitung. Das ist genau die Art von Aufmerksamkeit, die die Familie verabscheut. Unter den gegebenen Umständen dachte ich mir aber, daß du es lesen solltest. Wir mögen es mißbilligen, aber es spiegelt die Meinung eines Außenstehenden über uns wider.

Unglaublicherweise war dies der erste Zeitungsartikel, den Lara über die Henry Garfield Stantons las. Sie war gleichzeitig aufgeregt und leicht verärgert.

> WER IST DIE AMERIKANISCHE HIGH SOCIETY?
> Die Stantons sind Glückskinder. Sie haben über lange Zeit immer neue Vermögen angehäuft. Außerdem gehören sie zur High-Society-Elite New Yorks. Das bedeutet Diskretion, Geheimniskrämerei und vor allem Ehre und gute Manieren. Sie sind Erbauer von Monumenten, die ihre Macht zu nutzen wissen. Und so tragen sie ihre persönlichen Schicksalsschläge wie Pfadfinder Ehrenabzei-

chen, verstehen es, die Götter zu besänftigen und die Leichen in ihrem Keller tief zu vergraben.
Sie sind berühmt dafür, daß sie eher verehrt als gefeiert werden. Eher respektiert als bewundert. Eine sehr zurückhaltende Familie, die zu viel Publicity scheut, bleiben sie das, was sie seit Generationen sind, eine altehrwürdige, wohlhabende Familie. Beinahe so etwas wie amerikanische Monarchen. Es heißt: ›Wenn die Stantons die Reihen schließen, folgen Newport, Boston und Philadelphia auf dem Fuße.‹
Jetzt zu den schlechten Neuigkeiten. Es ist schwer, die Stantons nicht zu mögen. Es fällt sogar schwer, sie zu beneiden. Es sind nette Menschen. Eine intelligente, interessante Familie, die mit ihrem Reichtum Gutes tut und sich benimmt wie nette Leute von nebenan, gute Nachbarn. Nur daß ihre Häuser immer mindestens vierzig Zimmer haben, ganze Hektar von Privatsphäre. Bis zu den nächsten Nachbarn ist es weit. Da ihre Interessen so breit gefächert sind, ihre Großzügigkeit diskret ist und sie nie mit ihrem Reichtum prahlen, bleibt diese köstliche Neugier bestehen, auf welche Summe sich das Vermögen der Stantons in Dollar und Cent, Aktien und Beteiligungen, Immobilien und Firmenanteilen beläuft. Ein Zeugnis ihrer Macht und ihres Reichtums ist, daß sie nicht in den bei Zeitschriften so beliebten Listen der wohlhabendsten Familien Amerikas auftauchen. Anders als auf den Gesellschaftslisten. Dort sind sie die Stantons – die Prototypen der High Society.

Kapitel 2

Es war eines dieser sehr privaten gesellschaftlichen Ereignisse, über das exklusiv zu berichten jedes Kunst- oder Modemagazin alles gegeben hätte. Einer jener Abende, über die die wenigen Auserwählten sich beiläufig unterhielten. Ein feierliches Dinner in Kunstkreisen, das streng geheimgehalten wurde, um die Gönner nicht vor den Kopf zu stoßen, die es verabscheuten, sich mit großem Pomp feiern zu lassen. Der Wunsch der Familie, Diskretion zu wahren, war ebenso Grundlage dieses Empfangs gewesen wie Henry Garfield Stanton zu danken. Ein gläserner Flügel, der von einem der besten Architekten der Welt entworfen worden war und sechzehn Millionen Dollar gekostet hatte, war wahrhaft ein Geschenk, das Anlaß zur Dankbarkeit gab. Ein abendlicher Rundgang nur für die Familie und einige Freunde mit anschließendem Dinner: Das schien ein verhältnismäßig bescheidener Ausdruck ihrer Dankbarkeit zu sein. Aber Emily Dean Stanton hatte es so gewollt, und ihrem Wunsch war selbstverständlich entsprochen worden.

Es war ein perfekter Altweibersommerabend. Die Stahl- und Glastürme der Stadt schimmerten von Lichtern, die glitzerten wie Diamanten. Der Himmel war pflaumenblau, mit lila- und pinkfarbenen Streifen durchzogen. Es wehte kaum eine Brise, doch wenngleich es auch warm war für September, lag der bevorstehende Herbst in der Luft. Henry Garfield Stanton, seine Gäste und seine Familie, insgesamt an die zwanzig Personen, legten die paar Blocks vom Herrenhaus der Stantons in der Fifth Avenue bis zum Museum zu Fuß zurück.

An der Ecke der Vierundsiebzigsten Straße stießen die Faynes zu ihnen, alte Freunde von Henry und Emily, die ebenfalls beschlossen hatten, sich von ihrem »Palast« in der Park Avenue, einem Prachtbau aus Kalkstein im englischen Renaissancestil aus dem Jahre 1901, zu Fuß zum Empfang zu begeben.

Die attraktive Gesellschaft, eine Auswahl der New Yorker Elite in dezenter Haute-Couture-Abendgarderobe – mit Sommerpelzen und Familienschmuck, englisch geschnittenen Dinnerjacketts mit schwarzen Seidenfliegen –, überquerte in Zweier- oder Dreiergruppen untergehakt die Straße und schlenderte am Central Park entlang. Als Sam Fayne sich Lara anschloß und ihr einen Strauß weißer Orchideen überreichte, raunte David ihr zu: »Vergiß nicht, ein Blick, eine leichte Berührung genügt, und er gibt dir alles, wonach du dich verzehrst. Vertrau mir.« Sie fuhr herum und funkelte ihren frechen, teuflischen Cousin böse an, aber dann brachen sie beide in schallendes Gelächter aus. Lara weigerte sich preiszugeben, was so komisch war, und hakte statt dessen Sam unter. Mit neuer Koketterie lächelte sie zu ihm auf. Arm in Arm näherten sie sich dem Metropolitan Museum of Art, das sich hell erleuchtet und strahlend vom Abendhimmel abhob.

Dieses großartige Warenhaus der Kunst bietet eine vielfältige und faszinierende, wenn auch etwas verwirrende Mischung: Großartig und kontrovers, oft elegant, manchmal banal, stellt dieser Palast im Stil von Versailles seit seiner Eröffnung im Jahre 1880 auf einer riesigen Fläche die kostbarsten Kunstschätze aus. Die Treppe, die zum Eingang hinaufführt, scheint nicht feudaler als andere, und doch ist sie beeindruckender als die meisten anderen. Die Stantons und ihre Freunde stiegen die Stufen schwungvoll hinauf, in freudiger Erwartung des bevorstehenden Abends. Die Haupthalle ist immer noch eine der imposantesten Hallen New Yorks und vermutlich die einzige in der Stadt, die den visionären neorömischen Hallen des italienischen Bauzeichners Piranesi aus dem siebzehnten Jahrhundert entspricht. Sie soll den Betrachter überwältigen, was ihr nur in seltenen Fällen nicht gelingt.

Die Stimmen und Schritte der Gesellschaft hallten laut in dem altehrwürdigen Gemäuer, was die Stille, die menschenleere Ruhe, die die großen Kunstschätze dem Museum auferlegten, noch deutlicher machte. Der gewaltige Raum, die magnetische Kraft wahrer Schönheit, wahrer Perfektion, waren berauschend. Sie verzauberten die etwa sechzig Personen und die wenigen Museumswächter. Sie ließen sie zwergenhaft erscheinen, degradierten sie zur Bedeutungslosigkeit inmitten all dieser zeitlosen, kostbaren Pracht.

Die Gäste verteilten sich auf die verschiedenen Galerien. Mit Plänen des Museums bewaffnet und mit zwei Stunden Zeit, den neuen Henry-Garfield-Stanton-Flügel zu besichtigen, ehe das Essen aufgetragen wurde, traten sie ihren Erkundungsgang an wie Kinder auf einer Schatzsuche. Die Gesellschaft teilte sich in Dreier- und Vierergruppen. Lara mit David, Henry und Emily; Sam mit Max und Luan und Mr. Lee mit Elizabeth.

Die Echos waren nun beinahe unheimlich, gedämpfte Laute aus den verschiedensten Teilen des Gebäudes. Es war geheimnisvoll und aufregend, furchteinflößend und spannend, von all diesen künstlerischen Wundern aus so vielen Zivilisationen umgeben zu sein, die im gedämpften Licht ausgestellt waren. Es gab kein Entrinnen vom allgegenwärtigen Gefühl der Zeitlosigkeit. Es vermittelte dem Betrachter ein schizoides Empfinden von Sein und Nichtsein, von einer Reise durch die Jahrhunderte, während man doch in der Gegenwart verwurzelt blieb. Aber da war noch etwas, eine Art Hochstimmung, ein Glücksgefühl, wie Lara es noch nie zuvor empfunden hatte.

Es hatte damit zu tun, daß man erst durch die steinernen Würdenträger des alten Mesopotamiens in der einen Galerie schritt und dann in der nächsten von den abstrakten Werken eines Rothko oder De Kooning förmlich angesprungen wurde. Oder man wurde wie von der Sonne verschluckt von einem Matisse, einem Picasso, der sich in die Seele einbrannte und Herz und Füße zur nächsten Galerie hetzen ließ.

Die etruskischen Figuren in brütendem Halbdunkel, der Kouros, der in der Dunkelheit flüsterte, die tänzelnden Hahn-Pferde, die Ming-Vasen, die Ching-Gemälde, Renaissance-Porträts ... ausdrucksstarke, lebendige Bilder. Wer waren diese Männer und Frauen, wer hatte sie gemalt, und hatten sie wirklich so ausgesehen?

Und immer dieses Paradox: nicht jede Ähnlichkeit war ein

Porträt, und nicht jedes Porträt zeigte das Modell, so wie es tatsächlich ausgesehen hatte. Individualität, Idealisierung, Schmeichelei und Verallgemeinerung, wie waren sie vom Künstler ineinander verwoben worden, um diese Meisterwerke zu schaffen, die seit Jahrhunderten den Betrachter in ihren Bann zogen? Die alten Meister, die Giottos und Tiziane und El Grecos, ein Fest, das aus einem Fest erwuchs. All das und noch mehr, wie der riesige Poussin, der einen in eine Landschaft entführte, die so romantisch war, daß sie beinahe überirdisch wirkte.

Das Museum bei Nacht, ohne die Besucherströme, die bei Tage die Räume überfluteten, verzauberte die Gäste mit der Schönheit seiner Exponate. Jetzt lösten sich auch die kleinen Gruppen auf, und die meisten wanderten allein durch die gewaltigen Galerien, genossen rasche, tiefreichende Flirts mit Kunstschätzen ihrer Wahl. Ein einzigartiges Erlebnis, so unerwartet wie aufwühlend. Nach einer Stunde der Besichtigung stieg Lara die Haupttreppe wieder hinunter. Ihre Schritte hallten vom Marmor und der gewölbten Decke wider. Es war ein sinnliches, erregendes Gefühl, scheinbar allein in diesem Halbdunkel zu sein, umgeben von solcher Grandeur, von fernen Schritten und Flüstern. Jeden Augenblick konnte man einem der anderen Schatzsucher über den Weg laufen.

Lara war fasziniert von der Macht der Perfektion und Schönheit, wohin sie auch blickte. Und sie genoß es. Zweimal an diesem Tag hatte sie wahre Macht empfunden, und es gefiel ihr. Zum erstenmal begann sie das Streben der Stantons nach Perfektion zu verstehen. Ihren eigenen Siegeswillen. Herausragende Leistungen und die Befriedigung, die sie einem vermittelten. Diese Kunstwerke und die Sexspiele, die sie am Nachmittag beobachtet hatte, hatten sie wachgerüttelt.

Sie wandte sich der Galerie für Ägyptische Kunst zu. Der riesige Raum lag im Dunkeln; nur die vereinzelten Statuen und die Glaskästen mit dem Gold und den Juwelen der Pharaonen waren erleuchtet. Die in Stein gehauenen Bildnisse, ob lebensgroß oder sie überragend, waren monumental. Der Raum eine dramatische Kulisse, ätherisch. Wie eine Gruft erstreckte er sich vor ihr, um sie die Macht des Lebens und des Todes spüren zu lassen. Das Alte Ägypten, die Pharaonen, ihre Königinnen und Beamten, ihre Götter, ihre Menschlichkeit und Unmenschlichkeit, die Unterwelt, an die sie so leidenschaftlich glaubten, das alles wurde für Lara lebendig. Sie zitterte, als wäre jemand über ihr Grab gelaufen. Ein Geräusch weiter vorn. Sie ging darauf zu, immer weitergelockt vom Exotischen und Geheimnisvollen in den Schatten eines alten Königreiches. Sie blieb stehen und versteckte sich hinter einem goldbesetzten Streitwagen. Sie hatte keine Lust, an diesem Tag ein zweites Mal jemanden bei intimen Spielen zu überraschen. In einem Lichtstrahl zwischen den Füßen eines Kolosses der Göttin Isis saßen Max und die schöne Luan. Sie hörte geflüsterte Worte der Zuneigung, ja der Liebe. Lara fühlte sich betrogen und allein. Dann hörte sie überrascht, wie Luan sagte: »Wie seltsam ihr Stantons doch seid, daß ihr glaubt, Liebe heucheln zu müssen. Du liebst mich nicht, du begehrst mich. Gib es zu, und du kannst mich haben, gleich hier und jetzt.«

»Du hast mich durchschaut.«

»Das lasse ich als Geständnis gelten. Damit hast du es dir verdient, mich zu nehmen.«

Sie stand auf und hob den langen roten Rock aus Crêpe-de-Chine bis über die Hüften. Ein verführerisches, herausforderndes Lächeln erschien auf ihrem Gesicht. Max lachte. »Hier? Jetzt? Du bist verrückt. Was, wenn jemand herkommt?« Seine Hände streichelten ihren aufreizend dargebotenen Po.

»Die Gefahr, erwischt zu werden – dich zu haben, in eben dem Augenblick, da ich dich will –, das macht mich an.«

Er hatte sein Jackett bereits ausgezogen, faltete es und legte es auf den Boden zwischen die riesigen Füße des Gottes. »Läufst du immer ohne Höschen herum, allzeit bereit und in Erwartung eines Abenteuers?«

»Immer. Ich bin ein sexueller Opportunist und Freigeist«, entgegnete Luan, in deren Stimme nun sinnliche Anspannung mitschwang.

Er handelte rasch. Er drehte sie herum und ließ sie auf seinem Jackett knien, ihm die Kehrseite zugewandt, die Arme ausgestreckt und sich mit den Händen an den Kalksteinbeinen der Isis abstützend. An diesem düsteren und geheimnisumwitterten Ort sah sie aus wie eine Opfergabe auf einem Altar. Grob spreizte er ihre Beine, so weit er konnte, und hob ihre nackten, runden Pobacken, bis ihr Geschlecht in einem schwachen Lichtstrahl zu sehen war. Dann drang er mit einem tiefen, kräftigen Stoß in sie ein. »Du bist eine göttliche Hure.«

»Und gefällt dir das nicht, Max? Genießt ihr Stantons nicht alle vier Sex mit respektierlichen Lady-Huren wie mir?«

Ein weiterer Stoß, und sie gab einen verzückten Laut von sich. Hinter ihr stehend, strahlte der großgewachsene, gutaussehende Mann, der in dieser Pose wie der Gott Eros persönlich wirkte, sexuelle Macht und animalische Lust aus. Er bewegte sich langsam, zog sich immer wieder ganz aus ihr zurück, um gleich darauf wieder tief in sie einzudringen, während sie ihn abwechselnd festhielt und wieder freigab. Sie liebten sich in perfekter Harmonie.

»Du bist unwiderstehlich, göttlich«, sagte er mit vor Lust rauher Stimme.

Sie lachte und flehte gleich darauf: »Tiefer. Schneller.«

Max, der nun wie ein moderner Satyr aussah, sein steifes Glied in der willigen Asiatin vergrabend, wirkte nun noch animalischer, mal im Licht stehend, mal in die Schatten eintauchend. Ihre erotische Begegnung, die Art, wie er sie von hinten nahm, die Hände fest um ihre schmalen Hüften gelegt, schien dadurch um so elektrisierender, daß sie zwischen den Beinen einer tonnenschweren, steinernen Göttin stattfand. Die statuesken Überbleibsel einer Zivilisation, die sich intensiv mit dem Tod und dem Leben nach dem Tod befaßt hatte, beobachteten die Szene mit versteinertem Blick.

Sie nahmen nun um sich herum nichts mehr wahr, ganz versunken in ihr laszives Vergnügen. Max legte Luan eine Hand über den Mund, um die lustvollen Laute zu dämpfen, die sie von sich gab, und packte ihre Hüften fester, als er das

Tempo erhöhte. Er wollte sie nehmen, wie sie noch nie genommen worden war, das drückte die Entschlossenheit seiner Bewegungen aus. Lara sah den Ausdruck zügelloser Lust in den Augen ihres Bruders. Sein Gesicht war in Ekstase verzerrt, wenn das Licht auf seine Züge fiel. Lara hörte gedämpftes Stöhnen von Luan und Worte der Leidenschaft, vermischt mit Obszönitäten von Max.

Er sah aus wie einer von Picassos Lüstlingen oder eine dieser wunderschönen haarigen Bestien, die es mit üppigen Frauen trieben. Sie hatte Visionen erotischer Zeichnungen des Malers: Stiere mit Menschengesichtern, gewaltigen, spiralförmigen Hörnern und riesigen erigierten Penissen, die Picasso gern beim Geschlechtsakt mit wohlgerundeten Frauen mit gespreizten Beinen und dargebotener Weiblichkeit zeichnete; Meisterwerke auf ihre ganz eigene, spezielle Art. Lara sah nun die erotischen Bilder Picassos, die die Wände von Max' Arbeitszimmer in Cannonberry Chase zierten, deutlich vor sich. Sie verdrängten das sprachlose Staunen, mit dem sie bis dahin die Lust ihres Bruders beobachtet hatte.

Sie war nicht länger schockiert von dem, was sie sah. Ihr neuer Realitätssinn in bezug auf Sex und ihre eigenen Bedürfnisse hatten dies größtenteils verdrängt. Aber die Eifersucht vermochte sie nicht zu unterdrücken. Sie hatte keinen Max. In diesem Augenblick festigte sich ihr Verlangen danach, die Erotik in all ihren vielfältigen Formen zu kosten. Sie wollte von dieser Quelle trinken und ihren quälenden Durst stillen. Sie wollte ihre Gier ausleben und nie wieder nach Sex hungern. Ganz bestimmt war das der richtige Weg in diesem erregenden Prozeß des Erwachsenwerdens. Ihr eigenes Verlangen brach hervor, dröhnte in ihren Ohren. Die Rolle des Voyeurs befriedigte sie nicht.

Sie streifte ihre Schuhe ab und schlich lautlos durch die Ägyptische Galerie zurück in die Halle. Zum zweitenmal an diesem Tag vom Anblick zügellosen Sexes erregt, versuchte Lara, sich wieder zu fassen. Sie fühlte sich, als würde sie vom Leben verschluckt, als müsse sie, wenn sie überleben wollte, zurücktreten und sich ganz still verhalten. Im Schatten einer

Marmorsäule fand sie Zuflucht. Für einige Minuten wurden die wohltuende Stille der riesigen Halle, die weite Leere des gewaltigen Raumes für sie ebenso sinnlich bedeutungsvoll wie der Sex, den sie gerade beobachtet hatte und nach dem sie sich sehnte.

In jenen Minuten erfuhr Lara von der Existenz wahrer Stille, in der Wünsche und Bedürfnisse nicht existierten und der Geist völlig leer wurde. Und sie erkannte, daß hierin eine der großen Heilkräfte lag, die die Welt zu bieten hatte. Ein leises Geräusch, Stimmen und Schritte von irgendwo auf dem Balkon hoch oben auf der gegenüberliegenden Seite der Halle. Gelächter. Dann sah sie ihren Vater und ihre Mutter Arm in Arm vorbeischlendern.

Lara hatte selten Gelegenheit, ihre Eltern so zu beobachten, objektiv, aus der Ferne. Emily sah so kühl und schön aus wie immer, ihr Vater attraktiv, imposant und umwerfend an ihrer Seite. Er war ganz offensichtlich immer noch verrückt nach ihrer Mutter. Lara erkannte dies vielleicht zum erstenmal bewußt. Die Art, wie sie Seite an Seite dahinschlenderten, die greifbare Intimität zwischen ihnen. Sie beobachtete, wie sie an die Marmorbalustrade traten, sich darüber beugten und in die Halle hinabblickten. Ihr Vater hob die Hand ihrer Mutter an die Lippen und küßte ihre Finger. Und Emily – hatte sie je zuvor gesehen, wie ihre Mutter mit ihrem Vater kokettierte, die Femme fatale spielte? Wie sie ihre eisige Schönheit dazu benutzte, Henry zu dominieren? Emily vermochte ihr stilles, in sich gekehrtes Wesen zu nutzen, ein riesiges Netz auszuwerfen, in dem sie sich alle verfingen. Sie konnte Lob und Zuneigung austeilen wie Diamanten.

Während Lara die beiden von unten beobachtete, fielen ihr einige Ähnlichkeiten zwischen ihr und ihrer Mutter auf. Die stolze und sinnliche, reservierte, beinahe prüde Haltung Emilys. Diese makellose, snobistische High-Society-Schönheit, die Lara andeutungsweise auch bei sich selbst wahrgenommen hatte. Sie erinnerte sich an das, was ein Schulkamerad, Garry, einmal gesagt hatte, nachdem er Emily, der Doyenne der Gesellschaft, vorgestellt worden war.

»Sie ist eine Mischung aus Marlene Dietrich und einer älteren Grace Kelly. Sie ist so grace-kellyisch, daß es einen förmlich anspringt.«

Lara hatte gelacht. »Du bist ein Filmfanatiker und auf dem Holzweg. Mutter wäre entsetzt von dieser Beschreibung und würde dir verbieten, mich jemals wiederzusehen, wenn sie dich hören könnte. Sie findet Filmstars gewöhnlich, ganz gleich, wie viele Paar weißer Handschuhe sie in der Öffentlichkeit tragen.« An diesem Abend war Lara jedoch nicht mehr sicher, ob Garry nicht vielleicht doch ins Schwarze getroffen hatte.

Sie sah, wie Henry und Emily sich umarmten und über etwas lachten, ehe sie weitergingen. Lara war immer eifersüchtig gewesen auf die enge Beziehung zwischen ihrem Vater und ihrer Mutter. Und auch jetzt nagte der Neid an ihr. Sie wollte, daß sie sie ebenso liebten – nein, mehr noch als sie einander liebten. Sie verzehrte sich nach ihrer rückhaltlosen Liebe und Aufmerksamkeit. Sie wußte, daß sie sie liebten. Ihre Brüder beteten sie an, ihre Schwester verhätschelte sie, und sie alle verwöhnten sie. Aber das spielte keine Rolle. Die neidvollen Stiche waren wie Fänge, die sich in ihrer Seele verbissen. Sie wollte mehr, immer mehr, alles. Lara lächelte in sich hinein und verkündete dem gewaltigen leeren Raum flüsternd: »Das ist wahrlich kein leichter Übergang vom Mädchen zur Frau.«

Das zauberhafte Klimpern eines Stückes von Scarlatti, das auf einem Cembalo gespielt wurde, füllte die Stille aus. Dann stimmte eine Violine ein, ein Cello, eine Flöte. Ein Streichquartett mit Flöte spielte auf dem oberen Treppenabsatz. Die Musik, lieblich und ätherisch wie die des Rattenfängers von Hameln, holte die Gäste von überall aus dem Gebäude zum Dinner herbei.

Die Stantons waren seit Generationen wohlhabende Sammler, konservative Herren erlesenen Geschmacks. Sie waren immer großzügig und philanthropisch veranlagt gewesen. Das Museum hatte seit seiner Eröffnung 1880 von dieser Großzügigkeit profitiert. Das Band zwischen den Stantons und dem Museum war Familiengeschichte. Und an diesem Abend speisten sie dank ihrer steten Unterstützung in einem georgianischen Zimmer, das ebenfalls ein Geschenk der Stantons gewesen war, um mehrere Chippendale-Meisterwerke versammelt, die ebenfalls von der Familie gestiftet worden waren. Die Sammlung Stühle, chinesische Chippendales, Hepplewhites und Adams, waren kostbare Geschenke weiterer Stantons. Das Queen-Anne-Tafelsilber, die Charles-I.-Suppenterrinen und die Tudor-Silberwaren waren inmitten von Blumengestecken aus weißen Rosen und Pfingstrosen aufgebaut.

Die Gäste tranken aus einer Sammlung von Gläsern aus dem sechzehnten Jahrhundert, venezianischen, englischen und holländischen Ursprungs. Das Tischleinen, alles irisch oder aus dem Zeitalter König Eduards, gehörte den Stantons. Die vergoldeten Armleuchter aus massivem Silber hatten schon Gäste an Napoleons und Josephines Tafel verzaubert.

Die Kuratoren, die mit der Organisation dieses außergewöhnlichen Abends betraut gewesen waren, wurden nicht von den Reaktionen ihrer Gäste enttäuscht. Lara saß zwischen Jamal Ben El-Raisuli, einem der ältesten Freunde ihres Cousins David, und Sam Fayne. Während der fünf köstlichen Gänge, die von Obern in Livree und mit weißen Handschuhen aufgetragen wurden, flirtete sie mit ihren beiden Tischherren. Beide Männer, die zu tadellosem Benehmen gezwungen waren, wanden sich hilflos unter ihrem neckenden Charme. Schließlich flüsterte Jamal Ben El-Raisuli ihr ins Ohr: »Das kleine Mädchen, das ich die letzten dreizehn Jahre gekannt habe, ist also zu einer jungen Dame erblüht. Wärst du nicht die süße, jungfräuliche Cousine meines besten Freundes, würde ich dich von dieser Tafel entführen. Es ist nicht ungefährlich, mit Männern orientalischer Sinnlichkeit zu flirten, weißt du.«

»Ah.« Sie imitierte ziemlich perfekt den sinnlichen Tonfall und den leichten arabischen Akzent, der Jamals Erziehung in Choate und Harvard und die Jahre in und außerhalb von Marokko überdauert hatte. »Und wenn ich nicht mehr süß wäre? Und keine Jungfrau mehr?« neckte sie. »Würde ich dir dann gestatten, mich von dieser Tafel zu entführen?«

Ein durchdringender Blick Jamals jagte ihr einen kalten Schauer über den Rücken. Als Anfängerin auf dem Gebiet sexueller Koketterie war sie einem solchen Blick nicht gewachsen. Er erregte sie, flößte ihr jedoch auch Furcht ein. Aber ihr Stolz gestattete es ihr nicht, den Rückzug anzutreten. Also hielt sie stand, erwiderte seinen Blick und legte dabei den Kopf schräg, das Kinn leicht angehoben. Die Herausforderung in ihrem Blick war deutlicher, als ihr bewußt war.

»Du bist betörend schön. Ich beobachte schon länger, daß Jungen wie Sam dich mit den Blicken verschlingen. Wähle dir bald einen von ihnen aus, Mädchen, oder ich muß meine Freundschaft zu deiner Familie außer acht lassen und dich persönlich zur Frau machen.«

Sie fühlte, wie ihr das Blut ins Gesicht stieg, eine Röte, die sich unmöglich verbergen ließ. Jamal nutzte seinen Vorteil und streichelte unter dem Tisch ihren Schenkel. »Keine süße Jungfrau?« flüsterte er. »Das glaube ich nicht. Aber solltest du doch bereits von dieser besonders süßen Last befreit sein, um so besser. Dann können wir mit der Liebe und Lust spielen, du und ich.«

Seine Berührung war erregend. Sie versuchte gar nicht erst, so zu tun, als mißfiele ihr das Streicheln seiner Hand. Widerstrebend hob Lara seine Hand von ihrem Bein und legte sie mit einem neckenden Streicheln ihrer Finger auf seinen eigenen Schenkel. Die Verführung war nun ein gegenseitiges Spiel, das sie genoß. Sie konnte es sich leisten, furchtlos zu sein, weil sie wußte, daß sie dieses Spiel gewinnen würde. Dafür sorgten der Augenblick, der Ort und die Anwesenheit ihrer Familie. Sie lachte und beugte sich dicht zu Jamal herüber. In ihren Augen war er schon immer der attraktivste und verführerischste von Davids Freunden gewesen, exotisch, großzügig und sehr fremdartig. Mit gedämpfter Stimme sagte sie: »Wie überheblich von dir, Jamal. Wie kommst du darauf, daß ich dich als Liebhaber würde haben wollen?«

Und das alles umgeben von sechzig Personen, die aßen

und plauderten, der zauberhaften Flötenmusik, dem Pomp und dem ganzen Drumherum dieses Dinners. Für Lara gestaltete es den Abend noch um einiges pikanter. Sie hatte die Aufmerksamkeit, die sie wollte, und gleichzeitig Gelegenheit, ihre neuentdeckte weibliche Macht auszuspielen. Ihr Flirt gewann noch an Würze, als Sam sich vorbeugte und ihre Hand nahm.

»Okay, Jamal«, sagte er. »Wende deine Verführungskünste bei einer anderen an. Lara ist heute abend mit mir hier.« Dann wandte er sich Lara zu, drückte ihre Hand und sagte in warnendem Tonfall: »Du solltest vorsichtig sein. Jamal hält alle Frauen für Freiwild.«

»Sind sie das denn nicht?« fragte Jamal belustigt.

In diesem Augenblick wurde Sam von der Frau zu seiner Rechten abgelenkt und mußte sich abwenden. »Um deine Frage zu beantworten«, flüsterte Jamal Lara ins Ohr. »Du wirst mich als Liebhaber haben wollen, weil ich nämlich weiß, wie ich dich aus der Reserve locken und dich sexuell erregen kann. Das ist es, wonach du suchst, ohne zu wissen, wo du es finden kannst. Eines Tages wirst du mich rufen, und ich werde für dich da sein. Und ich werde dich lieben, auf erregendere Weise, als du es dir in deinen erotischsten Träumen vorstellen kannst. Das verspreche ich dir.«

Kurz darauf erhoben die Gäste sich von den Tischen, und ihnen wurde in einem weiteren prächtigen Schauzimmer, diesmal einem französischen Salon, der Kaffee serviert. Das war für Lara und Sam die Gelegenheit, sich vor dem restlichen Abend zu drücken. Sie schoben als Entschuldigung ein Konzert von Louis Armstrong im Blue Angel vor. Es funktionierte. Henry, ein Jazz-Liebhaber, verstand, daß ein Abend mit Louis Vorrang haben mußte.

Aber ihre Prioritäten waren andere: Sie gestatteten sich, sich ineinander zu verlieben, sich ihre Gefühle zu gestehen und ihnen nachzugeben. Es geschah alles so schnell, daß sie, lange nachdem der Abend vorüber war und sie in ihren Betten lagen, immer noch nicht fassen konnten, daß sie gemeinsam solches Glück erfahren hatten.

Ursprünglich hatten sie tatsächlich ins Blue Angel gehen wollen. In dem kleinen, eleganten Club an der Eastside war ein Tisch für sie reserviert. Sam half Lara in ihre hüftlange burgunderrote Daunenjacke, und sie gingen durch die schwach erleuchteten Museumsflure zum Eingang. Sie unterhielten sich über diesen gelungenen Abend, als Sam plötzlich bemerkte, daß die weichen Daunen in ihrer Jacke ihm Schauer über den Rücken jagten. »Ich finde es beinahe sexy, wie deine Jacke sich anfühlt.«

»Nur wie meine Jacke sich anfühlt?« neckte sie.

»Um ehrlich zu sein, nein. Dich finde ich heute abend ebenfalls unglaublich schön und sexy. Noch mehr als sonst.« Sie war es, die stehenblieb. Sie musterte Sam lange und eindringlich. Plötzlich wirkte er sehr männlich auf sie. Und in diesem Augenblick passierte etwas mit ihnen. Er faßte sie an den Armen und zog sie langsam an sich. Seine Umarmung war hart und grob, aber sein Kuß sanft, zärtlich und voller Liebe. Sie fühlte, wie ihr Körper ihm nachgab und ihre Lippen seinen Kuß eifrig erwiderten. Sie hatten sich schon früher geküßt, mehr als einmal, aber so war es noch nie gewesen. Er ließ sie los und strich mit den Händen über die Ärmel ihrer Daunenjacke.

»Dann laß uns in dieser Sache etwas unternehmen«, schlug sie vor.

Er zog sie wieder in die Arme. »Wie – miteinander schlafen zum Beispiel?«

»Wie miteinander schlafen«, entgegnete sie, erregt von dieser Vorstellung. Sie schlang die Arme um seinen Hals und schmiegte sich an ihn. »Ich will, daß du mich liebst, Sam, und daß du mit mir schläfst. Ich will, daß du mich nimmst, Sam, und daß du mich wild machst vor Lust. »

Er wußte, wo sie hingehen konnten. »Ich habe so lange darauf gewartet. Ich habe mich immer gefragt, ob es zwischen uns je soweit kommen würde. Ich habe so oft davon geträumt, wie es wohl wäre, dich zum erstenmal zu lieben, dich zu öffnen und in dir zu versinken. Ich möchte, daß es perfekt für dich wird. Jede Frau, die ich bisher gehabt habe, hatte nur den

Zweck, mich dir näher zu bringen. Sie haben es mir möglich gemacht, auf dich zu warten. Sie haben mich gelehrt, wie man eine Frau liebt, haben mich zu einem Liebhaber gemacht, der deiner würdig ist«, sagte er, als sie Arm in Arm aus dem Museum und die Treppe hinunter hasteten.

Mit jedem Wort über seine Liebe zu ihr begehrte sie ihn mehr. Warum hatte sie ihn vorher nicht so gesehen, wie sie ihn jetzt sah? Seine Sinnlichkeit ließ sie erzittern. Auf der Straße winkten sie ein Taxi heran. Er nahm sie mit in das Hotel Pierre hinein, weil er sie nicht allein im Taxi sitzen lassen wollte. Was, wenn sie es sich anders überlegte? Er sprach mit dem Concierge. Geld wechselte den Besitzer, und er trat an die Münzfernsprecher, um einen Anruf zu erledigen.

»Findest du nicht, daß wir uns sehr auffällig benehmen?« fragte sie verlegen.

Es verletzte ihn, daß sie glaubte, er würde sie auch nur im mindesten kompromittieren. Er ließ sie los, und sie entfernte sich von ihm, während er seinen Anruf erledigte. Dann legte er wieder den Arm um sie, und sie gingen zum Blumenladen, der extra für sie geöffnet worden war. Er wählte langstielige weiße Rosen für sie und flüsterte: »Ich liebe dich.« Die Blumen wurden in eine lange Zellophanschachtel gelegt, die mit einem weißen Satinband versehen wurde. Er brachte sie zurück zum wartenden Taxi, und sie fuhren zum Sherry Netherland. Sie steuerten geradewegs die Fahrstühle an. Der Concierge schien ihn zu kennen, und mehrere Pagen grüßten ihn.

»Mach nicht ein so schockiertes und nervöses Gesicht. Sie kennen uns, seit wir Kinder waren. Du mußt hundertmal hier gewesen sein, um meine Tante Bidi zu besuchen. Es ist das Natürlichste der Welt, daß wir hier sind. Tante Bidi ist in ihrem Haus in den Adirondacks, und ich habe Zugang zu ihrer Suite.« Dann flüsterte er ihr ins Ohr: »Ich möchte, daß du diese Nacht immer als romantisch und wunderschön in Erinnerung behältst, nicht als ein schmutziges Abenteuer.«

Lara würde weder diesen Abend noch ihre erste sexuelle Erfahrung jemals vergessen. Als alles vorbei war, mußte sie an das denken, was sie früher am Abend gelesen hatte: »Die Stantons sind Glückskinder.« Als sie in Sams Armen lag und sich ihm und ihrer eigenen Lust hingab, glaubte sie daran und war dankbar dafür. Sie dachte auch flüchtig an David und daran, wie dankbar sie ihm sein mußte, daß er sie so liebevoll auf Sex vorbereitet hatte. David war es zu verdanken, daß sie die Freuden dieser Nacht mit Sam rückhaltlos genießen konnte. Ihre sexuelle Ungezwungenheit und ihre sinnliche, experimentierfreudige Natur hatte sie nur ihm zu verdanken. Sie war wunderbar in ihrem Verlangen, ein Tribut auch an den Lehrmeister. Und sie und Sam verliebten sich ineinander.

Nur eins war traurig an diesem Abend. Niemand hatte Lara davor gewarnt, romantische Verliebtheit und guten Sex mit wahrer Liebe zu verwechseln. Niemand hatte ihr gesagt, daß sie, nur weil jemand sie so sehr liebte wie Sam und sie sich so nach dem verzehrte, was er ihr geben konnte, nicht verpflichtet war, seine Gefühle zu erwidern. Dieses kleine Detail hätte einen entscheidenden Unterschied machen können im Leben von Lara Victoria Stanton und Sam Fayne. Aber niemand hatte sie gewarnt, und aufgrund der Ereignisse jenes Tages, aufgrund von Laras sexueller Frühreife und der Entfesselung ihres Verlangens, ihres ständigen und unstillbaren Hungers nach Liebe und immer mehr Liebe, waren neue Anfänge für sie vorgezeichnet.

Kapitel 3

Es dämmerte bereits, als Sam Lara nach Hause brachte. Nur Hastings, der Nachtwächter, war auf und ließ sie herein. Ansonsten herrschte im ganzen Haus Totenstille. Sie war sehr leise. Das letzte, was sie wollte, war, ihre erste richtige Romanze mit jemandem zu teilen. Sie schlich in die Bibliothek und zog die schweren Kirschholztüren hinter sich zu. Die Asche im Kamin glühte noch. Sie fachte das Feuer mit dem

Blasebalg neu an, und Flammen züngelten hoch. Sie schichtete einige Holzscheite auf das Feuer. Dann legte sie sich seitlich ausgestreckt auf das alte, abgewetzte Chesterfield-Sofa aus schwarzem Leder. Sie starrte ins Feuer, glücklicher als je zuvor.

Sam liebte sie mehr als sein Leben. Wie hatte sie das übersehen können? Oder hatte sie es gesehen und ignoriert, weil sie David gehabt hatte? Wie hatte sie so blind sein können für den verführerischen, aufregenden Mann in Sam? Er war ein rücksichtsvoller Liebhaber gewesen, darauf bedacht, sie immer wieder mit Händen, Lippen und Mund zum Orgasmus zu bringen und ihren Sexhunger zu stillen.

Sie hätte nie für möglich gehalten, daß es so wunderbar sein würde, zu fühlen, wie er tief in sie eindrang. Sie hatte Davids Finger in sich gefühlt, aber das – nun, das war etwas völlig anderes gewesen. Und zum erstenmal einen Penis zu fühlen, den Rhythmus der Leidenschaft eines Mannes, war für sie als Jungfrau ein Vorgeschmack auf die Freuden gewesen, die noch kommen würden. Zu fühlen, wie die erste langsame Penetration sich zu primitiver, ja roher, animalischer Lust steigerte, vermischt mit Liebesschwüren, war wie eine Erneuerung ihrer selbst gewesen. Das erste Mal zu fühlen, wie ein Mann in ihr kam, die Wärme seines Spermas, der Geruch von Sex, zu fühlen, wie er von seinem Orgasmus geschüttelt wurde. Völlig neue, unvorstellbare Empfindungen. Sie wollte seinen Saft in ihren Leib einsaugen, in ihre Seele, um nicht einen Tropfen dieses magischen Elixiers zu verlieren, das sie in Ekstase erbeben ließ.

Es war ganz anders gewesen, als die Mädchen auf der Schule es ihr beschrieben hatten. Ja, sie fühlte sich ein wenig wund. Sam verstand es, sich zu beherrschen, und so hatten sie sich sehr lange geliebt, vor allem für eine Jungfrau. Aber sogar die Wundheit empfand sie als sexuell stimulierend. Das Gefühl, gedehnt zu werden, um Sam aufzunehmen, ihre Weiblichkeit ganz erfüllt von ihm – überhaupt nicht furchteinflößend, wie ihre lieblos entjungferten Freundinnen es angedeutet hatten. Aber im Gegensatz zu ihnen hatte sie

David gehabt, der ihr Verlangen nach jedem bißchen Sex geschürt hatte, das ihr gehören würde.

Lara griff nach der mit Biberpelz besetzten Decke, schüttelte sie aus und deckte sich zu. Das verblüffend weiche Fell war beinahe so erotisierend wie Sex. Lara war nicht müde. Sie lag mit offenen Augen da und träumte von einem Leben mit Sam.

Wie schwer es ihnen beiden gefallen war, auseinanderzugehen. Sie konnte an nichts anderes denken als an ihre Verabredung zum Lunch. Sie würden den Nachmittag und Abend wieder in Tante Bidis Suite im Sherry Netherland verbringen und sich lieben. Ihre Phantasie ging mit ihr durch; sie wollte alles ausprobieren, wollte, daß Sam ihr beibrachte, ein Höchstmaß an Lust zu geben und zu empfangen. Was für ein Abenteuer ihr Leben sein würde. Sie dachte an die weißen Rosen, die sie in der Lalique-Vase in Tante Bidis Zimmer im Sherry zurückgelassen hatte. Wie romantisch von Sam, am Pierre haltzumachen, um sie zu besorgen.

Es überraschte sie, daß sie selbst kaum romantische Gedanken hegte. Nun, daran konnte sie noch arbeiten. Ihre Gedanken wandten sich Dingen zu, die sie und Sam in den Jahren, die sie sich nun schon kannten, gemeinsam unternommen hatten. Jetzt, da sie Liebende waren, würde es sogar noch schöner sein. Vielleicht unterbrachen sie das College für ein Jahr und segelten gemeinsam um die Welt. Sie hatten oft von ihrem Traum gesprochen, die Welt zu umsegeln. Sie schlang die Arme um sich selbst; der Gedanke, überall auf der Welt, wo es ihnen gefiel, mit Sam zu schlafen, ließ sie lächeln.

Sam, drei Jahre älter als Lara und Yale-Student, würde vielleicht erst die Universität abschließen wollen. Nun, dafür hatte sie Verständnis; sie konnte warten. Sie begann, sich ihren Liebhaber Sam als erwachsenen Mann vorzustellen. Gutaussehend, ein Footballspieler für die Yale-Mannschaft. Hellbraunes Haar und dunkle, verführerische Augen, ein Gesicht, das breit und eckig war, aber auch sanft. Die Grübchen, wenn er lächelte ... Und die Güte und Geduld, als müsse er sich dafür rechtfertigen, daß er wie der nette Kerl aussah, der er auch war. Aber sie wußte, daß er außerdem intelligent war, ein erfolgreicher Student mit Ambitionen auf ein Leben als Akademiker. Derzeit träumte er davon, an seiner Alma mater Philosophie zu lehren. Andererseits war er auch seinem Vater sehr ähnlich, ein Golf spielender Salonlöwe, der denselben Clubs angehörte, der Schwiegersohn, von dem alle Mütter träumten.

Sie fuhr hoch. Frauen! Mit wie vielen Frauen hatte er geschlafen, während er gewartet hatte, daß sie erwachsen wurde und ihn erwählte? Hatte er vielleicht neben ihr noch eine andere Freundin? Sie ließ sich auf die Kissen zurückfallen, ihre Unsicherheit war bereits wieder verflogen. Es spielte keine Rolle. Er hatte ihr oft genug geschworen, daß er sie, nur sie allein, liebe, und sie glaubte ihm.

Als sie um neun Uhr zum Frühstück herunterkam, saß er mit der Familie am Frühstückstisch. Sobald ihre Blicke sich trafen, durchströmte wohlige Wärme ihren Körper. Niemandem schienen die Blicke aufzufallen, die sie wechselten. Sie bildeten sich beide ein, daß alle wußten, daß sie sich liebten, ernsthaft liebten, daß die Jahre der kindlichen Verliebtheit vorbei waren. Sie erwartete zumindest, daß man sie neckte, weil er ständig ihre Hand nahm und küßte. Die neue Intensität in der Art, wie er mit ihr flirtete und sie zum Footballspiel Yale-Harvard irgendwann um Thanksgiving herum einlud, mußte doch zumindest stark andeuten, in welcher Weise ihre Beziehung sich verändert hatte. Der überraschte Ausdruck auf seinem Gesicht, als Max und David meinten, daß sie sich das Spiel auch gern ansehen und sie mitbringen würden, hätte allen die Augen öffnen müssen, aber niemand reagierte. Nicht einmal die sexy Zwillinge registrierten die Signale, die das frisch verliebte Paar aussandte. Die Familie nahm Sam Fayne und seine Freundschaft mit Lara als selbstverständlich hin. Die Antennen ihrer Lieben schienen so früh am Morgen noch nicht ausgefahren zu sein. Lara war beinahe verärgert.

Endlich war sie mit Sam allein. Er schloß die gelben Wohnzimmertüren, zog sie in die Arme und küßte sie leidenschaftlich. »Ich dachte, das Frühstück würde nie ein Ende nehmen. Ich habe kein Auge zugetan. Bist du okay? Glücklich?«

Sie lachte. »Ja, sehr glücklich, und es geht mir gut.«

Er wirkte schrecklich verlegen. Er streichelte ihr Haar und zögerte, bevor er beinahe schüchtern fragte: »Es tut doch nicht mehr weh, oder? Hat es aufgehört zu bluten?« Sie nickte und versicherte ihm erneut, daß es ihr nicht besser gehen könnte. Er schien ihr nicht glauben zu wollen. »Heute nachmittag wird es besser sein. Beim erstenmal ist es immer am schlimmsten. Und du wirst noch größere Lust empfinden, das verspreche ich dir.« Er küßte sie wieder, diesmal hungrig, auf die noch empfindlichen Brustwarzen, die noch schmerzten von der vergangenen Nacht. Er saugte so fest an ihnen, daß sie sich wand vor Lust und Schmerz. Er rückte von ihr ab und bedeckte widerstrebend ihre nackten Brüste wieder mit der weichen rosafarbenen Cashmere-Bluse. Er keuchte vor Verlangen nach ihr und drückte sie wieder fest an sich. »Sag, daß du mich liebst. Sag es«, flehte er.

Sie schwieg. Sie konnte nur daran denken, wie sehr sie ihn begehrte. Sie war ganz feucht vor Verlangen. Ihr Herz raste. Sie wollte ihn in sich fühlen. Vorhin, als sie sich angezogen hatte, hatte sie daran gedacht, was Luan zu Max gesagt hatte. Um für Sam bereit zu sein, wie Luan es für Max gewesen war, hatte sie beschlossen, fortan keinen Slip mehr zu tragen. So wie Luan wollte sie allzeit bereit sein für einen Mann. Während des Frühstücks hatte sie es als angenehm sexy empfunden, unter dem Rock nichts anzuhaben, offen und bereit zu sein.

Jetzt hob sie den Rock an und spreizte die Beine, schwer atmend in Erwartung der Vereinigung. Sie schloß die Augen und versuchte, sich zu beherrschen. Als sie die Augen wieder aufschlug, sah die den schockierten Ausdruck in Sams Augen. Er streichelte ihre Hüften, strich mit der Hand über ihr weiches, blondes Schamhaar und zog den Rock wieder herunter. Diesmal küßte er sie zarter, bemüht, sich seine Verlegenheit nicht anmerken zu lassen. Aber es war zu spät. Seine Augen verrieten ihn. Sie hatte kaum Zeit, seine Zurückweisung zu fühlen, da er hastig sagte: »Ich liebe dich. Ich begehre dich in jeder Minute. Aber nicht hier. Später. So sehr es mir auch widerstrebt, ich muß jetzt gehen.« Und dann bat er sie, ihn zu seinem Wagen zu begleiten. Arm in Arm gingen sie zur Tür und hinaus zu seinem Maserati.

Das Kommen und Gehen der Familienmitglieder und ihrer chinesischen Gäste sorgte den ganzen Vormittag für Betriebsamkeit im Haus. Lara ließ sich einfach treiben und dachte nur an ihr bevorstehendes Rendezvous mit Sam. Am Wochenende wurden in Cannonberry Chase neben der gesamten Familie achtzehn Gäste erwartet. Die Liebenden hatten geplant, sich im Trubel der Vorbereitungen davonzustehlen. Sie fühlten sich sicher in dem Wissen, daß Emily und Henry ihre Abwesenheit akzeptieren würden, froh, daß sie sich an diesem geschäftigen Tag nicht auch noch um Lara kümmern mußten. Ihrem leidenschaftlichen Nachmittag schien nichts im Wege zu stehen.

Zumindest hatte es am Morgen den Anschein. Als es Mittag wurde, kam es Lara vor, als hätte sich die ganze Welt verschworen, sie und Sam voneinander fernzuhalten. Immer wieder mußten sie umdisponieren. David fand sie schließlich in Mylings Zimmer, wo sie jede Geste der Chinesin verfolgte, während diese ihrem Mädchen beim Verpacken der berühmten Garderobe Anweisungen gab. Er war belustigt von Laras veränderter Haltung der hübschen und lasterhaften jungen Frau gegenüber. Er setzte sich zu ihr auf das Sofa und legte den Arm um sie. Er spürte gleich, daß ihre Beziehung sich entscheidend verändert hatte, als sie ganz leicht von ihm abrückte. In ihrer Geste lag nichts Feindseliges, mehr ein Abkühlen der Liebe, die sie ihm bis dahin entgegengebracht hatte. Das zweite Anzeichen für die neue Distanz zwischen ihnen war die Ungezwungenheit, mit der sie Mylings Bemerkung aufnahm, daß es für Lara großartig gewesen wäre, sich ihrer kleinen Orgie am Vortag anzuschließen.

»Ach ja«, sagte er. »Sam hat angerufen. Ich soll dir ausrichten, daß er die Einladung zum Mittagessen absagen muß, er dich aber um drei Uhr abholt.«

»Warum?«

»Das weiß ich nicht, Lara.«

»Hat er sonst noch etwas gesagt?«

»Nur daß er, als er dich zum Lunch eingeladen hat, ganz vergessen hatte, daß er seinem Vater bereits versprochen hatte, mit ihm im Club zu essen. Er konnte die Verabredung unmöglich absagen.« Die Enttäuschung in ihren Augen war nicht zu übersehen. Daran, wie sie Sam verteidigte dafür, daß er ihre Verabredung hatte absagen müssen, und an der Weichheit in ihrer Stimme, wenn sie von ihm sprach, erkannte David, daß sie ein Liebespaar waren. Er freute sich für sie und neckte sie wegen Sam und ihrer veränderten Haltung ihm selbst gegenüber. Der Blick, den sie wechselten, ehe er sie in die Arme nahm und drückte, verriet ihm, daß sie froh war, daß er es wußte. Sie sagte, daß sie ihm dankbar wäre und sie ihn immer noch liebe, nur anders. Ihre Fröhlichkeit war ansteckend. Myling schlug einen Einkaufsbummel vor, da sie frei wäre. Elizabeth, die an der Tür gestanden hatte, erklärte, daß sie ebenfalls eine Stunde erübrigen könne, und so schloß Lara sich wenig begeistert von der Änderung ihrer ursprünglichen Pläne den Frauen an.

Als sie zurückkam, wartete Sam bereits auf sie. Schon allein bei seinem Anblick tat ihr Herz einen Sprung. Er legte den Arm um sie und küßte sie vor Henry, Emily und John auf die Wange, ganz offensichtlich in der Absicht zu demonstrieren, daß ihre Beziehung sich vertieft hatte. Lara verstand nicht, wie sie einerseits so glücklich mit Sam sein und andererseits fühlen konnte, wie er ihr irgendwie entglitt. Es gab hierfür kein äußerliches Anzeichen. Henry und Emily schienen nicht im mindesten überrascht von seinem Verhalten. Lara fragte sich, ob ihre Eltern ahnten, wie intim ihre Beziehung geworden war. Sie glaubte nicht, daß dies gut ankommen würde. Emily konnte zuweilen schrecklich prüde sein. Sie verschloß Augen und Ohren vor dem Ruf ihrer Söhne als Frauenhelden. Kein Anflug sexuellen Tratsches war in ihrer Gegenwart gestattet.

Während sie darüber nachdachte, ging Lara mit Sam hinunter in die Küche, um den Kühlschrank zu plündern. Sie hatten beim Einkaufsbummel Unsummen ausgegeben, und es hatte mehr Spaß gemacht, als sie erwartet hatte. Myling und Elizabeth hatten sie beide mit einem neuen Look verwöhnt, den sie, wie sie hatten durchblicken lassen, bald brauchen würde. Ihre neue Garderobe bestand aus mehreren wunderschönen Kleidern. Für Lara, die den Kühlschrank nach einem geeigneten Imbiß durchforstete, während ihr Liebhaber ihren Nacken küßte, wurde das Leben rasch zu einer aufregenden Achterbahnfahrt. Und so war es ein großer Schock für sie, als Sam ihr mitteilte, daß sie ein Problem hätten. »Tante Bidi hat angerufen. Sie ist auf dem Heimweg.«

Lara fuhr herum. Sam küßte sie ganz sanft auf Augen und Lippen. »Wo können wir sonst hingehen?« fragte sie.

»Es geht nicht um das Wo. Es gibt noch andere Orte, an denen wir uns treffen können. Aber heute geht es nicht, Lara. Wir haben nur eine Stunde. Das ist zwar unfair, aber so ist es nun mal. Ich muß heute nachmittag mit meinem Vater zu seinen Anwälten. Ich hatte keine Ahnung. Er hat es mir erst beim Mittagessen gesagt. Es findet eine Versammlung der Vermögensverwalter statt, und mir sollen irgendwelche Immobilien übertragen werden. Ich muß hingehen.«

»Und hinterher?«

»Anschließend fahren wir sofort aufs Land. Aber wir haben ja das ganze Wochenende. Da bin ich frei, und wir können ungestört zusammensein. Wir können uns auf eurem Boot lieben, am Strand, im Stall, im Bootshaus oder in deinem oder meinem Zimmer auf Cannonberry Chase. Es wird wunderbar. Ich liebe dich, Lara. Für uns hat doch alles gerade erst angefangen. Wir haben noch ein ganzes Leben vor uns, um uns zu lieben.« Sam begriff nicht, wie sehr sie sich danach sehnte, an diesem Nachmittag mit ihm zu schlafen, mit ihm allein zu sein, fernab von allen Familienbelangen und ihrem Alltagsleben. Sie wollte richtigen Sex, ja. Nicht nur herumschmusen wie jetzt. Er hatte eben keine Ahnung, wie sinnlich sie veranlagt war, welche Bedürfnisse sie hatte. Sie hatte ihre eigene Sexualität selbst erst in den vergangenen vierundzwanzig Stunden entdeckt und akzeptiert. David wußte, wie es um sie stand. Ja, sogar Myling und Luan wußten, was in ihr vorging. Nur der Mann, den sie liebte und dem sie sich hingegeben hatte, verstand nicht. Sie verspürte einen Stich der Enttäuschung und Trauer. Aber Sams Liebesschwüre legten sich wie Balsam über die Wunde, und der Schmerz verging. Immerhin lag das Wochenende vor ihnen, und sie konnte sich auf die Stunden freuen, die sie gemeinsam verbringen würden. Das war für sie beide ein neuer Anfang; nicht zum letzten Mal in ihrem Leben fand sie eine rationale Erklärung, um mit ihrer Enttäuschung fertig zu werden.

Emily beobachtete Lara und Sam, die auf einer Bank im Garten saßen, vom Fenster ihres Wohnzimmers im Obergeschoß aus. Es war ihr größter Wunsch, daß die beiden heirateten. Die Faynes wären ebenso entzückt wie die Stantons von einer solchen Vereinigung beider Familien. Sam hatte schon immer zur Familie gehört. Sie liebte ihn bereits ebenso sehr wie ihre eigenen Kinder. Ein Außenseiter weniger im Clan. Was für ein Glück Lara doch hatte, und das nur drei Wochen vor ihrer Abreise aufs College. Gerade lange genug, daß die Liebe der beiden erblühte, und doch wieder nicht so lange, daß sie sie in Schwierigkeiten brachte. Wenn Lara dann wieder nach Hause kam, stand ihre Einführung in die Gesellschaft bevor. Nach dem Smith College – alle Stanton-Frauen besuchten das Smith College – und einem Jahr zu Hause und in Gesellschaftskreisen eine große Hochzeit. Perfekt! Emily war sehr zufrieden mit sich. Lara war auf wunderbare Weise in ihre Pläne eingefügt worden.

Emilys Nachmittagstee fand in kleinem Kreise statt, da die meisten Familienmitglieder bereits nach Cannonberry aufgebrochen waren. Der Tee wurde Emily, Henry, David, Elizabeth, Lara, Jamal Ben El-Raisuli und seiner Mutter, einer französischen Schönheit, die sein Vater einem französischen Staatsmann abspenstig gemacht hatte, in der Bibliothek serviert. Die Französin war außer zum Tee nie im Hause Stanton akzeptiert worden, da Emily nie einen Skandal vergaß, ganz gleich, wie viele Jahre vorbildlichen Benehmens ihm gefolgt waren.

Wie sich im Gespräch ergab, verfügte Jamals Mutter über

eine Loge in der Oper. Ein junger hispano-amerikanischer Tenor gab sein Debüt in einer Oper von Rossini, und es war noch ein Platz frei. David lehnte dankend ab, da er zum Dinner auf dem Land erwartet wurde. Emily lehnte selbstverständlich ebenfalls ab. Sie schob als Ausrede vor, auf Cannonberry Chase unabkömmlich zu sein. Sie würde sich niemals bei einem gesellschaftlichen Ereignis mit Jamals Mutter blicken lassen. Damit wäre diese automatisch gesellschaftsfähig geworden, was sie in Emily Stantons Augen nun einmal nicht war. Jamal und sein Vater … nun, das war etwas anderes. Einer ihrer Verwandten, Theodore Roosevelt, Teddy, der Großonkel ihrer Mutter, hatte als Präsident bei einem Vorfall, in den ein Verwandter Jamals verwickelt gewesen war, Truppen nach Marokko entsandt. Eine Amerikanerin war mit ihren zwei Kindern entführt worden. Politik, Macht und Erpressung hatten sich auf bemerkenswerte Weise gepaart, vor allem, da der internationale Zwischenfall glücklich ausgegangen war. Amerika war ehrenvoll aus der Affäre hervorgegangen. Solche Dinge waren akzeptabel, sie schufen eine gesellschaftliche Verbindung – zumindest geschichtlich. Aber eine verheiratete Frau, eine ehemalige Pariser Geliebte eines russischen Erzherzogs, die mit einem Araber durchbrannte – das war für Emily Dean Stanton keine Geschichte. Das war schmutzige Wäsche.

Während der Unterhaltung über das Wochenende stellte sich heraus, daß alle Wagen und auch Davids Flugzeug bis auf den letzten Platz besetzt waren. Lara, die mit Sam hatte fahren wollen, war in die Planung nicht miteinbezogen worden. Jetzt, da Laras Pläne sich geändert hatten, stellte ihre Beförderung aufs Land ein Problem dar. Der Zug wurde vorgeschlagen und wieder verworfen. Ein Wagen mit Chauffeur würde zurückfahren und sie holen.

»Das ist nicht nötig«, sagte Jamal. »Ich fahre erst spät heute abend, und in meinem Wagen ist noch Platz für Lara.« Jamal schenkte Emily sein charmantestes Lächeln. »Ich würde mich über deine Gesellschaft freuen, La«, sagte er, den Kosenamen der Familie benutzend. »Und wenn du möchtest, gestatte ich dir, nach Lust und Laune mit mir zu flirten. Gestern abend war doch nur ein bescheidener Anfang.«

»Wenn das alles ist, was du anzubieten hast, Jamal, nehme ich den Zug«, entgegnete Lara aufmüpfig. Alle lachten. Jamal und Lara flirteten spielerisch miteinander, seit sie sechs Jahre alt war. Er neckte sie ständig und hatte mehrmals erklärt, daß er, wenn sie erwachsen wäre, mit ihr durchbrennen und ihr die Welt zeigen würde.

»Nein, das wirst du nicht«, widersprach Emily. »Du wirst Jamals Einladung annehmen und ihm dankbar sein, daß er dir die anstrengende Zugfahrt erspart.«

Emily sah es nicht gern, wenn Lara allein mit dem Zug fuhr. Schon gar nicht am Abend. In solchen Dingen war sie beinahe gluckenhaft. Und da ihr selbst als jungem Mädchen nie gestattet worden war, öffentliche Verkehrsmittel zu benutzen, sah sie keinen Grund, weshalb sie es ihren Kindern erlauben sollte. Emily Dean Stanton gehörte der Generation der Lindbergh-Entführung an. Bis zum heutigen Tage war sie in bezug auf eine mögliche Entführung so paranoid wie alle wohlhabenden Familien der Gesellschaft. Ihre Paranoia war ihr sehr von Nutzen. Sie erlaubte es ihr, eine weitere Unannehmlichkeit des öffentlichen Lebens zu umgehen: das Reisen mit den Massen. Wagen und Chauffeur waren gewöhnlich für Lara *de rigueur*, erst recht, wenn es sich um die Strecke zwischen Cannonberry Chase und dem Wohnsitz in Manhattan handelte. So hatte sie es bei allen Kindern gehalten, bis sie erwachsen und in der Lage gewesen waren, für eigene Transportmittel zu sorgen. Und so war Emily erleichtert von Jamals Anerbieten. Allerdings war sie weniger erfreut, als Jamals Mutter erneut die Loge in der Oper erwähnte und vorschlug, daß Lara sie begleitete.

Auch bat sie Emily, ihrer Tochter zu gestatten, anschließend an einer kleinen Dinnerparty teilzunehmen. Es würde zwar spät werden, aber ihr die Zeit vertreiben bis zu ihrer Abfahrt nach Oyster Bay um Mitternacht.

Emily gab ihr Einverständnis, sehr erleichtert, daß Lara sich in Jamals Begleitung sicher nach Cannonberry Chase begeben würde, und vor allem, weil sie ihre Tochter nicht zum Abendessen eingeplant hatte. Deren Anwesenheit hätte ihre Sitzordnung durcheinandergebracht. Emily lehnte dreizehn oder siebzehn Personen an ihrer Tafel strikt ab. Und am heutigen Abend würden sie sechzehn sein. Lara würde also in die Oper gehen, Punktum. Niemand widersetzte sich Emilys Entscheidungen.

Wie praktisch sie auch für Emily sein mochte – die Einladung wurde Chantal Ben El-Raisuli von anderer Seite verübelt. Die Loge der Stantons gehörte zu der begehrtesten Sitzplätzen der ganzen Oper. Die Familienloge bestand, seit es das Metropolitan Opera House gab. Es war allseits bekannt, daß Emily und Henry Stanton in der Met nie an einem anderen Platz saßen als in ihrer eigenen Loge. Hätte es so etwas wie eine königliche Loge und ein gekröntes Haupt unter den Mäzenen gegeben, die gesamte Opernwelt Amerikas hätte gewußt, wo der Thron stand. Tatsächlich fand Emily Chantals Einladung aufdringlich. Und Aufdringlichkeit gehörte auch zu den Dingen, die als Minus in Emily Dean Stantons Buch der Etikette vermerkt waren. Aufdringlichkeit kam sogar noch vor einem gesellschaftlichen Fauxpas.

Alle im Haus schienen im Aufbruch begriffen. Emil und Elizabeth, die als letzte abfahren würden, blieben nur deshalb so lange, weil sie Laras Aufmachung kontrollieren wollten und damit Emily ihr letzte Anweisungen geben konnte. »Jamal ist ein guter Freund der Familie. Trotzdem ist ein gewisser Grad an respektvoller Distanziertheit seiner Mutter gegenüber angebracht, Lara.«

Lara, die verärgert war, daß sie sich schon Stunden, bevor sie ausging, zurechtmachen mußte, nur um sich der kritischen Musterung der beiden Frauen zu stellen, beachtete das Aufheben, das sie um sie machten, nicht weiter. Die beiden Frauen konnten sich nicht einigen bezüglich der breiten smaragdgrünen Schärpe um Laras Taille. Alles andere wurde für gut befunden. Laras Abendgarderobe bestand aus einer pinkfarbenen Taftbluse mit kurzen Puffärmeln und dezentem ovalen Dekolleté, das ihre hübschen jungen Schultern und ihren schlanken, grazilen Hals hervorhob. Elegant und feminin, und doch nicht im mindesten provokativ, lautete ihr Urteil. Die Provokation würde sich aus diesem Abend selbst ergeben, aber das blieb sogar Emilys Adlerblick verborgen. Der kobaltblaue Taftrock verlieh dem Ganzen ebenso Eleganz wie Jugendlichkeit, eine seltene Mischung. Die Farbkombination wirkte ausnehmend hübsch und passend für den Opernbesuch einer jungen Dame. Schließlich gab Emily nach und schloß sich Elizabeths Meinung an, daß die smaragdgrüne Schärpe tatsächlich genau richtig wäre, ein Geniestreich. Monsieur St. Laurent war ein Künstler, entschied Emily.

Mit einem innerlichen Seufzer der Erleichterung dankte Lara Gott dafür. Als die beiden Frauen in ihr Zimmer gekommen waren, hatte sie sich unter ihren kritischen Blicken um die eigene Achse gedreht. Sie war so zufrieden gewesen mit ihrem Aussehen, und dann hatten die beiden mit ihren strengen Blicken und ihrer Meinungsverschiedenheit vorübergehend ihr Selbstbewußtsein erschüttert. Emily hatte Lara das Perlenkollier abgenommen. »Nein, Liebes«, hatte sie gesagt. »Gestern abend, in privater Runde, ja, aber in der Öffentlichkeit – nun, ich denke nein. Dezentes Auftreten, kein Schmuck. Erst recht, wenn ein junges Mädchen gerade erst in die Gesellschaft eingeführt wird. Du mußt deinen eigenen Charme tragen wie ein Schmuckstück. Das dürfte genügen.«

Lara spürte, daß ihre Mutter und ihre Schwester sie mit anderen Augen sahen. Sie hatte es gestern auf dem Tenniscourt bemerkt und jetzt wieder hier in ihrem Zimmer. Für sie war sie kein Kind mehr. Sie behandelten sie nun wie eine junge Erwachsene. Lara wußte ihre Sensibilität zu schätzen. Sie war kein Kind mehr. Einwilligung in körperliche Liebe machte Kindheit und Jugend mit einem Schlag ein Ende. Der Sex mit Sam hatte weit mehr vollbracht, als nur ihre ihrer Ansicht nach überbewertete Jungfräulichkeit zu beenden. Er hatte sogar mehr bewirkt, als nur ihren sexuellen Frust zu stillen. Er hatte es ihr ermöglicht, sich als Frau zu entfalten. Sie fühlte sich befreit von dem lähmenden Zustand, zwischen den Stühlen zu sitzen, befreit von den Ängsten der Heranwachsenden. Jetzt fühlte sie sich in der Lage, ihr eigenes Selbst zu erforschen, ihre Sexualität, ihre Persönlichkeit, ihren natürlichen erotischen Bedürfnissen ohne Schuldgefühle oder Scham nachzugeben. Es war, als würde ihr Leben jetzt erst beginnen, wirklich beginnen. Wie Eva im Paradies hatte sie bis dahin nur vage geahnt, wie wunderbar Freiheit und Frausein sein konnte.

Lara mußte ein Lächeln unterdrücken, als sie daran dachte, wie schockiert ihre Mutter und Schwester wären, wenn sie wüßten, daß ihr kleiner Liebling bis zum Morgengrauen zügellos mit Sam geschlafen hatte. Daß sie einen Weg gefunden hatte, glücklich zu sein, ohne daß sie die Fäden zogen. War das niederträchtig? Nun, vielleicht, aber es war auch befriedigend. Wie erschüttert sie wären, wenn sie wüßten, daß sie ihre Jungfräulichkeit ohne Ehering, ohne ihre Erlaubnis verloren hatte. Schlimmer noch, daß sie die Erfahrung über die Maßen genossen hatte.

Elizabeths verärgerter Tonfall riß sie aus ihren Gedanken. »Wir sind schrecklich spät dran. Der Wagen wartet schon eine Stunde. Wir müssen jetzt los. Du siehst entzückend aus, Liebes. Und du kannst dich glücklich schätzen, heute abend von einem so gutaussehenden Mann wie Jamal ausgeführt zu werden. Aber vergiß nicht, was Mutter gesagt hat – ein wenig Distanz, eine gewisse Zurückhaltung können nicht schaden. Chantal Ben El-Raisuli ist keine von uns.«

Ihre Schwester küßte sie auf die Wange. »Alle werden sich fragen, wer du bist. Du wirst das neue, frische Gesicht sein, und das ist aufregend. Du mußt mir morgen früh alles bis ins Detail erzählen.« Dann waren die zwei älteren Frauen fort.

Lara blickte in den Spiegel. Sie hatten recht, sie sah sehr hübsch und erwachsen aus, ganz die junge Lady, wie man es von ihr erwartete. Und immerhin hatten sie ihr Bestes für sie getan. Was immer das sein mochte. Jedenfalls hatte es sie nichts über Sex und Liebe gelehrt oder darüber, wie man sich in einer Welt da draußen bewegte. Das hatte sie von ihren Brüdern gelernt. Kein Wunder, daß sie sie so sehr liebte.

Es war fünf Uhr. Jamal würde sie erst um sieben abholen.

Hungrig ging sie hinunter in die Küche. Die Köchin sagte, sie sähe umwerfend aus. Während Cherry, das Hausmädchen, ein Gedeck für sie auf den Tisch legte und die Köchin ihr ein Omelett zubereitete, band Lara sich eine der riesigen weißen Schürzen der Köchin um, damit sie sich keinen Flecken auf das Kleid machte. Der Rest des Personals kam herein, um Lara zu bewundern. Sie war mit diesen Menschen groß geworden. Sie hatten sie geliebt, umsorgt und verwöhnt, seit sie ein kleines Kind gewesen war. Sie waren ihre zweite Familie, ganz so wie sie es für die anderen Stanton-Kinder gewesen waren. Es war ihr von Herzen kommendes Urteil, daß sie hübsch und erwachsen aussah, das ihr die Sicherheit gab, die sie brauchte, um mit Jamal auszugehen anstatt mit ihrem Liebhaber Sam.

Sie wußte kaum, was sie mit sich anfangen sollte. Ihr Kleid durfte nicht verknittern, ihr Make-up nicht verschmieren und ihr von Whizzy, dem geschickten Mädchen ihrer Mutter, frisiertes Haar nicht durcheinandergeraten. Sie hatte bislang kaum an Jamal und den bevorstehenden Abend gedacht. Ihre Gedanken waren ihr selbst und Sam vorbehalten, ihrer Liebe, ihrem Einssein mit einem anderen Menschen. Auch grübelte sie über ihr Pech nach, daß der Tag völlig anders verlaufen war, als sie es in der vergangenen Nacht geplant hatten, und die reale Welt bereits in ihre Romanze eingedrungen war.

Lara schlenderte durch die Empfangsräume, schaltete die Lichter an und zog sich schließlich in den Salon zurück. Sie würde sich selbst ein Konzert geben. Wie ein feingeschliffener Diamant hatten der Charakter und die Talente des jungen Mädchens viele Facetten. Sie sprühte vor Energie. Und wenngleich noch sehr jung, ging sie ganz natürlich alles mit großer Reife und Ernsthaftigkeit an. Seit ihren Kindheitstagen liebte sie die Musik. Nach einer gründlichen klassischen Ausbildung wäre sie zweifellos in der Lage gewesen, als Musikerin Karriere zu machen. Popmusik war ein Kinderspiel für sie, ein Vergnügen, der reine Spaß. So wie Henry brauchte sie ein Stück nur einmal zu hören, um es für immer im Gedächtnis zu behalten. Hier standen zwei Steinway-Konzertflügel, wie

Liebende in den Erker geschmiegt, die Deckel geöffnet, und Henry und sie oder David und Max spielten oft stundenlang wunderbare Medleys auf ihnen, um die Familie und Freunde zu unterhalten. Sie setzte sich, drapierte sorgfältig ihren Rock um sich und begann zu spielen.

Jamal stand beträchtliche Zeit in der Tür zum Salon und lauschte gemeinsam mit Higgins, einem der Butler, den Stücken von Gershwin, Cole Porter und Jerome Kern. Er hatte sie schon dutzendemal so spielen gehört, und jedesmal hatte es ihn unterhalten und belustigt. Als er jedoch an diesem Abend dastand, sie beobachtete und der Musik lauschte, war es, als hätte er sie noch nie gesehen oder spielen gehört. Und in gewisser Weise stimmte das auch. Er war noch nie allein mit Lara in diesem Raum gewesen, der berühmt war für seine Schönheit und seine Kostbarkeiten. Stets war er erfüllt gewesen von interessanter Konversation unter Männern der Macht.

Dreißig mal fünfzehn Meter breit, zwei Stockwerke hoch, mit der großen Fensterfront zum Garten hin und den vier imposanten Marmorkaminen, in denen ein Feuer loderte, mit seinem kostbaren Mobiliar, den exquisiten Kunstobjekten, den griechisch-römischen Antiquitäten und den impressionistischen und expressionistischen Gemälden – Gauguins, Renoirs, Monets und vier ausgesuchten Van Goghs – war der Raum einfach überwältigend. Die Vorhänge fielen weich neun Meter weit von der Decke herab – schimmernder roter Seidendamast, mit einer zitronengelben Bordüre gesäumt und von schwarzen und weißen Seidentaftstores eingerahmt. Sie waren kunstvoll drapiert und wurden seitlich von riesigen Seidenquasten gehalten. Die Seide schimmerte wie Hochglanzpapier, wie lackiert, eine elegante Patina, die das Alter ihr verliehen hatte – diese Vorhänge waren mehrere hundert Jahre alt. Sie waren Relikte aus Frankreich, aus der Zeit, da Madame de Pompadour als Doyenne des Chics an Ludwigs Hof regiert hatte. Einzeln von den Stantons zusammengetragen, war der Salon des Herrenhauses in Manhattan extra diesen Vorhängen angepaßt und im Stil des späten neunzehnten Jahrhunderts dekoriert worden.

Der Raum war einzigartig. Der große Salon eines New Yorker Palastes? Eines Landhauses? Die intime Aufstellung des Mobiliars, das gedämpfte Licht, das durch elfenbeinfarbene Lampenschirme fiel, und die zahlreichen Vasen mit Tulpen, Narzissen, Rosen und Iris, alles Blumen, die im Treibhaus von Cannonberry Chase gezogen wurden, damit der Raum stets mit Frühlingsblumen geschmückt war, verliehen dem Raum eine gemütliche Atmosphäre. Die zahlreichen Bilder in Silberrahmen zeigten Mitglieder der Familie sowie sonst praktisch unsichtbare Machtmenschen, die außerhalb ihres Elitekreises selten erwähnt und noch seltener gesehen wurden.

Jamal liebte diesen Raum. Hier war er mit David und Davids Vettern groß geworden. Er betrachtete ihn als ebenso selbstverständlich, wie die Stantons es taten. Sie nannten ihn »das große Zimmer«, und er verkörperte die strenge Sparsamkeit, für die Emily berühmt war und die ihm noch größeren Chic verlieh. Der Raum wirkte abgenutzt, beinahe verschlissen – vor allem die Stühle und Teppiche. Ein Stil, der später von verschiedenen britischen Antiquitätenhändlern und Innendekorateuren berühmt gemacht werden sollte. Emilys Sparsamkeit hatte eine Patina bewirkt, die untrennbar mit Klasse verbunden war in einem Teil der Gesellschaft, der keinen Wert legte auf Neues und Extravagantes, bei dem Etiketten und Glitter verpönt waren. Elegant und abgenutzt – nur zu ihrem eigenen Vergnügen war der Raum bestimmt, nicht als Schauobjekt.

In der Atmosphäre dieses Raumes spielte Lara für sich allein ein Konzert, während sie auf Jamal wartete.

Er hatte sie in sämtlichen Stanton-Wohnhäusern spielen hören: hier, auf Cannonberry Chase, in der Villa in Cap d'Antibes und in Palm Beach. In jenen ganz privaten Häusern, in denen die Familie ein diskretes Dasein führte und in die eingeladen zu werden der Traum vieler Außenstehender war. Das Besondere an diesem Augenblick war, daß er in diesem Raum nun allein war mit Lara, der jungen Erbin dieser privaten Welt und dieses faszinierenden Königreiches.

Langsam durchquerte er das Zimmer. Er machte halt, um

den Duft einer Vase weißer Rosen einzuatmen und mit den Händen durch eine Schale Blütenblätter zu fahren. Dann setzte er sich auf die Armlehne eines Sofas und betrachtete Lara. Er war blind gewesen. Sie war seit Jahren kein Kind mehr. Er hätte sie schon vor langer Zeit zur Frau machen sollen. Oder zumindest am gestrigen Abend. Sie blickte auf und sah ihn. Er seufzte und lächelte ihr zu, ehe er zum Piano hinüberging und sich darauf stützte. »Nein, hör nicht auf.«

Lara beendete das Stück von Gershwin. Er neigte den Kopf, hob ihre Hand an die Lippen und küßte sie. Lara erhob sich. Er hatte ihre Hand nicht losgelassen. Er trat zurück und sagte mit leicht bedrohlichem Charme: »Ich hätte mit dir durchbrennen sollen, als du dreizehn warst, so wie ich es dir versprochen hatte. Jetzt bist du erwachsen und willst mich vielleicht nicht mehr haben. Du siehst umwerfend aus.«

Kapitel 4

Coup de foudre, ein Urknall, der Blitz der Liebe auf den ersten Blick. Es war verrückt, aber Lara konnte an nichts anderes denken. *Coup de foudre.* Die Französischlehrerin hatte ihnen die Bedeutung erklärt und hinzugefügt: »Junge Damen, Sie werden die wahre Bedeutung dieses Ausdrucks besser verstehen, wenn Sie sich verlieben.« Wie recht Mademoiselle gehabt hatte. Es bedeutete, sich auf einen Schlag zu verlieben und gleichzeitig den Verstand zu verlieren. Es geschah, als Jamal ihre Hand hielt und sie einander schweigend in die Augen sahen, beide bemüht, ihr inneres Gleichgewicht wiederzuerlangen. Unmöglich, und der Ausdruck *Coup de foudre* ging ihr nicht mehr aus dem Sinn. Sie versuchte, diese Gedanken zu verdrängen und sich ins Gedächtnis zu rufen, was für ein Gefühl es war, Sam zu lieben. Den abwesenden Sam. Ungefährlich, liebevoll. Sexy, ein Freund und Liebhaber, der ihr zutiefst ergeben war – aber es gelang ihr nicht einmal, ein Bild von ihm heraufzubeschwören. Sie hatte ihn schon immer gekannt, er war einer von ihnen, und jetzt wurde er von der Berührung und dem verführerischen Blick eines anderen Mannes einfach ausgelöscht. Jamal. Sie hatte sich immer angezogen gefühlt von seinem guten Aussehen, dem dunklen Haar, der bronzefarbenen Haut, den sinnlichen Lippen und den großen braunen Augen, die so dunkel waren, daß sie schwarz wirkten. Diese Augen, die lächelten und in denen ein so erregendes, schwelendes erotisches Versprechen lag. Wie oft hatte sie ihn geneckt wegen seiner nicht ganz perfekten Nase! Und wie oft waren sie und ihre Freundinnen kindlich verliebt gewesen in Davids Freund. Eine Verliebtheit, die dann vergessen worden war für ein Hündchen, ein Boot oder ein Tennisturnier. Aber jetzt! Das war keine kindliche Verliebtheit, nicht einmal die Verliebtheit eines Teenagers. Das war das sexuelle Verlangen einer Frau nach einem Mann.

Sie fühlte, wie ihr ein Schauer der Furcht über den Rücken lief, aber er war zu schnell für sie und verdrängte die Warnung. Er zog sie langsam in seine Arme. »Ich bin es, der schaudern sollte. Ich bin es, der sich fürchten sollte.« Er legte ihr eine Hand unter das Kinn und zwang sie, ihn anzusehen. Er betrachtete ihr Gesicht. Sie kannte ihn seit so vielen Jahren, aber so wie er sich jetzt ihr gegenüber benahm, war es, als wären sie Fremde. Sie spürte, wie ihre Sinne außer Kontrolle gerieten und sie sich Hals über Kopf in diesen attraktiven Unbekannten verliebte.

Sie fühlte sich ganz schwach, als er die Lippen auf die ihren legte und seine Zungenspitze zwischen sie schob. Ihre eigenen Lippen blieben verschlossen. Er zeichnete ihre Konturen mit seiner feuchten Zunge nach und küßte sie dann mit solcher Zartheit, daß sie ein Wimmern unterdrücken mußte. Noch ein Kuß, und noch einer, auf ihre Halsbeuge, ihr Ohrläppchen, ihre Schulter. Er hob ihre Hand, legte sie über seine Lippen und küßte sie. Dann fuhr er mit der Zunge über ihre Handfläche. Sie suchte fieberhaft nach Worten. Irgend etwas. Eine neckende oder kokette Bemerkung, etwas, das dem

Gefühl ein Ende machte, zu fallen, unwiderstehlich zu ihm hingezogen zu werden, ihn zu begehren.

Er ließ ihre Hand nicht los, als er einen Schritt zurücktrat. Er griff in seine Hosentasche, holte ein Taschentuch hervor und korrigierte sanft ihren leicht verschmierten pinkfarbenen Lippenstift. Er strich ihr über das Haar und legte eine Locke zurecht. Sie sah das Verlangen in seinen Augen, den angespannten Ausdruck auf seinem Gesicht und sein Schlucken, bevor er sagte: »Du begehrst mich ebenso sehr, wie ich dich begehre. Sag mir, daß ich mich nicht irre, Lara.«

Es fiel ihr schwer und verwirrte sie, mit ihren erotischen Gefühlen für Jamal fertig zu werden. Ihre Sehnsucht danach zu gestehen, von ihm geliebt zu werden, war unmöglich. Wenn ihre Pläne mit Sam nicht durchkreuzt worden wären, würde sie in eben dieser Sekunde sicher und geborgen in seinen Armen liegen. Aber jeder weitere Gedanke an Sicherheit, Sam und Liebe schwand völlig, als Jamal ihr die Hände auf die Hüften legte und sie sanft an sich zog. Naiv schloß sie die Augen, in der Hoffnung, so die Erregung verbergen zu können, die sie durchströmte, als er durch den Seidentaft die Rundung ihrer Brüste streichelte. Es war vergebens.

Als erfahrener Verführer wußte Jamal, daß sie sich sexuell hoffnungslos zu ihm hingezogen fühlte. Und dieses Wissen machte ihm Mut. »Wie entzückend, du bist ja völlig nackt unter der vielen Seide.« Sie schwieg, aber die Röte, die ihre Wangen überzog, bestätigte ihm, daß er recht hatte.

»Ganz nackt. Nicht nur deine Brüste?« fragte er. Etwas an dem Ausdruck in ihren Augen berührte ihn tief: Eine Mischung aus Unschuld und Lust. Überwältigendes Verlangen, sie zu nehmen, ergriff von ihm Besitz, nicht nur um seinen eigenen Hunger zu stillen, sondern auch den ihren. Er erkannte in ihr weit größeres sexuelles Begehren, als er es ihr in diesem jungen, unerfahrenen Alter zugetraut hätte. Wer hatte sie darauf vorbereitet? Ganz sicher nicht Sam.

Jamal wußte von ihrer Liebesnacht. Er hatte in einer Ecke des Raumes gesessen, in einem Sessel mit hoher Rückenlehne, mit dem Rücken zur Tür, und die Szene zwischen Sam und

Lara miterlebt. Um die Sessellehne herumschauend, hatte er alles gesehen und gehört. Er wußte, wie bereit Lara gewesen war, als sie den Rock gehoben und sich entblößt hatte. Und in diesem Augenblick war ihm auch klargeworden, daß er sie besitzen mußte. Er hatte kaum mehr an etwas anderes denken können als an das, was er gern mit ihr tun würde, seit er sie von der Taille abwärts nackt gesehen hatte. Ihre Weiblichkeit, unter dem Dreieck weichen, blaßblonden Schamhaares verborgen, war in seinen Gedanken zu einer Obsession geworden, die er einfach befriedigen mußte. Das Schicksal hatte sie zu ihm geführt, und er war bereit, sich dieser Fügung zu stellen. Und es erregte ihn, daß sie es offenbar auch war.

Als er sie wieder küßte, öffnete sie die Lippen, und als ihre Zungen einander trafen, schmeckte er sie zum erstenmal. Er fühlte, wie sie in seinen Armen ganz weich und anschmiegsam wurde, und fragte erneut mit wachsendem Verlangen: »Antworte mir, Lara.«

Er konnte fühlen wie ihr Herz raste, und war verblüfft, als sie tatsächlich antwortete. »Ja, ganz nackt. Und ich werde nie wieder Unterwäsche tragen. Ich möchte frei, offen und bereit sein und mich wie eine lasterhafte Abenteurerin fühlen, auch wenn ich keine sein kann.«

Aus ihren Worten sprachen mutiges Verlangen, tapfere Aufrichtigkeit und weibliche Unsicherheit in all ihrer Unschuld. Jamal war bezaubert. »Dafür küsse ich dich«, sagte er und stellte fest, daß sie die Wahrheit gesagt hatte, als seine Hände sich um ihren nackten Po und ihre Hüften legten und seine Finger das blonde Dreieck liebkosten, in das er so verliebt war.

Das hier war Spielerei; ihm schwebte weit mehr vor. Er war entschlossen, mit Lara zu schlafen und sie genußvoll in seine eigenen sexuellen Wünsche miteinzubeziehen. Er zog seine Hände zurück und legte einen Arm um sie. »Du hast mir den Kopf verdreht. Ich bete, daß es dir genauso geht wie mir. Ich will dich lieben, mit dir schlafen. Ich möchte, daß wir als Liebende zusammenkommen und gemeinsam bis zum Exzeß die Liebe auskosten. Laß mich aus dir eine erotische Frau machen, die jeden Mann, den sie will, zu ihrem Sexsklaven machen kann.«

Laras Herz tat einen Sprung, als sie aus seinem Mund hörte, daß er demselben *Coup de foudre* erlegen war wie sie selbst. Sofern sie noch irgendwelche Bedenken gehabt hatte, sich ihm hinzugeben, hatte er diese mit dem Eingeständnis seiner Liebe zu ihr zerstreut. Gegenseitige Liebe auf den ersten Blick – unwiderstehlich, unentrinnbar. Sie war bereits Wachs in seinen Händen gewesen, als er versprochen hatte, sie zu der unwiderstehlichen Verführerin zu machen, von der sie glaubte, daß sie ihr die Liebe und Aufmerksamkeit verschaffen würde, nach denen sie sich so sehr sehnte.

Er las in ihren Augen, daß sie sein war, daß sie ihn nicht zurückweisen würde. Sie würde ihm gehören, sich allem fügen, was er von ihr verlangte, und er wußte, daß er sie glücklich machen würde, sexuell befriedigter, als sie es je bei Sam sein konnte. Wie sollte Sam mit ihm konkurrieren können? Sam liebte sie viel zu sehr. Und seine Liebe machte ihn blind für die dunkle Seite von Laras erotischen Phantasien. Jamal hatte ein sehr klares Bild von seinem jungen erotischen Protegé und konnte es kaum erwarten, ihre geheimsten Wünsche zu erforschen. Es faszinierte ihn, herauszufinden, wie weit er bei ihr gehen konnte.

»Wir gehen in die Oper, aber hinterher mußt du mir eine Nacht mit dir gewähren. Laß mich dich lieben. Laß mich bei dir bleiben, bis du mit Haut und Haaren mir gehörst. Es wird für uns beide nichts anderes geben, ehe wir uns nicht in dieser Art hingegeben haben. Du mußt einwilligen.« Er betrachtete sie mit seinem hungrigsten, gequältesten Blick, dem bislang nur sehr wenige Frauen hatten widerstehen können. »Willige ein«, flehte er wieder. »Sag ja.«

»David darf es nie erfahren. Ich könnte es nicht ertragen, wenn er es wüßte.«

David. Komisch, daß sie nicht gesagt hatte »Meine Brüder dürfen es nie erfahren«. Es war also David gewesen, der mit seiner kleinen Cousine Sexspielchen gespielt hatte. David war es gewesen, der die erotische Seite der schönen Lara geweckt hatte. Dieser Teufel! Das mußte der Grund sein, weshalb sie nicht wollte, daß er davon erfuhr. Natürlich hatte sie recht. Das wäre das Ende seiner Freundschaft mit David. Als Jamal sich von seiner Überraschung erholt hatte, fragte er: »Darf ich das als Zustimmung deuten? Du mußt ja sagen. Ich muß von dir hören, daß du mich willst, uns.«

»Ja.« Kein nervöses, unerfahrenes Ja. Statt dessen schwangen Leidenschaft und Erregung darin mit. Lara schlang die Arme um seinen Hals und küßte ihn erst auf die Wange, dann auf die Augen und schließlich auf den Mund. Jetzt war es Jamal, der erregt wurde von der erotischen Natur der jungen Frau.

Im Wagen, auf der Fahrt zur Oper, wurden ihre Gefühle füreinander noch intensiver. Skrupellos schürte er ihr Begehren. Er wurde mutiger. Er öffnete den Reißverschluß seiner Hose und legte ihre Hand auf sein Glied. Er spürte nichts von der Nervosität, die er ob dieser Geste inmitten des Verkehrs auf der Fifth Avenue erwartet hatte. Vielmehr eine willige Unterwerfung, daß ihm ganz schwindlig wurde bei seinen Phantasien, was ihn mit der naiven Schönheit noch erwartete.

Sie einigten sich darauf, in der Öffentlichkeit den Schein zu wahren. Sie benahm sich kühl und legte eine Distanziertheit an den Tag, die über Diskretion hinausging. Schauspielerei oder nur gute Erziehung? Was immer es war, es machte Jamal rasend. Er glaubte, daß sie ihm entglitt, daß sie ihn nur aufgezogen hatte. Er war verunsichert. Die junge Schönheit hatte sich ihm versprochen. Jetzt hing er am Haken.

Sie zog mehr Blicke auf sich, als er erwartet hatte, als sie durch die Menge im Foyer schritten. Sie besaß jene ganz spezielle Art von Schönheit, nach der ältere Playboys lüsterten und die junge Kerle gern eroberten oder an ihrer Seite präsentierten wie Sextrophäen. Sie besaß noch diesem unkorrumpierten Schimmer von Kindlichkeit, der sie umgab wie Tau, der auf einer frischen weißen Rose glitzerte. Niemand außer ihm durfte sie haben. Sam hatte er bereits abgehakt. Er war ein fehlerhaftes Timing gewesen, mehr nicht.

Mehrmals im Verlauf des Abends begegneten sich ihre

Blicke. Er sah keinen Hauch von Verlangen in ihren faszinierenden, verführerischen grünen Augen. In der Pause nahm er sie bei der Hand und zog sie hinter sich her durch die Menge. Sie blieben nur kurz stehen, als sie von einem Freund angesprochen wurden, hielten sich gerade so lange auf, ein paar höfliche Floskeln auszutauschen. Dann flüchtete er mit ihr aus dem Opernhaus.

Noch nie hatte jemand Lara besessen. Ihr Cousin mochte sie geliebt und mit ihr gespielt haben, aber Jamal kannte David: Weiter war er nicht gegangen. Sam mochte sie entjungfert haben und ihm hierin zuvorgekommen sein. Aber dieser grüne Junge hatte sie nicht besessen. Das hatte noch kein Mann. Das sah er in ihren Augen. Aber er würde Lara Stanton besitzen wie kein anderer Mann nach ihm. Gott war sein Zeuge, sie würde ihm gehören, er würde sich unauslöschlich in ihren Körper und ihre Seele einbrennen. Er würde sie auf eine ganz besondere sexuelle Art in Besitz nehmen, die nur sehr wenige Männer beherrschten. Was sie verband, war bereits fleischliche Besessenheit.

Im Foyer gelang es ihr, ihn zu stoppen. »Kein Skandal. Du hast es versprochen. David darf es nie erfahren, und auch sonst niemand. Versprich es noch mal. Nicht, solange ich es nicht will. *Wir* müssen *unser* Geheimnis sein.«

Das Drängen der Leidenschaft. In ihren Augen die Sehnsucht, sich in seine Hände zu geben. Er liebte ihre Offenheit. Sie hatte sich hinter einer Fassade der Reserviertheit versteckt. Jetzt bröckelte diese Fassade, und er erhaschte wieder einen Blick auf ihr erotisches Wesen. Sie würde ihm gehören. Er sagte ihr, was sie hören wollte: »Ich verspreche es.« Hierauf hasteten sie hinaus in die Nacht.

Jamal unterhielt ein reizendes Liebesnest, in dem er sich mit seinen Frauen amüsierte. Es war durch ein Treibhaus mit gläserner Kuppel vom New Yorker Wohnsitz seiner Familie getrennt, einer Fünfundzwanzig-Zimmer-Wohnung mit zehn Hausangestellten im exklusiven River House. Der Eingang zu seinem *pied à terre*, einem kleinen Backsteinhaus, befand sich auf der East Fifty-Third Street. Einst hatte der Garten bis ans

River House gereicht. Jamals Vater hatte das Haus gekauft, weil er den Garten für seine Wohnung im River House hatte haben wollen. Später war es dann in ein Gewächshaus umgewandelt worden. Jamal hatte das Haus zu seinem achtzehnten Geburtstag geschenkt bekommen, als diskretes Liebesnest, und er hatte daraufhin eine Geheimtür in die Wand des Gewächshauses einbauen lassen, versteckt hinter einem sprudelnden Brunnen.

Jamal brachte Lara ins River House. Eigentlich hatte er mit ihr in sein *pied à terre* gehen wollen, aber das würde später kommen. Im Augenblick war das Apartment im River House ein geschickterer Schachzug. Er kannte das palastartige, sechsundzwanzig Stockwerke hohe Apartmenthaus wie seine Westentasche. Im River Club auf den unteren Etagen spielten gelegentlich ihre Brüder Squash, während sie Tennis spielte und mit ihrer besten Freundin Julia, die in dem Gebäude wohnte, im Pool schwamm. Sie hatten im Ballsaal getanzt, und die Jacht von Julias Vater war am Dock des River House vertäut, wo die schönsten Jachten gelegen hatten, bevor das Land für den FDR-Drive beschlagnahmt worden war.

Jamals Mutter Chantal war Gastgeberin der Dinnerparty in der Wohnung der Ben El-Raisulis im River House. Man würde von ihnen erwarten, sich auf der Party blicken zu lassen, aber bis dahin war es in der Wohnung, in der sich nur das Personal aufhielt, still. Jamal und Lara würden einige Stunden für sich haben, ehe man von ihnen erwartete, sich zu zeigen. Ein Wort zu Rafik, dem Majordomus des Haushaltes, und Privatsphäre und absolute Geheimhaltung waren ihnen sicher.

Die Fenster waren zum East River hin ausgerichtet. Der Panoramaausblick auf die Lichter am anderen Flußufer war eine blinkende Ablenkung für Lara, eine Ablenkung von ihrer Erregung – oder Furcht? –, allein mit Jamal in seinem Schlafzimmer zu sein.

Das Klicken des Türschlosses ließ sie zusammenfahren. Sie wirbelte herum und musterte ihn. Seine ebenmäßigen, viel zu schönen Züge erschienen ihr sinnlicher als je zuvor. Zu sinnlich. Sie würde versuchen, möglichst elegant und würdevoll aus der Sache herauszukommen. So sehr sie sich auch danach sehnte, daß er sie nahm, sie besaß, sie seinem sexuellen Willen unterwarf, so wie er es versprochen hatte, fürchtete sie doch, sich an diesen Mann zu verlieren.

Ihr Instinkt riet ihr, zu Sam zurückzulaufen, bei dem sie immer in Sicherheit sein würde. Zu Sam zurücklaufen? Sie konnte sich kaum erinnern, wie er aussah oder wie der Sex mit ihm gewesen war. Nur die überwältigenden Gefühle des Geschlechtsaktes waren noch real, sonst nichts. Weder Sam noch ihre Liebe.

Sie machte einen Schritt nach vorn und wollte etwas sagen. Aber Jamal kam ihr zuvor. Seine Lippen legten sich auf die ihren. In seinem Kuß lag ein Feuer, das sie versengte, aber er linderte das Brennen mit sanften Worten des Willkommens und Versprechungen erotischer Ekstase. Welchen Grund hatte sie, an seinen Worten zu zweifeln? Nur die Furcht vor dem Unbekannten hielt sie zurück. Sie unternahm einen schwachen Versuch, sich aus seinen Armen zu befreien. Aber er brauchte nur ihre Hände zu küssen und ihre Brüste zu streicheln, und ihre Furcht legte sich.

Jamal spürte den Konflikt innerhalb ihrer sexuellen Sehnsucht. Er steigerte sein Verlangen noch. Er übernahm die Führung. Einen Arm um ihre Schultern gelegt, führte er sie durch das Zimmer und schaltete das Licht an. Lara hatte noch nie ein Zimmer wie dieses gesehen. Die Eleganz von Jamals Schlafzimmer machte sie sprachlos. Die marineblauen Wände wurden größtenteils von Büchern und marokkanischen Porträts gutaussehender Wüstenkrieger in weißen Roben und Turbanen verdeckt. An ihren prächtigen goldenen Gürteln, die auch quer über ihre Brust führten, baumelten juwelenbesetzte Dolche. Dunkle Haut und harte, verwegen schöne, maskuline Gesichter starrten auf sie herab. Die Teppiche waren sehr alt, von verblaßtem Granatapfelrot mit großen silbrigweißen Blumen. Ein persisches Muster zeigte eine Jagd: Rehe, Hirsche und ein Wildschwein, die von Reitern gehetzt wurden. Es gab tiefe, bequeme Sessel mit Bezügen aus schwarzem und marineblauem Seidendamast und zahlreiche Kissen, die auf dem Sofa und auf dem Boden verteilt waren. Ein Meer von Farben, gelb, rot und weiß, sowie goldener und silberner Brokat. Tische aus dunklem Holz. Ein perlmuttfarbener Paravent. Und das Bett – ein imposantes Vierpfostenbett mit einer Tagesdecke aus schwarzem marineblauem Seidendamast mit pflaumenblauer Bordüre. Das Bett war aufgeschlagen, und unter der Tagesdecke sah sie weißes Leinen, Kissen aus schimmerndem weißen Satin und Seide und eine pflaumenfarbene Cashmeredecke.

Der Raum strahlte Eleganz, aber auch etwas Düsteres aus. Er war faszinierend, der maskulinste Raum, den sie je gesehen hatte. Sie fühlte sich von ihm dominiert. Als hätte sie eine andere Welt betreten, Jamals Welt. Und wenngleich sie nervös war, verführte sie das Ambiente. Er.

Sie standen am Fußende des Bettes. Er hob mit einer Hand ihr Kinn, sah ihr in die Augen und lächelte. Sein Lächeln wärmte sie, regte ihre Phantasie an. Sie wartete, daß er den ersten Schritt tat, wartete darauf, seine Hände auf ihrem Körper zu fühlen. Aber er rührte sich nicht. Statt dessen sagte er: »Zieh du mir erst das Jackett aus.« Wieder die einladende Wärme seines Lächelns. Sie begriff sofort und war belustigt.

Sie gehorchte und trat hinter ihn, um ihm das Jackett auszuziehen. Achtlos hängt sie es über die Rückenlehne eines Stuhls. Sein Geruch zog sie magisch an. Sie küßte seinen Nacken, lehnte den Kopf an seinen Rücken und streichelte durch das weiße Baumwollhemd hindurch seine Schultern. Dann trat sie wieder vor ihn. Sie erwartete, daß er nun sie auszog. Er tat nichts dergleichen. Statt dessen hob er das Kinn. Sie verstand, löste seine schwarze Seidenfliege, zog das Band von seinem Hals und warf es auf das Bett.

»Als nächstes die Manschettenknöpfe«, sagte er, sie keine Sekunde aus den Augen lassend. Sie nahm die Manschettenknöpfe ab, knöpfte sein Hemd auf und fuhr mit den Händen durch das dunkle, lockige Haar auf seiner Brust. Die Berührung seiner nackten Haut war wie ein Stromschlag und unerträglich sexy. Sie wollte seine Hände auf ihren Brüsten fühlen, wollte fühlen, wie seine Finger sich in ihr Fleisch gruben. Nichts. Sie glaubte, ihr Knie würden nachgeben, als er seinen schwarzen Krokodilledergürtel öffnete, ihn durch die Gürtelschlaufen seiner Hose zog und wie eine Peitsche an seiner Seite entlang schwingen ließ. Sie zuckte zusammen. Er legte den Gürtel um ihren Hals und ließ ihn dort baumeln. Er wartete.

Er sagte kein Wort. Sie mußte erahnen, was als nächstes von ihr erwartet wurde. Sie mußte Initiative zeigen. Wieder trat sie hinter ihn und zog ihm das Hemd aus der Hose. Sie strich mit den Händen über seinen muskulösen Rücken. Er langte nach hinten, packte ihre Hand und zog sie wieder nach vorn. Er legte ihre Hände auf seine Brust und drückte sie auf seine Haut. Sie begriff schnell, was er von ihr wollte. Ihre Lippen wanderten über seine Brustwarze. Sie liebkoste sie mit der Zunge und saugte an ihr. Sein Geschmack war berauschend. Sie hatte nur vorsichtig an seiner winzigen Brustwarze knabbern wollen, aber in ihrer Erregung biß sie kräftig zu, so daß er sich unter ihren Lippen wand. Sie genoß das lustvolle Aufblitzen in seinen Augen und spürte zum ersten Mal die Befriedigung, Lust aus einem fremden Körper hervorzukitzeln.

Jetzt stand er nackt vor ihr, und sie zitterte am ganzen Leib vor Verlangen. Bislang waren die zwei Männer in ihrem Leben die Gebenden gewesen. Sie hatten geführt.

Und jetzt, immer noch in ihr Abendkleid aus Seidentaft gehüllt, kniete sie in fieberhafter Lust vor Jamal, und folgte seinen Anweisungen zur Fellatio. Er war unnachgiebig und grob in seinen Forderungen. Lieblos. Wenngleich sie keine Angst vor *ihm* verspürte, erschreckte sie seine sexuelle Offensive. Jedoch nicht genug, sie davon abzuhalten, weiterzumachen. Schon nach kurzer Zeit verlor sie sich in dem intimen Akt, und ihre eigene Lust gewann die Oberhand. Sie verwandelte die Liebkosung von anfänglich unbeholfenem Saugen in eine für sie beide lustvolle Erfahrung. Er ergriff die beiden Enden des Ledergürtels, die zu beiden Seiten ihres Halses baumelten, zog sie auf die Füße und auf das Bett.

Sie war überwältigt von seiner völligen Hingabe, davon, wie er völlig passiv dalag und sich lieben ließ. Ihr war nie der Gedanke gekommen, daß es einem Mann ebensoviel Vergnügen bereiten konnte wie einer Frau, diese Rolle zu spielen. Sie verzehrte sich danach, daß er sie nahm. Konnte sie so ungehemmt sein wie Jamal? Sie spreizte die Beine und bot ihm ebenso lasziv ihr Geschlecht dar, wie er ihr das seine darbot und forderte, daß sie es küßte, mit der Zunge liebkoste und streichelte. Sie sehnte sich schmerzlich danach, den Platz mit ihm zu tauschen. Sie hungerte nach ihm.

Er war egoistisch in seiner Zurückhaltung, und das machte sie ganz kribbelig. Es weckte in ihr den Wunsch, ihm noch größere Lust zu bereiten. Es war grausam von ihm, ihr Sex ohne jegliche Romantik aufzuzwingen, nachdem er sie eben damit verführt hatte. Sie war so jung und unerfahren. Sie hatte erwartet, daß es zur Vereinigung kommen würde. Wo war die Anbetung, die Liebe? Es verunsicherte sie, daß beides ausblieb, aber sie war dennoch unfähig, sich von ihm loszureißen. Sie spürte, daß Liebe da war, irgendwo. Es war so neu, der Gebende zu sein, seinen Wünschen zu entsprechen und durch sie ungeahnte Lust zu empfinden. Es gab kein Nachdenken, nur Handeln.

Er konnte seinen Orgasmus nicht länger zurückhalten. »Schluck alles herunter, Lara«, befahl er. »Jeden Tropfen.« Und dann kam er in einer großzügigen Fontäne, die sie erschreckte und erregte. Für einige Sekunden gab es in ihrem Leben nichts anderes, als ihn in ihrem Mund zu fühlen und zu schmecken. Sein riesiger, pochender Penis füllte ihren Mund aus, war bis tief in ihren Hals gerammt. Sie nahm ihn ganz in den Mund, bis sein Schamhaar ihre Lippen berührte. Sie saugte weiter an seinem Penis, schmeckte das salzige Sperma auf der Zunge und schluckte.

Sie fühlte sich ganz schwindlig vor Hingabe, emotional erschöpft von diesem Erlebnis. Langsam zog er sich aus ihrem Mund zurück, und sie sank kraftlos an seine Seite. Erst jetzt nahm er sie in die Arme, hielt sie fest und sagte ihr, wie großartig sie gewesen sei, wie schön und sexy sie wäre. Ihr ging das Herz auf vor Freude, ihn zufriedengestellt zu haben, und erst jetzt wurde ihr wirklich bewußt, daß sie ebenfalls gekommen war, durch seinen Mund und seine Zunge befriedigt.

Sie blieben einige Zeit so liegen, ehe er aufstand, die Tür aufsperrte und einen Teewagen hereinschob, der mit einem gestärkten weißen Damasttuch bedeckt war, auf dem ein silberner Champagnerkübel, Gläser und eine Schale Beluga-Kaviar in einer Kristallschüssel mit gestoßenem Eis standen. Er schenkte zwei Gläser Champagner ein, nahm sie bei der Hand und führte sie ins Bad, wo er sie aufforderte, sich auf den Rand der Marmorwanne zu setzen. Er trat in die Dusche.

Sie sah zu, wie das Wasser über seinen Körper rann, und war erneut ganz erfüllt von Verlangen nach ihm. Sie beobachtete jede seiner Bewegungen, während er sich streckte, vorbeugte und einseifte und die Ströme nach Pinien duftenden Seifenschaums an ihm herabflossen. Sie begehrte ihn und wußte irgendwie nicht, was sie tun sollte. Das machte sie nervös.

Zum erstenmal, seit sie sich schlagartig in Jamal verliebt hatte, fühlte sie sich unbehaglich. Wie eine bezahlte Hure. Es war nicht schwer zu ergründen, woran das lag. Sie hatte nichts anderes getan, als ihn zu bedienen, während er ihre eigenen Bedürfnisse ignoriert hatte. Sie stand auf und betrachtete sich in der beschlagenen Spiegelwand. Sie trug immer noch ihr Abendkleid und sah aus wie die perfekte unschuldige junge Dame. Sie fand das unaufrichtig, richtig schockierend. Um so mehr, als sie sah, daß er hinter ihr stand und sie beobachtete. Sie wandte sich ihm zu.

»Ich brauche es, daß du mir sagst, daß du mich liebst«, sagte sie.

»Ich würde es dir lieber zeigen«, entgegnete er.

Er nahm die zwei Gläser und reichte ihr das eine. Er leerte seins und lächelte. Sie sah zu, wie er in einen seidenen Morgenmantel schlüpfte und den schwarzen Gürtel um die Taille verknotete. Lara nippte an ihrem Champagner. Gemeinsam, sein Arm um ihre Schultern gelegt, kehrten sie zurück ins Schlafzimmer.

Er füllte eine kleine Jade-Schale mit schwarzem Beluga und reichte sie ihr mit einem kleinen Löffel aus Lapislazuli. Er lächelte. Laras Gier zu sehen, befriedigte ihn kaum weniger, als diese Gier in ihr zu wecken. Gier war eine verbotene Frucht im Hause Stanton. Er schenkte ihr nach, bereitete ein Schälchen der russischen Delikatesse für sich selbst, und sie tranken und aßen gemeinsam. Und zum erstenmal, seit sie den Raum betreten hatten, redeten sie miteinander.

Nach einigen Löffeln Kaviar lachte sie. »Kaviar und Lychee-Früchte – die zwei verführerischsten Geschmäcker der Welt. Und du hast sie mir als erster angeboten. Ziemlich dekadent, schon mit zehn Jahren auf den Geschmack zu kommen. Und jetzt ...« Sie zögerte, und brennende Röte stieg ihr ins Gesicht. Er war belustigt.

»Sprich weiter.«

Aber sie schwieg, leerte ihr Glas und hielt es ihm hin, damit er ihr nachschenkte. Er kam der stummen Aufforderung nach. »Und jetzt? Der Geschmack meines Schwanzes. Ist es nicht das, was du sagen wolltest? Sag nicht, daß du dich zur Heuchlerin in sexuellen Dingen entwickelst, Lara. Das macht keinen Spaß. Es hat dir doch Spaß gemacht, oder? Mein Geschmack hat dir doch gefallen, oder?«

Er nahm ihre die Kaviarschale aus den Händen. »Los, gib es zu. Du hast es genossen, mich mit dem Mund zu befriedigen und zu schmecken. »

»Ich habe so etwas vorher noch nie gemacht.«

»Danach habe ich nicht gefragt. Ich habe dich gefragt, ob es dir gefallen hat.«

In seinen Augen lag ein Ausdruck, der sie nervös machte. »Es hat mir gefallen«, gab sie schließlich zu.

»Du lügst«, sagte er. »Es hat dich scharf gemacht.«

Sie sprang auf. Er tat es ihr nach. Grob krallte er die Finger in ihr Haar und küßte sie leidenschaftlich. Der Kuß ließ das Feuer in ihrem Inneren auflodern. »Und jetzt werde ich dir zeigen, wie sehr ich dich liebe«, flüsterte er heiser. Er küßte sie heiß mit einer Rauheit und Dringlichkeit, die er bislang nicht gezeigt hatte. Er ließ sie wieder los und legte seinen Morgenmantel ab. Er war hart; sein Penis erschien ihr jetzt sogar noch schöner mit seiner von der Vorhaut befreiten Spitze, die tiefrot war vor Verlangen.

»Ich will keine Heuchlerin sein. Verdammt, du hast recht, Jamal. Ich bin ganz wild auf deinen Schwanz. Es war ein wunderbares Gefühl, ihn im Mund zu haben. Und auch dein Sperma zu schlucken war sexy. Für mich ist das alles Neuland. Vergiß das nicht, und sei nicht zu streng mit mir. Versprich mir, daß du mich liebst, damit wir wunderbaren Sex haben und alles ausprobieren können. Ich will wie Myling und Luan sein. Sexuell völlig frei. Also greif mich nicht an und nenn mich nicht Heuchlerin.«

Ihm gefiel das zornige Blitzen in ihren Augen. Und es gefiel ihm, wie sie über Sex sprach und welche sexuelle Neugier sie an den Tag legte. Das gehörte zu seiner sexuellen Macht über sie. Er würde es genießen, sie auf ihre eigene animalische Lust zu reduzieren. Genießen? Er war ganz besessen von dem Gedanken daran, weil er spürte, wie sehr sie es genießen würde. Er nahm sie in die Arme und küßte sie erneut, dann wieder, diesmal auf den Hals. »Du mußt wissen, daß, was immer wir tun, du bei mir immer sicher sein wirst. Dann wird sich dir eine erotische Welt öffnen, die dich frei macht. Ich würde dir niemals weh tun. Das glaubst du mir doch, oder?« Sofern sie Zweifel hatte, löschte er diese mit einem weiteren Kuß aus.

Seit Jamal Lara und Sam zusammen gesehen und von ihrer sexuellen Begegnung erfahren hatte, hatte er gewußt, daß sie ihm gehören würde. Nichts erregte ihn mehr als die Erinnerung daran, wie sie sich Sam dargeboten hatte und von ihm abgewiesen worden war. Er wollte, daß sie mehr tat, als sich ihm nur anzubieten: Er wollte, daß sie nach ihm gierte, daß sie bereit war, sexuell alles zu tun, was er von ihr verlangte. Aus diesem Grund hatte er seine Verführung Laras auch so und nicht anders geplant. Jetzt stand sie in hochhackigen Sandalen, einem Gewirr schmaler, marineblauer Satinriemen, vor ihm, nackt bis auf die durchschimmernden marineblauen Strümpfe und die Spitzenstrapse, die sich über der blassen

Haut ihrer verführerischen Schenkel spannten. Ihr buschiges, seidiges Schamhaar war unwiderstehlich, eingerahmt von den aufreizenden wohlgeformten Beinen in elastischer Seide und Spitze. Aufreizend, ja, aber am meisten überraschte der Körper, der in sinnlichem Kontrast zum reinen, aristokratischen Gesicht der siebzehnjährigen Schönheit stand. Die verführerischen vollen Lippen mochten ihre Leidenschaft andeuten, aber er hatte keine so erotische körperliche Schönheit erwartet. Die Brüste verführerisch groß und fest, geformt, als würden sie bersten von Milch; große, bräunliche Höfe, die sich von der milchigweißen Haut abhoben. Die dicken, aufgerichteten Brustwarzen kündeten von Lasterhaftigkeit und weckten in ihm ungezügelte Leidenschaft. Er hielt sich zurück, betrachtete die Schlankheit der Taille und Hüften. Langsam ging er um sie herum, entzückt von ihrem festen, runden und verlockenden Po. Er konnte nicht länger an sich halten. Er streichelte ihre Pobacken, teilte sie und fuhr mit einem Finger zwischen ihnen entlang. Dann beugte er sich vor, strich mit der Zunge über die samtweiche Haut und küßte sie. Ein sinnlicher Liebesbiß. Lara glaubte, sie würde gleich ohnmächtig werden. Sie kam sich seltsam dabei vor, dazustehen, während er sie mit kritischem Blick begutachtete. Sie entfernte sich nervös einen Schritt von ihm und dachte daran, sich zu bedecken. Er legte ihr eine Hand auf die Schulter und hielt sie zurück.

»Niemand hat mich je auf diese Weise angesehen, Jamal.«

»Und was ist mit Sam?«

»Wir haben es im Dunkeln getan.«

Er war plötzlich eifersüchtig. »Sam ist noch dümmer, als ich dachte. Du besitzt einen der verführerischsten Körper, die ich je gesehen habe. Du wurdest für die Liebe und für mich geschaffen, und wir werden eine wundervolle Zeit miteinander haben.«

Er hob sie auf die Arme und trug sie zum Bett. Ihre verhärteten Brustwarzen mit den dunklen Höfen zogen seine Hände und Lippen magisch an. Er konnte dem Impuls nicht widerstehen, über sie herzufallen. Hungrig streichelte, küßte und biß er sie und ließ gerade so lange von ihnen ab, Lara heiser zu versichern: »Du bist wunderbar. Viel, viel wunderbarer, als ich es mir vorgestellt habe.« Mal liebkoste er ihre Brüste, mal biß er schmerzhaft in das zarte Fleisch, bis schließlich auch in Lara der Impuls aufstieg, Schmerzen zuzufügen. Sie biß ihn in die Schulter und kratzte lange blutige Striemen auf seinen Rücken, bis sie von einer Reihe kleiner Orgasmen geschüttelt wurde.

Er sah die kleinen Schauer der Ekstase in ihren Augen. Hastig schob er Kissen unter sie, bis ihr Unterleib so weit angehoben war, daß der Winkel es ihm ermöglichen würde, tiefer in sie einzudringen. Dann schob er grob ihre Beine auseinander und nahm sie mit einer Wildheit, wie sie sie noch nie erlebt hatte. Es war, als wollte er sie umbringen mit seiner Lust. Seine Stöße und Küsse waren roh, zerrten an ihrem Fleisch, und es war neu und aufregend, weil es ihrer eigenen Neigung zu sexueller Gewalt entgegenkam, und nach einigen Minuten verstummte ihr Flehen, er möge aufhören, nicht ihm zuliebe, sondern weil der Funke auf sie übergesprungen war. Sie reagierte instinktiv. Sie spannte die Muskeln an, um ihm ein verführerisches Gefühl von Enge zu vermitteln. Mit aller Kraft umklammerte sie seinen Penis, ließ ihn wieder los, umspannte ihn erneut. Laras eigene Art, ihn zu nehmen. Sie kamen gleichzeitig, und dann, hinterher, als sie sich erschöpft in den Armen lagen, erzählte er ihr träumerisch von den vielen Arten, auf die sie sich noch lieben würden.

Jamal erzählte ihr von seinem Liebesnest. Er lockte sie mit Geschichten der erotischen Welt, die er dort geschaffen hatte. Von den Männern, die dort seine Freundinnen bedienten, von den Frauen, die dort mit Frauen schliefen. Von den Sexspielzeugen, die er ihr zeigen wollte, den duftenden Ölen und Cremes, mit denen er ihren Körper verwöhnen wollte. Er war grob in seiner Verführung Laras. Seine detaillierten Beschreibungen seiner Phantasie, sie gemeinsam mit zwei anderen Männern zu lieben, schockierte … aber erregte sie auch. Die verbotene Frucht. Sollte sie davon kosten? Vielleicht ein einziges Mal. Er rief in seinem Haus in der Dreiundfünfzigsten

Straße an. Es gab kein Zurück. Ihr kam gar nicht der Gedanke, einen Rückzieher zu machen. Laras animalische Instinkte waren geweckt, und sie würden sich nicht wieder an die Kette legen lassen, ehe sie nicht befriedigt worden waren.

Ehe sie sich anzogen, bereitete er mehrere Streifen Kokain vor. Er rollte eine Zwanzigdollarnote zusammen und reichte sie ihr. Lara lachte.

»Ich nehme keine Drogen.«

»Heute nacht schon. Für mich. Ich will nämlich, daß du gleich in meinem Haus die größtmögliche Lust empfindest.«

»Ich brauche das nicht. Ich könnte nicht schärfer auf Sex sein, als ich es schon bin.«

»Es ist trotzdem anders, wenn man high ist.«

Sie schnupfte das Kokain.

»Es macht Frauen sehr sexy. Später werde ich es auf deine Klitoris und in deine Vagina reiben – du wirst sehen, das macht dich verrückt. Das heißt ... leg dich hin.«

Er hatte recht. Ihre unersättliche Lust auf diesen Mann begann sie zu beunruhigen. Sie schien unfähig, ihm irgend etwas abzuschlagen. Und jetzt, während sie sich anzog, erfüllte sie das prickelnde Gefühl des Kokses auf ihren Genitalien mit unbändiger Lust, all die erotischen Versprechungen auszukosten, die sein Liebesnest zu bieten hatte.

Jamal achtete darauf, daß sie tadellos aussah, ehe sie sein Zimmer verließen. Unten war eine Party im Gange. Ihr intimer Abend mußte um jeden Preis ein wohlgehütetes Geheimnis bleiben. Sie sah zwar nicht aus wie die reine Unschuld, aber auch bei weitem nicht wie die sexhungrige Frau, die sie tatsächlich war. Ihre eisige, aristokratische Schönheit und ihre blitzenden grünen Augen hatten ihn schon immer angezogen, und die Anziehung war noch stärker, jetzt, da er sie besessen hatte. Er brauchte nur an ihre empfindlichen, pflaumenfarbenen Brustwarzen zu denken, um sie erneut zu begehren. Lara hatte seine kühnsten Erwartungen übertroffen, und er vermutete, daß, wenn er sie schließlich nach Cannonberry Chase brachte, ihre Beziehung zur *liaison dangereuse* geworden sein würde, die möglicherweise ihr ganzes Leben andauern würde.

Sie mischten sich unter die Partygäste, zeigten sich und blieben eine angemessene Zeit, ehe sie unbemerkt vom Gewächshaus aus das Haus in der Dreiundfünfzigsten Straße betraten.

Kapitel 5

Der offene Wagen bog von der Hauptstraße ab und fuhr durch die imposanten Tore. Die Eisenflügel waren an steinernen Pfeilern befestigt, die große, mit Flechten bewachsene Kugeln schmückten. Auf der einen Seite huschte eine Feldmaus über die Mauer, sprang von einem kleinen Vorsprung und verschwand zwischen Efeuranken.

Perliger Nebel hing über der wogenden Wiese. Die Sonne stand bereits hoch am Himmel. Zwischen dem Feld und der Sonne waberten Nebelschwaden von der Bucht über das Land, das zwischen ihr und dem Ozean etwa eine Meile entfernt eingeschlossen war. Leuchtende, frostige Farben. Ein Band von Blau, ein Streifen einer tiefhängenden, silbrigweißen Wolke, ein Spalt Sonnengelb und eine hauchdünne Lage milchiggrauen Dunstes vermischten sich mit dem satten Grün des Grases und der Bäume der Parklandschaft. Mehrschichtige Natur, die Erde und Himmel umfaßte. Eine Art Zauber, Cannonberry Chase. Der Wagen jagte die drei Meilen lange Allee ausladender, hundertjähriger Ulmen entlang. Vereinzelt spazierten prächtige Fasane in schillerndem Federkleid gemächlich am Rand der Allee entlang, auf den Schutz des Waldes verzichtend, der förmlich von allerlei jagdbarem Federvieh wimmelte. Das Anwesen umfaßte eine zwanzig Quadratmeilen große Halbinsel, die in den Long Island Sound hinausragte.

»Fahr langsamer«, sagte Lara.

Jamal verlangsamte das Tempo, und sie rollten lauschend die Zufahrt hinauf. Das dumpfe Heulen eines Nebelhorns drang leise vom Wasser bis zu ihnen herüber, das Gezwitscher eines Vogels. Aus dem hohen, mit wilden Blumen gesprenkelten Gras kam ein Rascheln von einem Pelztier auf der Jagd. Sie brauchte gar nicht zu fragen. Als sie der Allee etwa eine Meile gefolgt waren, hatten der frühe Morgen und die friedliche Stille von Cannonberry Chase Jamal verzaubert. Er brachte den Wagen zum Stehen.

Keiner von ihnen sagte ein Wort. Sie sahen zu, wie die Sonne höher stieg und langsam den Nebel auflöste. Er öffnete die Wagentür und zog die Lederjacke aus, die er über seinem Dinnerjackett getragen hatte, um sich gegen die Kälte zu schützen. Er ging um den Wagen herum und öffnete ihr die Beifahrertür. »Ein wunderschöner Morgen. Laß uns ein Stück gehen, Teil von ihm werden. Ich denke, wir sollten reden, einiges bezüglich des gestrigen Abends klären. Wir sollten uns absprechen, damit wir uns der Familie gegenüber nicht in Widersprüche verstricken, und vielleicht einige Grundregeln aufstellen, bevor wir zum Haus weiterfahren.«

Sie rührte sich nicht. Er löste den Chiffon-Schal, den sie sich um das Haar gewickelt hatte, und küßte sie auf den Kopf. Sie rückte von ihm ab. »Wir haben keine gemeinsame Zukunft, Jamal. Ich dachte, das hätte ich dir vergangene Nacht deutlich zu verstehen gegeben.«

»Es ist zu spät, sich jetzt noch zu benehmen wie ein albernes Kind, Lara. Gehen wir ein Stück.« In seiner Stimme schwang ein gebieterischer Tonfall mit.

Er nahm ihre Hand, küßte sie und half ihr aus dem weißen Ferrari, wobei er sie aus der Decke aus Luchsfellen wickelte, in die sie auf der Fahrt gehüllt gewesen war. Sie fröstelte. Jamal zog sein Jackett aus und legte es ihr über die Schultern. Sie schlenderten von der Straße ins hohe Gras und über die Wiese. Das Rascheln ihres Seidentaftkleides vermischte sich mit den Geräuschen des Morgens, die leuchtenden Farben ihrer Abendgarderobe fügten sich in die Landschaft ein. Sie fuhr sich mit den Fingern durch das lange blonde Haar und staunte über die Wirkung, die der Ort auf sie hatte. Sie schien ebenso für die Schönheit empfänglich wie für den Frieden und die Ruhe des anbrechenden Tages. Das war wieder die alte Lara, die er von klein auf gekannt hatte, hübsch und provokativ, eine aristokratische junge Dame im Königreich Cannonberry Chase.

Es war erst wenige Stunden her, daß er in ihren geheimsten sexuellen Kern vorgedrungen war. Jamal hatte sie in sexuellen Exzeß eingeführt, und sie hatte sich hiervon mitreißen lassen. Lara hatte die erotischen Phantasien Jamals und der beiden anderen Männer, die er in ihr Bett geholt hatte, in vollen Zügen genossen. Aber jetzt war die Wirkung des Kokains, des Haschs, des Champagners und der Erotik verflogen, und es war Zeit, sich der Wirklichkeit dieser Nacht zu stellen, die sie und Jamal miteinander verbracht hatten. In der Nacht hatte er alles daran gesetzt, sie zu besitzen. Und er wußte, wie er jetzt mit ihr umgehen mußte, um sie sich als seine *liaison dangereuse* zu bewahren, wozu er fest entschlossen war. Und Lara? Sie hatte sexuelle Ekstase erlebt. Sie hatte sich Ausschweifungen hingegeben, die sie zuvor als reine Dekadenz betrachtet hatte, und die erotische Liebe entdeckt. Sexuelle Erfüllung. Aber während sie durch das hohe Gras und die wilden Blumen spazierte, die noch feucht waren vom Morgentau, hier auf Cannonberry Chase, das erwachende Leben um sie herum wahrnahm, erschienen die Extreme der vergangenen Nacht der jungen Frau zu düster und verrucht, um sie als etwas anderes zu betrachten als außer Kontrolle geratenes Verlangen. Begehren mußte unterdrückt werden.

Sie ging immer schneller und schneller, schüttelte sein Jackett von den Schultern und begann zu laufen. Jamal fing das Jackett auf und setzte ihr nach. Er legte ihr einen Arm um die Taille und zog sie zu Boden. Er liebte den Zorn auf ihrem Gesicht; ihre Wut erregte ihn.

»Wie konntest du nur? Wie konntest du zulassen, daß ich gestern nacht in eine solche Orgie hineingezogen wurde? Ein Teil von mir wird dich ewig dafür hassen, Jamal.«

»Mach dich nicht lächerlich. Ein Teil von dir wird mich ewig lieben für das, was du gestern nacht erlebt hast. Für das, was uns auf ewig verbinden wird.«

»Nie wieder.«

Er lachte sie aus. Sie versuchte, sich aufzurichten, aber er drückte sie auf den Boden zurück. Sie versuchte, sich zu befreien. »Ich dachte, du hättest gestern nacht deine Lektion gelernt und wüßtest inzwischen, daß es zwecklos ist, dich gegen mich zu wehren.« Sie wurde ganz still.

»So ist es besser. Und jetzt benimm dich, dann darfst du dich auch aufsetzen.« Sie unternahm einen zweiten, wenn auch schwächeren Versuch, sich zu befreien. Er lachte und zog ihren Kopf an den Haaren nach unten auf den Boden. Dann brach er ihren Widerstand mit einem Kuß. Es war nicht seine Absicht gewesen, als er jedoch fühlte, wie sie sich entspannte und seinen Kuß schließlich erwiderte, stieg das überwältigende Bedürfnis in ihm auf, sie ein letztes Mal zu besitzen und zu zähmen. Und das sagte er ihr immer wieder, während er sie nahm. Hinterher lagen sie gesättigt da, bis Lara sich erhob und Jamal die Hand reichte, um ihm aufzuhelfen. Wieder freundschaftlich verbunden, gingen sie in Richtung der Stallungen, wobei er Gras, Blätter und kleine Zweige von ihrem Kleid und aus ihrem Haar pflückte.

»Wir können nicht so weitermachen, Jamal.«

»Natürlich können wir.«

»Ich habe Angst. Wohin wird diese ungezügelte Art Sex mich führen? Ich weiß, daß ich nicht dahingehen kann, wohin du mich bringen willst, auch wenn ich mir dieses Abenteuer vielleicht wünschen würde. Versprich mir, daß du mich künftig in Frieden mein Leben leben läßt, in einem Tempo, mit dem ich klarkomme. Wenn du mich liebst, respektierst du diesen Wunsch.«

Jamal antwortete nicht. Er hatte bekommen, was er sich gewünscht hatte. Er hatte Lara besessen. Er war in die erotischen Tiefen ihrer Natur vorgedrungen und hatte sie zum Leben erweckt. Sie hatte ihm großartigen Sex und enorme Lust geschenkt, und er wußte, daß er fürs erste wieder auf Distanz gehen mußte. Sollte David von dem erfahren, was zwischen ihm und Lara gewesen war, würde er ihm nie verzeihen. Aber noch schlimmer war, daß die Stantons als Familie ihn gesellschaftlich fertigmachen würden. Ihre Macht reichte aus, seinen Ruf in der gesamten westlichen Welt zu ruinieren. Und da war noch etwas: Irgendwann, im geheimen, wenn sie wieder bereit war, so wie in der vergangenen Nacht, würde Lara wieder ihm gehören, das wußte er. Kein anderer Mann würde ihr je bieten können, was er ihr in der vergangenen Nacht geboten hatte. Das war das Band, das sie aneinanderfesselte, bis sie, sofern dies überhaupt jemals geschah, jemanden finden würde, dessen sexuelle Virtuosität die seine überstieg. Aber erst mußte er so tun, als gäbe er sie frei, auch wenn er nicht die Absicht hatte, sie jemals wirklich aufzugeben.

»Ich kann dich nicht in Ruhe lassen, nicht für immer. Wem oder was soll ich dich denn überlassen? Sam?«

»Er liebt mich. Bei Sam werde ich sicher sein. Er ist ein guter Liebhaber; er wird mich glücklich machen.«

»Du bist gerade mal siebzehn, hast zwei Liebhaber gehabt und hältst dich für eine Expertin in Sachen Liebe, Sex und Glück. Noch nicht, meine Liebe. Sam, die Sams deiner eingeschränkten Welt – vergiß sie. Sie werden nicht lange währen. Ich kann dir viel mehr bieten als sie, flüchtige Einblicke in eine andere Welt. So wunderbar das Leben für dich sein mag – Cannonberry Chase ist nicht die Welt. Und das seid auch ihr Stantons und euer exklusiver Freundeskreis nicht. Das wird dir nie genügen. Deine Brüder wissen das. Sie leben im exklusiven Milieu des Namens Stanton, mit allem, was dazugehört. Und mit entsprechender Diskretion auch außerhalb. Und genauso mußt du es auch halten, wenn du dich nicht in ein bestimmtes Schema pressen lassen willst. Willst du als erwachsene Frau zum stumpfsinnigen Philister werden? Zu einer passiven Schönheit, die nichts weiß von dem, was die Welt tatsächlich bewegt – Sex, Angst vor dem Tod, verborgene Sehnsüchte, geheime Perversionen. Eine behütete und mäßig glückliche Frau wie Elizabeth – zu ängstlich, mehr aus ihrem Leben zu machen als das, was deine Mutter ihr zugedacht hat. Du läßt dich von dieser Welt unterdrücken. Du glaubst, daß du, wenn du diesem Druck nicht nachgibst, zu einer Art Perversen wirst. Du dummes Mädchen! Aufregender Sex hat nichts mit Perversion zu tun, so lange niemand dabei Schaden nimmt. Wenn du freien Sex mit Perversion verwechselst, wirst du als frustrierte, leere Hülle einer Frau enden. Willst du das?«

»Natürlich nicht. Laß mir Zeit, darüber nachzudenken, was ich will. Bitte, wir müssen die vergangene Nacht vergessen.«

»Für dich mag das notwendig sein. Für mich ist es das nicht.«

»Liebst du mich, Jamal?«

»Dich lieben?«

Der verwirrte Ausdruck auf seinem Gesicht sprach Bände. Bis zu diesem Augenblick hatte sie sich tatsächlich eingebildet, daß er sie liebte. Sie hatte seine Verführungsphrasen für bare Münze genommen. Wenn nicht Jamals Liebe sie dazu getrieben hatte, sich zwei Fremden hinzugeben und sexuelle Freizügigkeit mit drei Männern zu genießen, was dann? Sie blickte in sein attraktives, sinnliches Gesicht und konnte nicht leugnen, daß der Sex mit ihm aufregend und erfüllend gewesen war. Es war, als hätte sie für nichts anderes mehr gelebt als für diesen Augenblick der Ekstase. Aber nach dem Orgasmus hatte sie sich gefühlt wie neugeboren. Und in den Armen eines Mannes zu liegen, der einen liebte, schien ihr in diesem Augenblick, da sie auf dieser Wiese auf Cannonberry Chase stand, ein essentielles Element des Lebens zu sein.

»Nun ja, vielleicht reden wir besser nicht von Liebe, von uns oder einer Zukunft. Ich denke, wir gehen besser heim.«

Der Ausdruck von Erleichterung auf seinem Gesicht machte Lara verlegen. Erst jetzt fiel ihr wieder ein, was David des öfteren über Jamal gesagt hatte: »Er ist einer meiner besten Freunde, aber man darf nie vergessen, daß sich hinter all seinem Charme ein sadistischer Zug verbirgt.«

Als sie zum Wagen zurückgingen, fühlte Jamal ein störendes Unbehagen in sich aufsteigen. Es hing mit etwas zusammen, das er auf Laras Gesicht sah, an der Art, wie sie den Kopf hielt, dem Anflug von Arroganz in ihrem Blick, dieser für die amerikanische High Society so typischen Überheblichkeit, die sie ausstrahlte. Er fühlte, wie seine Macht über sie schwand, und das machte ihm schwer zu schaffen. Er wollte ihr angst machen, um sie wieder in seinen Bann zu ziehen, sei es auch nur, um ihnen beiden zu beweisen, daß er sie immer noch in der Hand hatte.

»Du kannst nicht einfach ›heimgehen‹. So einfach ist das nicht, Lara. Du hast Geheimnisse zu verbergen, Erklärungen abzugeben. Natürlich werde ich alles bekräftigen, was du sagst. Niemand wird je erfahren, was in der vergangenen Nacht wirklich passiert ist. Das wird immer unser ureigenstes Geheimnis bleiben.« Er warf einen Blick auf seine Uhr, ehe er fortfuhr. »Es ist gleich Viertel nach sechs. Im Haus müßte schon jemand vom Personal auf sein. Wir sollten uns eine plausible Geschichte ausdenken dafür, daß wir die ganze Nacht aus waren.«

Lara fühlte sich von seinen Worten abgestoßen. Lügen, Täuschungen. Sie haßte den konspirativen Tonfall in seiner Stimme. Das waren Seiten des Lebens, von denen sie nicht viel verstand, und ihre erste Reaktion war Ablehnung. Lieber hätte sie ihre Nacht sexueller Ausschweifungen gebeichtet. Aber das war natürlich unmöglich. Sie saß in der Falle.

Sie waren beim Wagen angelangt und musterten einander. Ihre Gefühle waren widersprüchlich. Sie fühlte sich zu Jamal hingezogen, vielleicht sogar bis zu einem gewissen Grad in seiner Macht, aber das ging nicht soweit, daß sie gewillt gewesen wäre, sich zur Lügnerin und Betrügerin machen zu lassen. Seine Augen verrieten, was er fühlte: Befriedigung, die Trumpfkarte in seinem Verführungsspiel in der Hand zu halten.

Sein Tonfall änderte sich. Plötzlich klang seine Stimme warm und aufrichtig. »Lara, wer weiß, wann wir wieder Gelegenheit haben werden, so offen miteinander zu sprechen? Wir können uns kaum in verborgene Winkel schleichen, um intimes Geflüster auszutauschen. Wir werden wieder zusammenkommen, ganz gleich, was du sagst oder denkst. Ich werde einen Weg finden, daß wir ohne das Wissen der Familie zusammen sein können. Die vergangene Nacht war für uns nur der Anfang. Unser Sex wird ein Geheimnis bleiben müssen, zumindest einige Jahre. Sag mir, daß du das als Möglichkeit akzeptierst. Mehr verlange ich gar nicht von dir. In Anwesenheit Dritter kann unsere Beziehung so sein wie früher. Und nicht nur vor der Familie, auch zwischen uns.«

In späteren Jahren sollte Lara noch oft zurückdenken an diesen Augenblick mit Jamal, und für sie würde es immer der Moment ihres Erwachsenwerdens sein, der Moment, da sie sich sich selbst stellte und das erstemal als Frau handelte. Es war, als wäre sie bewußtlos gewesen und plötzlich wieder zu sich gekommen. Kälte stieg in ihr auf, gepaart mit der Entschlossenheit, niemals wieder ein sexuelles Opfer zu sein, nicht Jamals und auch nicht das irgendeines anderen. Sie würde die Kunst der erotischen Liebe praktizieren, aber zu ihrem eigenen Vergnügen, mit Sam, Jamal oder sonst einem Mann, der sie genug liebte, sie für sich zu gewinnen. Eine Nacht, einen Tag, ein ganzes Leben. Ihr wäre ein einziger Mann für ein ganzes Leben am liebsten. Jamal sandte keinerlei Signale aus, daß er dieser Mann für sie sein könnte. Aber Sam? Der liebe, ungefährliche Sam war da schon anders. Aber erst mußte sie sich mit anderen Dinge befassen: Vorrangig war, ihre Ankunft um diese Zeit zu überspielen.

»Fahren wir«, sagte sie.

Er packte ihren Ellbogen, als sie Anstalten machte, in den Ferrari zu steigen. »Antworte mir, verdammt noch mal! Akzeptierst du, was uns verbindet? Du leugnest es nicht? Für den Augenblick gebe ich mich mit einem Ja zufrieden.«

Plötzlich fühlte sie, daß sie die volle Kontrolle über sich hatte. Daheim auf Cannonberry Chase fühlte sie sich stark genug, ihre erotische Liebe für Jamal und Sam einzugestehen, ohne sich jedoch genötigt zu fühlen, in dieser Sache etwas zu unternehmen, ehe sie nicht bereit war. Wer weiß? Vielleicht war Jamal die große romantische Liebe ihres Lebens. Vielleicht war es auch Sam. Was war überhaupt romantische Liebe? Jamal war im Gegensatz zu ihr sehr bewandert in diesen Dingen. Aber sie schwor sich, daß sie irgendwann romantische Liebe erfahren würde, was immer das sein mochte. Alles war offen wie beim Gold-Cup des Jachtclubs. Aber erst einmal fasziniert von den Veränderungen an ihr selbst und ihrem Leben, sammelte Lara ihre Kräfte. Sie blickte Jamal fest in die Augen und sagte:

»Ja, ja, ja. Sofern eine einzige Erfahrung dies bestätigen kann, verbindet uns geheimer Sex. Ja, wenn ich auf dem College bin, ist es eine Möglichkeit. Ja, du hast gewonnen, du hast gewonnen. Und jetzt fahr uns zu den Stallungen und versuch nie wieder, aus mir eine Lügnerin zu machen, die ihre Familie hintergeht. Ich werde schon eine Erklärung dafür finden, daß wir erst so spät hier eingetroffen sind. Ich bin mit meiner Schockeinführung in die große weite Welt der Sexualität und Liebe fertiggeworden. Und ich bin ganz froh, die vergangene Nacht erlebt zu haben. Ich denke, ich sollte mich also benehmen wie eine Erwachsene. Ich muß die Verantwortung für mein Tun übernehmen, und das gedenke ich zu tun, ohne irgend jemanden zu kompromittieren – schon gar nicht mich selbst.«

Die Stallungen waren, so wie alles andere auf Cannonberry Chase, überaus beeindruckend. Hier standen einige der besten Pferde des Landes. Rennpferde, ein Deckhengst, Hunter, eine Reithalle und ein Außenreitplatz. Die Stallburschen waren bereits bei der Arbeit und sattelten zwei Pferde für Jamal und Lara. Sie grinsten, als Lara ihr Angebot ausschlug, ihnen Reitsachen zu borgen, und darauf beharrte, daß sie und Jamal in ihrer Abendgarderobe reiten würden.

Sie ritt Biscuit, einen temperamentvollen, ein Meter siebzig großen Schimmelhengst, und Jamal sein Lieblingspferd, eine nachtschwarze Araberstute namens Cora. In gestrecktem Galopp jagten sie über das Anwesen. Das freie Land, das die Stantons Zucht und Jagd von Wildtieren vorbehielten, war besonders reizvoll. Das Terrain war für jeden Reiter eine Herausforderung. Es umschloß Wälder und Wiesen, Hügel und Strände mit Sanddünen auf der einen und Klippen und rauherer See auf der anderen Seite.

David und Max verließen mit Myling und Luan das Herrenhaus, um sich zu einem frühmorgendlichen Ausritt zu den Stallungen zu begeben, als sie in der Ferne zwei Reiter sahen, die auf den Wald zujagten. Laras seidenes Abendkleid und ihr silbrigblondes Haar wehten im Wind, so halsbrecherisch war ihr Tempo. Sie sahen, wie sie auf ihrem Schimmel eine einen Meter hohe Hecke übersprang, den riesigen Hengst wendete und erneut über das Hindernis setzte, nur knapp an Jamal und seiner Stute vorbei.

Die beiden Paare liefen über die Terrasse, um die Reiter besser sehen zu können. »Das Mädchen ist irre. Mehr Leichtsinn als Pferdeverstand. Aber sie versteht es zweifellos, mit Biscuit umzugehen. Seht sie euch an, sie wird das Gatter nehmen. Sie spielt mit Biscuit und Jamal. Ich wette, sie schafft noch zwei Sprünge, bevor Jamal die Führung übernimmt«, sagte Max enthusiastisch.

David lachte. »Jamal muß wütend sein. Lara wird von Anfang an vorn gewesen sein. Der Hengst ist verdammt schnell, wenn man ihn laufen läßt. Lara wird dann Probleme bekommen, wenn Jamal aufholt und an Biscuit vorbeizieht. Sie wird alle Hände voll zu tun haben, den Schimmel zu halten. Er ist stark und nicht ganz richtig im Kopf. Er mag keine anderen Pferde um sich herum, und er haßt es, überholt zu werden. Lara könnte böse stürzen.«

Wie von Max vorhergesagt, übersprang sie das Gatter noch zweimal, ehe Jamal sie eingeholt hatte. Dann setzten die Pferde Kopf an Kopf über das Hindernis, und Jamal galoppierte voran auf den Wald zu. Die Brüder und die zwei Frauen verfolgten das Rennen johlend und klatschend. Dann hielten sie die Luft an, als der Hengst, wie von David vorausgesehen, stieg und sich gegen Laras Führung auflehnte. Er raste wieder los, stieg dann erneut, und Lara geriet in ernsthafte Schwierigkeiten. Sie sahen, wie sie nach vorn geschleudert wurde. Sie klammerte sich an Zügel und Mähne und glitt dann aus dem Sattel. David rannte auf das Feld zu, gefolgt von den anderen. Irgendwie gelang es Lara, sich auf dem Pferderücken zu halten. Jamal mußte zurückgeblickt und gesehen haben, was los war. Sie sahen, wie er kehrtmachte und auf Biscuit zugaloppierte. Plötzlich saß Lara wieder im Sattel. Der prächtige weiße Hengst stieg ein drittes Mal in dem Bemühen, sie abzuwerfen, aber dann hatte sie ihn wieder in der Gewalt und galoppierte an Cora vorbei, die Jamal gewendet hatte, um Lara zu Hilfe zu kommen. Sie lachten, als Jamal zusehen mußte, wie Lara Biscuit zum Trab durchparierte und im Wald verschwand.

Jamal schloß sich wieder an, wobei er darauf achtete, Cora hinter Biscuit zu halten. Sie schwiegen. Jamal wollte sie anbrüllen, fragen, was zum Teufel das sollte, was sie damit beweisen wollte. Er unterdrückte den Impuls, kochte aber innerlich. Es war Lara, die, als sie schon tief im Wald waren, schließlich leise sprach. »Wenn wir ganz leise sind und langsam reiten, können wir drüben in dem kleinen Tal mit dem Bachlauf die Rehe sehen. Sie sind um diese Zeit immer dort.«

Die Pferdehufe, die leise auf dem bunten, herbstlichen Blätterteppich aufsetzten, wühlten die Nebelschwaden auf, die immer noch dicht über dem Boden hingen, aber rasch von der Sonne, die in schrägen Strahlen durch das Geäst gefiltert fiel, aufgelöst wurden. Sie waren umgeben von einem Regenbogen von Grün- und Gelbtönen, vermischt mit anderen, gedämpfteren Farben. Es war, als würden sie durch einen Märchenwald reiten, aber Jamal war durch Laras Verhalten zu aufgewühlt, die Landschaft zu genießen. Er trieb die Stute an, schob sich neben Lara und nahm ihr die Zügel aus der Hand. Die Rehe waren ihm egal. Er schlang ihr einen Arm um die Taille, zog sie von Biscuits Rücken und setzte sie vor sich auf Coras Widerrist. Biscuit schien nichts davon zu bemerken und führte sie weiter in gemäßigtem Schritt durch den Wald.

»Ich weiß nicht, was du eben versucht hast zu beweisen, Lara, und ich will es auch gar nicht wissen. Ich habe dich in der vergangenen Nacht gezähmt. Ich habe dich so hart geritten, wie du eben dieses Pferd geritten hast.« Lara begann, sich zu winden, und nahm Jamal die Zügel des Hengstes aus der Hand. Er zog seinen Arm fester um sie. »Die vergangene Nacht war nur ein Anfang für uns. Das solltest du nicht vergessen. Ich bin kein Hengst, dem du deinen Willen aufzwingen kannst. Ich bin es, der die Kontrolle hat. Aber vergiß nicht, daß zwischen uns mehr ist als Sex und Kontrolle. Im Laufe der Jahre hat sich eine Art liebevoller Zuneigung zwischen uns entwickelt. Du darfst nur nicht vergessen, daß das eine mit dem anderen nichts zu tun hat, und das ist Teil der Leidenschaft und Romantik unserer Beziehung. Wenn du das heute nicht begreifst, dann irgendwann später. Ich habe nichts dagegen, daß du mich herausforderst und versuchst, mich auf irgendeine Weise niederzumachen, solange du dir darüber im klaren bist, daß es dir sehr schwer fallen wird, zu gewinnen.«

Hierauf nahm er ihr wieder die Zügel aus der Hand und half ihr zurück auf den Hengst. Als sie wieder fest im Sattel saß, drückte er ihr die Zügel in die Hand. Sie lenkte den Schimmel aus dem Wald, und sie ritten einige Zeit friedlich nebeneinander her, ehe sie wieder sprach.

»Man hat uns gesehen. Das hatte ich gehofft. Es wird leichter sein, wenn sie wissen, daß wir die ganze Nacht auf waren und zum Abschluß ausgeritten sind. Jetzt reiten wir zum Strand und gehen segeln. Wenn wir ganz offen dazu stehen, daß wir die ganze Nacht auf waren, brauchen wir nicht zu lügen.«

Gegen elf Uhr kehrten Lara und Jamal von ihrem Segelausflug zurück und vertäuten das Boot am Dock, wo Sam sie bereits erwartete. Er küßte sie und legte besitzergreifend den Arm um sie. »Danke, Jamal. Ich hoffe doch, daß er sich benommen hat wie ein Gentleman, Lara? Oder müssen wir uns im Morgengrauen duellieren?«

Sie konnte nicht über den Scherz lachen. Sie versuchte, ihre Gereiztheit den beiden Männern gegenüber zu unterdrücken, hakte sie unter und stieg in ihrer Mitte die Klippen hinauf zum Haus. Lara und Jamal trugen immer noch ihre Abendgarderobe. Die Familie und ihre Gäste saßen draußen auf dem Rasen. Es war Zeit für den Vormittagskaffee. Alle wußten bereits über ihren Ausritt und ihren Segeltörn Bescheid. Die einzige Bemerkung zur bislang aufregendsten Nacht in Laras

Leben kam von ihrer Mutter. »Lara, Liebes, du solltest es dir nicht zur Gewohnheit machen, die ganze Nacht aufzubleiben. Schönheitsschlaf ist nicht bloß leeres Gerede.« Das Leben auf Cannonberry Chase, ihre Familie, die Freunde, die Gäste, das Personal – nichts hatte sich verändert, abgesehen von ihr selbst. Sie fühlte sich gleichzeitig wie derselbe Mensch, der sie immer gewesen war, und wie jemand anders. Lara, erwachsen? Sie zerbrach sich nicht großartig den Kopf darüber und akzeptierte ihre Sexualität und Sams Liebe als Gegebenheiten ihres Lebens, sogar ihre Furcht, sich in ihrer Sexualität zu verlieren, so wie es bei Jamal der Fall gewesen war; sogar ihre Erregung, ihre Ekstase, daß sie sich ihrer Lust rückhaltlos unterworfen hatte.

Mehr als einmal befiel sie an diesem Wochenende die Erinnerung an erotische Gefühle. Nicht nur an das, was sie mit Jamal und den zwei Fremden empfunden hatte, sondern auch an ihre Erlebnisse mit Sam. Die Erinnerung weckte ihr Bedürfnis nach mehr, und doch brachte sie es nicht über sich, auf Sams Avancen einzugehen. Sie wies ihn nicht ab, aber sie hielt ihn hin, vor allem aus dem Bestreben heraus, sich von ihrer sexuellen Begegnung mit Jamal zu distanzieren. Denn was immer zwischen ihnen gewesen war, was immer sie für Jamal empfand, wie störend es auch in seiner verminderten Intensität sein mochte, ein *coup de foudre*, wie sie ihn bei ihm erlebt hatte, ließ sich nicht so leicht vergessen.

Lara war überrascht davon, daß sie trotz ihrer lustvollen Gedanken, trotz der innerlichen Veränderungen, in der Lage war, das Wochenende zu genießen. Jamal benahm sich vorbildlich. Es war ganz so, wie er es gesagt hatte: Sie waren Freunde und hatten Spaß. Keine Andeutung, kein Necken, keine Anspielungen auf das, was in dem Haus in der Dreiundfünfzigsten Straße geschehen war. Sam und sie kamen einander wieder näher.

Zwei Wochen später schliefen sie wieder miteinander. Es war so, wie Sam es ihr versprochen hatte, noch aufregender als in jener Nacht in Tante Bidis Suite. Wieder schworen sie einander ihre Liebe, versicherten einander, wie sehr sie den

Sex genossen hätten. Sie waren glücklich. Und wie erfreut Emily auch war, als sie sah, daß Lara die Anstecknadel von Sams Bruderschaft trug, war sie doch erleichtert, als sie sich eine Woche später mit einem Kuß von ihrer Tochter verabschiedete und Lara zum Smith College aufbrach. Laras Leben entwickelte sich gemäß Emily Dean Stantons Plänen.

NEW YORK
1974

Kapitel 6

Vier Jahre sind eine lange Zeit im Leben eines ehrgeizigen Menschen. Sie können entscheidende Veränderungen herbeiführen. Innerhalb einer so ehrgeizigen Familie wie der Stantons wurden jene individuellen Veränderungen als natürlich akzeptiert. Bemerkenswerterweise steht die wohlhabende amerikanische Aristokratie, der so mächtige und loyale Familien wie die Stantons angehören, bedingungslos hinter jedem ihrer Mitglieder. Billigung oder Mißbilligung spielen nur selten eine Rolle. Mit so gefestigten familiären Fundamenten und einer ganzen Riege von Treuhändern und Beratern gab es kaum etwas, was Henrys und Emilys Kinder nicht wagen konnten oder wollten – mit den besten Aussichten auf Erfolg.

Ob geschäftlich oder im Spiel – die Familie war immer auf der Überholspur. Wenngleich die Welt nur selten erfuhr, was genau sie alle unternahmen, hinterließ die Henry-Stanton-Familie ihre Spuren. Und während ihre Kinder auf der ganzen Welt ihren verschiedenen Interessen nachgingen, wurden Emily, Henry und Cannonberry Chase immer mehr zu einer Achse, von der aus sie ausstrahlten und zu der sie immer wieder zurückkehrten.

In vielerlei Hinsicht war es mehr Cannonberry Chase als Henry oder Emily, das eine unwiderstehliche Anziehung auf sie ausübte. Das amerikanische Landhaus muß so verstanden werden wie, sagen wir, George Washington Vanderbilts Biltmore in North Carolina, John D. Rockefellers Zuflucht Kykuit in den Pocantico Hills, New York, oder Caumsett, das Anwesen auf Long Island: ihre englischen Parkanlagen, ihre herrschaftlichen Landhäuser und ihre Farmen im Marie-Antoinette-Stil, die die Besitzer erscheinen ließen, als wären sie völlig unabhängig von der Außenwelt. Sie waren nicht das Zelluloid-Tara aus *Vom Winde verweht,* sondern Wirklichkeit, Orte, an denen das Leben ihrer Besitzer erfüllter zu sein schien als irgendwo sonst. Zumindest war das auf Cannonberry Chase der Fall.

Das Haus war ein imposanter Bau, aber es war mehr als nur ein Herrenhaus inmitten von riesigen Flächen naturbelassener Wildnis. Eine Vielzahl von sportlichen und anderen Freizeitvergnügen bildete eine geteilte und familiäre Welt für die wenigen, die das Glück hatten, sie sich leisten zu können. Die prächtigen, architektonisch wertvollen Stallungen mit ihren Reithallen waren nicht weniger beeindruckend als die bedachten und unbedachten Tennisplätze und Schwimmbäder, die harmonisch in das Gesamtbild eingefügt waren. Fitneßräume, Schießstände und Bowlingbahnen in den Kellern waren mit französischem Walnußholz verkleidet. Billardzimmer waren so erlesen eingerichtet wie Bibliotheken. Sogar Jagdzimmer, Trophäenzimmer und Garagen waren von erlesenem Design. Die Bootshäuser hielten, was sie versprachen. Sie gehörten zu den attraktivsten und beeindruckendsten Attributen der amerikanischen Landhäuser. Das auf Cannonberry Chase war ein besonders gelungenes Exemplar dieser Gattung, ansehnlich, geräumig und halb über das Wasser hinausreichend, konnte darin ein halbes Dutzend der größeren Boote der Stantons untergebracht werden, von denen mehrere dazu dienten, nach New York überzusetzen, wenn Henry in der City zu tun hatte. Der Flugzeughangar mit kleiner Graslandebahn war immer unverzichtbar gewesen für ein amerikanisches Landhaus, das über genügend Land verfügte, beides ebenso dekorativ in die Landschaft eingefügt wie der Achtzehn-Loch-Golfplatz. Im Hangar der Stantons waren mehrere kostbare Flugzeugoldtimer untergebracht sowie eine Cessna und ein kleiner Jet. Außerdem verfügte Cannonberry Chase über ein hervorragendes Polofeld, einen Irrgarten und eine Höhle, in der Emily Miniopern für ihre Gäste organisierte.

Das amerikanische Landhauswochenende war seit den zwanziger Jahren fester Bestandteil des Lebens dieser Leute. Die Generationen, die immer noch in der Lage waren, im großen Stil zu leben, waren ein Produkt ihrer Zeit und ihres Umfeldes. Sie kannten kein anderes Leben. Das war ihr Leben.

Cannonberry Chase hatte eine gewisse Ähnlichkeit mit dem großen ländlichen Anwesen in England und Frankreich. Aber war es das gleiche? Ganz und gar nicht. Das Haus stand auf zwanzig Quadratmeilen eigenem Besitz, jenseits der Vorstädte und potentiellen Baulands. Es strahlte Unabhängigkeit aus. Eine Insel, ein ländliches Dasein, wenngleich das Geld, mit dem das Anwesen unterhalten wurde, nicht aus Erträgen der Landbewirtschaftung stammte.

Was den kostenintensiven Kreationen auf Cannonberry Chase ihren Reiz verlieh, war sein Status als palastartige Residenz, die größtenteils zu sportlichen Zwecken unterhalten wurde. Es befriedigte die Sehnsucht nach einem ländlichen Dasein. Wie viele solcher Anwesen unterhielt auch dieses eine große, komplexe Farm. Von der Mitte des achtzehnten Jahrhunderts bis zu den vierziger Jahren des neunzehnten Jahrhunderts hatten prunkvolle Landhäuser in Amerika Hochkonjunktur gehabt, aber für Cannonberry Chase hatte es nie ein Ab gegeben. Es erstrahlte noch immer in altem Glanz.

Henry hatte mit seinem Vater und dessen Vater eins gemeinsam: Sie waren mächtige, einflußreiche Bürger, die es verstanden, den großen Männern ihrer Nation ihre persönlichen Überzeugungen nahezubringen und sie außerdem zu Freunden zu gewinnen. Als ultimative Diplomaten und clevere Politiker hatten sie sich politisch immer bedeckt gehalten und offizielle Ämter abgelehnt, sich mit persönlicher Macht an der Seite eines Freundes begnügt. Bis jetzt.

David hatte politische Ambitionen. In den vier Jahren seit ihrem privaten Rundgang durch den Stanton-Flügel des Museums hatte er entscheidende Schritte in Richtung des Weißen Hauses unternommen. Cannonberry war immer eine Zuflucht gewesen, ein sehr privater Treffpunkt für die Männer, die die Geschicke des Landes lenkten. Roosevelt, ein häufiger Gast, hatte Churchill dort empfangen. Eisenhower hatte dort inoffizielle Gespräche mit Eden geführt. Staatsoberhäupter verschiedener Länder waren von Henry und Emily als inoffizielle Gäste des Weißen Hauses of Cannonberry Chase beherbergt worden. Sie waren brillante Gastgeber, die es verstanden, ihren Gästen so viel Unbefangenheit zu vermitteln, daß sie sich unter die Familie mischten. Den Gästen wurde für kurze Zeit das Gefühl vermittelt, ein Teil von Cannonberry Chase zu sein. Mächtige Politiker, Männer und Frauen aus gehobenen Kreisen, faszinierende Charaktere, die zu Gesprächen anregten, die mal an ein Schachspiel erinnerten, mal amüsierten, hatten alle Stanton-Kinder beeinflußt. Aber David hatte von ihnen allen das größte Interesse an politischer Macht entwickelt. David, der sich, soweit Henry sich erinnern konnte, immer mehr für das Leben im Capitol und Geopolitik interessiert hatte als die anderen Kinder, vielleicht ausgenommen Max, der jedoch trotz seiner Faszination nicht interessiert war an einer eigenen politischen Karriere.

Cannonberry Chase war der Inbegriff von Zuhause, von Geborgenheit, eines Lebens, das voll ausgekostet wurde, in einer Atmosphäre von Eleganz und Schönheit. Es bot den Geruch des Erfolges, Einblicke in das Beste, was die verschiedensten Kulturen zu bieten hatten. Es beeindruckte jeden, der das Glück hatte, auch nur für kurze Zeit dort verweilen zu dürfen. Und es gab jedem der Stantons eine solide Basis, von der aus er operieren konnte.

John heiratete in dieser Zeit und wurde Vater von zwei Kindern. Eine pompöse High-Society-Hochzeit in der St. Thomas Kirche an der Park Avenue, zwei Taufen und vier gemeinsame Weihnachtsfeste im Kreise der Familie auf Cannonberry Chase konnten Lara jedoch nicht für den Verlust seiner behütenden Liebe entschädigen. Jene ersten Jahre, fort von zu Hause und getrennt von ihren Brüdern, hatte sie kaum als Trennung empfunden. Anrufe drei- oder viermal wöchentlich, unzählige Kurzbesuche und ausgedehnte Ferien mit John, David, Steven und Max waren neben Sams Aufmerksamkeiten auch weiterhin Mittelpunkt von Laras Leben gewesen.

Laras Verlust – Johns nachlassende Aufmerksamkeit und Liebe (tatsächlich waren seine Gefühle nicht weniger geworden, sondern hatten sich lediglich verschoben) – wurde noch dadurch verschlimmert, daß Steven mit einer Texasschönheit durchbrannte, die Emily mißbilligte. Lynette schien Steven, der Lara einst angebetet hatte, völlig den Kopf verdreht und seine Liebe für Texas geweckt zu haben. Sowie bei allem anderen auch, bezogen Henry und Emily Stellung, und die Familie schloß sich unterstützend zusammen. Sie warteten, daß Steven wieder zur Besinnung kam und zu ihnen nach Cannonberry Chase zurückkehrte, ob mit oder ohne Lynette.

Elizabeth bekam in diesen vier Jahren noch weitere Kinder. Den Großteil der Schwangerschaften verlebte sie auf Cannonberry Chase, kehrte zur Geburt aber jeweils nach England zurück. Das Weihnachtsfest feierte sie jedesmal im Kreis der Familie auf dem Landsitz. Lara kam es vor, als wären diese neuen Ehefrauen, Jeremy, Elizabeths Mann, und deren Kinder immer Teil der Familie und ihres Heims gewesen. Es war, als wäre sie mit ihnen großgeworden. Sie wurden Stantons, und als solche erfüllten sie das Haus mit noch mehr Leben.

So sehr Lara sich ihrer Familie aber auch zugehörig fühlte, fühlte sie sich gleichzeitig auch irgendwie als Außenstehende. Sie schob dieses Gefühl der Distanz auf den schmerzhaften Verlust der Liebe und Aufmerksamkeit, mit der sie sie immer überschüttet hatten, bevor die Kinder geboren worden waren. Sie ließ sich ihren Schmerz nie anmerken und kämpfte hart darum, ihre Eifersucht zu überwinden. Einmal sprach sie mit Steven, nicht über ihre persönlichen Gefühle, sondern über die Familie und die Macht, die sie über sie zu haben schien. Ewig der Anthropologe, schlug er vor, sie solle ihre engste Familie als sich ausdehnende, eng miteinander verbundene Sippe betrachten. Die Stantons als der exklusivste Club der Welt. Hierin läge ihr Glück, hierin würden ihre Ziele immer genährt, ihre Träume und Bedürfnisse befriedigt werden.

Ohne Lynettes Namen auch nur zu erwähnen, hatte Steven Lara klargemacht, daß er, wie verliebt er auch in seine Frau sein mochte, nicht vom rechten Kurs abgekommen war. Irgendwann würde Lynette begreifen, was für ein Privileg es war, in die Familie aufgenommen worden zu sein, eine Stanton geworden zu sein. Eines Tages würde sie den Stellenwert der Sippe in ihrem Leben begreifen und aufhören, sich gegen sie aufzulehnen. Er hoffte, daß sie sie eines Tages liebte und erkennen würde, was sie durch die Heirat mit ihm gewonnen hatte, anstatt dem nachzutrauern, was sie glaubte verloren zu haben. Er hatte Lara vor Augen geführt, daß es für Lynette nicht anders war als für Jeremy oder jeden anderen, der in die Familie einheiratete. Lara sollte versuchen, dies dem Mann, für den sie sich entschied, klarzumachen.

Sie war belustigt gewesen, als Steven gesagt hatte: »Du kannst ihm nur die Wahrheit sagen. In meinem speziellen Fall ist es so, daß Lynette Schwierigkeiten damit hat, die Wahrheit zu akzeptieren. Sie kämpft dagegen an. Damit bringt sie Mutter gegen sich auf, und das macht es noch schwieriger. Immerhin ist Lynette ganz schön egoistisch. Sie ist sehr ichbezogen und, wie ich annehme, auch ein wenig dumm. Sie wird für Skandale sorgen, uns in Verlegenheit bringen und letztendlich den kürzeren ziehen. Wenn es soweit ist, wird sie mich verlassen, oder ich werfe sie hinaus. Oder aber wir geben den Kampf auf und werden glücklich miteinander. Das sind die Fakten. Und es kommt noch eins dazu: Du weißt nie, in wen oder was du dich verliebst. Das wirst du bald selbst feststellen, La.«

Sie hatte Steven umarmt und geküßt, und einen Augenblick waren sie einander so nahe gewesen wie früher. Sie liebte ihn noch ebenso sehr wie in den alten Tagen, bevor er begonnen hatte, eine andere mehr zu lieben als sie. Ganz gleich, wie vernünftig sie versuchte, damit umzugehen, es tat trotzdem weh, daß ihr Bruder eine andere mehr liebte als sie.

In jenen vier Jahren war Max in seinem Leben riesige Schritte vorangekommen, und er hatte Lara wann immer möglich miteinbezogen. So wie David war er fasziniert von Geopolitik. Und wäre er nicht mit Leib und Seele Arzt gewesen, ein außergewöhnlich verdienstvoller Diagnostiker, wäre er bestimmt ein ernstzunehmender politischer Gegner seines Cousins auf seinem Weg ins Weiße Haus gewesen. Statt dessen hatte er medizinische Projekte in der Dritten Welt zu seinem Lebensinhalt gemacht und Weltpolitik zu einem Hobby.

Er war David ähnlicher als ihre anderen Brüder. Sie standen einander sehr nahe, teilten viele Interessen, nicht zuletzt das an den Frauen. Max war kein geringerer Schürzenjäger als David, doch war er sprunghafter. Seine Affären waren gewöhnlich ebenso ernst wie kurz. Seine in der Regel verbitterten, abservierten Freundinnen behaupteten, er wäre ein romantischer, einfallsreicher und sehr potenter Liebhaber, aber rücksichtslos, wenn es darum ging, Schluß zu machen. Er brach Herzen und jagte von einer Eroberung zur nächsten. Max strahlte eine Dynamik aus, die ansteckend wirkte. Dies verlieh ihm die Macht, Wunder zu bewirken, wo andere vor ihm gescheitert waren. Er teilte seine Energien zwischen der Stanton Medical Research-Stiftung in Manhattan und seiner Arztpraxis auf und war überaus zufrieden mit seinem Leben.

In den vergangenen vier Jahren war Lara stark von Max und David beeinflußt worden. Sie dachte oft an das, was Jamal in ihrer ersten gemeinsamen Nacht über David gesagt hatte: daß er gelernt hatte, innerhalb der Stanton-Welt zu leben sowie, sehr diskret, auch außerhalb. Jetzt verstand sie, was Jamal damit gemeint hatte. Sie lernte von David und Max, wie man zum Rebellen ohne eigene Sache wurde und gewann. Wie man die Welt benutzen und bereichern konnte. Wie man mit der Welt und den Menschen spielte und gewann. Wie man Geheimnisse, ja sogar Leichen im Keller, sicher verbarg. Wie man mit Bewunderung und Anbetung umging, ohne sich davon blenden zu lassen.

Zwischen dem College, Urlaub mit der Familie in der Villa in Cap d'Antibes, Reisen mit ihren Brüdern und Freunden vom Smith College, einem Jahr an der Sorbonne in Paris, einem weiteren Jahr am Smith College und Aufenthalten auf Cannonberry Chase, um neue Energie aufzuladen, hatte Lara rasch neue Welten entdeckt, die es zu erforschen galt. Und sie war unersättlich darin gewesen, sich diese einzuverleiben.

Gestützt von der Familie und Sams treuer Liebe und Ergebenheit, wurde aus dem Goldkind in jenen Jahren die Rebellin innerhalb der konservativen Stanton-Familie. Und sie wurde ob ihrer Erfolge noch mehr von ihnen verwöhnt und angebetet: beste Absolventin ihrer Klasse, Gewinnerin von Segeltrophäen, auf die auch die Männer der Familie stolz gewesen wären, und Erfolge bei Skimeisterschaften, die in der Vergangenheit allen außer John versagt geblieben waren. Sie reifte zu einer umwerfenden Schönheit heran, mit einem ganz eigenen Charme, der ebenso originell war wie provokativ. Und doch blieb die Familie kritisch, erwartete stets noch mehr, wie in ehrgeizigen Familien üblich, wenn auch ohne es offen auszusprechen.

In diesen Jahren war es Lara gelungen, Emilys größere Pläne für ihre Einführung in die Gesellschaft, ihr Jahr in der High Society von New York und London, mit dem Versprechen zu umgehen, Emily voll und ganz zur Verfügung zu stehen, sobald sie die Schule beendet hatte. Sie war damit durchgekommen, weil Emily befriedigt zur Kenntnis genommen hatte, daß Sam immer noch als zukünftiger Ehemann in Frage kam. Und Lara und Sam waren pflichtgetreu bei mehreren Dutzend der wichtigeren gesellschaftlichen Ereignisse der Saison als Traumpaar aufgetreten.

Laras Brüder und Henry waren jedoch nicht so sicher, daß sie sich glücklich in den Platz fügen würde, den Emily ihr zugedacht hatte. Die Männer der Familie waren weniger besorgt wegen Laras zuweilen rebellischer Natur, als vielmehr wegen der verwundbaren Unterwürfigkeit, die sich unter dieser oberflächlichen Auflehnung verbarg. Dieser Charakterzug bereitete ihnen weit größeres Kopfzerbrechen. Sie alle waren dankbar für Sam, überzeugt, daß sie bei ihm sicher war.

Aber wie sicher war sie wirklich? Das hatte Henry sich unzählige Male gefragt. Er mußte stets gegen die Bevorzugung seiner Lieblingstochter ankämpfen. Und so kam es, daß er sie zeitweise maßlos verwöhnte und seine Liebe zu ihr offen zeigte, um sich dann abrupt von ihr zurückzuziehen. So war es zwischen Vater und Tochter schon immer gewesen, seit Lara ein Baby gewesen war. Er liebte sie über alles, mehr noch als Emily, mehr als Janine, die seit zwanzig Jahren seine Geliebte war, sogar mehr als das dreiundzwanzigjährige

Mädchen, das er in Paris aushielt. Nur Emily wußte das, und darum war er in ihrer Gegenwart auch Lara gegenüber so zurückhaltend.

Emily und Henry hatten eine Vereinbarung getroffen. Er durfte sich mit anderen Frauen amüsieren, solange er diskret war und nur sie allein davon wußte. Dann würde sie ihn niemals verlassen. So war es immer gewesen. Diese Bedingungen hatte sie gestellt, ehe sie ihn geheiratet hatte. Darin bestand die Macht, die sie über Henry hatte: sexuelle Freiheit innerhalb der Regeln, die *sie* für ihre Ehe aufgestellt hatte. Und es funktionierte. Sie waren sich als Mann und Frau sehr zugetan, als Partner innerhalb der Familie, und bis zu Laras Geburt hatte er Emily mehr geliebt und angebetet als alles andere auf der Welt. Aber von da an hatte Emily, so sehr Henry sich auch bemüht hatte, es zu verbergen, nur noch an zweiter Stelle gestanden.

Lara erinnerte Henry ständig an jene Nacht, in der sie gezeugt worden war. Jene Nacht, in der er und Emily heftig aneinander geraten waren und der Streit darin gegipfelt hatte, daß er sie gewaltsam genommen hatte. Zum erstenmal in ihrer Ehe hatte er Emily gegen ihren Willen zum Sex gezwungen. Die Beinahe-Vergewaltigung hatte sich fortgesetzt, bis sie sich ihm mit einer an Raserei grenzenden Lust hingegeben hatte, die sie sich bis dahin nie gestattet hatte. Es war die aufwühlendste Episode ihres Ehelebens gewesen, und Lara war daraus entsprungen. Emilys Mißbilligung solch extremer Leidenschaft hatte jedes neuerliche Aufwallen solcher Lust verhindert. Lara erinnerte ihre Mutter ebenso an jene Nacht wie ihren Vater.

Henry trank vor dem Mittagessen mit Max und David in der Bibliothek einen Wodka Gibson, als er durch das Oriel-Fenster zwei Range Rover sah, die um den weißen Oceanus-Springbrunnen herumfuhren, eine Kopie von Giovanni da Bolognas Meisterwerk in den Boboli-Gärten in Florenz. Er plätscherte seit beinahe dreihundert Jahren melodisch vor sich hin. Die drei Männer lächelten. Lara war zu Hause. Die Gläser in der Hand, gingen sie nach draußen, um sie zu begrüßen. Aber sie mußten feststellen, daß sie nicht mit den Chauffeuren nach Hause gefahren war, die ihre Habe vom Smith College heimgebracht hatten.

»Ich bin sehr enttäuscht, George. Wo ist meine Tochter?«

»Ich habe ihr gesagt, daß es Ihnen nicht gefallen würde, Sir, aber Sie kennen ja Miss Lara. Sie ließ sich nicht umstimmen. Also sind wir im Konvoi gefahren. Sie sagte, Sie würden es verstehen, weil Sie es selbst so gemacht hätten, Sir.«

»Soll das heißen, daß sie die ganze Strecke von Northampton auf dieser verfluchten Harley Davidson gefahren ist, die ich ihr geschenkt habe?« Henry schüttelte mißbilligend den Kopf, aber dennoch stahl sich ein Lächeln auf seine Lippen. Das kleine Biest – er konnte kaum etwas dazu sagen: Lara hatte recht, er hätte dasselbe getan.

Aufgrund der Steigung in der Auffahrt hörten sie das Motorrad, noch bevor sie sie sahen. Die Männer leerten ihre Gläser und stiegen die weiße Marmortreppe herunter, als sie sie auftauchen sahen. Henry sprach als erster.

»Jungs, ihr verwöhnt dieses Mädchen zu sehr.«

Die zwei Männer lachten und prosteten ihm zu.

»Dad! Und das mußt ausgerechnet du sagen! Wer hat ihr denn die Harley geschenkt?« rief Max.

»Gut, ich nehme das zurück. *Wir* verwöhnen sie zu sehr. Es grenzt an ein Wunder, daß sie so wohlgeraten ist.«

Ihre Freude über ihre Heimkehr war nicht zu übersehen, ganz gleich, auf welche Art sie nun eintraf. Lara besaß immer noch die Fähigkeit, Spannung in das Leben der anderen Familienmitglieder zu bringen.

Sie trug keinen Helm; sie hatte ihn abgenommen, sobald sie durch das Tor von Cannonberry Chase gefahren war. Sie trug eine Kamelhaarjacke mit breitem Revers zu passenden Hosen, die in braunen Lederstiefeln steckten, deren Riemen über den Waden eng geschnürt waren. Ihr langes, silbrigblondes Haar flatterte im Wind, und sie stand auf und winkte, als sie mit Vollgas auf sie zuraste.

Sie bremste, stellte den Motor ab und bockte die Maschine auf. Dann zog sie die Handschuhe aus und ließ sie einfach fallen, als sie sich von der Harley schwang und ihrem Vater in die Arme warf. Sie fühlte, wie ihr Vater ihr über das Haar strich, ehe er sie auf Armeslänge von sich hielt und nicht unfreundlich sagte: »Wie komme ich bloß zu einer Tochter, die aussieht wie ein Engel, sich benimmt, als wäre der Begriff ›Freigeist‹ speziell für sie erfunden worden, und einen solchen Sturkopf hat? Ich dachte, ich hätte dir das Motorrad gekauft, damit du in Northampton herumfahren kannst. Offensichtlich habe ich mich geirrt. Willkommen zu Hause, La.« Er küßte sie erst auf die eine, dann auf die andere Wange und schließlich auf die Stirn. Dann wandte er sich ab und schwang sich mit einem »Bis später, Kinder« auf die Harley. Er fuhr rasant um den Springbrunnen herum und die Allee hinunter.

Seine Kinder blickten ihm nach, bis er nicht mehr zu sehen war. Dann begrüßten Max und David Lara mit der üblichen Herzlichkeit und den gewohnten Neckereien, ehe sie Arm in Arm ins Haus zurückkehrten. Die beiden Chauffeure fuhren die Range Rover zur Seitentür, um Laras Gepäck auszuladen.

In der Bibliothek legte Lara ihre Jacke ab. Dann halfen David und Max ihr, die Stiefel auszuziehen. Sie war hinter ihrer Eskorte her die ganze Strecke durchgefahren, um rechtzeitig zum Mittagessen auf Cannonberry Chase zu sein, und so war sie steif und etwas müde, und ihre Beine schienen in den Stiefeln angeschwollen zu sein. Bevor sie durch das Tor von Cannonberry Chase gefahren war, war sie noch erschöpfter gewesen. Auf Heimatboden hatte sie neue Energie durchflutet – und noch etwas anderes: dumpfe Furcht vor dem Jahr, das sie Emily und Henry versprochen hatte, um sich auszuruhen und sich in die Gesellschaft – in ihre Kreise – einführen zu lassen.

Sie wappnete sich und klammerte sich an die Armlehnen des Stuhls, während die beiden Männer an ihren Stiefeln zerrten. Eine Welle der Zuneigung für die beiden durchströmte sie. In den vergangenen Jahren hatte sie so viel von der Welt gesehen, hatte an mehreren Demonstrationsmärschen teilgenommen und ein freies, ungezwungenes Leben geführt. Und es waren schöne Jahre gewesen, voller erotischer, anregender Stunden mit Sam. Eine ungebundene Zeit der Reisen mit College-Kameraden, die nicht mit der Familie, dem Leben auf Cannonberry Chase und ihrer Abstammung zu tun gehabt hatte. Natürlich hatte es auch solche Zeiten gegeben, aber die waren losgelöst gewesen von ihren neuen Erfahrungen.

Die sichtliche Zuneigung ihrer Familie, die Heimkehr und dieser vertraute Raum mit seinen unzähligen Büchern und Karten, seinem Geruch nach Leder und Frühlingsblumen, erfüllten sie mit einem Gefühl der Zugehörigkeit. Diese imposante und doch beinahe gemütliche Bibliothek war, solange sie denken konnte, eine Zuflucht für sie gewesen. Bis zu diesem Augenblick hatte sie geglaubt, die vergangenen vier Jahre hätten ihr zukünftiges Leben vorgezeichnet, hätten festgelegt, was sie sein und tun würde. Plötzlich und aus unerfindlichem Grund war sie sich dessen nicht mehr so sicher. Zweifel regten sich. Hatte sie sich etwas vorgemacht? War sie oder war sie nicht die freie, unabhängige Person, für die sie sich hielt? Cannonberry Chase, die Familie, ihr Bedürfnis nach Liebe … fünf Minuten in ihrer Mitte, und schon schien alles andere fragwürdig.

Dieser Mistkerl Jamal, hatte er vielleicht doch recht? Bei ihrer letzten Begegnung vor beinahe einem Jahr, als er sie zu drei Tagen Skilaufen abseits der Pisten auf einem schweizerischen Gipfel – und zu drei Tagen Sex – überredet hatte, war es ihm doch tatsächlich wieder gelungen, ihr weiszumachen, daß er sie bis zur Besessenheit liebte, daß sie die erotische Obsession seines Lebens wäre. Beinahe hätte sie ihm geglaubt. Bis er zu weit gegangen war in seinem Bestreben, sie sexuell zu versklaven. Er war so sicher gewesen, sie in der Hand zu haben. Und doch war sie seinen lasterhaften Forderungen ebenso leicht entkommen, wie Quecksilber einem durch die Finger rann. Außer sich, daß sie wieder einmal die

Oberhand behalten hatte, hatte er gebrüllt: »Du dumme, verwöhnte Gans! Du hältst dich für eine emanzipierte Frau der Siebziger. Du bist nicht freier als ein frivoler Goldfisch, der in seinem Wasserglas herumschwimmt.«

Kapitel 7

Es gab nicht eine, sondern gleich vier Partys der Saison. Und alle wurden von Henry und Emily Stanton gegeben, um Lara Victoria in die Gesellschaft einzuführen. Die Sippen der oberen Vierhundert von New York vermischten sich mit dem Bostoner Adel, der Crème de la Crème aus Philadelphia und San Francisco und erlesenen Gästen aus St. Louis und Chicago. Kein einziger Neureicher würde bei diesen Festivitäten zugegen sein. Und auch (abgesehen von Lynette) kein Texaner. Emily hatte die Gästelisten persönlich kontrolliert.

Schon wenige Tage nach Laras Heimkehr erwischten Emily und ihre Protokollchefin, Missy Manners, Lara in der Bibliothek. Es war die erste von einer scheinbar endlosen Reihe solcher Besprechungen im Hinblick auf die bevorstehende Saison 1974/1975. Lara erhielt Anweisungen bezüglich des Protokolls, ihre Kenntnisse der gesellschaftlichen Etikette wurden aufgefrischt, die Reihenfolge ihrer Debütantinnenbälle festgelegt, und das alles wurde fein säuberlich in beigefarbenen Büchern mit Straußenledereinband festgehalten. Hinzu kamen ein großer Terminplaner sowie eine kleinere Handtaschenausgabe.

Lara war nicht überrascht, als sie den Terminplaner durchblätterte und feststellte, daß Dutzende von Ereignissen, von denen sie nichts wußte und die sie auch nicht interessierten, bereits eingetragen waren. Die Karte von Emilys Welt war ihr nur zu vertraut. Das war der Anfang ihrer Versetzung von den Randbereichen in den Mittelpunkt der Stanton-Welt, der

Familie, ihres Reichtums und ihrer gesellschaftlichen Position, mit allen Verpflichtungen, die damit einhergingen.

Streit zwischen Mutter und Tochter, peinliche Doppelbuchungen, gesellschaftliche Fauxpas, wichtige Entscheidungen, welche Einladungen angenommen und welche (mit größtem Bedauern) abgelehnt werden sollten, wurden dadurch vermieden, daß Emily Missy Manners jeden Morgen von neun bis Viertel vor zehn an Lara auslieh. Diese Zeit wurde außerdem als die günstigste für die Erledigung der Korrespondenz erachtet, mit der Lara sich als begehrteste Debütantin der Saison herumschlagen mußte.

Missy legte selbstverständlich ein Doppel von Laras Terminkalender für sich an: Emily mußte stets über alle Pläne informiert sein. Nicht um sich einzumischen, sondern nur um ihre Tochter zu beraten. Henry, der sich aus diesem Trubel heraushielt, beobachtete seine Tochter verstohlen. Er war zufrieden mit ihrer Haltung. Sie schien das alles recht gelassen hinzunehmen. Emily hatte Henry um seine Unterstützung gebeten, aber bislang hatte er nicht schlichtend eingreifen müssen, wie Emily es befürchtet hatte. Erleichtert, daß es zu keinen unangenehmen Szenen zwischen den zwei Frauen gekommen war, beschloß Henry, seine Frau und seine Tochter für den Frieden zu belohnen. Er wollte mit ihnen über die Bucht segeln und sie zu frischem Hummer einladen. Er wollte ihnen gerade seinen Vorschlag unterbreiten, als er Emily sagen hörte: »Lara, wie du in deinem Kalender siehst, steht morgen die Erneuerung deiner Garderobe auf dem Programm. Oleg Cassini wird um zehn Uhr hier sein, Elizabeth Arden um zwölf, Mary McFadden um zwei. Die Leute von Bergdorf kommen um vier. Du brauchst also nicht einmal in die Läden zu fahren – das ist doch viel bequemer, findest du nicht auch?«

»Sicher. Das einzige noch Bequemere wäre gewesen, alles telefonisch zu regeln.«

»Zu riskant. Aber eine Modenschau im Ballsaal ganz unter uns, das ist doch was. Dann können wir uns alles in aller Ruhe ansehen, und du kannst anprobieren, was dir gefällt ... Mach nicht so ein Gesicht, Lara. Ich weiß, daß das langweilig ist, aber es muß nun einmal sein. Darf ich mir deine jetzige Garderobe einmal ansehen? Was sich daraus machen läßt? Wir brauchen die Ausgaben ja nicht zu übertreiben.«

Henry mischte sich ein. »Emily, in diesem speziellen Fall können wir, denke ich, auf halbe Sachen verzichten, meinst du nicht auch?«

In seiner Stimme schwang unnachgiebige Härte mit. Sie alle kannten diesen Tonfall: die Frauen wußten, was er bedeutete. Vor allem Emily. Ihr Mann schlug diesen Ton nicht oft an, wenn er es aber tat, gehorchte sie so wie alle vom Besprechungs- bis zum Schlafzimmer. Als Ehemann wußte er Emilys Sparsamkeit zu schätzen. Aber seinem jüngsten Kind gegenüber? Da mußte doch ein wenig Extravaganz gestattet sein. In dieser Sekunde beschloß er, nach New York zu fahren und ihr ein besonders schönes Schmuckstück zu kaufen. Etwas ganz Besonderes für ihren College-Abschluß, ihre Heimkehr und ihr gesellschaftliches Debüt. Jetzt, da die Schule hinter ihr lag und sie das Leben genießen konnte, würde sie von einem Strom von Männern umgarnt werden, an die Henry sie langsam, aber sicher verlieren würde. Das gefiel ihm sogar noch weniger als der Gedanke, daß sie eines Tages heiraten und er sie endgültig verlieren würde. Das einzige, was ihn ein wenig versöhnte, war, daß der Mann an ihrer Seite Sam sein würde.

»Wenn du meinst, Henry«, entgegnete Emily. Sie ging zu Lara hinüber und setzte sich auf die Armlehne ihres Stuhls. »Du hast gehört, was dein Vater gesagt hat«, fuhr sie fort. »Du bist wirklich ein Glückskind.« Sie schnippte einen Flusen von Laras Ärmel und lächelte auf sie herab. Von Emilys Seite kam dies einer Geste der Zuneigung gleich.

Henry registrierte die Wärme in Emilys Stimme. Er spürte, daß sie erleichtert war, daß alles planmäßig verlief. Lara hatte sich nicht bockig gezeigt, wie sie es erwartet hatte. Henry betrachtete seine zwei Frauen voller Stolz. Sie waren beide wunderschön, und er liebte schöne Frauen, vor allem, wenn sie seinen Wünschen nachgaben, ohne Schwierigkeiten zu machen. Nicht daß Schwierigkeiten ein Problem für Henry Garfield Stanton gewesen wären. Er staunte über sein Glück: Er mochte und liebte seine Frau und seine Tochter gleichermaßen.

Über mehrere Tage hatte die Familie sich zu Laras erster Party, einem späten Sommerball, auf Cannonberry Chase versammelt. Elizabeth und ihre Kinder sowie John und seine Frau Ann mit ihren zwei Kindern wohnten im Wintercottage, einem anheimelnden Acht-Zimmer-Haus, das mit pinkfarbenen Kletterrosen berankt war und auf einer Wiese oberhalb der Klippen stand, mit einem atemberaubenden Ausblick auf den Ozean. Steven und Lynette wohnten im Haupthaus, ebenso wie Max und David. Täglich trafen neue Gäste ein, die auf die verbleibenden vierzehn Schlafzimmer verteilt wurden. Jamal, dem es gelungen war, sich auf die Gästeliste zu schmuggeln, würde im Strandbungalow wohnen. Emily betrachtete ihn immer noch als gesellschaftlich gerade noch tragbar, aber auch als alten und lieben Freund der Familie. Und nicht einmal sie war immun gegen sein gutes Aussehen und seinen galanten Charme. Über Jahre hatte er ihr auf sehr subtile Weise Aufmerksamkeit und Respekt gezollt. Er wurde von Emily instruiert, die Rolle des Gastgebers für die anderen Gäste zu übernehmen, die im Strandbungalow untergebracht sein würden. Die restlichen Cottages auf dem Anwesen würden bis zum Abend des Balls ebenfalls voll belegt sein.

Die Erwähnung Jamals genügte, daß Lara sich auf ein Wiedersehen freute. Und doch ... Sie fragte sich, ob die Zeit kommen würde, da sein Name ihr nichts mehr bedeutete. Sie konnte es nur hoffen. Ihre sexuelle Hörigkeit ihm gegenüber war ihr verhaßt. Er weckte eine erotische Spannung in ihr, die das Gleichgewicht ihres Lebens störte. Sie zeigte keinerlei Regung, als sie erfuhr, daß er unter den Gästen sein würde, aber allein die Erwähnung seines Namens genügte, sie emotional aufzuwühlen. Seit sie ihn in Gstaad einfach hatte sitzen lassen, hatte es keinerlei Kontakt mehr zwischen ihnen gegeben, weder direkter noch indirekter Art. Es gab Augenblicke, da Lara ihre sinnliche Veranlagung richtiggehend verachtete oder, besser, *fürchtete*. Sie verbannte Jamal aus ihren Gedanken.

Die Dämmerung brach herein, und die ersten Nebelschwaden zogen einige hundert Meter hinter dem Boot auf Cannonberry Chase zu. Henry steuerte die *Justina* geschickt an den Anlegeplatz. Er warf Bill, dem Bootsmann, die Leine zu und vertäute den Segler. Sie suchten ihre Sachen zusammen und wollten gerade von Bord gehen, als David das Flugzeug über ihnen zum Landeanflug ansetzte. Er und Julia winkten ihnen aus dem sechssitzigen Wasserflugzeug zu. Die Maschine flog ein zweites Mal tief über das Segelboot hinweg. Die drei Stanton-Segler winkten zurück. Lara war entzückt.

Julia Van Fleet war seit ihrer Kindheit Laras beste Freundin gewesen, bis Lara dann auf das Smith College geschickt worden war und Julia nach Oxford in England. Zeit und Entfernung, neue Freunde und verschiedene Interessen hatten sie einander entfremdet. Neue Welten, die sich von der unterschieden, die sie immer gekannt hatten, hatten sich ihnen geöffnet und sie teilweise verschluckt. Aber das Band war dennoch nicht gerissen, ihre Freundschaft hatte Jahre überdauert. Jetzt waren beide Mädchen wieder zu Hause, zurück in New York und wieder Teil des Lebens, von dem sie vier Jahre lang getrennt waren.

Julia Van Fleet war etwas Besonderes, aber man konnte sie nicht als Glückskind bezeichnen. Sie war eine beinahe ebenso aristokratische Amerikanerin wie Lara. Ein Van Fleet war dabeigewesen, als die holländischen Siedler den Indianern New York für vierundzwanzig Dollar abgekauft hatten. Ihre Vorfahren hatten im Bürgerkrieg gekämpft, an der Schlacht von Bunker Hill teilgenommen, und einer von ihnen, ein Artillerieoffizier, hatte geholfen, General Burgoyne bei Saratoga zu überlisten.

Die Van Fleets waren trotz der Tragödien, die ihr Leben überschatteten, ganz besonders liebe und gute Menschen.

Ihre Freunde, die Stantons und die Faynes sowie viele der New Yorker oberen Vierhundert (die magische Zahl von Personen, die in Mrs. Astors Ballsaal paßten und seither als die numerische Grenze der ›Alten‹ New Yorker Gesellschaft galt) standen hinter ihnen und unterstützten sie in ihren immer wieder auftretenden schlechten Zeiten. Beispielsweise wenn sich Julias Mutter, die an starken Depressionen litt, manchmal für Monate in der Stockbridge Klinik in den Berkshire Mountains in Massachusetts aufhalten mußte.

Die Van Fleets waren das romantische Traumpaar ihrer Zeit gewesen, die Scott Fitzeralds einer anderen Ära. Ihr Haus in Newport hätte den Gatsbys Modell stehen können. Aufgrund des seelischen Leidens von Julias Mutter taten Julia und ihr Vater ihr Bestes, die Zeit, in der es Betsy Van Fleet gutging, in vollen Zügen auszukosten. Sie reisten viel und waren wegen ihres Charmes, ihres Witzes und ihrer schier unerschöpflichen Lebensfreude überall gern gesehene Gäste. Aber jene anderen, düsteren Zeiten waren eine schwere Bürde, die sie mit stillem Stoizismus und schwerem Herzen trugen. Jedesmal fürchteten sie, daß Betsy nicht wieder aus ihrem dunklen und einsamen Abgrund herausfand, daß sie diesmal die Grenze zum Wahnsinn überschreiten könnte.

Durch die Krankheit ihrer Mutter war Julias Vater ihr gegenüber übertrieben gluckenhaft. Im Grunde hatte er sie großgezogen. Er und eine Reihe von Kinderfrauen und Hauslehrern sowie die Ehefrauen ihrer engsten Freunde. Wenn Betsy wohlauf war, verbrachten sie den Sommer in ihrem Haus in Newport oder verreisten. Ging es ihr schlecht, war es, als wäre ein Teil von ihnen abgestorben. Sie hielten sich tapfer. Durch das ständige Hin und Her zwischen verschiedenen Menschen und Orten hatte Julia die Fähigkeit entwickelt, sich leicht einzufügen. Auch war sie durch ihre persönliche Situation zu einem sehr mitfühlenden Menschen geworden, was einige für Schwäche halten mochten, was aber tatsächlich ihre größte Stärke war. Julia besaß ein ausgeglichenes, liebevolles und loyales Wesen. Sie war wie ein frischer Windhauch unter den ehrgeizigen Stantons. Wenn Mitglieder der Familie sich auf den Tenniscourt begaben, waren sie wie Gladiatoren, die sich im Colosseum dem Kampf stellten. Wenn Julia ein Doppel mit ihnen spielte, kam es bei ihr nicht zum leisesten Aufflackern von Aggressionen; sie besaß keine Spur von Killerinstinkt. Wie einige Zen-Jünger (wenn sie auch selbst keine Buddhistin war) konzentrierte sie sich ruhig und gelassen auf das, was sie tat. Nicht selten verließ sie den Court als Siegerin. Sie war bedächtig, still und rational und trug ihre gelassene Selbstbessenheit wie einen Mantel aus Seidengaze.

Als der Augenblick gekommen war, hatten beide Mädchen sich widerstrebend vom Busen bis zu den Zehen in vestalisches Weiß gehüllt, ein Bukett schneeweißer Rosen in den behandschuhten Händen. Zur Fanfare eines Orchesters mit einem melodiösen Horn, das von einem Trommelwirbel begleitet wurde, waren sie, ihre Väter untergehakt, am Abend ihres Debütantinnenballs die geschwungene Treppe herabgestiegen. Wie es von ihnen erwartet wurde, hatten sie sich synchron mit zweiundzwanzig anderen Siebzehn- und Achtzehnjährigen tief vor den versammelten Vertretern der High Society verneigt. Das war Tradition, und die erzkonservative Emily hatte an jenem Abend dafür gesorgt, daß den alten Traditionen bis ins letzte Detail Genüge getan wurde. Viele Mütter hatten einen Kloß im Hals gehabt beim Anblick dieser Teenager der Haute Volée, die die Schwelle zu heiratsfähigen Frauen überschritten. Wenngleich die Mädchen das Rampenlicht genossen hatten und angemessen in die Gesellschaft eingeführt worden waren, waren sie nie durch elitäre Kreise geflattert wie die anderen Debütantinnen. Aber jetzt hatten sie etwas verspätet zugestimmt, dies bei Emily wiedergutzumachen und ihr das Jahr zu widmen, das ein Mädchen Laras Mutter zufolge benötigte, sich in der Gesellschaft zu etablieren.

Wenngleich sie ein Snob war, besaß Emily die Fähigkeit, ihrer Familie in all ihren Residenzen ein Heim zu schaffen, das nicht nur imposant und elegant war, sondern außerdem voller Menschen, Musik und Gelächter. Die Atmosphäre bei den Stantons war immer geprägt von Gastfreundschaft, ob für zwei, zwanzig oder zweihundert Personen, die Zahl der zu Laras Ball geladenen Gäste. Emily schien spielend mit der Organisation fertigzuwerden – vielleicht hatte sie auch ihr Personal hinter und auf der Bühne perfekt ausgebildet. Sie führte ihre Häuser und ihre Familie mit *éclat*. Ihre starke Präsenz bewahrte ihr ihre unanfechtbare Position als Doyenne der alten Garde der New Yorker High Society.

Julia war das Zimmer gleich neben Laras zugewiesen worden. Nach einem köstlichen Dinner und mehreren Stunden im Kreise der Familie und Gäste zogen die Mädchen sich zurück. Kurz darauf erschien Lara mit zwei großen Schalen hausgemachtem Pfirsicheis und einer Schachtel belgischer Schokoladentrüffel in Julias Zimmer. Lara saß Julia im Schneidersitz auf dem Bett gegenüber. Ihre Freundin lehnte am Kopfende des Bettes, bereit für die Zuckerorgie.

»Du weißt, daß das unschicklich ist.«

»Klar. Aber auch schön«, entgegnete Lara mit breitem Lächeln. »Es ist lange her, daß wir so etwas gemacht haben.«

»Vier Jahre? Fast fünf?«

»Du meinst doch nicht, daß wir inzwischen zu erwachsen sind für solche Süßigkeitenpartys, oder?«

»Niemals. Gott sei Dank«, entgegnete Julia und griff nach ihrer Kalorienbombe.

Schweigend machten sie sich über ihre Eiscreme her. Es war ein unbehagliches Schweigen.

Lara vergrub ihr leises Unbehagen in eine Champagnertrüffel. Die köstliche, weiche Schokolade klebte an ihrem Gaumen. Sei ließ sie genießerisch auf der Zunge zergehen, was zu einem sofortigen Schokoladenhochgefühl führte, das sie veranlaßte, gleich nach der nächsten Nascherei zu greifen. Aber ehe sie der Versuchung nachgab, beugte sie sich vor und sagte: »Probier das. Ich glaube, ich bin gestorben und im Schokoladenhimmel.« Beide Mädchen lachten, und Lara schob Julia die zweite Hälfte der Praline in den Mund. Sie schloß die Augen und seufzte. Die Trüffel war köstlich. Laras Bemerkung schien das Eis zwischen ihnen gebrochen zu haben. Die Jahre der Trennung schwanden.

Sie redeten stundenlang über ihr Leben und ihre Liebschaften, ihre Träume und Freunde. Mehr als einmal stand Lara kurz davor, Julia von ihrer Affäre mit Jamal zu erzählen, tat es aber dann doch nicht. War ihre Beziehung zu düster, zu schmutzig, sie der Betrachtung Dritter auszusetzen? Oder war sie einfach zu sexbezogen und lieblos, zu intim, sie mit irgend jemandem zu teilen? Konnte es sein, daß sie Julia nicht wissen lassen wollte, daß ihr Leben von ihrer Libido gelenkt wurde? Sie gestattete sich ihrer Freundin gegenüber nicht mehr als schwache Andeutungen.

Was bei diesem offenen Gespräch zwischen den Mädchen herauskam, war, daß Lara und Sam einander nicht treu waren, daß sie jedoch ein Arrangement gefunden hatten, das sie beide zufriedenstellte. Sie liebten einander und waren überzeugt davon, daß sie eines Tages heiraten würden. Aber bis dahin gestatteten sie einander die Freiheit, auch mit anderen auszugehen. Verabredungen ja, Sex nein: So waren sie übereingekommen.

In den vergangenen vier Jahren war Lara mit verschiedenen jungen Männern ausgegangen: einem Princeton-Studenten, einem Typen von der Amhurst-Akademie, einem französischen Charmeur. Aber aus diesen Affären hatte sich nie mehr entwickelt als Spaß. Vielleicht ein vorübergehendes Gefühl von Verliebtheit, ein wenig harmloser Sex, ein Hauch französischer Romantik oder Friedenskorpsleidenschaft – sogar ein Techtelmechtel mit einem Biker, aber immer war sie zu Sam zurückgekehrt. Sie sprach mit Julia darüber, wie seltsam es wäre, daß Sam und sie wüßten, daß es noch andere gäbe, sie einander aber niemals ihre Untreue eingestanden hätten.

»Und jetzt?« fragte Julia.

»Und jetzt«, entgegnete Lara, »sind wir immer noch dieselben, die wir immer gewesen sind. Unsere Liebe ist toll, das Gefühl der Sicherheit in dieser Liebe noch großartiger. Sexuell haben wir uns immer schon gut verstanden, vielleicht auch ein wenig mehr als gut. Er ist – bis auf eine Ausnahme – der beste Liebhaber, den ich je hatte. Und ich bin in keinen anderen verliebt. Wir sind glücklich, verliebt und frei. Es gefällt uns so, und unsere Eltern haben akzeptiert, daß es so sein wird, bis wir heiraten.«

»Dann bist du dir ganz sicher, daß du ihn heiraten willst?«

»Gar nichts ist sicher, außer daß ich mir nicht vorstellen kann, einen anderen zu heiraten.«

Lara fühlte sich unwohl dabei, vom Heiraten zu sprechen. Hastig lenkte sie das Gespräch von sich und Sam auf Julia und David. Und so sprachen die Mädchen sich offen aus.

Ein Vorteil Julias war der, daß alle Stantons sie ins Herz geschlossen hatten. Sie hatte sich als junges Mädchen nacheinander in alle Brüder verliebt, aber nur Max war darauf eingegangen. Er hatte sie als erster geküßt, sie als erster Mann nackt gesehen und ihre Brüste liebkost. Dann war er irgendwohin verschwunden, und Julia hatte ihre Verliebtheit überwunden. Julia nach all diesen Jahren wieder um sich zu haben, machte ihnen allen bewußt, wie sehr sie sie vermißt hatten. Sie überschütteten sie förmlich mit Aufmerksamkeit, vor allem Emily und Henry.

Emily hatte Julia schon immer mehr geliebt als Lara. Lara hatte dies schon in der Vergangenheit selten etwas ausgemacht, und jetzt machte es ihr erst recht nichts mehr aus. Im Gegenteil – sie war dankbar. Und so war es nicht überraschend, daß Emily bei der Modenschau die Auswahl von Laras neuer Garderobe mehr mit Elizabeth und Julia besprach als mit Lara selbst. Lara fühlte sich mehr denn je wie eines von Emilys Projekten.

Die Frauen saßen in bequemen französischen Stühlen aus dem sechzehnten Jahrhundert beisammen. Ihre Konzentration wurde mit Erfrischungen aufrechterhalten, die auf einem Tisch bereitstanden. Emily gestattete ihnen jeweils zwischen dem Schluß einer Designerschau und dem Beginn der nächsten Pausen. Sie befanden sich im Ballsaal von Cannonberry Chase, einem der schönsten Säle dieser Art im ganzen Land, hieß es, nicht nur berühmt für seine Bälle, sondern vor allem für die Privatkonzerte und -opern, die Emily für ihre Freunde organisierte. Es war der Stantons ganz privates Tanglewood, ihr ureigenstes Glyndebourne.

Der Raum war beeindruckend: ein riesiges Rechteck mit gewölbter Decke. Er nahm einen ganzen Flügel des Herrenhauses ein, mit Anmut und Eleganz in die Architektur und die Gartenlandschaft eingefügt, die die Pracht von außen bescheidener anmuten ließen. Man betrat den Ballsaal entweder über einen ovalen Empfangsraum innerhalb des Hauses, ein in Gelb, Ocker und Weiß gehaltenes Musikzimmer, das die Familie häufig nutzte, oder durch eine der diversen Glastüren, von denen es auf jeder Seite des neun Meter hohen Raumes ein Dutzend gab. Die Türen waren viereinhalb Meter hoch und oben abgerundet und führten hinaus auf den gepflegten Rasen mit den Marmorspringbrunnen und Seerosenteichen. Sie waren mit Zweittüren aus massivem Holz versehen und von Gobelins aus dem sechzehnten Jahrhundert eingerahmt, Kunstwerken aus Lila- und Pfirsichtönen, Ocker, Pflaumenblau, Limonengrün und Rostrot, die sich von den dahinterliegenden grünen Schattierungen abhoben: dem Gras und dem bezaubernden Ziergarten jenseits der Glasscheiben.

Der Holzboden, ein Meisterwerk der Parkettkunst, schimmerte wie ein Spiegel und reflektierte die fünf Kristallüster, die nicht von Strom gespeist wurden, sondern mit zahllosen handgemachten, elfenbeinfarbenen Kerzen bestückt waren. Die Decke war von zartem Pastellblau mit dezenten weißen Wolken, hinter denen zartes Rosa und blasses Gelb schimmerte – wie ein Gemälde von Whistler.

Am gegenüberliegenden Ende des Ballsaals führte eine Doppeltür in einen rechteckigen Raum mit gläsernen Wänden, den offiziellen Empfangsraum. Hier wurden auch die Büfetts aufgebaut, und Champagnertische mit Kristallgläsern und Jahrgangs-Krug in riesigen silbernen Kühlern zwischen den Palmen aufgestellt. Aber an diesem Tag diente der Raum den Couturiers, die den vier Frauen im Ballsaal ihre Modelle präsentierten, als Garderobe.

Lara hatte erwartet, sich nach spätestens einer halben Stunde schrecklich zu langweilen, aber dem war nicht so. Mr. Cassini gesellte sich zu ihnen und unterhielt sie mit seinem

Charme und Witz, während die hübschen Mannequins vor ihnen paradierten. Sie schritten geziert einher, setzten die Schultern ein, schwangen die Hüften und posierten. Sie führten Kleider für jede Gelegenheit vor: Alltags- und Sportkleidung, Abendgarderoben und sogar Kleider speziell zum Tee, sofern man Zeit hatte, sich zu diesem Anlaß zurechtzumachen. Oleg Cassini überschüttete sie mit Komplimenten, küßte ihnen die Hand und schmeichelte erneut. Auf seine flitterhafte Art war es lustig.

Das An- und Ausziehen der Kleider war Schwerstarbeit, die nur von den Garderobieren und Cassinis übertriebener Schmeichelei gemildert wurde. Als Lara schließlich in einer Mannequinparodie vor den anderen einherstolzierte und sah, daß Emily Mühe hatte, nicht laut zu lachen, sagte sie sich, daß dieser Tag auf seine eigene Art einzigartig war. Sie beschloß, ihn entspannt zu genießen und sich zu amüsieren. Immerhin war dieser satirische Aufmarsch nur für sie allein eine völlig neue Erfahrung. Am Abend hatte sie einen anstrengenden, aber angenehmen Tag hinter sich. Dennoch hoffte sie, daß solche Defilees im Leben einer Spitzendebütantin nicht zu häufig vorkamen.

Im Gegensatz zu Oleg Cassini, der förmlich triefte vor Charme, strahlten die Vertreterin von Elizabeth Arden und ihr Team große Ernsthaftigkeit aus in bezug auf Kleider, Haare und Fingernägel. Sie zeigten einen eleganten, nicht zu damenhaften Stil. Während Cassini Lara das Gefühl vermittelt hatte, sie wäre die schönste Frau aller Zeiten und die einzige Frau der Welt, die sein Herz höher schlagen ließ, gaben die Damen aus dem Salon mit der roten Tür auf der Fifth Avenue ihr zu verstehen, daß sie nur bestehen könne, wenn sie sich während der Saison mindestens zweimal die Woche mit Leib und Seele in die Hände von Elizabeth Arden begäbe. Abgesehen von ihren Belehrungen zu Cremetiegeln und Schönheitswässerchen fand Lara die Kollektion sehr hübsch und tragbar, und wenn auch nicht witzig, so doch geschmackvoll und feminin.

Lara ließ Emily und Elizabeth, die die Kleider für sie auswählten, gewähren. Das fiel ihr nicht schwer, da die beiden nichts aussuchten, was ihr wirklich mißfallen hätte. Es gelang ihr, sich bei zwei Modellen, die die beiden älteren Frauen ablehnten, durchzusetzen, wenn auch erst, nachdem Julia sich für sie eingesetzt hatte. Emily und Elizabeth schienen widerstrebend einzusehen, daß Lara mindestens gleichberechtigt war in der Auswahl der Kleider, die sie ja schließlich tragen sollte.

Als Mary McFadden mit ihren Mannequins und Kleidern eintraf, wurde alles anders. Lara war begeistert. Kein Kleid, das ihr nicht gefallen hätte, keine Jacke und keine Hose, die sie nicht hätte haben wollen. Die Stoffe waren himmlisch – ein anderes Wort gab es dafür nicht – handbemalt und bedruckt, plissiert oder kunstvoll bestickt. Sie waren modern und nicht modern, ethnisch und auch wieder nicht ethnisch. Sie waren hübsch und originell. Lara hörte weder auf Emily noch auf sonst jemanden und kaufte beinahe die gesamte Kollektion. Ihre Begeisterung war ansteckend, und die anderen Frauen gestanden Lara zu, daß sie endlich Geschmack entwickelt hätte.

»Was für ein Lob, Mutter«, entgegnete Lara. »Ich fühle mich so geschmeichelt und bin inzwischen so erschöpft, daß ich Bergdorf ganz dir überlasse. Ich werde alles tragen, was du für mich auswählst.« Und Emily und Elizabeth wählten. Sie gingen die Einkäufe des Tages durch und füllten die Lücken einer Garderobe, die, davon war Lara überzeugt, für ein ganzes Leben reichen würde. Sie würde niemals wieder das Betreten einer Boutique rechtfertigen können.

Aber die Natur ließ sich nicht unterdrücken: Einkaufen würde bald zu einem festen Bestandteil ihres neuen Lebensstils werden, Chicsein zu dessen oberstem Gebot.

Kapitel 8

Inmitten einer besonders amüsanten Dinnerparty mit der Familie und zahlreichen Gästen an diesem Abend kam ein Anruf für Lara. Es war eine Freundin vom Smith College, eines der Mädchen, mit dem sie an verschiedenen Protestmärschen teilgenommen hatte.

»Tut mir leid, wenn ich beim Essen störe, Lara, aber ich brauche alle Unterstützung, die ich nur kriegen kann. Wir müssen schnellstmöglich etwas unternehmen. Ich habe gerade erfahren, daß die Santos Dupuis Chemical Company in drei Tagen ein geheimes Abkommen abschließt, das ihr den Bau einer riesigen Fabrik gestatten soll, in eben dem Gebiet, das zu erwerben und in einen Nationalpark umzuwandeln wir versucht haben, die Regierung zu überreden. Bald wird Hawaii völlig von Beton und Chemikalien verschandelt sein.«

Lara hörte ihr aufmerksam zu, und plötzlich, nachdem sie Marcy Gialombo vier Jahre lang bei ihrem Einsatz für den Umweltschutz unterstützt hatte, kam es ihr vor, als würde sie ihre Zimmergenossin vom College kaum kennen. Sie fühlte sich so fern von Marcy und ihren Protesten, daß es sie ganz verlegen machte. Wenngleich sie Marcys Ziele in der Theorie immer noch unterstützte, ging ihr doch durch den Kopf, daß sie bislang nicht viel erreicht hatten. Sie fühlte sich unloyal, umgeben von all diesem Luxus, so weit entfernt von Marcys Verzweiflung.

»Marcy, das klingt, als wäre es zu spät für eine Demonstration.«

»Das klingt, als hättest du kein Interesse mitzumachen.«

Lara nahm ihren ganzen Mut zusammen. »Ich glaube nicht, daß du mich dafür gewinnen kannst. Ich habe andere Verpflichtungen.«

»Ich hätte nie gedacht, daß du mich im Stich lassen würdest.«

»Das tue ich auch nicht. Ich werde alles in meiner Macht

Stehende tun, um dir zu helfen. Erzähl mir alles, was du über diesen Landverkauf weißt, und ich rufe dich morgen früh zurück.«

»Das wirst du nicht. Das spüre ich. Ich höre es an deiner Stimme.«

»Marcy, ich werde dich nicht im Stich lassen. Du mußt es mich auf meine Weise versuchen lassen. Wenn du nicht glaubst, daß ich dich zurückrufe, dann ruf du mich morgen Mittag um zwölf wieder an.«

Marcy gab ihr alle Informationen, über die sie verfügte, und legte auf.

Lara kehrte zu den anderen zurück, nicht minder aufgewühlt von dem Gespräch als Marcy. Wie Marcy den Tag verachtet hätte, den Lara gerade damit verbracht hatte, ein Vermögen für neue Kleider auszugeben. Sie war erst seit kurzem wieder auf Cannonberry Chase und in der Welt der Stantons, und doch hatte ihre Haltung Marcy und ihren Projekten gegenüber sich radikal verändert. Sie blickte auf den zerknitterten Zettel in ihrer Hand. Sie mußte sich aufraffen und versuchen, Marcy irgendwie zu helfen – aber wie? Lara wußte, daß sie mehr tun konnte, als an einer Demonstration teilzunehmen. Sie betrachtete die Gesichter, die um den Tisch versammelt waren. Auch diese Gesichter hätte Marcy verachtet. Könnte Marcy Lara an diesem Tisch sitzen sehen, wäre sie wütend und würde Lara mit einem Etikett behaften, auf dem stand ›Rechtsorientierte Liberale mit Sozialistenherz‹. Gott, dachte sie, wie ich Etiketten hasse.

Als die Gäste das Speisezimmer verließen, hielt Emily sie zurück. »Stimmt etwas nicht, Lara?«

»Eine Freundin, die meine Hilfe braucht.«

»Dann mußt du ihr selbstverständlich helfen, Liebes.«

»Ja.«

»David, würde ich sagen, wenn du mit jemandem darüber sprechen willst. Er ist immer großartig, wenn jemand ein Problem hat.«

Emily stieg in Laras Achtung. Plötzlich wurde sie sich der positiven Seiten Emily Dean Stantons bewußt, die sie gewöhnlich nur mit größter Mühe erkennen konnte. Sie nahm die Hand ihrer Mutter und drückte sie. »Natürlich. David. Danke, Mutter.« Emily entzog Lara ihre Hand und schien verlegen, als sie sich wieder zu den anderen gesellte, die in den Salon hinüberwechselten.

Lara versuchte mehrere Minuten, Davids Aufmerksamkeit auf sich zu ziehen, aber vergeblich.

»Gibst du dich auch mit mir zufrieden?« fragte ein lächelnder Jamal.

»Was soll ich darauf sagen?«

»Irgend etwas Schmeichelhaftes. Wie geht es dir? Ich habe dich vermißt, und ich bin wirklich froh, zu deiner Party eingeladen zu sein.«

Er war so attraktiv und charmant wie immer. Wie üblich benahm er sich in Anwesenheit Dritter, als hätte es zwischen ihnen nie eine sexuelle Liaison gegeben. Dankbar für seine Diskretion lächelte sie und versuchte, die aufflackernde Anziehung zu unterdrücken. Sie tauschten einen Blick, den niemand im Raum als intim erkannt hätte. Aber sie beide wußten, wie intim er tatsächlich war. Sie beobachtete, wie Jamal sich ins Zeug legte. Er begnügte sich nie damit, nur mit einer Frau zu sprechen, er verführte. Er hob Emilys Hand zu einem perfekten europäischen Handkuß. »Madame Stanton, würden Sie mir gestatten, Lara für ein paar Minuten zu entführen? Ich habe ein Geschenk für sie. Etwas Passendes zum gegebenen Anlaß.« Er beugte sich zu Emily herab und flüsterte ihr etwas ins Ohr. Emily lächelte dünn und nickte zustimmend.

Er legte Lara einen Arm um die Schultern. Sie hatten kaum die Hälfte des Raumes durchquert, als Lara, die davor zurückschreckte, mit Jamal allein zu sein, abrupt stehenblieb.

Er sah die Furcht in ihren Augen. Er kannte sie so gut. Sie wollte ihn, brauchte ihn, aber dies war weder der richtige Ort noch der richtige Augenblick. Er nahm den Arm von ihren Schultern. »Entspann dich. Habe ich uns je in eine peinliche Situation gebracht?«

»Nein.«

»Und das werde ich auch niemals tun. Ich habe dir immer

gesagt, daß wir zwei parallel verlaufende Beziehungen haben. Und die freundschaftliche vermischt sich niemals mit der erotischen.«

Sie entspannte sich sichtlich und küßte ihn auf die Wange. »Danke«, sagte sie leise.

Als sie in der Halle waren, fragte sie: »Jamal, hast du schon einmal von einem Konzern gehört namens ...« Sie faltete den zerknüllten Zettel auseinander, den sie immer noch in der Hand hielt. »... Santos Dupuis Chemical Company?«

»Genau heißt die Firma Santos Dupuis Chemical International. Ja, sie ist mir bekannt. Weltweit der zweitgrößte Konzern seiner Art. Aber lassen wir das jetzt.« Er öffnete die Haustür.

Sein Name war Azziz. Ein arabischer Rapphengst, dessen Temperament dem Biskuits in nichts nachstand. Es war ein prächtiges Tier, in dessen Mähne dünne silberne und goldene Bänder eingeflochten waren, die auf seinem lackschwarzen Fell schimmerten. Lara fand, daß es das schönste Pferd war, das sie je gesehen hatte. Als sie sich ihm näherte, stieg er, aber Nick, sein Pfleger, ein junger Mann mit blondem Lockenkopf, beruhigte ihn. Als sie seinen Hals klopfte und mit der Hand über seine Flanken strich, blieb er ruhig. Sie tastete seine Beine ab, ging um ihn herum und sprach zu ihm, streichelte seinen Kopf und spielte mit den Bändern, die von seiner geflochtenen Mähne baumelten. Als sie sich umwandte, um Jamal zu sagen, sie sehr sie sich freute, sah sie, wie die gesamte Partygesellschaft die Treppe herunterkam, um Jamals Geschenk zu begutachten.

Jamal schwang sich in den Sattel. Davids Hände legten sich um Laras Taille. Er hob sie hoch und setze sie seitlich vor den Sattel. Jamal legte einen Arm um sie, die Zügel in der freien Hand, während alle sich bewundernd um den Hengst scharten. Lara beugte sich vor, um den Hengst zärtlich am Ohr zu zupfen. Das Kollier glitzerte, ein schmales Platinband, besetzt mit rechteckig geschliffenen Diamanten. Es hing über Azziz' Ohr. Sie nahm das Kollier an sich und hielt es ins Licht der Eisenlaternen auf der Terrasse.

»Für mich?« Sie war überwältigt von seiner Großzügigkeit.

»Nun, Azziz wird nicht viel damit anfangen können.«

Alle lachten, Lara eingeschlossen. Alle außer Sam. Er schien wütend zu sein. Jamal reichte Lara die Zügel und legte ihr das Kollier um. Sie trug ein Abendkleid von Mary McFadden, das aus einem langen, auberginefarbenen Rock aus Crêpe de Chine bestand und einem enganliegenden, schulterfreien Oberteil aus Silberlamé, das ihre vollen Brüste zur Geltung brachte, die von den plissierten Puffärmeln noch betont wurden. Das silbrigblonde Haar trug sie an diesem Abend offen, so daß es einen reizvollen Kontrast zu dem kostbaren Kollier um ihren schlanken Hals bildete.

Solche extravaganten Geschenke von Jamals waren nicht ungewöhnlich, aber an diesem Abend machte ihm niemand einen Vorwurf: Sie alle waren zu beeindruckt von Azziz. Jamal ließ den Hengst einige Male vor ihnen auf- und abschreiten. Sie alle waren Pferdeliebhaber und hatten doch nur selten ein so stolzes und edles Tier gesehen wie diesen Araberhengst. Lara brachte ihn, begleitet von seinem Pfleger, Jamal, David und Julia in den Stall. Anschließend traten die vier den Rückweg zum Haus an.

Das hellerleuchtete Herrenhaus sah sehr beeindruckend aus, jeder Zentimeter ein ländlicher amerikanischer Palast. Es war einer jener perfekten Spätsommerabende, warm und mit einer leichten Brise, die vom Ozean herüberwehte, einem samtigschwarzen, sternengesprenkelten Himmel und einem fast vollen Mond. Ein wundervoller Tag und ein ebenso wundervoller Abend. Das alles kam Lara so extravagant und glamourös vor, so wunderschön. Sie erkannte, was der Lebensstil ihrer Mutter alles zu bieten hatte, und begann sich zu fragen, warum sie sich so lange dagegen gesträubt hatte, sich ihren Kreisen anzuschließen.

Jamal reichte ihr den zerknüllten Zettel, den sie ihn gebeten hatte festzuhalten, als David sie auf Azziz' Rücken gehoben hatte. »Hier, das nimmst du besser wieder an dich, sonst vergesse ich noch, es dir zurückzugeben.«

Marcys Informationen, die sie sich hastig auf dem Zettel

notiert hatte, verdarben ihr die Laune, und sie zupfte an Jamals Arm. »Jamal, erzähl mir etwas über die Santos Dupuis Chemical Company …«

»Chemical International«, verbesserte er sie.

Sie ignorierte die Bemerkung. »Sie wollen ein Stück Land kaufen, von dem ich nicht will, daß sie es bekommen.«

»Dann halte sie auf. Das scheint mir die beste Lösung zu sein.« Sie standen jetzt dicht beim Springbrunnen auf dem Hof. Das Licht von der Terrasse fiel auf ihr Gesicht. Jamal tippte ihr mit dem zeigefinger auf die Nasenspitze.

Die Geste ärgerte sie. Es kam ihr vor, als würde er damit einen Punkt hinter einen endgültigen Satz setzen. »Leichter gesagt als getan«, entgegnete sie schnippisch.

»Nicht für dich.«

»Und warum nicht für mich? Du tust so, als bräuchte ich nur den Zauberstab zu schwingen, damit das Land mir gehört.«

»So ähnlich ist es auch. Nur daß du selbst der Zauberstab bist.«

»Ich weiß nicht, wovon du redest. Ich habe drei Tage, den Verkauf des Landes zu verhindern. Das ist mir sehr wichtig, und alles, was du von dir gibst, sind Bemerkungen, aus denen ich nicht schlau werde. Wenn du nicht etwas wirklich Konstruktives zu meinem Problem zu sagen hast, vergiß es.«

Er zog sie von den anderen fort und führte sie die Treppe hinauf auf die Terrasse. »Ich kann es nicht leiden, wenn du schmollst. Dann juckt es mir immer in den Fingern, dich übers Knie zu legen. Also, du hast zwei Möglichkeiten. Die eine wäre, das Land selbst zu kaufen, die zweite, Santos Dupuis mitzuteilen, daß du nicht wünschst, daß sie das Land erwerben.«

»Wie sollte ich es selbst erwerben? Es kostet bestimmt Millionen.«

»Sprich mit Harland Brent. Er kann die ganze Angelegenheit für dich regeln. Er ist dein Treuhänder, oder?«

»Jamal, du bist verrückt. Ich besitze nicht so viel Geld.«

Jamal lachte laut auf und hob sie auf die steinerne Balustrade der Terrasse.

»Und ich habe auch nicht die Macht, eine Firma davon abzuhalten, irgendwelches Land zu kaufen«, fügte sie hinzu.

»Doch, du hast die Macht, weißt du. Vielleicht nicht bei jedem Unternehmen der Welt, aber ganz sicher bei Santos Dupuis.«

»Wirklich?«

»Frag David.«

»Was soll sie David fragen«, ließ sich David vernehmen, der unbemerkt herangekommen war.

Lara begann zu verstehen. Sie fühlte, wie Adrenalin ihren Körper durchströmte, eine Erregung, die Sekunden zuvor noch nicht dagewesen war. »David, wem gehört Santos Dupuis Chemical International?«

»Uns. Erzähl mir nicht, daß du das nicht wußtest.«

Der überraschte Ausdruck auf Laras Gesicht sprach für sich.

»Siehst du dir deine Dividendenbelege denn nicht einmal an?«

»Bisher nicht, aber das wird sich ändern. David, bin ich sehr reich? Ich meine, besitze ich genügend Geld, etwas zu kaufen, das Millionen wert ist?«

»Lara, das solltest du Harland fragen, nicht mich. Ich habe keine Ahnung, wie reich du bist. Worum geht es überhaupt?«

Lara erzählte ihnen alles und zeigte ihnen die Einzelheiten, die sie sich auf dem Zettel notiert hatte. »Nun?« fragte sie abschließend.

David lachte. »La, ich denke, du solltest dich in diesem Jahr nicht nur mit Bällen und Feiern befassen, sondern auch mit deinen Finanzen. Wenn du den Verkauf des Landes an Santos Dupuis verhindern willst, sprich mit Harland. Er kann dem Vorstand mitteilen, daß du gegen den Erwerb dieses Grundstücks bist. Ich habe noch nie erlebt, daß der Vorstand sich gegen die Wünsche eines Mitglieds gestellt hätte, und du bist Mitglied, vertreten durch Harland. Santos Dupuis wird sauer sein. Sie werden für ihre Expansionspläne ein anderes Gelände finden müssen. Das wird sie viel Geld kosten und eine große Enttäuschung für sie sein.«

»Das löst das Problem aber nur zur Hälfte. Wenn Santos Dupuis das Gelände nicht erwirbt, könnte es ein anderer Konzern tun. Dann stünden wir wieder ganz am Anfang.«

Die Männer schwiegen dazu, den Blick auf Lara geheftet. Lara schlug sich mit einer raschen, abrupten Geste an die Stirn. »Ach ja, wie dumm von mir. Ich werde Harland beauftragen, es in meinem Namen zu kaufen.«

»Richtig«, stimmten sie wie aus einem Munde zu.

»Die korrekte Terminologie, deinen Vermögensverwalter davon zu überzeugen, dem Kauf zuzustimmen, wäre: ›Ich möchte dieses Gelände als langfristige Investition erwerben‹. Das würde er niemals ablehnen. Er wird wissen, daß, wenn Santos Dupuis an dem Gelände interessiert ist, es wertvoll sein muß. Die Sache ist so gut wie geritzt«, meinte David.

»Gut, ich werde sofort mit Harland sprechen. Heute ist ein denkwürdiger Tag. Ich habe einiges gelernt. Wenn ich den Erwerb von Hawaihoo zu den anderen Ereignissen des Tages hinzuzähle, wird der heutige Tag als Wendepunkt in meinem Leben in die Annalen eingehen.«

Harland war nicht leicht zu überzeugen gewesen. Es hatte sie geärgert, daß er vorgeschlagen hatte, sie solle ihn um neun Uhr am nächsten Morgen anrufen, falls sie dann immer noch wünschte, daß er das Land für sie erwarb. Harland war Mitte Fünfzig, und es machte sie verlegen, ihn zur Ordnung zu rufen. Was sie allerdings nicht davon abhielt. Sie waren beide schockiert von der Autorität in ihrer Stimme.

Jetzt war es ein paar Minuten vor zwölf am nächsten Tag, und sie hatte bislang noch nichts von Harland gehört. Er wußte, daß es für sie überaus wichtig war, bis zwölf von seinen Fortschritten in der Angelegenheit unterrichtet worden zu sein. Die Uhr in der Halle schlug zwölf, aber das Telefon blieb stumm. Keine Marcy, kein Harland.

Der Anruf kam zwanzig Minuten später. Das Land gehörte ihr. Die entsprechenden Verträge würden bereits aufgesetzt. In drei Tagen wäre das Geschäft perfekt. Aber das Gelände gehörte jetzt schon unwiderruflich ihr. Das Geld, neun Millionen Dollar, lag bereits auf einem Treuhandkonto der Bank des Verkäufers bereit. Sie brauchte sich nur noch einen Namen für die Holdingfirma auszudenken. Sie war zu überwältigt, sich einen Namen auszudenken, und überließ dieses Detail Harland.

Lara wählte Marcys Nummer, legte aber mittendrin auf. Was sollte sie Marcy sagen? Sie konnte ja schlecht prahlen. »Ich habe es gekauft.« Marcy würde das nicht gefallen, ganz gleich, wie erleichtert wie wäre, daß das Land nicht durch den Bau einer Fabrikanlage verschandelt werden würde. Wie brachte man einem Linksliberalen bei, daß man gerade neun Millionen Dollar aufgebracht hatte, um ein Fleckchen Erde zu retten, und daß eben der Chemiekonzern, der in Kürze ein anderes Stück Paradies verseuchen würde, der eigenen Familie gehörte?

Lara wollte mit David sprechen. Er war mit Max und ihrem Vater in dessen Arbeitszimmer. Sie setzte ihnen ihr Dilemma auseinander. Es war Henry, der folgendes vorschlug: »Du mußt jetzt sofort anfangen zu lernen, mit deinem Geld und deiner Position umzugehen, Lara. Harland wollte dich in naher Zukunft einweisen und mit deinen Holdinggesellschaften vertraut machen, aber du bist ihm zuvorgekommen. Sprich mit ihm. Er ist dein Finanzberater, der Mann, auf den du hören solltest. Aber ich bin auch immer für dich da, habe immer ein offenes Ohr für dich, wenn es irgendein Problem gibt.

In diesem Fall hast du ein klassisches Problem mit Marcy. An diesem Punkt haben wir alle irgendwann einmal gestanden. Du mußt dich von Diskretion leiten lassen. Regel Nummer eins: Trete bei finanziellen Transaktionen oder Geschäften niemals persönlich in Erscheinung. Nicht, wenn du deinen Berater vorschieben kannst. Halte dich aus der Schußlinie. Unser Job ist es, unsere Geschäft hinter verschlossenen Türen zu leiten.

Marcy ist ein reizendes Mädchen, eine Idealistin. Ich respektiere und befürworte das meiste von dem, wofür sie sich einsetzt. Aber ich bin nicht sicher, ob ihr deine neue Fähigkeit gefallen wird, dich durchzusetzen und etwas zu bewegen. Mein Rat lautet, Marcy Harland zu überlassen.«

»Das kann ich nicht tun, Dad. Das wäre nicht richtig. Und ich bin überglücklich, daß das Land vor der Verwüstung bewahrt wurde. Ich möchte diese Freude mit Marcy teilen.«

Lara machte einen Spaziergang. Sie war nervös, weil Marcy nicht angerufen hatte, und sie wußte, was das bedeutete: Marcy überschlug sich förmlich, um die Demonstration auf die Beine zu stellen. Es war zu grausam, Marcy die großartige Neuigkeit nicht mitzuteilen. Lara trabte los. Im Haus lief sie die Treppe zwei Stufen auf einmal nehmend hinauf und stürzte in ihr Zimmer. Sie hängte sich ans Telefon und wählte Marcys Nummer, aber die Leitung war ständig besetzt. Sie schob einen Notfall vor, und die Vermittlung gab die Leitung frei.

»Ich habe endlos versucht, dich zu erreichen, Marcy.«

»Hast du es dir anders überlegt? Wirst du an der Demonstration teilnehmen? Ich wußte ja, daß du mich nicht im Stich läßt.«

»Marcy, ich habe gute Neuigkeiten. Santos Dupuis Chemical International ist vom Kauf zurückgetreten. Du kannst die Demonstration abblasen.«

»Lara, das ist ja großartig. Wann hast du davon erfahren? Bist du ganz sicher?«

»Gegen halb eins, und ich bin sicher, ja. Wir haben gewonnen, Marcy. Auf diesem Gelände wird keine Fabrik gebaut werden, niemals.«

»Wie kannst du dir da so sicher sein? Die Verkäufer haben keine Skrupel, sie interessieren sich nur für Geld. Woher sollen wir wissen, daß sie nicht an einen anderen verkaufen, der genauso schlimm ist oder noch schlimmer?«

Lara lag es auf der Zunge, Marcy zu versichern, daß sie persönlich dafür garantiere, aber Henrys Rat klang ihr noch in den Ohren. Sie zögerte kurz und sagte dann: »Marcy, der Mann, von dem ich die Information habe, heißt Harland Brent. Offenbar hat er das Land für einen anonymen Käufer erworben, der es als Schutzgebiet für wildlebende Tiere und die heimische Fauna erhalten möchte. Mehr wollte er mir nicht verraten. Wenn du mehr darüber wissen willst, schreib dir folgende Telefonnummer auf und ruf ihn an. Ich muß jetzt los, altes Mädchen. Und laß dich blicken, wenn du in New York bist. Alles Liebe.« Lara legte auf, ehe Marcy noch ein Wort sagen konnte.

Lara fühlte sich schuldig und verunsichert wegen der Marcy-Hawaihoo-Geschichte. Sie hatte einer Freundin geholfen, jedoch die Karten nicht offen auf den Tisch legen können. Und sie hatte die Vorteile genutzt, die ihr aus dem Reichtum ihrer Familie erwuchsen. Sie hatte unnachgiebig und entschlossen gehandelt. Da war ein stählerner Zug in ihr.

Und sie war als Eigentümerin eines kleinen Paradieses aus der Geschichte hervorgegangen ... Ihr eigenes kleines Paradies. Sie wußte, daß sie sich niemals davon trennen würde. Wie Marcy diesen besitzergreifenden Gedanken verabscheuen würde.

Kapitel 9

Samuel Penn Fayne besaß die familieneigene Veranlagung zum netten Kerl. Die Faynes konnten auf mehrere Generationen netter Menschen zurückblicken. Dies hätte die Nachkommen schwach und langweilig werden lassen können, aber bei Sam war es nicht der Fall. Die Debütantinnen und ihre Mütter sahen in ihm den Robert Redford der oberen Vierhundert. Und welche Mutter würde nicht einen Köder auswerfen, um für ihre Tochter einen Doppelgänger von Robert Redford zu angeln, der außerdem Millionen besaß und in höchsten Gesellschaftskreisen verkehrte? Es spielte keine Rolle, daß er und Lara Stanton seit Jahren als Paar galten und alle davon ausgingen, daß sie eines Tages heiraten würden. Zahlreiche

Familien waren wild entschlossen, ihre eigene Tochter mit dieser guten Partie zu verheiraten.

Hoffnungen stiegen bei den ledigen Schönheiten auf oder schwanden, je nachdem, ob Sam Fayne sich blicken ließ oder nicht. Wenn nicht, bedeutete das, daß er mit einem der Stanton-Brüder oder einem anderen Freund an irgendeinen aufregenden, entlegenen Ort der Welt gereist war. Diese Abwesenheiten waren akzeptabler, als wenn er als Gastdozent an irgendwelchen Universitäten verschwand: in Kairo, Istanbul, Athen oder Moskau. Oder schlimmer noch, wenn er an der Seite Lara Stantons gesehen wurde. Die Liebe für das ›Stanton-Mädchen‹, die in seinen jungen Augen leuchtete, verursachte den jungen Schönheiten und ihren Müttern ein mißbilligendes Funkeln.

Bislang hatte das ›Stanton-Mädchen‹ ihre Hoffnungen noch nicht vollends zunichte gemacht. Nicht nur, daß sie möglicherweise Sam Fayne nicht würde halten können: Vielleicht bekam sie auch keinen anderen der begehrtesten Junggesellen auf ihren Listen. War sie nicht nach einem flüchtigen Auftritt auf einem Debütantinnenball mit siebzehn Jahren vom rechten Kurs abgekommen? »Herumtreiberin«, schnaubten die Mütter verächtlich, während die Töchter Lara als ›Emanze‹ oder ›vielleicht liberal‹ einstuften. Aber niemand wurde so richtig schlau aus ihr. Ihr Benehmen war ihren Kreisen so fremd. Sie hatte sich nur selten bei gesellschaftlichen Anlässen blicken lassen. Sie hatte sich für das College, Reisen, Pferde, Sport und Freunde außerhalb ihrer elitären Kreise entschieden – Leute, die niemand kannte oder kennen wollte. Und ganz offensichtlich war sie nicht verzaubert von den begehrten Junggesellen, bei denen andere High-Society-Töchter zu landen hofften. Lara Stanton war also trotz ihres Namens, ihres Reichtums und ihrer Schönheit als Außenseiterin ins Debütantinnenrennen gegangen.

Aber das war Vergangenheit, und das hier war das Jetzt. Manches High-Society-Herz zog sich angstvoll zusammen, als Einladungen überreicht und Namen laut ausgerufen wurden auf der Schwelle des ovalen Musikzimmers. Dort hatten die Henry Garfield Stantons Aufstellung bezogen: die Männer, großgewachsen und dynamisch, ganz Charme und Zahnpasta-Lächeln, der eine so attraktiv wie der andere, und die Frauen ebenso würdevoll wie bezaubernd. Die mächtigste Familie innerhalb dessen, was von den oberen Vierhundert übriggeblieben war. Und in der Mitte des Begrüßungskomitees Lara Victoria Stanton, zwischen Emily und Henry. Die Stanton-Rebellin, die nun doch noch beschlossen hatte, in ihre Welt einzutreten. Sie boten einen prächtigen Anblick, die Stantons in der Blüte ihres Lebens, strahlend und energiegeladen, Welten vor sich, die es zu erobern galt.

Es wurde gelächelt und sich vorgestellt, und die Hoffnungen schwanden. Das ›Stanton-Mädchen‹ war genauso, wie sie es befürchtet hatten. Sie besaß das Aussehen, den Charme, den Reichtum und den Namen, die ihr alle Türen öffnen würden. Und sie schien entschlossen, ernsthaft in die Gesellschaft einzutreten und ihre Welt zu besetzen.

Selbstverständlich würden sie Lara aufnehmen, sie in ihren Häusern willkommen heißen, sie zu ihren Partys einladen und versuchen, sie für ihre Wohltätigkeitsarbeit zu gewinnen. Dazu hatten sie sich verpflichtet, als sie Emily in die Augen geblickt und ihre Freude kundgetan hatten, zu diesem Ball eingeladen worden zu sein.

Sam Fayne befand sich ebenfalls im ovalen Zimmer und lenkte Lara mit bedeutungsvollen Blicken ab sowie dadurch, daß er ungeduldig auf seine Armbanduhr tippte. Er fühlte sich weniger unsicher, nicht an ihrer Seite zu stehen, wenn sie zurücklächelte oder warnende Signale aussandte: ein Aufblitzen in den Augen, eine wenig subtile Handgeste. Sie würde so bald wie möglich zu ihm stoßen. Oder er wurde im Ballsaal gesehen, wo er sich in der Nähe der Tür aufhielt, um Lara zu erwischen, sobald sie hereinkam, eine antike *coupe de champagne* von Lalique in der Hand, umgeben von einer Schar Debütantinnen und Junggesellen.

Es waren nur wenige Fremde im Saal. Keine Presse, keine Schaulustigen. Der Ball war eine rein private Angelegenheit. Fast kannte jeder jeden. Alte Freundschaften wurden aufgefrischt und Klatsch ausgetauscht, der den Ball mit ausgelassener Fröhlichkeit würzte.

Ein Dutzend Violinisten spielten romantische, russische Balladen und mischten sich unter die zweihundert Gäste, die in das weiche Licht der tausend elfenbeinfarbenen Kerzen in den Kristallüstern und Wandhalterungen getaucht waren. Eine perfekte Kulisse für die schönsten Frauen des Landes in ihren schimmernden Seiden- und Satinkleidern und die Männer im Frack und mit weißer Krawatte, deren Präsenz das festliche Ambiente im Saal noch unterstrich. Alle Türen zum von Laternen erhellten Garten hin standen offen, und die etwa fünfzig Ober in roten Jacketts im Husarenstil und mit weißen Fliegen gingen mit Magnumflaschen Jahrgangs-Krug umher und sorgten für steten Nachschub des gekühlten Champagners, der die Herzen erwärmte.

Endlich löste das Empfangskomitee sich auf, und die Familie betrat den Ballsaal. Sams Hand schloß sich um Laras Arm, und das zwanzig Mann starke Orchester stimmte den ersten Walzer des Abends an.

»Du hast es versprochen. Der erste Tanz gehört mir.«

»Nicht ganz, Sam. Das ist das Vorrecht eines Vaters.« Und so war es Henry, der mit Lara auf die Tanzfläche wirbelte.

Die Gäste hatten auf diesen Augenblick, die Eröffnung des Balls, gewartet. Um den Saal herum verteilt, sahen sie zu, wie Laras weitschwingende Röcke aus hauchdünner, elfenbeinfarbener Seide, jede Lage so feingesponnen wie Spinnweben, sich im Rhythmus ihrer Tanzschritte bauschten. Kein Mann im Saal konnte den Blick abwenden von ihrer schulterfreien Korsage aus schwarz- und elfenbeinfarben-gestreiftem Seidentaft. Weniger weil die Korsage ihre Brüste verführerisch umspannte wie eine zweite Haut, sondern vielmehr weil das Kleid gleichzeitig damenhaft-elegant und unschuldig-jung wirkte. Das Spiel der Materialien: große, weite Puffärmel, ebenfalls aus schwarzweißem, aber kleinkariertem Taft, bildeten einen reizvollen Kontrast zu den Streifen der Korsage, und um die Taille trug sie einen fünf Zentimeter breiten Gürtel, der mit marokkanischen Glasperlen besetzt war. Keine

Frau im Saal konnte den Blick abwenden von Laras Perlen- und Diamantohrringen, dem einzigen Schmuck, den sie trug: das Geschenk von Henry. Champagnerschalen wurden geleert und auf Silbertabletts abgestellt, Tanzpartnerinnen ausgewählt. Paare traten vor und schlossen sich Vater und Tochter auf dem Parkett an.

Lara hat nie schöner oder glücklicher ausgesehen, dachte Sam. Irgend etwas an ihr war verändert. Was aber war anders? Er tanzte näher an sie heran, Emily in den Armen. Warum dem Impuls widerstehen? Er klopfte Henry auf die Schulter. Mit einem strahlenden Lächeln tauschte er Emily gegen das Mädchen, das er liebte, und wirbelte mit ihr davon.

»Willst du mich heiraten?«

Lara lachte.

»Wir könnten es gleich jetzt bekanntgeben.«

»Du meinst es ja wirklich ernst!«

Jetzt lachte auch er. Es war ihm herausgerutscht. Er hatte nicht vorgehabt, Lara einen Antrag zu machen. Zumindest nicht hier auf diesem Ball. »Ja, ich schätze, das stimmt. Und, willst du?«

»Nein. Welches Timing!«

»Oh! Sollen wir statt dessen lieber miteinander schlafen?«

Sie lächelten beide. »Das klingt schon besser. Gleich hier? Jetzt?« entgegnete sie und tat, als fürchte sie, daß er dies bejahen könne.

»Die falsche Musik. Aber sobald wir uns davonschleichen können. Gib mir nur ein Zeichen, und schon sind wir weg.«

Einige Sekunden später sagte er: »Du hast nicht einmal gesagt ›vielleicht‹. Muß ich mir Sorgen machen?«

»Warum sollte ich vielleicht sagen, wenn ich ja meine? Ich dachte, ein Ja auf deine Aufforderung, mit dir zu schlafen, wäre besser als ein Vielleicht. Und warum solltest du dir Sorgen machen, weil ich Lust auf dich habe, Sam?«

Er lächelte auf sie herab. »Du weichst mir aus. Du weißt sehr gut, daß ich meinen Antrag gemeint habe.«

»O Sam. Ich hätte besser sagen sollen ›Frag mich ein anderes Mal‹.«

»Ich brauche die Hoffnung also nicht aufzugeben?«

»Jedenfalls besteht für keinen anderen irgendeine Hoffnung.«

Auf ihre Gesichter trat ein eher hungriger als erleichterter Ausdruck. Sie wurden von ihrem gegenseitigen Verlangen verzehrt. Es fiel Lara schwer, ihre Gefühle zu verbergen. Allein der Gedanke an Sam, seine forschende Zunge und seinen Penis, der Liebe und Leidenschaft in sie hineinpumpte … Sie errötete und spürte, wie ein Hauch von einem Orgasmus sie prickelnd durchströmte.

Er verstand sofort, aber es gab nichts, was er hätte tun können. Was konnte er tun, ohne die Stantons und ihre Gäste vor den Kopf zu stoßen? Er fühlte, wie sein eigenes Verlangen wuchs, und war verblüfft darüber, mit welcher Intensität er sie begehrte. Er tanzte mit Lara in den Palmengarten, wo sie von einigen Gästen mit Champagner empfangen wurden.

Sie bekämpften ihr Verlangen nacheinander mit dem perlenden Wein und tauschten ihre leeren Gläser sofort gegen volle.

Sich der vielen Blicke bewußt, die auf ihnen ruhten, beugte er sich vor und flüsterte ihr ins Ohr: »Ich liebe dich. Ich habe dich immer geliebt, und ich will dich haben. Ich werde auf dich warten.«

Lara nippte an ihrem Glas und entgegnete dann ebenso leise: »Frag mich irgendwann wieder. Ich kann mir nicht vorstellen, irgend jemand anderen zu heiraten.« Sie drückte seine Hand, leerte ihr Glas und mischte sich unter ihre Gäste.

Sam war glücklich. Eines Tages würde sie ihm gehören. Er fühlte sich sicher in seiner Liebe zu Lara. Und sie hatte recht: dies war für sie beide nicht der richtige Zeitpunkt zu heiraten. Noch lagen aufregende Monate als Debütantin vor ihr. Und was ihn selbst betraf, genoß er seine Freiheit. Junggeselle zu sein paßte zu seinem Lebensstil. Sam gehörte nicht zu den Männern, die ihre Taten in Frage stellten oder alles zu Tode analysierten. Aber einen flüchtigen Augenblick lang fragte er sich doch, was in ihn gefahren war, Lara diesen Antrag zu machen. Wollte er sich wirklich binden und eine Familie gründen? Er führte verschiedene Leben, die weder Lara noch eine Ehe einschlossen. Und er würde diese Leben nur ungern aufgeben.

Er schob es auf die Liebe. Er hatte eben noch nie eine Frau so angebetet wie Lara. Seine Liebe zu ihr hatte ihn überwältigt. Das Bewußtsein, daß sie das gleiche für ihn empfand, stärkte seine Gefühle noch. Sie liebten einander, das konnte ihnen niemand nehmen. Das wußten und schätzten sie beide. Die unerschütterliche Sicherheit, die ihnen dieses Wissen gab, genügte ihnen beiden, noch einige Jahre getrennte Wege zu gehen. Nun, zumindest für den Rest des Abends. Sie wurden beide von der Party und den anderen Gästen verschluckt. Bis zum Nachmittag des darauffolgenden Tages hatten sie kaum mehr Gelegenheit, allein zu sein.

Um Mitternacht wurde im Palmengarten hinter dem Ballsaal ein Soupé serviert. Tische wurden aufgestellt, mit weißen Damasttüchern bedeckt und mit elfenbeinfarbenen Kerzen in silbernen, mit Schafgarbe geschmückten Haltern versehen. Die letzten, in voller Blüte stehenden Rosen aus dem Garten schufen eine romantische Atmosphäre. Menschen strömten herbei, aus dem Ballsaal und der Grotte, aus denen provokative Rockmusik – Chuck Berry, Eric Clapton und Phil Collins – dröhnte.

Austern ruhten auf Bergen von gestoßenem Eis. Krabben waren zu Pyramiden aufgetürmt. In einer kristallklaren Eisschale waren gefrorene Blumen eingebettet – weiße Rosen, Farn und Flieder –, und am Rand der Schale führte eine Rinne aus goldbraunem Teig entlang, gefüllt mit mehreren Pfund goldenem Kaviar. Aber auf den langen weißen Marmortischen waren noch weitere Köstlichkeiten aufgebaut. In silbernen Behältern köchelte Hummer Newberg vor sich hin, daneben Federwild à la Rock Cornish in Sahnesoße, Hähnchenleber mit winzigen grünen Trauben und Pilze, in Mouton Rothschild sautiert und mit einem Hauch Zimt und Muskatnuß abgeschmeckt. Dazu Braten: Lamm, Rinderrippe *en croûte* und zwei hübsch dekorierte Spanferkel mit einem reifen roten Apfel in der Schnauze und Ketten aus Gänseblümchen um den Hals. Ganze pochierte Lachse ruhten auf frischem Seegras, daneben waren frische Gänseleberpastete und grüner Salat, russische Salate und weißer Spargel in Vinaigrette, dazu frische Endivien aufgebaut. In hohen Selleriegläsern aus Baccarat-Kristall staken knusprige Stangen, und das Gemüse in der französischen Rokoko-Silberschale sah aus, als käme es frisch aus dem Garten. Kein Gaumen brauchte zu fürchten, daß seine Gelüste nicht befriedigt würden.

Eine ganze Armee von Küchenchefs servierte geschäftig die verschiedenen Speisen, während Ober beflissen jedem Gast seinen Napoleonischen Teller an seinen Tisch trugen und ihn mit erlesenen Weinen versorgte. Als Champagner wurde Roederer Cristal gereicht, es gab einen Montrachet, den nicht einmal die Götter verschmäht hätten, und als Claret einen Chateau Pétrus verschiedener Jahrgänge.

Mit gemischten Gästen, die von sehr jung über mittleres Alter bis hin zu Senioren reichten, war die Party elegant und doch stimmungsvoll. Alkohol und nicht Drogen diente als Stimulans. Die Furcht vor Emilys Macht, jeden von der exklusiven A-Liste der High-Society zu verbannen, verbot jeglichen Kokain- oder Haschkonsum. Niemand wagte auf einen tiefen Lungenzug an einem Joint zu hoffen.

Es wurde geflirtet, reichlich sogar, aber immer diskret. Paare schlenderten zwischen der Grotte und dem Ballsaal hin und her, verschwanden in den Gartenpavillons, in den verschiedensten Schlafzimmern im Haus oder sogar auf den Booten, mit denen einige der Gäste eingetroffen waren. Sex? Das war anzunehmen, aber es wäre ungehörig gewesen, dies zu bestätigen.

Die Gastgeber hatten Glück mit dem Wetter. Es hielt sich, und die Nacht blieb ungewöhnlich mild. Als der Morgen dämmerte, hatte die Party ihren Höhepunkt zwar überschritten, war aber immer noch in Gang. Der Tag brach sachte an. Ein graues Dämmern, das in rosafarbenen Dunst überging und dann Cannonberry Chase in warmem maisfarbenen Licht erstrahlen ließ. Kaum einem der Gäste entging die

Schönheit des anbrechenden Tages. Vorübergehend schien Ruhe einzukehren in der kurzen Zeit, da das Licht sich in den Gärten ausbreitete und die Menschen erhellte, die dort umherschlenderten. Die Damen in ihren Ballkleidern und die Männer in ihren Fräcken verliehen den Gärten eine menschliche Dimension. Nie hatten sie romantischer ausgesehen als jetzt, mit den vielen Farben, der Seide und dem Samt und den schönen Menschen.

Es war, als hätte die Morgendämmerung den letzten Walzer gespielt. Die Party war vorbei. Jene Paare, die noch übrig waren, kehrten in den Ballsaal zurück, um sich von den Gastgebern zu verabschieden. Dort spielten Lara und Henry Medleys von Jerome Kern und Cole Porter. Dreiviertel der Gäste feierten noch. Sie standen um die zwei Konzertflügel herum, sangen, tanzten oder gingen zwischen den Tischen im Ballsaal umher, die mit weißen Organzatüchern und Vasen voller weißer und gelber Rosen geschmückt waren. Prächtige antike silberne Kaffeekannen, Milchkännchen und Zuckerdosen, Teller und Tassen aus weiß-gelbem Limoges-Porzellan und Gläser aus Baccarat-Kristall mit frischem Mangosaft glitzerten in der Sonne, die träge am Himmel aufstieg und durch die offenen Glastüren hereinfiel. Rot lackierte Stühle standen um die Tische herum, an denen Küchenchefs die Gäste mit Omeletts, Würstchen und Speck verwöhnten oder mit Buchweizenpfannkuchen mit Ahornsirup. Das Frühstück begrüßte den Sonnenschein.

Sie trafen sich um drei und liebten sich bis fünf. Dann kehrte Lara nach Cannonberry Chase zurück und Sam nach New York, zu Nancy Kaplan, die ihn bereits sehnsüchtig erwartete.

Seit der Zeit, da er begonnen hatte, mit Frauen auszugehen, hatte es in Sam Faynes Leben eine Nancy Kaplan gegeben. Die Namen und ethnischen Zugehörigkeiten änderten sich, es waren Italienerinnen, Jüdinnen und schwarze Mädchen aus dem Süden darunter. Sie waren fasziniert von seinem aristokratischen Aussehen, seiner zurückhaltenden, unkomplizierten Persönlichkeit und seiner Sinnlichkeit, von der Selbstsicherheit, die er ausstrahlte.

Er seinerseits war fasziniert von ihren Mittelklassewerten, ihrem dunklen Haar und ihren verführerischen braunen Augen. Sie waren ausnahmslos schön, überaus sexy, intelligent und voller akademischer Ambitionen. Und sie waren beinahe süchtig nach Sex, bemüht zu gefallen, nach Leidenschaft und Gefühlen hungernd. Sie waren füreinander exotische Wesen, ihren jeweiligen Welten fremd. Ihm gefiel ihr Sexhunger. Ihm gefiel ihre Gier in allen Dingen. Sie waren am gierigsten beim Einkaufen, bei der Jagd nach einem Ehemann und Diplomen. Sie bauten ein Nest. Die Hühnersuppe mochte sich in *Consommé* verwandeln, der *Gefeltah fisch* in Shrimps, Canneloni in Blini, schwarze Bohnen und Erbsen in Linsen und grünen Salat, aber letztendlich war das Resultat immer das gleiche: Sie alle waren Mädchen, die dazu dienten, Sam Faynes Bedürfnisse zu stillen. Und er genoß es ..., bis sie belohnt werden wollten dafür, daß sie die Hure im Bett und die Dame in der Küche spielten, bis sie Liebe verlangten und in Sam Faynes Welt miteinbezogen werden wollten, irgendwie, aber möglichst auf Vollzeitbasis.

Unmöglich. Sams Herz gehörte einer anderen. Er konnte sich keine andere Ehefrau vorstellen als Lara. Ein Armband von Tiffany's, und Sam suchte sich schweren Herzens eine Neue.

Er fand es merkwürdig, daß die Nancy Kaplans dieser Welt gewöhnlich dieselben Fehler machten. Sie verliebten sich in den ›netten Kerl‹, in Männer wie ihn. Sie sahen in ihm eine leichte Beute und versuchten, ihn einzufangen. Beziehungen mit einem großen B. Sie gaben alles und noch mehr, und nie erkannten sie die Signale, die er an sie aussandte, hörten nur, was sie hören wollten. Und je mehr sie gaben, desto mehr verliebten sie sich. Vor allem in die Liebe selbst. Sie lernten nur selten aus ihrer Erfahrung, zu früh zu viel zu geben. Sam hingegen schon. Jedesmal. Er verließ seine Geliebten immer weiser als zuvor und verliebter denn je in die Dame seines Herzens.

Die zweite Party Lara zu Ehren fand in Manhattan statt. Es war ein noch größeres Ereignis, zu dem nun die aristokratischen europäischen Freunde der Stantons geladen waren, die in Cannonberry Chase nicht dabei gewesen waren. Die dritte Party gab Elizabeth im Claridges in London, und es war eine sehr britische Angelegenheit, mit Lara und der Familie als Vertretern der amerikanischen Gesellschaft der alten Garde, deren Frauen, vermögende Erbinnen, in den Adel eingeheiratet hatten und somit auch von der britischen Elite akzeptiert wurden. Mit solchen Kontakten – einer Schwester wie Elizabeth, Gräfin von Chester, deren Ehemann der Graf von Chester und ein angesehener und beliebter Mann und Mitglied des House of Lords war, und einer exzentrischen achtzigjährigen entfernten Cousine, die in einem verfallenen Tudor-Herrenhaus auf einer fünfzehntausend Morgen großen Parkanlage lebte, die praktischerweise an das Domizil eines Royals grenzte – standen der schönen Debütantin aus Amerika alle Türen offen. Lara war von den Briten ebenso angetan wie die von ihr. Sie wurde auf einer Woge der Anbetung und Ausgelassenheit davongetragen.

Wo immer sie auftauchte, scharten sich ledige Männer aller Altersklassen und verschiedenster Nationalitäten um sie, die sich Hals über Kopf in sie verliebt hatten. Ihr Telefon stand nicht still, und sie war für Monate im voraus ausgebucht. Sie wurde nicht nur zu *der* Debütantin der Saison, sondern zu *der* Debütantin des internationalen Jet-sets. Lara verlebte die schönste Zeit ihres Lebens.

Beinahe über Nacht wurde sie zum Liebling der Klatschkolumnisten und Paparazzi, zur glamourösesten, begehrtesten Debütantin in ihren versnobten Porträtartikeln. Aber keiner von ihnen kam näher an sie heran. Sie blieb zurückhaltend, diskret. Sie lächelte hübsch freundlich und gab keine Interviews, aber das machte sie nur um so interessanter, ja geheimnisvoller. Sie betrieb, wenn auch unbewußt, ein gesundes Marketing ihrer Persönlichkeit.

Die Familie beobachtete sie und freute sich über ihren Erfolg, schenkte aber den Namen, die in einem Atemzug mit ihr genannt wurden, keine Beachtung. Alle diese Männer waren akzeptabel, waren aber ohne Bedeutung. Die Familie wußte, wem ihr Herz gehörte. Und wenn nötig, stand Elizabeth ihrer kleinen Schwester mit ihrem Rat zur Seite.

Sam mißfiel das Ganze. Er bekam sie kaum noch zu Gesicht, und wenn sie sich sahen, waren sie zu sehr mit Sex und ihrer Freude beschäftigt, wieder zusammenzusein, um über die anderen Menschen in ihrem Leben zu sprechen. Aber in den Monaten, die seit dem Ball auf Cannonberry Chase verstrichen waren, hatte er eine Veränderung in ihrer Beziehung, eine Intensität in ihren sexuellen Begegnungen gespürt, die sie beide in die Lasterhaftigkeit trieb und fort von der Liebe. Er war weniger schockiert von dem Weg, den sie eingeschlagen hatten, als unfähig, ihn mit Lara fortzusetzen. Dazu liebte er sie zu sehr. Er betete sie an. Er konnte es nicht ertragen, sie von dem Podest steigen zu lassen, auf das er sie gestellt hatte, konnte nicht zulassen, daß Sex ihre strahlende Gestalt überschattete. Diese Sexspielchen behielt er sich für seine Nancy Kaplans vor oder lebte sie mit einer Tausenddollarhure aus, die er des öfteren aufsuchte. Er gab Lara nach, weil er es ihr recht machen wollte, und wenn er vorübergehend vergessen konnte, daß sie seine Angebetete war, genoß er ihre sexuellen Exzesse sogar. Aber ... er hätte Exzesse in der Liebe vorgezogen.

Lara, die nicht nur extrem sinnlich war, sondern auch überaus sensibel, spürte das Problem, das langsam in ihrer Beziehung auftrat. Sie liebte es, von Sam geliebt zu werden. Sie wollte, daß er sie nicht weniger, sondern mehr liebte. Sie gab sich in seinen Armen rückhaltlos dem Eros hin, aber so großartig dies auch sein mochte, es war nicht das, was er wollte. Sam war verliebter in seine Liebe zu ihr, als daß er sie tatsächlich liebte oder begehrte. Wenn ihre Liebe gedeihen sollte, würde sie ihre zahlreichen Verehrer nicht länger hinhalten, sondern mit ihnen ins Bett gehen müssen. Oder ihre geheime Liaison mit Jamal wieder aufnehmen. Beide Perspektiven erschienen Lara verlockend, aber auch gefährlich.

Sie sprach nie mit Sam darüber, aber bei ihrer nächsten

Begegnung, nach einem durchfeierten Abend in einem privaten Discoclub, landeten sie im Bett. Sam war ganz besonders sexy und aufregend gewesen, sie mehr der erotische Aggressor des Abends. Sexuell befriedigt lagen sie sich in den Armen, und der Augenblick, auf den sie gewartet hatte, kam. »Es gibt einen feinen Unterschied zwischen einer Spitzendebütantin des Jet-sets und einem Partygirl.«

»Willst du damit sagen, daß ich die Grenze überschritten habe?«

Er zog sie auf sich, küßte ihre Brüste und lächelte zu ihr auf. »Ja, aber ich beklage mich nicht. Ich mag Partygirls.«

»Mutter wäre entsetzt, wenn das stimmt.«

»Ich bin nicht deine Mutter.«

»Das ist mir auch schon aufgefallen, Sam.«

»Hauptsache, du amüsierst dich, Lara. Das ist der ganze Sinn dieses Jahres.«

»Es ist die schönste Zeit meines Lebens. Es gefällt mir, ein Playgirl zu sein. Und wer sagt, daß es nach einem Jahr ein Ende haben muß?«

»Es muß überhaupt nicht aufhören. Du kannst alles sein, was du willst, Lara.«

»Ist das dein Ernst?«

»Selbstverständlich. Ich liebe dich.«

»Du meinst, ich kann dieses wunderbare Playgirl-Leben führen und gleichzeitig deine Frau sein?«

Er setzte sich auf, lehnte sich in die Kissen zurück und zog sie an sich. »Ich verspreche es. Du brauchst nur den Termin zu nennen.«

»Sam.« Sie küßte ihn. »Irgendwann, das habe ich dir doch schon gesagt. Ich kann mir nicht vorstellen, einen anderen zu heiraten als dich.«

Das war alles, was er von ihr verlangte – daß sie ihn genug liebte, ihn zu heiraten und ihm Kinder zu schenken. Er reagierte so wie immer auf ihre Liebe zu ihm. Überwältigt von Verlangen nach ihr, sein Penis steif vor Erregung, hob er sie bei den Hüften hoch und drang in sie ein. Sie stöhnte lustvoll und legte die Füße auf seine Schultern. Er saugte an ihren Brustwarzen, während er ihre Pobacken mit den Händen umfaßte und sie langsam immer wieder hochhob und auf seinen pochenden Penis zurücksinken ließ. Die Penetration war so tief, daß sie sich in die Hand biß, um nicht in Ekstase laut aufzuschreien.

Schließlich hatte sie sich wieder genügend in der Gewalt, atemlos zu sagen: »Halt. Laß mich ein wenig ausruhen.«

Sie nahm die Beine herunter, winkelte sie unter sich an und beugte sich vor, um ihn zärtlich zu küssen. Sie hielten einander eng umschlungen. »Sam, du weißt, daß ich dich liebe«, sagte sie nach einer Weile.

»Warum habe ich das Gefühl, daß jetzt etwas kommt, was ich nicht hören will?«

»Das fühlst du?«

»Ja, natürlich.«

»Ich will nicht, daß einer von uns den anderen jemals weniger liebt. Aber ich möchte auch, daß wir frei sind, bis wir beschließen, unsere Heirat bekannt zu geben. Sam, ich will, daß wir auch andere Affären haben können. Sie könnten nie eine Bedrohung sein für das, was wir füreinander empfinden.«

Er legte die Hände um ihre Taille und hob sie langsam von sich. Sie schloß die Augen, traurig, ihn nicht mehr in sich zu haben. Sie beugte sich herab, um seinen immer noch erigierten Penis zu küssen und mit der Zunge zu liebkosen. Er unterbrach sie, zog sie zu sich herauf. Sie sahen einander in die Augen. Plötzlich war ihr nach Weinen zumute, wenngleich sie nicht wußte, warum.

»Was hat das alles zu bedeuten, Lara?« fragte er.

»Daß wir nie einen anderen Menschen geliebt haben. Daß wir mit anderen ausgegangen, aber nie wirklich mit ihnen zusammen gewesen sind. Es geht um die geheimen Affären, die du hast und vor denen ich die Augen verschließe, über die wir nie sprechen, weil sie unwichtig sind – ebenso wie um die Männer in meinem Leben. Es geht darum, daß wir uns die Gelegenheit geben müssen, mit absoluter Sicherheit herauszufinden, daß kein anderer uns glücklicher machen kann, als wir es miteinander sind.«

»Du zweifelst daran?«

»Nein, ich habe keine Zweifel. Ich möchte nur ein richtiges Playgirl sein, für einige Zeit frei, mit jedem mitzugehen, der mir gefällt. Und ich möchte, daß du das gleiche tust, Sam. Der einzige Zweifel, den ich habe, ist der, daß wir so verliebt sind, daß wir nie Gelegenheit hatten, uns einem anderen Menschen wirklich hinzugeben. Vielleicht werde ich nie das Bedürfnis danach haben. Du vielleicht auch nicht. Aber laß es uns herausfinden. Das ist es, was wir meiner Ansicht nach tun sollten. Das sind wir uns schuldig.«

»Für wie lange?«

»Solange es dauert, bis wir es leid sind und zusammenleben wollen.«

»Und was ist, wenn ich mich nicht darauf einlasse?«

»Dann lehnst du es eben ab.«

»Und was wirst du dann tun?«

»Das weiß ich nicht.«

»Du stellst uns vor ein Problem, Lara.«

»Ich weiß.«

Sie schwiegen eine Weile. Schließlich küßte Sam sie auf die Wange und sagte: »Mach nicht so ein trauriges Gesicht. Das ist doch nicht das Ende der Welt. Wir werden schon eine Lösung finden. Aber das ist ein verdammt harter Test, dem du uns da unterziehst.« Hierauf ging er ins Bad.

Lara hörte Wasser rauschen. Sie griff nach ihrem Glas auf dem Nachttisch. Der Champagner war abgestanden, aber das war ihr egal. Sie brauchte den Alkohol, nachdem sie so mutig ausgesprochen hatte, was ihr schon länger durch den Kopf gegangen war. Ihr Blick fiel auf eine vergrößerte, gerahmte Photographie von ihr und Sam. Sie nahm sie in die Hand. Er sah so gut aus, und sie schienen so verliebt. Ihr Herz setzte einen Schlag aus. Sie liebte ihn. Das war auf dem Photo deutlich zu sehen. Und er liebte sie, auch das war deutlich. Das perfekte Paar. Hatte sie einen Fehler gemacht? Würden sie einander verlieren? Sie stellte das Bild auf den Nachttisch zurück und war sicher, das Richtige getan zu haben, als sie sich an etwas erinnerte, was Jamal einmal zu ihr gesagt hatte:

»Du solltest dir über deine Bedürfnisse im klaren sein, bevor du Sam heiratest, Lara Darling. Er ist ein toller Kerl, aber er wird nie deine animalische Lust begreifen oder sie befriedigen, so wie ich es kann. Ich weiß nicht, ob er dich zu sehr – oder nicht genug – liebt, um sich mit dir im erotischen Schmutz zu wälzen.« War das ihr Grundproblem? Jamal schien jedenfalls dieser Ansicht zu sein. Sie war sich da nicht so sicher. Sie wußte nur eins, daß sie mit ihrer verfluchten Libido ins reine kommen mußte.

Sie sprachen fast täglich miteinander. Aber sie gaben einander Freiraum. Schon wenige Wochen später machten die Mütter der anderen Debütantinnen sich wieder Hoffnung. Das Gerücht ging um, daß die Beziehung Fayne-Stanton bröckelte. Sie hatten sich mit anderen Partnern in der Öffentlichkeit gezeigt, und unglaublicherweise waren sie sich ihrer Gefühle füreinander so sicher, daß sie sogar zusammen tanzten, am selben Tisch essen oder auf dieselben Wochendpartys gehen konnten. Sie selbst brachte die Situation nicht in Verlegenheit, im Gegensatz zu ihren jeweiligen Begleitern, denen die verstohlenen Liebesblicke zwischen Sam und Lara nicht entgingen, Blicke, die sie ihnen verübelten. Schließlich faßten Sam und Lara einen Entschluß: Wenn sie ihrem kleinen Experiment eine echte Chance geben wollten, durften sie einander sechs Monate lang nicht sehen.

Diese Entscheidung wirkte für sie beide Wunder. Sie schalteten ihre Liebe füreinander auf Sparflamme und stürzten sich kopfüber ins Geschehen.

Kapitel 10

Inmitten des hektischen gesellschaftlichen Trubels hatte Lara plötzlich Sehnsucht nach David, sei es auch nur, weil sie ihn liebte und vernachlässigt hatte. Sie rief ihn an und bat ihn, sie zum Essen auszuführen. Er zögerte nicht, sagte nur, daß er andere Verabredungen absagen müsse. Plötzlich war sie sehr glücklich, erfüllt von dieser ganz speziellen Art von Glück, die über gewöhnliche Freude hinausgeht. Sie beschloß, ein ganz besonderes Geschenk für ihn zu besorgen.

Entschlossen marschierte sie die Fifth Avenue hinunter bis zur Glastür von Tiffany's. Dort kannte man sie. Der gewandte, auf Abschiedsgeschenke spezialisierte Verkäufer empfing sie mit einem breiten, nachsichtigen Lächeln. »Guten Tag, Miss Stanton. Geht es Ihnen gut heute, Miss Stanton?«

»Guten Tag, Mr. Ripley. Ja, es geht mir gut. Ihnen auch, hoffe ich?«

Sie sah sich im geräumigen, glitzernden Erdgeschoß von Tiffany's um. Sie mochte das zurückhaltende Ambiente und daß die Menschen, die dort kauften, flüsterten wie in einer Kirche. Die meisten flüsterten, als fürchteten sie, ihre Vorlieben könnten irgendwie den anderen Anwesenden zu Gehör kommen. Sie wippte mit dem Fuß, ungeduldig auf eine Inspiration wartend. Sie wollte nach Hause und vor ihrer Verabredung mit David baden und sich zurechtmachen. Sie suchte nach etwas, das ihm zeigte, daß sie ihn immer noch liebte, wie sie keinen anderen Mann jemals lieben konnte. Etwas, das er immer bei sich tragen konnte, damit er, egal was auch passierte, immer daran erinnert wurde, was sie einander bedeuteten. Sie war schrecklich sentimental, was David betraf. Sie ließ den Blick durch den Raum schweifen. Eine Uhr, Manschettenknöpfe ... aber das alles erschien ihr falsch, zu banal.

»Mr. Ripley«, rief sie. »Hätten Sie vielleicht etwas ganz Besonderes für mich? Es soll ein Geschenk für meinen Cousin David sein.«

»An was haben Sie denn gedacht, Miss Stanton?«

»An ein Einzelstück. Klein. Etwas, das er immer bei sich tragen kann. Ein Andenken. Gibt es etwas, das als einzigartiges Andenken dienen könnte?«

»Ein altes Stück?«

»Vielleicht. Ach, und Mr. Ripley, Geld spielt keine Rolle.«

Der Verkäufer strahlte vor Freude.

»In diesem Fall, Miss Stanton, haben wir vielleicht das eine oder andere Stück, das Sie interessieren könnte. Sie sind in den oberen Galerien ausgestellt. Geben Sie mir nur eine Minute, ich hole sie.«

Er kehrte mit einem schwarzen Samttablett zurück, das mit einem schwarzen Seidentuch bedeckt war, so daß er aussah wie ein Zauberer.

Lara wählte für David eine japanische Miniatur aus dem sechzehnten Jahrhundert, eine walnußgroße, meisterhaft aus einem Stück Bernstein geschnitzte Figurine. Die *netsuke*, eine winzige, üppige, zurückgelehnte Gestalt, die von innen heraus zu strahlen schien, bezauberte sie. Über Jahrhunderte gehütet und liebevoll gestreichelt, war sie unwiderstehlich sinnlich. Die winzige, so lebendig wirkende Figur schrie förmlich danach, berührt, gestreichelt, geliebt zu werden. Geschickt in Gestalt einer zurückgelehnten Frau in einem offenen Kimono geschnitzt, von der eine Brust, die gehobenen Hüften, ein nacktes Bein und ein zierlicher Fuß zu sehen waren, war die *netsuke* auch von der Form her rund wie eine Walnuß. Wenn man sie in der Hand hielt und mit den Fingern hin- und herrollte, fühlte die Bernsteindame sich warm und seidigglatt an. Allein sie zu berühren belebte die Sinne; ein magischer kleiner Schatz.

Um zwei Uhr am Morgen gönnten sie sich einen Calvados als Schlummertrunk. Sie lagen auf Kissen, die sie vor dem Kamin in der Bibliothek auf dem Boden ausgebreitet hatten. David hielt die *netsuke* in der Hand. Sie fing das Licht des Feuers ein. Hypnotisierend. Er drehte sie zwischen den Fingern, ließ sie dann auf die offenen Hand fallen und betrachtete sie, verzaubert von der zurückgelehnten Dame.

Lara drehte sich auf die Seite und stützte sich auf den Ellbogen, dem Feuer den Rücken zugewandt. Sie beobachtete David, froh, ein so ausgefallenes Geschenk für ihn gefunden zu haben.

Hinter ihr lag ein traumhafter Abend: Sie hatte David ganz für sich allein gehabt. Sie hatten in einem kleinen, versteckten

Restaurant in Little Italy zu Abend gegessen, einem Familienbetrieb, wie man ihn in dem New York, das Lara nun frequentierte, nur selten fand. Alle dort schienen David gut zu kennen. Jedenfalls hatte man ihnen die köstlichsten Speisen vorgesetzt. Hinterher war er mit ihr in eine Off-Broadway-Vorstellung gegangen, die ihnen beiden ausnehmend gut gefallen hatte. Anschließend hatte er sie anstatt in eine Disco oder einen Nachtclub nach Harlem in einen schmierigen Jazzclub gebracht, in dem das Bier schal, aber die Musik phantastisch war. Und auch dort schien man David zu kennen.

Sie hatten sich unterhalten und gelacht, völlig unbefangen und mit tieferen Gefühlen, als sie sie seit langem füreinander empfunden hatten. Ein- oder zweimal hatte Lara den Impuls niederkämpfen müssen, mit ihm zu flirten, zu versuchen, ihn zu verführen. Aber das fiel ihr nicht schwer, da sie wußte, daß er sie liebte und ihr alles gab, dessen er fähig war. Und ihre Gier nach noch mehr Liebe von David hätte ihnen beiden den Abend verderben können, und das wollte Lara um keinen Preis.

Der flackernde Feuerschein warf Schatten auf sein anziehendes Gesicht. Sie lächelte, und er ertappte sie dabei.

»Warum lächelst du?«

»Es ist ein ganz gewöhnliches Lächeln. Ich bin einfach glücklich.«

»Das soll mir recht sein. Ich wünsche dir, daß du dein ganzes Leben glücklich bist, Lara.«

»Das wünsche ich dir auch, David. Versprich mir, daß, wenn einer von uns je in Schwierigkeiten geraten sollte, der andere für ihn da ist.«

»Ich dachte, das wüßtest du, Lara. Ich werde immer für dich da sein. Und immer, mein Schatz, bedeutet egal wann und in welcher Situation.« Hierauf setzte er seine faszinierte Betrachtung der Bernsteinminiatur fort.

»Ich habe das weniger um meinetwillen als um deinetwillen gesagt, David. Ich möchte, daß du mir versprichst, daß du, wann immer du mich bei dir haben willst, wann immer du mich brauchst ...« Plötzlich stieg eine Woge der Trauer in ihr auf. Sie schluckte hart, um die aufsteigenden Tränen zu unterdrücken. Mit einem gezwungenen Lächeln versuchte sie, den Ernst ihrer Worte herunterzuspielen. »Schick mir deine Bernsteingeliebte, und ich komme, wo immer du auch bist.«

»Das ist ein wunderschönes Geschenk, La. Ich werde sie immer bei mir tragen.«

»Versprochen?«

»Ja, versprochen. Und sollte ich jemals in Schwierigkeiten geraten, schicke ich sie dir, und du eilst mir zur Hilfe.« Er warf die *netsuke* in die Luft, ließ sie wieder auf seine Handfläche fallen und schloß die Finger um sie. Dann beugte er sich vor und küßte Lara auf die Stirn und anschließend auf die Wange. Sie schlang die Arme um seinen Hals und drückte ihm einen schwesterlichen Kuß auf den Mund. »Ich gehe schlafen. Das war ein wundervoller Abend, David. Danke. Irgendwie habe ich heute abend deine Gesellschaft gebraucht.«

Er blieb noch ein paar Minuten vor dem Kamin sitzen und drehte die *netsuke* in den Fingern. Auch er hatte einen traumhaften Abend verbracht. Lara war zauberhaft; das war sie immer schon gewesen, aber jetzt mehr denn je. David wußte von ihren Romanzen, ihren sexuellen Affären. Sogar von ihrer seltsamen erotischen Beziehung zu Jamal. Die beiden ahnten nicht, daß er Bescheid wußte, und dabei wollte er es auch belassen. Er war nicht unglücklich über ihre Affären. Immerhin wußte er, wie sehr sie sie brauchte. Sofern überhaupt, machte er sich höchstens Sorgen, daß sie, da sie Jamal so selten sah, ihren sexuellen Trieb möglicherweise eher sublimierte als auslebte.

Immer noch ganz erfüllt von diesem schönen Abend, fand Lara keinen Schlaf. Sie trat in ihrem dunklen Zimmer ans Fenster und blickte hinunter auf den Hof. Sie war nicht überrascht, als die Außenbeleuchtung anging. Sie sah, wie David sich einen weißen Seidenschal um den Hals schlang und eine Jacke in seinen Wagen warf. Bevor er einstieg, blickte er zu ihrem Schlafzimmerfenster herauf. Hastig trat sie zur Seite. Sie wollte nicht, daß er sie dort stehen sah. Sie sah, wie er die *netsuke* in die Luft warf, wieder auffing und in die Hosentasche steckte. Die Wagentür fiel zu, die Scheinwerfer flammten auf, und er war fort. Minuten verstrichen. Wohin fuhr er? Mit wem würde er schlafen? Sie stellte ihn sich nackt in den Armen einer Frau vor, stellte sich vor, wie ein pulsierender Penis in ihre feuchte, weiche Weiblichkeit eindrang. Immer wieder, tiefer, schneller. Es schmerzte sie, daß nicht sie diese Frau sein konnte. Der Schmerz dieses Verlustes war zuviel für sie. Sie wollte, daß er aufhörte.

Impulsiv wählte sie Jamals Privatnummer in seinem Haus in der Dreiundfünfzigsten Straße. Er ging nicht ran. Ihr kam gar nicht in den Sinn, Sam anzurufen. Sie verdrängte ihre sexuelle Sehnsucht nach David und Jamal und fiel in unruhigen Schlaf.

Kapitel 11

»Du führst ein Leben wie in einem Traum.«

»Was meinst du damit, Marcy? Daß ich auf Wolken schwebe? Verbirgt sich dahinter vielleicht eine Beleidigung?«

Marcy war mit Lara allein. Die zwei anderen Lunch-Gäste, zwei Freundinnen von Lara, waren schon gegangen, die eine zu einem Termin bei Elizabeth Arden, die andere zu einer Anprobe bei Halston.

Lara hatte die Mädchen im Russian Tee Room auf der siebenundfünfzigsten Straße zum Mittagessen eingeladen. In den zwei Jahren, seit Lara das Smith College verlassen hatte, um ein ausschweifendes Leben in High-Society-Kreisen zu beginnen, hatten Lara und Marcy sich mehrfach gezwungen, einander zu treffen. Der Zwang war spürbar und machte sie gereizt. Keine von beiden wollte zugeben, daß sie sich einander entfremdet hatten, und so versuchten sie immer wieder, die alten Zeiten wiederaufleben zu lassen.

Nachdem Marcy Lara und ihren Freundinnen zwei Stunden lang bei ihrem banalen Geplapper zugehört hatte – Reitturniere, Beschwerden über ihren angeblich zu geringen Garderobenetat –, war sie während des Essens beinahe soweit gewesen, einfach aufzustehen und zu gehen. Abgedroschen, platt, banal. Marcy hatte Lara von den Kaviarblinis in Weißweinsoße an unerträglich oberflächlich gefunden.

»Ich wollte dich nicht beleidigen. Vielleicht hätte ich es so formulieren sollen, daß du ein Leben führst, von dem Millionen von Mädchen träumen. Du hast alles, und davon reichlich. Als wären dein Aussehen, das Geld, der richtige Nachname und Intelligenz nicht genug gewesen. Die Welt liegt dir zu Füßen. Ein Playgirl, dem ein französischer Herzog und ein englischer Graf den Hof machen. Ein großartiger Kerl wie Sam, der im Hintergrund darauf wartete, dich zu heiraten. Und außer Partys, Friseuren, Kleidern, Trophäen und Männern nichts, was dein hübsches Köpfchen belasten würde. Du tust, als bestünde dein ganzer Lebensinhalt darin, geliebt und angebetet zu werden. Und je mehr das der Fall ist, desto weniger gibst du von dir selbst.«

»Das mag ja alles stimmen, Marcy. Und? Warum so kritisch? Warum sollte ich nicht Ideale haben und gleichzeitig ein Playgirl sein können?«

Marcy schob ihren Stuhl zurück und legte ihre weiße Serviette auf den Tisch. Sie machte Anstalten, aufzustehen, und Lara beschloß, sie nicht zurückzuhalten.

Lara nippte an ihrem Kaffee. Warum hatte sie Marcy nicht beruhigt und ihre Freundschaft gerettet? Es wäre ganz leicht gewesen. Sie hätte ihr nur von den tausend Hektar Land für ein landwirtschaftliches Genossenschaftsprogramm erzählen müssen, in das sie investiert hatte. Oder davon, wie sie Hawaihoo gerettet hatte. Weil sie gern den Retter spielte, aber nicht aktiv an den Projekten teilhaben wollte. Und überhaupt. Es ging weder Marcy noch sonst jemanden etwas an, was sie aus ihrem Leben machte.

Lara bezahlte die Rechnung und unterhielt sich mit einigen Bekannten an einem der anderen Tische, ehe sie das Restaurant verließ. Sie war nicht im mindesten traurig, daß sie und Marcy möglicherweise ihre Freundschaft hatten sterben lassen. Sie war eher erleichtert. Der Prozeß hatte schon viel zu lange gedauert.

Zwei Tage später machte Lara sich für das alljährliche Familientreffen zurecht. Sie war in Gedanken zu sehr mit drei Männern beschäftigt – interessante Verehrer, Sam nicht eingeschlossen –, um sich auf die Zusammenkunft zu freuen. Sie hatte alle drei gern, mehr als gern, und mit allen dreien amüsierte sie sich königlich. Sie bei der Stange und doch auf Distanz zu halten war ein Full-time-Job. Es erforderte geschicktes Manövrieren und Organisieren sowie immer gutes Aussehen. Es machte ihr Spaß. Wild zu flirten und die sich zierende Verführerin zu spielen, während mehrere Männer um sie buhlten, gab ihr Auftrieb und wirkte Wunder für ihr Ego. Da in ihrem Leben wenig Platz war für etwas anderes, betrachtete sie das Jahrestreffen der Familie als eine lästige Verpflichtung. Aber ob lästig oder nicht, sie machte sich dem Anlaß entsprechend zurecht und versuchte, ihre aktuellen Verehrer vorübergehend zu vergessen. Sie mußte sich auf das Familientreffen konzentrieren.

Etwa in der Mitte der Vormittagssitzung (das Treffen dauerte den ganzen Tag, mit einer Stunde Mittagspause) begann Laras Laune sich zu heben. Sie war besser über die Familienholdings, das Familienvermögen, ihren eigenen Reichtum und den Einfluß der Henry Garfield Stantons informiert als noch vor einem Jahr. Zwei weitere Treuhandfonds waren eingerichtet und ihr übertragen worden. Nach dem Tod ihrer exzentrischen englischen Cousine hatte sie ein Herrenhaus aus der Tudorzeit, neunhundert Morgen Parklandschaft und Tausende Morgen Farmland geerbt, die sie noch nie zu Gesicht bekommen hatte. Die Erkenntnis, daß sie auf dem besten Wege war, eine der wohlhabendsten der Stantons zu werden, überraschte sie.

Ganz oben auf der Liste stand Henry, gefolgt von Emily und David, der als Henrys und Emilys Adoptivsohn das Vermögen seines leiblichen Vaters geerbt hatte. Das bedeutete, daß er ein oder zwei Ränge auf der Liste der Familienholdings übersprang. Als nächster kam Steven, dann Lara, die Elizabeth, Max und John überrundet hatte. Sie hatte gelernt, ihren Reichtum zwar nicht als selbstverständlich hinzunehmen, aber doch locker damit umzugehen. An diesem Tag, an dem sie erkannte, wie hoch sie in dieser kurzen Zeit in der Rangfolge aufgestiegen war, sagte sie sich jedoch, daß sie sich in den kommenden Jahren intensiver um ihre geschäftlichen Belange würde kümmern müssen. ›In den kommenden Jahren‹ schien Laras Leitmotiv zu sein. Was sie allerdings als selbstverständlich betrachtete, war, daß die Familie sich, so wie bisher, aus ihren Privatangelegenheiten heraushalten würde. Das sollte sich jedoch als Trugschluß erweisen.

Der Höhepunkt der Jahresversammlung war für Lara das Dinner, das die Treuhänder und Finanzberater zu Ehren der Familie gaben. Seit zwanzig Jahren war es Tradition, daß es sich hierbei um eine halb-informelle und geheimnisvolle Angelegenheit handelte. Nach einem anstrengenden und manchmal von Spannungen begleiteten Tag konnten sie alle etwas Auflockerung und Überraschung vertragen. Seit jenem ersten dieser Dinner waren Ungezwungenheit und der Überraschungseffekt wichtigster Bestandteil des Ereignisses.

Die Familie verließ den Sitzungssaal im Stanton Building auf der Park Avenue, Ecke Dreiundfünfzigste Straße und verteilte sich auf die zwei Rolls Royce der Familie. In ihrem Stadthaus badeten sie, zogen sich um und trafen sich zu einem Drink im Salon. Punkt acht Uhr stiegen sie wieder in die Limousinen und wurden zu einem gastronomischen Ziel gebracht, das ihnen bis zuletzt unbekannt war. Die Treuhänder konnten sich rühmen, die Familie nie enttäuscht zu haben.

Das Überraschende an der Wahl Chinatowns als diesjähriger Dinnerkulisse war ihre eigene Fremdheit in diesem Viertel. Aufwendig zurechtgemacht, wurden sie zu einem der schäbig wirkenden chinesischen Restaurants in einer der geschäftigeren, in Neonlicht getauchten Straßen gebracht. Sie boten wahrlich einen prächtigen Anblick in ihren eleganten Abendgarderoben: Die Männer trugen schwarze Anzüge und Fliegen und die Frauen bodenlange Abendkleider und Pelze,

Emily kostbare Smaragde und Elizabeth funkelnde Saphire. Sie glitten an Bergen stinkenden Unrats in Pappkartons vorbei, die gegen die Tafelglasscheiben gestapelt waren, an denen innen schmutzige Spitzengardinen hingen. Sie bemühten sich, Nonchalance auszustrahlen, als sie das Restaurant betraten und durchquerten. Harland Brent, einer der Vermögensverwalter der Familie, erwartete sie bereits. Er führte sie an großen, runden Tischen vorbei, an denen sich chinesische Familien drängten, die im kalten fluoreszierenden Licht hungrig von Papiertischdecken aßen. Hintereinander stiegen sie eine schmale Treppe zu einem privaten Speisezimmer hinauf. Die Treuhänder, die dort auf sie warteten, wurden mit erleichterten, zustimmenden Blicken der Familie belohnt. Wieder eine gelungene Überraschung, zumindest für dieses Jahr.

Der Raum war eine prächtige, originalgetreue Nachbildung eines Palastes aus dem achtzehnten Jahrhundert in Hang Chow. Das Mobiliar stammte ebenfalls aus dieser Epoche. Einige Kunstschätze atemberaubender Schönheit aus dem fünfzehnten und sechzehnten Jahrhundert wären eines Museums würdig gewesen. Von den Fenstern aus blickte man über die Dächer von Chinatown. Der Küchenchef war extra aus Hongkong eingeflogen worden, um dieses Mahl zuzubereiten, begleitet von einer Armee von Obern. Die Tische waren mit einem Meer von chinesischen Pfingstrosen geschmückt, die fast den ganzen Rest des Flugzeuges eingenommen hatten. Eine behagliche, entspannende Atmosphäre, die ihresgleichen suchte, herrschte hier oben.

Die erlesensten Speisen wurden aufgetragen, und sie aßen mit Eßstäbchen aus Elfenbein von weißen Jadetellern und aus Schalen aus fliederfarbener Jade. Dazu gab es Tee aus blaßgrünen Porzellantassen aus dem sechzehnten Jahrhundert. Während des Essens sorgte eine junge chinesische Harfespielerin für Unterhaltung, und anschließend gaben die Harfespielerin, eine Flötistin und ein hochtalentierter chinesischer Junge, dessen Stradivari ein Geschenk der Stantons gewesen war, ein kleines Konzert.

Wieder zu Hause, nahm die Familie, ehe sie sich zu Bett begab, noch gemeinsam einen Schlummertrunk und ließ den Tag Revue passieren. Sie alle hatten den Abend sehr genossen.

Henry füllte Laras Glas mit ihrer neuesten Entdeckung – ihr Vater und ihre Brüder allerdings bezeichneten Tia Maria verächtlich als ›Debütantinnen-Brandy‹. Henry unterbrach ihre Unterhaltung mit Max, der auf Laras rechter Seite saß.

»Was möchtest du mit deinem Leben anfangen, Lara?«

Sie war verblüfft. »Was für eine Frage, Dad. Ich weiß nicht. Ich denke, so ziemlich das, was ich bereits tue. Mein Leben gefällt mir, so wie es ist.«

»Freut mich, das zu hören, Liebes. Du machst auch einen glücklichen Eindruck. Und du hast wohl kaum Zeit, dich zu langweilen.«

Ihr Vater klang recht zufrieden, und Lara seufzte innerlich erleichtert auf. Aber was hatte ihn dann bewogen, diese Frage überhaupt zu stellen? Seine Beharrlichkeit beunruhigte sie, als er nachhakte. »Möchtest du vielleicht irgendeiner Arbeit nachgehen? Im Aquisitionskomitee unseres Kunstfonds wird ein Platz frei. Natürlich müßtest du erst ein wenig Arbeitserfahrung sammeln. Vielleicht als Assistentin eines der Kuratoren für ein Jahr. Würde dich das reizen?«

»Ich glaube nicht, daß ich schon soweit bin, Dad. Und im Augenblick ist mein Interesse an Kunst auch nicht sonderlich groß. Vielleicht irgendwann später.«

»Du könntest dich für wohltätige Zwecke einsetzen, Lara. Offen gestanden hat es mich überrascht, daß du in den vergangenen zwei Jahren nichts in dieser Richtung unternommen hast«, bemerkte Emily.

»O Mutter«, mischte Elizabeth sich ein. »Laß sie doch. Lara ist gleich auf mehreren Kontinenten heiß begehrt. Gönn ihr doch den Spaß.«

Nett von Elizabeth, sich für sie einzusetzen. War das Thema damit erledigt? War es nicht.

»Vielleicht hast du ja ganz eigene Pläne, für die du dich aktiv einsetzen möchtest. Ist es so, Lara?«

»Nein, Dad.«

»Gibt es irgend etwas, wofür du dich interessierst, abgesehen von dem Leben, das du derzeit führst?«

»La möchte eines Tages um die Welt segeln, Dad. Stimmt doch, oder, La?«

Lara spürte, daß John versuchte, ihren Vater von weiteren Vorschlägen abzulenken. Henry griff zu, als hätte John ihm eine Rettungsleine zugeworfen.

»Das weiß ich, Liebes. Das hatte ich selbst immer vor. Du weißt, daß wir hinter dir stehen und dich in jeder Hinsicht unterstützen. Hilf du bei der Planung, wenn du möchtest. Ich nehme doch an, daß die Weltumsegelung stattfinden soll, bevor du heiratest.«

»Heiraten?«

»Nun ja, du wirst doch sicher eines Tages heiraten, oder nicht?«

»Ja, natürlich. Eines Tages.«

»Sam wird nicht ewig auf dich warten, Lara.«

»Sei dir da nicht so sicher, Dad«, meldete Max sich zu Wort. »Er ist ganz verrückt nach unserer La.«

Zustimmendes Lächeln auf den Gesichtern der Familie. Lara jedoch lächelte nicht: Sie hatte genug. Sie erhob sich und stellte sich neben ihren Vater, der, sein Glas in der Hand, am Kamin lehnte. Sie wandte sich ihrer Familie zu, die es sich auf den Stühlen und in den tiefen, abgenutzten Chesterfield-Sesseln bequem gemacht hatte. Sie schwiegen, bewunderten aber insgeheim die junge Frau, die als die seit langem bezauberndste High-Society-Debütantin diesseits und jenseits des Atlantiks galt. Ihr mit einer großen roten Schleife zum Pferdeschwanz gebundenes Haar verlieh ihrem makellosen Teint mit den verführerischen roten Lippen etwas Unschuldiges. Khakifarbener Lidschatten hob ihre smaragdgrünen Augen und die schwarzen Wimpern effektvoll hervor. Sie trug ein rotes Chiffonkleid, und die dazugehörige pflaumenfarbene und perlenbesetzte Bolerojacke glitzerte im Feuerschein und betonte ihre Figur, die nicht länger die eines Mädchens war, sondern die einer wohlgerundeten, jungen Frau. Auch ihre neue, selbstbewußte Haltung war die einer Frau.

Ihre Schönheit und ihr Charme hatten ihr stets ihrer aller Liebe gesichert. Es war ihr nie schwer gefallen, sie alle – außer vielleicht Emily – um den Finger zu wickeln. Nicht nur allein durch oberflächliche Attribute wie Schönheit, sondern auch durch ihre Lebensfreude und ihre unglaublich liebevolle Art. Sie hatten mehr, immer mehr von Lara erwartet, und sie hatte sie nie enttäuscht. Sie waren stolz auf sie oder würden es eines Tages sein können. Die Anlagen waren da.

»Dad, eine Hochzeit steht in dieser Saison nicht in meinem Terminkalender. Und auch nicht in Sams. Wir sind noch nicht soweit, uns häuslich niederzulassen, sei es miteinander oder mit sonst jemandem. Und ganz sicher habe ich keine Lust, mir die Verantwortung einer Arbeit aufzubürden. Ich habe keine Zeit dafür. Ich bin viel zu sehr damit beschäftigt, ein sorgloses, unbekümmertes Leben zu genießen. Erst vor wenigen Tagen wurde ich von einer Freundin daran erinnert, daß ich ein Leben führe, von dem jedes Mädchen träumt. Ich hoffe nur, daß es immer so sein wird. Zumindest solange, bis es mich langweilt.«

Diese Art von Erklärung überraschte oder beunruhigte weder Henry noch die anderen. Sie gingen damit um wie mit allem anderen. Sie lebten nach der Maxime ›Leben und leben lassen‹. Und innerhalb der Familie beinhaltete die Maxime außerdem Unterstützung und Loyalität.

»Wie du willst, Lara. Es scheint, als neigten alle meine Kinder dazu, mit harten Bandagen zu kämpfen. Und sie alle haben früher oder später erkannt, welches Glück sie haben. Ihnen allen bedeutet der Begriff der ›Pflicht‹ etwas. Und alle haben auch ohne Drängen von meiner oder Emilys Seite beschlossen, etwas zu leisten. Ich zweifle keine Sekunde daran, daß du, wenn du dich erst langweilst – sofern dies eines Tages eintrifft –, keine Ausnahme machen wirst. Ich frage also nur aus Neugier: Was würdest du tun wollen, wenn du dich langweilen würdest?«

Sie legte einen Arm um ihren Vater und lächelte ihn an. Neckend, ja kokett, küßte sie ihn auf die Wange und sagte: »Mein frivoles Leben hinter mir lassen.« Dann setzte sie sich auf die Armlehne von Max' Sessel und fügte ernsthafter hinzu: »Möglicherweise würde es mich reizen, als Agronom in der Dritten Welt zu arbeiten. Die Wissenschaft der Landwirtschaft hat mich schon immer fasziniert. Oder ich kaufe mir ein großes Anwesen irgendwo am Meer und bewirtschafte es in großem Maßstab. Ich meine, auf wirklich großem Maßstab. Irgendwo in Italien, Spanien oder sogar Frankreich. Ja, vielleicht an der französischen Küste, damit nicht noch mehr Ferienanlagen die Landschaft verschandeln.«

Emily lachte und zog damit die Blicke aller auf sich. »Was ist denn so komisch, Mutter?« fragte Lara pikiert.

»Du, Liebes.«

»Nun, es ist ein Gottesgeschenk, in der Lage zu sein, andere zum Lachen zu bringen.«

»O Lara, du brauchst nicht gleich beleidigt zu sein. Ich bin nur belustigt, daß du dich selbst als eine Art Mutter der Erde siehst. Liebes, du magst das Zeug zu einer Spitzenstudentin, einer Gelehrten haben. Zumindest hättest du es, wenn du die intellektuelle Laufbahn einschlagen würdest, an der du bislang nicht das geringste Interesse gezeigt hast. Eine gebildete und schöne Debütantin, ja. Aber ganz ehrlich, Liebes, der Leitung eines Projekts, wie du es beschrieben hast, wärst du niemals gewachsen. Die Dritte Welt!«

Verärgert über die Worte ihrer Mutter, erhob sich Lara, um ihre Gefühle zu überdecken. Sie ging wieder zum Kamin und schob ein weiteres Holzscheit ins Feuer. Henry legte ihr eine Hand auf die Schulter. Die Geste sollte beschwichtigend sein, verfehlte jedoch ihre Wirkung, als er sagte: »Was deine Mutter meint, Lara, ist, daß man, wenn man sich erfolgreich der Armen der Dritten Welt oder anderer Entwicklungsländer annehmen will, in der Lage sein muß, sich ihnen anzunähern. Nur dann kann man diese Menschen dazu bewegen, ihr Bestes zu geben. Und du, mein Schatz, magst zwar freundlich mit Pferdepflegern und Hauspersonal umgehen, findest dich aber in der feinen Gesellschaft besser zurecht: an Segelregatten teilnehmen, Biskuit oder Azziz reiten und die Ballkönigin zu sein. Das ist deine Bestimmung. Es ist lange her, daß du das letzte Mal Urlaub in der realen Welt gemacht hast, und gelebt hast du in ihr nie.«

»Diese Einschätzung nehme ich euch übel, Dad.«

David ging zu ihr. »La ...« Aber sie schob ihn von sich.

Elizabeth kam ihrem Vater zur Hilfe. »Reg dich nicht so auf, Baby. Dad versucht nur, dir klarzumachen, wie die Wirklichkeit aussieht.«

Lara wurde ganz steif vor Zorn, beherrschte sich aber. Sie hob das Kinn und sagte mit ruhiger, eisiger Stimme: »Elizabeth, ich scheiße darauf, wie die Wirklichkeit aussieht.« Dann stürmte sie aus der Bibliothek.

Ihr Wutausbruch war verständlich, und so gönnten ihre Brüder Lara ihren Abgang, ehe sie in schallendes Gelächter ausbrachen. Dann rief einer von ihnen ihr nach: »Gut gebrüllt, Löwe!« Emily schien weniger belustigt.

»Solche Ausdrücke mögen ja in Mode sein, aber hier in der Bibliothek können wir gut auf sie verzichten. Je eher Sam Fayne Lara heiratet, desto besser, Henry. Du hast das Mädchen maßlos verwöhnt. Das habt ihr alle. Sie hat mir einen wirklich sehr schönen Abend verdorben. Ich gehe zu Bett. Bleibt nicht mehr zu lange auf, Henry.«

Henry war zwar nicht erschüttert, aber traurig, daß seine Tochter wieder einmal eine Szene gemacht hatte, weil sie mit der Realität konfrontiert worden war. Und sie hatte wieder diese unterschwellige Verwundbarkeit gezeigt, die ihm Sorgen bereitete.

Am nächsten Morgen war der Zwischenfall so gut wie vergessen. Missy kam wie gewohnt, um Laras Terminkalender und ihre Korrespondenz durchzugehen. Das Telefon stand nicht still, und sie bereitete sich auf ihre Pilotenlizenz vor. Nur David wußte von ihrem Flugunterricht. Er hatte die Stunden für sie arrangiert und war gespannt, wie sie abschneiden würde. Das Leben war süß, und sie war glücklich. Während sie sich ankleidete, brachte Cherry, ihr Mädchen, vier Dutzend langstieliger weißer Rosen. Keine Karte.

Lara vergrub das Gesicht in den offenen Blüten und atmete genüßlich ihren Duft ein. Sam? Wer sonst sollte der geheimnisvolle Verehrer sein, der ihr anonym mit Blumen den Hof machte? Wenn sie erwähnte, daß ihr jemand Blumen schickte, der unerkannt bleiben wollte, würde er niemals zugeben, daß er sie geschickt hatte. Jamal? Möglich. Er würde niemals eine Karte beilegen, aus Angst, die Familie könnte hinter ihr Geheimnis kommen. Sie und Jamal hatten über ein Jahr nicht mehr miteinander gesprochen und sich seit ihrem Debütantinnenball nicht mehr gesehen. Er war im Ausland gewesen, fern vom gesellschaftlichen Trubel in New York, abgesehen von flüchtigen Aufenthalten, während derer ihre Wege sich nicht gekreuzt hatten. Die einzigen Neuigkeiten von ihm bekam sie über David. Sie waren immer noch Freunde und hielten engen Kontakt. Nein, unwahrscheinlich, daß Jamal die Blumen geschickt haben sollte. Vermutlich ein Fremder. Sie hatte so viele Verehrer, daß es beinahe unmöglich war zu bestimmen, wer dahinterstecken mochte. Und so zog sie es vor zu glauben, sie wären von Sam. Hatte er ihr an dem Abend, da er sie entjungfert hatte, nicht auch weiße Rosen geschenkt?

Der Sommer verging wie im Flug. Und es war einer dieser idyllischen Sommer: Lange heiße Tage und Nächte, gerade oft genug von Schauern und Gewittern unterbrochen, daß alles grün, frisch und angenehm blieb. Der Sommer 1976 auf Cannonberry Chase war eine einzige lange Hausparty mit ausgewählten jugendlichen Gästen sowie erlesenen Männern und Frauen, belebt von Rennen und Wettkämpfen und diskret mit Wohltätigkeitskonzerten gespickt.

Lara pendelte mit ihren Freunden zwischen Cannonberry Chase, Newport Rhode Island und den Hamptons hin und her. In der Nähe von Martha's Vineyard fand ein Rennen statt, ein weiteres bei Nantucket. In der Mitte des Sommers hatte sie aus Newport und von den beiden Inseln vor Cape Cod Siegerpokale nach Hause gebracht. Irgendwann in dieser Zeit nahm sie ihre sexuelle Beziehung mit Sam wieder auf. Sie gingen wieder miteinander aus. Die Liebe war noch da, und auch die Freundschaft; es war so leicht, wie es immer gewesen war. Zu leicht. Sie gingen auch weiterhin mit anderen aus.

Sie hörte die Neuigkeiten, ehe er sich wieder in den Trubel der New Yorker Society stürzte: Jamal kehrte zurück, um sich erneut in New York niederzulassen. Sie versuchte, ihn aus ihren Gedanken zu verdrängen, was ihr jedoch sehr schwerfiel. Immer wieder fiel sein Name. Lara war überrascht, als sie feststellte, daß viele ihrer neuen Freundinnen, Mädchen, die ihm nie begegnet waren, diskret versuchten, ihn kennenzulernen. Es schien, als wäre sein Ruf als aufregender, extravaganter und unwiderstehlicher Lebemann ihm vorausgeeilt.

Bei einem Wohltätigkeitsball im Plaza hörte sie auf der Toilette, wie zwei Frauen, die viel älter waren als sie selbst – schöne, elegante und stilvolle Frauen, denen sie und ihre Freundinnen nacheiferten –, sich über ihn unterhielten.

»Jane, Liebes, das ist zuviel. Der Gedanke, daß dieser unwiderstehliche Kerl wieder in New York sein wird und es aus ist zwischen uns. Mit ihm zu schlafen war ... ich weiß gar nicht, wie ich es beschreiben soll. Ich war seine Sexsklavin ... und ich habe es genossen! Ich! Kannst du dir das vorstellen? Ich, die ich immer jeden Mann, den ich wollte, um den kleinen Finger wickeln konnte. Und jetzt kann ich bei Jamal nicht mehr landen. Er hat mir das Gefühl gegeben, die einzige Frau auf der Welt zu sein, die er wirklich haben wollte, die einzige zu sein, die ihn zu dem Mann machte, der er schon immer hatte sein wollen. Was für ein Witz! Und es ging auf meine Kosten. Ich komme mir so dumm vor, daß ich ihn immer noch begehre. Aber was erzähle ich dir das alles? Ich nehme an, du weißt, wovon ich spreche. Bist du immer noch in ihn verliebt?«

Eine verschlossene Tür und der vorangegangene Alkoholkonsum sorgten dafür, daß die Frauen Lara nicht bemerkten. Manchmal ist es besser, gewisse Dinge nicht zu hören. Das belauschte Gespräch weckte Erinnerungen an ihre eigene Beziehung zu Jamal. Sie konnte Gott danken, daß ihre Affäre zumindest geheim geblieben war. Als eine von vielen sexuellen Eroberungen entlarvt zu werden hätte die Scham, die sie empfand, noch geschürt. Sie saß noch lange in der marmorverkleideten Kabine und versuchte, die Bilder zu verdrängen, die in ihrer Erinnerung aufstiegen. Sein pochender Penis in einer Hand, während geschickte Finger ihre Schamlippen streichelten und ihre Klitoris liebkosten, bis sie ihn anflehte, sie zu nehmen. Ihr entwich ein Wimmern, als sie an das himmlische, erregende Gefühl zurückdachte, ihn in sich zu spüren. Sie konnte beinahe fühlen, wie er langsam in sie eindrang und ihr Innerstes ausfüllte.

Lara schlug die Hände vor das Gesicht und holte tief Luft. Dann hatte sie sich wieder in der Gewalt. Vielleicht gelang es ihr, ihre Gefühle soweit unter Kontrolle zu halten, daß sie aufstehen und den zwei Frauen gegenübertreten konnte, die ihre ureigenste Sehnsucht teilten, sich von Jamal versklaven zu lassen. Sie versuchte, ihre Selbstverachtung zu verdrängen, weil sie unfähig war, ihr Verlangen nach ihm zu überwinden. Ihr verzweifeltes Bedürfnis, sich ihm hinzugeben, ihr Sehnen nach der Ekstase, die er ihr verschaffte, waren unverändert. Warum mußte er zurückkehren? Sie war sehr gut ohne ihn zurechtgekommen. Sie hatte geglaubt, andere hätten längst seinen Platz eingenommen. Sie hatte sich eingeredet, daß ihr Verlangen nach ihm der Vergangenheit angehörte.

In dieser Nacht, erfüllt von unkontrollierter Leidenschaft, hatten sie und Sam Sex – Sex, der wenig mit Liebe zu tun hatte, und alles mit geheimen Sehnsüchten und entfesselter Lust.

Kapitel 12

Nackt unter ihren grauen Frotteebademänteln, schlenderten Sam und Lara barfuß Arm in Arm den menschenleeren Strand entlang, an dem er ein Haus besaß: Fayne Island, nicht weit vom Festland entfernt, an der Spitze von Long Island. Sie waren am Vorabend in seinem Boot hergekommen. Eine romantische Eingebung, die Lara nach ihrer Rückkehr von der Toilette im Plaza dadurch herbeigeführt hatte, daß sie ihm leise ins Ohr geflüstert hatte: »Ich möchte, daß du mich hier wegbringst, zum friedlichsten Ort auf der Welt, und mich liebst, als wäre es für ewig.« Drei Stunden später hatte er sie unter einem fahlen Vollmond auf den Armen über den sandigen Pfad getragen, der von der Anlegestelle heraufführte und sich zwischen knorrigen Kiefern und Blaubeerbüschen hindurchwand.

Sein Haus war das einzige auf Fayne Island, abgesehen vom Leuchtturm, der hergerichtet worden war, damit der Mann, der sich um das Haus kümmerte, darin wohnen konnte. Aber der Turm befand sich auf der gegenüberliegenden Seite der Dünen. Sams bescheidene, verwitterte Hütte lag wie ein Haufen Treibholz zwischen dem Strand und einem Wald verkrüppelter, windschiefer Bäume. Das war seine ganz private Zuflucht, und Lara war sein erster Gast an diesem Ort. Es gab fließendes Wasser, aber keinen Strom. Der Mann im Leuchtturm und Sam mußten alles, was sie benötigten, vom Festland herüberholen.

Eine romantische Eingebung? fragte er sich, als er mit Lara unter der heißen Sonne in einer leichten Brise, die vom Atlantik herüberwehte, durch den Sand stapfte. Wie kam es, daß jede Romantik in dem Augenblick vergessen war, da er die Tür hinter sich geschlossen und die Kerosinlampe angezündet hatte? Die Lust zweier sexuell ausgehungerter Menschen hatten Liebe und Romantik erlöschen lassen wie eine Kerze im Wind.

Der zügellose Sex mit Lara, wie er bislang seiner Phantasie vorbehalten gewesen war, war aufregend gewesen. Nicht einmal jetzt, da er mit ihr in der Sonne spazierenging, die nackten Zehen überspült von den Ausläufern schäumender Wellen, die sich am Ufer brachen und über den Sand strömten, vermochte er zu sagen, was genau dazu geführt hatte, daß die Romantik Lust ohne Liebe gewichen war. Sie hatten nicht aus freien Stücken eine Welt der Gefühle und Befreiung betreten. Sie waren hineingestoßen worden und hatten sich gewünscht, es würde niemals zu Ende gehen. Und irgendwie hatte Sam sich darin verloren. Am Morgen hatte er jedoch die Erinnerung daran verabscheut, daß er Lara genommen hatte, wie er sogar Huren nur selten nahm.

Aber sein Selbsthaß erschien sinnlos angesichts der Tatsache, daß Lara diese Art von Sex ganz offensichtlich genossen hatte. Sexuell sadistisch! Daß er in sexueller Leidenschaft zu so etwas fähig war, hätte er sich nicht träumen lassen. Welche Lust es ihnen beiden bereitet hatte – aber war die Ekstase Lohn genug für die Perversion seiner Seele? Dafür, daß er Lara gestattet hatte, von dem Podest der Anbetung herabzusteigen, auf das er sie gestellt hatte? Es fiel ihm schwer, mit dem korrumpierenden Einfluß, den sie aufeinander ausübten, fertigzuwerden. Wo war die Liebe geblieben? Sie war nicht Teil dieser sexuellen Exzesse gewesen.

Er war vor Lara aufgewacht, hatte sich im Bett aufgesetzt und sie im Schlaf betrachtet. Wer war diese Frau, die er so sehr geliebt hatte? Die Frau, die er heiraten wollte. Er konnte sie nur schwer mit der Lara identifizieren, wie er sie in der vergangenen Nacht erlebt hatte. Sam mußte sich fragen, ob er zu den Männern gehörte, die die Frauen, mit denen sie schliefen, nicht lieben konnten, und umgekehrt nicht mit den Frauen schlafen konnten, die sie liebten? Er hatte Freunde, die so waren, hatte sich jedoch stets gebrüstet, selbst kein solches Problem zu haben. Und doch …

Er hatte sie eine Stunde lang betrachtet, ehe sie die Augen aufgeschlagen hatte. In dieser Zeit war ihm klargeworden, daß er keiner von diesen Männern war, daß er Lara liebte, mit oder ohne Podest. Sie hatte so zärtlich »Guten Morgen« gesagt, daß er geglaubt hatte, es würde ihm das Herz zerreißen. Er hatte sich herabgebeugt und sie geküßt, und der Kuß hatte die vergangene Nacht ausgelöscht.

Zum Frühstück hatte er Eier mit Speck gebraten, über die sie sich hungrig hergemacht hatten. Der Duft frischen, schwarzen Kaffees hatte den Beginn des neuen Tages begleitet, das Koffein ihren ausgelaugten Körpern neue Energie eingehaucht und ihre Gedanken geklärt.

Und jetzt, während sie durch den Sand schlenderten, wurde Sam bewußt, daß sie, seit Lara aufgewacht war, kaum ein Wort miteinander gesprochen hatten. Sie hatten einander angelächelt und zärtlich berührt, aber es hatte einfach nichts zu reden gegeben. Jede Bezugnahme auf die vergangene Nacht und das, was sie in ihrem Streben nach sexueller Ekstase erlebt hatten, schien überflüssig. Die Gegenwart schien Schweigen zu gebieten, als brauchten sie beide einen gewissen Freiraum, innerhalb dessen sie mit sich allein sein konnten. Und doch fühlten sie sich sicher in dem Bewußtsein, daß sie zusammen waren.

Es fiel ihm schwer, die Erinnerung an die vergangene Nacht zu verdrängen. Sie schienen beide von sexueller Gier geleitet gewesen zu sein. Er gestand sich ein, daß sein Sexhunger ihn selbst beherrschte – ihn zeitweise verleitet hatte, sich in die falschen Frauen zu verlieben. Aber war Lara wirklich anders als jene Frauen, die er selbst als unpassend einstufte? Sie hatten wie sie seine Libido auf unergründliche Art beherrscht. Wenn die vergangene Nacht ein Hinweis gewesen war, wollte er jetzt eine klare Antwort darauf. Was war in der vergangenen Nacht zwischen ihnen geschehen – abgesehen von dem Sex? Er zog es vor, sich einzureden, daß ihre schamlosen Experimente eine Art Balzverhalten gewesen waren. Oder war das eine Beleidigung der Tiere in der Wildnis?

Er bückte sich, hob eine Muschel auf und befreite sie vom Sand. Er wusch sie im Wasser, trocknete sie mit dem Gürtel seines Morgenmantels ab und reichte sie Lara. Sie hielt sie ins Licht, ehe sie sie in die Tasche steckte. Sie hakte ihn wieder unter, und sie setzten ihren Weg fort. Er verstand ihr Schweigen und begriff, daß er den Stellenwert der Sexualität kaum übertreiben konnte, denn von nun an regierte sie ihrer beider Leben.

Einige Zeit später legten sie die Morgenmäntel ab, liefen nackt ins Wasser und schwammen weit hinaus. Das Wasser war eiskalt, und sie ließen sich zurück ans Ufer treiben und ihre Körper von der Sonne wärmen. Im seichten Wasser richtete Lara sich auf. Ihre Füße berührten gerade den Boden, und das Wasser umspülte ihr Kinn. Sie legte den Kopf in den Nacken und schüttelte ihr Haar, so daß es auf der Wasseroberfläche schimmerte wie ein feines goldenes Netz. Sam fuhr mit den Fingern hindurch. Sie tauchte unter, kam wieder hoch und strich sich das seidige, nasse Haar aus dem Gesicht. Hand in Hand gingen sie auf den Strand zu. Eine große Welle brachte Lara aus dem Gleichgewicht. Sam legte ihr einen Arm um die Taille und hielt sie fest. Ihre Blicke trafen sich, blieben jedoch ausdruckslos: Auch sie schienen so stumm wie das Meer und der Sand um sie herum.

Er hob sie hoch, und das Wasser strömte gleich einem Wasserfall von ihren Schultern. Sie warf den Kopf zurück und blickte in den Himmel, breitete die Arme aus, wie um sich Gott zu stellen, und lachte. Er ließ sie wieder herunter und hob sie gleich darauf erneut in die Höhe. »Himmlisch«, hörte er sich sagen.

Er legte ihre Beine um seine Hüften, und sie lehnte sich ins Wasser zurück, das Haar von einer Seite auf die andere schwingend. Er streichelte ihre Brüste und Schultern, schlang dann die Arme unter ihre Achseln und zog sie in einer liebevollen Umarmung an sich. Sie konnten einander fühlen, Geschlecht an Geschlecht, seins hart und pochend, ihres feucht und bereit. Und doch gaben sie ihrem Verlangen nicht nach. Ohne Vorwarnung wurde die See rauher. Riesige Wellen brachen sich über ihnen, und sie verloren die Balance. Ihre Hände immer noch ineinander verschränkt, fanden ihre Füße wieder den Meeresboden. Sie gruben die Zehen in den Sand, stießen sich ab und wateten an Land. Sie liefen zu ihren Morgenmänteln, breiteten sie aus und legten sich nackt in die Sonne. In der wohltuenden Wärme dösten sie bald ein. Einige Zeit später berührte Lara sacht seinen Arm. »Ich sterbe vor Hunger.«

»Ich auch.«

Sie kehrten zur Hütte zurück und machten unterwegs halt, um von den Blaubeeren an den von der Sonne gewärmten Büschen zu naschen. Süße, saftige Beeren färbten ihre Lippen und Fingerspitzen blau. Lara dachte an die glückliche Zeit zurück, da sie und Sam als Kinder in ihren Sandeimern Beeren gesammelt und der Köchin gebracht hatten, damit sie ihnen einen Kuchen backte. Sie hielt inne, als er eine Handvoll Blaubeeren über ihren Kopf hielt und in ihren geöffneten Mund fallen ließ.

Sam hatte Lara mehr als einmal überrascht, seit sie ihm im Plaza zugeflüstert hatte, er solle sie wegbringen. Der Sex war eine Überraschung gewesen, ja, aber die Insel erst recht. Wie er dieses Geheimnis gehütet hatte. Es war ein seltsamer, abgeschiedener Ort, und doch verströmte er eine Atmosphäre verblüffender Sinnlichkeit, und auch Sam benahm sich hier irgendwie anders. Sie hatte den Sex und die Entdeckung seiner Zuflucht genossen, und doch hatte sie auch etwas Beunruhigendes entdeckt: In Samuel Penn Faynes Leben gab es Dinge, von denen sie nichts wußte. Es gab in seinem Leben eine Welt, zu der er ihr erst in der vergangenen Nacht Zutritt gewährt hatte.

Ihre Blicke trafen sich. Er pflückte noch eine Handvoll Beeren und brachte sie Lara. Er nahm ihre Hand, öffnete sie, legte die Beeren hinein und schob sie ihr eine nach der anderen in den Mund. Einmal, zwischen zwei Beeren, küßte er sie auf die Nase und tippte dann mit dem Finger auf die Nasenspitze. Etwas an dieser Geste und in Sams Blick machte Lara nervös. Er nahm ihr die übriggebliebenen Beeren aus der Hand, hob ihr Kinn an und ließ sie alle auf einmal in ihren Mund gleiten. »Ich bin ein Ferkel, wenn es um Blaubeeren geht«, sagte sie mit einem Lächeln auf den vom Saft blauverfärbten Lippen.

»Ein Ferkel, ja.«

»Du Mistkerl. Du mußtest ja nicht unbedingt zustimmen.«

»Lara.«

Der Tonfall seiner Stimme gefiel ihr nicht. Ein leichter Schauer durchfuhr sie. Sie ließ sich jedoch äußerlich nichts anmerken. Das Lächeln verschwand von ihren Lippen. Sie stand nur da und sah ihn an. »Heraus damit, Sam.«

»Ich hätte es dir schon gestern abend sagen sollen. Ich gehe für eine Weile weg.« Er legte ihr den Arm um die Schultern, und sie setzten ihren Weg in Richtung der Hütte fort.

»Für lange?«

»Ich weiß noch nicht.«

Lara hatte plötzlich ein hohles Gefühl im Bauch. Er verließ sie. Sie wußten es beide. Er würde es ihr nicht rundheraus sagen. Und sie brachte es nicht über sich, eine entsprechende klare Aussage von ihm zu verlangen. Sie gab sich gefaßt, flüchtete sich in Schweigen. Aber der Schlag traf sie zu hart, und es schmerzte. Sie wollte ihm zeigen, daß sie kein dummes, kleines Mädchen war. Er sollte sehen, daß sie trennungserfahren war.

»Gestern abend wußtest du es noch nicht, Sam.« Sie legte den Arm um seine Taille, und sie gingen schweigend weiter.

Dann, bevor ihr Stolz sie daran hindern konnte, fragte sie: »Und dein Entschluß steht unwiderruflich fest?« Noch deutlicher brachte sie es nicht über sich, ihn zu bitten, sie nicht zu verlassen. Sein Schweigen bestätigte ihre schlimmsten Befürchtungen. Er wurde nicht fertig mit ihren sexuellen Exzessen. Sie bemühte sich, die Panik unter Kontrolle zu halten, die sie bei dem Gedanken befiel, ihn verloren zu haben. Sie hatte den Mann, den sie liebte, als immer verfügbaren Hengst benutzt, und das war Sam nicht verborgen geblieben. Das war so sicher wie irgendwas. Und ihr fiel nichts ein, was sie sagen oder tun könnte, es wieder gutzumachen. Sie hatte Jamal gewollt und sich mit Sam als zweiter Wahl zufriedengegeben. Kein Verbrechen, aber auch nicht sehr ehrenhaft.

Sie stiegen die Treppe zum Eingang der Hütte hinauf, als er sie abrupt am Arm packte und grob zu sich herumdrehte. »Was vergangene Nacht betrifft ...«

»Vergiß die vergangene Nacht.«

»Wir waren gestern nacht nicht wir selbst.«

»Nein, Sam, und genau das ist das Problem. Wir waren wir selbst. Vergiß es.«

Sie befreite sich von seinem Griff. Kaum daß sie durch die Fliegengittertür getreten war, packte er sie erneut und zog sie an sich. Aber auch diesmal riß sie sich los. Sam war plötzlich sehr wütend auf sie. »Du wirst dir verdammt noch mal anhören, was ich dir zu sagen habe«, brüllte er. Er zerrte an ihrem Bademantel und stieß sie auf den Küchentisch. Er fegte das Frühstücksgeschirr zu Boden. Dann riß er sich den eigenen Morgenmantel vom Leib. Er schob ihre Beine auseinander und stürzte sich auf sie.

»Tu uns das nicht an, Sam.«

Sie fühlte, wie er in sie eindrang, hart und zornig, mit einem rohen Stoß. Dann drückte er ihre Schultern auf den Tisch. »Wir waren nicht der Sam und die Lara, die ich kenne. Wir haben uns gegenseitig sexuell mißbraucht und benutzt. Es war phantastisch, aber ich wünschte, ich könnte glauben, daß das wirklich wir waren. Wer ist der Kerl? Wie lange geht das schon zwischen euch? Wie konntest du dich ganz dem Sex hingeben, dich ihm so völlig ausliefern, dich erniedrigen, mit Männern zu schlafen, die dich niemals so lieben können wie ich? Du warst besser als jede Hure, mit der ich je geschlafen habe. Du hast mich dazu gebracht, Dinge mit dir zu tun, die ich einfach nicht mit dem Bild in Einklang bringen kann, das ich von mir selbst hatte. Wir haben die animalischen Triebe in uns geweckt. Und wir haben es genossen. Du hast mich dazu gebracht, in mich hineinzusehen – und ich weiß, daß ich nicht der Mann bin, der ich gestern nacht war. Und ich glaube auch nicht, daß ich dieser Mann sein will. Ich muß für einige Zeit weg, weg von dir. Dich zu lieben war mein Lebensinhalt. Aber nach allem, was gestern nacht geschehen ist, bist du mir fremd. Wie kann ich mein ganzes Leben jemanden geliebt haben, den ich nicht einmal kenne?«

In seinen Augen standen Tränen. Lara sah den Schmerz in ihnen. Sie wollte Mitleid mit ihm haben, aber auf ihre eigenen Kosten? Nein. Wie sehr sie es auch wollte, sie konnte nicht. Wenn er mich wirklich so lange so sehr geliebt hat, warum kennt er mich dann nicht? fragte sie sich. Ja, das war die entscheidende Frage. Es war zwecklos, zu wiederholen, daß das in der vergangenen Nacht Sams und Laras Ekstase gewesen war und niemandes sonst. Wenn er es nicht ertragen konnte, sie so zu lieben, wie sie war, anstatt so, wie er sie gerne hätte, war das traurig, und zwar nicht nur für sie allein, sondern für sie beide. Zwei Menschen, die über Jahre Freunde und Liebende gewesen waren, ohne Raum für irgend jemand anderen in ihren Zukunftsgedanken … das alles war zerstört worden durch einen Funken Wirklichkeit. Ihr fiel nichts ein, was sie Sam hätte sagen können.

Mit erstickter Stimme flüsterte er: »Ich möchte nicht fortgehen, ohne dich noch einmal geliebt zu haben. Und ich brauche es, daß auch du mich ein letztes Mal liebst.«

Sie legte die Arme um seinen Hals und küßte ihn erst auf die Augen, dann auf die Wangen. Sie knabberte an seinen Lippen. Ihre Hände fuhren über seinen Rücken und seinen festen Po. Ihre Lippen öffneten sich, und sie küßten einander zärtlich. Er begann, sie mit liebevollen Stößen zu lieben. Liebe und Zuneigung, guter Sex machten sie an, wie schon so oft in der Vergangenheit, und sie erlebten beide einen Orgasmus, der nicht weniger intensiv war als der der vergangenen Nacht. Sie liebten sich, um das Ende ihrer Liebe zu besiegeln und die Furcht vor der Trennung zu mildern.

Zwei Tage später rief er an, um sich zu verabschieden. Sie geriet in Panik. Es war, als wäre ihre Rettungsleine gerissen und als müsse sie die Gipfel in ihrem zukünftigen Leben ohne sie erklimmen.

»Geh nicht. Ich brauche dich.«

»Mach es mir nicht noch schwerer, als es ohnehin schon ist, Lara.«

Eine Stille, die beendet werden mußte. Keiner von ihnen fand die richtigen Worte. »Freunde?« fragte Sam schließlich.

Sie legte auf.

Laras Zorn auf Sam, weil er sie verlassen hatte, zusammen mit ihrer Furcht, ihn zu verlieren, führten dazu, daß sie ihn einfach aus ihren Gedanken verdrängte. Keine Tränen. Nur ein frustrierter Tritt gegen den Bettpfosten und der Entschluß, einen Mann zu finden, der in der Lage war, sie um ihrer selbst willen zu lieben und nicht um der Liebe willen. Einen Mann, der ihr das geben würde, was sie sich von Sam erhofft hatte: eine gutgehende Beziehung, die in einer Ehe gipfelte, aus der eine vitale, liebevolle Familie hervorging. Eine ebenso konstruktive und monumentale Familie wie ihre eigene. War es ihr Schicksal, immer jene Männer zu verlieren, die sie liebten und ihr emotionale Stabilität gaben? Ihr Vater, David und jetzt Sam.

Bisher schien es so. Was sollte sie tun, diesen Kurs zu ändern? Sich ihre eigene emotionale Stabilität aufbauen, ihre eigenen Erfolge? Sich nicht damit zufriedengeben, nur ein Anhängsel der Männer zu sein, die sie liebten? Sie würde es versuchen, auch wenn es ein steiniger Weg zu sein schien. Glücklicherweise war der Mittelpunkt ihres Lebens, der in Straußenleder gebundene Terminplaner, für Wochen im voraus vollständig ausgefüllt und teilweise sogar für Monate. Sie würde Sam ersetzen.

Ausgelassene Momente kamen und gingen, ebenso wie Verabredungen und Verehrer. Jamal schien, zumindest in Gesellschaftskreisen, begehrter denn je. Sie ging ihm aus dem Weg. In ihrem Elend gab sie ihm die Schuld daran, daß Sam sie verlassen hatte. War er nicht derjenige gewesen, der die Laszivität in ihrer Natur überhaupt erst geweckt hatte? Hatte er nicht behauptet, daß Männer eine Frau für ihre erotische Seele nur um so mehr liebten? Das letzte, was sie wollte, war, ihre geheime Liaison wiederaufleben zu lassen. Zumindest wollte sie ihn und sich selbst davon überzeugen. Es wurde immer schwieriger, ihn zu meiden. Er und David waren unzertrennlich. Wie immer war er ein stets willkommener Gast auf Cannonberry Chase, es stand ihm jederzeit ein Zimmer zur Verfügung.

Er gab große Empfänge in der marokkanischen Botschaft, wo er als Beamter niederen Ranges rasch die Karriereleiter erklomm. Es war schwer, seine Einladungen abzusagen, vor allem, wenn sie der ganzen Familie galten. Er ging mit einer Reihe glamouröser Schönheiten aus, und Lara war auf jede einzelne eifersüchtig, was ihr zu Bewußtsein brachte, daß Jamal ihr keineswegs so gleichgültig war, wie sie es gerne gehabt hätte. Sie reagierte darauf, indem sie ihn wann und wo immer möglich ignorierte.

Er benahm sich vorbildlich. Keine Avancen, keine Verführungsversuche, wenn sie allein waren. Nur Zuneigung, Freundschaft und Schmeicheleien, offen und vor aller Augen. Ihre abweisende Haltung ihm gegenüber wurde trotz ihrer Bemühungen, sie zu verbergen, bald so offensichtlich, daß Gerüchte umgingen und man sich fragte, was Lara Stanton gegen Jamal Ben El-Raisuli haben mochte.

Daß sie ihn mied, wo sie konnte, wurde rasch zu einem Thema, das sie ihren Freunden nicht erklären konnte. Und das war auch der Grund, weshalb sie Jamals Einladung zu einer Party in seiner Wohnung im River House annahm. Die meisten ihrer Freundinnen waren ebenfalls eingeladen. Sie sah hierin eine Gelegenheit, den Gerüchten einen Riegel vorzuschieben.

Vier Jahre lag ihre erste, folgenschwere sexuelle Begegnung mit ihm jetzt zurück. Zwischen den späteren Begegnungen dieser Art hatte es große Lücken gegeben. Sie fühlte sich jetzt reif genug, mit Jamal fertigzuwerden und ihre erotischen Gefühle für ihn unter Kontrolle zu halten. Und doch ... eine Begegnung mit ihm, ohne daß Sam im Hintergrund wachte, um sie aufzufangen? Die Erkenntnis, daß sie auf sich allein gestellt war, machte ihr angst. Aber sie unterdrückte die Furcht mit Stolz und der Entschlossenheit, allein mit sich selbst und ihrem Leben klarzukommen. Kämpferische Gedanken.

»Wir gehen auf eine Party, nicht auf eine Totenwache, Lara.« Julias Bemerkung brachte sie beide zum Lachen.

»Fröhliche Gesichter und das alles? Ich weiß. Ich glaube, ich bin pervers veranlagt. Ich kann mich nicht für Jamals Party begeistern, und doch freue ich mich darauf.«

»Du hast wirklich eine perverse Ader! Ich habe ein gutes Gefühl, was den heutigen Abend betrifft. Kopf hoch, es wird bestimmt lustig. Jamals Partys sind immer großartig. So oder so. Bist du sicher, daß ich dieses Kleid anziehen soll, Lara?«

»Julia, hör endlich auf, dir Gedanken zu machen. Du siehst umwerfend aus.«

»Ich finde immer noch, daß es zu aufreizend für mich ist. Bist du ganz sicher?«

»Vertrau mir.«

Die Garderobenfrage für diesen Abend hatte sie sehr beschäftigt. Auf der Einladung, am unteren Rand der Karte, hatte gestanden ›Frauen, Glitter, und alle Männer werden zu Hengsten‹. David hatte gemeint, das bedeute, daß Jamal eine Party für die hübschesten Callgirls und Debütantinnen der Stadt gab. Die beiden Mädchen waren belustigt gewesen von Jamals Wagemut. Sie hatten David Löcher in den Bauch gefragt, was die Mädchen tragen und wie die Frauen sein würden. Seine Antwort hatte gelautet: »Die meisten werden wunderschön und elegant sein. Ihr wißt schon, die verführerischsten Garderoben der besten Couturiers der Stadt. Je billiger die Hure, desto glamouröser wird sie aussehen. Einige von ihnen werden ebenso wie Debütantinnen aussehen wie ihr selbst. Das bedeutet ernstzunehmende Konkurrenz für euch ›Damen‹.« Lara und Julia hatten einen Blick gewechselt und eine entsprechende Garderobe gewählt.

Sie befanden sich in der Eingangshalle der Van-Fleet-Wohnung. Sie würden mit dem Aufzug hinunter zur Wohnung der Ben El-Raisulis fahren. Etwas früher am Abend hatten sie mit Julias Vater zusammen gegessen. Er stand jetzt in der Tür zwischen Wohnzimmer und Diele und betrachtete sie. Er war belustigt gewesen von dem Eifer, mit dem die Mädchen ihren Auftritt auf Jamals Party geplant hatten. Lara sah ihn in dem vergoldeten Spiegel aus dem siebzehnten Jahrhundert. In letzter Zeit fand Lara, daß Julias Vater jedesmal, wenn sie ihn sah, zerbrechlicher wirkte. Die Trauer schien ihn aufzufressen. Sie wandte sich ihm mit einem strahlenden Lächeln zu.

»Wie sehen wir aus, Mr. Van Fleet?«

»Ich zittere für die Männer auf dieser Party. Ihr seht beide unwiderstehlich aus. Ihr könntet jeden Mann dort haben. Sie werden wie Wachs in euren Händen sein.«

Die beiden Mädchen waren entzückt. »O Dad, immer der galante Gentleman.«

»Ganz sicher nicht. Ich mag ja zuweilen alt und tatterig

sein, aber ich bin weder blind noch tot. Noch nicht. Ihr beiden seid eine Gefahr für jeden Mann, in dem noch ein Funken Leben ist.« Julia sah das Lächeln auf den Lippen ihres Vaters, das Glitzern in seinen Augen, als hätte ihr Anblick ihn neu belebt. Sie betrachtete sich wieder im Spiegel und wußte, daß Laras und ihr eigener jugendlicher Geist und seine männliche Reaktion auf weibliche Sinnlichkeit das Herz ihres Vaters höher schlagen ließen. Sie wandte sich ihm wieder zu.

»O Pa, komm doch mit. Jamal wäre entzückt, wenn du zu seiner Party kämst. Es wird jung und verrückt und vielleicht ein bißchen wild. Es würde dir bestimmt Spaß machen. Und vielleicht lernst du dort ja auch eine Frau kennen.«

Er lachte. »Ihr zwei Mädchen habt mir schon genug Freude bereitet. Eure Schönheit, Vitalität und Jugend können sogar einen alten Kauz wie mich noch auf Touren bringen. Wer hat noch gleich gesagt, daß ein alter Mann nur noch ein platonischer Casanova ist? Irgendein Kunstkritiker. Eine Erkenntnis aus seinem Tagebuch. Was mich betrifft, hatte er jedenfalls recht: ein platonischer Casanova.« Er trat zu den zwei Mädchen und küßte sie auf die Wange. »Es gibt keinen größeren Esel als einen alten Esel«, sagte er und zog sich ins Wohnzimmer zurück.

Die Reaktion von Julias Vater gab den Mädchen Auftrieb. Sie gab ihnen ein Gefühl weiblicher Macht, das sie genossen. Der Fahrstuhl kam. Sie gestatteten sich einen letzten, zufriedenen Blick in den Spiegel zu beiden Seiten der Fahrstuhltür.

»Guten Abend, George«, grüßten sie wie aus einem Munde den Liftboy.

Er erwiderte den Gruß mit einem überraschten Ausdruck auf dem Gesicht. Der Fahrstuhl setzte sich in Bewegung. Die Mädchen blickten in den Fahrstuhlspiegel und verkündeten, wieder synchron: »Gott segne Halston.«

Julia trug eine langärmlige, durchsichtige Bluse aus schwarzem Chiffon und um die Taille einen breiten schwarzen Satingürtel. Ihr maßgeschneiderter Rock aus schwerem schwarzen Crêpe de Chine saß wie eine zweite Haut und war kaum länger als ein Mini. Darunter trug sie schwarze

Strümpfe und hochhackige Schuhe, offene Sandalen mit Riemen aus schwarzem Satin. Sexy, elegant, provozierend – Julia hatte in ihrem Leben nie etwas Ähnliches getragen. Ihr langes Haar war aus dem Gesicht gekämmt und im Nacken mit einem ebenfalls schwarzen Satinband zum Pferdeschwanz gebunden, geschmückt mit einer kleinen Fliege aus weichem Chiffon auf einer Seite. An den Handgelenken trug sie Armbänder aus Steinkristall. Sie wußte, daß sie signalisierte: »Sexy. Komm und nimm mich.« Aber sie wußte auch, daß ihre Nacktheit dank Halston mehr als akzeptabel, schön und verführerisch war. Ein Geniestreich: Die Falten des Chiffons fielen so, daß sie zwar die Rundung ihrer Brüste durchschimmern ließen, die Brustwarzen jedoch verhüllten.

Die Mädchen hatten dem Designer erklärt, daß sie aussehen wollten wie damenhafte französische Callgirls: sehr elegante, sündhaft teure Gespielinnen, die jeden Mann um den Finger wickeln konnten – zu seiner Belustigung hatten sie hinzugefügt: »… und damit durchkommen«. Und er hatte sie zu Luxus-Callgirls gemacht, zumindest mit Nadel und Faden. Damenhafte Flittchen in Zweitausenddollarkleidern.

Lara hatte sich ebenfalls für Schwarz entschieden. Ihr Kleid war aus edlem Crêpe de Chine. Ein langärmliges Wickelkleid, das ihre vollen Brüste umschmeichelte und die Konturen ihrer Brustwarzen nachzeichnete, mit einem Ausschnitt, der bis zum Bauchnabel reichte. Der Rock im Sarongstil fiel ihr weich bis knapp über die Knie, lose und doch verführerisch, seitlich von einer großen Schleife gehalten, deren Bänder lang herabbaumelten. Beim Gehen öffnete sich der Schlitz so weit, daß ein schmaler Streifen ihres Innenschenkels aufblitzte, beinahe bis hinauf zu ihrem Venushügel – ein Wunder der Designerkunst und Sinnlichkeit, bar jeder Vulgarität. Das Dekolleté zeigte bis zur Taille nackte Haut, und ihre scheinbar endlos langen Beine wurden von schimmernden schwarzen Strümpfen betont. An den Füßen trug sie hochhackige Pumps aus schwarzem Satin, die sie mit den Diamantschnallen ihrer Urgroßmutter geschmückt hatte. Das Kleid, eine einzige elegante Provokation, bildete einen faszinierenden Kontrast zu ihrer platinblonden Lockenmähne, die seitlich mit zwei Schildpattkämmen hochgesteckt war. Die Mädchen hatten ganz bewußt am Make-up gespart und ließen ihre Körper sprechen. Sie sahen jung und frisch aus, beinahe wie Teenager, jedoch mit üppigen Formen, die förmlich nach Sex schrien.

»Die Debütantinnen werden in ihren dezent – ganz dezent – verführerischen Seidentaftroben mit Puffärmeln und langen Röcken erscheinen«, hatte Jamal verkündet. »Viel Haut, aber keine Brüste, oder mit dezenten Ausschnitten, die von Juwelen strotzen. Hier und da ein gewagtes Dekolleté, wenn es sich vor Mami verbergen ließ. Vielleicht auch die eine oder andere halbentblößte Titte. Und die Huren werden allesamt aussehen wie Damen oder billige Flittchen. Und ich werde sie alle wunderbar finden. Die Mischung wird überaus reizvoll.«

David hatte ihn als ›Frauenmanipulator‹ bezeichnet, worauf er entgegnet hatte: »Warum auch nicht?«

»Ja wirklich, warum nicht«, erwiderte David.

Stets bereit, eine Herausforderung anzunehmen, hatten Julia und Lara jede Debütantin, von der sie wußten, daß sie auf der Gästeliste stand, genauer betrachtet. An diesem Abend würde es nur wenige Puffärmel und kaum Seidentaftgeraschel geben. Verführerische, provokative Garderoben würden käufliche Damen und Debütantinnen gleichermaßen schmücken.

Der überraschte Ausdruck auf dem Gesicht des Liftboys sprach Bände. Die Mädchen nahmen ihren ganzen Mut zusammen, als der Lift mit einem Ruck zum Stehen kam. George, der sie schon ihr ganzes Leben kannte, wandte sich ihnen zu, ehe er die Bronzetür aufschob. »Miss Julia, Miss Lara, seien Sie heute abend bloß vorsichtig.« Ein Lächeln, ein Zögern, ein weniger mißbilligendes als resigniertes Kopfschütteln, und er öffnete die Tür.

Als sie den Raum betraten, schlug ihnen sofort die elektrisierende Atmosphäre entgegen, die manchen Partys eigen ist. Spontane Verzauberung. Die Männer trugen allesamt Smoking und schwarze Fliege. Dazu eine unüberschaubare Zahl schöner Frauen jeden Alters und interessanter gesellschaftlicher und ethnischer Mischung. Hübsch wie Blumen schmückten sie den Raum. Die Debütantinnen waren da, aber nur vereinzelt in Seidentaft gehüllt. Sie sahen kühl und wunderschön aus, aber dennoch beinahe langweilig neben den Professionellen in ihrer sexy Aufmachung. Die Gäste standen in Gruppen beisammen, lehnten an Pianos oder offenen Kaminen, saßen in bequemen Sesseln oder Sofas oder auch auf der Treppe, die zum Obergeschoß führte. Sie tranken und rauchten, einige wiegten sich im Rhythmus der Musik von Diana Ross, die wie flüssiger Sex klang.

Marokkanische Diener mit weißen Turbanen und Kaftanen gingen mit Tabletts voller Kristallgläser mit perlendem Champagner sowie Spiegeln mit langen Streifen Kokain und silbernen Strohhalmen umher oder boten verschiedene schlanke Zigaretten aus Amethystkästchen an: Hasch, indonesisches Gras, sogar Chesterfields. Silbertabletts mit Bergen von köstlichen Blätterteigpastetchen standen auf Tischen verteilt. Andere Ober gingen jeweils zu zweit mit großen Schüsseln Kaviar umher, den sie in mundgerechten kleinen Pfannkuchen servierten. Auf Wunsch füllten sie die Pfannkuchen mit den köstlichen Perlen und gaben einen Löffel Crème fraîche hinzu, ehe sie sie zusammenrollten.

Jamal entdeckte Lara und Julia, sobald sie den Raum betraten. Er war als erster bei ihnen. Er trat vor Julia, nahm ihre Hände und küßte erst die eine, dann die andere. Er war sichtlich entzückt, die Mädchen zu sehen. Immer noch Julias Hand haltend, ließ er sie sich um die eigene Achse drehen. Sein Blick forderte Lara auf, es ihrer Freundin gleichzutun. Die Mädchen hatten ihn beeindruckt, und sie freuten sich diebisch. Er wandte sich wieder Julia zu. »Julia, meine liebe Julia ... ich hatte ja keine Ahnung, wie sexy du bist. Wie *bezaubernd* du aussiehst, und wie mutig von dir, auf meiner Party eine so verführerische Kombination zu tragen.« Er zupfte an einer Falte ihrer Bluse, so daß die Brustwarze ihrer kleinen, aber hübschen Brust durch den Stoff schimmerte. Er verschlang sie mit den Blicken. Sie schlug ihm spielerisch auf die Finger und rückte ihr Oberteil wieder zurecht.

»Und Lara!« Ihr Herz raste angesichts der Art, wie er sie ansah. Was war an diesem Abend so anders an ihm? *Sie* hatte ihn seit seiner Rückkehr des öfteren gesehen, aber nur bei sehr wenigen Gelegenheiten hatte sie sich so zu ihm hingezogen gefühlt wie jetzt. Alle Schranken zwischen ihnen schienen zu fallen.

»Jamal.«

»Du wirst ganz zweifellos dem gegebenen Anlaß gerecht. Du siehst zum Anbeißen aus.« So wie vorhin bei Julia, nahm er ihre Hände. Er hatte kaum die eine geküßt, als er auch schon beschlossen hatte, daß sie sein war, daß Lara Stanton in dieser Nacht keinem anderen gehören würde. Plötzlich wurde ihm bewußt, wie sehr er den Sex mit ihr vermißt hatte; daß sein Leben zwar nicht unbedingt sexuelle Ödnis gewesen war, aber seit ihrer letzten Begegnung weniger fruchtbar geschienen hatte. Jetzt erkannte er, wie sehr er nach ihr hungerte. Ein Hunger, der vor dem Ende der Nacht gestillt werden mußte. Er wußte, warum es ihm im vergangenen Jahr nicht viel ausgemacht hatte, nicht mit ihr zu schlafen. Sie war nicht bereit für ihn gewesen, nicht so sexy und verfügbar, wie sie es an diesem Abend zu sein schien. Sie war so, wie er sie sich wünschte, schrie förmlich danach, von ihm genommen zu werden. Das war es, was ihn beim erstenmal so angemacht hatte, und nur das vermochte dieses überwältigende Verlangen in ihm zu wecken. Er war erfüllt von dem quälendem Verlangen, sich in der sexuellen Verdorbenheit dieses engelhaften Wesens zu verlieren.

Er lächelte wieder strahlend. »Ist es vielleicht möglich, daß ihr zwei Katz und Maus mit mir spielt?«

»Nicht mehr, als du mit uns und jeder anderen Frau im Raum spielst«, entgegnete Lara.

»Ich bin überglücklich, daß du endlich eine Einladung von mir angenommen hast, Lara. Du bist ein großer Lichtblick auf meiner Party. Aber ich sollte dich vorab warnen, daß diese Party nicht für verwöhnte Debütantinnen auf der Suche nach einem Ehemann gedacht ist, sondern für Mädchen, die sich amüsieren wollen. Sieh dich um. Es ist eine freie Party, auf der alles erlaubt ist. Eine ausgelassene Feier für alle, die koksen, trinken, gute Musik hören und guten Sex haben wollen. Nichts, womit ihr zwei nicht fertigwerden würdet, wenn ihr es wollt.«

Er nahm zwei Gläser Champagner von einem Tablett und reichte sie den Mädchen. Dann hakte er sie beide unter und führte sie durch das Gedränge weiter in den Raum mit Blick auf den East River. Mehrere der Gäste scharten sich um sie, sichtlich erfreut, daß sie gekommen waren. Den Mädchen entging nicht, daß einige der Frauen neidisch waren auf ihr Aussehen und das Begehren, das sich in den Augen einiger der Männer spiegelte.

Jamal verlor keine Zeit. Ehe sie in die ausgelassene Partystimmung eintauchte, flüsterte er Lara ins Ohr: »Du siehst göttlich aus, und ich begehre dich beinahe noch mehr als du mich. Und entgegen deiner Annahme bist du keineswegs sicher vor mir. David war hier und mußte wieder gehen. Ein Anruf aus Washington, etwas, worauf er Wochen gewartet hat, hat endlich geklappt. Ich soll dir ausrichten, daß er übermorgen wieder da ist. Ihm wird aber nicht der ganze Spaß entgehen; er hat eine umwerfende Französin mitgenommen.« Er fühlte, wie Lara sich versteifte. Er hatte einen Pfeil abgeschossen, der genau ins Schwarze getroffen hatte. Er durchbohrte ihr eifersüchtiges Herz. Jamal bewunderte sie dafür, wie rasch sie sich faßte. Sie musterte ihn mit einem Blick, dessen stählerne Härte ihn überraschte.

»Ich brauche David nicht als Beschützer. Vielleicht ist dir noch nicht aufgefallen, daß ich jetzt ein großes Mädchen bin. Erwachsen.«

»O doch, das ist mir allerdings aufgefallen.«

Bob Flanders, mit dem Lara ihre letzte Affäre gehabt hatte, unterbrach sie. Er gehörte zu den Männern, mit denen sie gelegentlich schlief. Seine Überraschung, sie auf Jamals Party zu sehen, war so deutlich, daß Lara hieraus schloß, daß ihre Anwesenheit den Gerüchten über eine geheime Kluft zwischen Jamal und ihr ein Ende machen würde – und das war ja immerhin der Grund gewesen, weshalb sie die Einladung überhaupt angenommen hatte. Bob war ein witziger Kerl, und sie begleitete ihn fröhlich zu einigen anderen Freunden.

Jamal sah, wie ihr Rock sich teilte und den Blick freigab auf ihren wohlgeformten Schenkel und ihren verführerischen Gang. Sein Verlangen nach ihr machte ihn rasend. Julia sah den Ausdruck in seinen Augen und wußte gleich, daß da etwas war zwischen Jamal und Lara, ein dunkles Geheimnis, das ihre Freundin nicht einmal ihr hatte anvertrauen können. Julia konnte die Intensität in Jamal fühlen, die Hitze seines Begehrens für ihre Freundin. Auch hatte Julia, als Jamal Lara berührt und mit ihr gesprochen hatte, in den Augen ihrer Freundin etwas bemerkt, das sie noch nie gesehen hatte. Sie war schockiert und besorgt, weil sie spürte, daß zwischen den beiden mehr war als Leidenschaft, daß etwas Düsteres mitschwang in der erotischen Spannung zwischen ihnen.

Jamal begegnete ihrem Blick und wußte gleich, daß sie die Wahrheit ahnte. Er tat, als habe er nichts bemerkt. Statt dessen konzentrierte er seine Aufmerksamkeit auf sie und bot seinen ganzen Charme auf.

»Julia, ich habe dich noch nie verführerischer gesehen.« Er küßte sie sanft auf den Mund. Sie kannten sich schon eine Ewigkeit. Er hatte sie ebenso heranwachsen sehen wie Lara. Sie wußte, daß er sie nicht begehrte, ganz gleich, wie hübsch und sexy sie aussah. Jedenfalls nicht so, wie er Lara begehrte. Sie besaß nicht dieses gewisse Etwas, das Lara ausstrahlte und das den Männern den Kopf verdrehte. Dieses Etwas an ihrer besten Freundin, das sie vorgezogen hatte, nicht näher zu erforschen. Jetzt dachte sie darüber nach. Sie war überrascht, als Jamal durch den durchsichtigen Stoff ihrer Bluse ihre nackte Brust streichelte. Ehe sie reagieren konnte, beugte er sich herab und küßte ihre Brustwarze. Ein wohliger Schauer, und Julia wich vor Jamal zurück. Er lachte.

»Überrascht? Das solltest du nicht sein. Ich bin nicht der einzige, der sich heute abend gewisse Freiheiten bei dir herausnehmen wird.« Er legte den Arm um sie, streichelte ihren nackten Rücken und flüsterte ihr ins Ohr: »Ich werde es nicht wieder tun. Es sei denn, du bittest mich darum. Das ist mein Geheimnis: ich nehme mir nur die Frauen, die mich auch wollen.«

Er nahm einen Appetithappen von einem Tablett und schob ihn ihr in den Mund. Julia musterte ihn. Er hatte nur Augen für Lara. Julia zupfte an seinem Ärmel, und er sah sie wieder an. »Tolle Party. Verdirb sie uns nicht, ja?«

Er lachte wieder. »Sie verderben? Wohl kaum. Komm mit. So wie ihr beide heute abend ausseht, gibt es nichts, was euch den Abend verderben könnte. Ich wette, ihr geht beide glücklicher nach Hause, als ihr es seit langem gewesen seid, in Begleitung des Mannes, den ihr ausgewählt habt. Vielleicht geht ihr auch gar nicht nach Hause. So eine Party ist das. Voller Überraschungen – sogar für mich, wie es scheint. Komm.« Er nahm ihre Hand und führte sie ans andere Ende des Raumes.

»Tu das nicht, Jamal.«

»Sei nicht kindisch. Ich tue dir womöglich den größten Gefallen deines Lebens. Hab etwas Mut. Es ist höchste Zeit, daß du dir einmal das nimmst, was *du* willst, Julia.«

Kapitel 13

Die Atmosphäre auf Jamals ausschweifender Party war elektrisierend, ausgelassen, prickelnd und fröhlich. Lara, die schon vor Stunden ihre Wachsamkeit abgelegt hatte, hatte getanzt und geflirtet. Sie spürte die sinnliche Energie des Abends und genoß sie. Sie war ebenso guter Laune wie offenbar alle anderen auch. Sie trank reichlich und konsumierte mehr Drogen als je zuvor. Aber auf einer Party wie dieser war das die Norm, so natürlich wie das Atmen. Sie fühlte sich grenzenlos glücklich und gestattete es sich, Jamals Avancen nachzugeben.

Er kam hinzu, als gerade zwei Männer heftig mit ihr flirteten.

»Nicht heute abend, Jungs. Ich bestehe auf dem Vorrecht des Gastgebers.« Er versuchte, sie fortzuziehen, aber sie wehrte sich.

»Alles, alles, was du willst.«

»Alles?« Sie wollte ganz sicher sein.

»Das sagte ich doch.«

»Kannst du mir Liebe geben?«

»Liebe? O ja, und noch viel mehr.«

Sie glaubte ihm. Zumindest glaubte sie an seine guten Absichten. Sie war es leid, vor der sexuellen Ekstase mit Jamal davonzulaufen, und erlaubte ihm, sie diskret auf sein Zimmer zu bringen. Als sie sein Schlafzimmer betraten, stieg die Erinnerung an ihre erste gemeinsame Nacht in ihr auf. Wie leidenschaftlich sie in ihn verliebt gewesen war. Wie sehr sie darauf gebrannt hatte, sich ihm hinzugeben. Und wie grausam er sie hatte warten lassen: Er hatte gewußt, wie verzweifelt sie sich danach sehnte, von ihm genommen zu werden.

Lara reagierte emotionaler, als sie es erwartet hätte. Sie befreite sich aus Jamals Griff. Draußen, jenseits des East River, funkelten die Lichter der Stadt. In diesem Zimmer hatte er sie zur Frau gemacht wie kein anderer ihrer Liebhaber. Nicht der gute David und auch nicht der treue Sam. Lara begehrte ihn. Aber diesmal fühlte sie sich reif genug und ihrem Verlangen nach Jamal gewachsen. Stark genug, sich ihrem erotischen Ich zu stellen und die Verantwortung für ihr Tun zu übernehmen.

Sie spürte ihn hinter sich, noch bevor er sie berührte. Als er zärtlich die Hände auf ihre Schultern legte, durchfuhr sie prickelnde Erregung. Sie schloß die Augen und seufzte. Er zog die Kämme aus ihrem Haar, und die weichen Locken fielen über seine Hände. Jamal drapierte die blonden Strähnen um ihre Schultern und über ihren Rücken. Er küßte sie mit großer Zärtlichkeit auf das Haar, auf den Hals und das Ohrläppchen.

»Ich will dich. Ich habe immer Lust auf dich. Ich habe mich in den vielen Wochen seit meiner Rückkehr nach dir verzehrt.

Ich hätte mir nicht träumen lassen, daß du heute abend kommen würdest.«

Lara freute sich, daß sie ihn im ungewissen gelassen und seine Gedanken beschäftigt hatte.

»So habe ich dich noch nie gesehen – strahlend von sinnlicher Macht, offen und vor aller Augen. Es erregt mich zu wissen, daß kein Mann dich je genommen hat, so wie ich dich genommen habe. Sag mir, wie sehr du mich begehrst. Sag mir, daß du nicht so tun wirst, als bedeute ich dir nichts. Laß mich dich lieben. Und fürchte dich nicht davor, wer oder was du bist. Hab Mut und vertrau mir, dann können wir gemeinsam zu Orten aufsteigen, an denen du noch nie gewesen bist. Ich will, daß all deine erotischen Phantasien wahr werden.«

Lara drehte sich ihm zu. Ein Ruck an dem weichen Seidenband, und ihr Kleid schien auseinanderzufallen. Er streifte es ihr über die Schultern, und sie stand in ihren hochhackigen schwarzen Satinpumps vor ihm, von den schwarzen Strümpfen aufwärts völlig nackt. Die dunklen, pflaumenfarbenen Höfe um ihre verhärteten Brustwarzen hoben sich verführerisch von der milchigen Blässe ihrer Haut ab und weckten die sexuelle Gewalt in Jamal. Diese vollen Brüste, so bereit für seine Hände und Lippen … er hob sie auf die Arme und trug sie zum Bett. Er legte sie auf die Kissen, küßte sie auf Augen und Wangen, biß in ihre Lippen und murmelte Worte der Liebe.

Er entkleidete sich mit einer Ungeduld, die sie noch nie an ihm erlebt hatte, warf seine Kleider achtlos zu Boden und ließ sich dann neben sie auf die Laken gleiten. Er zog sie grob in die Arme und wiegte sie eine Weile, während er die dunklen Brustwarzen mit der Zunge liebkoste, an ihnen saugte und in sie hineinbiß, um in ihr dieselbe zügellose Leidenschaft zu wecken, die in seinem Inneren brannte. Er zwang sie zu sagen, daß sie ihn liebe. Und nachdem sie es erst ausgesprochen hatte, konnte sie nicht mehr aufhören. Sie sagte noch viel mehr; die Worte sprudelten förmlich aus ihr heraus. Wie sehr sie ihn liebte für seinen Penis, seine Zunge und seine Hände, die jede Nuance ihrer erotischen Natur hervorlockten und sie zur Ekstase brachten.

Ihre Offenheit und Leidenschaft berührten ihn. Aber wenngleich er ihr sagen wollte, daß er sie mehr liebe als je zuvor, fand er nicht die richtigen Worte. Und so zeigte er es ihr auf eine Art, die ihr die größte Lust bereiten würde. Er hob sie hoch und setzte sie rittlings auf seine Mitte. Sie bot ihm erst die eine, dann die andere Brust dar, und er, jetzt ein wenig ruhiger, küßte sie und saugte an ihnen, während seine Hände all die Stellen streichelten, die sie erregten.

Er vergrub das Gesicht zwischen ihren Brüsten, bis er keine Luft mehr bekam. Die Vorstellung, in ihr zu sterben, schürte seine Lust. Er schob ihre Brüste auseinander, und als stelle er sich vor, sie wären voller Muttermilch, streichelte er die eine Brust zärtlich und saugte an ihrer Brustwarze, beinahe enttäuscht, als er keine Milch schmeckte. Sie schien verloren, als wäre sie im Reich des Gottes Eros versunken. Suchende Finger fanden ihre weiche, feuchte Scham, bereit und sich nach ihm sehnend.

Langsam zog er sie herab, bis sie auf ihm lag. Sein Penis schob sich an ihre warme Weiblichkeit heran. Er drückte sie so fest, daß sie kaum noch Luft bekam, küßte sie leidenschaftlich mit Lippen und Zunge, als er fühlte, wie das Feuer in ihr aufloderte. Sie liebten sich, sein pochender Penis tief in ihr vergraben. Er liebte sie, und in diesem Augenblick war für Lara nichts anderes auf der Welt von Bedeutung.

Ihre Augen sprachen stumm von ihrem unstillbaren Hunger nach sexueller Ekstase. Erst jetzt begriff er ihr verzweifeltes Bedürfnis danach, um ihrer selbst willen geliebt und angebetet zu werden, begriff ihren Lebenshunger. Sie eroberte sein Herz, ganz plötzlich und endgültig. Er gab auf und gestand seine Gefühle.

»Ich liebe dich.«

»Das hast du früher schon gesagt.«

»Aber glaubst du mir auch?« Er küßte sie wieder.

»Ja, ich muß dir glauben.«

»Warum?«

»Weil du näher an mich herankommst als jeder andere Mann. Weil du mich freimachst, meine Leidenschaft für das

Leben zu erforschen. Und das könntest du nicht, wenn du mich nicht lieben würdest. So ist der Sex mit dir immer gewesen, aber bis heute konnte ich das nicht akzeptieren. Ich war zu sehr mit meinen Schuldgefühlen beschäftigt wegen meiner Sinnlichkeit und der Art, wie du sie dir zunutze gemacht hast.« Sie küßte ihn zärtlich. Dann biß sie ihn in den Mundwinkel, grub die Fingernägel in seinen Rücken und hob und senkte in zügigem Rhythmus die Hüften, bis sie von Wellen der Lust durchflutet wurde, die noch erhöht wurde durch ihre Offenheit.

Er verlor die Kontrolle. Dieses junge Ding hatte die Führung übernommen. Sie besaß eine Macht über ihn, die er sich bis dahin nicht eingestanden hatte. Er vergrub eine Hand in ihrem Haar, bog ihren Kopf zurück und forderte: »Gib dich mir hin – jetzt und für immer –, und ich werde mich dir hingeben wie noch keiner Frau in meinem ganzen Leben. Sei meine Sexsklavin, und ich werde dein Sexsklave sein, und wir werden einander dafür lieben. Es ist ein fairer Tausch, Lara, und ich verspreche, daß du so glücklich sein wirst wie noch nie. Abgemacht?«

Sie war es leid, vor Jamal und ihrer eigenen Sexualität davonzulaufen. Und so gab sie sich ihm hin, bedingungslos und ohne Furcht. Sie unterwarf sich seinem Verlangen, mit ihr zu tun, was immer er wollte. Sie sehnte sich danach, die Tiefen ihrer Lust zu ergründen. Und mit ihm fühlte sie sich dabei halbwegs sicher.

Jamal, der geborene Verführer, glaubte ihr, nicht als sie es sagte, sondern schon vorher, als er fühlte, wie sie ihren Widerstand aufgab. Es war, als würden ihr Herz, ihr Körper und ihre Seele sich gleichzeitig unterwerfen. So liebte er seine Frauen am meisten: als seine Sklavinnen. Dann fühlte er wahre Macht über sie, die Macht, sie nach seinem Willen zu formen. Lara hatte länger gebraucht als die meisten anderen, aber sie war auch jünger, verwöhnter und behüteter gewesen als die meisten anderen.

Jamal hob sie von sich und drehte sie auf den Rücken. Aus einer kleinen Kommode neben dem Bett holte er einen großen rosafarbenen Gegenstand, einen Penis aus Jade, der mit blühenden Blumen verziert war, chinesischen Rosen. Ein Kunstwerk aus der Han Dynastie, mit dessen Hilfe Männer sich selbst erregten, indem sie zusahen, wie der Jadepenis ihre Frauen in ekstatische Lust versetzte. Jamal genoß es ebenso wie Kaiser und Adlige der Vergangenheit, dieses pornographische *objet d'art* in Lara einzuführen. Sie versuchte, das lustvolle Stöhnen zu unterdrücken, als er den Penis drehte, so daß sie die geschnitzten Blumen und die Spitze besser fühlte. Ihre Ekstase fachte seine Lust an. Er kniete sich über sie, das Gesicht zwischen ihren Schenkeln, um ganz aus der Nähe das Zusammenspiel ihres Fleisches und der Jade zu beobachten, die er mit solcher Geschicklichkeit handhabte. Sie streichelte sein Hinterteil und nahm seinen pulsierenden Penis in den Mund. Im Rhythmus der Stöße des Jadepenis befriedigte sie ihn mit Lippen und Zunge. In dieser Nacht waren sie die Verkörperung des Eros, Gott und Göttin der Liebe.

Als Lara am nächsten Morgen erwachte, lag sie in Jamals Bett, in den Armen ihres Liebhabers. Er schlug die Augen auf, und sie liebten sich, noch ehe sie ein Wort miteinander gewechselt hatten. Sie badeten und frühstückten anschließend von weißen Tabletts in seinem Bett. Die Sonne strömte ins Zimmer, zwei marokkanische Diener umsorgten sie, aus den Lautsprechern der Stereoanlage rieselte Chopin, gespielt von Rubinstein – sexuelle Versklavung schien in diesem speziellen Fall zumindest ein angenehmes Nachspiel zu haben.

Sie prosteten sich mit langen, schlanken Kristallflöten zu, die mit winzigen Pfirsichstücken gefüllt waren, über die Jahrgangs-Champagner eingeschenkt worden war – wortlos, nur die Glasränder leicht aneinanderstoßend. Ein Geräusch wie das Bimmeln einer kleinen silbernen Glocke. Kristall traf auf Kristall. Lara trank einen Schluck, genug, um ihren Durst zu stillen. Sie sah zu, wie Jamal sein Glas in einem einzigen langen Zug leerte. Sein Diener schenkte ihm sofort nach. Er trank erneut und fischte dann ein Stück weißen Pfirsich aus seinem Glas. Sie sah zu, wie er das Obststück aß, dann ein zweites. Sie folgte seinem Beispiel. Genüßlich ließ sie das prickelnde

Fruchtfleisch auf der Zunge zergehen. Es schmeckte süß und saftig. Jamals stellte sein Glas auf das Frühstückstablett und entließ die Männer. Er legte einen Arm um Lara und zog sie ein wenig näher an sich heran, ganz sacht, um die Tabletts nicht anzustoßen.

»Warum hast du mich so angestarrt, Liebes? Findest du unser Beisammensein so unwirklich? Hältst du mich für eine Fata Morgana? Glaubst du, daß ich mich jeden Augenblick in Luft auflöse?« Er lachte, dieses neckende, unwiderstehliche Lachen, das sie so gut kannte und das sie bislang gefürchtet hatte wegen seiner Macht zu bezaubern und zu verführen.

»Stimmt etwas nicht?« fragte er, immer noch lächelnd.

»Nein. Es ist alles in Ordnung. Nur ...«

»Ah, bei den Frauen gibt es immer ein ›Nur‹. Nur was, mein dekadenter Engel?«

»Nur daß ich überrascht bin, mit dir in diesem Zimmer zu frühstücken. Das haben wir noch nie getan.«

»Das stimmt. Und wie fühlst du dich dabei?«

»Wohl.«

Lächelnd fragte er: »Nur wohl?«

»Seltsam glücklich. Als hätte meine Anwesenheit hier uns einander nähergebracht.«

Sie sahen einander lange in die Augen, ehe er schließlich sprach. »Würde es dir zu sehr schmeicheln, wenn ich dir sagte, daß du zu einem sehr kleinen Kreis von Frauen gehörst, die in diesem Zimmer geschlafen haben und in diesem Bett aufgewacht sind?«

»Bedeutet das denn etwas?«

»Nur daß ich dich mehr liebe als die Frauen, mit denen ich mich in dem Haus in der Dreiundfünfzigsten Straße amüsiere. Du weißt, was ich meine. Du bist dort gewesen.«

Er hob sein Glas und trank. Dann brach er ein Ende eines warmen Croissants ab, bestrich es mit Butter und schob es sich in den Mund. Er hatte es gesagt, er liebte sie. Für ihn war das der Worte genug. Ohne sie anzusehen, wechselte er das Thema. »Das dort ist meine liebste Eierspeise. Du mußt sie gleich kosten, ehe sie kalt wird.«

Er schob sich eine Gabel voll in den Mund. »*Merveilleux!*« Er spülte den Bissen mit einem Schluck Champagner herunter, biß wieder in sein Croissant und griff dann erneut nach der Gabel. »Niemand kann dieses Gericht köstlicher zubereiten als mein Koch. Er ist ein Meister, was frische Austern und Rühreier betrifft. Er löst die großen Belon-Austern, die am selben Morgen aus Frankreich eingeflogen werden, aus der Schale und trocknet sie mit einem Tuch. Dann legt er sie vorsichtig in eine Pfanne mit heißem Walnußöl und Butter. Innerhalb von Sekunden sind sie goldbraun gebraten und müssen gewendet werden. Dann gibt er die geschlagenen Eier darüber. Ein kurzes Rühren *et voilà*.«

Lara schmeckte die Auster, als sie, in der Mitte noch weich, in ihrem Mund aufbrach. In Verbindung mit dem Ei war es, ganz wie er sagte, reines Ambrosia. Jamal sprach immer noch von Kochrezepten, aber sie konnte sich kaum darauf konzentrieren. Sie war in Gedanken zu sehr mit dem Wissen beschäftigt, daß er sie liebte. Ihr war ganz schwindlig vor Glück: Er liebte sie und war fähig, es auszusprechen. In dem Augenblick, da sie die Augen geöffnet und den Raum gesehen hatte, hatte sie es gewußt. Sie spürte, daß er ihr, wenn er sie nicht lieben würde, niemals hätte gestatten können, hier in dieser Wohnung zu übernachten.

Plötzlich hatte sie einen Bärenhunger und verschlang mit Gusto ihr Rührei, Croissant und Brioche. So wie er trank sie mehrere Tassen heißen Fortnum & Mason's Royal Blend Tea. Dann ließ sie sich abrupt in die Kissen zurücksinken und lachte. Sie hatte keinen Schimmer, wovon er überhaupt sprach; sie hatte den Faden verloren, seit er gesagt hatte, daß er sie liebe. Ihr Gelächter machte seinem Geplapper endlich ein Ende.

»Bei dir hört es nie auf, Jamal. Nicht einmal beim Frühstück. Immer nur Sex. Wenn nicht fleischlicher, dann epikureischer Art. Das war das köstlichste Frühstück meines Lebens, und ich werde es niemals vergessen. Es wird immer zu den ganz besonderen Erlebnissen in meinem Leben gehören.«

Unfähig, ihre Gefühle noch eine Minute länger zu unterdrücken, schlang sie die Arme um ihn und küßte ihn. »Frühstück – sexy und himmlisch, so wie du. Ich bin so glücklich. Was bedeutet das alles?«

»Daß wir verliebt sind. Daß wir ein noch größeres Geheimnis zu verbergen haben als bisher. Und jetzt iß deine Eier, bevor sie kalt werden.«

Er schien nicht sehr glücklich darüber zu sein, sich verliebt zu haben. Oder wenn er es war, verbarg er es für Laras Geschmack zu gut. Sein Verhalten ernüchterte sie. »Warum muß es denn ein Geheimnis sein?« fragte sie. »Warum können wir es nicht in die Welt hinausschreien? Ich werde es jedenfalls tun.«

»Nein, das wirst du nicht.«

»Und warum?«

Jamal stellte die Frühstückstabletts auf den Boden. »Hör mir gut zu, Lara. In der vergangenen Nacht haben die Dinge sich für uns verändert, aber nicht sehr. Denk darüber nach. Du wirst einsehen, daß ich recht habe.«

Er nahm sie in die Arme und küßte sie. Sie erwiderte seine Küsse, konnte ihm jedoch nicht darin zustimmen, daß sich für sie nur wenig verändert haben sollte. Sie protestierte. »Da bin ich anderer Meinung. Für dich mag sich nicht viel verändert haben, aber ich empfinde es so, daß unsere Liebe mein ganzes Leben verändert hat. Nenn mir nur einen guten Grund, warum wir ein Geheimnis aus unserer Liebe machen sollten.«

»Du weißt zuwenig von der Liebe und vom Verliebtsein, Lara. Ich liebe dich, seit du ein kleines Mädchen warst. Aber nicht auf die Art, wie du es dir von mir wünschst. Du warst ein verwöhntes kleines Ding, das alles bekam, was es sich wünschte, dem jeder Herzenswunsch erfüllt wurde. Dir lag die ganze Welt zu Füßen. Und jetzt bist du eine junge Frau, und nichts hat sich für dich verändert, und darum liebe ich dich um so mehr. So ist es, und so soll es auch sein, was mich betrifft. Aber das eine, was du nicht haben kannst, bin ich. Jedenfalls nicht so, wie du es willst. Lara, nimm das, was wir haben, und genieße es, denn genau das werde ich tun. Aber es kann nur so weit gehen, wie ich es gestatte, und darum muß es unser Geheimnis bleiben.

Mädchen wie du wünschen sich Monogamie, Lara. Das wird bei mir niemals der Fall sein. Ich liebe die Frauen. Ich liebe den Sex, nicht die Liebe. Und das größte Vergnügen in meinem Leben besteht darin, mir beides zu nehmen. Sexuelle Abenteuer sind mein Lebensinhalt. Und das würde ich weder für dich noch für sonst eine Frau aufgeben. Ich sage dir das gleich, weil ich dich liebe und weil ich will, daß du weißt, woran du bist. Solange wir unsere Liaison geheimhalten und unsere Liebe noch geheimer, können wir uns regelmäßig sehen, ohne daß irgend jemand etwas ahnt. Begleite mich, so weit du es kannst, auf meine Art, und du wirst mit mir die schönste Zeit deines Lebens verbringen. Das ist das einzige, was ich bereit bin zu versprechen.«

Lara hörte ihm aufmerksam zu. In Jamals Stimme klangen Emotionen mit, die für eine verliebt junge Frau viel mehr aussagten als die harten Fakten, die er mit solchem Nachdruck verkündete. Sie setzte auf diese Emotionen und fragte: »Und was, wenn ich mehr will?«

»Lara, hör mir zu: Ich kann dir nicht mehr geben als das, was ich dir angeboten habe. Wenn du mehr willst, mußt du es woanders suchen. So einfach ist das. Mach dir eins klar: Es wird am Ende dieses Regenbogens keine Heirat geben. Das liegt nicht in meiner Natur, und ich will es auch nicht. Ich kenne dich besser, als du glaubst, Liebes. Du gehörst zu den Mädchen, die der alten, erprobten Formel anhängen. Such dir einen Mann, den du liebst, amüsiere dich ein wenig mit ihm. Und hast du ihn dann in der Tasche, heirate ihn, schenk ihm Kinder und führ ein pflichtbewußtes, geordnetes Familienleben. Du bist nun einmal die wahre Tochter deiner Mutter, Lara, und ich denke, du bist ihr ähnlicher, als dir lieb ist. Und auch deinem Vater. Du wirst deinen rechtmäßigen Platz in der Welt der oberen Vierhundert haben wollen, mit allem, was dazugehört. Wenn wir unsere Liaison nicht geheimhalten, wird das deinen Ruf ruinieren, und dann wirst du diesen Platz nie einnehmen können. Vertrau mir. Ich kenne dich, mich selbst und uns beide. Entweder hältst du dich an meine Regeln, oder es ist vorbei. Verdirb es also nicht.«

»Ich werde nie einen anderen Mann haben wollen als dich, Jamal.« Das Versprechen sprudelte aus ihr hervor, und sie küßte ihn.

»Das ist gut. So gefällt es mir. Liebe mich mehr und länger als jeden anderen und sei glücklich. Aber ich glaube nicht unbedingt, daß das stimmt – daß du nie einen anderen Mann wirst haben wollen. Du bist ein Mädchen, das nie genug bekommt. Wenn ich dir einmal nicht gebe, was du willst, was dich glücklich macht und ausfüllt, wirst du mit dem ersten auf und davon gehen, der es dir gibt. Und ich verspreche, daß das unserer Freundschaft keinen Abbruch tun wird. Ich werde dich mit meinem Segen ziehen lassen. Aber bis dahin sei mein und laß mich dich mit einem Sexleben verwöhnen, das deinen Hunger befriedigt. Niemand sonst wird dazu in der Lage sein, und mit dieser Tatsache wirst du dich abfinden müssen.«

»So wie du das sagst, klingt es, als würde ich einen Liebespakt mit dem Teufel schließen.«

»Vielleicht tust du das sogar. Zumindest mit einem ziemlich dunklen Engel.«

»Das glaube ich keine Sekunde.«

»Das solltest du aber.«

»Ist das eine Warnung?«

»Wenn du es so auffassen willst. Es wäre besser für dich, wenn du dir kein falsches Bild von mir machen würdest. Ich will keine Tränen wegen der anderen Frauen, und ich bestehe darauf, daß unser Verhältnis um unseretwillen geheim bleibt. Kannst du diese Realität akzeptieren?«

»Du hast Angst vor der Familie.«

»Nein, ich respektiere die Familie. Ich liebe sie, als wäre es meine eigene. Und dich auch. Aber du bist zum Gegenstand meiner sexuellen Zuneigung geworden, und darum liebe ich dich um so mehr. Belassen wir es dabei.«

Lara leistete keinen weiteren Widerstand, sondern unterwarf sich Jamal und seinen Wünschen.

Monate vergingen wie Tage, eine Zeit, in der Lara allein für ihre geheime Liaison lebte. Sie entwickelte rasch eine Besessenheit für Sex und ihren Liebhaber. Wie er es versprochen hatte, hatte er Mittel und Wege gefunden, in der Öffentlichkeit mit ihr zusammenzusein, vor aller Augen, jedoch ohne daß man sie als Paar erkannte. Freundschaft bei Tage, erotische Ekstase bei Nacht. Seine Aufmerksamkeit erfüllte ihr Leben. Seine liberale Haltung ihrer überaktiven Libido gegenüber gab ihr die Sicherheit, die sie brauchte, ihre Sinnlichkeit rückhaltlos auszuleben. Sie war glücklicher als je zuvor in ihrem Leben, aber er hatte recht gehabt: Sie wollte mehr. Sie verbarg es sorgfältig vor ihm und versuchte verzweifelt, die Gier aus ihrem Leben wegzurationalisieren.

Was ihr blieb, war immer noch erregend. Ein sexuelles Abenteuer, auf das nur wenige Frauen sich einzulassen wagen würden. Es dauerte Monate, ehe sie die Gefahren ihres Sexspiels mit Jamal erkannte. Sie war naiv davon ausgegangen, daß sie bei ihm sicher war, weil er sie liebte. Als sie erkannte, welche erotische Macht Jamal über sie hatte, brachte sie nicht die Willenskraft auf, der Hörigkeit ein Ende zu machen. Wenn sie allein waren, beherrschte er sie völlig. Im Kreise der Familie legte er ihr gegenüber offene Bewunderung an den Tag. Es war ein zweifaches Band, das sie an ihn fesselte.

Sie litt unter der Demütigung zu wissen, daß es noch andere Frauen in seinem Leben gab. Er liebte die Verführung und würde seine anderen Gespielinnen niemals ihr zuliebe aufgeben. Sie begann einen teuflischen Zug in ihm wahrzunehmen, als er sie dazu brachte, seine Untreue hinzunehmen, mit der Art, in der er sie dafür belohnte: Sein Geständnis, daß er sie mehr liebte als irgendeine andere Frau, die er je besessen hatte, bedeutete ihr alles. Und er dachte sich immer neue sexuelle Experimente aus, um ihre Lust zu wecken. Ihr Leben war voller Spaß und sexueller Befriedigung. Aber das war nicht genug. Sie begann sich zu fragen, warum sie sich, obwohl sie ein so ausgefülltes Leben hatte, immer so leer und einsam fühlte. Ihre sexuellen Exzesse mit Jamal wurden von ihre Furcht überschattet, daß sie ihn letztendlich würde verlassen müssen, wenn sie alles haben wollte, was eine Liebesbeziehung zu bieten hatte. Die innere Unruhe, die ihre heimliche Affäre begleitete, begann ihr Glück zu untergraben. Sie verachtete ihre eigene Schwäche, die Lügen, ihr masochistisches Festklammern an einem Mann, der ihre Selbstachtung unterminierte.

»Heute verlasse ich ihn.« Diesen Entschluß verkündete sie fast täglich ihrem Spiegelbild. Jede Nacht wurde sie fast verrückt vor Rastlosigkeit, während sie darauf wartete, daß er sie rief, um sich ihren sexuellen Launen hinzugeben. Monate verstrichen, ohne daß sich an dem Muster ihres Lebens etwas änderte. Der Wille, ihn zu verlassen, war einfach nicht stark genug. Sie hatte keine Chance. Ihre Jugend, ihre Unerfahrenheit im Umgang mit Männern und ihr behütetes, privilegiertes Leben arbeiteten gegen sie. Wäre sie auf der Straße aufgewachsen oder durch die Umstände gezwungen gewesen, um ihr Überleben zu kämpfen, hätte sie vielleicht eher gewußt, was sie tun sollte.

Lara litt um so mehr, als sie nicht blind war für das, was mit ihr geschah. Sie erkannte es klar und deutlich: Ihre letzten Reste von Selbstachtung schwanden, sie war unfähig, den eigenen Untergang aufzuhalten. In ihrer Verzweiflung sandte sie schließlich einen Hilferuf aus – aber sogar dieser Ruf war selbstzerstörerisch und ungünstig getimt.

»Ich stecke in großen Schwierigkeiten. Ich möchte mit dir darüber reden. Wenn ich nicht bald mit jemandem spreche, werde ich noch verrückt. Aber du mußt mir versprechen, daß du es für dich behältst und nichts unternimmst. Du darfst niemals etwas verlauten lassen über das, was ich dir anvertraue. Sollte er es herausfinden, würde er mich verlassen, und das könnte ich nicht ertragen. Nicht jetzt, niemals. Ich bin es. Ich muß diejenige sein, die ihn verläßt, oder ich werde nie darüber hinwegkommen.«

Ihre Stimme zitterte, und sie sprach flüsternd. Sie war schrecklich blaß und mitleiderregend nervös. Julia war völlig verdattert.

Die Orgel spielte ›O, Promise Me‹, als Julia ihre Freundin

musterte. Sie war so schön wie immer, aber in diesem Augenblick wirkte sie außerdem sehr zerbrechlich. Die Zerbrechlichkeit ihrer Schönheit ließ sie verwundbar erscheinen, ein Zug, den man bei Frauen ihres sinnlichen, provokativen Aussehens nur selten sah. Julia nahm Laras weißbehandschuhte Hand in die ihre.

Die blumengeschmückten Bänke in St. Thomas waren bis auf den letzten Platz besetzt. Es wimmelte von Männern in eleganten Anzügen und Frauen mit chicken Hüten, strahlend und in hübscher Frühlingsgarderobe. Jeder geht gern auf die Hochzeit eines Bekannten.

»Du wirst doch nicht ohnmächtig, oder, Lara?«

»Nein.« Aber es klang nicht sehr überzeugend.

»Du hast dir wirklich den richtigen Ort und Zeitpunkt ausgesucht; es gibt wohl keinen geeigneteren Ort zum Beichten als eine Kirche! Ich bin hier, und ich werde dir helfen, aber du mußt durchhalten. Es wird alles gut werden.«

Lara versuchte, sich zu beruhigen, aber ihren Seelenzustand zu enthüllen schien ihre Panik noch zu verstärken. »Wie können wir von hier verschwinden, Julia?«

»Gar nicht. Wenn wir zur Tür gehen, werden alle glauben, die Braut kommt.« Wie zur Bestätigung ihrer Worte stimmte die Orgel abrupt den Marsch an, der alle Hochzeiten begleitete.

»*Coraggio!* Wir reden, sobald wir hier raus sind.«

Aber es kam zu keinem wirklich offenen Gespräch. Nicht daß Lara nicht gewollt oder Julia nicht zugehört hätte oder nicht bereit gewesen wäre, ihrer Freundin nach Kräften zu helfen. Vielmehr ging der Augenblick der Wahrheit in der feierlichen Zeremonie und der Flucht aus der Kirche und vor den Hochzeitsgästen in der Abgeschiedenheit von Julias Wohnung verloren.

In dem Raum mit Blick auf den East River herrschte Stille. Nachdem sie ihnen beiden ein Glas Champagner eingeschenkt hatte, setzte Julia sich zu Lara. Sie war so in Sorge um ihre Freundin, daß ihr nichts einfiel, was sie hätte sagen können. Schweigend streichelte sie ihren Arm.

Lara hatte nie stärker wie die tragische Schöne ausgesehen als jetzt, in ihrem weißen Chiffon-Plisseerock. Die dazugehörige Jacke war aus Rohseide, mit zwei Reihen goldener Knöpfe und einem breiten Seemannskragen, der mit silbernen und goldenen Fäden durchwirkt war. Sie trug immer noch den breitkrempigen, weißen, mit goldenen Sternen bestickten Roßhaarhut. Ein kleiner Strauß frischer Magnolien steckte in dem goldenen Hutband. Ihre hübsche Garderobe bildete einen seltsamen Kontrast zu ihrem unglücklichen Ausdruck.

»Und jetzt erzähl, worum es geht, Lara. Wie kann ich dir helfen?« fragte Julia.

»Ich weiß nicht, wo ich anfangen soll, was ich dir überhaupt erzählen soll, außer, daß ich nicht mehr weiterweiß. Ich bin verzweifelt. Ich will mich nicht so mies fühlen, aber ich weiß nicht, was ich tun soll, damit der Schmerz aufhört.«

Ihr Mitgefühl für Lara wühlte Julia zu sehr auf, als daß sie ihr hätte helfen können. Das war nicht das Mädchen, das sie fast ihr ganzes Leben gekannt hatte. Und Laras Unfähigkeit, mit ihren eigenen Gefühlen fertigzuwerden, erschreckte ihre Freundin.

»Offensichtlich hast du einen emotionalen Zusammenbruch. Ich kann nichts für dich tun, wenn du mir nicht erzählst, was genau dazu geführt hat.«

Mehrere Dinge – der Tonfall in Julias Stimme, ihre Wortwahl, allein die Tatsache, daß jemand sich auf ihren Zustand konzentrierte und verlangte, daß sie ihr Geheimnis preisgab, als würde sie dann die Hilfe bekommen, die sie brauchte, ihr Tief zu überwinden – rissen Lara aus ihrer akuten Deprimiertheit. Plötzlich erkannte sie, daß sie nicht einmal ihrer loyalen und treuen Freundin anvertrauen konnte, welche Verzweiflung ihre sexuelle Hörigkeit Jamal gegenüber in ihr auslöste. Sie wandelte ihre Geschichte ab. Sie mußte Julia diese Peinlichkeit ersparen.

Halbwahrheiten waren keine vollständige Beichte. Minuten verstrichen, in denen Julia wartete, daß sie sprach. In diesen Minuten sagte sich Lara, daß ein Übel, wenn man es benannte, kein Übel mehr war. Man brauchte das dunkelste Geheimnis nur ans Licht zu bringen, und es löste sich auf. Aber ihre Beziehung völlig preiszugeben erschien ihr jetzt schier unmöglich. Wenn sie redete, konnte das das Ende ihre Affäre mit Jamal bedeuten. Dieses Risiko war sie noch nicht bereit einzugehen, ganz gleich, wie unglücklich sie war.

Sie stellte ihr leeres Glas ab, schlug die Hände vor das Gesicht, neigte den Kopf und holte mehrmals tief Luft. Nach einigen Sekunden ließ sie die Hände wieder sinken und bedachte ihre Freundin mit einem beruhigenden Blick. Sie erhob sich vom Sofa und trat ans Fenster. Als sie sich Julia wieder zuwandte, gab die sichtliche Besorgnis auf deren Gesicht ihr wieder Auftrieb.

»Ich habe keinen Nervenzusammenbruch. Vielleicht hätte ich einen bekommen, wenn ich dir nicht in der Kirche mein Herz ausgeschüttet hätte. Ich habe eine Affäre mit Jamal. Eine sehr intensive und geheime Affäre. Versprich mir noch einmal, daß du es auch ganz bestimmt für dich behältst.«

An diesem Punkt war es um ihre Selbstbeherrschung geschehen. Ihre Stimme brach, und sie unterdrückte ein gequältes Schluchzen.

»Du liebst ihn wohl sehr?«

»Zu sehr, und genau das ist es, was ich nicht ertragen kann. Diese Verzweiflung. Ich will weder wegen Jamal noch wegen sonst jemandem so fühlen – oder überhaupt wegen irgend etwas. Verzweiflung ist zerstörerisch. Ich will nicht, daß sie in meinem Leben überhaupt eine Rolle spielt, und jetzt überwältigt sie mich förmlich. Dafür verachte ich mich. Trotzdem schaffe ich es einfach nicht, aus dem dunklen Loch zu kriechen, in das ich mich selbst gestürzt habe.«

»Sei nicht so streng zu dir, Lara. Du hast einen Liebhaber, der dafür bekannt ist, in jeder Frau, mit der er eine Affäre hat, genau diese Gefühle zu wecken. Gib ihn auf, wenn du wieder glücklich sein willst.«

Es war ein guter Rat, der sie noch enger miteinander verband. Julia begann, die komplexeren Seiten von Laras Wesen zu verstehen und zu akzeptieren. Sie unternahm zahlreiche Versuche, um zu verhindern, daß Lara in Verzweiflung versank. Einiges hatte Erfolg. Aber nichts vermochte den Bann ihrer Romanze zu brechen.

Kapitel 14

Und es war eine Romanze. Auf ihre ganz eigene Art vielleicht sogar eine große Romanze. Es gab ein echtes Band zwischen Lara und Jamal, eine Tiefe in seiner Zuneigung zu ihr. Die Heimlichtuerei war auf ihre sexuellen Eskapaden beschränkt. Es gab Überraschungsurlaube in Rio und Paris, eine Woche auf einem Schloß in den Atlas-Bergen in Marokko. Bei diesen Gelegenheiten achteten sie sorgfältig darauf, daß niemand erriet, wie tief ihre Beziehung reichte. Nur bei ihren heimlichen romantischen Ferien, wo kaum die Gefahr bestand, daß ihnen jemand begegnete, den sie kannten – eine Nilkreuzfahrt, ein heimlicher Trip nach Spanien, eine Safari in Afrika –, gaben sie sich offen als das Liebespaar, das sie waren. Wenn diese heimlichen Ferien zu Ende waren und sie in ihre jeweiligen Leben zurückkehrten, in die Welt der Täuschungen, die er ihr auferlegte, war das Gefühl des Verlustes für Lara beinahe unerträglich.

Die Familie beobachtete, wie sie sich von ihnen entfernte, aber ohne Sorge: Sie würde in den Schoß der Familie zurückkehren. Sie bezeichneten es als ihre Suche nach ihrem Platz in der Welt. Nur Henry war beunruhigt, als sie eine Urlaubseinladung von David ausschlug und eine zweite von Max nach Indien. Das hätte die alte Lara niemals getan. Dann verzichtete sie auf eine Gelegenheit, mit einer Proficrew, die sie selbst zusammenstellen konnte, die Welt zu umsegeln. Und sie hatte auch noch keine der Reisen unternommen, die sie in ihrem neuen viersitzigen Flugzeug geplant hatte. Sie machte einen recht glücklichen Eindruck, bis Henry sie einmal überraschte und in ihren Augen eine Trauer sah, die er nicht ertragen konnte. Er liebte sie zu sehr, um nicht etwa gegen diese Trauer zu unternehmen.

Er ging zu Emily. »Ich glaube, daß es Lara zur Zeit nicht sehr gut geht.«

Sie blickte von ihrem Buch auf. »Und das, obwohl sie ständig unterwegs ist. Das Mädchen ist unermüdlich und überall eingeladen. Ihr Problem ist, daß sie sich immer in die falschen Männer verliebt.«

»Was meinst du damit, Emily?«

»Genau das, was ich gesagt habe. Je eher sie Sam heiratet, desto besser.« Emily vertiefte sich wieder in ihre Lektüre.

Eine Phase. Jedes Mädchen machte auf dem Weg zum Erwachsensein solche Phasen durch. Henry kannte seine Tochter, ihre guten und ihre schlechten Eigenschaften. Aber er wußte auch, daß sie besaß, was all seinen Kindern eigen war: einen stahlharten Kern, der ihr helfen würde, jedes emotionale Trauma durchzustehen, das das Leben ihr auferlegte. Nur eins bereitet ihm Sorge. Sie besaß einen Makel, den die anderen Kinder nie gezeigt hatten: Eine unterschwellige Verwundbarkeit, die ihr, wenn sie an den Falschen geriet, dauerhaften Schaden zufügen konnte. Beinahe sicher, daß jemand Laras Bedürfnis, geliebt zu werden, ausnutzte, behielt er seine Tochter in den folgenden Wochen im Auge.

Es hatte so viele Hinweise gegeben, daß es unmöglich wurde, sie zu ignorieren. Sie wachte nicht mehr in der Wohnung im River House auf. Das Haus in der Dreiundfünfzigsten Straße wurde zu ihrem Liebesnest. Seine erotischen Forderungen wurden noch ausgefallener und ihre Treffen doch immer seltener. Er führte ihr seine letzte Eroberung, ein französisches Model mit endlos langen Beinen, ungeniert vor. Er brachte das Mädchen sogar mit nach Cannonberry Chase und reizte Lara mit offen zur Schau gestellter Leidenschaft für die Französin. Die Demütigung war zu groß. In ihrem Herzen wußte sie, daß das der Anfang vom Ende ihrer Affäre mit Jamal war.

Sie gab ihr Bestes, damit fertigzuwerden, wappnete sich dafür, ihn zu verlassen. Und als sie auf dem Tiefpunkt angelangt war, jede Achtung vor sich und ihrem Verhalten verloren hatte, kam Hilfe von unerwarteter Seite. Sam kehrte zurück. An einem Sonntag erschien er zum Lunch auf Cannonberry Chase.

Nie war sie glücklicher gewesen, jemanden zu sehen. Seine Ankunft war wie ein strahlendes Licht in der Finsternis ihrer Seele. Plötzlich fühlte sie sich unbeschwert und fröhlich. Sie war wieder das unschuldige, junge Mädchen. Sie begrüßten einander mit derselben Liebe und Zuneigung, die sie immer füreinander empfunden hatten. Die Familie hieß ihn willkommen; die Wiedervereinigung führte Lara vor Augen, wie sehr sie Sam und alles, wofür er stand, vermißt hatte.

In den folgenden Wochen verbrachten sie viel Zeit miteinander, aber wenn sie allein waren, gingen sie sehr zurückhaltend miteinander um, auch wenn sie sich gestanden, daß sie einander noch immer ebenso sehr liebten wie früher. Die sexuelle Anziehung war noch da. Aber wenngleich Sam sie ganz offensichtlich begehrte, bat sie ihn um etwas Zeit. Keiner von beiden erwähnte die Insel oder ihre letzte sexuelle Begegnung. Jamal beherrschte immer noch ihr sexuelles Sehnen, und sie unterhielt außerdem Beziehungen zu verschiedenen anderen Verehrern, die sie benutzte, um von Jamal loszukommen. Und jetzt auch noch Sam? Zu kompliziert.

Missy suchte Lara weiterhin jeden Morgen um neun Uhr auf, wenn sie zu Hause war. Die Routine variierte nur selten. Beim Frühstück erledigten sie ihre Korrespondenz und trugen ihre Termine ein, so daß Lara ihren gesellschaftlichen Verpflichtungen weitestgehend nachkam. Sie hatten es sich zur Gewohnheit gemacht, täglich erst die Termine des Tages durchzugehen und dann die des bevorstehenden Wochenendes. Diese Praktik lenkte Lara insoweit von ihrer heimlichen Affäre ab, als sie die meiste Zeit von einem Tag auf den anderen lebte und den Terminkalender als Lebensmuster akzeptierte, von dem sie nur sehr selten abwich. Und so war sie nicht überrascht, als Missy ihr mitteilte, daß sie an diesem

Abend mit ihrem Vater zu Abend essen und anschließend zu einer Versteigerung bei Sotheby's gehen würde.

Es war Monate her, seit sie und Henry etwas gemeinsam unternommen hatten. Sie freute sich auf den Abend – zumindest bis der Anruf kam, auf den sie immer wartete. Er kam gegen elf. Ihr Herz tat einen Sprung, sobald sie seine Stimme hörte. Er hatte fast eine Woche nicht angerufen.

»Ich habe dich vermißt.«

»Und du liebst mich«, entgegnete sie, einen sarkastischen Unterton in der Stimme.

»Ja, das stimmt.«

»Lügner! Du spielst nur mit mir. Wenn du dir die Mühe machst anzurufen, bedeutet das nur, daß du vögeln willst.«

»Ist das so schlimm? Du hast immer gewußt, was Sache ist. Und gib es zu, du liebst dieses Spiel.«

Lara sagte nichts darauf. Er lachte. Es war ein verschlagenes, spöttisches Lachen. Dummerweise reagierte sie mit Schweigen, was ihm verriet, daß sie schmollte. Das erregte ihn. Er liebte sie um so mehr in Situationen, in denen sie ihm nicht gewachsen war. Er schlug einen Ton an, von dem er wußte, daß sie ihm nicht widerstehen konnte, und befahl: »Komm heute abend zu mir, in das Haus in der Dreiundfünfzigsten Straße.«

»Unmöglich, ich bin schon verabredet.«

»Dann sag ab.«

»Diesmal nicht, Jamal.«

»Soll ich das so auffassen, daß du unserer Beziehung ein Ende machen willst?«

Ihre Stimme zitterte. »Eines Tages werde ich dich verlassen, Jamal.«

»Ah, aber nicht heute. Heute wäre nicht der richtige Zeitpunkt. Ich habe zu großes Verlangen nach dir, und ob du es glaubst oder nicht, ich brauche dich, mein Engel.«

»Ich hasse es, wenn du mich Engel nennst.«

»Was bist du denn heute so empfindlich? Denk an unser Zusammensein, an unseren Geschmack auf deiner Zunge, daran, mich in dir zu fühlen. Sei nicht so gereizt. Acht Uhr in der Dreiundfünfzigsten Straße, und ich werde dich lieben und dich mich lieben lassen. Ist das nicht alles, worum es in unserem Leben geht?«

»Ich hasse es, wenn du mich mit Bumsgeschichten aufziehst.«

Er lächelte in sich hinein. Er verstand es immer, die sinnliche, rebellische Lara hervorzulocken. Es machte ihm einen Riesenspaß, die kultivierte, verwöhnte Debütantin in ihr auszulöschen. Schwanz, vögeln, bumsen – ihre konservative High-Society-Welt wäre entsetzt und würde sie möglicherweise ächten, wenn sie nur ahnte, daß Lara solche Worte kannte oder gar in den Mund nahm. Bei ihren erotischen Liebesspielen konnte er Obszönitäten aus ihr herauslocken, die auch einen Erzreaktionär anmachen oder einen Schauermann erröten lasen würden. Er war zufrieden. Die Härte in ihrer Stimme, ein Hauch von Lüsternheit: Sie würde da sein.

»Nun«, sagte er schroff, »vorbei ist für mich vorbei. Das weißt du. Du brauchst es nur zu sagen, Lara. Soll es heute zu Ende sein?«

Er konnte die Furcht hören, die in ihrer Stimme mitschwang, als sie antwortete. »Nicht heute, Jamal.« Er konnte sich die Tränen in ihren Augen vorstellen.

»Ich liebe dich wirklich, das weißt du doch, Lara?« In diesem Augenblick wußte sie, daß er es tatsächlich so meinte. Sein Tonfall war jetzt freundlicher und beschwichtigte sie beide.

»Ich weiß. Aber mit heute abend gibt es wirklich ein Problem. Ich gehe mit meinem Vater aus. Erst zum Essen und anschließend zu einer Auktion bei Sotheby's.«

Nie die Familie vor den Kopf stoßen. Erst recht nicht Henry. Dafür hatte Jamal Verständnis. Allerdings änderte es nichts an seinen Plänen, die Nacht mit ihr zu verbringen. Jamal war überaus geschickt, wenn es darum ging, seinen Willen durchzusetzen; er war ein Meister der Manipulation. Rasch paßte er sich der neuen Situation an.

»Ah, aber ich will dich heute mehr als jede andere Frau. Du wirst dir eine Ausrede ausdenken müssen – eine Mitternachtsparty zum Beispiel. Du kannst sehr überzeugend sein, was Ausreden für deine Nächte außer Haus betrifft. Du bist ein richtiger Profi darin, die Familie zu täuschen. Ich habe dich beobachtet. Du bist eine überzeugende kleine Madame, wenn du es darauf anlegst.«

»Mag sein, daß ich gut darin bin, aber das heißt nicht, daß ich mich wohl dabei fühle.«

Er ignorierte diesen Einwand. »Eine Party, und du übernachtest bei Julia oder irgendeiner anderen Freundin. Du kennst doch die Routine.«

»Was war denn vergangene Woche, als es kein Problem für mich gewesen wäre, mich freizumachen? Was ist mit meinen Anrufen, auf die du nicht reagiert hast? Als ich frei war und mit dir zusammen sein wollte?«

»Ach, das ist der Grund für deine Gereiztheit. Hör auf, dich aufzuführen wie ein verwöhntes Kind.«

»Hör du auf, mich zu behandeln wie ein Kind. Ich benehme mich wie ein dummes Weibsbild. Genügt es denn nicht, daß ich zulassen, daß du mich nach Belieben hin- und herschiebst wie einen alten Koffer? Was ist, wenn *ich* mit *dir* zusammen sein will?«

»Ich habe doch sehr oft auf deinen Ruf reagiert und meine Pläne geändert, um deine sexuellen Bedürfnisse zu befriedigen. Stimmt das etwa nicht, Lara? Bin ich nicht auf deinen Wunsch hin herbeigeeilt?«

»In letzter Zeit nicht mehr.«

»Hör auf zu jammern. Wir werden heute nacht zusammen sein, und ich werde dich dazu bringen zu sagen, wie sehr du mich liebst und wie glücklich ich dich mache. Das willst du doch, oder?«

Sie kapitulierte. »Natürlich will ich das. Darum geht es doch bei diesem Gespräch; darum, daß ich dich will und nicht haben kann. Darum, daß ich auf Anrufe warte, die nicht kommen. Ich hasse das, Jamal. Es macht mich rasend.«

»Dann verlaß mich oder sag mir, wo und wann ich dich abholen soll.«

Der barsche Tonfall, den sie nur zu gut kannte. Er durchschaute ihren Bluff. Er war stärker als sie: Er meinte es ernst. Sie zögerte, brachte aber immer noch nicht die erforderliche Willenskraft auf. »Sotheby's. Die Auktion beginnt um zehn. Dad meint, sie müßte um Mitternacht zu Ende sein, einschließlich des Champagnerempfangs und allem Drum und Dran.«

»Sag ihm, daß ich dich abhole und wir uns einigen Freunden anschließen, die zu Jilly Wainwrights Party gehen. Daß ich ihn in Jillys Namen einlade, sich uns anzuschließen. Er wird selbstverständlich ablehnen und darauf bestehen, daß du hingehst. Perfekt.«

»Ganz und gar nicht perfekt. Ich hasse diese Spielchen, zu denen du mich zwingst, vor allem meinem Vater gegenüber.«

»Ich liebe diese Spielchen. Das macht das Ganze noch viel spannender. Aufregung, das ist für uns die Würze des Lebens, Lara. Zieh etwas Provozierendes an. Ich möchte, daß du so verführerisch aussiehst wie nur möglich. Ich möchte dich mit jemandem bekannt machen. Eine kleine Überraschung. Etwas, das dieser Nacht einen besonderen Kick verleihen wird.«

»Jamal ...«

»Schluß jetzt, Lara. Tu es.« Ein Klicken, und die Leitung war unterbrochen.

David, Henry und Emily saßen im Wohnzimmer und tranken Martinis, sehr trocken, mit einem Spritzer Zitrone. Die Männer standen auf, als Lara den Raum betrat. Sie registrierte den wohlwollenden Blick ihres Vaters: Er hatte sie schon immer gern in Rot gesehen. Sie hatte sich für ein kardinalrotes Seidenkleid entschieden, mit einem langärmligen Oberteil, das bis zur Taille blusig fiel, und einem schmalen Rock, der bis knapp über die Knie reichte. Vorn war es hochgeschlossen, aber im Rücken bis zur Taille ausgeschnitten. Es war ein junges, frisches und aufreizendes Modell, das sie mit dem Schwung und der Selbstsicherheit der Jugend trug. Ihre Beine steckten in silbrigschimmernden Seidenstrümpfen, und an den Füßen trug sie hochhackige Schuhe aus silbergefärbtem Ziegenleder. Sie trug keinen Schmuck, abgesehen von den Diamantohrringen, die ihr Vater ihr anläßlich ihres ersten Debütantinnenballs geschenkt hatte.

David schenkte ihr aus dem silbernen Shaker einen Martini ein. »Du siehst umwerfend aus, La.« Er reichte ihr ein langstieliges, konisches Glas mit einer kristallklaren Flüssigkeit und umarmte sie.

»Bei Gott, es macht einen Vater stolz, eine so schöne Tochter zu haben«, sagte Henry lächelnd.

»Jamal hat eben angerufen und mich an eine Party heute abend erinnert. Er möchte, daß ich mit ihm hingehe, Dad. Er sagt, er holt mich nach der Auktion ab. Du bist auch eingeladen. Er meint, die Leute auf der Party würden dir bestimmt gefallen. Ich soll auch dich fragen, ob du Lust hast mitzukommen, David.«

»Ich kann nicht, Mutter und ich fahren raus nach Cannonberry Chase und wollten unterwegs eine Kleinigkeit essen.«

»Ich habe ihm noch nicht fest zugesagt, Dad.«

»Gut, dann können wir nach der Auktion entscheiden, was wir tun wollen.«

Lara wußte, wie er sich entscheiden würde. Er würde sie mit Jamal zur Party schicken. Er würde sie niemals von einer guten Party abhalten. Er würde sie mit Jamal losschicken und in seinen Club gehen. So war Henry.

Er sah an diesem Abend selbst ausnehmend gut aus. Mächtig und bedeutend und sehr elegant in seinem Dinnerjackett von Savile Row und der schwarzen Fliege. Henry besaß das männliche Charisma mancher älterer Herren, eine Ausstrahlung, die auch hübsche junge Mädchen magisch anzog. Lara hatte oft Frauenblicke bemerkt, die sehnsüchtig auf ihrem Vater ruhten. Sie war stolz, seine Tochter zu sein und sich in der Öffentlichkeit mit ihm zu zeigen.

»Heute habe ich dir einen Abend in der Nachbarschaft anzubieten, Lara. Und es kümmert mich nicht im mindesten, daß ich irgendeinen jungen Kerl deiner Gesellschaft beraube.« Hierauf bot er ihr seinen Arm an, nachdem er den

Katalog von Sotheby's vom Tisch genommen hatte. David legte Lara den roten Seidenschal um die Schultern, der zu ihrem Kleid gehörte.

»Gothams kleines reitendes Rotkäppchen«, neckte er. »Ich brauchte dich wohl nicht vor all den bösen Wölfen zu warnen, die da draußen auf Goldlöckchen lauern, oder?«

Lara registrierte die Gereiztheit in Emilys Stimme. »Lara, achte darauf, daß dein Vater bei der Auktion nicht in einen Kaufrausch verfällt. Wenn er die Kostbarkeiten sieht, gibt er immer viel mehr Geld aus, als mir lieb ist.«

»Gute Nacht, euch beiden«, rief Lara, die schlechte Laune ihrer Mutter genießend. Sie wußte es besser: Niemand konnte Henry zu irgend etwas zwingen – oder von etwas abhalten. Sie warf ihrer Mutter und David einen Handkuß zu und hakte ihren Vater unter. Gemeinsam verließen sie das Haus und schlenderten die Straße hinunter. An der Ecke bogen sie ab in die Madison Avenue. Sie spazierten in gemächlichem Tempo an den Schaufenstern vorbei, betrachteten die Poseure der Upper East Side und wurden ihrerseits von ihnen gemustert. Es war ein schönes Gefühl, an Henrys Seite gesehen zu werden.

Er strahlte immer diesen männlichen, beruhigenden Charme aus, der mit gutem Aussehen, guter Erziehung und Megareichtum eines eleganten älteren Mannes einhergeht. Männer und Frauen spürten sein Charisma gleichermaßen. Lara hatte sich immer zu ihm hingezogen gefühlt, erst zum Vater und später zum Mann. Er war das Ideal des Mannes, mit dem sie glücklich werden könnte, aber leider war sie bislang noch keinem Mann begegnet, der ihm das Wasser hätte reichen können.

Sie kamen an dem berühmten Auktionshaus vorbei, dessen hellerleuchtetes Schild verkündete, daß eine Versteigerung der gehobenen Klasse unmittelbar bevorstand. Ein paar Blocks weiter und um die Ecke befand sich ein Restaurant, das sie noch nie gesehen hatte. Sie war überrascht, als Henry sie zur Tür führte. Es paßte gar nicht zu ihm, in einem kleinen Restaurant zu essen, das zwar nicht völlig unbekannt war, aber doch nicht zu jenen Lokalen gehörte, in denen gehobenere Kreise verkehrten. Sie hatte erwartet, daß sie ins La Côte Basque, ins Carlisle oder den Oak Room des Plaza gehen würden. Es gab eine ganze Reihe erlesener Restaurants, in denen er regelmäßig speiste.

Das Innere des Restaurants war dezent, mit einem gewissen *charme ordinäre*. Lara erkannte sofort, daß der Maître Henry Stanton kannte. Der Mann führte sie beflissen an einen Tisch, und Lara nahm auf der hufeisenförmigen Bank mit hoher Rückenlehne Platz, die einen Eindruck von Privatsphäre vermittelte. Henry setzte sich auf einen dickgepolsterten Sessel auf der gegenüberliegenden Seite des rechteckigen Tisches mit der gestärkten Damasttischdecke.

»Überläßt du mir das Bestellen? Ich kenne die Speisekarte auswendig. Natürlich nur, wenn du nicht Appetit auf etwas Spezielles hast.«

Lara überließ die Wahl der Speisen gern ihm. Er bestellte Austern Rockefeller, Krabbensoufflé, Salat, Camembert und große, saftige schwarze Trauben.

Er lächelte seine Tochter an. »Leicht, aber köstlich. Wir haben noch die Auktion vor uns. Und jetzt die Getränke. Was möchtest du trinken, Lara?«

»Champagner. Roederer Cristal.«

Sofortige väterliche Zustimmung.

»Dieses Lokal ist eine gelungene Entdeckung, Dad. Völlig unprätentiös. Ich wußte gar nicht, daß es dieses Restaurant gibt, obwohl ich dutzendmal daran vorbeigegangen sein muß. Trotzdem bin ich überrascht. Es entspricht nicht der Art von Restaurants, in denen du üblicherweise verkehrst.«

»Das stimmt. Ich komme gelegentlich her, wenn ich mit jemandem diniere und ungestört sein will. Wenn ich mit jemandem sprechen möchte, ohne von Freunden und Bekannten abgelenkt zu werden.«

»Klingt aufregend. Bist du je mit Mutter hier gewesen?«

»Nicht daß ich mich erinnern könnte. Es würde ihren Vorstellungen nicht entsprechen. Die Küche hier ist übrigens hervorragend. Zwar nicht alles und nicht immer, aber das, was wir bestellt haben, wird köstlich sein. Manchmal komme ich auch allein her, nur weil ich Appetit auf die Austern Rockefeller habe.«

»Du bist voller Überraschungen, Dad.«

»Ebenso wie du. Ein Mädchen voller Überraschungen. Offen gestanden ist genau das der Grund für dieses gemeinsame Abendessen. Aber darüber reden wir später, da kommen die Austern.«

Seine Bemerkung hätte Lara aufhorchen lassen müssen, aber das war nicht der Fall. Sie ging in Henrys Begeisterung für die brutzelnden Meeresfrüchte unter, die vor sie auf den Tisch gestellt wurden. Lara hatte plötzlich einen Bärenhunger und mußte zugeben, daß die Austern in Verbindung mit dem perfekt gekühlten Champagner ein kulinarischer Hochgenuß waren. Sie spießte die letzte Auster mit Speck auf und schob sie in den Mund. Dann saugte sie den letzten Tropfen Soße aus der Schale und legte sie auf den weißen Austernteller zurück.

Erst als sie und Henry das Konversationspotential eines Tellers Austern und einer guten Flasche Champagner ausgeschöpft hatten, wurde Lara bewußt, daß mehr hinter diesem Abend steckte als nur der Wunsch eines Vaters, mit seiner Tochter auszugehen. »Warum sind wir abgesehen vom Essen hier, Dad?«

In diesem Augenblick erschienen zwei Ober. Der eine schenkte ihnen nach, während der zweite die Teller abräumte. »Ich denke, wir nehmen noch eine Flasche, George.« Henry wartete, bis die beiden Männer fort waren, ehe er ihre Frage beantwortete.

»Der Grund, weshalb wir hier sind, ist die Liebe eines Vaters zu seiner Tochter, Lara. Der Anlaß für diesen gemeinsamen Abend ist der, daß ich seit einiger Zeit eine Depression in dir fühle, die mich beunruhigt. Ja, ich denke, das ist der Grund. Und daß ich mit dir darüber sprechen möchte. Es gibt keinen Grund, weshalb du deprimiert sein solltest – oder besser gesagt, weshalb du es dir gestatten solltest, unglücklich zu sein. Ich liebe dich zu sehr, um das zuzulassen. Lara, du wirst etwas dagegen unternehmen müssen.«

Sie hatte sich eingebildet, die Fassade der sorglosen Debütantin aufrechterhalten zu haben, während sie im geheimen ihre nicht immer glückliche Romanze unterhielt. Sie war niedergeschmettert von der Erkenntnis, daß Henry sie durchschaut hatte. Wer wußte sonst noch davon? Plötzlich fühlte sie sich psychisch entblößt, nackt den Blicken der ganzen Welt ausgesetzt. Ihr tiefstes, geheimstes Ich war beobachtet und analysiert worden. Sie wußte kaum, was sie unter dem aufmerksamen Blick ihres Vaters mit sich anfangen sollte. Sie mußte tief Luft holen, um nicht in Tränen auszubrechen. Es tat weh, als Betrügerin entlarvt worden zu sein, und doch war sie auch erleichtert, ihrem Vater nicht länger etwas vormachen zu müssen. Aber daß ausgerechnet ihr Vater das Thema der Farce ihres Lebens ansprechen mußte! Wenn es schon sein sollte, hätte sie Max oder David vorgezogen. Aber ihr Vater? Niemand machte Henry etwas vor. Wie sollte sie ihm ihr Leben oder ihre Niedergeschlagenheit rational auseinandersetzen?

Sie hatte mit gesenktem Kopf zugehört, seinem Blick ausweichend, während sie versuchte, sich zu fassen. Sie war überwältigt davon, daß ihr Vater offen zugab, daß sie ihm so viel bedeutete, er die Fassade durchschaute. Daß er sie so sehr liebte und er um ihretwillen bereit war, über seinen Schatten zu springen und sie direkt mit ihrem Problem zu konfrontieren, überraschte sie und schmeichelte ihr. Diesmal schob er keinen Treuhänder vor, keinen seiner Söhne, keine Nanny und auch sonst niemanden, sich ihrer Probleme anzunehmen. Und er versuchte auch nicht, sie mit einem neuen Boot, einem Pferd, einem Flugzeug oder einem Urlaub von ihrem Problem abzulenken. Er stellte sich seiner Liebe zu ihr, seinem Bedürfnis, alles zu tun, um ihr zu helfen.

Einige Minuten verstrichen in Schweigen, Minuten, in denen Vater und Tochter sich faßten. Als Lara sich ruhig genug fühlte, nahm sie ihren ganzen Mut zusammen und blickte ihrem Vater in die Augen. Sofort erkannte sie, daß Henry sich, wenngleich er sich unter Kontrolle hatte, ebenfalls sehr unbehaglich fühlte ob dieser Konfrontation. Aber ebenso offensichtlich war, daß er gedachte, zu Ende zu führen, was er begonnen hatte. Wieviel wußte er wirklich? Hatte er vielleicht nur das unbestimmte Gefühl, daß sie unglücklich war? Aber sie kannte ihren Vater zu gut. Er mußte irgendwelche Fakten haben; er hätte sie niemals aus einer reinen Vermutung heraus darauf angesprochen. Sie fühlte sich unbehaglich und rutschte nervös auf der Bank hin und her, darauf wartend, daß er etwas sagte. Sie war erleichtert, als er vorübergehend das Thema wechselte.

»Ich bin sehr gespannt auf die Auktion heute abend. Es werden wunderschöne Objekte angeboten. Ich denke, der heutige Abend könnte unserer Sammlung von Zeichnungen Alter Meister sehr zugute kommen.« Er hatte den Hochglanzkatalog aufgeschlagen. »Ich bin beispielsweise sehr interessiert an dieser Rembrandt-Zeichnung.« Er erzählte lange von seiner Leidenschaft, Kunst zu sammeln, und neckte sie dann. »Ich bin sehr schockiert darüber, wie lange meine Kinder brauchen, ihre Ignoranz abzulegen, und du bildest da keine Ausnahme, Lara. Aber ich bin guten Mutes. Die anderen haben sich alle als Spätentwickler erwiesen, und darum zweifle ich nicht daran, daß du irgendwann Kunstverstand an den Tag legst.«

Sie blätterte in dem Katalog und hielt sich sicherheitshalber an zwei berühmte Namen. »Hast du es auf den Raphael oder den Caravaggio abgesehen? Wenn ich kein solcher Ignorant wäre, könnte ich mir vorstellen, eins von beiden Werken für meine Sammlung zu ersteigern. Das heißt, wenn ich eine Sammlung hätte.«

»Touché«, entgegnete ihr Vater, nicht böse über den Konter. »Es scheint, als wäre bei dir noch nicht Hopfen und Malz verloren, meine Kleine.«

Das Soufflé wurde gebracht. Es war köstlich. Ein kleines Stück Krabbenfleisch blieb an Laras Unterlippe haften. Henry beugte sich vor, um es mit seiner Serviette fortzuwischen. Er sah ihr eindringlich in die Augen und meinte: »Deine Mutter sagt, daß du unglücklich bist, weil du dir immer die falschen Männer aussuchst.«

»Dad!«

»Sei nicht böse. Ich sagte doch schon, daß wir hier sind, um über dich zu sprechen. Und das *werden* wir. Ich will dich nicht in Verlegenheit bringen, Lara. Laß uns Verlegenheit einmal beiseitelassen, vielleicht gelingt es uns dann, einige Punkte zu klären, die hilfreich sein könnten. Sieh mich nicht so zornig an. Nicht ich habe gesagt, daß die Männer dein Problem wären, sondern deine Mutter.«

»Ich wähle nicht die falschen Männer! Mutter weiß nicht, was sie da redet.«

»Laß mich eins bezüglich deiner Mutter klarstellen, Lara: So anstrengend sie auch zuweilen sein kann, sie ist doch eine intelligente Frau mit einer außergewöhnlichen Beobachtungsgabe. Sie steckt nicht immer den Kopf in den Sand – nur wenn es ihr in den Kram paßt. Und ihre persönlichen Eindrücke treffen meistens den Nagel auf den Kopf.«

»Mutter kann ein solches Biest sein.«

»Ja, und wir alle gestatten es ihr. Aber ich bezweifle, daß es in diesem Fall reine Boshaftigkeit war.«

»Zweiundvierzig Jahre. Warum hast du sie nicht verlassen? Ihr beide habt so wenig gemeinsam.«

»Lara, ich würde nicht unbedingt meinen, daß fünf Kinder, vier Enkelkinder und ein meist glückliches Eheleben keine Gemeinsamkeiten sind. Respekt, Bewunderung und auch Liebe für die Familie und das Leben, das sie uns allen so angenehm gestaltet hat, haben etwa damit zu tun. So, wie auch Verpflichtung. Ich weiß das, und deine Mutter weiß es ebenfalls. Und wir haben uns arrangiert, was unser Leben außerhalb unserer Ehe betrifft. Das wirft man nicht einfach weg. Man läßt nicht einfach eine Familie im Stich. Man lernt, Differenzen mit einem Leben zu kompensieren, das nur einem allein gehört – diskret selbstverständlich. Und überhaupt wird deine Mutter immer die wichtigste Frau in meinem Leben sein. Ich dachte, du wüßtest das. Aber kommen wir jetzt wieder zu dir. Hat deine Mutter recht? Hast du dich mit einem Mann eingelassen, der dein Leben beherrscht? Ist es das, was dich durcheinanderbringt und die Orientierung verlieren läßt?«

Lara schwieg. Ihr Vater wandte sich wieder seinem Soufflé zu und bedeutete dem Ober, ihnen nachzuschenken. Dann sagte er sehr ruhig: »Lara, du wirst um dieses Gespräch nicht herumkommen. Laß es mich dir leichter machen. Du bist derzeit nicht sehr glücklich, richtig?«

»Nein.«

»Und stimmst du mir auch darin zu, daß du die Orientierung in deinem Leben verloren hast und nicht weißt, wie du dich in dieser Situation verhalten sollst?«

»Woher weißt du das, Dad? Ist es denn so offensichtlich?«

»Nein, Liebes. Keine Bange, es ist keineswegs offensichtlich, das kann ich dir versichern. Ich habe lange, vielleicht zu lange, gebraucht, um zu erkennen, daß du Probleme hast. Als ich es dann bemerkt hatte, habe ich dich ein paar Wochen beobachtet, um ganz sicherzugehen, daß ich mich nicht irre. Du bist eine gute Schauspielerin. Vielleicht eine bessere, als dir selbst guttut.«

»Woran hast du es gemerkt?«

»Wir alle haben irgendwann in unserem Leben an diesem Punkt gestanden, Lara. Auch dein Vater.«

»O Dad.«

Er hörte die Erleichterung in ihrer Stimme, endlich mit ihm sprechen zu können, und das bestätigte ihm, daß es richtig gewesen war, ihr zu Hilfe zu kommen. »Lara, ich stimme nicht mit deiner Mutter überein. Im allgemeinen gefallen mir die Männer deiner Wahl. Zumindest haben mir jene gefallen, die du nach Cannonberry Chase mitgebracht hast oder mit denen ich dich gelegentlich zusammen gesehen habe. Aber ich sehe sie als Männer, während deine Mutter jeden deiner Begleiter als potentiellen Ehemann unter die Lupe nimmt. Und vielleicht hat sie sogar recht damit.«

»Mutter! Sie sagt immer, daß sie die Männer mißbilligt, mit denen ich ausgehe. Wenn sie ihnen dann begegnet, dreht sie ihren ganzen Charme auf und spielt ihnen die Grande Dame vor. Sie ist viel koketter als ich, Dad, und dann streicht sie sie von ihrer Liste – sofern sie überhaupt darauf gestanden haben. Sie verlangt ihre ganze Aufmerksamkeit – und bekommt sie auch, wie ich anfügen möchte. Sie findet sie außergewöhnlich charmant, nimmt die Blumen an, die sie ihr schicken, und dann verdammt sie sie hinter meinem Rücken und mich gleich dazu, weil ich sie ausgesucht habe. Das geht wirklich zu weit. Ständig mischt sie sich in unser aller Leben ein, und offen gestanden bin ich es leid. Dad, können wir jetzt bitte das Thema wechseln? Ich weiß schon, was ich zu tun habe.«

»Aber du bringst es nicht über dich, es auch tatsächlich zu tun.«

Sie zögerte, und er hakte nach. »Ist es nicht so?«

»Doch.«

»Vergiß deine Mutter. Sie hat keine Ahnung, daß wir diese Unterhaltung führen. Das hier bleibt unter uns, Lara. Niemand wird je erfahren, was heute abend zwischen uns gesagt wird. Was ist es, was du tun mußt, aber nicht kannst?«

»Den Mann verlassen, den ich liebe.«

»Ah, die Liebe. Liebst du ihn oder bist du in ihn verliebt?«

»Ich weiß es nicht mehr.«

»Laß uns darüber reden, Lara. Ich brauche gar nicht zu wissen, wer dein Liebhaber ist. Ich bin nur hier, um dir aus einer verfahrenen Situation herauszuhelfen, sofern es mir möglich ist. In Ordnung?«

»In Ordnung.«

Henry war erleichtert. Wenigstens war sie bereit, über den Kerl zu sprechen, mit dem sie sich eingelassen hatte. »Versuchen wir, etwas Klarheit in die Angelegenheit zu bringen. Ist es Liebe oder Verliebtheit, Lara? Oder ist es vielleicht nur Sex?«

»Eine Kombination von allem.«

»Und er – was bedeutet es ihm?«

»Dasselbe. Das sagt er zumindest.«

»Zwei Menschen mit den gleichen starken Gefühlen füreinander? Warum wissen wir dann nichts davon?«

»Er besteht darauf, daß wir unsere Affäre geheimhalten.«

»Und du würdest es vorziehen, zu eurer Beziehung zu stehen?«

»Ja. Es ist eine düstere – beinahe hätte ich gesagt schmutzige – Affäre. Und ich verabscheue die Heimlichtuerei. Ich verachte dic Unaufrichtigkeit.«

»Was verabscheust du noch an dieser Affäre, das dich unglücklich macht?«

»Daß ich keine Kontrolle darüber habe. Nicht über ihn, nicht einmal über mich selbst. Und das Resultat ist, daß ich die Orientierung verloren habe, wie du es so treffend ausgedrückt hast. Ich hasse das und mich selbst.«

»Und du kannst an dieser untragbaren Situation nichts ändern? Du kannst ihn nicht verlassen, weil du dich davor fürchtest, ihn zu verlieren.«

»Woher weißt du das?«

»Ich fürchte, dein Dilemma ist nicht sehr einzigartig. Vielmehr ist es sehr verbreitet. Und ob du es glaubst oder nicht – ich habe es selbst durchgemacht. Jeder leidenschaftlich sinnliche Mensch gerät früher oder später in diese Situation. Nur erkennen einige von uns die Sinnlosigkeit einer solchen Affäre früher als andere und handeln entsprechend, weil es nicht in unserer Natur liegt, eine Beziehung beizubehalten, die uns quält.«

Lara wollte ihn unterbrechen, um sich zu verteidigen, aber Henry hob abwehrend eine Hand. »Nein, bitte laß mich fortfahren. Man kann auf viele verschiedene Arten ausgenutzt werden. Es muß nicht unbedingt sexueller Natur sein, aber ausnutzen ist ausnutzen und dehnt sich gewöhnlich auch auf das Körperliche aus. Ganz abgesehen von der sexuellen Anziehung.« Er sah, wie sie errötete, und bemühte sich, ihr die Befangenheit zu nehmen. »Das braucht dir nicht peinlich zu sein, Lara. Wir sind zwei Erwachsene, die sich über die Dinge des Lebens unterhalten, und Sex ist nun mal ein Teil des Lebens. Wie sonst sollte ein Mann ein so schönes und lebendiges Mädchen wie dich halten? Sex ist eine sehr wirkungsvolle Waffe.«

»Die Liebe ebenfalls. Er sagt, daß er mich liebt und mich braucht.«

»Und wenn man beides zu einem aufregenden Sexleben

hinzunimmt und einem beeinflußbaren jungen Mädchen auftischt, kann ein Mann dieses hiermit nicht nur beherrschen, sondern zerstören. Du bist wirklich in Schwierigkeiten, mein armes Kind. Möglicherweise sogar in sehr ernsthaften.«

»Ich weiß. Aber ich werde ihn verlassen. Ich brauche nur noch etwas Zeit.«

»Wie lange redest du dir das schon ein?«

Sie wandte den Blick ab, eine Träne im Augenwinkel. Sie seufzte. Ganz leise sagte sie: »Ich habe Angst davor, in meinem ganzen Leben nie wieder das zu empfinden, was ich bei ihm empfinde.«

»Mein liebes Kind, aus dir sprechen Jugend und Unerfahrenheit. Ich verspreche dir, daß du das und sogar noch viel mehr bei einem anderen finden wirst. Du stehst noch am Anfang deines Lebens und deiner Lieben, Lara. Ich denke wirklich, daß du akzeptieren solltest, daß deine Zeit mit diesem Mann abgelaufen ist. Je länger du diese Beziehung aufrechterhältst, desto länger brauchst du hinterher, darüber hinwegzukommen. Warum konzentrierst du dich nicht darauf und auf den Schaden, den er dir bereits zugefügt hat?«

Als Lara ihrem Vater wieder ins Gesicht sah, lag ein ängstlicher Ausdruck auf ihren Zügen. »Dad, versprich mir, daß du in dieser Sache nichts unternehmen wirst. Ich könnte es nicht ertragen, wenn du mich gewaltsam aus diesem Schlamassel herausholen würdest. Ich muß es allein schaffen, oder ich komme nie von ihm los. Ich kenne mich gut genug, zu wissen, daß es so ist.«

»Du verlangst sehr viel von mir, Lara.«

»Nur, daß du darauf vertraust, daß ich das Richtige tun werde.«

Henry sah, daß ihre Unterlippe zitterte, hörte die Furcht in ihrer Stimme und registrierte die Entschlossenheit in ihrem Blick. Er hatte diesen Ausdruck schon lange nicht mehr in ihren Augen gesehen. Er war klug genug zu wissen, daß der Entschluß, den er jetzt fassen würde, für Laras restliches Leben entscheidend sein würde. Er wollte seinem Lieblingskind nicht die Chance nehmen, allein mit dieser schwierigen Situation fertigzuwerden. Er glaubte fest daran, daß sich unter der Verwundbarkeit ein stählerner Kern verbarg. Er war überzeugt davon, daß sie ihm von all seinen Kindern am ähnlichsten war, und dafür liebte er sie ebenso sehr wie für ihre anderen Vorzüge.

»Ich vertraue darauf, daß du damit fertig wirst. Aber denk immer daran, daß ich für dich da bin, falls du mich brauchst. Du wirst es schaffen. Das gehört zum Erwachsenwerden und zur Selbstfindung.«

Und zum erstenmal seit sie in der Nacht jener Party im River House erneut Jamals Verführungskünsten erlegen war, wußte Lara, daß sie es tatsächlich schaffen würde. Innerhalb einer Stunde bei einem gemeinsamen Essen war es ihrem Vater gelungen, das Selbstvertrauen wiederherzustellen, das Jamal mit seinen ausschweifenden erotischen Spielen systematisch untergraben hatte.

Henry sprach nicht wieder von ihrem Problem, weder an diesem Abend noch sonst irgendwann. Statt dessen baute er die Spannung mit begeisterten Beschreibungen von Zeichnungen Alter Meister ab und vermittelte ihr etwas von der Wichtigkeit der Auktion, die sie gleich besuchen würden. Gemeinsam fanden sie zur Ungezwungenheit zurück.

Bei Sotheby's schüttelten sie vielen Freunden die Hand und tauschten mit ihnen verbale Trivialitäten aus. Unmittelbar bevor sie ihre Plätze im Auktionssaal einnahmen, sah Lara ihren Vater an und sagte: »Ich bin wohl doch keine so große Ignorantin, Pa.«

Henry lächelte. Wann hatte seine Tochter ihn das letzte Mal mit ›Pa‹ angesprochen? Er spürte, daß etwas von ihrer früheren Vitalität zurückkehrte. Vielleicht brauchte er sich wegen ihres Problems keine Sorgen mehr zu machen. »Bei der Besichtigung vor ein paar Tagen habe ich mich in den Botticelli verliebt. Er gehört mir. Ich bin fest entschlossen, ihn zu ersteigern, biete also bitte nicht gegen mich.«

Henry war in diesem Augenblick so stolz auf Lara wie schon lange nicht mehr. Sein verwöhnter, wunderschöner

Engel. Einstige Befürchtungen, daß sie ein dunkler oder fallender Engel sein könnte, schwanden. Sein Kind würde ganz sicher seinen Platz in den himmlischen Engelsreihen einnehmen. Sie war der Außenseiter unter seinen Kindern, das Pferd, das als letztes startete und doch bis zur Ziellinie alle anderen überrundete. Das wußte er jetzt ganz sicher, und vielleicht hatte er es im Herzen schon immer gewußt.

Kapitel 15

Angespannte, unnatürliche Stille. Die Stille, die von mehreren hundert Menschen herrührte, die die Luft anhielten. Eine elektrisierende, erwartungsvolle Spannung. Dann ertönte der scharfe, durchdringende Schlag des Holzhammers. »Verkauft an die Dame in Rot für siebenhunderttausend Dollar«, verkündete der Auktionator.

Die Anwesenden atmeten aus. Beifall brandete auf. Erregtes Stimmengemurmmel erhob sich von der Menge, die sich von ihren Stühlen erhob und zu Grüppchen zusammenfand, noch ganz berauscht von dem Adrenalinstoß, den die Auktion bewirkt hatte. Händeschütteln und Getuschel unter den Bietern, Gewinnern und Verlierern, Schaulustigen und Klatschbasen der Gesellschaft. Die Telefonisten, die Gebote aus der ganzen Welt entgegengenommen hatten, ließen sich auf ihre Stühle zurücksinken, erleichtert, gute Arbeit für das Auktionshaus geleistet zu haben. Sie besprachen sich angeregt, während der Auktionator dem Publikum für seine Teilnahme dankte.

Wer ist sie? Für wen kauft sie? Noch nie gesehen. Wen hat sie alles überboten? Wer ist ihr Kunsthändler? Ist sie selbst Händlerin? Der Saal brummte vor Fragen zu dem jungen Ding, das bei den Objekten, die es haben wollte, mit Entschlossenheit und viel Geld alle anderen Bieter übertrumpft hatte. »Sie ist scharf auf Henry Stanton«, sagte jemand.

»Zufällig weiß ich, daß er den Botticelli haben wollte. Er hätte ihn sich niemals entgehen lassen.«

»Machst du Witze? Hast du Stantons Gesicht gesehen? Er ist ebenso überrascht wie alle anderen, daß das Mädchen so abgesahnt hat.«

»Sie ist mit Henry hier, aber wer ist sie? Warum hat er nicht gegen sie geboten?«

Eine der Frauen in der kleinen Gruppe lachte. »Das würde er kaum tun, wenn sie zur Familie gehörte, oder?«

Das brachte den Museumsdirektor zum Schweigen, den die Niederlage mehr schmerzte als die meisten anderen. Auch er hatte auf die Zeichnung geboten. »Das ist Lara Stanton«, erklärte die Frau genüßlich. »Sie ist Henry wohl ähnlicher als Emily, würde ich meinen. Ein nettes Mädchen, und sehr charmant, aber ich habe gehört, sie wäre recht frivol. An nichts anderem interessiert als an ihrem Debütantinnenleben. Aber diesem Klatsch dürfte mit dem heutigen Abend wohl ein Ende gemacht sein.«

Inzwischen hatten sich die wichtigen Käufer der Auktion um Henry und Lara geschart. Es gab Glückwünsche und einiges Getue um die Neuerrungenschaften der Stantons. Es wurde viel über den Verlauf der Versteigerung diskutiert. Die Verlierer wirkten verärgert oder, wie Henry auf dem Weg in die Empfangshalle zu Lara meinte: »... keine ernsthaften Sammler, denke ich. Welche Dreistigkeit, mir anzubieten, mit Profit an sie zu verkaufen! Kunst ist ein großes Geschäft und kaum noch ein Amüsement für Gentlemen. Jeder, der uns kennt, weiß, daß die Stantons kaufen, aber niemals verkaufen. Das solltest du beherzigen, Lara. Tauschen vielleicht. Schenkungen an renommierte Institutionen können ebenfalls lohnend sein. Aber verkaufen niemals.«

»Gebongt, Pa.« Ihre Augen glitzerten. »Es gibt doch nichts Besseres, als Geld auszugeben, um die gute Laune eines jungen Mädchens wiederherzustellen.«

Henry lachte. Lara stieß ihn mit dem Ellbogen in die Rippen, woraufhin er nur um so mehr lachte. Dann nahm sie ihn bei der Hand und flüsterte: »Ich habe mich eine Ewigkeit nicht mehr so gut amüsiert. Das Adrenalin fließt in Strömen. Du hast mir nie erzählt, wie aufregend eine Auktion sein kann, wenn man selbst mitbietet, Pa. Der Ehrgeiz, den du uns Stantons vererbt hast, hat sich wieder einmal bemerkbar gemacht. Ich wußte, daß ich, wenn ich bekommen wollte, worauf ich es abgesehen hatte, am Ball bleiben mußte, erst recht, wenn es hoch herging und andere mitboten. Die anderen zu überbieten und ein kostbares Kunstwerk zu erwerben – das ist, als würde man den America's Cup gewinnen. Ich glaube, ich könnte mich wirklich für dieses Spiel mit der Kunst begeistern.«

»Ja, Liebes, aber kannst du es dir auch leisten, es dir zur Gewohnheit zu machen?«

»Ich weiß es nicht. Ich werde mit Harland darüber sprechen müssen.«

»Das wirst du allerdings, wenn es nicht bei dieser Auktion bleiben soll. Ein Duccio, der Caravaggio, ein Leonardo und ein Botticelli. Du machst wirklich keine halben Sachen, Mädchen.«

»Du aber auch nicht, Pa. Mutter wird wütend sein. Was wirst du ihr erzählen?«

Sie waren in der Empfangshalle. Er nahm zwei Gläser Champagner vom Tablett eines Obers mit rotem Jackett und reichte eins an Lara weiter. »Daß ich eine sehr clevere Tochter mit unerwartet scharfem Blick habe, der ich vollstes Vertrauen schenke.«

Sie beide wußten, worauf sich seine Worte bezogen. Sie prosteten einander zu und stießen mit ihren Gläsern an. Die Anspielung wurde ebenso schnell verstanden wie wieder vergessen. »Nein, ich meine wegen deiner Extravaganz, nicht wegen meiner«, sagte Lara.

»Ach, ich weiß schon, wie ich deine Mutter zum Schweigen bringe. Sie läßt sich mit einem Wohltätigkeitskonzert besänftigen. Das funktioniert jedesmal.« Sie lachten beide.

Sie waren umgeben von Kunstliebhabern, die darauf bestanden, Lara und ihrem Vater die Hand zu schütteln. Fremde, denen sie noch nie begegnet waren und denen sie wohl auch nie wieder begegnen würden, gratulierten ihnen zu den von ihnen erstandenen Kunstwerken. Lara fand diesen Teil des Auktionsabends merkwürdig, aber spaßig. Dennoch fragte sie sich, was es mit diesem ganzen Drumherum auf sich hatte. Sie hatte die Zeichnungen aus dem inneren Wunsch heraus ersteigert, die Zusammengehörigkeit aufrechtzuerhalten, die sie bei den dargestellten Personen fühlte. Die meisterhafte Schönheit, die sie ausstrahlten, berührte sie so tief, daß sie sie nie wieder loslassen wollte. Die einzigartigen Kunstwerke waren mit einem Zauber, einer Macht und Zeitlosigkeit behaftet, die sie faszinierten. Sie spürte die Ewigkeit in ihnen, die Liebe, und an diesem Gefühl wollte sie festhalten.

Lara spürte Jamals Anwesenheit. Sie fühlte einen Schauer prickelnder Erregung allein in dem Bewußtsein, daß er irgendwo im Raum war. Er beobachtete sie. Sie nahm seinen bewundernden Blick wahr und glaubte, ihr Herz würde bersten vor Glück. Sie sah zu ihrem Vater hinüber, der in eine angeregte Unterhaltung mit zwei Herren vertieft war. In diesem Augenblick fühlte sie keine Furcht, keine Gewissensbisse wegen der kleinen Lügen und Täuschungen, derer sie sich im Namen der Liebe schuldig gemacht hatte. Nach dem Gespräch mit ihrem Vater zuvor wußte sie, daß er verstehen würde, was sie dazu verleitet hatte. Das Vertrauen ihres Vaters, das sie verloren zu haben glaubte, war wiederhergestellt und hatte ihr eine Selbstachtung zurückgegeben, die niemals wieder erschüttert werden würde.

Sie empfand überwältigendes Verlangen danach, mit Jamal zusammenzusein, ihre sexuellen Sehnsüchte mit ihm auszuleben. Sie suchte keine Ausrede für ihren sexuellen Hunger. Sie wußte, daß sie sich fortan nicht mehr gestatten würde, wegen ihrer Beziehung unglücklich zu sein. Vertrauen, dachte sie, ist eine starke Waffe gegen das Gefühl des Versagens. Und in diesem Moment liebte sie Henry mehr denn je für das, was er ihr so großzügig gegeben hatte.

Jamal hatte keine Mühe, Lara in dem Meer aus schwarzen Fliegen, teuren Smokings, glitzernden Roben und Hundertdollarfrisuren auszumachen. Ihre Jugend. Diese faszinierende Mischung aus Sinnlichkeit und unschuldiger Schönheit strahlte wie Neonlicht. Alle anderen wurden davon überschattet. Da war ihr provozierendes rotes Kleid mit der Botschaft einer Aristokratin, die dem konservativen Establishment eins auswischte. Und Jamal erkannte wieder einmal in ihr diesen ganz besonderen Funken, der ihr schon in der Kindheit eigen gewesen war. Seine Furcht, daß er erloschen sein könnte, schwand.

Er grüßte abwesend einige Bekannte, während er sich einen Weg durch die Menge bahnte, jedoch ohne die Mädchenfrau, die Verführerin, dieses seltsam mächtige und doch verwundbare Wesen, das ihm mehr gab als die meisten anderen Frauen, auch nur eine Sekunde aus den Augen zu lassen. Wie oft sie ihn herauszufordern schien, sie zu bedingungsloser Unterwerfung zu zwingen. Für ihn war sie immer noch ein Spiel, das zu gewinnen er sich zum Ziel gemacht hatte. Heute abend vielleicht?

Er sah Henry, den allmächtigen Henry. Gentleman par excellence, Manipulator so vieler Aspekte so vieler Existenzen, von denen ihm einige sehr nahestanden und andere wiederum völlig unbekannt waren. Jamal hatte Henry immer geliebt und respektiert, als Mann wie als Onkel seines besten Freundes. Und auch er war nicht immun gegen Henrys Reichtum und seinen meisterhaften Umgang mit Macht und Einfluß. Er hatte sich immer gewünscht, irgendwie dem Stanton-Clan anzugehören, hatte jedoch nie in Lara den Schlüssel zur Erfüllung diese Wunsches gesehen. Das leiseste Anzeichen für seine Beziehung zu ihr würde dazu führen, daß seine besten Freunde sich von ihm abwandten. Dieser Zugang zu ihren Kreisen war ihm verschlossen. Was trieb ihn, seine gefährliche erotische Beziehung zu Lara fortzusetzen? Konnte er die Schuldgefühle, die ihn plagten, weil er diesen Mann, den er so bewunderte, und seine Familie hinterging, einfach verdrängen?

Jamal wußte, daß er Henrys kostbarsten Besitz korrumpierte. Aus Leidenschaft, sagte er sich, seiner eigenen und

Laras. Und doch war sie bei ihm sicherer als bei jedem anderen, mit dem sie erotische Spielchen spielen mochte. Ein Glücksritter hätte ihre erotische Natur möglicherweise ausgenutzt, sie der ganzen Welt enthüllt, während Jamals alles tat, sie geheimzuhalten. Henry selbst hätte in Jamals Situation nicht mehr tun können, und Henry war als Mann bekannt, der mit harten Bandagen kämpfte, wenn er etwas wollte, ob es sich um eine Sporttrophäe, einen finanziellen Triumph, seine Kunstsammlung oder seine Privatangelegenheiten handelte.

Jamal sah, wie Henry Lara den Arm um die Schultern legte. Vater und Tochter wechselten einen Blick. Ihm war bis dahin nie bewußt gewesen, wie ähnlich sie sich waren. Und er sah in der verwundbaren jungen Frau, die ihm sexuell verfallen war, eine größere Kraft, als er je in ihr vermutet hätte. Es erregte ihn zu wissen, daß er größere Macht über sie hatte als jeder andere Mann. Sie war wahrlich eine lohnende Trophäe. Er verdoppelte seine Anstrengungen, sich zu ihr vorzukämpfen.

Er steckte den Schlüssel ins Schloß und drehte ihn herum. Die Tür öffnete sich mit einem Klicken. Er wandte sich ihr zu. Sein Kuß war sanft und zärtlich. Er fuhr mit der Zungenspitze über ihre Lippen und überraschte sie, als er sie auf die Arme hob, um sie über die Schwelle zu tragen.

Er trug sie in das Wohnzimmer im Erdgeschoß und setzte sie vor das Feuer im offenen Kamin. Dann ging er durch den Raum und schaltete alle Lampen aus bis auf eine in der entferntesten Ecke. Er kehrte zu Lara zurück und streifte ihr die rote Stola von den Schultern. Er hob ihre Hand und neigte die Lippen über ihre Finger, küßte sie und leckte die Innenseite ihrer Hand. Er fühlte, wie sie dahinschmolz.

Im Halbdunkel des Zimmers, im flackernden Feuerschein, sah sie, sofern möglich, noch verführerischer aus. So feminin, so unwiderstehlich für einen Mann, der von solchem Sexhunger erfüllt war wie Jamal. Er ging einmal um sie herum, dann noch ein zweites Mal. Sie fühlte beinahe, wie ihre Kleider sich unter seinem durchdringenden Blick von ihrem Körper schälten. Sie malte sich seine Gedanken aus, die sexuellen Freuden, die er sich ausdachte, um sie zu befriedigen, und versuchte, den wohligen Schauer zu verbergen, der sie durchfuhr. Mit diesen Augen, der Berührung seiner Lippen und seiner Haut auf der ihren vermochte er stets jeden Widerstand in ihr zu brechen. Das würde *ihre* Nacht werden. Alles würde getan werden zu *ihrem* sexuellen Vergnügen. Das erkannte sie daran, wie Jamal um sie herumschlich, wie eine Raubkatze, die ihre Beute belauerte, bis diese bereit ist, sich ihr zu ihren Bedingungen zu stellen. Er wußte, mit welchen Blicken er sie verführen konnte, was er sagen und tun mußte, um ihren Hunger auf das zu wecken, was folgen würde. Und sie wartete, wahrte die Kontrolle, beherrschte sich so lange wie nur irgend möglich.

Er war ein Meister der Verführung. Er wußte sehr wohl, daß sie um so tiefer in seinen Bann geriet, sich um so leidenschaftlicher danach sehnte, ins sexuelle Nirwana zu flüchten, je länger sie sich zurückhielt. Nur verloren an diesem Ort, der so weit entfernt war von der Realität des Lebens und ihrer selbst, war sie bereit, alles zu geben, sich allem zu unterwerfen, um so lange wie möglich dort zu verweilen. Dort glaubte Lara Stanton Liebe und Frieden zu empfinden und größere Lebenslust als irgendwo sonst. In jenen Augenblicken mit Jamal war jeder Orgasmus wie ein kleiner Tod. Es war, als wäre sie in ihrem scheinbar endlosen Strom von Orgasmen an einen Zyklus von Tod und Wiedergeburt gekettet.

»Hast du Durst?«

Sie bekam keinen Ton heraus, und so nickte sie nur.

»Gut. Ich habe einen hervorragenden Wein für uns.« Er lächelte, strich mit den Händen über ihre Arme und küßte sie wieder auf den Mund. Er fühlte, wie ihre Lippen sich öffneten, schob die Zunge zwischen sie und küßte sie erneut. Dann trat er hinter sie, um ihren nackten Rücken mit Küssen zu bedecken.

Es war keineswegs eine einseitige Beziehung zwischen

Lara und Jamal. Der Geschmack ihrer Haut auf seinen Lippen war wie ein Aphrodisiakum. Er knabberte an ihr und ließ die Hände über den kräftigen, nackten Rücken gleiten, der bis zur Taille entblößt war. Seine Hände glitten unter die Seide und fanden die Rundungen ihrer Brüste. Er umschloß sie mit den Händen und fühlte, wie sie ihm noch ein klein wenig mehr nachgab. Er spürte, daß sie zwischen den Schenkeln bereits feucht war. Aber ihr Kleid, der enge Rock, hielt ihn davon ab, sich davon zu überzeugen.

Lara, die inzwischen die Augen geschlossen hatte, legte über dem Stoff ihres Kleides die Hände auf die seinen. Sie versuchte, seine Finger zu ihren Brustwarzen zu dirigieren, die schmerzten vor Sehnsucht nach seiner Berührung. Er küßte sie auf den Nacken, wich ihrem Drängen jedoch aus, statt ihm nachzugeben, und streichelte ihre Brüste mit einer neckenden Zärtlichkeit, die ihr einfach nicht genügte. Seine Hände glitten über die Seide zu ihren Hüften. Er drückte sich an sie, damit sie durch seine Hose hindurch sein hartes Glied fühlen konnte. Lustvoll preßte er den Unterleib gegen ihren Po und flüsterte ihr dann ins Ohr: »Der Wein.«

Er holte zwei Gläser mit einem erlesenen Margaux, der im Feuerschein schimmerte wie Granate und Rubine. Ihre Blicke trafen sich, und er sah in ihren Augen den Hunger, der ihn so erregte. Er trat ein paar Schritte zurück und hielt ihr das Glas hin. »Komm.«

Er setzte sich auf die Chippendale-Chaiselongue mit dem weißen Damastbezug. Lara rührte sich nicht. Sie konnte nicht. Sie stand wie angewurzelt da. Ihre Knie waren weich wie Pudding, und sie war mit solcher Macht gekommen, daß sie fürchtete, beim Gehen einen feuchten Fleck auf ihrem Kleid zu hinterlassen und ihm so zu verraten, wie sehr sie ihn begehrte. Sie brauchte nichts zu sagen. Er wußte es. Immerhin waren sie schon oft an diesem Punkt gewesen. Sie hatte seine Macht über sie bestätigt, und das war alles, was er verlangte.

Er ging zu ihr und reichte ihr das Glas. Er bemerkte das leichte Zittern ihrer Hand, als sie das Glas an die Lippen hob.

»Ein Botticelli, ein Caravaggio, ein Leonardo und ich. Ich würde sagen, das ist ein großer Abend für dich.«

Die Bemerkung lockerte die angespannte Atmosphäre ein wenig. Sie trank einen Schluck des hervorragenden Weines, ehe sie entgegnete: »Kannst du denn mit den großen Meistern mithalten?«

»Ich habe gerade erst angefangen.«

»Das will ich auch hoffen.«

Das war auch etwas, das ihn an ihr erregte. Wenn es um Sex ging, war sie gewöhnlich aufrichtig bis hin zur Schamlosigkeit. Er nahm ihr das Glas aus der Hand und stellte es zu seinem auf dem Kaminsims. Dann nahm er sie in die Arme, hielt sie und küßte sie leidenschaftlich. »Wie feucht bist du?« flüsterte er ihr ins Ohr. »Wie bereit bist du für mich? Sag mir, wie sehr du mich begehrst. Ich bin ganz wild darauf, dich zu nehmen, zu fühlen, wie mein Schwanz und meine Zunge dich zum Zerfließen bringen. Mit den Fingern tief in deinem Inneren die feuchte Weichheit deiner Lust zu ertasten.«

Er registrierte ihre veränderte Atmung, als er ihren Ärmel aufknöpfte, um ihr Handgelenk zu küssen. Er fand den Verschluß in ihrem Nacken. Sie beobachtete ihn, jede Nuance genießend, während er sie langsam und verführerisch entkleidete. Lara griff nach ihrem Glas und leerte es. Er küßte sie auf die Lippen. Ihr Geschmack vermischte sich mit dem des Clarets. Er streifte ihr das Kleid über die Arme und ließ das Oberteil über ihre Hüften fallen. Dann trat er zurück, um sie besser betrachten zu können.

»Du brauchst mir nicht zu antworten. Das ist überflüssig. Ich weiß, wie es um dich steht.«

Er löste die Häkchen an der Taille und ließ das Kleid an ihren Schenkeln hinab auf den Teppich gleiten. Abgesehen von den Seidenstrümpfen trug sie nichts unter der roten Seide. Nachdem die rote Hülle erst entfernt war, war sie bereit für ihn, daß er sie nahm, wo und wann es ihm beliebte. Ihre Strümpfe wurden von elastischen Spitzenstrapsen gehalten. Sie stand da, ohne jede Scham bereit, sich diesem Mann hinzugeben, scheinbar ein williges Opfer, eine junge Frau, die dafür geschaffen war, Männer Lust zu schenken. Aber sie wußte es besser und Jamal ebenfalls. Willig, ja. Dafür geschaffen, die Lust der Männer zu befriedigen – nicht ganz. Von sinnlichen Männern dahingehend geformt, ihren eigenen Sexhunger auszuleben und zu genießen – das kam der Wahrheit schon näher.

Jamal konnte Lara jede Verführung erleben lassen, als wäre es das erstemal. Er konnte ihr das Gefühl vermitteln, daß sie ihm größere Lust bereitete als jede andere Frau auf der Welt, daß sie die erotischste Frau war, die er je gekannt hatte. Da waren seine Augen, seine Versprechungen in bezug auf das, was folgen würde, sein überwältigendes Bedürfnis, sie sexuell zu beherrschen. Das ist für viele Frauen erotische Macht. Bei Lara war es so, und es weckte in ihr die Sehnsucht nach seiner Berührung. Nein, nach mehr als nur seiner Berührung, danach, ihn in sich zu fühlen, beherrscht zu werden, zu ihrer beiderseitigem Vergnügen von ihm in Besitz genommen zu werden. Zärtlichkeit, ja, aber sie verlangte außerdem ungezügelte Leidenschaft von der Art, in der zwei Menschen sich verlieren können und sich von der Erotik in Dimensionen tragen lassen, die reine Ekstase noch übersteigen.

Und Sex mit Jamal bedeutete für sie, sich in Orgasmen zu verlieren, auf einem Strom erotischer Liebe zu treiben, die keinerlei Grenzen kannte. Die Flut von Orgasmen, die dieser außergewöhnliche Liebhaber in ihr entfesseln konnte, gestattete ihr eine sexuelle Unterwerfung, wie sie sie bei keinem anderen Mann erlebt hatte. Ausgenommen bei Sam in jener Nacht auf der Insel. Bei Jamal unterwarf Laras Körper sich ganz natürlich allem, was die Kette ihrer Orgasmen fortsetzte, bis sie beinahe das Bewußtsein verlor vor Erschöpfung. Nur eine Frau, die ihrem Liebhaber so rückhaltlos vertraute wie Lara Jamal, konnte sich derart aufgeben und aus ihrer Unterwerfung die ganz spezielle Ekstase schöpfen, die leidenschaftlicher Sex verspricht. Jede sexuelle Erfahrung mit Jamal war die reine Glückseligkeit.

Es bedeutete, zu einem offenen Gefäß zu werden, das bereit war, zu empfangen, eingestimmt zu werden auf die spielerische Berührung eines solchen Virtuosen. Der Lohn war nicht weniger als die reinste sexuelle Glückseligkeit. Welche Frau würde etwas Derartiges aufgeben wollen? Nichts, was Jamal tat oder forderte, um ihrer beider Lust zu steigern, überraschte sie. Manchmal war in ihrer erotischen Beziehung alles darauf gerichtet, ihn zu befriedigen. Bei diesen Gelegenheiten kam es zu bizarreren Praktiken. Aber in dieser Nacht stand Lara im Mittelpunkt, würde alles dazu bestimmt sein, ihr immer länger anhaltende und intensivere Orgasmen zu bescheren. Multiple Orgasmen. Ihr Kommen schürte seine eigene Lust. Für seinen Geschmack konnte sie gar nicht oft genug kommen. Er sagte ihr oft, wie sehr er sich wünschte, er könne im Saft ihrer Lust schwimmen, er könne davon trinken wie aus einer Quelle, darin baden. In solchen Nächten genoß er, ehe der neue Tag anbrach, seine eigene Lust ebenso wie Lara die ihre.

Ein leises Klopfen an der Tür. Jamal schien nicht beunruhigt. Ein Mann kam herein. »Ich sagte ja, daß ich eine Überraschung für dich hätte. Jemand, der dich schon seit langer Zeit bewundert und mit dir zusammensein möchte. Ich verspreche dir, daß du nicht enttäuscht sein wirst.«

Jamal küßte sie. Lara, die nicht mehr Lara war, sondern eine Frau auf der Suche nach einer ultimativen sexuellen Erfahrung, akzeptierte den Mann ohne ein Wort des Protestes, empfing ihn mit offenen Armen. Wäre es allein um ihr eigenes sexuelles Vergnügen gegangen, wäre das akzeptabel gewesen, aber es war mehr als das. Es war die Erregung, die sie auf dem Gesicht ihres Liebhabers sah, die Lust, die es ihm, wie sie wußte, bereitete, sie beim Liebesspiel mit einem anderen Mann zu beobachten. Die drei gaben sich leidenschaftlich ihren zügellosen erotischen Gelüsten hin. Es ging ihnen um nichts anderes als darum, den besten Sex zu geben. Es war ein lustvolles Zusammenkommen.

Der blonde Russe stellte sich ihr als Mischa vor. Innerhalb von Minuten hielt er sie in den Armen, küßte und streichelte sie. Er berührte sie ständig, bereitete sie für Jamal vor, der in sie eindrang und sie mit tiefen, langsamen Stößen nahm, während Mischa Lara küßte und ihr Schmeicheleien zuflüsterte. Einmal war es auch Jamal, der Lara in den Armen hielt, während der gutaussehende potente junge Russe, der überdurchschnittlich gut bestückt war, Jamals Platz einnahm. Sie kam für sich selbst, für Jamal und für Mischa. Und auch für Eros und alles, was der Gott zu bieten hatte. Für einige Stunden war Sex eine autonome Welt, in der nichts anderes existierte. Bei ihren erotischen Spielchen kam ein Punkt, da sie zu einer Einheit verschmolzen und sich als ein Körper, ein Herz und eine Seele liebten. Die ultimative sexuelle Erfahrung. Scheinbar ein Punkt ohne Wiederkehr.

Als sie aufwachte, war der Russe fort. Jamal und sie badeten gemeinsam in seiner schwarzen, in den Boden eingelassenen Marmorwanne. Sie lagen sich in den Armen und wrangen Schwämme, die vollgesogen waren mit dem dampfenden, nach Freesien duftenden Wasser, über einander aus. Sie sprachen über ihre Liebesnacht. Jamal unterhielt sich gern über ihre erotischen Erlebnisse. Lara machte das nichts aus. Auf eine seltsame Art nahmen die Gespräche ihren sexuellen Exzessen das Stigma der Lasterhaftigkeit, die ihrer geheimen Liaison anzuhaften schien. Sie legitimierten ihren sexuellen Appetit, bestätigten seine Natürlichkeit, und das gefiel ihr. Und es gab auf der ganzen Welt keinen zweiten Mann, bei dem sie sich so offen geben konnte. Einst hatte sie geglaubt, mit David und Sam so frei umgehen zu können, aber das hatte sich als Irrtum erwiesen.

Nach ihrem gemeinsamen Bad frühstückten sie im Wintergarten auf der Dachterrasse des Hauses in der Dreiundfünfzigsten Straße. Die Sonne strömte herein. In diesem Augenblick erschien das Leben Lara unglaublich spannend und schön. Frisch gepreßter Pfirsichsaft und Champagner, Omeletts mit Waldpilzen, heißer schwarzer Kaffee und gebutterter Toast verwöhnten ihren Gaumen. Sie aß mit gesundem Appetit und war sich nicht bewußt, daß Jamal sie beobachtete, bis er sagte: »Du wirkst verändert. Ich habe es gleich gespürt, als ich dich gestern abend bei Sotheby's abgeholt habe. Du hast bei Henry gestanden. Ich habe dich aus einiger Entfernung gesehen und gleich erkannt, daß etwas an dir sich verändert hatte. Dasselbe Gefühl habe ich jetzt wieder.«

»Verändert im positiven oder negativen Sinn?«

»Ganz zweifellos im positiven.« Er hob ihre Hand an die Lippen und küßte sie. »Du warst in der vergangenen Nacht unglaublich. Das bist du immer, aber in der vergangenen Nacht noch mehr als gewöhnlich.« Er legte ihr Hand zurück auf ihren Schoß und wandte sich wieder seinem Frühstück zu. »Ich werde dir wohl nie genug dafür danken können, daß du du bist. Und daß du mit mir zusammen bist. Ich danke dir für letzte Nacht, du warst unvergeßlich.«

»Du könntest deine Dankbarkeit zum Ausdruck bringen, indem du deine Überzeugung ablegst, daß unsere Beziehung ein dunkles Geheimnis bleiben muß«, sagte sie, ohne zu überlegen. »Eine schmutzige kleine Affäre. Heirate mich.«

Er küßte sie auf die Wange, ging gar nicht auf ihren Vorschlag ein und wandte sich wieder seinem Omelett zu.

»Gott, das war eine herablassende, beschissene Reaktion auf einen ernst gemeinten Antrag.«

Er sah sie an, und der Ausdruck in ihren Augen verriet ihm, daß es mehr war als ihre übliche entzückende Sorge hinsichtlich der Art ihrer Beziehung. Überrascht entgegnete er: »Ich habe dir schon ganz zu Anfang gesagt, daß es soweit kommen würde. Du weißt, daß ich nicht der Typ bin zum Heiraten – und eben das ist der Grund, weshalb wir unser Sexleben geheimhalten müssen. Der Ring am Finger und sofortiger Haß, das ist alles, was daraus resultieren würde.« Er lachte wieder. »Nur eine Frau in meinem Leben? Niemals. Das wäre nichts für mich. Allein der Gedanke ist absurd. Ich habe dich immer gewarnt, daß du eines Tages Monogamie und das ganze Drum und Dran von mir fordern würdest. Du gehörst eben zu dieser Art Mädchen. Aber da bist du leider an den Falschen geraten.«

»Dann verlasse ich dich.«

»Ah, dann war es das also?« Er lachte und war erneut überrascht von ihrer Ruhe. Sie spielte mit ihm. Er wußte, daß sie es nicht ernst meinte. Auf ihren Lippen mußte der Hauch eines Lächelns liegen. Ihre Augen mußten funkeln, in halb koketter, halb neckender Manier. Aber die gequälte Lara der vergangenen Monate war nirgendwo zu sehen. Etwas hatte sich verändert, und die Veränderung gab ihm Rätsel auf.

Er beugte sich vor und zupfte ihren Morgenmantel zurecht, der vorn aufklaffte und eine Brust teilweise entblößte. »Du willst aufgeben, was wir vergangene Nacht miteinander erlebt haben? Nein, das glaube ich nicht. Ein kindische Gedanke. Was uns verbindet, ist unersetzlich, und du bist kein Mädchen, das sich so etwas selbst versagen würde.«

»O doch, das werde ich.«

»Vor oder nach einer zweiten Tasse Kaffee?« Er schenkte ihr nach.

Lara lehnte sich auf ihrem Stuhl zurück und vergrub die Hände in den Taschen seines rot-weiß gepunkteten Seidenmantels von Turnbull & Asser. Der Stoff glitt zur Seite, und ihr nackter Schenkel kam zum Vorschein. Sie bedeckte sich wieder. Er wußte, daß sie unter dem Mantel nichts anhatte. Der Gedanke an ihren geschmeidigen Körper ließ seine Lust wieder auflodern. Er neckte sie, indem er seinen eigenen Morgenmantel aus Seidenmoiré öffnete. Diesmal war sie es, die die puderblaue Seide so drapierte, daß sie seine Erektion wieder bedeckte. Sie war es, die den Gürtel doppelt verknotete und die braunen Samtaufschläge glattstrich. »Du spielst mit meiner Lust, Jamal, und in diesem Moment ist das ein billiger Trick.«

Ihr Verhalten belustigte ihn. Als sie jedoch fortfahren wollte, hob er abwehrend eine Hand. »Noch ein Wort zu diesem Thema, und ich fege das Geschirr vom Tisch und nehme dich gleich hier, vor den Augen der Nachbarn. Ich werde dich zum Frühstück vernaschen und dir wieder einmal beweisen, daß du es einfach nicht fertig bringst, mich aufzugeben.«

Er brach ein Stück von seinem Croissant ab, bestrich es mit Butter, häufte einen Teelöffel Erdbeermarmelade darauf und schob ihr den Bissen in den Mund. Sie lachten beide. Die Idee erschien ihnen beiden verlockender, als sie einzugestehen wagten. Lara meinte es ernst, aber Jamal glaubte ihr nicht. Sie selbst war überrascht davon, daß seine Reaktion sie weniger traf, als sie erwartet hatte. Er hatte ganz recht: Eine grundlegende Veränderung, die sie selbst nicht recht verstand, hatte sich in ihrem Inneren vollzogen. Sie konnte nur vermuten, daß der vergangene Abend mit Henry sie bewirkt hatte. Allein der Gedanke, ihren Vater wegen einer Liebesaffäre noch einmal zu belügen, erschien ihr unvorstellbar. Sie wußte, daß sie dazu nie wieder fähig sein würde. Henrys Liebe und sein Vertrauen in sie ließen es nicht zu.

Irgendwo im Haus gab es einen Tumult. Einige Minuten später betrat Jamals Diener Mulai den Wintergarten, und die beiden Männer wechselten ein paar Worte auf arabisch, ehe sie zum Englischen überwechselten. In Jamals Stimme klang Gereiztheit mit, als er den Diener anwies: »Bring sie in den Salon im zweiten Stock.«

Die Störung kam für Lara im richtigen Moment. Sie zerstörte die Intimität, die zwischen ihr und Jamal aufgekommen war und eine für sie wichtige Frage überschattet hatte: ihre Zukunft. Sie verschaffte ihr die dringend benötigte Pause, ihre Entschlossenheit neu zu festigen, auf einer anderen Ebene mit ihm umzugehen als der, die ihm vorschwebte. Sie stand auf.

»Ich muß los.«

Gemeinsam, Hand in Hand, stiegen sie die gewundene Treppe von der Dachterrasse hinab ins Gästezimmer, wo Lara mehrere Kleidungsstücke aufbewahrte. An einem strahlenden Sommertag in einem tiefroten Cocktailkleid in Manhattan herumzulaufen wäre ihrem Ruf sicher nicht förderlich gewesen.

Die Trennung nach einer Nacht wie jener, die hinter ihnen lag, fiel ihr immer schwer, was ihr zumeist auch anzumerken war. Aber heute spürte Jamal eine neue Gleichgültigkeit an Lara. Wo waren die zitternde Unterlippe und die Tränen in ihren Augen? Das schmollende »Du bist ein richtiges Schwein, mich so wegzuschicken. Du Mistkerl!« Warum stürmte sie nicht wütend und verletzt aus dem Haus? Was war mit dem Anruf aus der ersten Telefonzelle, mit der tränenreichen Entschuldigung, dem : »Es tut mir leid. Du bist kein Schwein. Verzeih mir. Heute abend? Ich könnte mich freimachen.« Das Muster, das ihm so viel Sicherheit gegeben hatte, war empfindlich gestört.

So erleichtert er auch war, daß die übliche Szene ausblieb, fragte er sich doch, was diese dramatische Veränderung zu bedeuten haben mochte. Und was hatte sie herbeigeführt?

Laras mangelnde Neugier bezüglich des vorherigen Tumults und der Frau, die er in den Salon im zweiten Stock hatte führen lassen, war eine Überraschung. Bislang hatte allein die Erwähnung einer anderen Frau in seinem Leben sie in eine eifersüchtige Furie verwandelt.

Er setzte sich auf die Bettkante und sah zu, wie sie Jeans, einen roten Seidenpullover mit Polokragen und weiße Turnschuhe aus dem Schrank nahm. Sie sah so erfrischend jung aus im Licht- und Schattenspiel der Sonnenstrahlen, die durch das Fenster hinter ihr hereinfielen. Sie verzauberte ihn mit ihrer Jugend und Verwundbarkeit, dadurch, daß sie ihm gestattete, sie jederzeit nach seinen Wünschen zu formen.

Sie spürte seinen Blick, kehrte dem Schrank den Rücken und wandte sich ihm zu. Sie fühlte, wie ihre Entschlossenheit, entweder ihrer beider Leben zu verändern oder ihn zu verlassen, bröckelte. Sie war glücklich, überhaupt mit ihm zusammenzusein. Er hatte sie, wieder einmal, mit seiner körperlichen Schönheit überwältigt. Sie kannte keinen Mann, der eine so männliche Ausstrahlung besessen oder sie mit seinem Aussehen so beeindruckt hätte wie Jamal. Sie wollte mit den Fingern durch sein dickes, seidiges schwarzes Haar fahren, das er immer eine Spur zu lang trug, als stünde ein Friseurbesuch an. Seine Haut strotzte von Gesundheit und Vitalität, bronzefarben und straff über einen Körper gespannt, der für jede Museumsskulptur hätte Modell stehen können. Diese anziehenden kantigen Züge mit den hohen Wangenknochen, der aristokratischen Nase und dem kräftigen Kinn; Männeraugen, so ausdrucksvoll, verführerisch und sinnlich, von langen, dichten Wimpern umrahmt, einfach perfekt, um den Widerstand jedes Opfers dahinschmelzen zu lassen; der muskulöse und doch schlanke Hals und die breiten Schultern; der kräftige, makellose Torso und der schlanke, athletische Körperbau: Wie sollte sie ohne ihn leben?

Sie machte ein paar Schritte auf ihn zu, unfähig, die Augen von seinem feingeschnittenen, intelligenten Gesicht abzuwenden, von den sinnlichen Lippen, die es verstanden, sie so virtuos zu lieben. Und was war mit seinem ganz eigenen männlichen Geruch, den sie so unwiderstehlich fand? In ihr regte sich der Wunsch, ihn zu berühren, ihre Lippen auf die seinen zu legen, auf seinem Schoß zu sitzen und seine Arme um sich zu fühlen. Sie sehnte sich danach, eingehüllt zu werden von seiner ganzen männlichen Schönheit. Auf ewig mit ihm zu verschmelzen, eins mit ihm zu werden – war das zuviel verlangt?

Jamal spürte, was in ihr vorging. Das Schimmern in ihren Augen veränderte sich. Er sah, daß sie von einer Verzweiflung befallen wurde, die ihm inzwischen vertraut war. Bisher war ihm nicht der Gedanke gekommen, daß er selbst darunter leiden könnte, wenn ihm dies genommen würde. Es verlieh ihrer Beziehung einen Reiz, der ihn erregte. Er war versucht, ihre Hände in die seinen zu nehmen und sie zu küssen. Er widerstand der Versuchung. Ihre gemeinsamen Stunden waren vorüber. Statt dessen reichte er ihr die Jeans, die sie neben ihn auf das Bett gelegt hatte.

Das alte Muster war wiederhergestellt. Zurückweisung, bis er sie das nächste Mal begehrte. Sie nahm die Hose entgegen. »Muß ich dich auf Knien anflehen? Vor dir kriechen? Warum tust du mir das an?« Sie zog den Morgenmantel aus.

Er genoß es, sie zu beobachten. Wie sie sich nackt und unbekleidet bewegte. Wie sie sich vorbeugte, um ihr nacktes junges Fleisch in die engen Jeans zu zwängen. Jetzt war sie so nah, daß er sie an den Gürtelschlaufen der Hose an sich ziehen konnte. Er streichelte einige Sekunden ihre nackte Haut und zog dann den Reißverschluß hoch. »Meine kleine Venus!« scherzte er. Die Hände auf ihren Hüften, wiegte er sie sacht und genoß das Wippen ihrer Brüste.

»Ja, tu es, bettle.« In seiner Stimme lag Härte, die Sekunden zuvor noch nicht dagewesen war. Plötzlich fühlte sie sich von allem losgelöst. Nur ihr Körper und seine Lust schienen noch von Bedeutung. Er schien wie hypnotisiert von den dunklen Höfen ihrer Brustwarzen. Sein Blick erregte sie derart, daß ihre Brustwarzen sich verhärteten.

»Das Verführerischste an dir ist nicht deine Vagina und das, was du mit ihr machen kannst. Das Unwiderstehliche sind deine Brüste und das, wozu ich dich bringen kann, wenn sie auf mich reagieren.«

Er nahm die harten Knospen zwischen die Finger, drehte und drückte sie. Dann umkreiste er sie zärtlich mit der Zungenspitze. Er fühlte, wie sie nachgab und sich an ihn preßte.

»Nun?« Lara brachte keinen Ton hervor. Ihr Körper stand bereits in Flammen. Sie bewegte sich von der Taille abwärts kaum merklich vor und zurück, mit langsamen, sinnlichen Bewegungen des Beckens, derer sie sich selbst nur vage bewußt war.

»Du willst mich? Los, dann bettle. Sag mir, wie sehr du mich willst und was du bereit bist zu tun, um mich zu bekommen.«

Sie konnte es nicht, obwohl sie es wollte. Nachdem sie ihm so lange nachgegeben hatte, hätte es ihr eigentlich leichtfallen müssen. Aber dem war nicht so. Sie begehrte ihn noch ebenso sehr wie sonst. Aber auf unbestimmbare Weise spürte sie auch, daß sie ihre Grenzen erreicht hatte. Sie schob seine Hände von ihren Brüsten, beugte sich vor und küßte ihn liebevoll auf den Mund.

Als sie sich wieder aufrichtete und in seine Augen blickte, schienen die Härte, die Grausamkeit und das sadistische Vergnügen, das es ihm bereitete, sie zu quälen, verschwunden. Er erhob sich vom Bett und streckte die Arme nach ihr aus, um sie an sich zu ziehen, als plötzlich die Tür aufgestoßen wurde.

Lara fuhr zurück und verschränkte impulsiv die Arme über den nackten Brüsten. Die Frau, die in der Tür stand, war sichtlich verdattert von der Szene, in die sie hereingeplatzt war. Eine drohende Stille hüllte sie ein.

Der Charme der Jugend fehlte, doch war er ersetzt von

umwerfender Eleganz. Lara war wider Willen beeindruckt von ihrer Schönheit. Sie griff nach dem roten Seidenpullover, drehte sich um und zog ihn über.

»Das war nicht sehr schlau, Amanda. Und dein Timing hätte nicht schlechter sein können, meine Liebe.«

»Da muß ich dir zustimmen. Aber du hättest nach unten kommen sollen, anstatt mich herauszufordern, Jamal. Siehst du nicht, wie wütend ich bin? Ich fühle mich von alledem so gedemütigt. Aber ich werde mich nicht dafür entschuldigen, daß ich einfach so hereingeplatzt bin. Ich will mit dir sprechen, Jamal. Jetzt gleich. Sofort.«

Lara hörte den Zorn in ihrer Stimme. Sie nahm ihre Turnschuhe und ging wortlos auf die Tür zu, bemüht, die Frau nicht anzusehen.

»Bleib!« Jamal packte Laras Arm und zog sie an sich. Dann drückte er sie auf den Lehnsessel vor dem Kamin.

»Ich will gehen, Jamal.«

»Sei still! Du könntest aus dieser Situation etwas lernen.«

»Laß sie gehen, Jamal. Sie ist noch ein Kind.«

»Nicht ganz, Amanda.« Sein spöttischer Tonfall verriet zu viel. Mehr als Lara lieb war. »Und? Was willst du, Amanda?«

»Nicht vor dem Mädchen.«

»Nur vor dem ›Mädchen‹, Amanda.« Es war mehr ein Befehl als ein Vorschlag.

Lara begann sich zu fragen, in was für eine Situation sie da geraten war. Sie wünschte, sie wäre irgendwo anders. Die Haltung der Frau in dem Kleid von Ralph Lauren erinnerte an die einer Filmdiva. Ihre Wut war so feurig wie ihr rotes Haar. Es gelang ihr, ein gewisses Maß an Selbstbeherrschung zu bewahren, das Lara in Anbetracht ihrer wenig versprechenden Lage nahezu übermenschlich erschien.

Sie warf ihre Handtasche auf die Chaiselongue. »Bei Gott, du bist ein richtiger Scheißkerl. Du wirst es mir nicht leichtmachen, habe ich recht?« Es schien, als wäre sie zornig genug, ihn zu schlagen.

»Warum sollte ich? Also gut, raus damit, Amanda. Was willst du?«

Die Frau schüttelte sich nervös das rotbraune Haar aus dem Gesicht. Sie ging einige Schritte vor Jamal auf und ab und fuhr sich mit den juwelengeschmückten Fingern – an einem Finger trug sie einen großen rechteckigen, von Brillanten eingefaßten Smaragd und an einem anderen einen rechteckigen geschliffenen Diamanten – durch das Haar. »Du weißt, was ich will, du Bastard. Nimm mich zurück.«

»Warum?«

»Weil wir miteinander glücklich waren.«

»Das ist kein Grund mehr.«

»Ich kann nicht ohne dich leben.«

»Auch das ist für mich kein Grund.«

Lara konnte es nicht länger ertragen. Sie stand auf, aber Jamal herrschte sie an: »Lara, ich sagte, du sollst bleiben, und das war mein Ernst.« Verblüfft von seinem zornigen Tonfall ließ sie sich in den Sessel zurücksinken.

»Du weißt nicht, was du da redest! Das kann nicht dein Ernst sein, Jamal!«

»O doch.«

»Bedeute ich dir denn gar nichts?«

»Nicht unbedingt *gar nichts*. Jeder bedeutet mir *etwas*. Sogar mein …« Er brach ab. Was er hatte sagen wollen, war sogar für Jamals Maßstäbe zu grausam auszusprechen.

»Ich glaube dir nicht, daß du mich nicht mehr willst.«

»Das habe ich nicht gesagt. Du bist immer noch sehr schön. Du bist keine Frau, die ein Mann von der Bettkante stößt. Es gefällt mir, daß du darum bettelst, wieder mit mir zusammen zu sein. Ich sagte, ich würde dich nicht zurücknehmen. Vergiß nicht, daß du es warst, die mich verlassen hat. Ich habe dich nicht weggeschickt.«

In der Stimme der ebenso schönen wie stolzen Frau schwang erschreckende Resignation mit. »Was muß ich tun?«

»Nun, als erstes wirst du dich bei diesem jungen Mädchen entschuldigen. Dann reden wir weiter.«

Lara hatte genug. »Mir wird gleich schlecht«, sagte sie und stürmte aus dem Zimmer. Jamal holte sie auf der Treppe ein.

»Lara!«

Sie setzte sich auf eine Stufe und zog hastig ihre Schuhe über. Sie überlegte fieberhaft, was sie sagen sollte, aber plötzlich erschien es ihr sinnlos. »Ich muß hier raus«, war alles, was sie hervorbrachte.

Er spürte, daß sie damit meinte, sie habe endgültig genug.

»Du wirst zurückkommen.«

»Im Leben nicht. Um so zu enden wie diese Frau?«

»Du *wirst* zurückkommen.«

»Wenn du das wirklich glaubst, kennst du mich schlecht, Jamal.«

Kapitel 16

Die Erleichterung überwog. Lara hatte ihren Sturz aufgehalten. Sie verfälschte den Charakter ihrer Beziehung zu Jamal nicht. Das war nicht ihre Art. Tatsächlich tat sie genau das Gegenteil. Als sie vor Jamal und dem Haus in der Dreiundfünfzigsten Straße floh, ließ sie in Gedanken endlos die Abgründe Revue passieren, in die sie im Namen der erotischen Liebe gestürzt war. Der Anblick der schönen Amanda, die darum bettelte, wieder in Jamals Bett aufgenommen zu werden, war ein wenig schmeichelhaftes Spiegelbild ihres eigenen Flehens gewesen.

»Ich fühle nur Erleichterung, sonst nichts. Nur erleichterung, daß es vorbei ist und ich es hinter mir habe«, vertraute sie Julia an. Mehr sagte sie nicht und erwähnte die Liaison auch nie wieder ihrer Freundin gegenüber. Sie bediente sich dieser Selbsttäuschung bewußt, um ihre wahren Gefühle, ihre Verzweiflung über die Trennung zu verdrängen. Der Übergang von Unwahrheit zu Selbsttäuschung bedeutete für sie, sich selbst und ihre Freundin guten Gewissens belügen zu können und um so überzeugender.

Aber welchen Erfolg sie mit dieser Taktik auch haben mochte, der restliche Prozeß verlief weniger gut.

Sie konnte mit dem Bewußtsein fertigwerden, wieviel der Sex mit ihm ihr bedeutet hatte, und auch mit der Leere, die das Ende ihrer geheimen Liaison hinterlassen hatte. Sie unterdrückte das immer noch starke Verlangen nach ihm, die erotischen Phantasien, die sie jede Nacht heimsuchten. Sie nahm Abstand von sexuellen Beziehungen zu den anderen Männern, die ihr den Hof machten. Am beunruhigendsten war ihr Verhalten Jamal gegenüber, der nach wie vor ein enger Freund der Stanton-Familie war. Sie zeigte nicht einmal einen Hauch von *angoisse*.

Immer wieder sagte sie sich, daß sie nur Erleichterung empfand. Erleichterung und sonst nichts. Aber der Rückzug war in allem, was sie tat, sehr deutlich. Als erstes kehrte sie nach Cannonberry Chase zurück, in den Schoß der Familie, zu ihren Pferden, ihrem Flugzeug und ihrem Segelboot. Aber auch in ihrer Zurückgezogenheit bemühte sie sich um Normalität. Sie hielt die meisten Termine in ihrem Kalender ein. Nach außen hin war sie immer noch das schöne, charmante, nette Mädchen. Sexy, wohlhabend und rundum begehrenswert.

Sie sagte sich, daß ihre Eskapaden mit Jamal keinen emotionalen Schaden hinterlassen würden, solange sie in der Lage war, ihr Leben zu leben. Sie hätte sich nicht mehr irren können.

Sie begann sich wieder regelmäßig mit Sam zu treffen, und je mehr Zeit sie miteinander verbrachten, desto glücklicher schienen sie zu sein. Der Trost, den sie in der wiederbelebten Beziehung fand, war keineswegs einseitig. Wieder einmal löschte ihre Beziehung alle anderen aus.

Sie spielte einander romantische Liebe vor, was sie selbst jedoch erst viel später erkannten. Als Lara und Henry seine Schaluppe von Cannonberry Chase nach Newport segelten, erwartete Sam sie dort bereits mit einem riesigen Blumenstrauß an der Anlegestelle. Als Lara allein den Atlantik überflog, war Sam dabei, als die Familie sie verabschiedete. Und er erwartete sie gemeinsam mit Elizabeth, Henry, David und Max auf dem Flughafen Charles De Gaulle und befestigte eine

Ansteckknadel, die mit Diamanten besetzte Engelflügel darstellte, an ihrer Fliegerjacke.

Mehr und mehr hatte es den Anschein, als würden Sam und Lara wie in den alten Tagen immer füreinander da sein. Lara überraschte ihn mit einer Geburtstagsparty. Sie wartete in Los Angeles auf Sam, als er mit seinem Poloteam dort eintraf, um eine Silbertrophäe zu gewinnen. Sie verbrachten lange Wochenenden an exotischen Orten. Alle außer ihnen wußten, daß sie sich von neuem ineinander verliebt hatten. Zögernd fachten sie die sexuellen Anziehung wieder an. Zwar dachten sie an die Vergangenheit, waren aber bemüht, sie zu ignorieren. Sie wurden widerstrebende Liebende.

Wie alles andere in ihrer Beziehung war der Sex tröstlich, befriedigend, bar jeden Traumas. Jamal erkannte das alles. Er empfand Verachtung für das, womit Lara offenbar beschlossen hatte, sich in Zukunft zufriedenzugeben. Nur einmal war er versucht, eine entsprechende Bemerkung zu machen, etwas zu sagen, das sie dazu verleiten könnte, ihre geheime Liaison wiederaufzunehmen. Sie tanzten auf einem von Emilys Wohltätigkeitsbällen miteinander, als er versuchte, die unsichtbare Mauer zu durchdringen, die sie um sich errichtet hatte und die dazu dienen sollte, ihre gemeinsame sexuelle Vergangenheit aus ihrer gegenwärtigen freundschaftlichen Beziehungen herauszuhalten. Er zog sie ein klein wenig enger an sich. Er wußte, daß sie ihn noch begehrte, als er spürte, wie ihr Körper sich versteifte. Er fühlte, wie ihr Herz raste. Sie kam aus dem Takt – ein kaum merkliches Stolpern –, und er wußte, daß sie immer noch sein war.

Der Stolperer brachte Lara wieder zu sich und gab ihr die Kraft, ihm zu widerstehen. »Kein Wort. Nicht, wenn dir etwas an unserer Freundschaft liegt. Die Jahre unserer Freundschaft bedeuten mir immer noch viel, und ich weiß, daß es dir genauso geht. Also kein Wort.«

»Bist du eine Hellseherin, daß du glaubst zu wissen, was ich sagen wollte?« fragte er, während sie weitertanzten.

»Dieser Teil von uns ist Vergangenheit. Belassen wir es dabei.«

Sie sprach mit solchem Nachdruck, daß er die Lüge durchschaute. »Dann nur eine kleine Warnung. Hüte dich vor Rückfällen. Ja, vor diesem alten Syndrom. Und jetzt komm, laß uns ein Glas Champagner trinken, und ich erzähle dir von einem Pferderennen, an dem auch ihr , Sam und du, teilnehmen sollt. Das wird bestimmt spannend. David, Henry und Max haben bereits zugesagt. Es findet an der marokkanischen Küste statt. Eins der Ereignisse, die ich zu Ehren des siebzigsten Geburtstag meines Vaters veranstalte. Ich möchte, daß ihr alle meine Gäste dabei seid.«

Lara hätte auf der Hut sein müssen, war es aber nicht. Sie verdrängte die aufsteigende Panik, daß er sie verführen und in sein Bett zurückholen könnte. Sie konnte den Gedanken nicht ertragen, daß sie ihn auch nur im entferntesten begehren könnte. Statt dessen lauschte sie Jamals Plänen, nahm seine Einladung an und zeigte aufrichtiges Interesse an dem Rennen und den geplanten Feierlichkeiten, die eine ganze Woche ausfüllen würden.

Hatte ihre abrupte Trennung von Jamal Lara verändert? Sie war immer schon mutig gewesen, und dieser Charakterzug schien jetzt noch ausgeprägter. Sie schien ständig neue gefährliche und aufregende Herausforderungen zu suchen, ihr Können auf die Probe zu stellen, ging immer größere Risiken ein, war in ihrem Ehrgeiz aggressiver. Zu siegen, eine Besessenheit der Stantons, war vor allem anderen für sie zum Leitsatz geworden. Es war Emily, die die Veränderung als erste bemerkte. »Bei allem gewinnen zu wollen ist ja löblich, Liebes. Aber einige deiner Aktivitäten …? Ich hoffe, du wirst nicht zu einem dieser Menschen, die süchtig sind nach Nervenkitzel. David neigt auch dazu. Es beunruhigt mich ein wenig, muß ich gestehen. Aber bei Gott, ich habe nie etwas dagegen tun können.«

Das San-Gennaro-Fest in Little Italy: voller Farben und sizilianischer Musik. Ganz ›O sole mio‹, Cannelloni, Pizza und Pasta. Bunt bemalte Madonnen und Gipsheilige in glitzernden Kleidern und Rüschen, Kirchenblaskapellen mit Trommelwirbeln, blutende Jesusdarsteller, gekrönt, ungekrönt oder sich mit Dornen krönend, zahllose Jesusfiguren auf roten Plastiksockeln, Reihen über Reihen, deren Göttlichkeit für 39,90 Dollar angepriesen wurde, bestimmten das Bild.

Girlanden aus Plastikblumen in leuchtendem Pink, Gelb und häßlichem Blau waren mit echten Blumen verflochten und zierten jeden Stand, jeden Karren, jede Bude und jeden Laternenpfahl. Spiralen, Sterne, Kreise und Bögen aus bunten Glühbirnen überspannten die Straßen. Unter ihnen hackten Straßenverkäufer Würste von den Decken ihrer Buden; dicke und dünne, lange und kurze, gewürzte oder mit Knoblauch. Sie wurden nach Gewicht angeboten, aber die Menschen schienen sie gleich meterweise zu kaufen. Fette, rosige Mortadella, Parma- und gekochte Schinken hingen verführerisch zwischen mysteriösen kleinen Käsebällchen: Ricotta und Provalone, Parmesan und Gorgonzola. Der Duft, der das San-Gennaro-Fest begleitete, regte die Sinne an, vermischte sich mit dem Geruch von Knoblauch, gepökeltem Fleisch, Oregano und Pfeffer- und Paprikaschoten, die über offenen Feuer brutzelten. Riesige Kessel voller Fleischbällchen in sprudelnd kochender Tomatensoße. Der Geruch von Weihrauch und heißem Kerzenwachs wehte durch die offenen Kirchentüren. Italienische Brote mit Vanille und Schokolade, Mandeln und karamelisiertem Zucker, Konditorwaren und Plätzchen dufteten, vermischt mit billigem Frauenparfum – Veilchen, Nelken und Rosen – und aufdringlichem Rasierwasser.

Das dichte Gedränge gehörte ebenso zur Dekoration wie alles andere. Menschen schoben sich die Straßen hinauf und hinunter. Sie aßen, tranken, kauften und verkauften, lachten und sangen, riefen und schimpften: feurige, dunkle, gutaussehende Italiener aller Altersklassen, jeder Form und Größe; schreiende Babys und Kinder, die lauthals nach Süßigkeiten verlangten; Hunderte Jugendlicher, zu allerlei Unsinn aufgelegt und doch noch halb unter der Fuchtel ihrer Mutter; geile italienische Hengste, die bildhübsche Jungfrauen mit gesenktem Blick und unschuldigem Lächeln beäugten, die von ihren

Eltern durch das Gewühl geführt wurden, auf der Suche nach den richtigen Kontakten für eine italienische Hochzeit.

Jedes Restaurant schien wie zu Neujahr geschmückt und platzte förmlich aus den Nähten. In jedem Geschäft, dessen Inhaber sich nicht selbst ins Getümmel gestürzt hatte, wurden Einkaufstüten vollgestopft, als stünde eine Hungersnot oder eine Besteuerung italienischer Waren bevor. Menschen lehnten bequem auf Kopfkissen in den Fenstern ihrer Wohnungen und unterhielten sich lautstark mit Freunden unten auf der Straße.

Einst ein Familienfest in Little Italy, hatte San Gennaro sich zu einem der buntesten und ausgelassensten Straßenfeste der Stadt gemausert. Bevor andere Straßenfeste aus der Taufe gehoben worden waren, war New Yorks Little Italy Party *das* Ereignis in der Stadt gewesen. Die Menschen strömten aus allen Stadtteilen herbei, um einmal etwas anderes zu sehen als New York und Chic, um südländische Atmosphäre und ein wenig Bodenständigkeit zu erleben. Sie feierten die Italiener in New York, ihre Heiligen im Himmel, und stürzten sich in das bunte Treiben einer der größten eintrittsfreien Partys des Jahres.

Der Höhepunkt des Festes war erreicht, wenn der bunt angemalte Heilige, mit Girlanden aus Plastikrosen und Juwelen geschmückt, in seiner Krinoline von frommen Macho-Schultern durch die Straßen getragen wurde, unter einem Baldachin aus Seide, mit Blumen besticktem Samt und glitzernden Sternen. Die Menge drängte sich um die Statue, um sie zu küssen oder anzufassen, bevor sie in ihre Nische in der Kirche zurückgebracht wurde. Die Glocken läuteten und riefen die Prozession heim.

In einer Gruppe von zwanzig oder mehr Freunden wurde Lara von dem Menschenstrom mitgerissen. Sie, Julia und Sam und noch zwei weitere Freunde lösten sich von der Gruppe und suchten Zuflucht in einer der Seitenstraßen, in denen das Gedränge weniger schlimm war. Ein Bier in der einen und eine heiße Pizza in der anderen Hand, aßen sie im Gehen und ließen sich vom Menschenstrom in eine Gasse führen. Eine

Gasse folgte auf die andere, bis sie sich in einer Nebenstraße wiederfanden, in der umherstolzierende Biker in Lederbekleidung sich mit ihrer beeindruckenden Motorradsammlung breitgemacht hatten.

Die Biker, einige Hell's Angels und etwa ein Dutzend italienische Jungs aus der Nachbarschaft, hatten offensichtlich vom Organisator des Straßenfestes die Erlaubnis erhalten, ihre Motorräder zur Schau zu stellen. Lara und ihre Freunde waren umgeben von anderen Schaulustigen, die ebenfalls in die Gasse geschlendert waren. Lara beendete ihre Mahlzeit und sah sich die Motorräder aus der Nähe an.

»Laß uns gehen«, sagte Sam. Er nahm ihren Arm und wollte sie in Richtung der Straße ziehen.

Sie lachte. »Ich soll mir das hier entgehen lassen? Kommt nicht in Frage, Sam.« Sie hakte ihn unter, schritt die Reihe der Motorräder entlang und begutachtete die Maschinen mit der selben Neugier wie ihre Besitzer.

»Das«, sagte ein Biker mit lässiger Herablassung betont langsam, als hätte er es mit einem Ausländer oder einem geistig Zurückgebliebenen zu tun, »ist – ein – Bike. Ein – Motorrad.« Einige Umstehende grinsten oder lachten. Einer der Biker machte eine obszöne Handbewegung.

»Laß uns gehen«, drängte Sam erneut.

Lara ließ seinen Arm los, ignorierte seine Bitte und wandte sich an den Biker. »Ah, wir spielen Urwaldspielchen, Ja? Du Tarzan, ich Jane? Also, das Spiel kenne ich. Das – Yamaha.« Sie fuhr mit dem Finger über das Logo auf dem glitzernden Tank der Maschine. »Hübsch – sehr nett.«

Die anderen Biker fanden das lustig. Der Besitzer in seiner schwarzen Lederkluft fühlte sich jedoch beleidigt. Die Biker scharten sich abwartend um Sam, Julia und die anderen. Etwas mußte geschehen. In einiger Entfernung hatten sich mehrere Motorradfahrer – stehend oder lässig auf ihren Maschinen thronend – vor einem ungewöhnlich gutaussehenden Mann von Anfang Dreißig versammelt. Er hob sich von der Menge ab in seiner grauen Flanellhose und der gelben Lederjacke und lehnte an einer Harley Davidson. Seine

Samtaugen waren auf Lara geheftet. Sie erhaschte nur einen flüchtigen Blick auf ihn, bevor sie von dem Biker abgelenkt wurde, den sie als Tarzan tituliert hatte.

»Hübsch, nett? Motorräder wie dieses bezeichnet man nicht als hübsch. Geh mit deinen schwulen Freunden zurück in die City, Mädchen. Hübsch? Nett? Das ist saublöde Ignoranz.«

»Schon gut, ich wollte dich nicht beleidigen. Das heißt, vielleicht doch. Ich weiß, daß Biker sehr empfindlich sein können, wenn es um ihre Maschinen geht. Die Maschine sieht wirklich klasse aus. Sie ist schnittig – formschön und mit viel Chrom. Super. Aber auch hübsch und sehr nett, wie ich schon sagte. Eine Harley dagegen besitzt klassische Eleganz und Qualität. Ein Kunstwerk. Ein Blick, und man erkennt den King of the Road.«

»Sagst du. Formschön und viel Chrom, ja? Harleys sind scheiß-elegant? Du hast ja keinen Schimmer, Lady! Bring sie nach Hause, Charlie. Dahin, wo sie hingehört, zu ihrem hübschen, netten Vespa-Roller. Das heißt, vorausgesetzt die Kleine kann überhaupt eine Vespa fahren.« Er grinste Sam an, der inzwischen wütend war auf Lara.

»O mein Gott.« Das war Julia, die wußte, was gleich passieren würde.

Sam beschloß, der Biker-Szene ein Ende zu machen. Zeit, sich aus dem Staub zu machen, ehe es richtig Ärger gab. »Sie ist selbst Biker, Kumpel. Ihre ganze Familie fährt Motorrad. Und sie versteht was von Harleys. Hast dich wohl verschätzt.«

Damit hatte Sam seine Chance vertan, sich mit Lara davonzumachen. Die Biker nahmen sie auf wie eine alte Freundin. Zehn Minuten später hatte sie ihren neuen Freund in der schwarzen Lederkluft soweit, daß er mit ihr die Gasse herunterfuhr. Am Ende der Gasse unterhielten sie sich fünf Minuten lang. Dann raste sie auf der Maschine zurück, an den aufgereihten Motorrädern vorbei. Sie hatten sich bekannt gemacht, und Lara stellte die Biker ihren Begleitern vor.

Der Biker mit der gelben Lederjacke und den samtigen Augen fragte: »Immer noch hübsch und nett?«

»Jesus, Mario, was soll denn der ›Hübsch und nett‹-Scheiß? Du weißt verdammt gut, daß sie die meisten Maschinen hier geschlagen hat. Bist du auf ein Drei-Gassen-Rennen scharf, damit ich es dir beweise?«

»Du weißt, daß ich am Tag des Heiligen keine Rennen fahre.«

»Ach ja. Hatte ich vergessen.«

»Ich fürchte, so ist es, Mario. ›Hübsch und nett‹, fährt sich ganz okay. Hervorragend sogar, Carmine, sei mir also nicht böse, aber sie reicht nicht an meine Harley heran«, erklärte Lara mit der ganzen Herablassung eines Aficionado, eines Liebhabers.

»An keine Harley?« hakte Mario nach. »Das ist ein ständiger Streitpunkt zwischen Carmine und mir. Wir verbringen viel Zeit damit zu versuchen, diesen Punkt zu klären.«

Zwischen Mario und Lara prickelte es. Wenn es den anderen entging, dann nur weil sie entweder damit beschäftigt waren, sich die Gasse hinauf und hinunter fahren zu lassen oder sich mit den Bikern zu unterhalten. Zwei Jungs auf Roller Skates kamen mit einem Riesentopf Risotto angefahren. Mädchen verteilten Teller und große Löffel. Ein Halbstarker mit einem Bierkrug rief nach Plastikbechern.

»Wenn ich meine Maschine hier hätte, würde ich es dir beweisen, Carmine«, sagte Lara.

»Wir beweisen es ihm gemeinsam. Hüpf rauf«, schlug Mario vor.

»Mario, du hast doch gesehen, daß ich fahren kann. Leih mir deine Maschine, ich passe schon auf. Unsere Chancen stehen besser, wenn nur einer auf der Maschine sitzt.« Der unwiderstehliche Lara-Stanton-Charme und ihr verführerisches Aussehen, das sie berechnend einsetzte, um ihren Willen durchzusetzen, ließen die Biker verstummen. Aufmerksam sahen sie herüber. Mario seine Maschine einem anderen überlassen? Aber zwischen den beiden bestand eine spürbare elektrische Spannung. Mario umschloß Laras Gesicht mit den

Händen, hob ihr Kinn und drehte bewundernd ihren Kopf von einer Seite auf die andere. Schweigen, während sein Blick sich auf ihre Augen heftete. Dann schob er ihr Kinn abrupt auf die Seite. »Dann los, Mädchen. Gleich hinter einer Liebesnacht steht Gewinnen auf meiner Liste.« Die Überraschung um sie herum war greifbar.

»Herhören! Alle mal herhören! Es gibt ein Rennen!« Die Nachricht verbreitete sich in Windeseile in der Gasse.

Lara schenkte ihm ein kokettes Lächeln und schwang sich auf sein Motorrad. Es war ein gutes Gefühl. Sie ließ den Motor aufheulen. Ihr Sponsor Mario flüsterte ihr etwas ins Ohr. Ihr Lachen war mädchenhaft, hell und kokett. Jemand bot ihr einen Helm an, den sie jedoch ablehnte. »Ich gehe doch davon aus, daß das Gesetz in dieser Straße vorübergehend außer Kraft gesetzt ist?« Ihre milde Herausforderung brachte ihr bewundernde Blicke seitens der Biker ein.

»Du lernst schnell für ein Uptown-Häschen. Aber um uns zu schlagen, mußt du früher aufstehen.« Carmine tätschelte sein Motorrad liebevoll.

Sie drei, Lara, Mario und Carmine, stellten die Regeln für das Drei-Gassen-Rennen auf.

Sam verschränkte die Arme über der Brust und beobachtete das Ganze. Er hatte keine Angst – sie würde gewinnen. Aber er fühlte den unausweichlich männlichen Abscheu angesichts der Art, wie Mario sie ansah. Er kannte sie so gut. Für sie war Mario ein Spielzeug. Aber was war sie für ihn? Kein Spiel, sagte er sich. Jedenfalls keins, das sich auf ein Motorradrennen beschränkte.

Sie starteten, angefeuert von der Menge, die die Gasse säumte. Sie gewann. Carmine erwies sich als guter Verlierer. Ihre eigene Gruppe war stolz auf sie. Aber bevor sie sich bis zu ihr durchgekämpft hatten, hatte Mario sich hinter sie auf die Maschine geschwungen. Er schlang die Arme um ihr Taille und rief: »Go, go, go!« Und Lara raste erneut mit der Harley die Gasse hinunter.

Die Umstehenden blickten ihnen nach. Sie warteten. Aber anstatt am Ende der Gasse kehrtzumachen, verschwanden sie außer Sichtweite. Niemand schien überrascht. Die Biker und Laras Freunde mischten sich untereinander und machten sich über den Risotto her. Julia, die besorgt schien, wandte sich an Rocco, einen Biker. »Ich weiß nicht, ob es klug von Lara war, bei dem Gedränge davonzufahren. Sie werden bestimmt von der Polizei angehalten. Und sie hat den ganzen Nachmittag getrunken.«

Carmine hörte sie und lachte. Er ging zu ihr hinüber. Er legte ihr freundschaftlich den Arm um die Schulter und versicherte ihr: »Niemand hält Mario Marcachetta an. Was glaubst du, wer diese Gasse für uns organisiert hat? Sein Vater ist ›*der* Vater‹, wenn ihr Uptowner wißt, was das heißt. Nicht ›der Vater Himmel‹, soviel ist mal sicher!« Hierauf bekreuzigte er sich mehrmals hintereinander.

Der verwirrte Ausdruck auf Julias Gesicht wurde mit Gelächter quittiert. Es war offensichtlich, daß sie keine Ahnung hatte, daß Carmine versuchte ihr klarzumachen, daß Mario der Unterwelt angehörte. Und das nicht nur als Gangster, sondern als der Sohn eines Capo.

Eine halbe Stunde später verloren die Biker das Interesse und achteten kaum auf die Rückkehr der Harley. Dabei hatte sich etwas verändert. Mario fuhr, während Lara als Sozia hinter ihm saß. Sam, der mehr erleichtert war, Lara zu sehen, als verärgert, daß sie ihn den langweiligen Bikern überlassen hatte, wollte nach Hause. Sie küßte ihn auf die Wange und erzählte ihm begeistert von ihrer Fahrt durch die Menge. Was für ein großartiges Motorrad eine Harley doch wäre. Was für ein guter Fahrer Mario sei. Sam registrierte, daß Lara zwar von der Maschine gestiegen war, jedoch Mario nicht von der Seite wich. Und er hatte ihr in einer vertraulichen Geste den Arm um die Taille gelegt.

»Wir würden alle gern zurück auf das Fest.«

Lara wurde bewußt, wie egoistisch es von ihr gewesen war, sie alle dort festzuhalten, und stimmte sofort zu. »Natürlich. Tut mir leid. Ich habe einfach jedes Zeitgefühl verloren.« Sie wandte sich Mario zu. Sie wollte von ihm wegtreten und sagen: »Danke, Mario, die Fahrt war klasse. Dich und all die anderen kennenzulernen war für mich der Höhepunkt des Straßenfestes.«

Sie fühlte wie sein Arm sich fester um ihre Taille schlang und dachte: ›Wie albern‹.

»Der *Höhepunkt* kommt erst noch«, sagte er. »Ich lade dich zum Essen ein. Zu einem Festmahl.« An Sam gewandt fügte er hinzu: »Ich sorge dafür, daß sie wohlbehalten nach Hause kommt.«

Mario hatte sich überschätzt. »Danke, aber nein danke«, sagte Lara. »Ich habe meine Freunde schon zu lange vernachlässigt.« Und diesmal gelang es ihr, sich zu befreien.

Sam reagierte schnell. Seine Finger schlossen sich fest um ihren Arm. »Okay, gehen wir.« Sie waren nur wenige Schritte weit gekommen, als Mario Sams Hand von Laras Arm zog. Das Paar wandte sich verblüfft dem zornigen Biker zu.

»Du kannst gehen. Sie bleibt.« Er packte Laras Hand.

Sein Tonfall hatte nicht Drohendes an sich. Er sprach nur mit solchem Nachdruck, daß alle in Hörweite instinktiv zurückwichen – außer Sam. Er versuchte, an Marios Vernunft zu appellieren.

»Mario, die Dame möchte aber nicht bleiben.«

»Das sagte sie zwar, aber das meint sie nicht wirklich.«

»Mario, er hat recht.«

»Blödsinn. Die Tunte will, daß du gehst.« Mario versetzte Sam mit der freien Hand einen rauhen Stoß gegen die Brust. Nicht zufrieden damit, ließ er Lara los, und schubste Sam erneut, diesmal fester. So drängte er Sam die Gasse hinunter.

»Was glaubst du, was ein Weichling wie du mit einer heißen Braut wie ihr anfangen kann, häh? Warum sagst du nichts? Du willst sie mitnehmen? Du kannst von Glück sagen, wenn ich *dich* gehen lasse, Tunte.«

Lara versuchte zu vermitteln. Erst jetzt sagte Sam etwas. »Halt dich da raus, Lara.«

»Was willst du ihr damit beweisen? Ist das für euch Yuppies Mut?« Er versetzte Sam einen weiteren Stoß und äffte ihn nach: »Halt dich da raus, Lara«. Das waren die letzten zusammenhängenden Worte, die man Mario an diesem Nachmittag in der Gasse sagen hörte. Sam brachte ihn mit einem gezielten Tritt zu Fall. Mario sprang sofort wieder auf, kampfbereit.

Sam verblüffte alle mit seiner brutalen Verteidigung. Er nahm seinen Gegner mit Karatehieben und -kicks regelrecht auseinander. Als geübtem Karatekämpfer fiel es ihm nicht schwer, Marios Straßenkämpferattacken abzuwehren. Und Mario stürzte sich auf ihn wie ein Berserker. Lara und ihre Freunde bekamen eine Seite von Sam zu Gesicht, von der sie bislang nichts geahnt hatten. Zum einen war der harte Kern unter der gewöhnlich so gelassenen Fassade eine Überraschung. Aber die Brutalität, mit der er den ohnehin schon geschlagenen Mario traktierte, war ein Schock. Niemand wagte einzugreifen. Mario hatte entsprechende Anweisungen gegeben. »Das ist eine persönliche Angelegenheit und geht die Gang nichts an. Jeder, der sich einmischt, bekommt es mit mir zu tun.«

»Sam«, schrie Julia entsetzt. »Das ist barbarisch.« Ihre Worte wirkten, wo Laras auf taube Ohren gestoßen waren. Er beugte sich herab, hob Mario vom Boden auf und setzte ihn auf eine Abfalltonne. Mario sank gegen die Hauswand. Sein gebräuntes, hübsches Gesicht war unversehrt. Er preßte sich eine Hand auf die Rippen. Das Atmen fiel ihm sichtlich schwer.

Sam untersuchte ihn und sagte dann: »Wenn ich gewollt hätte, hätte ich dich schwer verletzen können. Das ist nicht meine Art. Aber du – du hättest mich fertiggemacht, wenn ich dich gelassen hätte. Okay, du hast also recht, ich bin zu weich. Typen wie du sind der Grund, weshalb ich Karate gelernt habe. Du wirst ein paar Tage schmerzhafte Prellungen haben, aber du bist nicht ernsthaft verletzt, darauf habe ich geachtet. Tunte, nein. Homo, nein. Gent, vielleicht, Mario. Solltest du bei Gelegenheit auch mal probieren.« Sam, der wütender war als zu irgendeinem anderen Augenblick an diesem Nachmittag, zog Mario auf die Füße und klopfte ihm den Straßenstaub von der Jacke. Die beiden Männer funkelten einander haßerfüllt an. »Wir werden jetzt gehen, wir *alle*. Bist du Manns genug, die Fairneß aufzubringen, uns unbehelligt gehen zu lassen?«

Mario straffte die Schultern. Es wurde nichts mehr gesagt, Sams dargebotene Hand forderte ein Händeschütteln. Mehrere Sekunden geschah gar nichts. Dann schüttelte Mario Sam die Hand und verließ unsicheren Schrittes die Gasse. Sam, Lara und ihre Freunde folgten schweigend und tauchten wieder in die Menge ein, die immer noch die Hauptstraße bevölkerte.

Später an diesem Abend liebten Lara und Sam sich so leidenschaftlich wie seit dem erotischen Zwischenspiel auf der Insel nicht mehr. Diesmal lief Sam hinterher nicht davon. Statt dessen entwickelte er eine sexuelle Besessenheit für sie. Jetzt, in Liebe und Sex, gedieh ihre Intimität, schien grenzenlos. Sie waren Abenteurer in einem erotischen Land, Freunde, die innerhalb der Gesellschaft zum Paar geworden waren. Für Lara hatten ihre mit Schuldgefühlen behafteten Gedanken an ihre Liaison mit Jamal ein Ende. Sie dachte kaum noch an ihn und ihre Liebesspiele.

Das Leben erschien ihr schöner als je zuvor. Sam und Lara schienen endlich zu einer Beziehung gefunden zu haben, die ihnen einen neue Vertrautheit schenkte, ein Gefühl der Verbundenheit, das ihnen nichts und niemand nehmen konnte. Und so trafen sie ihre Entscheidung: Sie würden heiraten. Sie wußten, daß sie nie wieder getrennt sein wollten. Die Zeit führte ihnen beiden vor Augen, daß es nicht ausreichte, nur zusammen und intim zu sein. Als Paar sehnten sie sich danach, ihre Liebe zu besiegeln. Sie wollten all das, was die Ehe zu bieten hatte.

Nicht verheiratet zu sein war nicht einfach für sie. Aber zu heiraten schien noch schwieriger zu sein, da sie übereingekommen waren, daß sie die Komplikationen einer großen Gesellschaftshochzeit umgehen und statt dessen durchzubrennen wollten.

Nach endlosen Diskussionen über das Wie und Wo faßten sie mit Julias Hilfe schließlich einen Plan. Um nicht gänzlich auf eine Feier verzichten zu müssen und ihr Glück mit Freunden teilen zu können, beschlossen sie, am Morgen des alljährlichen Sommerballs auf Cannonberry Chase in aller Stille zu heiraten. Es gab einen Plan A, einen Plan B und sogar einen Plan C hinsichtlich des Ortes, an dem die Trauung vollzogen werden sollte. Aber alle Pläne hatten eins gemeinsam: Lara und Sam würden hinterher nach Cannonberry Chase fliegen und dort kurz nach Beginn des Balls eintreffen. Sie wollten alle mit der Neuigkeit ihrer Heirat überraschen und damit ihr Zuspätkommen entschuldigen.

Der große Tag brach an. Sam sah auf die Uhr. Es lief alles nach Plan – oder beinahe. Die Zeremonie hatte ihn – sie beide – tiefer bewegt, als er erwartet hatte. Aus der Luft sah Cannonberry Chase aus wie ein Tablett mit verstreuten Diamanten. Der Hubschrauber verharrte oberhalb der Glastüren zum Ballsaal in der Luft, und die Gäste wurden durch das unverkennbare Geräusch der Rotoren ins Freie gelockt.

Lara zupfte an ihrem Kleid. Der Rock war sehr bauschig: mehrere Lagen eisgrüner Seidenspitze, die vorn bis zu den Knöcheln reichte und sich hinten in einer langen Schleppe fortsetzte. Das Oberteil aus dem selben Material war eng anliegend und schulterfrei mit einem dezenten und doch verführerischen Dekolleté. Die raffiniert verarbeitete Spitze fiel von den Schultern weich bis zu den Ellbogen und bildete so eine Art Ärmel. An ihrer Taille war ein Strauß frischer Magnolien befestigt.

Die Garderobe war nicht eben praktisch, um elegant aus einem Hubschrauber zu steigen, aber irgendwie landete das umwerfend elegante Paar heil auf dem Rassen. Ihre Freunde schnappten nach Luft und eilten zu ihnen, um sie zu begrüßen. Ihr spektakulärer Auftritt wurde mit Applaus belohnt. Als sie das Gras unter sich fühlten und die Rotorblätter nicht mehr über ihren Köpfen kreisten, atmeten sie erleichtert auf. So weit, so gut, aber der schwierigste Teil stand ihnen noch bevor.

Lara entdeckte David inmitten der Menge, die über den

Rasen auf sie zukam. Er lachte, und das machte es ihr irgendwie leichter, den Stantons und Faynes ihre große Neuigkeit beizubringen. Der Blick, den sie und David wechselten, verriet Lara, daß er bereits ahnte, was es mit ihrem spektakulären Auftritt auf sich hatte. Er wurde von Emily und Henry flankiert; Max und Steven folgten dichtauf. Nur Emily schien ihre aufsehenerregende Ankunft zu mißbilligen. Die Blicke der beiden Frauen trafen sich über die Köpfe einiger Leute hinweg. Lara schob sich, Sam an der Hand, durch die Gäste zu ihren Eltern. Sie umarmte ihren Vater, küßte ihn auf die Wange und wandte sich dann ihrer Mutter zu. Emily lächelte, eins dieser Lächeln, die sie in der Öffentlichkeit zur Schau trug. Sie streckte die Hand aus und zupfte eine Lage der grünen Seidenspitze an einem Ärmel zurecht, der an ihrer Schulter herabgerutscht war. Sam beugte sich herab, um Emily auf die Wange zu küssen. Sie sah ihn an. Wieder erschien dieses Lächeln auf ihren Lippen. Sie berührte die Magnolien an Laras Taille. Dann sagte sie: »Ein ziemlich theatralischer Auftritt, Kinder.«

Mit ihrer Mißbilligung hatten sie gerechnet, aber Lara hatte nicht erwartet, daß der vorwurfsvolle Tonfall ihr die Sprache verschlagen würde. Sie fand einfach nicht die richtigen Worte, Emily mitzuteilen, daß sie geheiratet hatten. Statt dessen hob sie nur schweigend die Hand. Emily sah den Ehering. Sie nahm die Hand ihrer Tochter in die ihre und streichelte sie. »Aber nicht spektakulär genug für einen so freudigen Anlaß wie diesen.« Sie hob Laras Hand und schwenkte sie, damit alle sie sehen konnten. Dann küßte sie ihre Tochter zufrieden.

PARIS
FLORENZ
MARRAKESCH
1981

Kapitel 17

Marcy wartete auf ihren Mann, auf Harry. Harry Cohen kam immer zu spät – der späte Harry Cohen, wie ihn einige Witzbolde nannten –, während Marcy grundsätzlich überpünktlich war. Pünktlichkeit war so ziemlich der einzige Punkt, in dem sie uneins waren. Bei Harry schien es eine leichte Neurose zu sein. Ansonsten war er ein wahrer Schatz von einem Ehemann.

Harry liebte Paris, und Marcy hatte gelernt, die Stadt ebenfalls zu lieben. Er war Schuhfabrikant mit kosmopolitischen Ambitionen, die sie mindestens einmal im Jahr geschäftlich und zum Vergnügen nach Paris führten. Die wundervolle Welt der Pariser Schuhmode hofierte Harry, was Marcy immer schrecklich peinlich war.

»Findest du diese ganze Speichelleckerei nicht vulgär«, hielt sie ihm des öfteren vor. »Warum tun sie das? Nur weil sie es auf deine Firma abgesehen haben. Widerlich.«

Worauf er erwiderte: »Sei nicht albern! Das liegt allein daran, daß ich perfekt Französisch spreche.«

Nachdem sie Jahre beobachtet hatte, wie die Franzosen ihn umschmeichelten, kam sie zu dem Schluß, daß er recht hatte. Marcy nahm Unterricht und beherrschte die Sprache inzwischen ebenfalls recht gut. Sie war sehr besitzergreifend geworden, was Paris betraf, betrachtete die Stadt als *ihr* ureigenstes Paradies. Und was das Ritz betraf … nun, auch in dieser Hinsicht konnte sie besitzergreifend sein.

Es war ihr letzter Tag in der Stadt, und Marcy konnte es kaum erwarten, ein letztes Mal durch die Straßen zu schlendern. Sie ging in der Lobby auf und ab und ließ dabei den Eingang nicht aus den Augen. Zweimal ging sie hinaus in die strahlende Maisonne, um sich dort auf dem Bürgersteig ungeduldig zu bewegen. Unter den neugierigen Blicken des Portiers kam sie sich aber bald albern vor, und so kehrte sie zurück in die Lobby, setzte sich und beobachtete die Passanten von den Füßen aufwärts.

Marcy steckte in dem Zwiespalt so vieler bekehrter Snobs. Sie liebte das Ritz und paßte sich der Eleganz und dem Chic der anderen Hotelgäste an, verurteilte jedoch gleichzeitig eben diese Eleganz und diesen Chic. Marcy liebte Stil, aber mehr aus berechnenden Gründen als aus Spaß an der Freude. Sie trug teure bügelfreie Kleidung und flache Schuhe. Ihr Schrank war voll mit Designermodellen, die sie ein- und wieder auspackte, aber selten trug. Sie tat gerne so, als wären sie und Harry nicht Neureiche, sondern etablierte Mitglieder der gehobenen Kreise. Altes Geld bedeutete konservativ, schlicht und achtbar – Eigenschaften, die sie sich selbst zuschrieb. Harry war leider ein klein wenig zu großspurig, um der Rolle so ganz zu entsprechen.

Sie vergaß, daß sie eigentlich böse auf ihn war, weil er sich wieder einmal verspätete. Es gab zu vieles zu bekritteln an der Parade, die die Lobby durchquerte. Mittags an einem sonnigen Frühlingstag war der ideale Zeitpunkt, im Ritz Menschen zu beobachten. Es entstand eine Flaute am Eingang. Fünf Minuten lang verdunkelte kein Sterblicher die Treppe.

Dann sah Marcy zwei Wagen vorfahren: erst einen Mercedes-Oldtimer mit offenem Verdeck. Vorn saß ein elegantes Pärchen, während sich auf dem Rücksitz Louis-Vuitton-Koffer türmten. Gleich dahinter folgte ein blauer Rolls Royce. Sie schätzte, daß es sich um ein Modell aus den fünfziger oder sechziger Jahren handelte. Am Steuer saß ein Chauffeur in Uniform mit Schirmmütze. Auf dem Rücksitz sah sie ein Kind von vielleicht drei Jahren, eine Kinderfrau in Grau und eine zweite Frau in dunkler Kleidung, möglicherweise eine Sekretärin oder ein Dienstmädchen.

Sie sah den Türsteher lächeln und dem Fahrer des Mercedes die Hand schütteln. Die Frau mit dem windzerzausten blonden Haar trug weite, elfenbeinfarbene Flanellhosen zu einem marineblauen Cashmere-Oberteil mit breitem Seemannskragen. Das Kind lief zu ihr, und die junge Frau hob es lachend hoch und sprach gleichzeitig mit der Kinderfrau und dem Dienstmädchen.

Marcy starrte wie gebannt auf die lachende Frau. Sie

konnte es kaum glauben. Sie sah zu, wie die Gruppe die Lobby betrat, gefolgt von mehreren Pagen, die das Gepäck aus beiden Wagen schleppten. Die Frau gab das Kind an ihren Mann weiter. Marcy hätte sich am liebsten versteckt, war aber zu verblüfft, um sich zu rühren. Der letzte Mensch, dem sie an diesem Morgen im Foyer des Ritz zu begegnen erwartet hätte, war Lara Stanton.

Sie kamen auf sie zu. Marcy wandte das Gesicht ab und betete, daß Lara sie nicht erkannte. Sie sah, wie mehrere Köpfe sich der Familie zuwandten. Sie hörte hinter sich sogar jemanden flüstern: »Wer ist das?«

»Die Faynes. Was für ein gutaussehendes, elegantes Paar. So sind sie immer, wo sie auch auftauchen. Umwerfend chic. Sollen außerdem sehr nette Leute sein. Altes Geld, du verstehst.«

»Du kennst sie?«

»Nein, meine Liebe, für sie wären wir wohl nur Euro-Müll. Viel zu gewöhnlich, als daß sie sich herablassen würden, mit uns zu verkehren. Auch die größte Nettigkeit hat ihre Grenzen.«

Marcy nahm die Kommentare der Frau persönlich. Sie war wütend, niedriger eingestuft zu werden als Lara. Als die Faynes gerade an ihr vorbeigingen, wurde sie angerempelt. Eine Sekunde lang trafen sich ihre Blicke. Es war Sam. Er entschuldigte sich und ging weiter. Der Rest des Fayne-Korsos ging nur Zentimeter entfernt an ihr vorbei. Sie war nicht erkannt worden. Sie atmete erleichtert auf. Aber sie hatte sich zu früh gefreut.

Eine Hand legte sich auf ihre Schulter. Sie wandte sich um. Es war Sam.

»Marcy. Du bist es also tatsächlich!« Er schenkte ihr sein strahlendes, warmes Lächeln. »Es muß Jahre her sein, seit wir uns das letzte Mal gesehen haben.«

»Wir haben uns seit Laras und meiner Collegezeit nicht mehr gesehen.«

»Hast du uns denn nicht hereinkommen sehen?«

»Euer Auftritt war wohl kaum zu übersehen.«

Sam errötete. »Warum hast du nichts gesagt?«

»Ich hielt euch für die Reinkarnation der Scott Fitzgeralds. Mindestens aber für einige seiner Charaktere. Die Diver, vielleicht. Und denen bin ich nie vorgestellt worden.«

Sie lachten beide, ein nervöses Lachen, aber doch ein Lachen. »So schlagfertig wie immer, Marcy. Warte hier, ich hole Lara.«

»Nein, nicht, Sam. Bitte.«

»Sie wird sich riesig freuen, dich zu sehen, Marcy. Vielleicht können wir zusammen essen gehen oder zumindest etwas trinken.«

»Das tun wir in New York doch auch nicht, Sam. Warum also hier in Paris?«

»Das klingt ein bißchen kraß, Marcy.«

»Ist aber wahr.«

»Bitte, ich bestehe darauf.«

Sein jungenhafter Charme war entwaffnend. Sie sahen sich nach Lara um, erhaschten jedoch nur einen flüchtigen Blick auf sie, ehe sich die Fahrstuhltüren schlossen.

»Komm mit, wir gehen rauf auf unser Zimmer und überraschen sie.«

»Nette Idee, Sam, aber ich kann wirklich nicht. Ich warte auf meinen Mann, und wir haben noch verschiedenes vor.«

»Dann meldet euch, wenn ihr zurück seid.«

»Das geht nicht. Wir fliegen heute nachmittag zurück.«

Hierauf folgte ein unbehagliches Schweigen. Sie standen da und sahen einander an, beide vorübergehend in Erinnerungen versunken. Schließlich brach Sam die Stille. »Das waren noch Zeiten!« Er legte ihr einen Arm um die Schultern. »Was ist aus uns geworden, Marcy? Aus all unseren Träumen von damals?«

»Wir sind erwachsen geworden. Und einige von uns, die Glück hatten, so wie du, Sam, haben sich ihre Träume erfüllt, ob zum Guten oder zum Schlechten. Ich kann mich erinnern, daß du dir immer nur das eine gewünscht hast: Lara zu heiraten. Du hast das Ziel, das du dir gesteckt hast, erreicht. Ich laufe meinem noch hinterher. Aber es hat auf dem Weg auch

Entschädigungen gegeben. Da kommt er. Eine Dreiviertelstunde zu spät. Ich muß mich sputen, ich möchte nicht, daß ein anderer uns das Taxi vor der Nase wegschnappt. Sag Lara, daß es mir leid tut. Vielleicht nächstes Mal.« Dann war sie fort.

Sie hastete von Sam fort und durch die Tür, als Harry gerade aus dem Taxi stieg.

»Hi!« Er grinste breit. Seine Frau schob ihn zurück in den Wagen und setzte sich zu ihm in den Fond.

Sam blickte dem Taxi nach und sagte sich wehmütig, daß er Marcy in jenen Jahren, als er Lara auf dem Smith College den Hof gemacht hatte, oft gesehen, jedoch nie richtig wahrgenommen hatte. Sie war einfach dagewesen, und er hatte sie toleriert, weil sie Laras Zimmergenossin war. Er hatte sie mit einem Yale-Studenten verkuppelt, weil sie eine Freundin von Lara gewesen war. Er hatte nie ernsthaft über sie nachgedacht – oder über sonst jemanden. Er hatte sich auf Lara und ausschließlich auf Lara konzentriert.

Anstatt nach oben zu seiner Frau und seiner Tochter in die Suite zu fahren, ging Sam in die Ritz-Bar. Er wurde herzlich von den Obern begrüßt und wählte einen Tisch in einer stillen Ecke am Fenster. Es war beinahe unheimlich, daß Marcy an diesem Tag im Ritz gewesen und er ihr begegnet war. Es war Jahre her, daß er sie das letzte Mal gesehen oder ihren Namen gehört hatte. Tatsächlich hatte er völlig vergessen, daß es sie gab. Und dann tauchte sie plötzlich wieder auf, eine Erinnerung an das, was sie alle in ihren Studienjahren gewesen waren. Und sie hatte immer noch dieselbe spitze Zunge. Sarkastisch? Frech? Ja. Mit demselben aufreizenden Röntgenblick? Ja. Aber oft hatte sie nur teilweise recht. Zumindest redete er sich das ein. Vor allem seit sie ihn so biestig daran erinnert hatte, daß sein einziges Lebensziel darin bestanden hatte, Lara zu heiraten. Warum war sie so zornig? Hatten sie sie so schlimm im Stich gelassen? Sie hatte wohl zu viel von ihnen erwartet.

Seit Wochen wartete er nun schon auf den richtigen Moment, Lara zu eröffnen, was er ihr unausweichlich sagen mußte. Er hatte beschlossen, in den nächsten Tagen hier in

Paris mit ihr zu sprechen. Er lenkte sich mit einem zweiten doppelten, extra trockenen Martini, der im Ritz als ein Dry bezeichnet wurde, von seinen Problemen ab. Dann bestellte er noch einen dritten. Er beobachtete, wie die Bar sich mit Weltreisenden, chicken Parisern und Amerikanern der alten Garde auf ihrer alljährlichen Pilgerfahrt nach Europa füllte – sie waren mehr als nur einfache Touristen – und sich wieder leerte, als alle zum Lunch aufbrachen. Er war nicht unglücklich, ganz und gar nicht. Auch nicht euphorisch. Vielmehr unterdrückte er ein Prickeln der Erregung, das überschattet wurde von seinem Wunsch, Lara so wenig wie möglich weh zu tun. Er rief den Ober und ließ sich das Zigarrenangebot zeigen.

In der Suite mehrere Stockwerke über ihm packte Lara Bonnies Spielzeugkiste aus: Teddybären, Puppen, das Spielzeugteeservice mit der kleinen silbernen Kanne, dem Milchkännchen, der Zuckerdose und den Miniaturtassen – das ganze Beiwerk für Bonnies Lieblingsspiel, die Teeparty der Vogelscheuche aus ›Alice im Wunderland‹. – Wo sie auch hinreisten, Bonnies Teeservice begleitete sie, und beinahe jeden Tag tranken sie aus den winzigen Täßchen Tee. Bonnie spielte immer eine Doppelrolle: die Gastgeberin und einen Gast. Das konnte praktisch jede der Figuren sein: die Vogelscheuche, der Hase, sogar die Haselmaus. Und sie erweiterte die Gästeliste ständig und lud ein, wen immer sie am jeweiligen Tag spielen wollte: Cinderella, Mr. Macaroni – ihr Pony, das auf Cannonberry Chase untergebracht war –, die böse Hexe, den Märchenprinzen, irgendeine ihrer Spielkameradinnen, ihren Vater oder ihre Mutter. Die Rollen wechselten je nach Laune. Und ihre Gästeliste war scheinbar endlos und immer wieder überraschend. Die Gäste, sofern sie nicht persönlich anwesend waren, wurden von Nanny, Coral, Nancy, jedem x-beliebigen Erwachsenen, Kind oder Tier, ihren Stofftieren und Lieblingspuppen gespielt. Aber eine Rolle, die Bonnie stets selbst spielte, war die der Gastgeberin. Sie imitierte ihre Großmutter Emily so vortrefflich, daß sie mit ihren drei Jahren würdig gewesen wäre, von Actor's Equity aufgenommen zu werden. Sogar Emily war von der Vorstellung belustigt gewesen. Fast jeder wünschte sich, zu Bonnie Faynes Teepartys eingeladen zu werden.

Zu ihrem zweiten Geburtstag hatte David ihr eine Sammlung der Hauptfiguren aus ›Alice im Wunderland‹ geschenkt, alle etwa so groß wie ein einjähriges Kind. Sie waren für Bonnie ebenso Spielkameraden wie Puppen. Wenn die Faynes auf Reisen waren, begleiteten sie die Figuren, wenn auch nicht der Tisch und die Stühle. An diesem Punkt hatte Sam die Grenze gezogen. Das allererste, was Bonnie tat, wenn sie irgendwo eintrafen und ihre Spielsachen ausgepackt waren, war zu improvisieren. Bis zum Tee mußten ein entsprechender Tisch und Stühle gefunden werden. Und damit war Bonnie auch jetzt beschäftigt. Sie hatte bereits einen Schemel mit besticktem Bezug aufgetan und zwei Kissen, die sie zu den Fenstern mit Blick auf die Place Vendôme schleppte. Dort stellte sie alles ab, ging zu Lara hinüber, die vor der Spielzeugkiste hockte, und kletterte ihrer Mutter auf den Schoß.

»Was sollen wir bis zum Tee machen, Mummy?« fragte sie, strich Lara über das Haar und drückte sie.

Lara schmolz dahin. Nichts rührte sie so sehr wie eine Umarmung von Bonnie. Sie legte die Arme um ihre kleine Tochter. »Du wirst hier zu Mittag essen und anschließend gehst du mit Polly und Jenna Baker in den Bois. Erinnerst du dich an die beiden?«

»Polly kann nicht schwimmen, und Jenna hat Angst vor Mr. Macaroni.«

»Das stimmt.«

»Dürfen sie zum Tee kommen, Mummy?«

»Wenn du möchtest.«

»Jenna kann die Haselmaus spielen.«

»Ich glaube nicht, daß sie in die Teekanne paßt, Bonnie.«

»Natürlich nicht, Mummy! Das weiß ich doch. Aber sie kann so tun als ob.«

»Ich glaube, sie würde lieber Cinderella sein.«

»Meinetwegen kann sie Cinderella sein, aber dann kann sie nicht zum Tee kommen.«

»Und warum nicht, Bonnie?«

»Weil wir schon eine Cinderella haben.«

»Und wer soll das sein?«

»Ich.«

Sie lächelte spitzbübisch zu ihrer Mutter auf. Lara ließ sich ihre Belustigung nicht anmerken. Sie starrte auf das kleine Mädchen hinab, und Bonnie lachte schallend. »Na gut. Sie darf die Cinderella sein. Und ich spiele ...« Sie zögerte ein paar Sekunden und verkündete dann: »Minnie Maus.« Bonnie legte eine Hand über den Mund und senkte den Blick, wie sie es immer tat, wenn sie angestrengt nachdachte. Dann hob sie ruckartig den Kopf, schüttelte ihn, daß ihr hellblondes Haar vor ihrem Gesicht hin und her schwang, und sagte: »Nein, heute bin ich Dornröschen, und Daddy ist der Prinz.«

»Du warst doch gestern schon Dornröschen.«

»Das zählt nicht, weil Coral den Prinzen gespielt hat, und sie ist kein guter Prinz, nicht so wie mein Daddy.«

»Das ist aber nicht nett, Bonnie. Warte nur, bis du das nächstemal einen Prinzen an deinem Tisch brauchst«, warnte Coral, die mit einem Schwung Kleider von Lara vorbeiging.

»Sei nicht traurig, Coral. Du darfst die Vogelscheuche spielen.« Das war für Bonnie die höchste Ehre. Sie wand sich aus Laras Armen, nahm eine Raggedy-Ann-Puppe von dem Spielzeughaufen auf dem Boden und lief zu dem Dienstmädchen. Möchtest du die Vogelscheuche sein und heute zum Tee kommen, Coral? Ich denke, du wärst eine sehr gute Vogelscheuche.«

Lara beobachtete Bonnie. Sie konnte sich nicht erinnern, daß sie selbst oder eins der anderen Kinder, die sie gekannt hatte, so sensibel gewesen wäre den Gefühlen anderer gegenüber. Bonnie besaß einen liebevollen, fürsorglichen Zug an sich, den Lara nie gehabt hatte. Jeden Tag lernte sie von ihrer Tochter mehr über die Liebe. Coral, die immer noch vorgab, beleidigt zu sein, weil Bonnie sie in ihrer Rolle als Prinz kritisiert hatte, beugte sich zu Bonnie hinab. »Also, ich weiß nicht. Vielleicht. Ich wollte schon immer die Vogelscheuche sein.«

»Dann sagst du ja?«

»Ja, warum auch nicht?« Das Mädchen schenkte Bonnie ein warmes Lächeln.

Bonnie, die sich sichtlich freute, daß Coral nicht mehr traurig war, kehrte zu ihrer Mutter zurück, die Puppe an sich gedrückt. Sie warf sich in Laras Arme.

»Das war aber sehr lieb von dir, Bonnie. Coral scheint sehr froh zu sein.«

Aber Coral und die Teeparty waren bereits abgehakt. Bonnie war jetzt vollauf mit ihrer Raggedy Ann beschäftigt. Sie hatte die Puppe für den Nachmittagsausflug mit den Baker-Kindern ausgewählt und erzählte ihr alles über Polly und Jenna. Raggedy Ann trug ihren Teil zu der Unterhaltung bei. Sie stellte allerlei Fragen zu den beiden Mädchen. Lara hörte aufmerksam zu. Die Phantasie ihrer kleinen Tochter war wirklich beeindruckend. Sogar ein Dialog mit einer Stoffpuppe verriet Bonnies Sensibilität für die Gefühle anderer.

Und doch mangelte es ihr andererseits auch nicht an Mut. Lara hatte ihr beigebracht, auf Mr. Macaroni zu reiten, und Bonnie hatte dieselbe rasche Auffassungsgabe gezeigt wie einige Zeit zuvor, als sie schwimmen gelernt hatte. Das Mädchen hatte sich nicht einmal vor dem Meer gefürchtet, als Lara und Sam sie das erste Mal zum Segeln mitgenommen hatten. Und schon als Baby hatte sie Lara bei Flügen in ihrer Cessna und später auch in dem Wasserflugzeug von Cannonberry Chase begleitet. Aber während Lara Bonnie die verschiedensten Fertigkeiten lehrte, lernte auch sie von ihrer Tochter. Für Bonnie war das Leben schön, aber Laras Leben bereicherte sie noch viel mehr. Bonnies Geburt hatte den Lebensstil der Faynes nicht beeinträchtigt, sondern erweitert, und das Mädchen schien sein abwechslungsreiches Dasein zu genießen.

Lara und Sam waren liebevolle Eltern. Bonnie begleitete sie auf all ihren Reisen. Lara wollte nicht einen Tag des Heranwachsens ihrer Tochter versäumen. Und Bonnie? Trotz der vielen Aufmerksamkeit, die ihre Eltern ihr entgegenbrachten, war sie selbständiger als die meisten Kinder ihres Alters. Sie konnte bereits lesen und liebte Bücher. Sie führten stets eine kleine Bibliothek mit sich, die Bonnie und ihre Kinderfrau gemeinsam ausgewählt hatten. Bevor sie zu Bett ging, las sie sich selbst eine Geschichte vor oder auch Sam und Lara, wenn diese zur Schlafenszeit da waren. Und wenn sie auf Worte stieß, die sie noch nicht entziffern konnte, improvisierte sie einfach. Der größte Ausgleich dafür, daß sie so viel Zeit in einer Welt der Erwachsenen verlebte, waren ihre vielen kleinen Cousins und Cousinen, die auf Cannonberry Chase ein und aus gingen. Sie waren ihre Freunde und Spielkameraden: Wenn die Faynes auf Reisen gingen, nahmen sie oft ein oder zwei ihrer Nichten und Neffen als Gesellschaft für Bonnie mit.

Lara dachte an diese Gutenachtgeschichten, wenn sie drei, Sam, Bonnie und Lara, für sich allein waren. Was für eine glückliche Familie sie waren, was für ein aufregendes Leben sie führten, welche Bereicherung ihre kleine Tochter war. Lara fühlte die Wärme von Bonnies kleinem Körper. Sie streichelte die nackten Ärmchen des Kindes. So weich und glatt. Sie hob ihre kleine Hand an die Lippen und küßte ihre Finger. Bonnie sah ihrer Mutter in die Augen. In ihrem Blick lag grenzenlose Liebe. Lara wiegte sie sacht, nahm ihre kleinen Finger in den Mund und saugte an ihnen. Bonnie kicherte. Laras Schwangerschaft und die Geburt waren völlig komplikationslos verlaufen. Sie konnte immer noch nicht fassen, welches Wunder sie und Sam vollbracht hatten. Plötzlich sagte sie sich, daß die Zeit für ein zweites Kind gekommen war. Wo war Sam? Seltsam, daß er so lange brauchte. Er hätte längst hier sein müssen. Sie konnte es kaum erwarten, ihm ihren Entschluß mitzuteilen. Sie wußte, wie sehr er sich freuen würde.

Lara drückte ihrer Tochter einen Kuß auf die Stirn. »Mummy muß jetzt aufstehen, Bonnie. Ich muß baden und mich umziehen.«

»Warum?«

»Ich gehe mit Daddy zum Mittagessen aus.«

»Und ich?«

»Nein, du kannst nicht mitkommen, nicht heute.«

Hierauf folgte das Stanton-Schmollen, wie Sam es nannte. Ein leichtes Knabbern an der Unterlippe. Waren das Tränen, die in ihren Augen glitzerten? »Aber du kannst mir den Rücken waschen und mir helfen, ein Kleid auszusuchen. Na, was hältst du davon?«

Sofort war alles vergeben und vergessen. Die Zeichen der Enttäuschung wichen aus ihrem Gesicht und wurden von einem Lächeln abgelöst, das ihre Züge erhellte und ein Leuchten in ihre Augen zauberte. Bonnie legte Raggedy Ann achtlos auf den Boden und sprang auf. Dann nahm sie Laras Hand und versuchte sie auf die Füße zu ziehen.

»Modenschau«, rief die Dreijährige. Das war Bonnies zweitliebstes Spiel.

Arme Coral, dachte Lara. Sie hat gerade erst die Koffer ausgepackt und alles ordentlich aufgehängt.

Mit der einen Hand zog Bonnie ihre Mutter in Richtung Bad, während sie mit der anderen an ihren Knöpfen nestelte. Schließlich ließ sie Laras Hand los, um sich mit beiden Händen der Knöpfe an ihrer Bluse anzunehmen. Als sie das Schlafzimmer erreichten, hatte sie bereits eine Kleiderspur auf dem Boden hinterlassen.

»O nein. Keine Modenschau«, jammerte Coral.

»O doch!« rief Bonnie, die aufgeregt von einem Fuß auf den anderen hüpfte.

»Sieh dir nur die Unordnung an, die du hinterlassen hast, Bonnie.«

Das kleine Mädchen stand in der Schlafzimmertür, nur mit einem weißen Baumwollhöschen, einem weißen Söckchen und einem schwarzen Lackschuh bekleidet. »Bonnie, geh zurück und heb alles auf, was du auf den Boden geworfen hast«, sagte Lara. Bonnie schien verärgert. Lara wölbte eine Braue und schaute sie mit einem Blick an, den das Kind sofort verstand. Sie lief zurück, sammelte ihre Kleider ein und legte sie ordentlich auf das Bett. Lara hob ihre Tochter auf den Arm, wirbelte sie herum und ließ sie dann schwungvoll auf das Bett fallen. »Rühr dich nicht, bis ich in der Wanne sitze und dich rufe.«

»Bis wieviel muß ich zählen?« fragte Bonnie, die immer noch kicherte.

»Zähl bis hundert. Und ohne zu pfuschen. Nicht eins, zwei, fünf, neun, elf, achtzehn, dreißig und dergleichen.«

Lara wurde mit dem Stanton-Schmollen bedacht, aber Bonnie fing an zu zählen, und das sauber, soweit sie es konnte. Im Bad entspannte Lara sich im heißen Wasser und paddelte mit Händen und Füßen, um möglichst viel Schaum zu schaffen. Kein parfümierter Badezusatz konnte für Bonnie genug schäumen. »Einhundert, Bonnie«, rief sie. Die Tür flog auf, und Bonnie stürmte herein, splitternackt, das Haar mit einer roten Schleife zum Pferdeschwanz gebunden.

»O Bonnie, Nanny wird böse auf uns werden.«

»Nanny *ist* böse«, ertönte eine Stimme aus dem Schlafzimmer.

Sam sah Lara auf sich zukommen, und plötzlich konnte er an nichts anderes mehr denken als daran, wie sehr er sie immer noch begehrte. Sie sah großartig aus, mehr denn je die verführerische Dame.

Und er sah in ihr immer noch das junge Mädchen, das er geliebt hatte, solange er denken konnte. Sie sah so aus wie immer, bezaubernd sorglos und glücklich. Ihr silbrigblondes Haar war zu einem Knoten geschlungen, der in einem Netz aus schwarzem Samt steckte. An ihren Ohrläppchen glitzerten große Diamantohrringe, die er ihr zur Geburt von Bonnie geschenkt hatte. Ihr Kostüm, eine kurze Jacke aus weißer Webseide über einem schmalen, schwarzen Rock, war maßgeschneidert. Dazu hochhackige schwarze Lacklederschuhe und eine winzige Handtasche aus glänzendem schwarzem Eidechsenleder, die an einer schmalen Goldkette über ihrer Schulter hing.

Er erhob sich und zog einen Stuhl für sie unter dem Tisch hervor. Er beugte sich vor, küßte sie auf die Wange und flüsterte ihr ins Ohr: »Ich würde dich am liebsten bumsen, bis dir Hören und Sehen vergeht. So siehst du aus, als wolltest du zu Tode gebumst werden.«

»Ah, du hast deine drei trockenen Martini intus. Eine

Dosis, die garantiert alle der medizinischen Wissenschaft bekannten Hemmungen auslöscht – und zu Gedächtnisschwund führt.« Sie senkte die Stimme zu einem Flüstern. »Das hast du erst vergangene Nacht beinahe geschafft«, sagte sie lächelnd.

»Ich wünschte, du würdest nicht ganz so umwerfend aussehen.«

»Ein etwas zweifelhaftes Kompliment.« Der ernste Ausdruck auf seinem Gesicht bewog Lara zu der Frage: »Sam, stimmt etwas nicht?«

»Ich denke, wir sollten nach oben gehen.« Er erhob sich, aber sie legte ihm eine Hand auf den Arm und hielt ihn zurück.

»Lunch. Hast du vergessen, daß wir mit den Portchesters verabredet sind? Für sie habe ich mich doch so aufgedonnert. Und du hast dich noch nicht einmal umgezogen.«

Er setzte sich wieder. Der Ober brachte Laras Aperitif. Sam war an diesem Tag irgendwie sonderbar. Einen Augenblick lang kam es Lara vor, als wäre der Mann, der ihr gegenübersaß, ein Fremder. Sie schüttelte den Gedanken ab und war jetzt ernsthaft um ihn besorgt.

»Stimmt etwas nicht?«

»Ja.«

»Bist du krank?« Lara schien aufrichtig erschrocken. Sam benahm sich so anders als sonst. Diesmal war sie es, die aufstehen wollte und von Sam zurückgehalten wurde.

»Nein.« Er wußte, was sie dachte, und fügte hastig hinzu: »Und auch niemand aus der Familie.«

Erleichtert nippte Lara an ihrem Drink. »Wir müssen nicht gehen, wenn du nicht willst. Wir können im Restaurant anrufen und Bescheid geben. Bill und Katharine werden das schon verstehen. Oder ich gehe allein. Ich würde sie schon gerne sehen und mich über den letzten Klatsch informieren.«

»Nein.« Sie war überrascht von dem Nachdruck in seiner Stimme.

»Was ist denn los, Sam?« Sie stellte ihr Glas zurück auf den Tisch.

»Ich will mich scheiden lassen.«

Lara sagte kein Wort. Sie saß völlig ruhig da und musterte ihn durchdringend. Sam streckte die Hand nach ihr aus. Sie wich vor ihm zurück. Sie schwiegen eine Weile. Schließlich versuchte Lara zu sprechen. Ihre Kehle war wie zugeschnürt, so daß sie sich räuspern mußte, ehe sie einen Ton herausbrachte.

»Warum?«

»Spielt das eine Rolle?«

Ihre Stimme war erfüllt von Schock und Zorn. »Natürlich spielt es eine Rolle! In der vergangenen Nacht hast du mir noch versichert, wie sehr du mich liebst. Unser Sexleben ist ausgefüllt und aufregend. Wir haben eine Tochter, die du anbetest, und führen ein idyllisches Eheleben. Und dann wirfst du mir aus heiterem Himmel ein ›Ich will die Scheidung‹ an den Kopf.«

»Lara, du führst ein idyllisches Eheleben. Ich nicht.«

»Was soll denn das heißen?«

»Lara, laß es uns einfach dabei belassen, ja?«

»Ich will eine Antwort.«

»Besteh nicht darauf, Lara. Ich will dir nicht weh tun. Ich liebe dich. Ich werde dich immer lieben. Aber ich will nicht mehr mit dir verheiratet sein.«

»Aber wir sind doch glücklich gewesen«, beharrte sie erschüttert.«

»Nein, *du* bist glücklich gewesen, Lara. Ich nicht. Schon Jahre nicht mehr.«

»Soll das heißen, daß du mir Jahre nur vorgespielt hast, daß du mit mir glücklich wärst? Daß alles nur Lüge war? Das kann ich nicht glauben. Das ist abscheulich.«

»Ja, das ist es, und ich halte es nicht einen Tag länger aus.«

Lara wurde speiübel. Sie legte eine Hand über den Mund, und plötzlich fror sie erbärmlich. Sie wollte davonlaufen, aber ihre Knie waren ganz weich, so daß sie nicht sicher war, ob sie sie tragen würden. Wie aus weiter Ferne hörte sie Sam sagen: »Ich wollte es dir nicht so sagen, in der Bar des Ritz. Laß uns gehen.«

»Nein«, sagte sie gepreßt. »Ein Glas Wasser.«

Sie warteten schweigend, bis sie ihr Glas Wasser bekommen und geleert hatte. Die Bar war abgesehen von zwei Männern an separaten Tischen leer. Lara fühlte sich eigenartig sicher an ihrem Tisch, so, als erwarte sie jenseits des Raumes eine Welt voller Trauer und Verzweiflung.

»Warum hast du denn nichts gesagt?«

»Das habe ich. Aber du hast nicht zugehört.«

»Du hast nie in irgendeiner Weise durchblicken lassen, daß du unglücklich wärst.«

»Das ist nicht wahr.«

»Wenn du in unserer Ehe so unglücklich warst, warum bist du dann so lange bei mir geblieben? Das ist grausam.«

»Weil ich verrückt nach dir war, dich liebte. Du hast mich zu deinem Sklaven gemacht. Ich war süchtig nach dir. Weil ich mich in dir und deinem Glück verloren und darüber mein eigenes vergessen habe.«

»Und das alles trifft nicht mehr zu?«

»Nein.«

»Aber ich liebe dich doch«, sagte Lara kläglich.

»Nein, das tust du nicht, das redest du dir nur ein. Es paßt dir in den Kram zu glauben, daß du mich liebst. Tatsächlich aber benutzt du mich nur.«

Seine Worte trafen sie wie ein Dolchstoß. »So wie du mich benutzt?« konterte sie.

»Ja, wenn du so willst.«

»Wie kannst du so etwas sagen? Das macht unsere ganze Ehe zu einer Farce. Sag mir, daß das alles nicht wahr ist.«

»Es ist wahr. Es war von Anfang an so, nur daß wir uns dieser Wahrheit nicht stellen wollten. Wir sind durchgebrannt, weil wir uns in die Romantik des Augenblicks hineingesteigert haben. Das war es, was ich mir immer gewünscht hatte. Ich wollte andere Dinge im Leben, aber nichts wollte ich mehr als dich. Für dich war es praktisch, jemanden zu heiraten, der dich über alles liebte und bereits zur Familie gehörte. Wir haben uns auf den Gedanken versteift zu heiraten, ohne weiterzublicken. Deine Vorstellung von der Ehe sind endlose Flitterwochen. Und ich Idiot habe mir immer wieder gesagt:

›Morgen ... morgen wird sie die Verpflichtungen auf sich nehmen, die zu einer Ehe gehören‹. Wie oft habe ich dir gesagt, daß ich mir ein Zuhause und eine Familie wünsche? Und wie oft ist es dir gelungen, mir weiszumachen, daß auch du dir das wünschtest?

In drei Jahren habe ich an verschiedenen Orten der Welt fünf Häuser gekauft. Wir haben in keinem von ihnen gelebt. Du hast für keines dieser Häuser auch nur ein Glas gekauft oder in einem von ihnen Gardinen aufgehängt. Cannonberry Chase ist das einzige Zuhause, das du je gewollt hast. Und in den ersten Monaten unserer Ehe war das auch wunderbar. Das ist es immer noch, Lara, aber es war nie unser eigenes Zuhause. Ebensowenig wie die Suite im Sherry Netherland, das Haus meines Vaters in Southampton oder das meiner Schwester in Cap Ferrat. Drei Jahre lang sind wir wie die Zigeuner nach Lust und Laune um die Welt gereist, als Gäste unserer Verwandten und Freunde. Ich habe meine Geschäfte brillant geführt, wenn man bedenkt, daß ich ständig nur unterwegs war, und ich habe den Großteil meiner Zeit damit verbracht, irgendwo Telefonnummern zu hinterlassen. Das ist unser Lebensstil, unsere Ehe, unsere Existenz.

Als Bonnie geboren wurde, hast du versprochen, daß wir uns irgendwo niederlassen würden. Ich habe dir geglaubt. Wieder erbot ich mich, dir ein eigenes Haus zu kaufen, wo immer du auch leben wolltest. Wie immer sagtest du ja, aber geändert hat sich nichts. Wir reisten nur mit größerem Gefolge, und ich entfernte mich noch weiter von mir selbst und dem, was ich mir wünschte, bemüht, dir mehr, immer mehr zu geben, um dich glücklich zu machen.«

»Und ich? Habe ich dir nichts gegeben?«

»Das Wichtigste in meinem Leben: Bonnie. Ich werde dir immer dankbar sein für unsere Tochter. Aber die Wahrheit ist, daß du mir außer ihr und Sex nicht viel gegeben hast.«

»Und diesen Sex scheinst du ja immer noch unwiderstehlich zu finden, wenn ich an die vergangene Nacht, heute morgen und das, was du vorhin gesagt hast, denke«, sagte sie bitter.

»Du kannst mich nicht mehr nur damit halten, daß du mit mir vögelst, Lara.«

»Das ist zu vulgär. Das habe ich nicht verdient.«

»Doch, ich glaube schon, daß du genau das verdienst. Aber ich sollte es als Gentleman vielleicht nicht aussprechen. Ich hin ebenso schuld am Scheitern unserer Ehe wie du. Wir waren füreinander ein sicherer Hafen. Wir haben es uns beide leichtgemacht. Wir waren zu egoistisch und verwöhnt, um zu erkennen, was wir taten – soviel will ich uns zugestehen.«

»Wir waren die besten Freunde.«

»Das waren wir. Und sind es noch, hoffe ich.«

»Und Liebende.«

»Wir haben einander benutzt, um unser Verlangen nach einander zu befriedigen. Benutzer, die nicht wissen, wie man liebt, scheint mir eine passendere Beschreibung von uns zu sein.«

»Und was hat dich zu dieser Erkenntnis gebracht?«

Sam schwieg einige Sekunden und winkte dann dem Ober, um noch zwei Drinks zu bestellen. Nachdem der Ober wieder gegangen war, hakte sie nach. »Nun?«

»Laß es auf sich beruhen. Es ist sinnlos. Ich will die Scheidung, und zwar so schnell und schmerzlos wie möglich.«

Sam sah ihr an, daß sie die Wahrheit erraten hatte. Ihr Blick zeigte ihm, daß sie es wußte. Der Schock war ebenso groß wie der, als er ihr eröffnet hatte, daß er sich scheiden lassen wolle. Er wollte Mitleid für sie empfinden, aber es gelang ihm nicht. Er hatte ihr alles gegeben, während sie nur genommen hatte. Es war nichts mehr übrig. Sie hatte seine Reserven aufgebraucht.

»Eine andere Frau?«

»Ja.«

»Mein Gott, du hast mich mit einer anderen Frau betrogen! Wie konntest du das tun? Ich hätte dich niemals so hintergehen können, Sam. Du hast eine Affäre mit einer anderen Frau, schläfst aber weiter mit mir und spielst den perfekten Ehemann und Vater. Eine andere Frau. Ist sie der Grund, weshalb du mich verläßt?«

»Nein. Versteh mich nicht falsch, Lara. Ich habe versucht, dir das zu ersparen, aber da du nicht locker lassen willst, bitte! Der einzige Grund, weshalb ich es überhaupt so lange in unserer Ehe ausgehalten habe, war der, daß ich diese Frau kennengelernt habe. Sie versteht es zu lieben und zu geben. Ihre Liebe hat die Lücke ausgefüllt, die ich in unserer Ehe so schmerzlich empfunden habe. Sie hat mir Kraft gegeben. Sie hat mir das Heim geschenkt, das ich mit dir nie hatte. Sie ist mir mehr Ehefrau gewesen, als du es jemals sein konntest. Sie war immer da, hat im Hintergrund gewartet, mich ermutigt, mir noch mehr Mühe zu geben, unsere Ehe zu dem zu machen, was ich mir wünschte.«

»Du hast mit ihr über deine Ehe gesprochen?« Sam antwortete nicht. Unter der harten, entschlossenen Fassade, die er Lara präsentierte, schien er plötzlich verzweifelt. »Das ist verachtungswürdig.«

»Ja«, gab er zu. »Und ich will gar nicht erst versuchen, es zu entschuldigen. Ich hätte statt dessen mit dir über uns reden sollen. Aber das konnte ich nicht. Ich war immer noch besessen von dir und glaubte, ohne dich nicht leben zu können. Ich war unglücklich in unserer Ehe, mit unserem Zusammenleben, aber nicht mit dir. Für mich warst du immer die aufregendste, verführerischste Frau auf der ganzen Welt. Du hast mich nie lange genug aus deinen Klauen entlassen, daß ich hätte entkommen können. Darum konnte ich dich auch nicht schon viel früher um ihretwillen verlassen.«

»Wie lange haben wir mit dieser Lüge gelebt? Wie lange schläfst du schon mit dieser Frau?«

Er konnte ihr hierauf nicht antworten. Auch wenn er es nicht wollte, tat Lara ihm leid.

»O nein. Jahre? Antworte«, forderte sie.

Er schwieg weiter.

Das war für Lara Bestätigung genug. »Ausgerechnet du, der einzige Mensch, der einzige Mann, von dem ich nie erwartet hätte, daß er mich betrügen würde.« Sie wandte den Blick von ihm ab und kämpfte mit den Tränen. Sie biß sich auf die Unterlippe und holte tief Luft. Dann sah sie ihn wieder an und sagte leise: »Ich werde in die Scheidung einwilligen.«

Tapfere Worte für eine junge Frau, deren ganze Welt bei einem Martini im Pariser Ritz zerbrochen war, für eine junge Frau, die der felsenfesten Überzeugung gewesen war, den richtigen Mann zu haben und eine harmonische Ehe zu führen, in der sie beide glücklich waren. Nicht ein einziges Mal war ihr der Gedanke gekommen, ihren Mann zu betrügen, niemals hätte sie sich vorstellen können, daß er sie betrog. Dieses Band, von dem sie so überzeugt gewesen war, daß es Liebe war und nie zerbrechen könnte, hatte ihr die Sicherheit gegeben, sich ihrem Mann zu öffnen und sie selbst zu sein. Sie hatte sich ihm rückhaltlos hingegeben, ganz besonders auf erotischer Ebene. Er hatte es genossen. Es hatte viel bedeutet in ihrer Beziehung, war ihr aber nicht wichtiger gewesen als andere Aspekte ihres gemeinsamen Lebens. Es war nie ihre Absicht gewesen, ihren Mann zu versklaven, wie er sich ausgedrückt hatte.

Zum erstenmal seit Jahren dachte Lara zurück an jenen Morgen, als sie Jamal verlassen hatte, aus eben dem Grund, aus dem nun Sam sie verließ: weil sie den Gedanken nicht mehr hatte ertragen können, ihm sexuell hörig zu sein. Die Verzweiflung, die sie unter seiner sexuellen Herrschaft so lange gequält hatte, stieg plötzlich wieder in ihr auf, und ihr wurde wieder übel. Erkenntnis so schmerzhaft wie ein Schlag ins Gesicht. Sie hatte, wenn auch unbewußt, bei Sam geschafft, was Jamal beinahe bei ihr geschafft hatte: völlige Unterwerfung.

Als sie die Wahrheit erkannte, schob sie ihren Stuhl zurück und wollte aufstehen, war aber nicht dazu in der Lage. Auch konnte sie ihre Übelkeit nicht länger unterdrücken. Sie griff nach ihrer Handtasche. Sam erkannte gleich, was los war. Er kam ihr mit einem Taschentuch zur Hilfe. Dankbar drückte sie es gegen den Mund, während sie gegen den Würgereiz ankämpfte. Er nahm ihren Arm, half ihr auf die Füße, und gemeinsam verließen sie die Bar.

Der Weg durch das Foyer kam ihr vor wie der längste ihres

Lebens. Im Fahrstuhl wollte sie sich instinktiv an Sam lehnen. Aber sie konnte nicht. Seine Lügen, seine Hinterlist, sein Verrat an allem, woran sie geglaubt hatte, sein Abscheu für ihr gemeinsames Leben – war das etwas, an das man sich anlehnen konnte? Sie straffte die Schultern und rückte von ihm ab. Schweigend standen sie da, während der Lift schwerfällig nach oben fuhr.

Sie versuchte, ihre Gedanken zu klären. Konnte sie noch irgend etwas tun? Gab es noch etwas, was sie Sam sagen sollte? Laß uns die Vergangenheit vergessen und noch einmal ganz von vorn anfangen? Bonnie zuliebe? Der Familie zuliebe? Eine zweite Chance? Versuchen wir ... was? Was gab es da noch zu retten? Nichts als die Illusionen, auf denen sie versucht hatten, ein Leben aufzubauen.

Die Fahrstuhltüren glitten auf, und Lara trat auf den Flur. Ihr Leben war ein Scherbenhaufen, ihr Geist gebrochen. Aber aus den Trümmern stieg die unzerstörbare Stanton-Stärke auf. Sie wandte sich wieder Sam zu. »Laß es uns mit Würde und ohne Haß hinter uns bringen. Gemeinsam. Ebenso um unseretwillen wie auch Bonnie und unseren Familien zuliebe.«

Er schien erleichtert. Er stimmte zu, nicht mit Worten, sondern mit einem Nicken. Als sie vor der Tür zu ihrer Suite standen, der Schlüssel bereits im Schloß, sah er sie an. »Lara.« Er hob eine Hand, um ihre Wange zu streicheln. Sie wich zurück wie vor einer Flamme, die drohte, sie zu versengen, und sie hob abwehrend eine Hand.

»Faß mich nie wieder an. Ich werde dir nie verzeihen, daß du mich hintergangen hast, aber das wird die Welt nicht erfahren. Nur du wirst es wissen. Ich kann schauspielern, die richtige Miene aufsetzen. Damit wirst du dich abfinden müssen.«

Kapitel 18

David! Dort stand er mit zwei anderen Männern neben einem schwarzen Rolls Royce auf dem Rollfeld. Sie entdeckte ihn, noch bevor die 747 zum Stehen kam. David. Ihm war es zu verdanken, daß sie knapp zwei Stunden nachdem sie ihn aus Paris angerufen hatte, in der Ersten Klasse eines Flugzeuges des State Department gesessen hatten, das sie via Washington nach New York brachte.

Lara legte die Hand an die Scheibe. Sie sehnte sich danach, ihn zu berühren. David zu sehen, der dort auf sie wartete, vermittelte dem, was ihr bislang wie ein schrecklicher Alptraum erschienen war, so etwas wie Realität. Wie konnte man weiterleben ohne jede Zukunftsperspektive? Wie konnte man alles haben und doch so richtungslos, egoistisch und blind sein, wie Sam es angedeutet hatte? Sollte ihr Leben denn immer ein Auf und Ab von Liebe und Verlust sein, von Isolation innerhalb von Beziehungen? Sie war plötzlich unerträglich müde. Dann sah sie, wie David auf das Flugzeug zukam. Er winkte, und sie fühlte einen Funken Energie in sich aufglimmen. Er lächelte zu ihr herauf. Sie spürte die Liebe und erkannte, wie kompliziert sie war, daß sie mehr mit Unschuld und Hoffnung, ja sogar mit Verrat und Enttäuschung zu tun hatte, als sie sich je klargemacht hatte.

Minuten später waren die Passagiere draußen auf der Rampe, bereit, die Treppe hinunterzusteigen. Sam und Lara sahen einander in die Augen. Die Trauer auf ihren Zügen veranlaßte ihn zu fragen: »Bist du okay?«

»Belassen wir es dabei, daß dies nicht der strahlendste Tag in meinem Leben ist.«

Sie trat einen Schritt vor, und gemeinsam mit Sam und Bonnie stieg sie die Treppe hinunter. Unten angekommen hielt Lara sich im Hintergrund, während Sam David begrüßte. David nahm Bonnie auf den Arm und küßte sie, aber er hatte nur Augen für Lara, und sein Blick verriet seine Sorge. Er holte einen kleinen Teddybären mit einer rot-weiß gepunkteten Krawatte aus seiner Jackentasche, und Bonnie jubelte entzückt. David gab Bonnie an ihre Nanny weiter und wandte seine Aufmerksamkeit Sam zu. Die Männer schüttelten sich die Hand. Dann trat Sam beiseite, um Lara Platz zu machen. Sie begrüßten einander mit einer Umarmung und einem Kuß. Lara kämpfte mit den Tränen, und David tröstete sie. »Es wird alles wieder gut, La. Wir fahren heim. Heim auf dein geliebtes Cannonberry Chase.«

Die drei Erwachsenen gingen auf die wartende Limousine zu. Lara stellte sich vor, wie sie durch das schwere schmiedeeiserne Tor fahren würden, die Allee hinauf, über den Buckel, bis der Springbrunnen auf dem Hof vor dem Haus in Sicht kam. Sie lächelte bei dem Gedanken, und dann fragte sie sich, wann – wann bloß – alles wieder gut sein würde? Sie wollte David glauben, konnte es aber nicht. Sie konnte sich selbst bemitleiden, ja. Aber das war kaum das schlimmste. Ihr Gefühl, versagt zu haben, war niederschmetternd.

Die Familie versammelte sich um das Scheidungspaar und machte es Lara und Sam sehr leicht. Aber das ließ Lara ihr Versagen nur noch schlimmer empfinden. Sie spielte ihre Rolle der betrogenen Ehefrau, die ihrem Mann großzügig verzieh, bühnenreif. Alles war so, wie Lara es sich wünschte: eine sehr diskrete Scheidung im engsten Familienkreis, mit wenigen Fragen und ebenso wenigen Erklärungen. Sam und Lara erhielten ihren Familien und Freunden die Illusion, daß sie die besten Freunde bleiben würden. Man ging allgemein davon aus, daß sie sich in gegenseitigem Einvernehmen getrennt hatten.

Sam und Lara spielten dieses Theater ebenso Bonnie wie auch den Familien Fayne und Stanton zuliebe. Aber es kostete sie große Überwindung, den Schein zu wahren. Bonnie war eine richtige kleine Persönlichkeit und kein Baby mehr. Ihre Eltern waren ihr ganzes bisheriges Leben bei ihr gewesen. Die plötzliche Trennung könnte für sie traumatisch sein. Das wollten sie beide vermeiden. Als das Mädchen am nächsten Morgen in das Schlafzimmer ihrer Eltern auf Cannonberry

Chase lief, um mit ihnen zu kuscheln, traf sie nur Lara an und stellte die erste von vielen Fragen, die noch folgen sollten.

»Wo ist Daddy?«

Der Augenblick, vor dem Lara sich am meisten gefürchtet hatte. Es war soweit. Aber sie war gewappnet – ebenso wie Sam. »Hüpf ins Bett, Bonnie.« Sie schlug die Bettdecke zurück, und das kleine Mädchen sprang schwungvoll hinein und schmiegte sich an seine Mutter. Sie steckte die Finger durch die Spitze von Laras Nachthemd und versuchte, sie zu kitzeln. Lara spielte mit und reagierte so, wie Bonnie es von ihr erwartete: Sie kicherte überzeugend und flehte um Gnade, woraufhin Bonnie ihrerseits begann zu prusten. Nachdem sie sich beide wieder beruhigt hatten, begann es von neuem, nur daß diesmal Lara Bonnie durchkitzelte. Das Mädchen bekam kaum noch Luft vor Lachen.

»Hör auf, hör auf!« schrie sie.

»Hast du genug? Genug?«

»Ja, Mummy. Ja, bitte hör auf.«

Bonnie strampelte, wedelte mit den Armen und lachte unkontrolliert. Der Saum ihres weißen, mit Blumen bestickten Baumwollnachthemds hatte sich um ihre Knie gewickelt. Sie versuchte, gleichzeitig den Stoff zu entwirren und die Finger ihrer Mutter abzuwehren. »Was gibst du mir, wenn ich aufhöre?«

»Einen Kuß. Ich gebe dir einen Kuß und umarme dich.«

»Das kann ich immer haben, da mußt du dir schon etwas Besseres einfallen lassen«, entgegnete sie und kitzelte ihre kleine Tochter gnadenlos weiter.

»Du darfst die Mummy von meiner Puppe Lollypoulolly spielen.« Aber Lara hörte immer noch nicht auf, und Bonnie schrie vor Lachen. »Für wielange?« fragte Lara.

»Einen ganzen Tag.«

»Also gut. Geh sie holen«, sagte Lara und ließ von ihr ab.

Als Bonnie sich wieder erholt hatte, kletterte sie aus dem Bett und lief zu ihrem Zimmer, um die Puppe zu holen. Erleichtert, daß sie sich ein paar Minuten Ruhe und Frieden verschafft hatte, versuchte Lara, sich auf das bevorstehende

Gespräch vorzubereiten. Sie war fest entschlossen, die Unterhaltung exakt so zu führen, sie und Sam es besprochen hatten.

Bonnie kam zurück. Halb widerstrebend reichte sie Lara Lollypoulolly. »Ein ganzer Tag ist sehr lange, Mummy. Lollypoulolly wird weinen, wenn sie nicht mit mir zu Mittag essen darf.« Kein Stanton-Schmollen, aber das Mädchen neben dem Bett machte doch einen sehr niedergeschlagenen Eindruck.

»Wir können doch nicht zulassen, daß sie traurig ist, oder?«

Bonnie schüttelte den Kopf, und ihre Züge erhellten sich. »Aber …«, bei diesem Wort wich die Freude aus ihrem Gesicht, »aber du hast versprochen, sie mir für einen ganzen Tag zu überlassen«, fuhr Lara fort. »Und Versprechen muß man halten. Versprochen ist versprochen. Sie wird also bei mir bleiben müssen, nicht wahr?« Bonnie nickte traurig. »Allerdings …«, Laras Stimme klang jetzt wieder fröhlich, und das Leuchten trat wieder auf das kleine hoffnungsvolle Gesicht, »ich wiederhole, allerdings …«, Bonnie wurde ganz zappelig vor Erwartung, »… gibt es keinen Grund, weshalb du nicht das Mittagessen und auch sonst den ganzen Tag mit uns und Daddy zusammen verbringen solltest. Was hältst du davon?«

Bonnie ließ Lollypoulolly fallen, sprang auf das Bett, warf sich ihrer Mutter in die Arme und bedeckte ihr Gesicht mit Küssen. Sie war ein solcher Schatz, so süß und schlau, so ehrlich und liebevoll, daß ihre Küsse Lara Tränen in die Augen trieben. Tränen, von denen sie nicht wollte, daß Bonnie sie sah. In diesem Augenblick haßte sie Sam so, wie sie in ihrem ganzen Leben noch niemanden gehaßt hatte. Wie hatte er mit ihnen unglücklich sein können? Lara rollte Bonnie von sich, stieg aus dem Bett und rief ihrer Tochter über die Schulter hinweg zu: »Bonnie, geh und hol Daddy. Er schläft im Blauen Zimmer. Von jetzt an wirst du, wenn Daddy hier ist, zweimal Aufwecken spielen können. Das wird ein Spaß! Zweimal Kitzeln. Wir treffen uns später im Kinderzimmer und frühstücken dort alle drei zusammen.«

Es war alles ein Spiel. Ein weiteres wundervolles Spiel,

soweit es Bonnie betraf. Und so stellten Mutter und Vater die neuen Grundregeln auf. Bonnie nahm die Trennung ebenso gelassen hin wie alle anderen, aber es war nicht einfach für Lara und Sam in den ersten Tagen nach ihrer Rückkehr aus Paris. Bonnie stellte unzählige Fragen, scheinbar endlose Warums, Wanns und Wos.

Als die Neuigkeit der Fayne-Stanton-Scheidung in den Klatschkolumnen verbreitet wurde, war für alle die brennendste Frage: Warum? Warum war diese glamouröse, harmonische Ehe zerbrochen? Aber es kamen keine Gerüchte auf, die einen Skandal heraufbeschworen hätten.

Lara zog sich in die Abgeschiedenheit von Cannonberry Chase zurück, wenn sie auch nicht völlig von der Bildfläche verschwand. Sie nahm an allen von der Familie organisierten gesellschaftlichen Ereignissen teil und aß mit den anderen zu Abend, aber die meiste Zeit verbrachte sie mit Bonnie, Reiten und Segeln. Sie fing an, sich für Bücher zu interessieren, und verbrachte viel Zeit in der Bibliothek. Sie ließ sich sogar überreden, einige ihrer ehemaligen Verehrer zu empfangen, die sich nach Bekanntgabe der Scheidung wieder gemeldet hatten – jedoch nur auf Cannonberry Chase.

Wenngleich Sam ausgezogen war, ging er dort ein und aus, fast so wie zu Zeiten ihrer Ehe. Es gab keinerlei Feindschaft zwischen Sam und den anderen Stantons und auch keine Fehde zwischen den beiden Familien, die die alten Bande weiter pflegten. Alles lief sehr glatt und zivilisiert. Das ging soweit, daß die Familie mehrere Monate brauchte, ehe ihr richtig bewußt wurde, daß Lara das Anwesen seit ihrer Rückkehr aus Paris und ihrer Scheidung nicht mehr verlassen hatte. Und sie hatte sich auch weder zu ihren Gefühlen noch zu ihren Zukunftsplänen geäußert. Sie warteten ab, hoffend, daß sie sich wieder fing und jenes Leben wieder aufnahm, das sie vor ihrer Ehe geführt hatte. Hinter verschlossenen Türen sorgten sie sich. Zumindest ihre Brüder und Henry. Emily und Elizabeth hingegen schäumten vor Wut, still, aber sehr verärgert. Ihrer Ansicht nach hätte Lara niemals in die Scheidung einwilligen dürfen. Was für Probleme das Paar auch gehabt haben mochte, sie und Sam hätten sich arrangieren und verheiratet bleiben müssen. Sie glaubten fest daran, daß Sam Fayne unzweifelhaft der perfekte Ehemann für Lara war und sie allein den Bruch verschuldet hatte. Von Henry zum Schweigen verdonnert, warteten die zwei Frauen hoffnungsvoll, aber wenig zuversichtlich, daß Lara einen besseren Mann fand als den, von dem sie sich getrennt hatte. Aber gleich, wie wütend sie auch auf sie waren, ihre Loyalität Lara gegenüber war stärker als alles andere. Sie waren für sie da. Die Reihen der Stantons schlossen sich.

Lara bemühte sich, den Schein zu wahren und so zu tun, als hätte sie ihr Leben unter Kontrolle, tatsächlich aber fühlte sie sich so verloren wie noch nie. Jetzt, da sie wieder mit dem Leben als alleinstehende Frau konfrontiert war, wurde ihr erst so richtig bewußt, wie sehr sie die Ehe und vor allem die Schwangerschaft genossen hatte. Sie ließ das Wunder der Geburt und die Freude, Bonnie großzuziehen, Revue passieren. Ihre Scheidung von Sam war ein unschätzbarer Verlust von Glück. Eines bewirkte das Trauma der Scheidung jedoch für sie: Lara wurde zur Frau, mit Gefühlen und Wahrnehmungen, die sie bislang nicht gekannt hatte.

Einsamkeit war ihre erste Entdeckung. Sie glitt immer wieder in Phasen der Einsamkeit, und bald schon suchte sie bewußt den Luxus des Alleinseins, die heilenden Eigenschaften echter Stille. Es war ein Balsam, der sie neu belebte, ihr neue Kraft gab, das tiefverwurzelte Gefühl zu bekämpfen, versagt zu haben.

Julia und ihre anderen Freunde, die sich mehr denn je um sie sorgten, hielten engen Kontakt. Mit unendlicher Geduld versuchten sie, sie aus der Reserve zu locken und wieder für den Trubel des Gesellschaftslebens zu begeistern. Aber vergeblich. Dann, schließlich, organisierte David eine Abenteuerreise. Lara fühlte, wie ein Hauch der Erregung in ihr Leben zurückkehrte, als sie sich bereit erklärte, David und Julia nach Rio zu fliegen, wo sie eine Bootsfahrt auf dem Orinoco unternehmen würden.

Das vierwöchige Abenteuer erwies sich als Lebenselixier

für Lara. Überwältigt von der unendlichen Schönheit des brasilianischen Regenwaldes, wandte sie sich bei ihrer Rückkehr an Harland, ihren Vermögensverwalter, und wies ihn an, dreihundert Quadratmeilen des Waldes zu erwerben, die sie besichtigt hatten. Sie wollte das Gebiet als Naturreservat erhalten – ein steuerlich lohnendes Unternehmen. Wieder einmal war Harland beeindruckt, daß sie ihm nicht einen unausgegorenen Plan vorgelegt hatte, wie man es von einem hübschen Partygirl erwartet hätte.

Die Aufregung über das Projekt und die Komplikationen, die der Erwerb mit sich brachte, schärften den bislang kaum erprobten Geschäftssinn, den Lara zu besitzen schien. Sie handelte mit großer Entschlossenheit. Das war das erste Mal, daß Harland diese Seite an ihr sah. Bewundernswerterweise ermutigte er sie, sich mit der Erschließung großer Gebiete oder der Erhaltung gefährdeter Landstriche zu befassen, in der Hoffnung, daß diese Projekte sie ins Leben zurückholten.

Seine Ermutigung zeigte eine gewisse Wirkung. Sie veranlaßte Lara, ihr Interesse an großen landwirtschaftlichen Betrieben, die auf Genossenschaftsbasis arbeiteten, mit ihm zu besprechen und ihm davon zu erzählen, daß sie eines Tages gerne solche Projekte realisieren wollte. Ihre eigene Begeisterung und der Glaube an das, was sie Harland erzählte, gaben ihr wieder Auftrieb. Sie bat den Vermögensverwalter, sie zu informieren, wenn sich geeignete Gelegenheiten ergäben.

Nach ihrer Rückkehr aus Brasilien hatte sie sich wieder auf Cannonberry Chase vergraben, aber der Urlaub war wie eine Katharsis gewesen. Die lange Kanufahrt den Orinoco hinauf, die Gefahr, die primitiven Menschen und die von der Zivilisation unberührten Orte, die Leere und der üppige Urwald hatten befreiend gewirkt: ein Ventil für ihre verworrenen Gefühle. Ein Teil ihres alten Ichs kam wieder zum Vorschein. Plötzlich hatte sie wieder Lust, Menschen zu treffen und auf Partys zu gehen. Erinnerungen an frivole gute Zeiten und sorglosen Spaß stürzten auf sie ein. Sogar erotische Sehnsüchte regten sich wieder – auch ein Impuls, der seit jenem Morgen im Pariser Ritz durch schiere Erschöpfung und Desillusionierung verschüttet gewesen war. Lara begann sich zu fragen, warum sie sich keinen Spaß mehr gönnte.

Als sie zustimmte, an einem großen Wohltätigkeitsball im Metropolitan sowie an zwei weiteren Partys in derselben Woche teilzunehmen, atmeten ihre Freunde erleichtert auf. Lara Stanton war zurück! Es dauerte nicht lange, und sie führte wieder das Leben, das sie nach ihrem Abgang vom Smith College geführt hatte. Allerdings gab es einige kleine Unterschiede. Bonnie stand an erster Stelle, dazu ein gewisses Interesse an ihren geschäftlichen Belangen, einschließlich der neuen Projekte, mit denen sie Harland betraut hatte. Aber manche Gewohnheiten sind eben schwer abzulegen. Nachdem sie eine große Farm in Kenia und einen Weinberg in Frankreich erworben hatte, verlor sie das Interesse am Geschäft und an Neuerwerbungen.

Da Geld sie nie sonderlich interessiert hatte, erklärte sie Harland: »Ich werde mich – nicht für immer, aber für eine gewisse Zeit – wieder aus den Geschäften zurückziehen. Bitte kümmern Sie sich wieder um alles. Ich bin noch nicht bereit für so viel Verantwortung. Ich will erst noch einiges erleben. Immerhin bin ich noch keine dreißig.«

»Wie kommt es, daß mich das nicht überrascht?«

»Weil ich Ihnen dasselbe schon einmal angetan habe, mein lieber Harland. Aber verzweifeln Sie nicht an mir. Ich gebe mir wirklich Mühe, und bislang habe ich noch keine Verluste eingefahren.«

»Sie spielen mit Ihrem Vermögen, so wie Sie mit Ihrem Leben spielen – vielleicht so, wie Sie als Kind mit ihren Spielsachen umgegangen sind. Sie fangen etwas an und lassen es fallen, sobald es Ihnen langweilig wird.«

»Sie sind böse auf mich? Bitte nicht. Wir sind alle im Herzen Kinder. Sogar Sie, Harland, nur daß Sie das Kind in sich besser verbergen als ich.«

Ihr feuriger Charme war wieder da. Sie sah ihn lächeln, setzte sich auf die Kante seines Schreibtischs und küßte ihn auf die Wange. Dann sagte sie ernsthaft: »Harland, ich habe eine sehr schwere Zeit hinter mir. Ich habe nicht viel vorzuweisen außer einer gescheiterten Ehe, die mich für eine Weile aus der Bahn geworfen hat. Wenn ich nicht in die Welt hinausgehe und das finde, was ich suche, wird abgesehen von Bonnie vielleicht nie etwas meine Existenz rechtfertigen. Und auch wenn ein Kind sehr viel ist, ist es doch nicht genug. Vertrauen Sie mir und kümmern Sie sich um meine Geschäfte. Bitte.«

Das war das erste Mal, daß Lara Harland gegenüber ihre gescheiterte Ehe erwähnte oder andeutete, daß sie mit ihrem Leben unzufrieden war. Gewöhnlich wäre ihm ein solches Eingeständnis seitens eines Kunden peinlich gewesen. Er versuchte stets, jede Verwicklung in komplizierte emotionale, nicht-geschäftliche Angelegenheiten zu vermeiden. Harland hatte einst seine Zweifel an Lara gehabt, aber die latenten Qualitäten, die sie sporadisch zeigte, hatten ihn versöhnt. Jetzt musterte er sie einige Sekunden lang, ehe er sprach.

Sie war eine der wohlhabendsten amerikanischen Erbinnen, besaß Macht, Intelligenz und eine rasche Auffassungsgabe. In ihrem Alter von Mitte Zwanzig war sie schöner und begehrenswerter denn je. Und doch war sie orientierungslos. Er hatte Mitleid mit ihr, bewunderte sie andererseits jedoch auch dafür, daß sie erkannte, daß sie ihr Potential verschwendete, und entschlossen war zu finden, wonach sie suchte. Harlands Distanziertheit gestattete ihm keine Neugier, nachzuforschen, was das sein mochte.

Er nahm ihre Hand, hielt sie einige Sekunden lang in der seinen und überraschte sie dann mit seiner Galanterie. Er gab ihr einen Handkuß und sagte: »Es ist mein Job, mich um Ihre geschäftlichen Belange zu kümmern. Viel Glück.«

»Ich frage mich, ob es wirklich etwas mit Glück zu tun hat.«

»Das hat es, wenn Sie Ihr Glück noch nicht gefunden haben, Lara.«

Männer machten ihr den Hof, und Lara war empfänglich für ihr Werben. Ein neuer in Straußenleder eingebundener Terminkalender wurde angeschafft, nur daß Emily keinen Einfluß mehr auf ihre gesellschaftlichen Termine nahm. Die

Ehe, die Scheidung und Bonnie hatten Lara endlich von Emilys Einmischung in ihr Leben befreit. Emily war diesbezüglich nicht so erleichtert wie Lara. Und es gab auch keine Missy mehr, die dafür sorgte, daß sie auch allen ihren Verpflichtungen nachkam. Als Lara geheiratet hatte, hatte Emily Missy wieder in ihre Dienste genommen, wenn auch erst, nachdem diese eine Freundin als ihre Nachfolgerin eingewiesen hatte.

Nancy Clemens machte ihre Stellung bei den Faynes Spaß. Sie hatte ihr vielleicht nicht den leichtesten, aber doch sicher einen der interessantesten Jobs eingebracht, den eine Sekretärin sich nur wünschen konnte. Als das Paar sich hatte scheiden lassen, hatte sie sich entschieden, bei Lara zu bleiben. Eine angenehme Überraschung, da Nancy eine engere Beziehung zu Sam unterhalten hatte als zu Lara. Nichtsdestotrotz hatte sie für Ordnung gesorgt, was Laras gesellschaftliche Verpflichtungen und ihre Korrespondenz betraf. Jetzt, mehrere Monate nach der Scheidung, führten Nancy, Nanny Peters und das Hausmädchen Coral weiterhin Laras Haushalt. Keine leichte Aufgabe in Anbetracht der Tatsache, daß der Haushalt über kein eigenes Haus verfügte.

Die drei Angestellten ließen sich auf Cannonberry Chase nieder wie eine Familie innerhalb einer Familie. Aber sie ließen sich nicht täuschen von der Phase, in der Lara sich in ihr Schneckenhaus zurückzog. Sie waren schon zu lange bei ihr, hatten die Lebenslust erkannt, die sich auf so viele verschiedene Arten äußerte. Dienstboten haben ganz eigene Ansichten zu ihrer Herrschaft. Und dieses Trio war von Anfang an überzeugt davon, daß sie darüber hinwegkommen würde. Sie alle würden bald wieder auf Reisen gehen.

Nachdem sie ihr zum Abschied gewunken hatten, als sie mit Julia und David von der Startbahn auf Cannonberry Chase aus nach Brasilien aufgebrochen war, war Nancy zu Nanny Peters zurückgegangen, die Bonnie auf den Armen hielt. Leise, damit die Familienmitglieder sie nicht hörten, hatte sie gesagt: »Jetzt weiß ich, warum ich mich dafür entschieden habe, bei Mrs. Fayne zu bleiben. Sie ist im Herzen eine Abenteurerin. Wenn sie zurückkommt, wird es nicht mehr lange dauern, bis wir alle wieder auf Reisen gehen. Ich werde morgen in die Stadt fahren, zu Mark Cross. Wir werden alle neue Terminkalender brauchen.«

Jetzt, einige Wochen später, wohnten Lara und ihr Gefolge für ein paar Tage in der Stanton-Residenz in der Fifth Avenue. Lara saß in die Kissen gelehnt im Bett, ein Frühstückstablett auf dem Schoß. Nancy Clemens saß am Sekretär und ging mit Lara die Termine der Woche durch. Der Morgen unterschied sich nicht von anderen, und doch spürte Nancy, daß Lara rastloser war als gewöhnlich. Ihre Unruhe war so greifbar, daß die Sekretärin nach einer halben Stunde fragte: »Stimmt etwas nicht, Lara?«

»Nein, nicht wirklich. Es ist nur die immer gleiche Routine unserer morgendlichen Besprechungen. Das Gefühl der Eintönigkeit in meinem Leben. Heute, diese Woche ... es könnte auch gestern und die vergangene Woche sein. Die Partys, die Menschen, die Männer, die um mich herumscharwenzeln, *scheinen* anders, aber im Grunde sind sie es nicht, nicht wirklich.«

»So ist das Leben, Lara. Ich frage mich, wie viele Millionen Menschen heute morgen mit demselben Gedanken aufgewacht sind.«

»Aber haben sie auch das Gefühl, daß es da draußen noch mehr geben muß, das nur darauf wartet, entdeckt zu werden?«

»Ich wage zu behaupten, daß dem tatsächlich so ist.«

»Vielleicht hast du recht, und das Leben ist nur eine einzige große Ostereiersuche.«

Lara nippte an ihrem heißen schwarzen Kaffee und bemerkte das leise Lächeln, das Nancys Mundwinkel umspielte. »Ich weiß, was du sagen willst: ›An dir ist nichts Besonderes, Lara Stanton Fayne. Deine Probleme sind nicht schlimmer als die aller anderen. Mach es so wie wir anderen, mach das Beste draus‹.«

Nancy preßte die Lippen aufeinander. Das Lächeln in ihren Augen blieb jedoch, und wenngleich sie schwieg, nickte sie bejahend. Das war in etwa das, was sie gedacht hatte.

»Nun, das holt mich wieder ein wenig auf den Teppich. Mach kein so entschuldigendes Gesicht.«

»Mache ich gar nicht.«

»Gut. Ich würde jetzt gern aufstehen und mich anziehen, Nancy. Gib mir eine Stunde, dann machen wir weiter.«

Lara blickte ihrer Sekretärin nach, als diese den Raum verließ. Sie wollte aufstehen, überlegte es sich dann aber anders und ließ sich in die Kissen zurücksinken. Sie fragte sich, ob die Millionen Menschen, von denen Nancy gesprochen hatte, sich auch so allein fühlten wie sie. Es war nicht so, daß ihr Leben sie langweilte, es war mehr ein Gefühl der Isolation. Das Fehlen einer romantischen Affäre machte ihr zu schaffen. Sie vermißte die Liebe. Die bedingungslose Liebe und Anbetung, die Sam einmal für sie empfunden hatte. Die David einmal für sie empfunden hatte. Ihr Vater, ihre Brüder, ihre Schwester und ja, sogar Jamal auf seine eigene, seltsame Art. Die Liebe, die jetzt nur noch Bonnie ihr entgegenbrachte.

Sie war fest entschlossen, Bonnie nicht als Krücke zu benutzen, wenn ihr die Energie fehlte, eine Beziehung zu einem anderen Mann einzugehen. Das Zusammensein mit ihrer Tochter verlockte sie, sich für immer mit ihrer Tochter auf Cannonberry Chase zu vergraben. Aber sie liebte das Kind zu sehr, um es mit einem Übermaß an Mutterliebe zu belasten.

Eines Morgens, als sie gemeinsam ausgeritten waren, Bonnie auf ihrem Pony, Mr. Macaroni, und sie auf Biscuit, hatte das Mädchen gefragt: »Mit wem wirst du ausreiten, wenn ich auf die richtige Schule gehe, Mummy?«

»Allein oder mit Onkel David oder Großvater. Es wird immer jemand da sein, der mich begleitet. Warum fragst du, Bonnie?«

»Daddy sagt dasselbe.«

»Siehst du.«

»Aber welches kleine Mädchen wird hier sein, um mit dir zu spielen, wenn ich auf der Schule bin?«

»Gar keins. Du bist mein einziges kleines Mädchen, und

wenn du weg bist, spiele ich mit den Erwachsenen, bis du wiederkommst.«

»Und du wirst nicht weinen?«

»Nein, Bonnie, ich verspreche, daß ich nicht weinen werde.«

Das Mädchen lächelte. »Ich dachte, du würdest dann vielleicht weinen, und dann müßte ich auch weinen, weil du weinst, aber jetzt ist wieder alles rosarot, und wir brauchen beide nicht zu weinen.« Rosarot war in Bonnies Welt die Farbe, die dafür stand, daß alles in Ordnung war, seit Lara ihr den Ausdruck ›alles durch die rosarote Brille sehen‹ erklärt hatte.

Bonnie schien so erleichtert, daß Lara sagte: »Bonnie, wenn du bei Daddy bist, brauchst du dir keine Sorgen zu machen, daß ich ganz allein bin. Ich finde immer jemanden, der mit mir spielt, wenn mein kleines Mädchen nicht bei mir ist. Es ist dasselbe wie bei dir, wenn du nicht hier bist: Du hast deine Mummy nicht bei dir und kannst trotzdem Spaß haben. Das ändert nichts daran, daß wir uns lieb haben. Du verstehst das doch, oder? Daß wir uns lieb haben können, auch wenn wir getrennt und mit anderen Freunden zusammen sind? Das ist kein Grund zum Weinen.«

Kinder verschwenden selten Tränen auf solche Überlegungen. Ihre Antwort war typisch Bonnie Fayne. »Gut.« Nachdem das geklärt war, ging sie gleich zu etwas anderem über. »Wenn ich groß bin, möchte ich so hübsch sein wie Cinderella, Dornröschen und du, Mummy. Und ich mochte schöne Kleider anziehen und glitzernde Steine an den Fingern, am Hals und an den Ohren tragen. Und ich möchte so gut riechen wie du und ein Flugzeug fliegen wie du. Und ich möchte, daß mich alle ansehen, wie sie dich ansehen. Und ich möchte nachts mit einem Mann wie Daddy in einem Bett schlafen und ein kleines Mädchen haben, das mich so lieb hat wie ich dich lieb habe. Und einen großen Hut mit Blumen drauf und Schuhe mit hohen Absätzen. Findest du nicht auch, daß das eine gute Idee ist?«

Eine niedrige Hecke tauchte vor ihnen auf, wenn auch

noch in einiger Entfernung. Ehe Lara etwas erwidern konnte, galt Bonnies ganze Aufmerksamkeit bereits dem Hindernis. »Können wir drüber springen, Mummy?«

»Ja, aber nur wenn du dich ganz auf den Sprung konzentrierst und an nichts anderes denkst.«

Bonnie grub Mr. Macaroni die Fersen in die Flanken, und das Pony galoppierte los. Lara blieb mit Biscuit auf gleicher Höhe. Das Mädchen übersprang die Hürde auf perfekte Weise. Bonnie sprang aus dem Sattel, küßte Mr. Macaroni und gab ihm ein Pfefferminzbonbon aus ihrer Tasche. Lara brachte den Schimmelhengst neben ihr zum Stehen, beugte sich herab und hob das Mädchen hoch. Sie drückte die Kleine an sich und gab ihr einen Kuß. »Ein Sprung, auf den du stolz sein kannst, Bonnie. Gut gemacht.«

»Das war für dich, Mummy. Als Belohnung, weil du nicht weinst, wenn ich nicht bei dir bin.«

In ihrer Stimme lag so viel liebevolle Aufrichtigkeit und Zärtlichkeit, daß Lara die Tränen in die Augen schossen. Aber das ging rasch vorüber. Gelächter löste die Tränen ab, als Lara Bonnie wieder in den Sattel hob und das Mädchen erklärte: »Mir hängt der Magen auf den Knien vor Hunger.« Das Mädchen lächelte zu Lara auf, die gar nicht mehr aufhören konnte zu lachen.

»Ist das komisch? Niemand lacht, wenn Tommy das im Stall sagt.«

»Es reicht, wenn du einfach nur sagst, daß du Hunger hast, Liebes.«

»Kirschkuchen. Einem Stück Kirschkuchen wäre ich nicht abgeneigt.«

Lara wagte nicht, erneut zu lachen. Aber es klang ganz nach der Köchin.

Sie lernte von Bonnie täglich mehr über die Liebe, mehr als sie je von den Männern gelernt hatte, die sie in der Vergangenheit geliebt hatten, oder von jenen, die ihr heute ihre Liebe schworen. Bonnie war ihre bislang beste Lehrerin in diesem Fach. Die Art, wie eine Dreijährige liebte, ließ sie verstehen, warum die ganze Familie sie, das Nesthäkchen, so sehr geliebt und so viel über die Liebe von ihr gelernt hatte. Warum vor allem David und Max ihre Liebe so bedingungslos erwiderten. Sie konnte sich nur schwer vorstellen, daß sie auch einmal so unschuldig, süß, selbstlos und liebevoll gewesen sein sollte wie Bonnie.

Sie liebte Bonnie, ihre Familie und auch Julia immer noch auf diese Art. Sie konnte sich erinnern, einst Sam auf diese Art geliebt zu haben. Sogar Jamal. In diesen schweren Zeiten war er ihr ein verläßlicher Freund gewesen. Sie war jetzt bewegter bei der Erinnerung an seinen Anruf nur wenige Tage nach ihrer Rückkehr aus Paris, als sie es damals gewesen war. Er hatte aufrichtig, offen und großzügig reagiert. Aber das war er ja immer gewesen, auch in der Zeit, da er ihr ein grausamer, rücksichtsloser Liebhaber gewesen war. Sie erinnerte sich, wie David sie ans Telefon gerufen und sie Jamals Stimme gehört hatte: »Du warst immer zu schade für ihn. Ihm überlegen. Du wirst es mir vielleicht nicht glauben, aber es tut mir leid. Du hast diese Wahl getroffen, sie hat sich als Fehler erwiesen, und das tut mir leid für dich. Komm zu mir nach Marokko. Bring Bonnie mit. Mein Haus ist auch dein Haus. Meine Familie und ich werden uns um dich kümmern.«

Sie hatte die Einladung abgelehnt. Aber dankbar in dem Wissen, daß er als Freund handelte und nicht in der Absicht, sie zu verführen. Daraufhin hatte er ihr ein zweites Angebot gemacht, in seiner alternativen Rolle in ihrem Leben. »Wenn du mich willst, bin ich für dich da. Du brauchst nur anzurufen. Komm zu mir. Ich habe dich mehr vermißt, als du dir vorstellen kannst.«

Sie dachte zurück an den wunderbaren Sex, den sie miteinander gehabt hatten. Vielleicht war sie erst jetzt soweit, sich dieser Erinnerung zu stellen. In der Zeit mit Sam hatte sie jeden Gedanken daran verdrängt. Wie sehr sie es vermißte, mit ihm verheiratet zu sein. Sie fragte sich, ob die Illusion einer Kombination von Liebe und wunderbarem Sex, einem glücklichen Eheleben, nicht besser war als nichts. Denn nichts hatte all das ersetzt. Sie hatte in der Zwischenzeit viele Flirts gehabt, aber seit ihrer Heirat mit Sam mit keinem anderen

Mann das Bett geteilt. Das Verlangen war zurückgekehrt, die Sehnsucht nach sexueller Befriedigung, nach jenen genußvollen Exkursionen in die Ekstase in den Armen eines Mannes. Mehrmals stand sie dicht davor, sich dem Sex mit den Männern, die sie umschwärmten, hinzugeben, aber jedes Mal überlegte sie es sich anders.

Ihr Sexleben spielte sich in Form von erotischen Phantasien in der Dunkelheit ihres Zimmer ab. Sie benutzte sie, um erotische Bilder oder Erfahrungen wiederaufleben zu lassen, die sie mit Sam geteilt hatte. Sie erreichte den Orgasmus, indem sie mit sich selbst schlief. Jamal hatte sie die Selbstbefriedigung gelehrt, und er war ein guter Lehrer gewesen. Es war aufregend, zu kommen, ob mit oder ohne Mann. Im Augenblick genügte es ihr, sich sich selbst hinzugeben, die Intensität zu genießen, sich bis zum Orgasmus zu streicheln.

Lara brachte sich zu einem zweiten und dritten Orgasmus, bis sie fühlte, wie ihr ganzer Körper erschlaffte, alle Furcht und Sorge für den Augenblick vergessen. Dann fühlte sie sich warm, geborgen und glücklich in den weichen, weißen Leinenlaken …

Sie schüttelte ein Kissen auf und legte es sich unter den Kopf. Warum mußte sie sich dem Diktat des Straußenlederkalenders unterwerfen? Es mußte im Leben mehr geben als das, was sie aus dem ihren herausholte. Was spielte es für eine Rolle, wenn Millionen von Menschen genauso empfanden, wie Nancy gemeint hatte. Sollten sie doch etwas dagegen unternehmen. Sie schlug die Bettdecke zurück und sagte laut: »Ich für meinen Teil bin jedenfalls verdammt noch mal entschlossen, genau das zu tun.«

Lara fühlte, wie neue Energie sie durchströmte. In ihren Gedanken kristallisierte sich ein Plan heraus. Die Einzelteile waren alle da, aber noch vermochte sie sie nicht zu einem Ganzen zusammenzusetzen. Sie ließ ihr Nachthemd auf das Bett fallen. Der Schock der kalten Dusche bestärkte sie in ihrer Entschlossenheit. Am heutigen Tag begann für sie ein neues Leben. Sie fühlte sich voller Musik. Das Badezimmer hallte von dem Marschlied aus ›Carmen‹ wider. Der schwere Mandelduft ihres Duschgels von Perlier vermischte sich mit dem Wasserdampf und versetzte sie in ihrer Phantasie in einen Mandelbaumhain in Italien. Aber sie sah noch andere Bäume vor sich: ihre Orangenplantage in Florida, die Apfelbäume auf Cannonberry Chase, Kirschbäume in Ungarn, unter denen Jamal und sie sich einst geliebt hatten. Sie drehte das Wasser ab und schlang ein weißes Handtuch mit cremefarbener Spitzenbordüre um ihr nasses Haar. Ein zweites Badetuch wickelte sie sich um den Körper.

Lara kehrte zurück ins Schlafzimmer und setzte sich in Höhe des Telefons auf die Bettkante. Ihr erster Anruf galt David. Sie erreichte ihn in seinem Haus in Georgetown.

»Hallo, La.«

»Was hältst du davon, wenn ich zum Lunch zu dir rüberfliege?«

»Heute?«

»Natürlich heute.«

»Ich habe schon etwas vor.« Nach kurzem Zögern fügte er hinzu: »Ich werde absagen.«

»Du bist wunderbar, David.«

»Da ist noch etwas – ich habe eine Freundin. Ich möchte, daß du sie kennenlernst und mir sagst, was du von ihr hältst.« Daran war nichts Ungewöhnliches. David hatte immer ein Mädchen, eine »Freundin«. Und Lara war im allgemeinen die erste, die die Dame unter die Lupe nahm. »Bleib zum Abendessen. Bleib über Nacht, wenn du möchtest.«

»Vielleicht. Ich möchte mich noch nicht festlegen. Mal sehen. Aber ich sehe mir deine Freundin an.«

»Soll ich sie zum Mittagessen mitbringen?«

»Mir wäre es lieber, du tätest es nicht.«

»Offen gestanden ist es mir auch lieber, wenn sie nicht mitkommt. Ich bin zu egoistisch. Ich will dich ganz für mich allein haben. Es ist lange her, seit wir zwei das letzte Mal ganz unter uns zu Mittag gegessen haben.«

»Nicht mehr, seit du zum großen Aufsteiger im Kongreß geworden bist. Zu dem Mann, den man im Auge behalten sollte. Haben die Zeitungen es nicht so formuliert?«

»Diesmal kannst du ausnahmsweise glauben, was die Presse schreibt.«

»Du bist wirklich entschlossen, nicht wahr? Ich wette, du schaffst es bis nach ganz oben.«

»Alles andere wäre auch witzlos, oder? Wir sehen uns beim Mittagessen.«

»Am Flughafen«, verbesserte sie ihn.

Er lachte. Es fiel ihm immer noch schwer, Lara irgend etwas abzuschlagen. »Okay, dann eben am Flughafen.«

»Du bist der liebste Cousin, den man sich nur wünschen kann, David.«

»Hör auf mit der Schmeichelei, La. Ich sagte ja schon, daß ich dort sein werde. Aber wie wäre es, wenn du mir nächstes Mal etwas früher Bescheid gibst?«

Lara lachte in sich hinein. David kannte sie zu gut. Aber das galt wohl für alle Familienmitglieder. Seit ihrer Scheidung hatte sie Steven und John öfter zu sehen bekommen, als sie erwartet hätte. Stevens und Lynettes Ehe hatte sich entgegen den Erwartungen aller sehr positiv entwickelt. Steven hatte vorausgesagt, daß seine Frau sich entweder Emily unterwerfen und ihre neue Stellung als eine Stanton akzeptieren oder aber sehr zu leiden haben würde. Lynette hatte nachgegeben. Inzwischen ging sie in ihrer neuen Rolle auf und hatte sich ihren Platz in der Gesellschaft erobert. Emily, die sie einst ständig nur kritisiert hatte, war jetzt ihre beste Freundin und Mentorin. Steven konnte sich also ganz auf seine Karriere konzentrieren. In den vergangenen Jahren hatte er seinen eigenen nützlichen Teil zur unendlichen Summe menschlichen Wissens beigetragen. Seine Tätigkeit außerhalb Europas – Expeditionen in den Urwald von Neu Guinea und die Wüste Gobi sowie Ausgrabungen in Polynesien – hatte ihn zu einer anerkannten Persönlichkeit in der Welt der Anthropologie gemacht. Er nutzte seinen Reichtum für das Streben nach Wissen und zum Wohle der Menschheit.

Lara war stolz auf Stevens Erfolge. Sie trafen sich mehrmals wöchentlich in dem Museum, das er in der Dreiundfünfzigsten Straße West errichtet hatte. John gesellte sich oft zu ihnen. Er war sogar noch erfolgreicher als sein Bruder. John hatte die Leitung der Familientreuhandfonds übernommen. Lara kam es vor, als würde er sich mit jedem Jahr mehr zum perfekten Stanton entwickeln. Er hatte die ideale Frau geheiratet und schien mehr von Emilys und Henrys Charakter angenommen zu haben als seine Geschwister. Seine Beiträge zum Wohle der Menschheit mochten zwar größtenteils finanzieller Natur sein, aber allein der Umfang der Gelder, die er erwirtschaftete, machte den Mangel an Originalität wett. Unter seiner scharfsinnigen und intelligenten Führung waren die Treuhandfonds beträchtlich angewachsen, was ein enormes Potential bedeutete, Gutes zu tun. Aber er blieb auch ein Gesellschaftslöwe wie Henry und Emily, wie alle anderen aus der Familie. Und er stand vor allem Steven und Lara zur Verfügung, wann immer sie nach ihm verlangten oder ihn brauchten. Er war inzwischen ein Mann, zu dem Staatsoberhäupter der ganzen Welt ihre Minister zur Beratung in Wohltätigkeitsfragen schickten. »Bleib bei der Stange, Lara«, hatte John oft gesagt. »Wenn ich ausgebrannt bin, werde ich dich als meine Nachfolgerin empfehlen und unterstützen.«

Lara, die immer noch auf der Bettkante saß, freute sich über die Erfolge ihrer Geschwister und war gleichzeitig ein wenig niedergeschlagen wegen ihrer eigenen Mißerfolge. Sie seufzte. Vielleicht sollte sie nicht zuviel darüber nachdenken. Warum nicht lieber daran denken, wo die anderen in ihrem Alter gestanden hatten? Sie erinnerte sich daran, wie ihr Vater ihr einmal gesagt hatte: »Vergleiche sind gewöhnlich abscheulich, meine Liebe. Um nicht zu sagen: ebenso belastend wie sinnlos.«

»Pack es an, Mädchen«, sagte sie sich und rubbelte sich energisch das feuchte Haar. Sie ließ das Handtuch auf den Boden fallen und schüttelte ihre Lockenmähne. Dann fuhr sie mit den Fingern hindurch und griff mit der anderen Hand erneut nach dem Telefonhörer, um den nächsten Anruf zu erledigen.

»Sam! Gut. Ich bin froh, daß ich dich erreicht habe. Ich verreise mit Bonnie und dem üblichen Gefolge. Ich brauche eine Veränderung.«

»Wenn du wirklich eine Veränderung brauchst, warum läßt du dann Bonnie und die anderen nicht bei mir?«

»Ich glaube, du verstehst nicht. Ich möchte für ziemlich lange Zeit fort. Nach Europa. Dort möchte ich mein Basislager aufschlagen, von dem aus ich aufbreche, wohin es mich zieht. Das glaube ich zumindest. Aber ich weiß, wie sehr du Bonnie liebst und sie dich. Ich will euch einander nicht vorenthalten.«

»Lara, ich denke, wir sollten darüber sprechen.«

»Das tun wir gerade, Sam.«

»Es gibt da noch eine ernste Angelegenheit, die ich mit dir besprechen möchte.«

»Schieß los, Sam. Was hast du auf dem Herzen?« Sie war so guter Laune wegen ihrer Pläne, ihr Leben zu ändern, daß sie Sam gegenüber großzügig gestimmt war, bereit, ihn anzuhören. Sie fühlte sich allem gewachsen. Vielleicht wollte er sein Muster an Weiblichkeit heiraten, für das er sie verlassen hatte. Sollte er es ihr jetzt sagen.

»Ich kann nicht am Telefon mit dir darüber sprechen.«

»Natürlich kannst du. Mach schon, Sam. Und faß dich kurz, ich habe noch einen Haufen Anrufe zu erledigen. Das heißt, warte, vielleicht hast du recht. Komm vorbei. Ich möchte ein Arrangement mit dir treffen, damit du immer weißt, wo wir gerade sind. Dann kannst du jederzeit rüberfliegen und Bonnie sehen, oder ich bringe sie zu dir. Es ist nicht so, daß ich sie dir wegnehmen will, Sam. Glaub mir, nichts liegt mir ferner als das.«

»Ich weiß. Du bist sehr fair gewesen, was mein Besuchsrecht anbelangt. Du brauchst mir nichts zu erklären. Laß mich heute vorbeikommen und mit dir sprechen.«

»Nein, heute nicht. Heute bin ich unterwegs.«

»Kann ich dann Bonnie den Tag über zu mir holen? Ich kann meine Termine entsprechend verlegen. Ich bringe sie nach dem Abendessen zurück, und dann reden wir.«

»Ich übernachte möglicherweise bei David in Washington.«

»Dann würde ich Bonnie gern über Nacht hierbehalten. Ist das okay?«

»In Ordnung. Sprich dich mit Nanny ab. Wir reden morgen, wenn ich bezüglich meiner Pläne Genaueres weiß. Ich habe noch keine klare Vorstellung von dem, was ich tun werde. Ich wollte nur, daß du als erster davon erfährst, wegen Bonnie. Ich werde auf jeden Fall längere Zeit umherreisen. Andere Menschen und Orte sehen und das alles.«

Ihre eigenen Worte zu hören bestätigte ihr, daß das, was sie vorhatte, richtig war. Richtig für sie. Sie war wie ein Hamster, der endlich aus dem Laufrad stieg. Es war ein so abgeschmacktes Klischee, daß sie unwillkürlich zusammenzuckte. Ein Neuanfang. Die Welt bereisen auf der Suche nach etwas. Nach sich selbst? Sie konnte das Klischee mit Humor betrachten, denn sie wußte es besser. Mit einem breiten Grinsen sagte sie sich: Blödsinn! Ich weiß, wer ich bin, und ich kann mit mir leben, und dafür danke ich Gott. Was ihr nicht aus dem Sinn ging, war Liebe: romantische, wahre Liebe. Eine Abenteurerin – das war es, was sie sein wollte.

Sams Stimme riß sie aus ihren Gedanken. »Warum dieser plötzliche Drang zu reisen?«

»Ich muß noch einmal von vorn anfangen, Sam. Das verstehst du doch sicher.«

Ein Zögern am andern Ende der Leitung. »Ja«, sagte er schließlich. »Das verstehe ich. Lara, vielleicht sollten wir es noch einmal miteinander versuchen.«

Sie war verblüfft von seinem unerwarteten Vorschlag, faßte sich jedoch sofort wieder. »Niemals, Sam. Eher gefriert die Hölle. Wie kommst du darauf, daß ich so etwas auch nur in Erwägung ziehen würde?«

»Wir verstehen uns so gut. Sogar nach der Scheidung.«

»Das ist es, was die Welt sehen und glauben soll. Ich habe dir ja gesagt, daß es so sein würde. Schauspielerei, erinnerst du dich? Du bist selbst darauf hereingefallen, Sam.«

»Lara …«

Sie ließ ihn nicht zu Wort kommen und empfand Befriedigung dabei, ihn auf ihre eigene subtile Art daran zu erinnern, daß sie ihm nicht verziehen hatte. »Was ist denn aus diesem Juwel von Frau geworden, die dich glücklich machen und dir ein besseres Leben ermöglichen sollte als das, das wir miteinander hatten?«

»Du. Du hast zwischen uns gestanden, obwohl du nicht mehr da warst. Wenn ich dich sehe …«

»Ich finde, wir sollten nicht weiter darüber diskutieren, Sam. Komm und hol Bonnie. Wenn meine Pläne feststehen, reden wir. Du kannst deine Tochter sehen, wann immer du willst und wo immer wir auch sind.«

Sacht legte sie auf. Ich hätte es mir denken können, dachte sie und fuhr fort, ihr Haar zu trocknen. Ein paar Tage zuvor, bei einem Abendessen im Kreise der Familie, hatte er ihr diesen intimen, sinnlichen Blick zugeworfen, der immer sein Verlangen nach ihr signalisiert hatte. Sie hatte ihn ignoriert und sich eingeredet, sie hätte ihn sich nur eingebildet. Jetzt erkannte sie, warum sie den Blick registriert hatte. Ihre spontane Reaktion war gewesen zu denken: Was für ein Schwein. Wenn er könnte, würde er wieder mit mir ins Bett gehen. Lara wurde ganz übel bei dem Gedanken, daß er sich vorstellen konnte, mit ihr zu schlafen, ohne sie zu lieben. Jede Art von körperlicher Beziehung wäre besser als Sex mit einem Mann, der sie so hintergangen hatte wie er. Jetzt, da die Gelegenheit verpaßt war, fielen ihr allerlei schlagfertige, verletzende Dinge ein, die sie ihm an den Kopf hätte werfen können: »Das reizt mich nicht, Sam. Ich habe etwas Besseres verdient als dich, Sam Fayne. Und ich werde einen Besseren finden als dich.« Aber wie sinnlos wäre das gewesen! Kindisch und überflüssig, auch wenn es das war, was sie wirklich dachte.

Lara klingelte nach Nancy und Coral. Die beiden Frauen stießen an der Tür beinahe zusammen. Lara saß, immer noch in das Handtuch gewickelt, an ihrer Frisierkommode, als Coral begann, ihr das Haar zu trocknen. Über das Summen des Föns hinweg setzte Lara ihrer Sekretärin ihre Pläne auseinander.

»Nancy, Sie kennen doch diesen netten Mann, der so hilfsbereit ist, wenn es um Buchungen auf der Queen Elizabeth II geht? Rufen Sie ihn doch bitte noch heute morgen an. Ich möchte, daß wir alle so bald wie möglich nach England fahren. Wir gehen auf Reisen. Ich weiß noch nicht, wohin oder für wie lange, aber wir brauchen eine Basis, und ich denke, das Claridges in London wäre sehr geeignet. Ich möchte mich nicht bei Elizabeth einquartieren. Und im Augenblick möchte ich mich auch nicht in dem Haus in Gloucestershire häuslich niederlassen, also vergessen Sie all das.

Spaß ist angesagt, ungebunden und spontan. Wir stechen eine Nadel irgendwo in die Landkarte und fahren hin. Wir unternehmen eine Abenteuerreise. Wir richten uns für unbestimmte Zeit in einer großen Suite im Claridges ein und sehen dann, wohin wir von dort aus aufbrechen. Treffen Sie alle nötigen Vorbereitungen, ja?«

»Ein paar feste Termine wären hilfreich.«

»Das ist im Augenblick unmöglich. Ich habe noch keine festen Pläne. Ich weiß nur, daß ich eine Veränderung brauche und weg will aus New York, und das am liebsten gleich. Feste Termine kann ich Ihnen vielleicht morgen nennen.«

»Der Terminkalender, Lara. Ihre ganzen Verpflichtungen.«

»Streichen Sie sämtliche Einträge von heute an. Außer natürlich wichtige Familienfeiern. Zu diesen Anlässen fliege ich zurück, wo immer wir auch gerade sein mögen. Ich gehe auf und davon – und das ist ein herrliches Gefühl!«

Lara musterte die Gesichter der Frauen. Sie drückten weder Überraschung noch Mißbilligung aus, andererseits aber auch keine Zustimmung. Es war nicht direkt Gleichgültigkeit, vielmehr Neugier, was als nächstes kommen würde. Sie teilte den Frauen ihre Pläne für diesen Tag mit. Nanny mußte informiert werden. Dann bat sie Coral, ihr kleines Schwarzes mitsamt den Accessoires in eine kleine Louis-Vuitton-Reisetasche zu packen, zusammen mit ihrem Schminkzeug und einigen Toilettenartikeln.

Sie rief den Mechaniker auf Cannonberry Chase an: Ob er so nett wäre, ihren Pilotenkoffer an Bord ihrer Maschine zu bringen und diese auf die Startbahn zu rollen? Dann rief sie beim Hubschrauberdienst an, den sie in der Stadt nutzte, und vereinbarte, daß sie in einer Stunde zum Flugfeld gebracht werden würde. Nancy hatte sich bereits in ihr Arbeitszimmer zurückgezogen, um die Termine im Straußenlederkalender abzusagen und ihre Überfahrt nach England zu organisieren. Die Rädchen im Getriebe von Laras Reise mit offenem Ende setzten sich in Bewegung. Sie würde wieder in die Welt hinausziehen. Es war ein schönes, prickelndes Gefühl, so als wäre es das erste Mal.

Sie nahm einen feingewobenen Kamelhaaroverall aus dem Schrank und legte einen breiten, schokoladenbraunen Wildledergürtel um. Sie befestigte die Anstecknadel mit den diamantbesetzten Engelsflügeln über dem Herzen und schlüpfte in Cowboystiefel aus braunem Wildleder. Dann streckte sie sich auf der Chaiselongue aus und griff erneut zum Telefon.

Emily mußte informiert werden. Oder vorzugsweise Emily und Henry. Sie rief ihren Vater an. »Dad?«

»Hallo, Lara.«

»Ich habe beschlossen, für eine Weile ins Ausland zu reisen. Gibst du Mutter Bescheid?«

»Nein, sag es ihr selbst. Wann soll es losgehen?«

»Das steht noch nicht fest. In ein paar Tagen, spätestens in einer Woche.«

»Gibt es einen bestimmten Grund?«

»Ja. Ich bin unzufrieden mit meinem Leben.«

»Das ist allerdings Grund genug. Laß uns nur wissen, wo du bist. Nimmst du Bonnie mit?«

»Das weiß ich noch nicht genau.«

»Laß sie bei uns.«

»Vielleicht. Aber wenn ich das tue, laß auch Sam sich um sie kümmern.«

»Was immer du für das beste hältst, Lara.«

»Danke, Dad.«

»Wofür?«

»Dafür, daß du es mir leichtmachst.«

In ihrer Stimme schwang eine Zuneigung mit, die Henry viel bedeutete. Im Laufe der Jahre war seine Liebe zu Lara immer mehr gewachsen. Sie hatte ihre guten und ihre schlechten Zeiten gehabt, hatte mehrere persönliche Traumata überstanden, und er erkannte, daß sie sich zu einer außergewöhnlichen Frau entwickelte. Und Henry hatte immer eine Schwäche für außergewöhnliche Frauen gehabt. Sie war nicht die Enttäuschung, als die er seine älteste Tochter Elizabeth manchmal betrachtete. Er liebte sie, ja, hatte sich jedoch in ihrer Gesellschaft zu oft abgrundtief gelangweilt. Er sah in Lara nicht den Versager, als den sie selbst sich betrachtete, sondern den Spätentwickler, der erst noch erblühen würde.

»Ruf deine Mutter an, Lara. Und laß von dir hören.«

Sie rief Emily an und mußte lächeln. Emily war unverbesserlich. »Amüsier dich gut, Lara, wo auch immer du hingehst. Aber keine Überraschungen, *bitte!*« war in etwa der Kern ihrer Unterhaltung. Anschließend saß Lara einige Minuten nachdenklich da, ehe sie beschloß, ihre anderen Anrufe sofort zu erledigen und hinter sich zu bringen. Ihr Ziel schien es zu sein, sich innerhalb von nur einer Stunde von ihrer Familie und ihren Freunden freizumachen. Und es gelang ihr.

Kapitel 19

»Ich breche aus, weißt du. Wie ein Gefängnisausbruch. Es ist kein Weglaufen, das darfst du nicht glauben.«

»Der Gedanke ist mir gar nicht gekommen«, entgegnete David lächelnd. »Klingt großartig.«

»Was klingt großartig?«

»Auszubrechen. Nichts planen, sondern einfach der Laune des Augenblicks folgen.«

»Also, einige Vorbereitungen muß ich schon treffen. Ich muß Bonnie und das Personal irgendwo unterbringen.«

»Aber nicht gleich. In ein paar Wochen. Du kannst dich doch sicher für ein paar Wochen von Bonnie trennen.«

»Ich weiß nicht. Ich habe sie immer bei mir gehabt. Seit dem Tag ihrer Geburt.«

»Ein Grund mehr, sie zur Abwechslung einmal zu Hause zu lassen. Laß alle zu Hause. Pack deine Sachen und geh. Hol sie später nach. Eine Woche, zehn Tage, ein Monat. Warte ab, wie du dich dabei fühlst.«

»Mutter hat ganz recht, was dich betrifft. Du bist immer noch ein Abenteurer, mit dem sie nichts anfangen kann.«

»Das ist wahr.« Sie lachten beide. Sie saßen an einem Tisch auf dem Achterdeck einer Jacht, Baujahr 1927, die auf dem Potomac vertäut war, und tranken als Aperitif Whisky Sour. Das war Davids Kulisse zur Unterhaltung von Gästen außerhalb der gesellschaftlichen Szene Washingtons. »Immer neue Länder. Immer neue Menschen. Mach dich frei von jeder Verantwortung für andere. Bewaffne dich mit einem Scheckbuch, einem Packen Kreditkarten, einem Koffer, den du selbst tragen kannst, und deinem Adreßbuch. Dad besitzt ein sehr umfangreiches Adreßbuch. Mach dir eine Kopie und steck sie ein. Er besitzt überall die richtigen Kontakte, grob nach Ländern sortiert. Du kannst bei Bedarf auf sie zurückgreifen. Oder ist das ein ›Ich will allein sein?‹-Rückzug im Garbo-Stil?«

»Weit davon entfernt. Zumindest glaube ich nicht, daß es reine Garbo-Manier ist. Ich hoffe, daß ich einfach hineinfinde, in was immer es ist, was ich suche. Verstehst du, was ich meine?«

»Ja, und für mich klingt das wie eine großartige Idee. Das würde ich selbst gern tun. Einfach drauflos. Lebe dein Abenteuer. Ich glaube, das ist es, worum es geht. Darum und ...«

»Warum muß es ein ›Und‹ geben?«

»Weil ich dich zu gut kenne. Beichte.«

Sie schenkte ihm einen verschmitzten Blick, ignorierte seine Anspielung und schwieg. Sie aßen unter einer milden Sonne zu Mittag. Die Oktoberbrise trug eine Herbstfrische mit sich, die für perfektes Washingtoner Wetter sorgte. Sie war genau dort, wo sie sein wollte, bei dem Menschen, mit dem sie zusammensein wollte, und das machte sie unbeschreiblich glücklich. Sie lebte nur für den Augenblick und dachte nicht an das Morgen. Wenn dies das Muster ihres neuen Lebens sein sollte, war sie damit zufrieden. Sie wechselte das Thema.

»Ich habe dieses Boot schon immer besonders gemocht. Ich war wirklich überrascht, als Vater es dir verkauft hat. Es birgt so viele Erinnerungen für ihn. Er hat hier unzählige Male die jeweiligen Präsidenten dieses Landes empfangen und Dutzende ausländischer Staatsoberhäupter. Behauptet er wenigstens.«

»Ich glaube, er hat es mir verkauft, weil er von mir erwartet, daß ich diese Tradition fortsetze. Kein schlechter Kauf für einen Dollar, oder?«

»Laß uns rausfahren, nur für ein oder zwei Stunden.«

David blickte skeptisch drein.

»Wenn du ja sagst, vertraue ich dir mein Geheimnis an.«

Er erhob sich von seinem Stuhl, um den Kapitän telefonisch anzuweisen, daß er ablegte. Als er an den Tisch zurückkehrte, küßte er Lara auf den Kopf. Dann sagte er mit gedämpfter Stimme: »Ich wußte, daß du das tun würdest, mit oder ohne Flußfahrt.« Ein Ober erschien mit einer Silberterrine und servierte ihnen heiße Curry-Pastinak-Suppe, in die er Crème fraîche und knusprige Croutons gab. Sie leerten ihre Drinks, während die Crew die Leinen löste und die Jacht geschmeidig vom grünen Ufer ablegte. Lara kostete die Suppe, aß gleich noch einen zweiten Löffel und erklärte dann: »Köstlich. Und du versprichst, mich nicht auszulachen?«

»Das würde ich niemals tun.«

Sie warf ihm einen skeptischen Blick zu, fuhr jedoch fort, während sie sich wieder ihrer Suppe zuwandte. »Es hat mit Romantik zu tun. Ich bin auf der Suche nach Romantik.« Sie musterte ihn eindringlich, um ihn davon abzuhalten, sie auszulachen. Aber auf seinen Lippen lag nicht der Hauch eines Lächelns. Er wirkte sehr ernst und interessiert, was sie ermutigte fortzufahren. »Ich fühle mich förmlich ausgehungert nach echter Romantik. Du weißt schon, romantische Orte – Venedig, Florenz, Rom. Oder eine Londoner Art Romanze:

dichter Nebel und feurige Liebe, Gefahr, ein Leben für den Tag und zur Hölle mit dem Morgen! Kairo vielleicht, und Alexandria. Oder Paris – aber *nicht* das Ritz. Ich werde nie wieder einen Fuß in das Ritz setzen.« Es gelang ihr, über sich selbst und diese kindische Reaktion zu lachen. David stimmte ein. Er liebte sie besonders dafür, daß sie über sich selbst lachen konnte.

»Eine Inseltour in Griechenland, eine Bootsfahrt an der dalmatischen Küste entlang … erinnerst du dich, David?«

»Selbstverständlich.«

»Gott, wie lange ist das her!«

»Ja«, entgegnete David nachdenklich.

»Ich will mehr, David. Du kennst mich, ich will immer mehr. Der Punkt ist nur, daß ich diesmal auch mehr bekommen werde.«

»Schön für dich.«

»Soll ich es wagen, es auszusprechen? Klar, warum nicht. Romantische Liebe. Und einen romantischen Mann – den will ich auch. Und ich möchte wieder heiraten. Es hat mir wirklich gefallen, verheiratet zu sein. Es war wunderbar. Das klingt, als wäre ich ganz ausgehungert nach einer Romanze.«

»Vielleicht bist du das ja auch.«

»Ich schätze, ja. Ist das pathetisch?«

»Eher wahr als pathetisch. Denke ich. Vielleicht das Bedürfnis danach, die Welt durch die Augen einer Frau zu sehen.« David und Lara schwiegen, während der Ober die Suppenteller abräumte und ihnen perfekt gekühlten Pouilly Fuissé nachschenkte. David war wie immer entzückt von ihrer Direktheit und Aufrichtigkeit, die zu ihren anziehendsten Merkmalen gehörten. Sie strahlte eine Vitalität und Jugend aus, die Männer verzauberte. Warum, fragte er sich, sind dann ihre Liebesaffären so tragisch? Sie hatte recht, sie verdiente etwas Besseres. Als der Ober wieder gegangen war, fragte er: »Gibt es denn unter deinen derzeitigen Verehrern keinen, der in Frage käme? Es geht das Gerücht um, daß es dir nicht an Angeboten mangelt.«

»Möglich, daß einer von ihnen in Frage käme, aber das

genügt mir nicht. Nein, ich könnte nicht behaupten, daß ich bei einem von ihnen Schmetterlinge im Bauch gehabt hätte. Du verstehst, was ich meine? Das müßtest du eigentlich; du hast ja oft genug das gleiche bei Frauen empfunden. Ich bin jemand, der sich gern amüsiert, aber im Augenblick an nichts mehr Spaß hat. Ich sehe keinen anderen Weg, als diesen Zustand ändern zu müssen. Vor langer Zeit hat Dad einmal zu mir gesagt: ›Lara, du hast gewissermaßen die Pflicht, glücklich zu sein, weil du alle Voraussetzungen dazu hast‹. Ich muß gestehen, daß ich zuweilen darüber gestolpert bin. Ein Zeichen schwachen Willens, fürchte ich. Das soll keine Entschuldigung sein. Nur eine Facette meines Charakters. Aber ich fange mich immer wieder, so wie auch jetzt. Also ziehe ich los. Dieses Mittagessen ist vielleicht schon der Startschuß.«

Er registrierte, wie sehr sie sich seit der Scheidung verändert hatte. Damals war Verwirrtheit in ihr gewesen, Unaufrichtigkeit und Selbsttäuschung. Davon war jetzt keine Spur mehr zu sehen. Statt dessen strahlte sie diese seltsame brütende Zärtlichkeit aus, die ihn schon oft berührt hatte. Seit ihren Teenagerjahren beschäftigten sie die Liebe und der Schmerz, der mit ihr einherging. Liebe war der Mittelpunkt ihres Lebens. Und das würde so bleiben, bis sie einen Mann fand, der in der Lage war, ihren Hunger danach zu stillen.

»Ein russischer Dichter, Samuel Marschak, hat einmal geschrieben: ›Herz sei intelligent, und Hirn sei gütig‹.«

»Willst du mir damit etwas Bestimmtes sagen, David?«

»Ja. Leb nicht alles aus, was du liest.« Sie lachten beide. »Aber das bedeutet auch nicht …«

»O David, vertrau mir. Mich nicht Hals über Kopf zu verlieben, mich nicht von einem Gefühlschaos nach einer gescheiterten Beziehung unterkriegen zu lassen – ist es das, was du mit raten wolltest? Keine Angst, das liegt hinter mir, und so weit werde ich es nicht wieder kommen lassen.«

»Wie ich sehe, ist deine Auffassung von der Liebe nicht gänzlich frei von Weisheit.«

»Ja, auf einem Achterdeck in der Sonne, bei einer Flußfahrt

mit einem Mann, der mir niemals weh tun würde, ist es leicht, weise zu sein.«

Ihr Hauptgang wurde serviert: frischer, in Teig gebackener Lachs mit einer leichten Holländischen Soße, dazu wilder Reis, pürierter Knollensellerie und ein Salat aus belgischen Endivien und frischer Brunnenkresse in einer köstlichen Vinaigrette. Während die Crewmitglieder, die die Rolle der Ober übernommen hatten, ihnen das Essen servierten, lehnte Lara sich in den Polstern ihres Stuhls zurück und blickte auf das langsam vorbeiziehende Ufer. Zwei Jogger winkten ihr zu, und sie winkte zurück. Ein älteres Ehepaar saß auf Segeltuchstühlen an einem Klapptisch und las in der Sonne. Ein Stück weiter tollten zwei Kinder durch das hohe Gras. Lara konnte sich noch gut erinnern, wie isoliert sie sich früher von diesem Leben um sie herum gefühlt hatte. Aber dieser Nachmittag wurde nicht von solchen Empfindungen überschattet. Ganz im Gegenteil. Sie fühlte sich mit allem Leben verbunden.

David holte sie in die Gegenwart zurück, indem er mit seiner Gabel klirrend an sein Glas tippte. Sie lächelte, und sie sagten wie aus einem Mund: »Auf den Küchenchef.«

»Bleib über Nacht. Ich gebe im Haus eine Party. Und Washington ist ein romantischer Ort, vorausgesetzt, daß man sich für Macht in allen Dingen interessiert – in der Politik, der Karriere, beim Feiern und beim Sex. Aber reise ab, wenn du glaubst, die Art von Romantik zu finden, nach der du suchst. In Washington rangieren bei diesen Leuten Liebe und Romantik hinter großen Reden, dem Kaffee, einem hochprozentigen Schlummertrunk, nachdem der Tisch abgeräumt worden ist und der letzte Wagen aus der Auffahrt verschwunden ist. Für die Männer hat die Liebe gewöhnlich die Gestalt einer Eintausend-Dollar-die-Nacht-Hure. Das ist die sicherste und angenehmste Art von Sex in einer Stadt, in der Indiskretion und Skandale Macht und Position untergraben können. Es gibt großartige Callgirls in Washington. Und auch heiße ehebrecherische Beziehungen. Man findet sie an jeder Straßenecke, aber sogar sie sind Teil des hiesigen Größenwahns. Sie bewegen sich innerhalb einer klar definierten Struktur, ähnlich wie bei einer militärischen Operation, mit Schwerpunkt auf der Tarnung. Sie sind wirklich erstaunlich, diese Washingtoner Machtmenschen. Und meistens werden sie von den krassesten und naivsten Vorstellungen geleitet, wie man Machtspielchen spielt, gewinnt und sich an der Spitze hält. Es gibt hohe Verluste in der Washingtoner Politik. Die Devise lautet ›Heute bist du drin, morgen bist du draußen‹. Aber ich würde trotzdem sagen, daß die Stadt über eine ganz eigene Romantik verfügt.«

»Nichts für mich, denke ich. Wenn ich mich hier auch immer gut amüsiert habe. All diese verknitterten, gewitzten Journalisten, die aussehen, als wären sie gerade aus dem Bett gefallen. Entschlossen, intelligent, aggressiv – Gott, wie aggressiv sie sein können, wenn sie sich erst auf etwas eingeschossen haben. Medienhunde wäre das richtige Wort. In der Hundewelt wären sie Jack-Russel-Terrier. Und neugierig. Aber ich denke, das gehört wohl zu ihrem Job. Aber trotz ihrer Ungepflegtheit und allem fand ich sie von den Washingtoner Männern noch immer am wenigsten unattraktiv.«

»Auf der Party heute abend werden ein paar von ihnen dabei sein. Das wäre doch eine nette Gelegenheit für dich. Noch interessiert?«

»Vielleicht. Auf ihre Art sind sie romantische Gestalten, immer auf der Suche nach dem großen Abenteuer.«

»Wohl eher nach der großen Story.«

»Sicher, das hat die Hauptpriorität. Alles andere kommt erst danach. Aber warum hast du sie eigentlich eingeladen, David?«

»Weil sie wie die Kinder sind. Amüsant und unterhaltsam. Und sie haben sich eine seltsame Form von Unschuld bewahrt.«

»Und sie sind Meister des Flirts! Ich habe Flirts nie mehr genossen als mit deinen Journalisten- und Literatenfreunden auf deinen Partys. Sie tun, als wäre ich eine hirnlose Hülle, und ich spiele das Dummchen, wie sie es von mir erwarten. Es macht mir Spaß, die schöne, hirnlose Debütantin zu spielen. Ja, warum nicht? Ich bleibe über Nacht. Zum erstenmal seit dem College bin ich nicht an diesen verfluchten Straußenlederterminkalender gebunden, den Mutter mir aufgezwungen hat. Ich kann tun und lassen, was ich will. Wer wird noch da sein? Nein, laß mich raten. Deine übliche Sammlung wichtiger, aalglatter Persönlichkeiten? Wie viele ausländische Diplomaten hast du geködert?«

»Jetzt sei nicht boshaft. Sie beten dich an, und sie sind sehr annehmbare romantische Figuren.«

»Machst du dich über mich lustig?«

»Nein, ich ziehe dich nur ein wenig auf. Deine Suche nach Romantik nehme ich durchaus ernst.«

»Dann ist es ja gut. Ich werde schon mit ihnen fertig. Sie haben ihre Limousinen auf der Familienauffahrt geparkt, solange ich denken kann.«

»Gestehe, wie viele von ihnen haben sich an dich rangemacht?«

»Frag lieber, wie viele es nicht getan haben! Eine weitere gute Frage wäre, wie viele von ihnen ledig waren. ›Diplomat‹ bedeutet gewöhnlich ›verheiratet‹. Zumindest was die älteren betrifft. Es gibt sie gewissermaßen nur im Doppelpack. Treten sie allein auf, sind sie verdächtig. Das gleiche gilt im übrigen für deine Senatoren und Kongreßmitglieder.«

Sie registrierte einen sonderbaren Ausdruck in Davids Augen. Sie hatte einen wunden Punkt getroffen. Etwas, das ihn beschäftigte und worüber er mit ihr sprechen wollte. Da sie mit Essen fertig waren, schlug er vor, daß sie es sich auf den Liegestühlen bequem machen und dort ihren Kaffee trinken würden.

Nach ein paar Schritten legte Lara ihm eine Hand auf den Arm. »Laß mich raten.«

»Okay. Du hast einen Versuch.«

»Du willst heiraten.«

Er zögerte. »Ich denke darüber nach.«

Sie nahmen auf zwei Liegestühlen Platz, die zum Ufer hin ausgerichtet waren. Mehrere Minuten lang sagte keiner von ihnen ein Wort. Sie sahen einen hübschen Garten mit spätblühenden Rosenbüschen. Blüten, die langsam ihre Blätter verloren, kamen in Sicht und glitten vorbei. Die Sonne wärmte sie. Rundum zufrieden nach dem hervorragenden Wein und dem köstlichen Essen und die Gesellschaft des anderen genießend, dachten sie beide über das nach, was David eben gesagt hatte.

Er war es, der schließlich die Stille brach. »Willst du denn gar nichts dazu sagen?«

»Willst du um deiner Karriere willen oder aus Liebe heiraten?«

»Ein bißchen von beidem.«

»Weiß sie das?«

»Ja.« Lara drehte sich auf die Seite, um ihn besser sehen zu können. Sie streckte die Hand aus, und er ergriff sie. »Ich hatte eigentlich nicht vor, dich so damit zu überrumpeln. Ich wollte, daß du sie besser kennenlernst, bevor ich es dir sage, aber du hattest schon immer ein zu gutes Gespür.«

»Daß ich sie besser kennenlerne? Kenne ich sie denn überhaupt?«

»Ja, du kennst sie. Lara, es macht dir doch nichts aus, daß ich mich mit dem Gedanken trage zu heiraten?«

»Ob es mir etwas ausmacht? *Nein*. Ich bin nur ein wenig überrascht. Aber ich bin zu dem Schluß gekommen, daß wir Stantons zu den Menschen gehören, die für die Ehe geschaffen sind. Ich sagte ja schon, wie gern ich verheiratet war. Es war bis zum Augenblick der Trennung großartig. Für dich wird es auch eine bereichernde Erfahrung sein. Du wirst es genießen, verheiratet zu sein. Ich hoffe nur, daß ich sie mag, weil mir an dir so viel liegt.«

»Eine Ehe mit Martha würde nichts an unserer Beziehung ändern. Ebensowenig wie deine Ehe mit Sam etwas daran geändert hat. Das verspreche ich.«

»Warum so trübsinnig? Du siehst besorgt aus. Zerbrich dir meinetwegen nicht den Kopf. Du wirst sehen. Es wird wunderbar. Verheiratet zu sein ist phantastisch, wenn die Ehe funktioniert. Und ich bin sicher, daß du nicht so lange gewartet hast, um dann die falsche Frau zu heiraten. Es ist schon komisch. Ich dachte, ich würde eifersüchtig sein allein bei dem Gedanken, daß du heiratest und eine andere liebst als mich, aber dem ist nicht so. Ich finde es aufregend.«

Sie sprang von ihrem Liegestuhl. »Mach Platz.« Er schwang die Beine über den Rand der Liege, und sie setzte sich an das Fußende und lehnte sich an ihn. Er legte ihr einen Arm um die Schultern und drückte sie. »Erzähl mir von ihr. Sie muß etwas Besonderes an sich haben, daß sie dich eingefangen hat. Das haben ja genug Frauen vor ihr versucht.«

David lachte. Er war erleichtert, daß Lara sich offensichtlich für ihn freute. »Hör auf, mir zu schmeicheln. Sie ist großartig.«

»Weiter. Ihr Führerschein würde mir mehr über sie verraten als du. Ist sie hübsch?«

»Umwerfend. Außerdem sehr intelligent, sehr ... das ist doch albern. Du kennst sie.«

»Tatsächlich?«

»Martha Winthrop.«

»Von Winthrop Stahl? Martha?«

»Genau.«

»Sie ist Julias Cousine. Sie war eine Van Fleet. Sie ist viel älter als wir.«

»Viel älter als du und Julia, ja, Liebes. Aber vergiß nicht, daß ich auch um einiges älter bin als ihr beide.«

»Sie ist reizend, David. Ich kann es kaum glauben. Und dazu das viele Geld und der versnobte Philadelphia-Adel. Mutter wird entzückt sein. Und Elizabeth wird schnurren wie eine Katze. Mutters schwarzes Schaf macht von uns allen die beste Partie. Eine Fusion, die noch mehr hermacht als meine.«

Sie lachten. Lara hatte exakt Elizabeths und Emilys Reaktion auf seine Heirat mit Martha beschrieben. »Sie ist älter als du. Wenn ich da an all die herausgeputzten Püppchen und chicken Mannequins denke, die sie ausgestochen hat.«

»Nur ein klein wenig älter, Lara.«

»O, ich verstehe, es geht um Werte. Du mußt wirklich verliebt sein, daß du Playboy und Ladykiller eine Frau heiraten willst, die älter ist als du. Aber warte mal, ich fange erst an, es zu begreifen. Sie ist eine dieser stilvollen Washingtoner Gastgeberinnen. Ihr Mann war Finanzminister in einer früheren Regierung.«

»Stimmt.«

»Sie ist umwerfend und so chic! Eine wahre Schönheit. Sehr intelligent. Ich erinnere mich noch daran, wie sie in Südfrankreich bei uns gewohnt haben ... Oh!« Lara musterte ihn mit hochgezogener Braue.

»O nein, nichts dergleichen. Ich habe sie erst lange nach seinem Tod das erste Mal angefaßt. Und wir sind sehr diskret gewesen. Immerhin hat sie Kinder. Sie ist eine wundervolle Frau, Lara. Genau richtig für mich.«

»Ist sie eine dieser Powerfrauen?«

»Ja, aber auf denkbar nette Art. Sagen wir, ich glaube nicht, daß sie etwas dagegen hätte, die Möbel im Weißen Haus umzustellen.«

»Ach?«

»Ich sagte ja, daß ich sie aus beruflichen Gründen *und* aus Liebe heiraten möchte.«

»Wer weiß sonst noch davon?«

»Du bist die erste. Aber wir werden es bald bekanntgeben müssen.«

»Ach?« Diesmal wölbte sie die andere Braue.

»Nein, sie ist nicht schwanger. Aber ihre biologische Uhr läuft langsam ab.«

»Dann wollt ihr Kinder haben?«

»So viele wie möglich.«

»David, ich glaube einfach nicht, daß wir diese Unterhaltung führen. Das ist ja so aufregend. Was hältst du von einer Flasche Champagner zur Feier des Tages?«

»Warum nicht?«

Der Nachtisch wurde gebracht: in Rotwein pochierte Birnen mit Zimt und hauchdünnen Vanillewaffeln. Sie aßen, am Fußende ihrer Liegestühle sitzend, und tranken dazu Champagner. Als sie fertig waren, nahm David ihren Teller und stellte ihn zu seinem auf das polierte Deck. Er schenkte ihnen nach. »Ich möchte einen Toast aussprechen. Auf dich, Lara.

Ich habe mich auf den ersten Blick in dich verliebt, und daran hat sich bis heute nichts geändert. Ich liebe dich als dein Cousin, und du bist mein bester Freund. Danke, daß du dich so für mich freust.«

Es war eine sentimentale Liebeserklärung, die durch die Aufregung und Freude, die sie beide in ihrer Beziehung und der neuen Phase, die unmittelbar bevorstand, empfanden, um so intensiver war. Einen flüchtigen Moment lang dachten sie beide, jeder für sich, zurück an einen ihrer gemeinsamen Augenblicke, der ihnen besonders viel bedeutet hatte. Der Moment ging vorüber, und sie hoben ihre Gläser. Das letzte der Gespenster, die ihre Zuneigung überschattet hatten, schien endlich gebannt.

Es schien ihr so verblüffend richtig, daß er Martha Winthrop heiratete. »Eine große Hochzeit?« fragte Lara.

»Ja, ein Riesenfest mit allem Drum und Dran.«

»Ich werde kommen, wo auch immer ich gerade bin.«

»Nein, La. Nicht daß ich dich nicht dabei haben wollte. Es gibt niemanden, den ich lieber dabei hätte als dich. Aber ich möchte nur, daß du zu meiner Hochzeit kommst, wenn es in deine Pläne paßt. Es ist nur eine weitere Familienhochzeit. Im Augenblick ist sie bei weitem nicht so wichtig wie dein Ausbrechen aus deinem jetzigen Leben. Ich stehe da voll hinter dir, weißt du.«

»Das weiß ich, und das ist lieb von dir. Aber ich werde mir deine Hochzeit um nichts in der Welt entgehen lassen, David. Ich bin so aufgeregt. Ich habe Jahre geglaubt, daß ich mich ganz elend fühlen würde, wenn dieser Tag käme. Und jetzt da er da ist, bin ich glücklich. Es ist, als hätte ein Teil von mir nicht nur den Regenbogen gefunden, sondern auch den Goldschatz an seinem Ende. Kommt Martha auch zu deiner Party heute abend?«

»Ja.«

»Dann kannst du auf mich zählen. Ich möchte sie richtig kennenlernen. Ich habe sie immer im stillen bewundert, aber ihre Schönheit und Eleganz haben mich abgeschreckt. Dabei war sie immer sehr nett zu mir. Aber wegen ihrer kühlen

Distanziertheit habe ich mich immer gefragt, ob sie mich wirklich mag.«

»Sie findet dich überaus feminin. Sie meint, du wärst die hübscheste Debütantin Amerikas.«

Lara nahm das Kompliment an und sagte: »Ist das dein Ernst? Also, wenn das stimmt, sollte sie nur die Vergangenheitsform wählen. Eine geschiedene Frau, Mutter – man kann mich wohl nicht mehr als Debütantin bezeichnen.«

»Und da ist noch etwas – sie weiß über uns Bescheid. Daß du mir von allen Familienmitgliedern am meisten bedeutest. Und sie versteht es. Nachdem sie uns alle seit Jahren kennt, bewundert sie unsere engen Familienbande. Sie war ein Einzelkind und empfindet die Stantons und unsere enge Bindung als ebenso großartig wie bereichernd. Sie möchte sich so weit wie möglich in die Familie integrieren. Unsere Welt erscheint ihr weiter als die ihre. Die Macht einer Familie wie der unseren ist auf allen Fronten größer als die der kleinen geschlossenen Gesellschaft, innerhalb derer sie bis jetzt gelebt hat. Sie ist trotz ihres kosmopolitischen Lebensstils in mancher Hinsicht recht provinziell. Bei weitem nicht so weltgewandt wie du in deinem jungen Alter. Aber sie besitzt die typische Herzensgüte der Van Fleets. Sie ist Julia nicht unähnlich.«

»David, das reicht! Du klingst ja, als wärst du bis über beide Ohren verliebt. Laß uns diese Badewanne einfach wenden und die zukünftige Mrs. Stanton aufsuchen.«

David war berühmt für seine Partys, und die, die an diesem Abend in seinem Haus in Georgetown stattfand, machte seinem Ruf als brillanter Gastgeber alle Ehre. Dreißig Gäste waren zum Dinner geladen. Die Tafel war feierlich mit Familiensilber gedeckt – nicht mit Henry Stantons Silber, sondern dem von Davids leiblichen Eltern. Oft – manchmal für Jahre – vergaß Lara, daß David nicht ihr richtiger Bruder war. An diesem Abend rief das Tafelsilber es ihr, wenn auch nur flüchtig, ins Bewußtsein. Für die ganze Welt, sogar für die Familie selbst, war David einfach Henrys und Emilys ältester Sohn.

David sah ihr dabei zu, wie sie sich fertigschminkte, und verkündete dann: »Ich habe die Sitzordnung festgelegt. Zu deiner Linken wird ein Journalist von der *Washington Post* sitzen. Ein netter, gutaussehender intelligenter Kerl. Entspricht exakt deiner Vorstellung von einem Journalisten. Zu deiner Rechten habe ich einen alten Polospieler und Freund aus Argentinien plaziert, Jorge Mendez. Erinnerst du dich noch an ihn? Wir waren zusammen auf der Universität. Immer noch derselbe sinnliche Latin Lover. Nur inzwischen mit grauen Schläfen. Ich habe die Crème de la Crème der ledigen Männer auf der Party zu deinen Tischnachbarn erkoren. Du kannst dich also nach Herzenslust austoben. Sie werden dir aus der Hand fressen.«

Und sie tobte sich aus. Sie flirtete, war geistreich und charmant und die bei weitem attraktivste und verführerischste Frau am Tisch. Während der ganzen Mahlzeit machte sie ihren Tischnachbarn Hoffnung. David war entzückt von den verstohlenen lüsternen Blicken, die die anderen Herren der Runde ihr zuwarfen. Die Frauen waren zu sehr damit beschäftigt, Charme zu versprühen, um Lara groß zu beachten. Immerhin war sie nur auf Besuch in Washington. Durchreisende sind sehr wichtig in Washington, aber eben nur als Durchreisende.

Lara zog den Journalisten der *Post* vor, weil er sich während des Dinners zu ihr herüberbeugte und ihr leise zuflüsterte: »Ihre reizende Persönlichkeit spielt eine ausgelassene fröhliche Melodie irgendwo in meinem vorzeitig abgestumpften Herzen. Ich finde Sie überaus anregend. Sie entwickeln sich rasch zu einem Gegenstand des Begehrens.«

Es tat ihr gut, daß der junge Mann erkannte, wer und was sie war, und es auch noch in Worte fassen konnte. Ein paar Worte von einem quasi Unbekannten, und Lara sah sich plötzlich selbst in einem anderen Licht. Der Journalist hatte recht. Sie besaß eine unbekümmerte sorglose Natur. Und auch wenn andere ihr dies auf verschiedene Arten zu verstehen gegeben hatten, hatte sie es bislang nicht geglaubt. Es war, als blickte sie das ersten Mal in einen Spiegel. Wer war dieser Mensch, der sie anlächelte? Eine vollwertige Frau mit Substanz. Was sie sah, gefiel ihr.

Ja, sie hatte Spaß an ihren Tischnachbarn und den anderen Gästen. Aber Lara war auch abgelenkt. Nicht allein von Martha, die sie schon am Nachmittag getroffen hatte, sondern von ihr und David. Sie faszinierten sie als Paar. Wenn er mit Martha zusammen war, war David derselbe, den sie ihr ganzes Leben gekannt und geliebt hatte, und doch auch ein völlig anderer. Sie hatte ihn selten als einflußreichen charismatischen Machtmenschen betrachtet. Und sie hatte sich auch nie bewußt gemacht, wie sehr ihn die Macht reizte, zumindest nicht in dem Maße, wie er sie an diesem Abend ausstrahlte. Er und Martha waren wie ein Königspaar: würdevoll, solide, etabliert. Und dabei ein ganz klein wenig distanziert von allen um sie herum. Und das auf untadelig höfliche Art!

Neben ihnen wirkten die ehrgeizzerfressenen Männer am Tisch ganz so, wie David sie am Mittag beschrieben hatte: ungehobelt und naiv. Von dieser Dinnerparty an würde sie, wenn sie an David dachte, ihn immer so sehen, wie sie ihn nun an Marthas Seite erlebte. Sie war überrascht davon, daß sie Martha sofort in ihr Herz geschlossen hatte. Und sie spürte instinktiv, daß sich an dieser Sympathie nie etwas ändern würde.

Nach dem Essen zogen sich die Gäste in den Salon zurück, wo ihnen Kaffee und Cognac serviert wurden. Der Journalist stellte seine Tasse vorsichtig auf dem Tisch ab und beugte sich wieder zu Lara herüber. »Sie inspirieren den romantischen Jüngling in mir. Wenn ich einen fliegenden Teppich hätte, würde ich mit Ihnen davonfliegen. Nach New York. Unser Teppich würde uns zu den besten Jazzkellern bringen. Wir würden der Musik lauschen und uns betrinken. Anschließend würden wir in einer Kutsche durch den Central Park fahren. Ich würde Ihnen mit richtigem Geld an einem Stand Blumen kaufen, wir würden zusehen, wie die Sonne aufgeht und dann … wer weiß, was dann geschehen würde? Und was spielt es für eine Rolle? Der letzte fliegende Teppich ist schon vor Jahren davongeflogen.« Er griff wieder nach seiner Tasse, und Lara glaubte, ihn seufzen zu hören.

»Schnallen Sie sich an, John. Heute ist die Nacht aller Nächte. Ich habe einen fliegenden Teppich.« Hierauf stand sie auf, nahm seine Hand und zog ihn auf die Füße.

Fünfundvierzig Minuten später rollte sie in ihrer Cessna die Startbahn hinunter, einen angeschnallten Journalisten neben sich. Lachend rief er über das Dröhnen der Motoren hinweg: »Sie sind eine Herzensbrecherin.« Und dann fügte er mit überraschend weicher Stimme hinzu: »Bitte brechen Sie mir nicht das Herz.«

Lara konzentrierte sich auf den Start. Sie brachte das Flugzeug zum Stehen, um ein letztes Mal die Instrumente zu checken, während sie auf das Signal vom Tower wartete. Der Start wurde freigegeben, und erst da wandte sie sich John zu und sagte: »Keine Bange, ich breche keine Herzen. Ich sehe nur so aus. Und bisher ist noch niemand von meinem fliegenden Teppich gefallen.«

Sie lächelten beide. John schien sichtlich erleichtert und lehnte sich in seinem Sitz zurück, entspannt und startbereit.

Kapitel 20

Lara war immer belustigt, wenn sie hörte, wie andere sie als ruhelose amerikanische Erbin mit düsterer Vergangenheit bezeichneten. Niemand außerhalb der Familie kam je darauf, daß sie die schönste Zeit ihres Lebens verbrachte, und das seit zwei Jahren. Ihre Reisen schienen Form und Substanz zu besitzen, und in vieler Hinsicht inspirierte sie die Menschen in ihrem näheren Umfeld. Bonnie und das Gefolge begleiteten sie während dieser zwei Jahre streckenweise. Aber seit jenem Morgen in dem Wohnsitz der Familie in Manhattan, da sie beschlossen hatte auszubrechen, war sie überall auf der Welt unterwegs und erforschte sie allein und für sich selbst.

Romantische Liebschaften und Orte kamen und gingen, und Lara empfand alles Neue, auch wenn es nur von kurzer Dauer war, als bereichernd. Sie handelte ganz spontan, und bald gehörten zu ihrem Freundeskreis auch Künstler, Schriftsteller und Historiker – Menschen, aus einem anderen Umfeld als dem, das sie bis dahin gekannt hatte. Ihren alten Freundeskreis und ihr familiäres Gesellschaftsleben behielt sie bei; beides bedeutete ihr zu viel, um es aus einer Laune heraus aufzugeben. Sie hatte an alledem viel Freude. In dieser Zeit unternahm sie viel Lohnendes, das sie als bedeutende, beeindruckende Leistungen hätte verbuchen können. Aber das war nicht ihre Art. Sie überließ die Lorbeeren Harland Brent. Sie lebte jeden Tag und jede Erfahrung für sich. Jeden Morgen, wenn sie aufwachte, tat sie, als hätte es das Gestern nie gegeben und als gäbe es womöglich kein Morgen.

Nach Stanton-Maßstäben war sie einzigartig, diejenige, die die herkömmliche Form sprengte. Die Familie und ihre Freunde lernten sie als ganz besonderen Menschen in ihrem Leben zu respektieren. Sie war immer noch erst Ende Zwanzig. Wer wußte schon, wohin das Leben sie als nächstes führen würde?

Die Sonne verschwand vom Himmel über Florenz. Schmale Streifen gräulicher Wolken bedeckten seine brütende Terrakotta-Oberfläche. Ein dunkelblauer Schleier senkte sich herab, und der Tageshimmel versank hinter dem Horizont. Sie waren eingekeilt im dichten Verkehr, der nach Florenz hineinströmte. Roberto kannte alle Abkürzungen. Sie erreichten in rasanter Fahrt das Stadtzentrum, als die Glocken soeben die rosigen Töne des Sonnenuntergangs auf der Kuppel der Kathedrale begrüßten.

Sie kamen gerade aus Siena, wo Lara mit Freunden in einem imposanten Palazzo aus dem zwölften Jahrhundert zu Mittag gegessen hatte. Sie wollte über die Umgehungsstraße zum Fiesole-Hügel oberhalb des Stadtzentrums fahren, wo sie einige Zimmer in der Villa San Michele gemietet hatte.

Lara war mehrere Tage nicht mehr in ihrem Hotel gewesen, und inzwischen würde vielleicht ein Brief von Sam eingetroffen sein, mit Neuigkeiten von Bonnie. Er war für einen Monat mit ihr in Urlaub gefahren. Aber Roberto bestand darauf, daß sie vorher in der Stadt noch einen Kaffee oder einen Drink nahmen.

Jetzt, da nur noch für Minuten Farbe für die Stadt in der Sonne übrig war, waren die schmalen Straßen mit ihren ocker-, schokoladen-, mokka- und terracottafarbenen Häusern in dunkles, staubiges Rosa getaucht. Härteres Lampenlicht fiel durch die Fenster. Der Ponte Vecchio über dem Arno bot in diesem theatralischen Licht eine perfekte Kulisse für eine unheimliche Oper, die Verdi versäumt hatte zu komponieren. Sie fuhren unterhalb der Piazza della Signoria am Flußufer entlang.

»Es bezaubert dich immer noch, unser Florenz?«

»Ja. Jedesmal, wenn ich zurückkomme, erwarte ich, enttäuscht zu sein, fürchte ich, daß die vielen Touristen der Stadt inzwischen das Herz geraubt haben. Und jedesmal erweist sich das von neuem als Irrtum. »

Roberto kurvte durch mehrere Seitenstraßen und bog dann in eine Gasse ein, die zur Piazza führte. Er parkte den Wagen im absoluten Halteverbot. Er schüttelte einem Wachtmeister am Ende der Straße die Hand. Dann nahm er Laras Arm und führte sie auf den Platz. »Warum heiratest du mich nicht? Das hätte viele Vorteile. In Florenz dürfen Contessas überall parken.«

»Du gibst nie auf, oder?«

»Nie.«

»Dabei meinst du es nicht einmal ernst.«

»Ich denke doch.«

»Wenn du einer Frau einen Antrag machst?«

»Exakt.«

»Dann ist das ein Spiel, das du dich gezwungen fühlst, mit jeder Frau zu spielen, die dir begegnet.«

Ein schiefes Lächeln. Er schüttelte den Kopf, womöglich eingestehend, daß sie möglicherweise recht hatte. Dann sagte er: »Ja.«

»Wozu das Ganze?«

»Ach, das Ego verlangt es.«

»Aber ich sage jedesmal nein. Das kann doch nicht gut für dein Ego sein.«

»Aber du bist die Ausnahme von der Regel. Vielleicht kriege ich dich doch noch rum. Außerdem sind Egos sonderbare Wesen.«

Lara lachte über Roberto und seinen unverschämten italienischen Charme. Sie durchquerten die sich lichtende Menschenmenge auf der Piazza. »Sieh dir doch diese wunderschöne Piazza an, Lara. Einst haben sich alle hohen Tiere der großen Florentiner Republik hier versammelt. Nicht einmal die Touristenhorden können diesem Platz seine Grandeur nehmen. Meine Vorfahren haben noch erlebt, wie hier Geschichte gemacht wurde. Im Mittelalter wurden alle großen Versammlungen hier abgehalten – und das ist heute noch so. Nur daß es schwerfällt, unter all den Besuchern, die unserer Vergangenheit die Ehre erweisen, einen adligen Florentiner zu finden. So ist das Leben. Das ist der Fortschritt. Aber ich und einige Freunde halten immer noch die Familientradition hoch. Wenn ich in Florenz bin, komme ich mehrmals in der Woche hierher. Ich kann mich nicht erinnern, daß mir dabei auch nur ein einziges Mal kein anderer Vertreter einer alteingesessenen Familie begegnet wäre, der es genauso hält. Man muß stolz sein, Florentiner zu sein.«

Roberto besaß eine ganz eigene Variante des orthodoxen italienischen Charmes. Er war ein cleverer und erfolgreicher Mann, der es liebte, den Dummkopf zu spielen, von dem er weit entfernt war. Er war einflußreicher als die meisten anderen Einwohner von Florenz, und er nutzte seine Macht sparsam und klug. Mit fünfunddreißig nahm er seine Verpflichtungen seiner Familie und seinem Erbe gegenüber sehr ernst. Seine Bemühungen um den Erhalt der Florentiner Schätze grenzten ans Heroische. Aber was Frauen betraf, war er ein unverbesserlicher Playboy. Lara hörte ihm zu und genoß seine Gesellschaft und seine Liebe zu Florenz, ohne ihn je als Liebhaber oder Verehrer ernstzunehmen. Sie war nicht in Italien, um sich in die Scharen weiblicher Eroberungen einzureihen.

»Komm«, sagte er. »Wir erweisen *Il Biancone* unseren Respekt.«

Die Florentiner bezeichneten die Neptunstatue am Springbrunnen des Ammanati gewöhnlich als *Il Biancone*, der große Weiße. Es war ein Koloß von einer Skulptur und überragte alles auf der Piazza, sogar die glorreiche Davidstatue. Der Springbrunnen für sich war schon grandios. Neptun stand auf einem Wagen, der von Seepferdchen gezogen wurde, inmitten eines Beckens, das von eleganten Bronzestatuen gesäumt war, die die Seegötter darstellten, und mit acht Satyren auf dem Marmorrand. Es war ein phantastisches, atemberaubendes Kunstwerk, das zu betrachten Lara nie leid wurde. Jedesmal, wenn sie es sah, entdeckte sie an dem Springbrunnen etwas Neues, das ihr bislang nicht aufgefallen war. Und der Meeresgott Neptun? Er übte eine ganz spezielle Anziehung auf Lara aus. Immer wenn sie *Il Biancone* sah, schien er zu ihr zu sprechen, sie unwiderstehlich anzuziehen und mit einer lustvollen Zuneigung festzuhalten, wie sie ihr im wahren Leben noch nicht begegnet war. Wie die gewaltige Bronzestatue des Poseidon in Griechenland. Diese zwei Kunstwerke erregten ihre Liebe zu den Männern, wie es kein anderes vermochte. Neptun, der gewaltige männliche Gott, der aus dem Meer aufstieg, sagenumwoben, ein reifer und mächtiger Mann. Lara hatte schon beim erstenmal, als sie ihn gesehen hatte, die erotische marmorne Macht gespürt, die er auf sie ausübte. Aber diese rauhe Kraft wurde von der Gelassenheit ausstrahlenden Statue des David vor dem Palazzo Vecchio ganz in der Nähe gemildert. Der Inbegriff junger männlicher Schönheit. Sie war fasziniert von der Perfektion und Jugend dieses Meisterwerkes von Michelangelo, und die Kopie auf der Piazza hatte sie schon mehrfach verleitet, sich das Original anzusehen, das in der Galleria dell' Accademia untergebracht war.

Roberto und Lara näherten sich dem Brunnen. Eine große Gruppe chicer Japaner, Reiseführer in der Hand und mit Photoapparaten behängt wie mit Stammesschmuck, ging gerade auseinander, so daß sie einen freien Blick auf den Springbrunnen hatten. Die Dämmerung war hereingebrochen, und es wurde Nacht. Der Himmel war jetzt tiefblau und nahm rasch die Farbe der Nacht an. Wenngleich es warm war für Anfang April, stieg leichter Nebel vom Arno auf und waberte über den Platz. Er glitt über das Wasser im Brunnen und wirbelte ätherisch um den Wagen und Neptuns Beine. Es war unheimlich, weil der Nebel fast nirgendwo sonst auf dem Platz zu verweilen schien. Es war das erste Mal, daß Lara den Neptun in diesem Licht sah – imposant und geheimnisvoll. Als wäre er aus seinem Unterwasserreich aufgestiegen, um seine fremdartige Aura über ihr Leben auszubreiten.

Wie auf göttlichen Befehl hin flammten die Lichter auf. Erst gedämpft und kaum wahrnehmbar, nahmen sie stetig an Helligkeit zu. Von den Gruppen, die um den Springbrunnen herumstanden, erklangen Ausrufe des Staunens. Als nächstes wurde die Nachtbeleuchtung der Davidstatue eingeschaltet und hiernach die der anderen Statuen unter der Loggia della Signoria: die der Giambologna, die der Sabinerinnen, die sich elegant ihrer Vergewaltigung unterwarfen, und die der Benvenuti-Cellini-Bronzeskulptur des Perseus mit dem abgetrennten Kopf der Medusa in der Hand. Innerhalb von Minuten waren sämtliche Kunstwerke hell angestrahlt, bis zuletzt auch die Laternen auf der Piazza aufflammten.

Roberto war verzaubert. Aber auch er blieb, ebenso wie Lara, stumm in Neptuns magnetischer Macht gefangen, die sie in die Phantasie einer anderen Welt entführen wollte. Neptun fesselte sie, und Lara wurde ganz schwindlig von der Kraft dieser ganzen Pracht. Sie und Roberto standen Arm in Arm da, sich gegenseitig stützend. Sie wäre nicht weiter überrascht gewesen, wenn Neptun sie mit einem starken weißen Marmorarm gepackt und mit ihr in dem Miniaturmeer versunken wäre. Phantasterei, ja. Aber Phantasterei gehörte nun einmal dazu, wenn man gestattete, daß die Phantasie mit einem durchging.

»Lara.«

Zurück in die Wirklichkeit. Sie erkannte die Stimme hinter sich sofort. Sie löste sich von Roberto und wandte sich Jamal zu. Dann lagen sie sich in den Armen, sehr zur Überraschung Robertos und der zwei Männer in Jamals Begleitung.

»Wie lange ist es her?«

»Seit Davids Hochzeit.«

»Und da hatten wir kaum Gelegenheit, miteinander zu sprechen. Fast zwei Jahre also?« Er drückte sie wieder. »Ich habe dich so vermißt.«

»Was machst du hier?«

»Was macht man in Florenz? Ich bin als Tourist und zum Einkaufen hier, so wie jeder andere auch.«

»Jamal, das ist lächerlich. Du bist in deinem ganzen Leben nicht Tourist gewesen.«

»Stimmt, na ja, vielleicht hast du recht. Ich habe meine Mutter zur Wasserkur nach Montecatini gebracht. Nach zwei Tagen bin ich geflüchtet. Ich finde diese Bäder für andere ja großartig, aber für mich sind sie einfach zu gesund. Aber das erzähle ich dir alles ein anderes Mal. Erst möchte ich dich mit meinen Freunden bekannt machen.«

Lara, die Roberto völlig vergessen hatte, stellte ihren Begleiter Jamal vor. Die beiden Männer schüttelten sich die Hand, und dann stellte Jamal seine Freunde vor, einen Amerikaner und einen Italiener.

Roberto lenkte sie mit Einzelheiten über den Springbrunnen ab, während Jamal und Lara sich unterhielten.

»Ich möchte mehr von dir sehen, jetzt da ich über dich gestolpert bin. Wo wohnst du, Lara?«

»In der Villa San Michele. Und du?«

»Im Excelsior. Im Michele war nichts mehr frei. Ißt du heute mit uns zu Abend? Bring deinen Freund mit.«

»Unmöglich.«

»Aber wir reisen morgen früh wieder ab. Und es ist so lange her. Ich muß dich einfach sehen.« Jamal profitierte davon, daß die drei Männer vollauf mit dem Springbrunnen beschäftigt waren, und führte Lara am Ellbogen ein Stück von ihnen weg. »Wie geht es dir, Lara? Du bist schöner denn je. Du hast mir gefehlt. Sehr sogar. Ich habe unsere Trennung immer bedauert. Dich schlecht behandelt zu haben, sofern man es so bezeichnen kann. Und in den vergangenen drei Jahren seit dem Tod meines Vaters war ich damit beschäftigt, seine Angelegenheiten zu regeln, und hatte nicht die Zeit, dich so oft zu sehen wie früher. Wir haben so viel nachzuholen. Lauf nicht davon.«

»Das hatte ich auch nicht vor.«

Er schien erleichtert. Lara musterte ihn genauer. War es möglich, daß er sogar noch attraktiver geworden war, als sie ihn in Erinnerung hatte? Das Licht auf dem Platz ... verlieh es seinen Zügen noch mehr Feuer? Ausflüchte. Tatsache war, daß er in ihr immer noch die vertrauten sinnlichen Gefühle weckte wie früher und sie diese nur für Jahre aus ihrem Leben verdrängt hatte.

Er strich mit dem Handrücken über ihre Wange, hob dann ihre Hand an die Lippen und küßte ihre Fingerspitzen. Ihr Körper reagierte auf ihn wie damals, als er sie das erste Mal verführt hatte. Sie fühlte sich neu belebt, erfüllt von dem Verlangen, sich von ihm wieder an diesen ganz speziellen erotischen Ort entführen zu lassen, an den offenbar nur er sie bringen konnte. Spürte er, was in ihr vorging? Sie würde es ihm nicht verraten. Er würde schon selbst darauf kommen müssen. »Ich bin heute abend mit Freunden im San Michele zum Essen verabredet.« Das war alles, was sie sagte, sonst nichts.

Jamal begehrte sie, aber sein Verlangen wurde von der Leichtigkeit überschattet, mit der sie ihre Begegnung meisterte, von der offenbar rein freundschaftlichen Zuneigung, die sie ihm gegenüber zeigte. Er war überrascht von der Erleichterung, die er empfand, als sie auf seine Berührung reagierte. Sie begehrte ihn nicht nur mit derselben Intensität wie früher, sondern mehr denn je, und doch ohne jede Verzweiflung und auch nicht aus einem unwiderstehlichen Bedürfnis heraus. Das Bewußtsein, daß sie nie wirklich einem anderen gehört hatte als ihm, erregte ihn. Auch wenn sie geheiratet und andere Liebhaber gehabt hatte. Es war so, wie er es vorausgesagt hatte: Niemand hatte seinen Platz einnehmen können. Daß er, seit sie ihn verlassen hatte, nicht mehr mit ihr geschlafen hatte, schmerzte ihn.

»Daß wir uns auf diese Art begegnen, uns so unerwartet über den Weg laufen – ich denke, da hat das Schicksal wohlmeinend die Finger im Spiel. Wir dürfen die Götter nicht beleidigen, indem wir diese Gelegenheit ungenutzt verstreichen lassen, was meinst du?«

»Nein, das dürfen wir wohl nicht.«

»Ich rufe dich heute abend an.«

Lara war bis dahin nicht bewußt gewesen, wie sehr Jamal immer noch Teil ihres Lebens war, auch wenn sie die Erinnerung an ihn so viele Jahre verdrängt hatte. Bis sie ihm hier auf der Piazza so unerwartet begegnet war. Sie entfernte sich von ihm und seinen Freunden, die immer noch vor dem Brunnen des Ammanati standen. Sie hatte Robert untergehakt und erkannte, daß sich auf der Piazza tatsächlich etwas Bedeutungsvolles ereignet hatte, ganz so wie er es hatte durchblicken lassen. Lara war so euphorisch, als läge ihr erstes Rendezvous mit Jamal vor ihr. Die Vergangenheit war da, aber tief vergraben. Sie konnte sich nur noch sehr vage daran erinnern. An ihrer beider Haltung war etwas Neues und Frisches, das die Gespenster vertrieb, die sie so lange Zeit verfolgt hatten.

Sie gerieten in den abendlichen Stoßverkehr und schoben sich Stoßstange an Stoßstange durch die lärmenden Straßen nach Fiesole. Roberto und Lara hatten kaum ein Wort gewechselt, seit sie die Piazza verlassen hatten.

»Du bist sehr still«, bemerkte er. »Die Begegnung auf der Piazza war doch nicht unerfreulich für dich, hoffe ich?«

»Das bezweifle ich, Roberto. Ich kenne diesen Mann schon fast mein ganzes Leben. Aber ich gebe zu, daß er der letzte ist, den ich erwartet hätte unter den Touristen auf der Piazza della Signoria.« Was sie Roberto verschwieg, war, wie sehr sie sich freute, Jamal wiedergesehen zu haben. Daß er für sie immer noch der aufregendste Mann war, den sie kannte. Daß in seinen Armen für eine Sekunde die alte erotische Anziehung wiederaufgelebt war. Und wie gut es getan hatte, diese intensiven Empfindungen wieder zu fühlen.

Im Zickzack fuhren sie den steilen, üppig grünen Fiesole-Hügel hinauf zur Villa San Michele. Roberto lenkte den offenen, schwarzen Bentley zur dezent erleuchteten Michelangelo-Fassade des ehemaligen Klosters, das inmitten von Zypressen und Olivenbäumen oben auf der Hügelkuppe thronte und auf Florenz hinabblickte. Lara liebte ihre Aufenthalte in der Villa San Michele. Da das Hotel nur über sehr wenige Gästezimmer verfügte, fühlte man sich dort beinahe wie in einem exklusiven Country Club. Lara bewohnte eine Drei-Zimmer-Suite mit Blick auf die Stadt.

Auf ihrem Zimmer streifte sie sich als erstes die Schuhe ab und legte sich auf das Bett, um Sams Briefe zu lesen. Er hielt sie zuverlässig auf dem laufenden, wenn er für Bonnie den Vater spielte. Sie war dankbar dafür. Außerdem waren ein Brief von Nancy und einer von Nanny eingetroffen. Lara mußte sie zweimal lesen, um auch wirklich überzeugt zu sein, daß sie alle glücklich und zufrieden waren.

Sie schaltete die Lichter in ihrem Zimmer aus und blickte hinab auf das funkelnde Florenz am Fuß des Hügels. Sie saß mehrere Minuten da und dachte an die verwirrenden Gefühle, die sie an Robertos Seite im ›Zwiegespräch‹ mit *Il Biancone* empfunden hatte. Und bei ihrer Begegnung mit Jamal. Sie schien keine andere Wahl zu haben, als so unhöflich zu sein, kurzfristig das Abendessen mit ihren Freunden abzusagen. Sie knipste das Licht wieder an, blätterte in ihrem Adreßbuch und rief die drei Personen an, die sie eingeladen hatte. »Ich weiß, das ist unverzeihlich«, sagte sie. »Du hast allen Grund, böse auf mich zu sein, aber ich muß das Abendessen absagen. Es ist etwas Unerwartetes dazwischengekommen. Nichts Schlimmes, aber etwas, das meine volle Aufmerksamkeit erfordert.« Ihre Freunde reagierten verständnisvoll und höflich. Lara hatte keine allzugroßen Gewissensbisse. Sie kannte ihre Florentiner sehr genau. Sie hatten drei Stunden Zeit, Ersatz für den geplatzten Abend zu finden. Das war in jeder Stadt Zeit genug, und die Florentiner waren ganz besonders gastfreundlich und stets bereit, ein zusätzliches Gedeck aufzulegen.

Lara rief im Terrassenrestaurant des Hotels, in der Loggia, an. Von der eleganten Steinterrasse mit ihren Bögen und der gewölbten Decke, die an der gesamten Länge des Klosters entlangführte, mit ihrer offenen Balustrade und den riesigen, bogenförmigen Öffnungen darüber bot sich den Gästen bei einem Drink oder einer Mahlzeit ein traumhafter Blick auf Florenz und die Hügel am gegenüberliegenden Arnoufer. Sie änderte ihre Reservierung und bestellte einen Tisch für zwei anstatt für vier Personen.

Dann rief Lara das Zimmermädchen und bat es, ihr ein Schaumbad einzulassen, parfümiert mit einem Badezusatz, der nach Jasmin, Rosen und Schafgarbe duftete. Gemeinsam mit dem Mädchen trafen vier Pagen ein, dunkelhäutige *ragazzi* mit wunderschönen Blumensträußen: drei Dutzend rubinrote, langstielige Rosen in einer Glasvase, eine Schale mit weißen Tulpen, eine mit Kamelien und ein Krug mit einem Dutzend weißer Orchideen. Alle Blumen standen in voller Blüte. Keine Karte. Sie lächelte und freute sich, daß er wußte, daß er keine Karte beizulegen brauchte.

Das Wasser war milchig und samtweich von Badeölen, und Lara genoß es, sich in der Wanne zu entspannen und alle Gedanken an die Vergangenheit und Gegenwart auszulöschen. Die friedliche Stille war wie Musik, nur unterbrochen vom Plätschern des Wassers aus dem Schwamm, mit dem sie sich wusch.

Im Loggia-Restaurant traf man die elegantesten Frauen. Als Lara zwei Stunden später die Terrasse betrat, musterte jede der anwesenden Damen die amerikanische Erbin Lara Stanton mit Bewunderung oder Neid, während die Blicke der Männer vor Begehren glühten.

Lara hatte Jamal nicht angerufen. Sie wußte, daß er kommen würde. Undenkbar, daß er sie versetzte. Sie hatte sich für ihn zurechtgemacht, um strahlend schön und verführerisch für ihn auszusehen. Er sollte auf den ersten Blick erkennen, daß sie wußte, daß sie diese Nacht unausweichlich gemeinsam verbringen mußten. Sie hatte sich viel Zeit genommen, sich auf das Dinner vorzubereiten. Während eines Aufenthaltes in Ägypten hatte man sie mit einer Frau bekanntgemacht, die berühmt war für ihre duftenden Öle und Salben. Die verführerischsten und aufregendsten Frauen ließen sich von ihr ihre Pflegecremes mischen. Die Damen rieben ihre Genitalien damit ein und trugen sie auf ihre Vagina auf, um die Männer mit dem Jasminduft zu betören.

Sie hatte ein schwarzes Kleid aus Seidenjersey gewählt, dessen Oberteil aus zwei Stoffbahnen bestand, die ihre Brüste bedeckten, während der Schlitz in der Mitte bis zum Bauchnabel reichte. Das Kleid war rückenfrei, mit einem enganliegenden breiten Gürtel und einem weichfallenden kurzen Rock. Dazu trug sie hochhackige, schwarze Satinsandalen. Sie hatte sich eine tiefviolette Stola aus dem gleichen Material wie das Kleid über den Arm gelegt, für den Fall, daß es kühl wurde.

Sie nahm an ihrem Tisch Platz und ließ sich eine Flasche Champagner bringen. Mehrere Bekannte kamen herüber und luden sie an ihren Tisch ein. Sie lehnte dankend ab. Sie hatte großen Hunger. Da sie keine Ahnung hatte, wann Jamal sich würde blicken lassen, beschloß sie, ihr Essen zu bestellen. Sie wählte als Vorspeise Kammuscheln mit Hummersoße, dann Risotto und als dritten Gang Kalbfleisch mit Paprikaschoten. Dessert wählte sie noch nicht. Sie hatte gerade beim Maître bestellt, als einer der Pagen mit einem gefalteten Zettel auf dem obligatorischen Silbertablett an ihren Tisch trat. Sie lächelte den Jungen mit einer ausdruckslosen Miene an und betrachtete dann eine Weile reglos den Zettel. Nicht zögernd, sondern in freudiger Erwartung. Dann nahm sie das Papier und faltete es auseinander.

Lara,
können wir uns sehen?
Jamal

Sie dankte dem Pagen, erhob sich von ihrem Stuhl und hängte die Stola über die Rückenlehne. Nachdem sie den Maître gebeten hatte, eine zweite Flasche Champagner auf Eis zu legen, verließ sie die Loggia und ging ins Foyer, wo Jamal sie erwartete.

»Es tut mir wirklich leid, ehrlich, aber ich mußte einfach herkommen.« Er nahm ihre Hände und küßte sie abwechselnd. Sie waren nicht allein in der Lobby. Als der Portier, linkisch um Diskretion bemüht, hinter dem Empfangstresen hervorkam, wurde ihnen bewußt, wie auffällig sie sich offenbar benahmen.

»Setzen wir uns in den überdachten Hof«, schlug Lara vor.

»Hast du meine Blumen bekommen?«

»Sie sind wunderschön.«

»Du wußtest, daß sie von mir waren?«

»Natürlich.«

»Du siehst hinreißend aus. Unvorstellbar sexy. Das denkt auch jeder andere Mann hier in der Lobby. Sie betrachten dich mit ebenso begehrlichen Blicken wie ich.«

»Das bezweifle ich. Sie kennen mich nicht auf so intime Art wie du.«

Jamal lächelte. Wenn auch keine Spannung zwischen ihnen gewesen war, hatten die Jahre der Trennung eine gewisse Distanz bewirkt, die ihre Bemerkung jedoch aufzuheben schien.

»Was ist mit deinen Freunden, Jamal? Ich dachte, du wolltest mit ihnen zu Abend essen.«

»Sie haben Verständnis dafür, daß ich mich nicht von dir fernhalten kann, nachdem ich dich gerade erst wiedergefunden habe. Sie haben mich mit ihrem Segen hergeschickt. Ich weiß, daß du mit Freunden beim Essen bist, aber ... würdest du mir gestatten, mich zu euch zu setzen?«

»Dann komm, ich sterbe vor Hunger.«

Er ließ ihr den Vortritt, als sie die Lobby verließen, und wurde von dem Bedürfnis überwältigt, sie in den Armen zu halten. Er schlang ihr den Arm um die Taille und zog sie fest an sich. »Welche Freude festzustellen, daß du unter dem Kleid nichts anhast.«

Sein Griff war so locker, daß sie sich umdrehen und ihm die Arme um den Hals legen konnte. Sie waren allein. Jamal nutzte die Gelegenheit, die Hände unter ihren Rock zu schieben. Er streichelte ihre nackte Haut; als sich Schritte näherten, zog er sofort seine Hände zurück, und Lara ließ die Arme sinken. Vom Innenhof aus betraten sie einen anderen Raum.

Der Ausdruck der Überraschung und Freude auf seinem Gesicht wärmte ihr das Herz. »Du freust dich also?«

»Ich bin entzückt.«

»Ich habe als junges Mädchen meine erotischen Lektionen von dir gelernt.«

»Und ich wage zu behaupten, daß sie dir gute Dienste erwiesen haben.«

»Mehr als gute.«

Sie nahm seine Hand, und gemeinsam gingen sie zum Restaurant. Ihnen war nicht bewußt, wie spektakulär ihr Auftritt war, als sie die Loggia durchquerten – vor allem für mehrere Amerikaner, die Lara erkannten. Die Italiener, allesamt große Romantiker, erkannten auf den ersten Blick, daß die beiden eine ganze besondere Liebesaffäre verband. Und da sie sich immer an einer Liebesgeschichte erfreuten, erfreute sie diese um so mehr, als sie zwei so gutaussehende und elegante junge Menschen vereinte wie Jamal und Lara. Tuschelnd ergingen sie sich in Kommentaren, noch bevor das Paar überhaupt an seinem Tisch Platz genommen hatte.

Als der Ober an Laras Tisch die Stühle für sie zurückzog, sah Jamal, daß nur zwei Gedecke aufgelegt waren. Lara lächelte, als sie erkannte, daß es ihr erneut gelungen war, ihn zu überraschen.

»Deine Freunde?«

»Es war zwar unhöflich mir, ihnen so kurzfristig abzusagen, aber was hatte ich für eine Wahl …?«

»Und wenn ich nicht gekommen wäre?«

»Der Gedanke hat mich nicht einmal gestreift.«

Er schloß sie in die Arme und küßte sie leidenschaftlich, ehe er sie wieder losließ und zu ihrem Stuhl führte. Der Ober, dessen Hände immer noch auf der Rückenlehne des Stuhls ruhten, schien nicht im mindesten verlegen. Jamal nahm ebenfalls Platz. Jetzt verfolgte die Hälfte der anwesenden Gäste die Romanze, die sich vor ihren Augen abspielte, mit unverhohlener Neugier.

Beim Dinner unterhielten Lara und Jamal sich über ihre Familien und Freunde. Nachdem sie erst angefangen hatten, wurde ihnen bewußt, wieviel sie nachzuholen hatten. Nur ein einziges Mal erwähnte Jamal Sam und ihre Ehe.

»Wäre es sehr indiskret von mir zu fragen, was der Grund für eure Trennung war?«

»Ja, ich denke schon.« Und damit war das Thema beendet. Sie tranken Champagner und vergaßen alles andere um sich herum. Er rückte seinen Stuhl neben ihren, und gemeinsam betrachteten sie schweigend die funkelnden Lichter der Stadt. Ein frischer Wind kam auf. Jamal registrierte, daß Laras Hand in der seinen sich kalt anfühlte. »Frierst du?« fragte er besorgt.

»Ja.«

»Warum hast du denn nichts gesagt?«

»Ich wollte die Atmosphäre nicht stören.«

»Das tust du nicht.«

»Gut.«

»Ich denke, es ist Zeit, zu Bett zu gehen.«

»Ich dachte schon, du würdest nie darauf kommen.«

Jamal öffnete die Tür zum Wohnzimmer von Laras Suite. Sie traten ein, gefolgt von einem Ober mit einer weiteren Flasche Champagner sowie mit einem Tablett hausgemachter weißer Schokolade. Nachdem der Ober wieder gegangen war, schloß Jamal die Tür und sperrte doppelt ab.

Laras Schwäche für diese Suite in der Villa San Michele hing mit der Stille dort zusammen. Die Räume strahlten unendlichen Frieden aus, den sie empfand wie ein Körnchen Ewigkeit. Lara sagte sich, daß es an dem warmen Fiesole-Licht liegen mußte, das am Tag durch die Fenster auf die Steinmauern fiel. In der Nacht verliehen die gewölbten Decken den Zimmern eine Art klösterlicher Pracht.

Das Mobiliar war antik, die Dekoration unübertrefflich elegant und dezent. Sie hatte schon oft gedacht, wie perfekt diese

Zimmer für einen Schriftsteller oder Maler geeignet wären. Es waren Räume, die die Phantasie anregten. Ihre Suite befand sich im ältesten Teil des Klosters, und Lara war überzeugt davon, daß der Geist dieser heiligen Stätte noch spürbar war. Wenn es den Franziskaner-Mönchen auch nicht gelungen war, das Gebäude zu halten, bis sie schließlich von Napoleon vertrieben worden waren, so war die klösterliche Aura jedoch auch nach jenem Jahr 1808 erhalten geblieben. Sie konnte sich lebhaft vorstellen, wie die Mönche in ihren braunen Kutten über die Flure und durch die Gärten gewandelt waren.

Aber da war noch etwas in der Atmosphäre dieser Zimmer. Etwas extrem Sinnliches. Wenn sie dort schlief, war sie ständig bereit, sehnte sich nach erotischen Genüssen. Danach, daß der richtige Mann kam und sie liebte. Allerdings hätte sie sich nie träumen lassen, daß Jamal dieser Mann sein würde.

Lara überließ es ihm, den Champagner zu entkorken, und ging hinüber ins Ankleidezimmer. Sie setzte sich an die Frisierkommode und betrachtete sich im Spiegel. Sie nahm die Diamantohrringe und die Armbänder ab. Es erschien ihr völlig natürlich, daß Jamal nebenan war, daß sie zusammen waren und miteinander schlafen würden. Sie nahm ein weißes Nachthemd aus einer der Schubladen. Weiße Spitze, verführerisch elegant, ein extravagantes Pariser Modell, das sie bisher noch nicht getragen hatte. Sie bürstete sich das Haar und puderte sich das Gesicht. Dann ging sie barfuß ins Schlafzimmer hinüber. Jamal wartete dort bereits auf sie. Champagner und Schokolade waren vergessen.

Kapitel 21

»Ich hätte nie gedacht, daß ich jemals wieder mit dir zusammensein würde, daß ich jemals wieder so leidenschaftliche Liebe erleben würde.«

»Warum nicht?«

»Weil du eine Gefahr bist, eine Gefahr, die ich glaubte niemals wieder eingehen zu wollen.«

»Und jetzt?«

»Jetzt bin ich älter. Es ist nicht unbedingt so, daß ich weniger Angst hätte, aber ich bin besser gewappnet, mich Risiken und ganz neuen Facetten zu stellen, die die leidenschaftliche Liebe zu bieten hat. Und außerdem ... was habe ich im Augenblick für eine Wahl? Wir sind zusammen. Das Schicksal hat unsere Schritte gelenkt.«

»Und was, wenn es nicht das Schicksal war, sondern ich? Wenn ich dich zurückhaben wollte, weil ich dein Feuer und deine Leidenschaft vermißt habe, die Bereicherung deiner Sinnlichkeit in meinem Leben, was dann?«

»Dann würde ich sagen, daß du mich liebst, so wie ich dich liebe.«

»Ah, dann kommen wir der Sache schon näher.«

»Nein, nicht wirklich. Vergiß nicht, das Schicksal hat uns zusammengeführt und nicht du.«

Er zögerte einen Moment, ehe er etwas darauf erwiderte.

»Komm wieder ins Bett.«

Sie verbrachten drei Tage in der Villa. Sie schwammen im Pool, ritten aus und spielten im nahegelegenen Dorf Cascine Tennis. Sie aßen im Hotel, in der Suite oder einem der Restaurants. Nachts ließen sie ihrer Lust freien Lauf, probierten immer neue, immer erregendere Praktiken.

Lara hatte sich erneut leidenschaftlich in Jamal verliebt. Sie fühlte den Sog seiner magischen Anziehung. Sein Charme, seine Güte, seine Intelligenz, all das, wofür die Familie ihn seit Jahren liebte, ließ ihre Bewunderung für ihn wachsen. Sie war in der Lage, sich ihm sexuell hinzugeben und so, wie er es sie vor Jahren gelehrt hatte, jeden Aspekt ihrer erotischen Natur mit ihm auszuleben. Gemeinsam erforschten sie die dunkleren Seiten ihres Sexlebens und erreichten ungeahnte Dimensionen, frei, sich ebenso beim Licht des Tages zu lieben wie im Dunkel der Nacht.

Sie waren verliebt und machten keinen Hehl aus ihren Gefühlen. Lara träumte davon, daß es nie ein Ende haben würde, daß ihre Lust Früchte tragen würde. Kinder. Sie träumte davon, daß er sie heiratete und der Welt als seine einzige große Liebe präsentierte. Er seinerseits bewunderte sie, betete sie an und hatte seine eigenen Phantasien – sexuelle Phantasien. Daß sie außer auf seinen Befehl hin mit keinem anderen Mann mehr schlief und sich nur noch jenen hingab, die er zu ihrer beider Vergnügen auswählte. Sie würde ihm einen Sohn schenken, viele Söhne. Er würde sie für sich behalten, sie niemals wieder weglassen. Ihre drei gemeinsamen Tage ließen sie hoffen, daß sie die wahre Liebe gefunden hatten. Dann flackerten wieder flüchtige Zweifel auf. Aber weder sie noch er sprachen von ihren Gefühlen. In jenen drei Tagen überließen sie sich ganz ihrer Leidenschaft, mit all ihren Hoffnungen und Zweifeln. Und dann, bei Tagesanbruch, als sie sich in den Armen lagen und ihrer beider Lust auf Jamals Fingern schmeckten, wußten sie, daß sie zu den glücklichsten Menschen der Welt zählten. Die Liebe war zwischen ihnen erblüht. Als Liebende sonnten sie sich in der Wärme und Bewunderung, die in ihnen pulsierte. Sie wußten, daß ihre Phantasien Wirklichkeit werden, ihre Träume sich erfüllen würden.

Jamal war kein Mann, der seine Gefühle in Frage stellte oder sich den Kopf zerbrach über die zwei ungelösten Mysterien der Liebe: warum wir uns in einem bestimmten Augenblick verlieben und warum wir uns für einen ganz bestimmten Menschen entscheiden. Er wußte nur, daß er sich verliebt und seine Wahl getroffen hatte. Je eher er Lara heiratete, desto glücklicher würde er sein in dem Bewußtsein, den Gegenstand seiner Liebe endlich für sich allein zu haben. Wenn er schon heiraten mußte – und daran führte kein Weg vorbei –, würde sie ihm zumindest eine Ehe bieten, die nicht zur Langeweile verkam. Wahrhaftig kein Rationalist, erkannte er nicht, daß er vor sich selbst Ausflüchte suchte für seinen drängenden Wunsch, Lara zu seiner Frau zu machen. Er würde sie sofort heiraten. Nachdem er seinen Entschluß erst gefaßt hatte, verschwendete er keine Minute mehr.

Er saß allein in der Nachmittagssonne im Garten der Villa

San Michele. In der Stille, die nur gelegentlich von Vogelgesang unterbrochen wurde, fühlte er sich ungewohnt verwundbar. Durch die Liebe hatte Lara Macht über ihn, und dieses Wissen mißfiel ihm. Er hatte die sehr männliche Rolle übernommen, ihr nachzustellen und sie mit seinem Charme und seiner sinnlichen Macht einzufangen. Wie bei den meisten Männern war es eben diese Demonstration seiner Männlichkeit, die es ihm überhaupt erst ermöglicht hatte, sich zu verlieben. Das Bewußtsein, sie erobert zu haben, machte ihn sogar noch glücklicher als die Liebe selbst. Er war überzeugt, daß eine baldige Heirat das Gefühl der Kontrolle über seine Emotionen wiederherstellen würde. Freudig erregt bei dem Gedanken, verließ er den Garten und ging hinauf in ihre Suite. Er wollte einige Anrufe tätigen und seine Pläne in Gang setzen.

Lara war in der Stadt, um einzukaufen, was zu den Dingen gehörte, die ihr am meisten widerstrebten. Aber sie wollte ein paar Stunden allein sein. Sie brauchte etwas Zeit, um sich über die Bedeutung von Jamals Wiedereintritt in ihr Leben klarzuwerden. Lara war seit jenen Tagen, da sie besessen gewesen war von Jamal und ihrer Liebe zu ihm, sehr viel reifer geworden. Jetzt fürchtete sie sich nicht mehr vor dem Alleinsein und davor, sich ihren Gefühlen, ihrer Liebe zu ihm zu stellen. Während sie verschiedene Geschäfte aufsuchte und wunderschöne Sachen für sich und Bonnie kaufte, stellte sie erleichtert fest, daß sie ihn gleichzeitig lieben und sie selbst bleiben konnte. Sie liebte ihn um so mehr dafür.

Sie saß in der Bar des Exelsior, umgeben von Bergen bunter Päckchen mit glänzenden Satinschleifen, trank Cinzano mit Soda und aß geröstete gesalzene Mandeln. Wie die meisten frisch verliebten Frauen fühlte sie neue Lebenslust, diesmal jedoch ohne von ihrer Liebe geblendet zu werden. Sie war sich dessen, was mit ihr geschah, sehr bewußt. Daß ihre Liebe zu Jamal eine Art Flucht war. Und sie fühlte sich sicher in dem Bewußtsein, daß sie im Gegensatz zu früher damit fertigwerden würde. Sie war angenehm überrascht, als ihr klar wurde, wie recht sie vor so vielen Jahren gehabt hatte, das zu verlangen, was sie heute von Jamal bekam. Je mehr er ihr seine Liebe zeigte, desto freier konnte sie selbst diese Liebe erwidern. Damals hatte sie geglaubt, bei Jamal alle Hemmungen abgelegt zu haben. Aber jetzt waren es nicht nur die sexuellen Hemmungen, die von ihr abfielen. Alle Zweifel waren ausgeräumt. Sie fürchtete sich nicht mehr vor der Verwundbarkeit, die mit der Liebe einherging. Jeden Tag bekräftigte sie durch die Liebe ihre weibliche Identität von neuem. Das stärkte sie. Was für ein wunderbares Gefühl es doch war, alle Defensivmechanismen abzulegen. Wie einsam die Jahre gewesen waren, in denen sie nicht geliebt hatte und nicht geliebt worden war.

Sie bestellte sich noch einen Cinzano und ging unbeschwert auf die Flirterei mehrerer attraktiver Männer in der Bar ein, die ihre Bewunderung für sie nicht verhehlen konnten. Sie betrachtete ihre Einkäufe und lächelte. Wie sicher sie sich ihrer selbst war. Sie hatte einige hinreißend elegante Kleider ausgewählt. Speziell ein Modell könnte als Hochzeitskleid in Frage kommen. Sie zweifelte keine Sekunde daran, daß sie Jamal heiraten würde, obwohl er bisher kaum eine Andeutung in dieser Richtung gemacht hatte.

Es war fast sieben, als Lara in die Villa San Michele zurückkehrte. Jamal hatte Stunden auf sie gewartet, wütend, daß sie so lange weggeblieben war, ohne anzurufen. Er hatte versucht zu lesen. War auf einen Drink in der Loggia gewesen. Auf mehrere Drinks. Er hatte die Tischreservierung für den Abend annulliert und statt dessen für den nächsten Mittag einen Tisch reserviert. Er hatte ihr Abendessen auf ihre Suite bestellt. Rastlos war er durch die öffentlichen Räume des Hotels gewandert oder im Foyer auf und ab gegangen. Dort hielt er sich auch auf, als die lange, schwarze Limousine vor dem Eingang hielt und Lara ausstieg. As erstes sah er ihre langen, wohlgeformten Beine in den cremefarbenen Seidenstrümpfen. In seine Ungeduld mischte sich das erotische Bedürfnis, mit ihr zu schlafen. Er erkannte gleich, daß sie tatsächlich einen Einkaufsbummel unternommen hatte. Sie trug eine neue Kombination aus kurzem, schokoladenbraunem

Rock aus Seidengeorgette und darüber eine taillierte elfenbeinfarbene Jacke mit einem leuchtendgelben Gürtel aus Eidechsenleder. Eine passende kleine Handtasche über der Schulter, hastete sie ins Hotel. Hinter ihr lud der Chauffeur Pakete über Pakete auf die ausgestreckten Arme zweier Pagen.

Seine Erleichterung, sie zu sehen, machte ihn sprachlos. Er eilte ihr entgegen, schloß sie in die Arme und küßte sie. Sie lachte. Sein eigenes Lachen entsprang der Sorge, die er durchgestanden hatte. Wo warst du? wollte er fragen. Mit wem warst du zusammen? Warum hast du nicht angerufen? Aber er fragte nichts von alledem. Statt dessen gingen sie Arm in Arm hinauf auf ihr Zimmer, wobei er sie immer wieder küßte und ihr Liebesworte zuflüsterte. Die Pagen folgten ihnen mit den bunten Päckchen und luden sie in der Suite ab. Dann waren sie endlich allein.

»Ich hatte einen wunderschönen Tag.«

»Ich hatte einen gräßlichen Tag.«

»Ach?«

»Ich habe dich entsetzlich vermißt.«

»Oh. Das hört man gern.«

»Ich finde das weniger schön. Ich glaube, wir werden etwas dagegen tun müssen.« Er lächelte. Wie sollte er auch nicht? Sie sah so glücklich aus, so hübsch, so sexy. »Dein neues Kleid gefällt mir«, sagte er.

»Von Valentino. Und warte erst, bis du den Rest siehst. Alles aufregende, verführerische und provokative Modelle. Und ich habe sie alle nur einzig aus dem Grund gekauft, dir zu gefallen.« Sie flirtete mit ihm und war glücklich, als seine Augen verrieten, wie sehr es sein immer präsentes Verlangen nach ihr anfachte. »Ich werde eins meiner neuen Kleider zum Abendessen anziehen.«

»Hättest du etwas dagegen, wenn wir hier auf dem Zimmer essen?«

Sie setzte sich zu ihm auf das Sofa. Sie lehnte sich an ihn, und er legte ihr den Arm um die Schultern. Mit den Fingerspitzen streichelte er zärtlich in einer kreisförmigen Bewegung ihre Brustwarzenhöfe. »Du mußt mir erlauben, dir alles, was du heute gekauft hast, zu schenken«, sagte er, während er sie liebkoste. »Ein Geschenk für dich als Überraschung für mich.«

»Das ist nicht nötig, Jamal.«

»Nein, aber ich möchte es gern. Bitte.«

Sie küßte ihn. Es war ein sinnlicher Kuß mit geöffneten Lippen. Ihre Zungen berührten sich und zuckten von Leidenschaft. »Danke«, flüsterte sie.

So saßen sie einige Zeit da, still, während er sie weiter mit einer Hand streichelte. In Abständen neigte er den Kopf, saugte sanft an ihrer Brustwarze und leckte sie. Seine Zärtlichkeit erregte sie. Sie versuchte, sich abzulenken, um dieses intime, liebevolle Beisammensein noch ein wenig zu erhalten, ehe es zu größerer Leidenschaft führte. Und so fragte sie ihn mit leichtem Zittern in der Stimme: »Soll ich dir die neuen Kleider vorführen?«

»Nein«, entgegnete er. Er ahnte, was in ihr vorging.

Ihr Körper begann sich schmerzlich nach ihm zu sehnen, aber sie wollte nicht nachgeben. Sie versuchte es erneut, ein wenig atemlos: »Dann nur ein oder zwei Modelle. Nur zu deinem Vergnügen.«

Ehe er sie davon abhalten konnte, griff sie nach einem Päckchen in glänzendrotem Papier mit einer rosafarbenen Satinschleife und nach einem zweiten, kleineren Paket in gelbem Papier mit roten Punkten und rotem Geschenkband. Sie ließ die Päckchen auf ihren Schoß fallen und seufzte.

Er schob die Hände unter ihre Kostümjacke und streichelte ihre Brüste. Er spielte mit ihnen, drückte sie zusammen, schob sie wieder auseinander. Langsam streifte er ihr die Jacke von den Schultern und legte sie über die Rückenlehne des Sofas. Dann legte er ihr wieder den Arm um die Schultern, und sie schmiegte sich an ihn. Er streichelte ihre Arme. Seine Zunge strich über die samtige Haut zwischen ihren Brüsten. Dann erlag auch er dem Wunsch, diese zärtliche Stimmung noch eine Weile zu erhalten. »Also gut. Laß sehen, was du da hast.« Er reichte ihr eins der Päckchen.

Lara zog an einem Ende der Schleife, und das Band löste sich. Dann entfernte sie vorsichtig das Papier und nahm den Deckel der Schachtel ab. Er beobachtete sie. Ihre Freude war so kindlich und überraschend an der barbrüstigen Frau, die in einem Seidengeorgetterock von Valentino in seinen Armen lag und ihn mit ihrer Sinnlichkeit und ihrer außergewöhnlichen Persönlichkeit verzauberte.

Er versuchte, seine Überraschung zu verbergen, als sie das rotweiß gestreifte Baumwollkleid hochhielt. Es war am Halsausschnitt paspeliert und an den Ärmeln und am Saum mit winzigen weißen Blumen verziert, und es hatte eine große rote Organzaschärpe, die seitlich zu einer Schleife gebunden war. Es war ein Kinderkleidchen von der Stange. Ein Modell, das er selbst für Bonnie hätte aussuchen können. Aber hier, in diesem Augenblick, hatte er sie völlig vergessen. Daß er Lara mit ihr würde teilen müssen, war etwas, woran er bislang nicht gedacht hatte. Im Augenblick war es nur ein kleiner Stachel der Eifersucht. Als Lara aus der zweiten Schachtel eine kleine Latzhose aus Wildleder zog, wußte er sicher, daß er eine sehr ernstzunehmende Rivalin um Laras Zuneigung hatte. Lächerlich! Ein Kind ist ein Kind, ist ein Kind, sagte er sich. Und dann laut: »Eine Frau ist eine Frau, ist eine Mutter.« Und weiter: »Sie sehen aus wie Puppenkleider. Du spielst gern mit Puppen. Du bist noch ein Kind ... was einen Teil deines Charmes ausmacht.«

»Ein Kind, das mit Puppen spielt!« Und in Gedanken fügte sie hinzu: Ich bin eine Mutter und kein Kind, und Bonnie ist ein Kind und keine Puppe, und spiele nicht herunter, wer und was wir sind! Das nehme ich dir übel.

Beinahe hätte sie es laut ausgesprochen. Aber als sie sein Gesicht musterte, seine attraktiven, sinnlichen Züge, und zusah, wie er den Kopf neigte und an ihrer Brustwarze saugte, war Bonnie vorübergehend vergessen. Sie legte die Kleidchen und die Schachteln beiseite, umfaßte sein Gesicht mit den Händen und hob es zu ihren Lippen. Ehe sie ihn küßte, sagte sie: »Ein Kind, das mit Puppen spielt – wohl kaum!«

Sie küßte ihn erst auf die Lippen, dann auf die Augenlider und schließlich wieder auf den Mund, während sie den Reißverschluß seiner Hose öffnete. Als sie sein Glied in der Hand hielt, ließ sie sich aus seinen Armen gleiten und kniete sich zwischen seine Beine. Sie fühlte das Gewicht seines harten, pochenden Penis in den Händen. Das Gefühl seiner weichen Hoden auf ihren Lippen, in ihrem Mund: ein Aphrodisiakum. Sein Geruch, sein Geschmack: Aphrodisiaka. Sie schmeckte ihn, brachte ihn dazu, den Gefühlen nachzugeben, die zur Ekstase führten.

Das Telefon klingelte anhaltend. Sie waren zwischen zwei Welten gefangen, unfähig, sich genügend zusammenzureißen, in die Wirklichkeit zurückzufinden. Das Läuten setzte sich beharrlich fort.

»Mein Gott, es hört nicht auf.«

»Hör *du* nicht auf. Ignoriere es«, flehte er.

Lara langte an ihm vorbei nach dem störenden Apparat. Seine Finger schlossen sich um ihr Handgelenk. »Laß es klingeln!« sagte er. Sie drückte ihm einen Kuß auf den Mund, befreite sich jedoch aus seinem Griff. Er ließ sich in die Kissen zurücksinken und seufzte. Sie lächelte, küßte ihn auf ein Knie und zog dann das Telefon über den Boden zu sich heran. Er beobachtete sie, wie sie ausgestreckt zu seinen Füßen lag, so raubkatzenhaft und lasziv. Halbnackt, die weiche, durchschimmernde braune Seide hochgeschoben, so daß ihre Schenkel und ihr Poansatz zu sehen waren, verführerische Backen mit der noch verführerischeren Spalte dazwischen.

Er lauschte Laras Gespräch. »Ja. Stellen Sie sie durch.« Mehr brauchte er nicht. Der Klang ihrer Stimme, der glückliche Unterton – sie sprach mit Bonnie. Jamal stand auf und ging um Lara herum, die immer noch ausgestreckt auf dem Boden lag, ihre Position von der Länge des Telefonkabels bestimmt. Er stellte sich so, daß sie ihn sehen konnte. Sie lächelte zu ihm auf und setzte ihr Gespräch mit Bonnie fort. Jamal zog sich vor ihr aus. Es fiel ihr schwer, den Blick von ihm abzuwenden. Mit der freien Hand streichelte sie sein Bein, wie um ihn zu beschwichtigen, daß er nicht ihre ungeteilte Aufmerksamkeit genoß. Er kniete sich vor sie und bot seinen Penis ihren Lippen dar. Sie war nicht erfreut von dieser einladenden Ablenkung, aber statt ihn zurückzuweisen, drückte sie einen Kuß auf die pochende Eichel. Bonnie erzählte Lara von dem kleinen Hund, den ihr Vater ihr gekauft hatte. Nachdem sie alle Neuigkeiten berichtet hatte, blieb ihr nicht mehr viel zu sagen. Sie verabschiedete sich, und Sam kam an den Apparat.

»Sie klingt so glücklich, Sam«, hörte Jamal sie sagen. »Ja.« Jamal richtete sich auf. Lara griff nach seiner Hand. Er drückte die ihre, ließ sie dann los und trat hinter sie. Er zog sie auf die Knie und schob ihr den Rock über die Hüften. Sie war jetzt auf die Ellbogen gestützt und hatte alle Mühe, nicht die Kontrolle zu verlieren. Sie fand ihre Stellung ebenso erregend wie Jamal. Liebevoll streichelte er ihr Hinterteil. Sie versuchte, ihn mit einer Handgeste und einem Kopfschütteln zu bremsen, aber er war nicht gewillt, sich noch länger stören zu lassen. Er spreizte ihre Beine und schob mit den Fingern ihre Schamlippen auseinander. Sie war rosig und weich. Es erregte ihn, sie so dargeboten zu sehen, seinen Launen unterworfen. Er gab ihr einen festen Klaps auf den Po, dann fand er ihre Klitoris und hörte, wie sie abrupt verstummte. Sie legte eine Hand über den Hörer und sagte scharf: »Nein. Bitte, Jamal.«

»Nein!«

Mit einem einzigen kräftigen Stoß war er in ihr. Die Hände auf ihren Hüften nahm er sie, immer tiefer, härter, mit jedem Stoß zorniger und brutaler. Er hörte sie mit belegter Stimme sagen: »Ich muß jetzt Schluß machen, Sam.« Sie ließ den Hörer fallen.

In dieser Nacht beherrschte Jamal sie völlig mit seiner einfallsreichen Erotik. Je öfter sie kam, desto entschlossener wurde er, den Strom ihrer Orgasmen nicht abreißen zu lassen. Er benutzte ihren Körper wie ein erlesenes Instrument, das speziell für die Liebe geschaffen war. Am Morgen war sie ihren sexuellen Exzessen sklavisch erlegen. Und er war entschlossener denn je, sie ganz für sich allein zu haben, zu seinem alleinigen Vergnügen. Er kannte keine andere Frau, die ihn derart erregen, sich so rückhaltlos mit ihm im erotischen Schmutz wälzen und ihn so sehr lieben konnte wie sie. Darum war er auch glücklich, ihr alles zu geben.

Am Morgen badeten sie gemeinsam. Keiner von ihnen erwähnte den Anruf von Sam und Bonnie. Es widerstrebte ihr, sich die anderen Sachen anzusehen, die sie für ihre Tochter gekauft hatte. Sie wollte es, aber sie spürte, daß es Jamal reizte, wenn sie sich in irgendeiner Weise mit dem kleinen Mädchen beschäftigte. Jetzt war sie es, die die Sache rational anging: Er war Junggeselle, er würde einige Zeit brauchen, sich darüber klarzuwerden, daß er bald eine eigene Familie haben würde. Wenn er Lara wollte, mußte er auch Bonnie nehmen. Aber das mußte ihm zweifellos bewußt sein. Statt dessen aber sprachen sie von der Macht der Sexualität und davon, wie sie über sie die Liebe gefunden hatten. Und Jamal erklärte, daß er sie diesmal nicht mehr würde gehen lassen.

Es gab Anzeichen, aber sie übersah sie alle: als er den für diesen Morgen geplanten Ausritt absagte und sie davon abbrachte, allein zu gehen; als er ihr ausredete, sich mit Roberto in den Uffizien zu treffen, eine Verabredung, die seit Wochen feststand.

»Das ist eine ganz besondere Einladung, eine Gelegenheit, einige der Gemälde zu sehen, die gewöhnlich nicht der Öffentlichkeit gezeigt werden. Roberto wird sehr enttäuscht sein. Er hat sich große Mühe gemacht, sich mit einem Museumskurator zu arrangieren, damit ich sie mir ansehen kann.«

»Und was ist mit mir? Mit der Mühe, die ich mir gemacht habe, um für heute nachmittag etwas zu arrangieren? Du darfst mich nicht hängenlassen. Wirklich, das darfst du nicht. Letzte Nacht hast du gesagt, du würdest mir gehören. Dieses Eingeständnis war das Leben selbst. Hast du das so bald schon vergessen?«

Sie sagte Roberto ab. Aber ihr war bewußt, daß Jamal ihre Leidenschaft für ihn ausnutzte. Ein Warnsignal, das sie leichtsinnigerweise ignorierte. Er milderte seine Forderungen dadurch, daß er vorschlug, Bonnie ihre Geschenke per Luftfracht zu schicken. Wie sie sich freuen würde, wenn sie sie während ihres Urlaubs mit Sam bekam. Sie gaben dem Portier Anweisungen, alles Nötige zu organisieren. Sie spielten Tennis. Während des Spiels wurde er zu einem Besucher gerufen. Lara blieb auf dem Court, mußte ihn aber an andere Spieler abtreten, als Jamal zu lange wegblieb. Sie setzte sich auf eine Bank und sah sich das Match der zwei Franzosen an. Sie war so in das Spiel vertieft, daß sie Jamals Rückkehr kaum wahrnahm.

»Sie sind gut.«

»Nein«, verbesserte sie ihn. »Sie sind großartig. Aber Max könnte sie schlagen.«

»Und du?«

»Zu schlagkräftig für mich.«

»Und was ist mit mir?«

Sie wandte den Kopf und sah ihn an. Sein Tonfall gefiel ihr nicht. Es klang, als wollte er sie herausfordern. Das machte keinen Sinn. Sie wollte ihm die Wahrheit sagen. Die beiden Franzosen würden ihn vernichtend schlagen. Sie wagte nicht, es auszusprechen, wollte aber auch nicht lügen, und so sagte sie statt dessen: »Frag sie, ob sie gegen dich spielen.«

Er schien recht zufrieden mit ihrer Antwort. Hatte sie sich das Glitzern in seinen Augen nur eingebildet? Bestimmt, denn jetzt war es verschwunden, und er saß neben ihr, einen Arm um ihre Schultern gelegt. Arm in Arm gingen sie zu ihrem offenen Wagen, der bereitstand, sie die fünf Meilen zurück zur Villa San Michele zu fahren. Auf dem Rücksitz der Limousine spielte er mit ihrem Haar, konnte die Finger nicht davon lassen. Er war überrascht und peinlich berührt von der Zärtlichkeit, die er für sie empfand. Er rettete sich in Ausflüchte. »Ich war schon immer fasziniert von deinem Haar. Es glänzt fast silbern.«

»Mutter nennt es immer noch Engelhaar.«

Als sie an der Villa eintrafen, hielt er sie zurück, und ehe sie das Hotel betreten konnte, sagte er: »Laß uns ein wenig spazierengehen.« Durch den weitläufigen Park der Villa führten verschiedene markierte Wege. Sie folgten einem und dann einem zweiten hügelaufwärts durch die Felsen und Olivenbäume und machten mehrmals halt, um die unglaublich schöne Aussicht auf das Arno-Tal weiter unten auf sich wirken zu lassen. Sie redeten nicht viel, erfüllt von der Landschaft, der warmen Sonne, dem Duft des Frühlings und der Zypressen, der wilden Kräuter und Blumen. Die Welt stand für sie still, und sie waren dankbar für dieses Gottesgeschenk.

Wieder in ihre Suite zurückgekehrt, badeten sie und zogen sich zum Mittagessen um. Es machte ihm nie etwas aus, auf sie zu warten, er schien sogar Vergnügen daran zu finden, wenn sie sich zurechtmachte. Er las die Zeitung. Als sie schließlich ins Wohnzimmer kam, erhob er sich, ging zu ihr hin, hob ihre Hand an die Lippen und küßte sie. »Perfekt!«

»Perfekt wofür?« fragte sie lächelnd.

»Für mich. Für den Anlaß. Für das Mittagessen.«

Sie hatte ein elfenbeinfarbenes Kleid aus feinstem Leinen gewählt, ein Modell von Armani, das sie erst am Vortag gekauft hatte. Es war tief ausgeschnitten, mit einem enganliegenden Oberteil, dessen Schnitt dazu dienen sollte, die riesigen, ballonartigen, plissierten Ärmel zu betonen, die an den Handgelenken eng anlagen. Der Rock, der bis knapp über die Knie reichte, war sehr schmal, beinahe auf Figur geschneidert. Um die Taille trug sie einen breiten Lackledergürtel, dazu schwarze Schuhe und eine schwarze Krokodillederhandtasche im Collegestil mit einer goldenen Schnalle. Ihr lange, platinblondes Haar war zu einem französischen Knoten geschlungen, der im Nacken von einem Band gehalten wurde, das mit frischen Maiglöckchen geschmückt war. An einem Handgelenk trug sie zwei antike afrikanische Elfenbeinreifen und am anderen drei weitere. Ihre Ohrläppchen zierten Ohrringe mit großen, rechteckig geschliffenen Diamanten, die Sam ihr zum zweiten Hochzeitstag geschenkt hatte.

Auf dem Weg zu der Loggia kamen sie an einem großen, goldgerahmten Spiegel vorbei. Lara erhaschte einen flüchtigen Blick auf sich und Jamal. Sie sah sie beide als überaus attraktives und romantisches Paar. Einen Augenblick dachte sie, ihre Phantasie würde wieder mit ihr durchgehen, aber dann sah sie die Blicke einiger Hotelgäste, die sie bewundernd musterten. Es stand ihnen ins Gesicht geschrieben. Jeder sieht gern einen verliebten Menschen, aber noch mehr begeistert ein glamouröses und romantisches verliebtes Paar. Sie hob das Kinn ein klein wenig höher und versuchte, das überschäumende Glücksgefühl zu unterdrücken, das sie durchströmte. Es war unmöglich. Sie lachte laut auf, schier berstend vor Glück.

»Laß mich teilhaben«, bat er.

»Wir sind wie ein Filmpaar. Perfekt und inspirierend. Als hätten wir einfach alles. Das richtige Aussehen, Romantik, Liebe. Als würden wir der ganzen Welt verkünden ›Wir sind perfekt, aber nicht einzigartig. Auch ihr könnt haben, was wir haben. Es braucht nur etwas Liebe‹. Ich sehe es den Leuten an, die uns beobachten. Daran, wie sie lächeln, wenn wir an ihnen vorbeigehen, ob Gäste oder Personal.«

In diesem Augenblick kamen sie an einem weiteren Spiegel vorbei. Jamal blieb stehen, und sie drehten sich zur Seite, um ihr Spiegelbild zu betrachten. Er lächelte ihr im Spiegel zu. Er war mächtig stolz auf sie, so wie sie jetzt war. Sie vereinigte alle schönen Frauen, die er je gehabt hatte, in sich. Und es stimmte, daß sie als Paar unschlagbar waren. Sie würde ihm die Söhne schenken, die er sich wünschte, das Leben, das er leben wollte.

In der Loggia wurden sie an ihren Tisch geleitet. Jamal registrierte die bewundernden Blicke der Männer, als sie das Restaurant durchquerten. Gewöhnlich belustigte ihn das Aufsehen, das sie erregte, aber heute störte es ihn, empfand er es sogar als aufreizend. Statt auf ihren Stühlen Platz zu nehmen, setzten sie sich auf die steinerne Balustrade und blickten hinab auf die grünen Gärten und die Dächer von Florenz. Ganz leise war Kirchengeläut zu hören, das über den Duomo und die Kirchtürme der Stadt wehte. Es war ein wundervoller Tag. Sonnig, warm und windstill. Vogelgezwitscher, das Stimmengemurmel der anderen Gäste, die Musik, die eine hübsche junge Frau auf dem Flügel am Ende des Raumes spielte: Gershwin, Cole Porter und Jerome Kern. Die Musik war gefühlvoll und zärtlich. Wolke-sieben-Musik. Sie und dieser Ort woben einen Zauber um Lara und Jamal, ließen sie ihre Kir Royals schweigend genießen.

Er hatte sie nach einem perfekten Lunch fragen wollen, bei einem köstlichen Dessert. Er wollte sehr romantisch vorgehen, da er so etwas noch nie getan hatte und wohl auch nie wieder tun würde. Aber er konnte nicht länger an sich halten. Der Ober schenkte ihnen nach.

»Sag ja.«

Lara war ganz in die Betrachtung der Stadt unter ihnen vertieft. Die vielen spitzzulaufenden Zypressen und die Olivenbäume auf den umliegenden Hügeln, der Arno, der sich durch das Tal wand ... eine traumhafte toskanische Landschaft. Sie wandte den Blick davon ab und blickte zu Jamal auf. »Was?« fragte sie verständnislos.

»Sag ja. Sag einfach ja.«

Lara lachte, nippte an ihrem Champagner und lächelte liebevoll. »Vielleicht. Wenn du mir dir richtige Frage stellst.«

Er schien überrascht. Aus einem unerfindlichen Grund schien er unfähig, die Frage zu formulieren. Das war lächerlich. Er wollte sie zur Frau, aber allein der Gedanke, eine solche Verpflichtung einzugehen, machte ihn sprachlos. Er hatte die Ehe, die Verpflichtungen, die mit ihr einhergingen, solange wie möglich gemieden. Und jetzt hatte sie ihn dazu gebracht, den entscheidenden Schritt zu wagen.

»Darf ich denn die Frage nicht erfahren?«

»Sag einfach ja. Warum sagst du nicht ja? Habe ich dich je gebeten: zu etwas zuzustimmen, das du nicht wolltest?«

»Das ist wohl kaum der Punkt.«

»Genau das ist der Punkt. Wenn du mich liebst und mir vertraust, was spielt es dann für eine Rolle, wie die Frage lautet, wo du doch siehst, wie viel mir dein Ja bedeutet?«

Seine Stimme war angespannt. Sie hatte ihn noch nie so nervös erlebt. »Jamal, es spielt sehr wohl eine Rolle, daß du mir die Wahl läßt, ja oder nein zu sagen. Ohne die Frage verwehrst du mir das Recht zu wählen. Das hat nichts mit Vertrauen, Liebe oder Loyalität zu tun. Ich gebe mich dir bedingungslos hin, willig, glücklich, weil ich aus freiem Willen handle.« Sie fand, daß das klang wie aus einer Seifenoper, und so brach sie ab und schwieg mehrere Sekunden, ehe sie sagte: »Das ist doch absurd. Worüber streiten wir eigentlich?« Sie stellte ihr Glas auf die Balustrade und nahm seine Hände in die ihren. Sie hob sie an die Lippen und küßte sie.

Nie hatte er sie mehr begehrt als in diesem Augenblick. Sie war schön wie noch nie und gehörte ihm mehr, als sie je einem anderen Mann gehört hatte. Er lächelte, ganz Charme und verführerisches gutes Aussehen. Er hatte sich wieder unter Kontrolle. »Würdest du mir die Ehre erweisen, mich zu heiraten?« fragte er.

Der Maître stand mit den Speisekarten vor ihnen. Er hätte im Erdboden versinken mögen. Aber Lara und Jamal nahmen ihn gar nicht wahr. Sie waren ganz aufeinander konzentriert. Der arme Mann wollte sich zurückziehen, fürchtete jedoch, den Zauber des Augenblicks zu brechen. Zentimeter für Zentimeter wich er zurück und entfernte sich diskret von der romantischen Szene.

Lara, die eher bewegt war als überrascht, rief aus: »Ich weiß nicht, was ich sagen soll.«

»Hast du denn irgendwelche Zweifel?«

»Nein.«

Jamal rutschte auf der Balustrade dichter an sie heran. »Dann erlöse mich von meiner Qual. Sag ja.«

Er nahm sie in die Arme und küßte sie liebevoll auf die Lippen. Sie lächelte und gab ihr Jawort.

Schweigend saßen sie da und blickten einander in die Augen. Jamal hob eine Hand und strich mit einem Finger über ihre Augenbrauen und ihren Nasenrücken. Dann streichelte er mit dem Handrücken ihre Wange. »Die besten Pläne ... ich weiß nicht, was ich getan hätte, wenn du nicht ja gesagt hättest. Ich wollte, daß es perfekt und romantisch ist. Darum auch Gershwin, Cole Porter und Jerome Kern. Du hast ihre Musik gespielt an jenem Abend, als ich beschloß, dich zu verführen. Erinnerst du dich? Ich erinnere mich an alles, an jedes Detail dieser Nacht.«

»Ich war damals noch so unschuldig.«

»Und hungrig, so gierig auf Liebe und Sex.«

»Daran scheint sich nichts geändert zu haben«, entgegnete sie.

Sie entspannte sich, und er lächelte. »Ich habe ein köstliches Mahl für uns bestellt. Einige deiner Lieblingsspeisen. Ganze Schalen Kaviar für jeden von uns, mit hauchdünnen Pfannkuchen zum Füllen. Und mit Crème fraîche. Ich weiß doch, wie scharf du darauf bist. Und es gibt noch andere Gerichte, von denen ich weiß, daß du ihnen nicht widerstehen kannst. Ich wollte dich mit kulinarischen Genüssen verführen, mit erlesenen Weinen verwöhnen und dir beim Schokoladensoufflé den Antrag machen. Aber dann konnte ich es plötzlich nicht erwarten. Der Gedanke, die Mahlzeit hinter mich zu bringen, ohne deine Antwort zu kennen, war mir plötzlich unerträglich. Mein Schatz, du hast mich in eine Qualle verwandelt. In ein wabbeliges, durchsichtiges Etwas, das gegen den Strom der Angst anschwimmt.«

»Das will ich doch nicht hoffen! Ich bin einmal böse von einer Feuerqualle gestochen worden. Aber es ist ein schönes Gefühl zu wissen, daß ich die Macht besitze, dich, sei es auch nur für ein paar Minuten, unsicher und nervös zu machen. Das tut dir gut und ist Balsam für mein Ego.« Sie meinte das nicht nur im Spaß, und Lara war erleichtert, daß er zu glücklich war zu bemerken, daß sie sich in dem Bewußtsein der Macht sonnte, die sie über ihn hatte. »Und was war nach dem Dessert geplant?« neckte sie ihn.

»Du solltest ja sagen, und dann wollte ich dir das hier geben.« Er griff in seine Jackentasche und holte ein Ringkästchen von Van Cleef & Arpels hervor. »Als ich dich auf dem Tennisplatz allein gelassen habe, habe ich mich mit dem Juwelier getroffen, der mit einer Auswahl geeigneter Ringe eingeflogen war. Ich habe einen ausgesucht, als Geschenk zur Erinnerung an diesen denkwürdigen Augenblick.«

»Du warst dir deiner Sache aber sehr sicher. Daß ich ja sagen würde, meine ich.«

»Stimmt, bis zur letzten Minute, als alles arrangiert war und du nur noch ja zu sagen brauchtest.«

Sie öffnete das kleine Kästchen. Der Ring funkelte sie an. Der große, rechteckig geschliffene Smaragd inmitten der kleineren Diamanten war ein atemberaubender Anblick, wie grünes Feuer umgeben von weißem Eis. Lara war so überwältigt, daß sie keine Worte fand. Jamal ergriff das Wort, bestrebt, einen Augenblick aufzulockern, der für seinen Geschmack schon viel zu emotional war.

»Eigentlich hätte ich einen größeren, runden Stein mit zwei Reihen Diamanten vorgezogen, aber dann dachte ich mir, halt, du heiratest eine Stanton, Emilys und Henrys Tochter, und bei diesem Ring hier wird Emily sagen: ›Groß, aber angemessen elegant, ganz sicher nicht vulgär, wenn man ihn ausschließlich bei entsprechend feierlichen Anlässen trägt‹.«

Sie lachten beide über Emily, während Jamal Lara den Ring ansteckte. Jamal hielt ihre Hand, und sie betrachteten gemeinsam das erlesene Schmuckstück. »Und?« fragte er schließlich.

Der Ring war ein so gewaltiges Symbol. Die Art, wie er ihre Hand hielt und sie und den Ring musterte ... sie fühlte sich von ihm in Besitz genommen, so wie sie es bei Sam nie empfunden hatte. Ihre Beziehung nahm einen endgültigen Charakter an. Sie schüttelte das Gefühl mit einem Schaudern ab. »Genau das wird Mutter sagen. Er ist wunderschön. Ich werde ihn immer hüten wie einen Schatz, Jamal. Ich danke dir.«

Beim Essen war er besonders amüsant, zeigte sich von seiner verführerischsten und gewinnendsten Seite. Von Speisen, Wein und Liebe gesättigt, saßen sie anschließend beim Kaffee. Er zündete sich eine Zigarre an und lachte, ehe er forderte: »Sag ja.«

»Jetzt geht das schon wieder los. Okay, ja. Ja was, Jamal?«

»Ja, es ist eine wundervolle Idee, heute nachmittag nach Marrakesch zu fliegen.«

»Das ist es wirklich.«

»Gut. Dann laß uns gehen.«

Kapitel 22

Sie landeten lange nach Einbruch der Dunkelheit. Ein Wagen mit Chauffeur erwartete sie. Laras Füße hatten kaum den Boden berührt, als sie auch schon in die Limousine geschoben wurde. Die Scheinwerfer durchschnitten die Dunkelheit über dem Rollfeld. Sie jagten durch die Nacht in Richtung der Stadt. Hier war es viel wärmer als in Florenz. Sie kurbelten die Fenster herunter und ließen sich von den durchdringenden Gerüchen Marokkos verführen.

Am Stadtrand fuhren sie über Nebenstraßen, an Buden vorbei, die vom kränklich weißen Licht der Paraffinlampen erleuchtet wurden und in deren Auslagen sich Zitronen und Orangen, Tomaten oder fette, glänzende Auberginen stapelten. Es gab auch einen Blumenstand. Jamal gab dem Fahrer ein Zeichen, und die Limousine kam schlitternd zum Stehen. Jamal sprang aus dem Wagen und kehrte gleich darauf mit zwei barfüßigen Jungen in gestreiften Kaftanen zurück, die Lara riesige Sträuße langstieliger Blumen und einen Teppich vor die Füße legten. Sie rasten wieder los und schnappten gelegentlich Fetzen marokkanischer Musik auf, fremdartig und unleugbar sinnlich, Rhythmen afrikanischer Trommeln und Oboenklänge. Die Musik dröhnte aus tragbaren Radios, mit denen Gruppen von dunkelhäutigen Männern in *Djellabahs* und Turbanen sich die Zeit vertrieben, auf dem Boden hockend und aus wunderschön geschnitzten hölzernen Wasserpfeifen mit tönernen Bäuchen *Kif* rauchend. Dazu tranken sie süßen heißen Pfefferminztee. Ihre hitzigen Gespräche und Gesten waren ihr Beitrag zur Lösung der Probleme dieser Welt.

Für Lara roch Marokko immer nach Zitronen, Knoblauch und Olivenöl, Orangen, Safran und Kardamom sowie einem Hauch von Jasmin und Rosen. Es gab auch andere, durchdringendere Gerüche. Sie liebte die Farben Marokkos, die so strahlend unter der nordafrikanischen Sonne leuchteten – Rot, kräftiges Pink, Kobaltblau, Smaragdgrün –, und die prunkvolle Schönheit seiner alten Paläste und Herrenhäuser, seine geheimen Gärten mit ihren Obstbäumen, Bougainvilleabüschen und Beifuß, deren Äste über brombeerfarbene Mauern wucherten, und die träge plätschernden Springbrunnen, deren Wasser in der Sonne glitzerte. Überall fanden sich Topfpflanzen mit bunten Blüten und urwaldartige Sträucher mit glänzenden grünen Blättern. Die handbemalten Fliesen, die Marmorsäulen und Mosaike fügten sich zu einem Stil zusammen, der typisch marokkanisch war und Lara schon immer entzückt hatte. Marokko übte auf sie die gleiche Macht, den gleichen verführerischen Zauber aus, den Jamal für sie besaß. Darüber hinaus war es das Land der grenzenlosen Gastfreundschaft, geprägt von Hitze und Staub, Bergen, Meer und Wüste, Sonnenlicht, das die Sinne anregte, und einer dunklen, zuweilen schmuddeligen Seite des Lebens, wo insgeheim alles erlaubt und nichts verpönt war. Das Geheimnisvolle, die greifbare Vitalität und Leidenschaft, die Opulenz und Armut vermochten die abgestumpftesten Sinne neu zu beleben. Auf Lara wirkte dies alles elektrisierend.

Sie nahm Jamals Hand und hielt sie fest. Plötzlich fühlte sie das Bedürfnis, wieder vom Trubel eines marokkanischen Marktes umgeben zu sein. Wer wäre nicht fasziniert vom bunten Leben in den arabischen *medinas*, den alten Stadtvierteln, von Marrakesch, Rabat und Fez, oder in der *kasbah* von Casablanca? Gewundene Gassen und schmale, kurvige Straßen; der Lärm, der Trubel, die Gerüche, die offenen Läden, in denen sich Menschen drängten, die Gewürz- oder Gemüsemärkte, Silber-, Messing- und Kupferschmiede, die Sandelholzschnitzer und die Lederwarenhändler. Aus allen Türen quellend, übten sie ihr Handwerk draußen auf den Straßen aus. Eine Biegung und dann noch eine, und sie befanden sich in einem Labyrinth stiller Seitenstraßen mit ummauerten Gärten, versteckten Innenhöfen und plätschernden Springbrunnen. Immer tiefer drangen sie ins Herz der *medina* vor.

Lara machte sich keine Illusionen, was dieses faszinierende Land betraf, das bald zu einem so wichtigen Teil ihres Lebens werden sollte. Sie hatte auch seine grausamen, unerbittlichen

Seiten gesehen, die sich ebenso plötzlich und mit derselben Natürlichkeit zeigen konnten wie Warmherzigkeit und Lächeln. Bei ihren vorangegangenen Besuchen hatte sie gelernt, dieses Land zu lieben, und sie konnte gut verstehen, daß so viele Ausländer verschiedenster Nationalitäten ihr Herz an Marokko verloren und sich dort niedergelassen hatten, daß sie ohne Zögern ein Leben hinter sich gelassen hatten, das so viel weniger zu bieten hatte. Plötzlich wurde ihr bewußt, wie glücklich sie sich schätzen konnte, dieses Land und das Leben, das es ihr bieten konnte, ihrem bereits so reichhaltigen und ausgefüllten Dasein einzufügen. Und Bonnie – wie sehr die Aufenthalte in Marokko ihr Leben und das ihrer zukünftigen Kinder bereichern würden. Jetzt, da sie an Jamals Seite durch Marrakesch fuhr, konnte sie sich keinen Ort denken, an dem sie lieber heiraten würde.

Sie näherten sich jetzt dem Stadtzentrum, und Lara sah Gruppen von verschleierten Frauen in unförmigen dunklen Roben, von denen nicht viel mehr zu sehen war als die Augen. Sie saßen auf Türschwellen, lehnten an den Mauern ihrer Häuser oder aus offenen Fenstern.

Jamal sah die Begeisterung für sein Land auf Laras Gesicht. Erfreut sagte er: »Ich habe dieses Land immer geliebt. Immerhin ist es meine Heimat. Aber in den vergangenen Jahren, seit ich den Besitz meines Vaters geerbt habe, hat es eine neue Macht über mich, die es mir erlaubt, es noch mehr zu schätzen. Ich zweifle keine Sekunde daran, daß du lernen wirst, dich hier zu Hause zu fühlen.«

Er hatte recht. Lara hatte das Gefühl, daß dies der richtige Ort für einen Neuanfang war, für ein Leben mit Jamal, ein erotisches Abenteuer, eine wunderbare Liebe, parallel zu der aufregenden Erfahrung, in einem fremden Land leben zu lernen, einer völlig anderen Kultur. Sie erinnerte sich an Tanger, eine Stadt, die von Bergen und dem Meer eingefaßt war. Eine Stadt an der Küste Afrikas, mit Stränden so weiß wie Puderzucker und einer sanften Dünung. Eine kosmopolitische Stadt wie ein Traum aus Tausendundeiner Nacht. Sie fragte sich, ob sie so enden würde wie die Expatriierten, denen sie dort begegnet war, Reisende, die für einen kurzen Urlaub hergekommen und hängengeblieben waren. Sie dachte zurück an einen Besuch dort mit Max und Jamal. Die Tage würden vorbeigleiten. Es war ein zeitloser, in sich geschlossener Ort, der Lara damals schon in seinen Bann gezogen hatte.

»Erinnerst du dich an die vielen Male, die wir im Petit Soko waren und das Kommen und Gehen der Menschen in der *kasbah* von Tanger beobachtet haben? Weißt du noch, dieser kleine Platz mit den vielen Cafés? Welche Menschenmassen, was für ein bunter Haufen. Ich freue mich schon darauf, von den Dämpfen der *kasbah* verschluckt zu werden. Was für ein Ort! Jeder tut das Seine, inmitten der Prostituierten und Drogenhändler, der billigen Spione, der Gewinner und Versager und all der einfacheren, weniger komplizierten Menschen, die einfach nur dasitzen und ihren abendlichen Aperitif genießen. Dieses Stimmengewirr um sieben Uhr abends zur Aperitifstunde im Petit Soko. Wie das Summen eines Bienenschwarms.«

»Wir waren damals noch sehr jung.«

»Was hat das Alter damit zu tun? Es ist einer der ganz besonderen Orte dieser Welt, und ich erwarte, daß wir ebenso dorthin gehen werden wie jeder andere in Tanger.«

»Vermutlich hast du recht.«

»Werden wir dort oder in dem Haus in Marrakesch leben, wenn wir hier in Marokko sind?« fragte sie.

»Mal hier, mal dort, denke ich.«

Er sah das freudige Strahlen auf ihrem Gesicht und lächelte in sich hinein. Er hatte die richtige Wahl getroffen. Nicht daß er je daran gezweifelt hätte. Seit er seinem Vater an dessen Totenbett versprochen hatte zu heiraten, hatte Jamal sich krampfhaft bemüht, ein marokkanisches Mädchen zu finden, mit dem er sich vorstellen konnte, eine Familie zu gründen. Jedes verfügbare Mädchen seines Ranges war ihm vorgestellt worden, die Familien hatten ihm großzügige Mitgiften versprochen, und ein paar Mal war es fast zur Verlobung gekommen. Dreimal waren Vereinbarungen getroffen worden, aber jedesmal hatte er im letzten Augenblick einen Rückzieher gemacht. Darauf war der französische Adel gefolgt, sein zweites Jagdrevier. Hiernach eine Schauspielerin. Aber letztendlich hatte er sie alle als zu langweilig eingestuft, im Bett oder außerhalb – oder auch beides. Und keine war wohlhabend genug gewesen. Nicht daß er auf ihr Geld ausgewesen wäre: Er wollte nur nicht, daß sie ihn um seines Reichtums willen heirateten. Die Frau, die er heiratete, würde ihn um seiner selbst willen lieben müssen. Auch war noch ein weiterer Faktor hinzugekommen: Die meisten waren zu unbeugsam gewesen.

Dann hatte er vor zehn Tagen in der *International Herald Tribune* ein Photo von Lara und Roberto gesehen, das auf einer Party geschossen worden war. Und plötzlich hatte Jamal erkannt, daß Lara in Frage käme. Mehr als das, daß sie genau die Richtige für ihn war. Er hatte sie immer geliebt. Sie war im Bett unendlich reizvoller als die meisten anderen. Ihr Vermögen überstieg sein eigenes, so daß sie kaum auf sein Geld scharf sein würde. Sie konnte Kinder bekommen, und Bonnie war eine kleine Schönheit. Und sie war nachgiebig, verwundbar, und er war fest davon überzeugt, daß sie ihn mehr liebte, als sie je einen anderen geliebt hatte.

Vor Jahren hatte er sie zu der sinnlichen Kreatur geformt, die sie heute war, und er wußte, daß er sie auch nach seinen Vorstellungen einer Ehefrau formen konnte, wenn er es wollte. Perfekt. Wie sollte er vorgehen? Zum zweitenmal in seinem Leben verwandte er viele Stunden darauf, die Verführung von Lara Victoria Stanton Fayne zu planen. Und dann rief er Roberto an. Sie waren seit zwanzig Jahren miteinander befreundet, und der Italiener war ihm noch einen großen Gefallen schuldig. Schicksal? Nun, eines Tages, wenn sie in der richtigen Stimmung waren, würde er Lara die Wahrheit über ihre schicksalhafte Begegnung auf der Piazza della Signoria erzählen.

Der Portier vom La Mamounia erkannte sie sofort und machte großes Aufhebens um sie. Als sie die Hallen durchquerten mit ihren schlanken Säulen und den reich verzierten Kapitellen, auf denen die hohen, fliesengeschmückten gewölbten Decken ruhten, das Ganze untermalt vom melodischen Plätschern der Springbrunnen, das sich unter das gedämpfte Stimmengemurmel mischte, mußte Lara an die glücklichen Tage denken, die sie mit David, Max und Henry in diesem Hotel verbracht hatte. Zum erstenmal empfand sie leise Zweifel bezüglich ihrer Heirat mit Jamal. Das zweite, was sie beunruhigte, war, daß sie sich für eine sehr private Trauung entschieden hatten. Eine mehr standesamtliche als religiöse Hochzeit. Kein Aufheben, keine Komplikationen und vor allem keine Publicity. Sie waren übereingekommen, ihren Familien die Neuigkeit erst nach einer ausgedehnten Reise durch das Land mitzuteilen. Aber Laras Zweifel waren vorübergehend vergessen, als der Manager des La Mamounia in Begleitung seines Assistenten und mehrerer Angestellter erschien, die ihr Blumensträuße überreichten.

In der Suite erwartete sie ein junges Mädchen. »Das ist Wafika. Ihre Mutter war Ägypterin und ihr Vater Marokkaner. Sie ist im Alter von vier Jahren zu uns gekommen. Sie spricht Englisch, Französisch und Arabisch. Sie war Mädchen und Gesellschafterin meiner Mutter. Ab sofort steht sie in deinen Diensten.«

Lara sagte sich, daß es kleinlich wäre, ihn daran zu erinnern, daß sie bereits ein Mädchen hatte. Coral war nur deshalb in Florenz nicht bei ihr gewesen, weil sie ihr und der Sekretärin, Nancy, zwei Wochen Urlaub gegeben hatte, damit sie eine Italienrundreise unternehmen konnten. Später vielleicht. Hinter Wafika stand ein Riese von einem Mann, der beinahe seinen grauen Anzug sprengte.

»Das ist Rafik. Er wird dich überallhin begleiten. Er ist dein Chauffeur-Bodyguard-Diener. Wafika und Rafik werden dir jeden Wunsch erfüllen.«

In seinem Tonfall und in seiner ganzen Haltung ihr gegenüber, seit sie das Hotel und vor allem die Suite betreten hatten, lag etwas, das sie massiv störte. Er benahm sich so besitzergreifend. Er hatte ihre Fähigkeit, ihre häuslichen Angelegenheiten selbst in die Hand zu nehmen, einfach übergangen, und sie fühlte sich in ihrer Freiheit eingeschränkt. Sie wandte sich dem halben Dutzend Männer des Hotelpersonals und Jamals persönlichem Diener zu, der die Blumen heraufgetragen hatte, und bedankte sich überschwenglich bei ihnen. Dann gab sie ihnen mit unendlichem Charme und größter Diskretion zu verstehen, daß sie sich zurückziehen sollten. Als sie gegangen waren, wandte sie sich Jamal zu. Er hakte sie unter, führte sie zum Schlafzimmer und öffnete die Doppeltür. »Du warst ein wenig direkt, Darling. Ich denke, das nächstemal solltest du dich gedulden, bis ich sie entlasse.«

Mache deinen Standpunkt sofort klar. Eine alte englische Nanny hatte Lara dies eingebleut, als sie kaum fünf Jahre alt gewesen war. Und diese Weisheit hatte sich gewöhnlich bewährt. Nicht eben diskret löste sie sich von Jamal. Er spürte sofort, daß sie etwas auf dem Herzen hatte, sagte jedoch nichts. Er wartete. Sie ging in dem wunderschönen Raum von Tisch zu Tisch und bewunderte die zahlreichen Blumendekorationen und die Schalen mit Obst, Nüssen und marokkanischen Süßigkeiten, die sie so gerne aß. Schließlich wandte sie sich um und konzentrierte sich ganz auf ihn. »Du hast an alles gedacht. Es ist alles da, was ich besonders mag. Halte mich nicht für undankbar, Jamal, aber ich gedenke mir auch ohne Wafika und Rafik jeden Wunsch zu erfüllen. Natürlich werde ich sie in unseren Haushalt aufnehmen, aber hast du vergessen, daß ich mein eigenes Umfeld habe, das ich mit in die Ehe bringe? Eine Tochter und auch Personal. Sie gehören zu mir, Jamal. Vorhin, drüben im anderen Zimmer, hatte ich einen Augenblick das Gefühl, du hättest das vergessen, du würdest mich für unfähig halten, mein eigenes Leben zu organisieren und eigene Entscheidungen zu treffen. Diesen Fehler solltest du nicht machen. Ich liebe dich sehr. Ich denke Tag und Nacht an nichts anderes als an das wunderbare Leben, das wir gemeinsam haben werden, an all das, was ich tun möchte, um dich glücklich zu machen. Aber ich denke, du solltest nicht vergessen, daß ich mich dir nie wieder so bedingungslos unterwerfen werde, wie ich es früher einmal getan habe. Ich bin eine selbständige Frau, die ihre eigenen Entscheidungen trifft. Deine Frau, ja, aber auch eine eigenständige Persönlichkeit.«

Starke Worte, gut gesprochen. Zu gut. Jamal versuchte, seine Belustigung zu verbergen. Sie war trotz ihrer Allüren noch ebenso verwundbar wie eh und je. Wenn sie es nicht wäre, warum dann diese hübsche kleine Ansprache? Er gab nur vor, dem Gesagten Beachtung zu schenken. Seine einzige Reaktion war dieselbe wie immer, wenn er sich seiner – sexuellen – Macht über Lara sicher war.

»Ich habe mich bereits in dir verloren, und dabei hat unser gemeinsames Leben gerade erst angefangen.«

Das war nicht das, was sie erwartet hatte. Aber sie sah das Glitzern in seinen Augen. Er musterte sie, als hätte sie nichts an. Ein Blick, der sie immer erregte. Sie versuchte, sich zu fassen, die erotischen Phantasien zu verdrängen, die unwillkürlich auf sie einstürzten. Sie wandte sich ab und trat an die Fenster mit Blick auf den romantischen, stillen Innenhof. Er war schwach erleuchtet. Ein märchenhafter Ort. Weiße Tauben flatterten dort umher. Zwei der Vögel ließen sich auf dem Rand des Springbrunnens nieder. Die eine Taube hüpfte in das Wasserbecken und badete.

Sie fühlte, wie er hinter sie trat. Er streichelte ihr Haar, küßte sie seitlich auf den Hals. Sie trug noch dasselbe Kleid wie beim Mittagessen in Florenz. Sie waren von der Loggia in der Villa San Michele aus direkt zu einem wartenden Flugzeug aufgebrochen. Er legte ihr die Arme um die Taille und zog sie an sich. Er löste den breiten Gürtel, den sie um die Taille trug, und nahm ihn langsam ab. »Du sagst, du gehörst mir? Zeig mir, wie sehr du mir gehörst.« Er schob ihr den Leinenrock über Schenkel und Po, bis hinauf zu den Hüften. »Ich kann es kaum erwarten, dich zu schmecken«, flüsterte er. »Ich will meinen Durst mit deinem Liebessaft stillen.« Er wußte, daß sie seinem erotischen Geflüster nicht widerstehen konnte. Er fühlte, wie sie dem Bann des Eros verfiel, wie sie kaum merklich das Becken kreisen ließ. »Lara, du bist die schönste und sinnlichste aller Frauen. Es fällt mir so leicht, mich in dir zu verlieren.« Sacht schob er sie von sich und drückte sie über die Balkonbrüstung. Es war kaum ein Geräusch zu hören, abgesehen vom Gurren der Tauben und ihrem Flügelschlag, wenn sie unten auf dem Hof herumflattertten.

Sie brachte kaum einen Ton heraus; ihre Stimme klang belegt und heiser. »Man wird uns sehen.«

»Nur die Tauben.«

Er brauchte sie nicht darum zu bitten. Sie spreizte von allein die Beine so weit wie möglich. Er hob ihren Po an und strich zärtlich mit den Fingern über ihre feuchte Scham. Sie seufzte und genoß den ersten sanften Orgasmus. Er folterte sie mit der Langsamkeit, mit der er in sie eindrang, und als sie ihn tief in sich fühlte, hob er sie von der Balkonbrüstung, trug sie ins Zimmer und ließ sie vorsichtig auf den Boden herunter. Dann zog er sich aus ihr zurück, und seine Lippen nahmen den Platz seines Gliedes ein. Wie angekündigt stillte er an ihr seinen Durst.

Er hatte sich selbst bewiesen, was er bereits gewußt hatte. Es war Lara, die sich in ihm verloren hatte, und nicht umgekehrt. Stundenlang beherrschte er sie mit der Lust. Sie unterwarf sich bedenkenlos jeder seiner sexuellen Launen. Sie war phantastisch. In diesem Augenblick schwor er sich, sie niemals wieder freizugeben. Er wollte sie für immer beherrschen, und das nicht nur auf erotischer Ebene. Er betete sie als seine Sexsklavin an und vergaß für den Augenblick, wie sehr ihre Liebe und Leidenschaft ihn selbst versklavten. Es war zu spät, sie in das Haus zu bringen, das er zu seinem sexuellen Vergnügen in der *medina* unterhielt. Das würde warten müssen, bis sie verheiratet waren. Aber dort würde er sie in sexuelle Genüsse einführen, die alles überstiegen, was sie sich je erträumt hatte. Andererseits ... würde er das wirklich? Wenn sie erst seine Frau war und ihm Söhne geschenkt hatte?

Er versuchte den Gedanken daran zu verdrängen, daß er sie zu nicht mehr als einem schmückenden Gefäß in seinen Händen machen würde. Aber die Vision, wie sie nicht von ein oder zwei Männern genommen wurde, sondern von einem Dutzend, erregte ihn über alle Maßen. Einmal hatte er sich diesen Traum erfüllt. Er war mit einer erstaunlichen französischen Nymphomanin auf Safari nach Afrika gereist und hatte sie nackt auf den Knien auf ein Feldbett gebunden. Dann hatte er ihr die Männer eines ganzen Dorfes zum Geschenk gemacht. Er hatte zugesehen, wie sie Arlette nacheinander nahmen. Es war eine der erregendsten sexuellen Erfahrungen gewesen, die er je erlebt hatte. Die Auswirkungen waren für die französische Schönheit beinahe fatal gewesen, aber dieses Erlebnis hatte sie dennoch beide als die ultimative Zügellosigkeit nicht mehr losgelassen. Aber war es so? Oder verwechselte er reinen Sex mit Phantasie?

Er blickte auf die schlafende Lara herab und wußte, daß sie einer solchen Erfahrung bestenfalls als Voyeur beiwohnen würde. Wie groß seine Macht über sie auch sein mochte, sie hatte sich in der Vergangenheit stets unmittelbar vor der völligen Unterwerfung zurückgezogen, bevor es ihm gelang, ihren Geist zu brechen und ihre Selbstachtung restlos zu vernichten. Er fragte sich, ob es das war, was auch nach all diesen Jahren ihre Faszination füreinander ausmachte. Das Spiel von Sex und Liebe. Sie war nicht wirklich ein sexueller Freigeist, sondern eine sinnliche Natur, die ihre Lust auslebte, indem sie sie mit einem Partner teilte, und das, soweit er wußte, mit einem Liebespartner.

Er küßte sie wach. »Du hast geträumt. War es ein schöner Traum?«

»Ich habe von uns und einer Hochzeit geträumt.«

Er reichte ihr eine marokkanische Robe aus silbergrauer feingewobener Seide mit Seidentressen und unzähligen winzigen pflaumenblauen Knöpfen. Sie war sichtlich entzückt. »Im Schrank sind noch mehr. Eine hübsche Auswahl.«

Sie ließ sich in die Kissen zurücksinken, die Robe gegen die nackten Brüste gedrückt. Sie wollte noch etwas schlafen. Jamal saß neben ihr auf der Bettkante. Sie nahm seine Hand und wollte ihn zu sich herabziehen. Erst da registrierte sie, daß er bereits fertig angezogen war. Sie war überrascht und plötzlich beunruhigt. »Warum bist du schon angezogen?«

»Ich muß weg.«

»Wie spät ist es?«

»Halb fünf.«

»Wo willst du denn zu dieser nachtschlafenden Zeit hin?«

»Nach Hause.«

»Nach Hause?«

»Ich werde dort wohnen, bis wir verheiratet sind. Du bleibst hier im Hotel.«

Sie setzte sich auf, zog sich das Kleid über den Kopf und stieg aus dem Bett. »Das ist doch lächerlich. Gib mir nur eine halbe Stunde. Ich bade, ziehe mich an, und wir fahren beide nach Hause, wenn dir das lieber ist.«

»Nein. Ich möchte, daß du hierbleibst, während ich nach Hause fahre. Alles andere wäre inakzeptabel. Undenkbar. Ich würde deinen Ruf in Marrakesch zunichte machen, wenn wir vor der Eheschließung zusammenleben würden. Und ich kann keine Frau mit beflecktem Ruf heiraten.«

»Na großartig. Und was ist mit der Zeit, die wir zusammen in der Villa San Michele gewohnt haben? Dort warst du doch auch nicht um meinen guten Ruf besorgt.«

»Nun, du warst es doch, die es so haben wollte, oder? In Italien kannst du dich benehmen wie eine Edelnutte. Aber hier in Marokko ist ein Flittchen schlichtweg inakzeptabel, ob Edelnutte oder Straßenhure. Hier ist es dir nicht gestattet, diese Rolle zu spielen.«

Seine Worte trafen Lara wie ein Schlag ins Gesicht. Sie schäumte vor Wut und hob die Hand, um ihn zu ohrfeigen. Er packte ihr Handgelenk, zog sie auf seinen Schoß und küßte ihre Hand. Sein Griff war so fest, daß ihr Handgelenk schmerzte. »Du tust mir weh«, sagte sie schließlich.

Er ließ ihr Handgelenk los, zog sie jedoch fest an sich. Sie wußte, daß es zwecklos war, sich gegen jemanden wehren zu wollen, der ihr kräftemäßig überlegen war. Also ließ sie ihn gewähren und lag steif in seinen Armen. »Sei nicht böse. Wir sind hier sehr konservativ, das weißt du doch. Und es würde dich kompromittieren, wenn du in meinem Haus wohnen würdest. Verzeih mir, ich hätte es dir schonender erklären können.«

»Das hättest du nicht nur können, sondern auch sollen.«

Sie war immer noch wütend. Jamal wiegte sie sanft auf seinem Schoß und küßte sie zärtlich. Er streichelte sie, bis er fühlte, daß ihr Zorn verrauchte und sie sich an ihn schmiegte. Dann sagte er: »Ich habe Kaffee, Brioche und pochierte Eier in Fleischsoße bestellt. Ich habe einen Bärenhunger und du sicher auch. Ich wollte dich eigentlich zum Abendessen ausführen, aber der Sex war zu gut. Wir essen eine Kleinigkeit, und dann legst du dich wieder hin, und ich fahre nach Hause. Ich werde zurück sein, ehe du aufwachst. Dann gehen wir aus, und ich kaufe dir etwas Hübsches, zur Feier deines ersten Tages in Marrakesch nach so langer Zeit.«

Vor dem Sofa war ein Tisch aufgestellt worden, auf dem sich Blumen und Speisen türmten. Jamal und Lara setzten sich nebeneinander und hielten sich bei der Hand, während Rafik ihnen heißen schwarzen Kaffee einschenkte. Ober standen bereit, die Eier zu servieren. Dann, bei Kaffee und Brioche, bat Lara Jamal, alle fortzuschicken.

Während der Mahlzeit war Jamal sehr bewußt gewesen, wie verblüffend jung und unschuldig Lara aussehen konnte. Die grünen Augen, das silbrigblonde Haar und vor allem die sinnlich vollen Lippen entzückten ihn. Er freute sich, daß sie die marokkanische Robe trug. Das war die Frau, die er in drei Tagen heiraten würde, und nicht die aufreizende Kreatur, die sich im Bett wie eine gemeine Hure benahm. Und an diesen Teil von Lara wandte sich Jamal nun. Oder er versuchte es, da sie beide gemeinsam ansetzten.

»Du zuerst«, sagte er lächelnd.

»Nein, du. Was wolltest du gerade sagen?«

Er zuckte die Achseln. »Ich denke, wir waren ein wenig voreilig ...«

Lara wurde sehr blaß. »Mein Gott, du willst mich sitzenlassen.«

Jamal lachte und zog sie an sich, um sie zu beruhigen. »Natürlich nicht. Eher das Gegenteil. Was ich sagen wollte – sofern du mir gestattest fortzufahren?« Sie schien erleichtert und nickte zustimmend. »Wir waren voreilig, als wir vereinbart haben, unsere Heirat vor aller Welt geheimzuhalten.«

Ihre Züge erhellten sich. »Das glaube ich einfach nicht! Genau darüber wollte ich mit dir sprechen.«

»Ich bin sehr stolz darauf, daß du meine Frau wirst, Lara, und auch, daß ich bald zur Stanton-Familie gehören werde. Ich habe Max und David den Großteil meines Erwachsenenlebens sehr nahe gestanden. David ist immer noch mein bester Freund, und ich hätte ihn gern als Trauzeugen. Was hältst du davon?«

Tränen traten ihr in die Augen und rollten über ihre Wangen. Freudentränen. Es war für sie beide ein sehr emotionaler Augenblick, ein Augenblick, den sie eben darum bislang vermieden hatten, weil die Familie ihnen so viel bedeutete und sie sich bis jetzt nicht in der Lage gesehen hatten, die Stantons in ihre Pläne einzuweihen.

Sie riefen David an. Er rief Max an. Sechsunddreißig Stunden später aßen die vier gemeinsam auf dem alten Hof des Dar-Marjana-Restaurants. In seiner Berberrobe komplett mit Turban und Dolch war Abdel Azziz der perfekte Gastgeber und sein eleganter arabischer Palast die perfekte Kulisse für ihr bedeutungsvolles Wiedersehen.

Ansonsten war von der Familie nur noch Martha eingeweiht. Sie hatte David nicht begleitet, weil die Geburt ihres zweiten Kindes unmittelbar bevorstand.

Daß David und Max ihrer Hochzeit beiwohnen würden, machte Lara glücklich. Die Männer, die so lange zu den begehrtesten Junggesellen der Welt gezählt hatten, hatten in der Vergangenheit schon vieles gemeinsam erlebt. Und sie alle verband ihre Liebe zu Lara. Die drei, die Lara Cousin, Bruder und Liebhaber waren, waren mehr wie Brüder als Freunde. Und für sie alle war Lara ein sehr kostbarer Bestandteil ihres Lebens. Jeder von ihnen kannte auf seine Weise ihre Stärken und Schwächen. David und Max wollten dafür sorgen, daß sie in dieser Ehe beschützt wurde. Sie kannten Jamal und die düsteren Seiten seiner Persönlichkeit. Keiner von ihnen verbarg etwas vor den anderen, und so war es nicht überraschend, daß sie sich offen über die bevorstehende Feier unterhielten.

»Ich möchte gern euren Segen, Jungs«, sagte Jamal.

»Den hast du«, entgegnete David, ohne zu zögern.

»Ja, meinen auch«, sagte Max.

»Ich hatte befürchtet, ihr könntet versuchen, Lara auszureden, mich zu heiraten.«

»Lara etwas ausreden? Das soll wohl ein Scherz sein. Außerdem hat sie uns gesagt, daß sie dich schon seit sehr langer Zeit liebt. Eins möchte ich allerdings anmerken, Jamal. Wenn du sie nicht glücklich machst, wenn du sie so mies behandelst, wie du es bei Frauen – vor allem denen, die du liebst – gerne tust, bekommst du es mit der ganzen Familie zu tun und vorrangig mit mir.« Der Ausdruck in Max' Augen verriet, daß er es ernst meinte.

»Max!«

»Tut mir leid, La, aber das mußte gesagt werden. Jamal ist wie ein Bruder für uns. Es ist das beste, vorab einiges klarzustellen.« Lara wand sich verlegen, als er fortfuhr. »Jamal, als Lara mit Sam durchgebrannt ist, haben wir uns keine Gedanken um sie gemacht. Wir waren alle der festen Überzeugung, Sam wäre der richtige Ehemann für sie. Diesmal machen David und ich uns sehr wohl Gedanken um sie.«

»Warum fliegen wir nicht alle zusammen nach Cannonberry Chase?« schlug David vor. »Ihr könntet dort heiraten, in aller Stille, nur mit uns beiden als Trauzeugen, wenn ihr es unbedingt geheimhalten wollt. Ich könnte das arrangieren. Und hinterher könntet ihr es dann euren Freunden und der Familie bekanntgeben.« Der Vorschlag wurde nicht ohne Hintergedanken gemacht, und das wußten sie alle. Damit würde die Ehe amerikanischem Recht unterstehen. Es ging um den Heimvorteil. Um die Möglichkeit, daß die Ehe scheiterte und es zu juristischen Querelen kam. Niemand war überrascht, als Jamal ablehnte. Und alle wußten, warum er das tat. Jamal wollte aus denselben Gründen eine marokkanische Heiratsurkunde. Sollte es je zu einer Trennung kommen, wollte er den Stanton-Clan auf seinem eigenen Territorium bekämpfen.

Die drei Männer wußten sehr genau, worum es ging. Laras

Brüder hatten Jamal zu verstehen gegeben, daß ihnen nur daran gelegen war, Lara zu schützen, wenn sie ihm das Jawort gab, daß ihre Vorsicht nicht persönlich gemeint war. Es war nicht ausgesprochen worden, aber Jamal hatte es auch so verstanden. Jamal, der geborene Diplomat, reagierte charmant, aber entschlossen. Er und Lara würden an ihren Plänen festhalten. Er hätte sich durchaus anders entscheiden können. Der Gedanke, auf Cannonberry Chase zu heiraten, einem seiner Lieblingsorte überhaupt, war sehr reizvoll. Er kehrte immer gern dorthin zurück: Das Anwesen übte auf jeden einen unwiderstehlichen Zauber aus, der ihn nicht wieder losließ. Jamal hätte zustimmen können, weil er wußte, daß es keine große Rolle spielte, wo sie sich trauen ließen. Waren sie erst Mann und Frau, würde er Lara niemals wieder freigeben, ganz gleich, was auch geschah. Es gab Mittel und Wege, sie und die Kinder, die sie gemeinsam haben würden, in Marokko festzuhalten. Für ihn war es mehr eine Frage des Prinzips, daß er Davids Vorschlag ablehnte. Das Prinzip verlangte, daß er die volle Kontrolle über Lara und ihr gemeinsames Leben behielt.

Wenn Jamal überrascht gewesen war von Davids subtiler Forderung und Max' Warnung, waren die Stanton-Männer und Lara nicht minder überrascht, als Jamal darauf bestand, daß sie einen Ehevertrag unterzeichneten, den seine Anwälte aufgesetzt hatten. Hierin verzichtete er auf sämtliche Ansprüche auf Laras persönlichen Besitz, ihre Anteile aus den Treuhandfonds und ihr Familienvermögen. Von ihr hingegen verlangte er keine solche schriftliche Verzichtserklärung.

Aber das alles stieg ihr nicht zu Kopf. Wenngleich ihr grundsätzlich egal war, wo sie und Jamal heirateten, entging ihr nicht, daß Jamal ihr kein Mitspracherecht eingeräumt hatte, was den Ort und die Art der Trauung betraf. Sie behielt das im Hinterkopf, sich bewußt, daß es ihr vermutlich gar nicht aufgefallen wäre, wenn David diesen Punkt nicht speziell angesprochen hätte. Und jetzt das. Sie waren alle drei beeindruckt gewesen, als Jamal die Dokumente vorgelegt hatte, auf deren Unterzeichnung er bestand, aber auch in dieser Sache hatte er sie übergangen. Sie beschloß, sich später eingehender mit diesen Warnzeichen zu befassen.

Als sie hinter David und Max das Restaurant verließen, flüsterte Jamal Lara ins Ohr: »Ich finde, du solltest auch auf deine Vermögenswerte verzichten. Aber das werde ich nicht von dir verlangen. Das wäre unvernünftig – und unnötig, da ich ohnehin darauf bestehe, daß wir von meinem Geld leben. Ich kann es mir leisten, dir jeden Wunsch zu erfüllen. Tu einfach so, als würdest du kein eigenes Vermögen besitzen und laß die Zinsen sich anhäufen, während du mein Geld ausgibst. Du bist jetzt in meinen Händen, und ich werde für dich sorgen. Das gehört sich so für einen Ehemann. Versprich mir, daß du dich an diese Regel hältst. Dein Wort genügt mir.«

Lara wußte nicht, was sie davon halten sollte. Sie wußte nur, daß sein Vorschlag ihr nicht gefiel. Regel? Was für eine Regel? Sie hatte sich noch nie für Geld interessiert, abgesehen von den wenigen Gelegenheiten, da sie mit Harland an der Realisierung ihrer Projekte gearbeitet hatte. Aber auch das hatte sie bald gelangweilt, und sie hatte es nach kurzer Zeit wieder aufgegeben. Für eine junge Frau, die so vermögend war wie sie, hielten ihre Ausgaben sich sehr im Rahmen. Sie hatte immer genug Geld gehabt, sich alles zu erlauben, was sie sich wünschte. Es fiel ihr schwer, in Jamals Kategorien zu denken. Mein Geld, dein Geld. Für sie war es einfach ihr gemeinsames Geld. Sie konnte sich nicht erinnern, daß Sam und sie in den drei Jahren ihrer Ehe auch nur ein einziges Mal über Geld gesprochen hätten. Und auch weder vor noch während oder auch nach der Scheidung. Nein, wirklich, es war ziemlich vulgär von Jamal, dieses Thema zur Sprache zu bringen.

Sie fragte sich, warum Jamal so großen Wert darauf legte, daß sie finanziell von ihm abhängig war. Glücklicherweise hatte sie keine Gelegenheit, ihm zu antworten. Sie wurden von Max unterbrochen, der sie von dem Thema ablenkte. Lara hatte ein ungutes Gefühl. Hatte Großzügigkeit oder Stolz Jamal zu diesen geflüsterten Worten bewogen? Oder steckte noch etwas anderes dahinter? Aber was immer es war, Lara vergaß ihre Beunruhigung im Laufe des ausgelassenen Tages. Und am nächsten Tag übernahmen ihr Cousin und ihr Bruder die Rollen des Trauzeugen und des Brautvaters in der Familienresidenz in Tanger.

Es gibt Frauen, die andauernd von ihren Männern verwöhnt werden. Etwas in ihrem Charakter verlangt danach. Bei Lara war es von Geburt an so gewesen. Männer fühlten sich unwiderstehlich zu ihr hingezogen und gaben sich die allergrößte Mühe, ihr eine Freude zu machen. Nein, mehr als das, es befriedigte sie, sie zu beschenken und zu verwöhnen. Und das Außergewöhnliche an Lara war, daß sie nie von sich aus um materielle Dinge bat. Tatsächlich stellte sie keine offenen Forderungen an Männer. Sie verströmte das Bedürfnis, geliebt und angebetet zu werden, wie ein gefährliches Parfum.

Als diesem sonnigen Morgen war sie unter einem kobaltblauen Himmel im Garten von drei Männern umgeben, die sie mehr liebten als jede andere Frau in ihrem Leben. Sie war jetzt die Ehefrau des Mannes, mit dem sie immer hatte verheiratet sein und zusammenleben wollen. Des Mannes, der sie von einem unerfahrenen jungen Mädchen zu einer sinnlichen Frau geformt hatte. Des Mannes, der sie gelehrt hatte, stolz zu sein auf ihre Sexualität und ihren Lebenshunger. Des Mannes, den sie verlassen hatte, weil er nicht bereit gewesen war, ihr das zu geben, was sie sich am meisten wünschte. Heute gab er es ihr: ein gemeinsames Leben vor den Augen der ganzen Welt. Eine Ehe, auf der sie sich gemeinsam etwas aufbauen konnten.

Sie blickte an ihrem Ehemann vorbei auf David, der neben Jamal stand. In David sah sie wieder die erste große Liebe ihres Lebens, den Mann, der die sinnliche Seite ihrer Natur geweckt und sie auf die Liebe und den Sex mit anderen vorbereitet hatte. Ihre Liebe hatte sich oft gewandelt, war vielen Veränderungen unterworfen gewesen, und doch war sie in ihrer Intensität unverändert geblieben. Er lächelte beruhigend. Als ob sie der Versicherung bedurfte, daß er für sie da war und immer für sie da sein würde. Sie lächelte zurück.

Und dann blickte sie auf Max, der an ihrer Seite stand. Auch er liebte sie unvermindert und verwöhnte sie bei jeder Gelegenheit. Wie ihre anderen Brüder war er immer für sie da, immer mit einem neuen Abenteuer oder Traum lockend. Max, der gab und gab, als wäre es nichts.

Lara hatte die Liebe dieser beiden Männer immer als selbstverständlich betrachtet. Jetzt empfand sie plötzlich Demut vor ihren Gefühlen. In diesem Augenblick der Erkenntnis fühlte sie Demut angesichts all der Liebe und Loyalität, mit der sie sie überschüttet hatten. Max drückte ihre Hand, und sie wußte, daß sie beide, Max und David, immer verstanden hatten, welchen Halt ihre Liebe und Zuneigung ihr gaben. Jetzt richtete sie ihre Aufmerksamkeit auf Jamal. Er schien glücklicher, als sie ihn je zuvor gesehen hatte. Eine Aura der Energie umgab diese drei gutaussehenden und distinguierten Männer, die für sie da waren. Sie sagte sich, daß sie diesen Energiestrom vielleicht nie wieder fühlen würde, und so nahm sie ihn in ihrem Herzen auf. In diesem Augenblick fühlte sie, daß sie die romantische Liebe gefunden hatte, nach der sie gesucht hatte, so rein und perfekt, wie sie sie sich erträumt hatte. Wie hatte sie so lange übersehen können, daß sie ihr in die Wiege gelegt worden war? Daß sie immer schon in ihr gewesen war? Und daß sie doppelt gesegnet war, weil sie sie ihr ganzes Leben besessen hatte, in allen Männern, die sie je geliebt hatten. Sie war die Verkörperung der romantischen Liebe.

Die Hochzeitsgesellschaft wurde zu einem Tisch und einem Stuhl geführt, die auf einer Seite des Gartens aufgestellt worden waren. Lara setzte sich, während Jamal die Heiratsurkunde unterzeichnete. Die drei Männer standen um sie herum. Sie betrachtete sie nacheinander, lächelte und nahm dann den Füllfederhalter in die Hand. Die Sonne fiel auf ihren kostbaren Verlobungsring und warf einen Regenbogen von Farben auf die Urkunde. Ihr Ehering, der rundum mit rechteckig geschliffenen Diamanten besetzt war, glitzerte. Sie versuchte, das Lächeln zu unterdrücken, das sich bei dem Gedanken an Emily auf ihre Lippen stahl. Diese ganze Mißbilligung. Lara unterschrieb. Allgemeines Händeschütteln. Ihre Männer küßten sie, der Standesbeamte strahlte. Ein Klopfen am Gartentor. »Perfektes Timing«, bemerkte David.

Innerhalb weniger Minuten wimmelte es im Garten von arabischen Jungen in gestreiften Burnussen, die unzählige Käfige mit weißen Tauben bei sich trugen. Sie ließen die Vögel frei. Der Garten verwandelte sich in ein Meer weißer Schwingen, und sie waren eingehüllt vom Gurren und dem Flattern schlagender Flügel. Mehrere Hausangestellte in ihren besten Roben und Turbanen kamen mit Champagner herbei. Ein Quintett marokkanischer Musiker spielte auf, und die Klänge von Trommeln, Oboen und Saiteninstrumenten erhoben sich über dem Garten. Arabische Mädchen streuten Rosenblätter. Zwanzig Minuten später floh die Hochzeitsgesellschaft durch das Gartentor und zwängte sich in einen Rolls Royce.

Sie waren von Marrakesch nach Tanger geflüchtet, weil Gerüchte über eine bevorstehende Hochzeit bereits bis zu Jamals Familie vorgedrungen waren und sie ihr Glück mit keinem anderen teilen wollten. Es war ein verrückter, ausgelassener Tag. Als Lara ein verliebtes Pärchen sah, stand sie im Wagen auf, und die zwei Verliebten klatschten und winkten. Lara warf dem Mädchen ihren Braustrauß aus einem Dutzend weißer Orchideen zu. Der Wurf war zu kurz, aber der junge Mann rannte los und fing die Blumen auf, ehe sie auf dem Boden landeten. Er warf den Strauß wieder durch die Luft, und diesmal fing ihn das Mädchen auf. Sie zogen von Café zu Café, tranken und lachten viel. In der *kasbah* aßen sie in einem kleinen Restaurant am Ende eines Labyrinths schmaler Straßen ihr Hochzeitsmahl.

Es dämmerte bereits, als Jamal und Lara sich von David und Max verabschiedeten. »Falls du mich jemals brauchen solltest …«, sagte David, als er sie zum Abschied küßte, und drückte ihr die Bernstein-*netsuke* in die Hand, die er immer bei sich getragen hatte. »Schick sie mir, und ich werde dich finden.« Sie öffnete die Hand, und die Bernsteinminiatur rollte auf ihrer Handfläche. Sie schloß fest die Finger um die kleine Figur. »Ich werde glücklich werden mit ihm, David. Trotzdem danke … für alles.«

Dann gingen sie auseinander.

Kapitel 23

Schon wenige Tage und Nächte später erkannte Lara, daß sie keineswegs glücklich werden würde mit Jamal, sondern daß es ein katastrophaler Fehler gewesen war, ihn zu heiraten. Sie hatte nicht erwartet, daß er sich ändern würde, und immerhin hatte sie ihn schon früher geliebt, trotz der negativen und zuweilen gar grausamen Dinge, zu denen er fähig war. Womit sie jedoch nicht gerechnet hatte – ebensowenig wie Jamal –, war, wie sehr sie selbst sich verändert hatte. Aber sie war davon ausgegangen, daß ihre Beziehung auf Ehrlichkeit und Vertrauen basieren würde und nicht auf Manipulation und Täuschung.

Es hatte recht gut angefangen. Der Hochzeitstag selbst war traumhaft gewesen, schöner, als eine Braut es sich erträumen konnte. Als sie endlich allein gewesen waren, auf einem jener afrikanischen Holzsegelschiffe, die seit Jahrhunderten die Küste Marokkos entlangfuhren, waren sie ganz euphorisch gewesen in dem Bewußtsein, nun endlich Mann und Frau zu sein. Jamal hätte nicht liebevoller und zärtlicher sein können. Oder sentimentaler. Zwar war der Mond nicht ganz voll, aber er strahlte seidig an einem tiefschwarzen, sternengesprenkelten Himmel. Die See war rauh, was so erfahrene Seefahrer wie sie beide jedoch nicht störte. Lara und Jamal hatten vom Bug der Dau aus David und Max am menschenleeren, pulvrig weißen Sandstrand zugewinkt, an dem mehrere Freudenfeuer loderten, bis sie von der Dunkelheit verschluckt worden waren. Dann hatten Lara und Jamal ihre Aufmerksamkeit auf die Crew gelenkt, die in Burnussen und Turbanen über das

Deck hastete, um die Segel zu setzen und durch die Brandung auf Kurs zu steuern. Lara fror in ihrem champagnerfarbenen, schulterfreien Seidenkleid, trotz des langen Mantels aus demselben Material. Während das fließende, sinnliche und doch schlichte Modell von Christian Dior perfekt gewesen war für die Hochzeit, zerrte auf offener See der Wind an dem Stoff und drückte ihn an ihren nackten Körper. Die Haute Couture fiel der rauhen Natur zum Opfer. Sie gingen nach unten, und Lara und Jamal schlüpften in prächtige marokkanische Roben, echt antike Familienstücke. Darüber trugen sie Burnusse aus feinstem Cashmere, die mit Bordüren aus Seidenstickerei eingefaßt waren. Sie kehrten zurück an Deck und setzten sich unter einen seidenen Baldachin, der über die Spitzen von Walroß-Stoßzähnen gespannt war. Das Sofa, auf dem sie es sich gemütlich machten, stand auf sehr alten, traumhaft schönen Orientteppichen. Sie tranken süßen heißen Pfefferminztee und rauchten *Kif*. Der Wind hatte sich gelegt, und sie schmiegten sich aneinander. Lara fühlte, wie glücklich er war, und das wiederum steigerte ihr eigenes Glück. Sie strahlte förmlich von innen heraus.

»Diese Dau und der Palast, in dem wir wohnen werden, waren zwei der Lieblingsbesitztümer meines Vaters. Er wäre so glücklich über unsere Heirat. Er fand dich immer reizend. Wärst du seine Frau gewesen, er hätte dich an einem sicheren Ort verwahrt, um dich ganz für sich allein zu haben.«

»Aber er hat doch deine Mutter nicht eingesperrt.«

»O doch. Er ließ sie nur dann aus den Augen, wenn er ihr gestattete, nach New York zu reisen, und dort begleiteten mein Bruder oder ich sie überallhin. Aber auch das tat er nur, weil er nicht wollte, daß seine europäischen und amerikanischen Freunde ihn für einen Barbaren hielten.«

»Als solchen konnte man ihn auch kaum bezeichnen.«

»Nun, bis zu einem gewissen Grad schon. Bis heute leben noch sieben Frauen in seinem Haus, denen die Privilegien verwehrt geblieben sind, die meine Mutter genoß. Und er war mit zweien von ihnen verheiratet.«

»Ich hoffe, in diesem Fall trifft das Sprichwort ›Wie der

Vater so der Sohn‹ nicht zu. Ich glaube nicht, daß ich das akzeptieren könnte.«

»Lara, es heißt, von allen Kindern meines Vaters wäre ich ihm am ähnlichsten. Manchmal ist man selbst überrascht davon, wie vieles man lernen kann zu akzeptieren.« Seine Entgegnung war alles andere als beruhigend. Sie drehte sich in seinen Armen, um ihm ihren Standpunkt in dieser Sache klarzumachen. Kerzenlicht fiel auf sein Gesicht. Aber er kam ihr zuvor. Er sah den Ausdruck auf ihrem Gesicht, legte ihr einen Finger auf die Lippen und sagte: »Wie beispielsweise ein ganzes Leben lang das.« Er küßte sie zärtlich.

In der Morgendämmerung erreichten sie ihr Ziel: Eine imposante Seefestung, flankiert von blendend weißen Sandstränden, menschenleer und scheinbar endlos. Hohe Wellen brachen sich unablässig an der Fassade des steinernen Palastes. Die Dau segelte in den Schutz eines Wellenbrechers und legte am Strand an. Dort wurden Jamal und Lara von einer zweispännigen Kutsche erwartet, die sie durch die Palasttore auf einen Hof brachte, der von riesigen Dattelpalmen gesäumt war, die in der leichten Brise raschelten. Soweit Lara aus dem Inneren der Kutsche heraus erkennen konnte, war der Hof kunstvoll geschmückt, ein Schatz islamischer Kunst. Sie gingen auf direktem Wege zu ihrer Suite, die aus mehreren geräumigen, prunkvollen Räumen bestand. Auf der einen Seite blickte man aufs Meer, auf der anderen bot sich dem Betrachter ein Panorama ondulierender Sanddünen. Der Ausblick erinnerte in seiner Kargheit beinahe an eine Mondlandschaft, mehr erotische Zuflucht als Außenposten in der Wüste. Von einem weiteren Fenster aus hatte man einen Blick auf einen ummauerten Garten mit Dattelpalmen und Blumen, Gras und Teichen, eine Oase üppiger Flora, die von exotischen Vögeln bewohnt wurde sowie, wie Jamal ihr versicherte, von einem Leoparden und sogar einem Panther. Erschöpft entkleideten sie einander und legten sich sofort schlafen.

Als sie spät am Nachmittag erwachten, blieben sie in ihrer Suite und liebten sich. Sex und Leidenschaft traten in den Vordergrund, eine Lust, in der sie sich willig verloren. Und während eines seiner erotischen Exzesse begann für Lara das Ende ihrer zweiten Ehe.

Er hatte eine Reihe großer barocker Perlen, die in einigen Zentimetern Abstand auf eine Seidenschnur aufgefädelt waren, in ihre Vagina eingeführt und sagte: Du mußt sie ständig tragen. Umschließe sie, wie du mich umschließt, sauge an ihnen, wie du an meinem Schwanz saugst, und du kannst kommen, wo und wann immer du Lust hast. Auf einer langweiligen Dinnerparty, beim Einkaufen, in einer Kunstgalerie, beim Schwimmen, Fliegen oder Reiten .... Bin ich nicht ein großzügiger Ehemann?«

Er lächelte und spielte mit geschickten Fingern an den Perlen, küßte ihre Lippen und Brüste. »Sogar auf Kommando, so wie jetzt«, sagte er. »Komm für mich, Lara.« Er fühlte die Kontraktionen, und seine Erregung wuchs, als sie in seinen Armen bebte und kam, warm und seidig um seine Finger und diese ganz besondere Perlenkette. Dann kam sie erneut, und diesmal schrie sie in Ekstase auf. Er biß fest in ihre verhärtete Brustwarze und leckte dann den winzigen Blutstropfen fort, der aus der kleinen Wunde in der pflaumenfarbenen Haut quoll. Er hatte befohlen, und sie hatte gehorcht.

Hinterher lagen sie still da und erholten sich von ihrer sexuellen Hingabe, sie in seinen Armen. Sie dachte an Jamal und daran, wie aufregend es war, ein Teil seines Lebens zu sein, ihm seine Wünsche zu erfüllen, sich einem Mann zu unterwerfen, der sie liebte, so wie er versicherte, sie zu lieben. Alle Barrieren einzureißen und ihren Emotionen völlig freien Lauf zu lassen. Natürlich war sie ein Sexspielzeug, mit dem er sich amüsierte, das er bis zur Perfektion formte und zuweilen quälte, um die animalischen Instinkte in ihr wachzuhalten, jedes Nervenende bloßliegend. Sex mit ihm war wie ein Balanceakt, immer dicht an einem gefährlichen Abgrund. Es war ein Leben, das in Orgasmen und Wiedergeburt gelebt und gestorben wurde, das immer wieder einen mühsamen Aufstieg zurück ins Leben erforderte.

An diesem Punkt war sie, als er vorschlug: »Wenn wir das

nächstemal mit Roberto zusammen sind, wirst du die Perlen tragen. Ich werde dir befehlen zu kommen, und du wirst kommen. Das wird seine Belohnung sein, das Bewußtsein, daß du nur für ihn in der Öffentlichkeit kommst. Er liebt solche Spielchen, der gute Roberto. Oder soll ich dich ihm als kleines Dankeschön überlassen, damit er nach eigenem Gutdünken über dich verfügen kann? Nun, wir wissen beide, was Roberto vorziehen würde. Wie oft hat er dich gehabt, Lara? Wie oft hat er dich mit seinem Aristokratenschwanz von hinten genommen?«

Lara versuchte, seine Worte abzublocken, aber sie wurden immer klarer, bis sie sie schließlich deutlich hörte und nicht mehr durch den Nebel der Lust und Liebe. Das machte für sie keinen Sinn. Was redete Jamal da? Von *wem* redete er? Von dem Roberto, mit dem sie ihn bekannt gemacht hatte, als sie sich zufällig auf der Piazza in Florenz begegnet waren? Jamal konnte Roberto doch nicht schon vorher gekannt haben. Aber wie konnte er dann über Robertos sexuelle Vorlieben Bescheid wissen? Ihr wurde plötzlich übel. »Eine Belohnung … für Roberto? Ein Dankeschön? Wofür solltest du Roberto dankbar sein, Jamal?«

Sie setzte sich auf. Das schwindende Licht der untergehenden Sonne fiel leuchtendorange durch die Fenster und tauchte den Raum in einen goldenen Schimmer. Sie hörte das Rauschen des Meeres, das sich gegen die Klippen warf. Gewalt, ein sterbender Tag und ein Hauch von Gefahr, der von Jamal ausging, schienen das Zimmer auszufüllen. Sie sah verrucht aus, wie sie nackt auf dem Brokat lag, das lange silbrigblonde Haar über die farbige Stickerei der Kissen gebreitet. Jamal, nackt und männlich, kniete jetzt vor ihr, beugte sich über sie, und sie beobachtete ihn in dem riesigen Spiegel mit dem kostbaren Rahmen aus Perlmutt und Elfenbein, der dem Bett gegenüber an der Wand hing.

Plötzlich empfand sie wahre Furcht. Eine seltene und aufwühlende Erfahrung für sie. Sie schluckte hart und wandte den Blick von Jamal ab, damit er den Ausdruck in ihren Augen nicht sah. Es schien nichts Bedrohliches in der Art zu liegen, wie er ihr Kinn mit der Hand umfaßte und sie zwang, ihn wieder anzusehen. »Sieh mich an, wenn ich mit dir rede. Was ist aus deiner guten Erziehung geworden, meine Liebe?«

Seine Augen waren kalt wie Stein, aber seine Stimme klang ganz weich, als verhätschle er sie. Doch das unterstrich die Bedrohlichkeit der Szene noch. Sie hatte ihn in der Vergangenheit schon mehrfach so erlebt, unter dem Einfluß einer sadistischen Phase. Sie griff nach einer großen chinesischen Seidenstola, die mit rosa-, pfirsich- und goldfarbenen Blumen bestickt und mit langen seidigen Fransen versehen war. Sie hatte instinktiv das Bedürfnis, sich zu bedecken. Die Stola lag auf dem Bettrand. Sie zog sie vorsichtig über ein Bein, dann über ihren Schenkel. Sie bemühte sich, es ganz beiläufig und unbedeutend aussehen zu lassen. Jamal hob ihre Hand an die Lippen und küßte sie. Die Stola glitt aus ihren Fingern und von ihrem Körper und rutschte mit einem frustrierenden Rascheln vom Bett auf den Boden.

»Laß sie liegen«, befahl er. »Ich ziehe dich nackt vor.« Sie gehorchte. Er küßte sie auf den Oberschenkel und dann auf den Fußknöchel. Ihren Fuß festhaltend und gleichzeitig streichelnd, während er sie weiter mit eisigem Blick musterte, sagte er: »Warum Roberto? Dafür, daß er es mir so leichtgemacht hat.«

»Sag mir, daß das nicht stimmt«, sagte sie gepreßt.

»Daß was nicht stimmt? Du solltest konkreter sein, weniger rätselhaft. Ich hoffe doch sehr, daß dies keine Ehe werden wird, in der wir außer über deine Orgasmen nicht miteinander kommunizieren können.«

Sie war tief getroffen davon, daß er sie hinter der Maske des Märchenprinzen so grausam behandelte. Wo war die Liebe? Sie fühlte sich von seinen Sticheleien erniedrigt. Sie nahm sich zusammen, fest entschlossen, das nicht mit sich machen zu lassen, und ignorierte seine letzte Bemerkung.

»Unsere Begegnung auf der Piazza della Signoria hatte nichts mit Schicksal zu tun, richtig, Jamal?« Er antwortete nicht. »Du hast diese Begegnung arrangiert. Du hast Roberto dazu benutzt und mich glauben gemacht, das Schicksal hätte uns wieder zusammengeführt. Für wie blöd Roberto und du mich gehalten haben müßt. Und wozu das alles?« Sie hob abwehrend eine Hand, wie um ihn daran zu hindern, sie zu unterbrechen, wenngleich er gar nicht die Absicht hatte. »Oh!« Schmerz schwang in ihrer Stimme mit. »Wie dumm von mir. Du konntest natürlich nicht offen vor mich treten und sagen, daß du mich immer noch liebst und mich heiraten möchtest. Du hattest Angst, daß ich dich hinauswerfen würde.«

»Nein, das nicht. Davor hatte ich nie Angst. Ich wußte, daß du einen Antrag von mir niemals ablehnen würdest.«

»Du Mistkerl! Ich glaube dir nicht. Warum dann das ganze Theater? Warum mußtest du mich manipulieren, dich zu heiraten?«

»Timing. Ich hatte nie Mühe, dich zu verführen. Ich konnte dich im Gegensatz zu anderen Männern immer meinem Willen beugen. Getäuscht zu werden erschüttert immer deine Pilgernatur. Es bringt eine gewisse Verwundbarkeit hervor, die meine Phantasie anregt. Manipulation, Täuschung ... vergiß nicht, daß beides uns innerhalb einer Woche vor den Altar geführt hat.«

Sie versuchte, von ihm abzurücken, aber er hielt ihren Fuß mit festem Griff gepackt. Lara fühlte sich gefangen. Sie konnte das Gefühl einfach nicht abschütteln, daß es ein Riesenfehler gewesen war, ihn zu heiraten. Sie versuchte, die Zweifel niederzukämpfen und das beste aus ihrer Situation zu machen.

Und so begann für Lara die quälendste, zerstörerischste Zeit ihres Lebens. Sie und Jamal lebten in dem Palast am Meer. Es gab wunderbar romantische Tage und Nächte, in denen er ihr nicht von der Seite wich. Er überschüttete sie mit Geschenken und verbrachte viel Zeit damit, sie in die Bräuche seines Landes und die Geschichte seiner Familie einzuweihen. Sie spielten Tennis, ritten auf Araberhengsten in die Wüste und segelten. Er ließ Musiker und Tänzer aus Tanger einfliegen, lud marokkanische Freunde zum Essen ein, um ihnen seine Frau vorzustellen.

Er versprach ihr, daß sie ihr Flugzeug und ihren Mechaniker herholen könne. Sie würden in ganz Nordafrika umherfliegen, zu den entlegensten architektonischen Kunstwerken. Er würde eine Startbahn für ihr Flugzeug bauen lassen. Sobald Bonnies Urlaub mit Sam vorbei war, würden sie in die Staaten fliegen und sie abholen, damit sie zusammen mit ihnen in der Residenz in Marrakesch lebte.

Aber nichts von alledem geschah. Er zögerte Bonnies Ankunft immer wieder hinaus. Seine Ausrede war schmeichelhaft: Er wolle Lara noch eine Weile ganz für sich allein haben. Er verbot Nancy und Coral, zu ihnen in den Palast am Meer zu kommen, und so warteten sie in der Residenz in Marrakesch auf weitere Anweisungen.

Ein Lehrer wurde aus Rabat geholt, und Lara begann, Arabisch zu lernen. Jamal schien stolz auf ihre rasche Auffassungsgabe und ihr Bestreben, ihm alles recht zu machen. Aber von dem Nachmittag an, da sie erkannt hatte, daß ihre Ehe eine Farce war, wurde seine Forderung, daß sie sich ihm in allem unterwarf, zu einem festen Bestandteil ihres Lebens. Und für Lara wurde ihr neurotisches Bedürfnis, es Jamal recht zu machen und nicht noch eine Ehe scheitern zu lassen, so zerstörerisch diese auch sein mochte, zu ihrem Lebensziel.

In den sechs Wochen, die sie in dem Sechzig-Zimmer-Palast verlebten, wurde Lara auf tausenderlei Arten von Jamal gedemütigt. Er weigerte sich, Bonnie nach Marokko kommen zu lassen, und schimpfte dann Lara eine schlechte Mutter. Er beschuldigte sie, nach seinen Dienern zu lüstern. Sicher wünschte sie sich seine arabischen Jungen zu Liebhabern, weil sie ausgehungert danach war, sich in fremden Betten zu wälzen. Hatte sie nicht auch amerikanische Jungen als geheime Liebhaber gehabt? Er kontrollierte sie ständig. Er hob ihre Anweisungen auf und belauschte ihre Telefonate.

Er war es, der Nancy in Marrakesch anrief und sie anwies, sämtliche Einladungen aus der ganzen Welt abzusagen. Was Dinnerpartys im Palast betraf, wurde Lara nie gefragt. Er unterbrach sie, wenn sie telefonierte, brachte sie in Verlegenheit, beleidigte ihre Intelligenz. Er isolierte sie von ihrem Kind, ihrer Familie und ihren Freunden und tadelte sie dann dafür, daß sie lieber allein oder mit ihm zusammen war. Aber er schlug sie niemals. Im Gegenteil. Er schlief jede Nacht mit ihr, jeden Tag. Wie Lara bald erkannte, immer dann, wenn er das Gefühl hatte, zu weit gegangen zu sein. Er stellte ihre Selbstachtung mit Sex und ihrer Fähigkeit, seine sinnliche Leidenschaft zu erregen, vorübergehend wieder her. Er schmeichelte ihr mit Versicherungen, daß er nie eine andere Frau hätte heiraten können als sie. Und doch quälte er sie auf emotionaler Ebene. Es war eine systematische und zielgerichtete Kontrolle und Bestrafung, und der Effekt war verheerender, als wenn er sie geschlagen oder verprügelt hätte.

Lara teilte ihr Leben mit einer erschreckend unberechenbaren Jekyll-und-Hide-Figur, die sie abwechselnd verhätschelte und erniedrigte. Er war wie eine Münze, die man in die Luft warf und bei der man nie wußte, ob sie auf der Kopf- oder Zahlseite landen würde. Schmeichelei oder Erniedrigung, Schmeichelei und Erniedrigung. Er benutzte seinen Charme als manipulatives Werkzeug, um sie zu beherrschen und zu verwirren. Und Lara, die wie Wachs war in seinen Händen, verlieh Jamals Leben die nötige Würze. Ihre Unterwerfung schürte seine sadistischen Neigungen. Sie waren beide gefangen in einem Spiel der Selbstzerstörung, verborgen hinter einer Fassade des Charmes und ihrem gegenseitigen Bedürfnis nach Liebe, wie auch ihrer Furcht vor einem Scheitern ihrer Ehe. Nach sieben Wochen wußte Lara, daß sie schwanger war. Inzwischen fühlte sie sich bereits hinabgezogen in den Schmutz von Jamals Leben. Offenbar mußte sie lernen, sich damit abzufinden. Aber ihr entging nicht, daß er sie praktisch wie eine Gefangene in dem Palast am Meer festhielt, an einem Ort, der so isoliert war, daß er nicht einmal einen Namen besaß. Wenn die Freude darüber, daß sie ein Kind bekamen, nur die Mauern einreißen könnte, die er um ihre Beziehung herum errichtet hatte, gab es vielleicht doch noch Hoffnung, daß ihre Ehe sich zum Guten wendete.

Jamal war überglücklich, als er erfuhr, daß er bald Vater werden würde. In einem leidenschaftlichen Augenblick sagte er: »Ich liebe dich. Du mußt mir glauben, daß ich dich liebe, daß ich dich aus Liebe geheiratet habe. Und für diesen Augenblick, um ein Kind mit dir zu zeugen, damit du mir Söhne schenkst.« Dann weinte er und schlief in ihren Armen ein. Er ließ einen Arzt von Paris nach Tanger fliegen und von dort mit dem Hubschrauber zum Palast bringen. Als der Doktor bestätigte, daß Lara schwanger und bei bester Gesundheit war, wurde er wieder fortgeschickt. Am nächsten Tag flogen sie nach Marrakesch, um für die nächste Zeit dort zu leben.

Das Leben änderte sich, nachdem sie das Haus in Marrakesch bezogen hatten. Jamal zeigte sich öfter von seiner besten Seite und war seltener grausam zu ihr. Er erfüllte Lara sogar einige ihrer Wünsche. Bonnie traf endlich mit ihrer Nanny ein. Coral, Nancy und die Kinderfrau wurden endlich in Laras neuen Haushalt aufgenommen. Jamal behandelte Bonnie, als wäre sie seine eigene Tochter. Bald schon hatte er mit seinem Charme das Herz des fünfjährigen Mädchens erobert. Sie verlebten einen Monat ungetrübten Glücks in der Residenz in Marrakesch. Nachdem sie bereits seit drei Monaten in Marokko war, begann Lara nun Menschen kennenzulernen und Freundschaften zu schließen. Es gab prunkvolle Dinnerpartys mit amüsanten Gästen und beinahe täglich Ausflüge zu den historischen Gebäuden und Moscheen Marrakeschs, oder sie besuchten die *medina*, Cafés und die besten Restaurants. Dank der Lokale und Jamals Köchen entdeckte Lara, daß die marokkanische Küche ebenso reichhaltig und abwechslungsreich war wie die französische oder italienische.

Marokko mit der Sahara im Süden und dem Mittelmeer und dem Atlantik entlang seiner Küsten war ein Land der Kontraste. Und was für das Land galt, galt auch für die Küche. In London, Paris oder New York mochte Kuskus als der Inbegriff marokkanischer Eßkultur gelten, aber das galt nicht für Lara. Sie lernte *b'stilla* kennen, die unglaublich köstliche *b'stilla aux pigeons*, was übersetzt soviel bedeutete wie Taubenpastete und zu ihrem Lieblingsgericht wurde. Die Pastete bestand aus Dutzenden hauchdünner Lagen Teig namens *warkha* – tatsächlich waren sie so dünn, daß sie vor dem

Kochen durchsichtig waren wie eine staubige Glasscheibe – und einer stark gewürzten, schmackhaften Füllung dazwischen, aus Taubenfleisch, cremigem, mit Zitrone abgeschmecktem Ei sowie Mandeln, Zimt und Safran, das Ganze mit Puderzucker gesüßt. Nach dem Backen war der knusprige goldene Teig feiner als jeder Blätterteig, den die österreichische, die französische oder die griechische Küche zu bieten hatten.

Lara liebte alles, was in *warkha* gebacken war, wie beispielsweise *trid marrakshia*, das mit Hühnerfleisch zubereitet wurde. Aber es gab noch eine Vielzahl anderer köstlicher Gerichte, Süßigkeiten und Salate. Lara trug sich sogar mit dem Gedanken, Jamals Koch nach Cannonberry Chase mitzunehmen, wenn sie eine Weile dort wohnten. Wenn nicht wegen der *b'stilla*, dann für sein Hühnchen, *mqualli* mit Oliven und eingelegten Zitronen. Auch lernte sie von ihren neuen Freunden eine Menge über kulinarische Genüsse. Die Ausländergemeinschaft von Marrakesch nahm Lara sofort auf und schloß sie in ihr Herz. Sie fand diese Menschen amüsant, während Jamal sie nicht leiden konnte. Nach außen hin war das Leben, das sie in Marrakesch führte, paradiesisch. Nur sie allein wußte, daß es ein verlorenes Paradies war.

Im Laufe der Monate steigerte sich Jamal in eine Besessenheit für Lara und das Kind hinein, das sie unter dem Herzen trug. Hinter verschlossenen Türen begann er wieder, sie zu quälen und zu erniedrigen. Nur daß es diesmal noch um vieles schlimmer war. Wenn Jamal seine Frau vor der Schwangerschaft als verführerisch und unwiderstehlich sexy empfunden hatte, konnte er jetzt nicht mehr die Finger von ihr lassen. Er konnte sich das übermächtige Bedürfnis, sie sexuell zu besitzen, kaum selbst erklären oder rechtfertigen. Sein Verlangen nach ihr beherrschte ihr Leben und ihre Ehe. Um dieser unkontrollierbaren Leidenschaft und der verhaßten Abhängigkeit von Lara entgegenzuwirken, suchte und fand er immer wieder Mittel und Wege, sie zu bestrafen. Er suchte Ausreden für diese Strafmaßnahmen, redete sich ein, sie wäre verwöhnt, egoistisch, verdorben, kokett, lasziv und unersättlich. Innerhalb weniger Monate gelang es ihm, mit seiner Litanei ihrer angeblichen Makel die schwache Stimme von Laras Selbstvertrauen beinahe völlig auszulöschen.

Der Verzweiflung nahe, nahm Lara sich zusammen und begann, ihre Flucht zu planen. Keine leichte Aufgabe. Vor allem da es Jamal gelungen war, Nancy, die Kinderfrau und Coral zu bezaubern und ihr Vertrauen zu gewinnen. Er beherrschte sie ebenso wie Lara. Und für die kleine Bonnie war er das Licht ihres Lebens. Laras Gefolge, ihr kleiner Haushalt und ihre Tochter, war Jamals Charme und dem Zauber Marrakeschs verfallen. Sie waren ganz verliebt in diese Stadt, in Marokko und seine Kultur, seine Farben, seine Menschen und das exotische und glamouröse Leben, das Jamal und Lara innerhalb der sehr engen Gesellschaft führten. Nur eine Person in diesem Haushalt schien gegen den Strom zu schwimmen und eine Bedrohung für ihr Paradies darzustellen. Lara zeigte sich als einzige undankbar für das paradiesische Leben, das sie alle führten. Oder zumindest machte Jamal entsprechende Andeutungen und ließ durchblicken, sie wüßte ihren attraktiven, charmanten Mann und seine Macht sowie seine gesellschaftliche und zuweilen auch politische Stellung nicht zu würdigen. Jamal war um so überzeugender, als er ihre Sichtweise seines eigenen Heimatlandes manipulierte.

Und so kam es, daß Lara zunehmend isoliert wurde von ihren eigenen Angestellten, ihrem Kind, ihrer Familie und ihren alten Freunden.

Nichts machte ihr das deutlicher als das, was geschah, als sie eines Nachmittags mit Bonnie in der Küche der Marrakesch-Residenz Plätzchen backte. »Sieh dich einmal an, Bonnie!« rief Lara aus. »Du bist so voller Mehl, daß du selbst beinahe aussiehst wie ein Plätzchen.«

Das kleine Mädchen strahlte. »Ein Schokoladenplätzchen. Ich bin ein Schokoladenplätzchen und du die Lebkuchendame.«

Lara zog Bonnie auf ihren Schoß und begann, ihr mit einem Küchenhandtuch das Mehl von den Kleidern zu wischen. Ihre Tochter legte eine Hand auf Laras inzwischen stark gewölbten Bauch und drückte dann das Ohr darauf. »Ich wünschte, mein kleines Brüderchen könnte mich hören.«

»Was würdest du ihm denn sagen?«

»Daß Jamal ihm ein Pony kauft und Mr. Macaroni herholt und Jamal, das Baby und ich dann zusammen in die Wüste reiten.«

»Und was ist mit mir?«

»Du mußt hier im Haus bleiben.«

»Warum denn, Bonnie? Warum kann ich denn nicht mitkommen?«

»Weil Jamal sagt, daß du eine schlechte Mami bist und ein Spielverderber.«

Lara war schockiert. »Bonnie, findest du, daß ich eine schlechte Mami bin und ein Spielverderber?« Sie hielt die Luft an. Was würde ihre fünfjährige Tochter darauf antworten?

»Nein. Aber ich muß so tun, als wärst du böse und häßlich wie die böse Hexe aus dem Märchen.«

»Warum denn? Was passiert denn, wenn du nicht so tust?«

»Dann nimmt Jamal mich nicht mit, wenn sie ausreiten. Und ich möchte doch so gerne mit.«

Lara verachtete sich selbst für die folgende Frage, aber sie wurde von ihrer eigenen Unsicherheit diktiert. »Bonnie, hast du deine Mami noch lieb?«

Kein Hauch von Zögern. Bonnie schlang Lara die Arme um den Hals und drückte ihr einen dicken Kuß auf den Mund. Als sie ihre Mutter wieder losließ, schenkte sie ihr ein strahlendes Lächeln, schmiegte sich an sie und flüsterte: »O ja. Aber verrate es Jamal nicht.«

Sogar Julia, die zu Besuch kam, fand an ihrer Ehe nichts zu bemängeln. Zu dritt unternahmen sie einen Ausflug in die Atlas-Berge und durch die Berberdörfer. Sie übernachteten in einer Jagdhütte, die sich schon seit dreihundert Jahren im Besitz von Jamals Familie befand. Er spielte den aufmerksamen Gastgeber, den großzügigen und galanten Ehemann. Julia fiel darauf herein. Sie glaubte fest daran, daß Lara glücklich war, und Lara schwieg, weil sie ihrer Freundin nicht den

Urlaub verderben wollte und es nicht über sich brachte einzugestehen, wie elend und unglücklich sie sich fühlte.

Lara hatte das Gefühl, daß mit jedem Tag ein kleiner Teil von ihr starb. Sie stellte sich vor, wie sie eines Tages in den Spiegel blicken und feststellen würde, daß nichts mehr von ihrer Persönlichkeit übrig war. Jamal saugte alles Leben aus ihr heraus, und eines Tages würde nur noch eine leere Hülle aus Fleisch und Knochen übrig sein. Nur das Kind, das sie erwartete, schien in diesen Monaten ihrer Ehe mit Jamal noch einen Funken Hoffnung für die Zukunft zu bergen. Lara hatte während der Schwangerschaft, die ihr im übrigen kaum anzusehen war, keinerlei gesundheitliche Schwierigkeiten. Wie bei Bonnie wölbte sich ihr Bauch erst in den letzten acht Wochen. Dies schürte Jamals Besessenheit noch, und jetzt kam auch neuerliches Mißtrauen hinzu. Wenn er nicht bei ihr war, ließ er sie rund um die Uhr beobachten. Einmal, als er wegen eines eingebildeten Vergehens ihrerseits in Rage geriet, sperrte er sie sogar auf ihrem Zimmer ein.

Wie schon so oft in ihrem Leben wurde Lara von den Männern gerettet, die sie liebten. Eines Tages rief Sam aus Paris an. Er hing über das Wochenende dort fest, weil er darauf warten mußte, daß Anwälte Dokumente aufsetzten, die er am Montag unterzeichnen sollte. Ob er vorbeischauen und Bonnie besuchen könne? Lara wäre beinahe in Tränen ausgebrochen vor Erleichterung. Der Anruf stand unter einem guten Stern. Zum einen war es Jamal, der ihn entgegennahm. Sam fragte ihn und nicht Lara, ob es ihnen recht wäre, wenn er sie über das Wochenende besuchte. Jamal stimmte zu. Weniger weil ihm etwas an der Gesellschaft Sams gelegen hätte, den er nicht leiden konnte, als vielmehr aus dem Beweggrund heraus, daß er eine finanzielle Transaktion mit ihm besprechen wollte, von der beide Männer profitieren könnten. Das Gespräch wirkte Jamals neuester krankhafter Obsession entgegen: daß Lara sich danach sehnte, mit anderen Männern zu schlafen. Hätte sie den Anruf entgegengenommen, hätte er sich ganz zweifellos eingebildet, daß sich zwischen beiden wieder etwas anbahnte, und dann hätte er sie ständig beobachtet und belauscht, was ein vertrauliches Gespräch unmöglich gemacht hätte.

Auch das Timing war günstig. Der neunte Monat von Laras Schwangerschaft brach gerade an, so daß ihr noch Zeit genug blieb für die Flucht. Sie war fest entschlossen, ihr Kind weder in Marrakesch noch sonst irgendwo in Marokko zur Welt zu bringen. Die dritte glückliche Fügung war, daß ihr Plan bereits Gestalt annahm. Es würde ihr gelingen, einen Hilferuf auszusenden, ohne daß Jamal und seine menschlichen Wachhunde etwas bemerkten. Sie wußte, daß es ihr ohne clevere Hilfe von außen nicht gelingen würde, Jamal zu entkommen.

Wenngleich Jamal ihre Schubladen und Handtaschen regelmäßig durchwühlte, hatte er bislang ihre kleine Bernstein-*netsuke* nicht gefunden. Sie mußte nur die Nerven behalten, dafür sorgen, daß David die Miniatur bekam, und warten. Er hatte sie noch nie im Stich gelassen. Nur die düsterste Fügung konnte verhindern, daß er ihr auch diesmal in der Not zu Hilfe kam.

Sam traf ein, und Lara gab sich alle Mühe, sich völlig entspannt zu geben. Jamal durfte nicht merken, daß sie etwas ausheckte. Sie verbrachten besonders schöne Stunden miteinander. Sie nahm sich Zeit und wartete auf einen Augenblick, in dem sie und Sam allein sein würden. Sie brauchte nur wenige Minuten, aber Jamal ließ sie nicht einmal für Sekunden aus den Augen. Nur einmal hätte sie sich beinahe verraten. Sie schliefen miteinander, und Jamal forderte sie heraus: »Ich habe bemerkt, wie Sam dich ansieht. Er will dich, träumt davon, dich in sein Bett zurückzuholen. Du willst ihn auch, stimmt's? Darum bist du so verkrampft.«

»Das ist absurd.«

»Ach ja? Dann beweise es mir. Laß dich gehen. Unterwirf dich mir.«

Es stand zu viel auf dem Spiel. Sie gab nach. Es fiel ihr nicht schwer, nicht, nachdem sie entschieden hatte, ihr Leben dadurch zu retten, daß sie sich seiner Lust unterwarf. Was immer er auch sein mochte, sexuell gesehen war er ihr Meister. Es gab noch einen Rest von Anziehung, den er ausspielen konnte. Am Morgen weckte er sie und überreichte ihr ein Schmuckkästchen. Es enthielt ein Rubinkollier.

Ihr war übel bei der Erinnerung an die vergangene Nacht und die immer eingeschränktere Lust, die es ihr bereitete, sich sexuell von ihm versklaven zu lassen. Und es machte sie ganz krank, daß sie ihm die Juwelen nicht einfach ins Gesicht schleuderte. Aber es bestärkte sie auch in ihrem Entschluß, ihn zu verlassen. Diese Zuckerbrot-und-Peitsche-Art von Liebe! Ein grausamer Verführer! Eine gescheiterte Ehe war besser zu ertragen, als so weiterzuleben. Sie wappnete sich, das zu tun, was sie tun mußte. Sie mußte einen Weg finden, ein paar Minuten mit Sam allein zu sein.

Jamal machte es ihr nicht leicht. Immer noch verzaubert von ihr und ihrer Liebesnacht, wich er ihr nicht von der Seite. Tatsächlich hielt er sie sogar den Großteil des Vormittags nackt in ihrem Schlafzimmer fest. Für ihn war ihr gewölbter runder Bauch von faszinierender Schönheit. Er brachte sie in die laszivsten Stellungen, betrachtete und streichelte sie. Er saugte an ihren inzwischen prallen schweren Brüsten. Er leckte und küßte ihren Körper und war erfüllt von Zuneigung und Bewunderung für sie. Als er ihr schließlich erlaubte, sich anzukleiden, blieb er auf der Bettkante sitzen und sah ihr dabei zu. Als sie fertig war und das Zimmer verlassen wollte, hakte er sie unter. »Wenn ich dich dabei erwische, daß du einen anderen Mann auch nur ansiehst, verprügle ich dich, wie man eine Hure züchtigt. Und dann überlasse ich dich der Begierde der Diener und Bettler von Marrakesch.«

Lara strauchelte, aber Jamal hielt ihren Arm fest umschlossen. Sie fing sich rasch wieder. Ihr war schwindlig. Würde sie gleich ohnmächtig werden? Sie kämpfte das Schwindelgefühl nieder. Dann befreite sie sich von seinem Griff. »Mach dich nicht lächerlich«, sagte sie und sperrte die Schlafzimmertür auf.

In der VIP-Lounge des Flughafens ergab sich endlich der Augenblick, auf den Lara gewartet hatte. Abgelenkt von Freunden, die mit derselben Maschine fliegen würden wie

Sam, kehrte Jamal ihr für Sekunden den Rücken zu. Das war genug. Lara drückte Sam die *netsuke* in die Hand und schloß seine Finger fest um die Miniatur. Dann gab sie vor, ihn auf französische Art zum Abschied auf beide Wangen zu küssen, und flüsterte ihm dabei zu: »Gib das David. Sag ihm, es ist gefährlich. Sag ihm, ich bin verzweifelt und möchte mein Kind auf Cannonberry Chase zur Welt bringen. Keine Fragen, Sam. Nicht ein Wort.« Er sah ihr in die Augen und drückte ihre Hand. Konnte sie sich darauf verlassen, daß er verstanden hatte?

Sam schüttelte Jamal die Hand und ging. Als er sich auf dem Rollfeld noch einmal umdrehte und ihnen zuwinkte, betete Lara, daß der erste Schritt ihrer Flucht vor Jamal getan war.

Kapitel 24

Laras zweite Scheidung war keine einfache Angelegenheit. Und sie wurde auch nicht in Würde und Diskretion vollzogen. So ziemlich das einzige, was einfach war, war, über die Trennung hinwegzukommen. Sobald sie seinen Grausamkeiten nicht mehr ausgesetzt war, fand sie rasch ihre Selbstachtung wieder. Eine zweite gescheiterte Ehe und ein Leben allein waren besser, als weiter unter ihm zu leiden. Mit der magischen Anziehung, die er immer auf sie ausgeübt hatte, war es endgültig vorbei. Sie konnte sich ein neues Leben aufbauen.

Jetzt, vier Jahre später, war sie in den Dreißigern. Hinter ihr lagen zwei Scheidungen, von denen die zweite ein kleiner internationaler Skandal gewesen war. Aber sie war gestärkt aus ihrer zweiten gescheiterten Ehe hervorgegangen. Um wie vieles kostbarer ihr ihre Freiheit heute war! Vielleicht, weil sie sich beides so hart hatte erkämpfen müssen: Erst die Scheidung von Jamal und dann das Sorgerecht für ihren gemeinsamen Sohn Karim. Die Familie bedauerte den Skandal. Wäre Emily Stanton nicht gewesen, hätte die amerikanische High Society Lara ohne mit der Wimper zu zucken geächtet. Aber Emily zeigte sich der Situation gewachsen – wuchs gar über sich hinaus. Das erstemal, als Jamal in Begleitung von bewaffneten Bodyguards, Reportern und Photographen nach Cannonberry Chase kam, ließ sie ihn durch den Sheriff vom Anwesen verjagen. Dann hängte Emily sich ans Telefon. Die Botschaft wurde weitergegeben. Die Reihen schlossen sich. Jamal sollte geschnitten werden, jeder Kommentar an die Presse unterbleiben. Wenn jemandem etwas an seiner gesellschaftlichen Stellung lag, tat er gut daran, Jamal Ben El-Raisuli als nicht existent zu betrachten. Ihre Tochter war nie mit ihm verheiratet gewesen. Die New Yorker Vierhundert würden schon wissen, was von ihnen erwartet wurde.

Und so hatte Lara ihr Leben wieder in den Griff bekommen. Weil sie sich in jenen ersten Tagen, da sie noch mit Karim schwanger gewesen war und Jamal gedroht hatte, sie gewaltsam nach Marokko zurückzubringen, der vollen Unterstützung ihrer Familie und Freunde hatte sicher sein können. Freunde, deren Loyalität das Jahr überdauert hatte, in dem sie gezwungen gewesen war, sich völlig von ihnen zurückzuziehen. Es war eine Art von Liebesgeschichte, die, wie Jamal es vorausgesagt hatte, unangenehm hätte werden können. Sie hätte ihre Reputation ruiniert haben können, lange bevor sie in Marokko und in den Staaten alle legalen Schritte unternommen und das Wo und Wie der Scheidung geregelt hatten.

Aber die Macht der Stantons, ihr Reichtum und ihre Kontakte brachten sogar Jamal zu Fall. Sie reichten bis in den königlichen Palast in Rabat. Schließlich war es Henry, der Jamal einigermaßen zur Vernunft brachte. Henry und das Königshaus. Aber Henry war überzeugt, daß nicht einmal das vermocht hätte, Jamal zu bewegen, in die Scheidung einzuwilligen, wenn Lara sich nicht dazu durchgerungen hätte, ihm zu erlauben, seinen neugeborenen Sohn zu sehen, als dieser noch keine Stunde alt war. Wenngleich er mehrfach gedroht hatte, die Kinder zu entführen und auf Nimmerwiedersehen mit ihnen zu verschwinden, beharrte sie darauf, daß Jamal jede Woche Photos von Karim geschickt wurden. Es war sein Sohn, der ihn schließlich erweichte.

Jamal und Lara sahen sich nur ein einziges Mal wieder, etwa zwei Jahre nachdem David sie aus Marrakesch herausgeholt hatte. Das war eine von Jamals Bedingungen für seine Einwilligung in die Scheidung gewesen. Damals war durch die Boulevardpresse und die Klatschkolumnen, die mit einer Mischung aus Lügen und Verfälschungen über ihre Ehe herzogen, eine sehr angespannte Atmosphäre zwischen ihnen entstanden. Und so war Lara, die wußte, wozu Jamal fähig war, mit drei Leibwächtern angereist, die sie seit ihrer Trennung von Jamal überallhin begleiteten. Jamal war außer sich gewesen und hatte verlangt, daß die Männer sie allein ließen, aber sie hatte ihn gezwungen, in ihrer Anwesenheit zu sprechen.

Er hatte ein letztes Mal versucht, sie zurückzugewinnen. Er hatte ihr versichert, wie sehr er sie liebe und brauche. Hatte behauptet, sie hätte dadurch, daß sie ihn verlassen hatte, sein Leben zerstört. Lara hielt das sogar für möglich, glaubte ihm, daß er sie tatsächlich so sehr liebte, wie er überhaupt eine Frau lieben konnte. Die Tragödie ihrer Ehe war die, daß seine Liebe zu Lara oder sonst einer Frau nicht von Dauer sein konnte. Jamal liebte die Frauen nicht. Er war kein Liebhaber. Er war ein Charmeur und Verführer.

Als nächstes hatte er behauptet, daß sie ihn liebte, wie sie noch nie einen anderen Mann geliebt hätte. Das war womöglich eine weitere tragische Wahrheit gewesen. Aber sie blieb ungerührt von seinem Flehen und seinen Erklärungen, woraufhin er zum Angriff übergegangen war. Er hatte ihr hinterlistige Täuschung vorgeworfen, hatte wissen wollen, wie es ihr gelungen war, Marokko ohne Paß zu verlassen. Sie hatte auf keine seiner Fragen geantwortet. Schließlich hatte er resigniert und eingewilligt, sie aufzugeben.

Lara zahlte einen hohen Preis für ihre Freiheit und dafür, daß sie Jamal niemals wiedersehen mußte. Wenngleich ihr das Sorgerecht für Karim zugesprochen worden war, erklärte sie sich einverstanden, ihn jeweils die Hälfte jedes Jahres bei seinem Vater wohnen zu lassen, bis er alt genug war, die grausame Wahl zwischen beiden Elternteilen zu treffen. Sie hatte das Gefühl, es ebenso Vater wie auch Sohn schuldig zu sein. Ihr Instinkt sagte ihr, daß Jamal, wenn er auch unfähig war, eine Frau zu lieben, sehr wohl in der Lage war, seinen Sohn aufrichtig zu lieben. Es war ein gewaltiges Opfer, das sie brachte. Sie betete Karim an. Ihr Sohn hatte den unwiderstehlichen Charme seines Vaters geerbt, und sie war nicht immun gegen seine auffällige Schönheit, vor allem, da sie gepaart war mit dem Liebreiz kindlicher Unschuld. Es kostete sie große Überwindung, ihn herzugeben und nicht ständig bei sich zu haben.

Zu den unverzeihlichen Sünden zählte beim Stanton-Clan Selbstmitleid. Und kein Stanton – nicht einmal Lara – machte sich dieser Sünde schuldig. Die Lektion hatte immer gelautet, konstruktiv dagegen anzukämpfen, alles zu tun, was einen weiterbrachte. Lara praktizierte, was die Familie predigte, und das war ihre Rettung. Das und die Familienpolitik, nie ungebeten gute Ratschläge zu erteilen oder zu kritisieren. Hierfür wurden Profis hinzugezogen. Diese Regeln gestatteten der Familie den Luxus, einander ohne peinliche Einmischung mit bedingungsloser Loyalität und Unterstützung zur Seite zu stehen. Hierin begründete sich ihre Freiheit, ihre eigenen Fehler zu machen, zu lernen, mit ihnen fertigzuwerden, für sie zu bezahlen und weiterzuleben.

In den zwei Jahren bevor die Scheidung ausgesprochen wurde, lebte Lara mit ihren zwei Kindern zusammen. Wenn sie aus ihrem Versteck hervorkam, teilte sie ihre Zeit, so gut es ging, zwischen Cannonberry Chase und der Familienresidenz in Manhattan auf. Diese Zeit bekräftigte das bereits starke Band zu ihrer Familie, den angeheirateten Ehefrauen und deren Kindern. Ihr Einfluß innerhalb der Familie blieb von ihren privaten Problemen unberührt, nahm vielleicht sogar zu. Der Altersunterschied schien dabei eine Rolle zu spielen. Sie war zwölf Jahre jünger als der jüngste ihrer Brüder, so daß die Familie sie immer noch als jung und vital betrachtete, als die Verkörperung ihrer selbst in jungen Jahren.

Und da war noch etwas: Cannonberry Chase war für sie alle immer der Mittelpunkt ihres Lebens gewesen. Jetzt, da fast alle Söhne verheiratet waren und ein eigenes Zuhause und eine eigene Familie gegründet hatten, hatte nur Lara mit ihrer übermächtigen Liebe zu dem Anwesen die Zeit, sich ihm zu widmen. Sie half Henry und Emily, den Besitz zu verwalten und zu erhalten. Cannonberry Chase bedeutete der ganzen Familie sehr viel, es war immer noch das Zuhause, das ihrer aller Leben bestimmte, immer noch der Schauplatz freudiger Ereignisse, der Ort, der sie zusammenschweißte. Eine Welt für sich, aus der sie Kraft schöpften. Sie alle waren Lara dankbar und auch beeindruckt von dem, was sie dort leistete. Immer häufiger baten John und Steven sie um Rat, wenn es um Projekte ging, die die Familie betrafen. Es war Lynette, die es am treffendsten formulierte: »Cannonberry Chase, ständig muß ich mit Cannonberry Chase rivalisieren. Es ist schlimmer als ›die andere Frau‹. Mit einer Geliebten habe ich gelernt zu leben.«

Zwar versuchte immer noch gelegentlich das eine oder andere Blatt, aus Laras Vergangenheit Kapital zu schlagen, aber inzwischen spielte sie nur noch eine untergeordnete Rolle. Jamal war der Star, der gutaussehende arabische Playboy, der nach seiner gescheiterten Ehe zu einer beinahe tragischen Figur geworden war. Die Zeitschriften holten nun mehr aus ihren Storys heraus als die Boulevardzeitungen damals aus Lara. Sie hatten mehr Material zur Verfügung. Und gab es eine bessere Quelle als die zornigen Indiskretionen eines rasenden Ehemannes – zumal wenn die betreffende Frau zu den weltweit wohlhabendsten Vertreterinnen der High Society zählte? Eine Amerikanerin war Thema, die einen Araber geheiratet hatte, deren Lebensstil ›der Stoff, aus dem die Träume sind‹ war, ein Leben, das die Phantasie anregte. Anspielungen auf Unmoral, auf ihr bizarres Sexleben machten Schlagzeilen. Eine Woche lang war es entsetzlich, dann ließ es sie kalt. Es mangelte an Glitter, die Luft war raus.

Die Stantons lieferten nicht den nötigen Hintergrund. Ihr Vermögen war zu alt und zu gewaltig, sie nicht zu respektieren. Die Familie war zu überlegen konservativ, um – abgesehen von der eigensinnigen Tochter – Stoff für Skandale zu liefern. Die Reihen hatten sich zu fest geschlossen, versiegelte Lippen brachten spitze Zungen zum Schweigen. Die Geheimnisse waren so tief vergraben, daß es unmöglich war, sie aufzudecken, viel zu mühsam, erst recht für eine Story, die bis dahin längst gestorben sein würde. Nein, die Paparrazzi hielten sich besser an Jamal mit seinen Eskapaden und Affären, seinen ausschweifenden Lebensstil und seine Freunde aus dem Jet-set.

Lara hatte das alles schon vor der Scheidung durchgemacht. Sie ignorierte die Medien, die sich auf sie stürzten. Sie hatte Wichtigeres zu tun, mußte ihr Leben wieder in Ordnung bringen. Und das tat sie als ein anderer Mensch. Über zwei Jahre lang hatte sie sich ausschließlich ihren zwei Kindern gewidmet. Jetzt, da Jamal auch rechtlich aus ihrem Leben getilgt war und die Furcht, daß er die Kinder entführte, sie nicht mehr quälte, nahm sie nach außen hin das Leben wieder auf, das sie bis zu jener fatalen Begegnung auf der Piazza della Signoria geführt hatte.

So beschäftigt mit Leben und Lieben, wie Lara es ihr ganzes Leben gewesen war, neigte sie dazu, sich vorzumachen, daß sie so wie jeder andere für den Tag lebte. Lara war nur selten bewußt, daß sie ihr Dasein ständig weiterentwickelte. Auch nahm sie nicht wahr, daß sie sich ständig veränderte, welch verändernde Wirkung das Leben selbst auf sie hatte.

Es war schon bemerkenswert, daß die Männer aus Laras Familie und ihrem engsten Freundeskreis im Gegensatz zu den Frauen in ihr etwas sahen, mit dem sie völlig entspannt umgehen und auf das sie sich verlassen konnten. Eines Abends, nach einem Familienessen und vielleicht dem einen oder anderen Glas zuviel, zogen sie sich in die Bibliothek zurück, um zu plaudern. Auf Henrys Bitte an David, etwas für ihn zu erledigen, hatte dieser entgegnet: »Frag La. Sie ist besser qualifiziert, sich dieser Sache anzunehmen. Sie hat alles. Überblick, Kraft, Intelligenz und keinerlei persönliche Ambitionen. Sie setzt sich mit mehr Liebe, Leidenschaft und Entschlossenheit ein als ich oder sonst jemand von uns. Sie ist am besten geeignet, in einem Sturm das Ruder zu führen, und man kann sich darauf verlassen, daß unter ihrem Befehl das Schiff jedes Unwetter übersteht.«

An diesem Abend befolgte Henry Davids Rat. Hiernach besprach er immer öfter mit Lara Projekte, denen sein ganz persönliches Interesse galt. Sie schien die seltene Fähigkeit zu besitzen, sofort den Kern des Problems zu erkennen. Für gewöhnlich kamen ihre Fragen genau auf den Punkt, und mit zurückhaltendem Engagement schlug sie kreative und originelle Lösungen vor. Henry, seine Komitees und Berater waren zunehmend beeindruckt von Laras Fähigkeiten. Als Henry zu einer Natur- und Umweltkonferenz nach Amsterdam reiste, bat er Lara, ihn zu begleiten, weil er großen Wert auf ihre persönliche Meinung legte. Auf dem Empfang, der für die Konferenzteilnehmer gegeben wurde, eroberte sie alle mit ihrem Aussehen und ihrem aufrichtigen Interesse für ihre Projekte. Und so lud Henry sie ein, an der zweiten Sitzung teilzunehmen. Niemand erhob Einwände.

Lara verabscheute den Bürokratismus und die Ineffektivität, die die größeren Wohltätigkeitsorganisationen lähmten. Wenn sie auch nur das geringste Anzeichen solchen Ballastes bei einem der Stanton-Projekte entdeckte, machte sie sofort John oder Henry darauf aufmerksam. Sie hatte eine Standardantwort auf alle Ausflüchte von Angestellten der Stanton-Organisationen: »Sie sind dem Vorstand Rechenschaft schuldig. Als Vorstandsmitglied, wenn auch als recht passives, bin ich unzufrieden. Finden Sie eine Lösung für das Problem. Gelingt Ihnen das nicht, möchte ich erfahren, warum.«

Das mochte hart anmuten, aber ihr leidenschaftliches Interesse an allem, womit sie sich befaßte, ihre cleveren Lösungsvorschläge und Anregungen sicherten ihr das Gehör und die Kooperationsbereitschaft aller Betroffenen. Manche Frau in ihrer Position hätte man eine störende Amateurin geschimpft und abgelehnt. Bei Lara war das nicht der Fall. Sie hatte keinen offiziellen Posten inne und war auch an keiner solchen Position interessiert. Ihr ging es nicht um irgendwelche persönlichen Vorteile. Wie alle Stantons mit Ausnahme von David zog sie es vor, aus dem Hintergrund zu operieren. Das Rampenlicht überließ sie anderen, die viel härter arbeiteten als sie selbst. Sicher, man hörte ihr wegen ihres Geldes und ihres Namens zu, aber darüber hinaus strahlte sie eine Offenheit und Aufrichtigkeit aus, die ihren Einfluß beträchtlich untermauerten.

Lara begleitete Henry nach Helsinki und einige Monate später zu einer Konferenz nach Genf. In demselben Jahr reiste sie mit Henry und John nach Japan. Und immer in der Rolle der pflichtgetreuen Tochter. Aber die Faszination der Vorstandssitzungen, der machiavellistische Reiz des Big Business fesselten Lara schon bald. Und zu versuchen, die Macht dieser Menschen für eine bessere Welt, für die Erhaltung der Erde einzuspannen, schien ihr etwas zu sein, von dem nur alle Menschen profitieren konnten. Sie handelte entsprechend. Ihre Erfolge waren begrenzt, aber jeweils beeindruckend. Und wenngleich sie diesen arbeitsreichen Teil ihres Lebens nicht aus den Augen verlor, genoß sie auch die Macht, die sie im Vorstand innehatte.

Jedoch nicht genug, um einen der Posten anzunehmen, die Henry und John ihr anboten. Sie war höchstens bereit, gemeinsam mit Harland an Sitzungen teilzunehmen, die die Treuhandfonds der Stantons betrafen, als interessierte Partei und in beratender Funktion. Aber sofern die Familie gelernt hatte, ihre Beiträge zu den Familiengeschäften zu würdigen, schwoll ihr Respekt bei der nächsten außerordentlichen Generalversammlung und dem anschließenden Dinner zu Bewunderung an. Sie strahlte für sie alle wie niemals zuvor.

Henry, Steven und Lara waren im vergangenen Jahr nach Japan gereist, weil ein ernstzunehmendes Angebot der Japaner für den Stanton Guarantee Trust in Manhattan vorlag, die Investmentbank der Familie, ein Konkurrenzunternehmen von Lazards, Morgan Guarantee, N. M. Rothschilds und Warburg. Es ging um Milliarden. Der Vorstand sollte darüber abstimmen, ob das Angebot angenommen werden sollte. Es war wie gewöhnlich ein einstimmiger Entscheid notwendig. Sämtliche Berater hatten der Familie zugeredet, das Angebot anzunehmen. Wie üblich war die letzte Stimme Henry vorbehalten. Nacheinander gaben alle Anwesenden ihre Stimme ab. David, Elizabeth, Max, Steven und John stimmten für einen Verkauf. Dann war Lara an der Reihe. Sie stimmte dagegen. Verblüfftes Schweigen senkte sich herab. Man hätte eine Stecknadel fallen hören können. Die Gesichter der Familienmitglieder drückten Überraschung aus, die der Berater versteinerten schockiert. Lara begründete ihre Entscheidung.

»Ich habe das Gefühl, daß keiner von euch wirklich bedacht hat, was das tatsächlich bedeuten würde. Ich meine, wenn wir auf die Macht und das Prestige unserer Bank verzichten, auf einen Teil unseres Erbes. Die Bank befindet sich seit fast zweihundertfünfzig Jahren im Besitz der Familie. Sie allein hat uns finanziert, und dank ihr war es uns möglich, einige unserer Träume und Ambitionen zu realisieren. Ich möchte meinen Kindern die Möglichkeiten erhalten, die sie uns eröffnet hat. Wenn wir die Bank verkaufen, ist das der Anfang vom Ende der Stantons. Es mag einige Zeit dauern, aber wir werden auseinandergehen, uns in alle Himmelsrichtungen zerstreuen. Dann haben wir einen grundlegenden Bestandteil unserer Identität verloren. Und gleichzeitig wird Amerika eine Ikone verlieren, die auf ihre eigene bescheidene Art ebenso ein Teil der Geschichte unseres Landes ist, wie es George Washington und Valley Forge sind. Ich fände das sehr bedauerlich.«

Sie nahm wieder Platz. Henry stimmte ihr zu. Die Berater waren hinterher sichtlich enttäuscht, nicht aber die Familie. Sie scharte sich um Lara und dankte ihr dafür, daß sie weitsichtiger gewesen war als sie alle. Elizabeth gab zu, daß das viele Geld sie geblendet hatte, David, daß er nur an sich selbst und seine Ambitionen gedacht habe. Er war ihr dankbar. Max sagte: »Ich habe schon immer gewußt, daß du von uns allen die Beste bist.«

Was Lara betraf, hatte sie dies nicht geplant. Sie hatte nur eine Entscheidung getroffen und war bereit gewesen, sich den Konsequenzen zu stellen. Nur ganz tief in ihrem Inneren, auf unterbewußter Ebene, wußte sie, daß das, was sie an jenem Morgen in diesem Sitzungssaal bewirkt hatte, sie eines Tages zur Matriarchin der Familie machen würde, zur Herrin von Cannonberry Chase.

Aber das lag noch in ferner Zukunft. Einstweilen war sie zufrieden mit ihrem Leben, ihren Kindern, ihrer Familie und ihren Freunden und lebte weitgehend so wie immer. Phasen, in denen sie das Alleinsein genoß, wechselten sich mit solchen reger gesellschaftlicher Aktivitäten ab. Sie litt nicht mehr unter dem Gefühl des Verlustes ihrer zwei Ehen und der zwei Liebesgeschichten, die ein mehr oder weniger tragisches Ende genommen hatten. Aber diese Erfahrungen waren nicht spurlos an ihr vorbeigegangen.

Auch sie hatte aus den tragischen Verlusten etwas zurückbehalten; das Bewußtsein, wahre Liebe gekannt zu haben, und das konnte ihr keiner nehmen. Verlust und Gewinn wogen einander auf; das eine konnte ohne das andere nicht sein. Beides gab ihr Kraft, half ihr, alle Bitterkeit aus ihrem Herzen zu verbannen, während sie darauf wartete, daß ihr eine neue Liebe begegnete.

Was machte es für einen Sinn, in der Dunkelheit ihres Zimmers, allein und doch ausgefüllt von einem abwechslungsreichen und aufregenden Leben, von einer großen Liebe zu träumen, von etwas Einzigartigem, das es vermutlich gar nicht gab? Und doch war eins sicher: Ganz gleich, was auch geschah, Lara wußte, daß sie den Traum mit ins Grab nehmen würde.

Nur eins machte ihr angst. Daß sie möglicherweise nie wieder eine romantische Liebe erleben würde. Es war nicht nur die augenblickliche Faszination jener Liebe. Vielmehr genoß sie die drastischen Veränderungen, die sie mit sich brachte. Sie hatte die romantische Liebe mit all ihren massiven Veränderungen oft genug erlebt, um zu wissen, daß sie sie immer noch brauchte. Wenngleich sie zufrieden war, mit den Veränderungen zu leben, die sie ihr in der Vergangenheit beschert hatte, freute sie sich auf weitere solcher Erfahrungen. Sie litt immer noch unter dieser tiefverwurzelten Einsamkeit, die sie ihr ganzes Leben lang begleitet hatte. Sie vermißte exzessive erotische Liebe, leidenschaftliche Liebe, das Gefühl, für jemanden an erster Stelle zu stehen.

Aber Lara war weiser geworden, verstand ihre Sehnsüchte und hatte gelernt, mit ihnen zu leben. Sie war ruhiger und hatte akzeptiert, daß die Liebe sich nicht erzwingen ließ.

Sein Name war Evan Harper Valentine. Aber das wußte sie nicht, als sie ihm in der Ägyptischen Abteilung des Metropolitan Museum begegnete. Ihre Beziehung sollte sich aus Zufallsbegegnungen entwickeln, im Laufe derer eine Liebe entstand, mit der keiner von beiden rechnete. Die Art von *grand amour*, bei dem nur das wahre Schicksal die Finger im Spiel hat.

Neckisch wählte das Schicksal einen verschneiten Nachmittag im Januar. In dem Familien-Wohnsitz in Manhattan war niemand außer dem Personal. Henry war in Paris, während Emily und der Großteil der restlichen Familie sich in dem Haus in Palm Beach aufhielten. Bonnie war bei Sam und Karim bei Jamal. Julia war zwei Tage zuvor nach Gstaad geflogen, wohin Lara ihr in einer Woche zum Skilaufen nachfolgen sollte. Lara hatte sich auf diese Zeit des Alleinseins gefreut, fernab von allen und dem ganzen Trubel, der ihr Leben bestimmte.

Es hatte angefangen, stärker zu schneien. Der Wind und die Kälte hatten die Ausmaße eines richtigen Wintersturms angenommen. In der Bibliothek und im Wohnzimmer loderten Feuer in den offenen Kaminen. Lara ließ sich das Mittagessen dort servieren und sah zu, wie der Garten jenseits des großen Oriel-Fensters unter einem Schneeteppich versank. Als sie fertig gegessen hatte, ging sie zum Klavier hinüber und klimperte auf einigen Tasten herum. Dann setzte sie sich und spielte fast zwei Stunden am Stück, und das so gut wie schon seit Jahren nicht mehr.

Als sie schließlich aufhörte, trat sie ans Fenster und blickte staunend auf das strahlende Weiß hinaus. Irgendwie war die Reinheit des Gartens unter der dicken Schneedecke tröstlich. Sie blickte auf die Tore und Gebäude dahinter – alles weiß, weiß, und es schneite noch ebenso stark wie schon den ganzen Tag. Ihre Gedanken wanderten zurück in die Vergangenheit und zu den Jahren ihrer Jugend. In diesem Raum hatte sich nur wenig verändert. Er war vielleicht noch ein wenig abgenutzter, und es gab mehr Familienphotos in Silberrahmen, aber Emily sorgte immer noch für frische Frühlingsblumen, und es duftete auch unverändert nach Potpourri. Sie fühlte sich entspannt, geborgen und so jung, als stünde sie noch ganz am Anfang ihres Lebens. Sie lächelte über ihre Albernheit und klingelte nach Coral.

Ihr Mädchen erschien mit warmen, pelzbesetzten Stiefeln, einem Mantel über dem Arm und einem Hut in der Hand. »Warum wollen Sie bloß bei diesem Wetter aus dem Haus, Miss Lara. Es ist kalt da draußen.«

»Das wird meine Sinne beleben.«

»Der Verkehr ist fast zum Erliegen gekommen, und die Straßen sind menschenleer.«

»Um so besser. Ich liebe New York, wenn es still und verlassen ist. Ich werde nicht weit gehen.« Sie schlüpfte in die Stiefel und schlang sich einen terracottafarbenen Schal mit schwarzer Bordüre um den Hals. Über das blonde Haar zog sie eine Zobelmütze, auf die jeder Kosake stolz gewesen wäre. Sie stopfte ihr Haar unter die Pelzmütze und rückte sie zurecht, bis sie in modisch schrägem Winkel saß. Coral hielt ihr den russischen Zobelmantel, den Henry ihr im Namen der Familie zu Weihnachten besorgt hatte, ein Dankeschön dafür, daß sie die Familienbank gerettet hatte. Er reichte um mehrere Zentimeter über den Rand der Stiefel, hatte breite Revers und einen breiten schwarzen Samtgürtel mit einer Bronzeschnalle, in die Silber- und Goldverzierungen eingearbeitet waren. Sie zog pelzbesetzte, schwarze Lederhandschuhe über und betrachtete sich dann im Spiegel. »Ganz im Stil von Anna Karenina und Greta Garbo.« Sie lachte in sich hinein und verließ das Haus, ohne einen Gedanken an Schiwagos Lara.

Der Schnee auf der Straße vor dem Haus war unberührt – keine Reifenspuren oder Fußstapfen. Kein Mensch, kein Laut. Ein Wintertraum. Sie kämpfe sich gegen den Wind zur Straßenecke und bog in die Fifth Avenue ein. Nun da der Wind ihr nicht mehr ins Gesicht wehte, konnte sie entspannt über den verlassenen Bürgersteig stapfen, durch mehrere Zentimeter unberührten Schnee. Sie kam sich vor wie eine Figur in einer Schneekugel.

Lara überquerte die Avenue und ging in Richtung Central Park. Die Kälte war wohltuend, die Luft sauber und frisch. Und es war ein beinahe unheimliches Gefühl, durch das fast undurchdringliche Schneegestöber zu laufen. Als würde man ein pointillistisches Gemälde durchqueren, einen Seurat oder Pissaro. Ihr Gesicht begann in der Kälte zu brennen, ansonsten war ihr mollig warm in ihren Pelzen. Sie fühlte sich jung und vital. Sie stapfte weiter. Ein Taxi erschien wie aus dem Nichts, schlitterte in wildem Zickzackkurs an ihr vorbei und verschwand wieder in der unheimlichen Stille, nur ein Schatten eines New Yorker Yellow Cab. Der Wind drehte, und es schien, als würde es noch stärker schneien. Das Schneegestöber wurde so dicht, daß sie den Eingang zum Park verpaßte. Sie steuerte den nächsten Zugang an.

Das Metropolitan ragte plötzlich aus den Schatten des grauweißen Nachmittages auf. Das Gehen war inzwischen mühsam geworden. Die beißende Kälte drang bis zu ihren Händen und Füßen durch. Sie überlegte, ob sie umkehren sollte, entschied sich aber dann dagegen. Überrascht sah sie, daß mehrere Besucher über einen schmalen Pfad in der Schneedecke die Stufen zum Museum hinaufstiegen. Ein Mann und ein kleines Mädchen kamen gerade heraus. Lara gab den Gedanken an einen Spaziergang im Park auf und machte kehrt, um nach Hause zurückzugehen. Nach wenigen Schritten hielt sie jedoch inne. Die Erinnerung an jenen warmen Septemberabend stieg in ihr auf. Sie ging noch ein paar Schritte weiter. Es war so lange her, und doch war die Erinnerung so deutlich, als wäre es erst gestern gewesen: jener Abend, da die Familie und ihre Freunde als Ehrengäste das Museum besucht hatten.

Sie lächelte bei der Erinnerung an die erotischen, lustvollen Szenen, die sie an jenem Nachmittag und Abend beobachtet hatte. Sie bleib erneut stehen, schüttelte den Schnee von ihrem Mantel, rieb die Hände aneinander und stampfte mit den Füßen auf, ehe sie weiterging. Ähnliche Gefühle wie damals stiegen in ihr auf. Etwas veranlaßte sie kehrtzumachen, die Treppe hinaufzusteigen und das Museum zu betreten. Wind und eisige Luft fegten mit ihr hinein. Dann wurde sie von wohliger Wärme eingehüllt.

Es waren nur wenige Besucher im Museum. Hier herrschte Grabesstille, aber es war hell und warm. Sie hörte das Echo von Schritten, eine Stimme. Die Geräusche schärften die Erinnerung an jenen Abend. Einer der Museumswächter legte ihr nahe, ihren Mantel an der Garderobe abzugeben. Sie lehnte ab. Ein zweiter Wachmann erkannte sie. Er nahm seine Schirmmütze ab und grüßte sie. »Miss Stanton, nicht wahr?«

»Ja. Hallo, Joe. Ich möchte meinen Mantel lieber anbehalten, wenn Sie nichts dagegen haben. Ich möchte nur ein paar Minuten in die Ägyptische Abteilung.« Sie zog die Handschuhe aus und schüttelte dem Mann die Hand.

Die Abteilung war menschenleer und die Lichtverhältnisse beinahe die gleichen wie bei ihrem letzten Besuch. Sie ging in Richtung der Statue, wo Max in einem Lichtstrahl eine der chinesischen Schwestern geliebt hatte. Wie sehr sie sich auch anstrengte, wollte ihr einfach nicht einfallen, welche der Zwillinge es gewesen war. Sie überlegte. Aus einem unerfindlichen Grund wollte sie sich an alle Einzelheiten jenes Abends erinnern. Sie sehnte sich danach, diesen Abend noch einmal zu erleben, mit den Augen einer erwachsenen Frau. Sie wollte ihre Unschuld jener Tage zurückholen, für einige Minuten die Jahre auslöschen, die inzwischen vergangen waren.

Es war warm. Sie nahm die Mütze ab und schüttelte ihr Haar aus. Als sie an einem riesigen Glaskasten vorbeikam, sah sie ihr Spiegelbild in der Scheibe. Sie blieb stehen, als wäre sie überrascht von dem Anblick der schönen Frau in dem Pelzmantel, der sich unter der schmalen Taille bauschte. Wer war diese Frau? Sie hatte erwartet, das junge Mädchen zu sehen, das sie an jenem Abend gewesen war. Sie starrte auf die Glasscheibe und konzentrierte sich darauf, jenes andere Bild heraufzubeschwören. Sie legte die Hände über die Augen und lächelte, staunend ob der Streiche, die der Verstand einem spielen konnte. Sie konnten nicht anders, als die Beharrlichkeit des Unterbewußtseins zu bewundern. Die hieraus resultierende Macht der Erfahrung, die es einem ermöglichte, sein Leben zu gestalten.

Für sie war es vorbei. Sie brauchte die Statue nicht mehr zu sehen. Sie wandte sich ab, um die Abteilung zu verlassen, überlegte es sich dann doch anders und sagte laut: »Zum Teufel damit. Warum nicht?« Sie machte sich auf die Suche nach der Gottheit und war überrascht, dort einen Mann anzutreffen, der den Koloß bewunderte. Er stand einige Zeit reglos da, die Arme über der Brust verschränkt, wie hypnotisiert von der Kraft und Schönheit der Skulptur. Er war ganz vertieft in die Betrachtung und bemerkte gar nicht, daß er selbst beobachtet wurde. Er trat näher an die Statue und berührte ihren Fuß. Lara trat an seine Seite. Ihre Absätze hallten auf dem gefliesten Boden wider. Für den Mann war der Zauber des Augenblicks gebrochen. Abrupt wandte er sich um. Ihre Blicke trafen sich. Spontane Anziehung, aber sie waren beide zu überrascht, es zu erkennen. Drückende Stille senkte sich herab. Schließlich sagte Lara verlegen: »Ich habe Sie erschreckt.«

»Vielleicht ein wenig.«

»Als Sie ganz nahe an die Statue herangetreten sind, den Fuß berührt haben … meine Phantasie hat mir einen Streich gespielt, ein *déjà vu*. Völlig albern.«

»Das macht nichts.«

Wieder ließ die Kraft der gegenseitigen Anziehung sie verstummen. Er schien zu warten, daß sie etwas sagte. Lara schien unfähig, die richtigen Worte zu finden, die Begegnung elegant zu beenden. »Sie sind Brite«, sagte sie nur und ärgerte sich gleich darauf über diese banale Bemerkung.

»Ja.«

»Ich muß gehen.«

»Wollten Sie etwas Bestimmtes?«

Sie lächelte den Fremden an. »Nur diese Statue wiedersehen. Ein Ausflug in die Vergangenheit.«

»Und mit mir hatte es gar nichts zu tun?«

»Nein.« Sie mußte lachen.

Er war bezaubert von ihr und wollte sie nicht einfach gehen lassen. »Meinen Sie, ein Brite könnte vielleicht mitlachen?«

»Nun, Sie würden es wohl nicht so amüsant finden wie ...« Sie brach ab, lächelte wieder und sagte: »Ich muß jetzt wirklich gehen.«

Sie eilte in Richtung Ausgang, hörte aber seine Schritte dicht hinter sich.

An der Tür blieb Lara einige Minuten stehen und blickte hinaus in den Schneesturm. Er schien etwas nachgelassen zu haben. Die Flocken waren größer, aber weniger geworden. Sie konnten sogar bis auf die andere Straßenseite sehen. Wie schade, daß dieser Fremde den Fluß der Erinnerung gestoppt hatte. Sie hätte gern die verführerische Verruchtheit von damals heraufbeschworen, die sie an jenem Abend so erregt hatte und die sie heute noch zu erregen vermochte. Zu schade. Das und ein wenig Phantasie machten das Leben irgendwie interessanter. Wenn auch komplizierter. Sie dachte flüchtig an den Mann. Warum glaubte sie plötzlich, sein Gesicht schon einmal gesehen zu haben? Der schwere, knochige Kopf. Die sexy Augen, die so große Intelligenz ausstrahlten. Das faltige und doch anziehende Gesicht. Die Grübchen, als er sie angelächelt hatte. Und die hohe Stirn, die seltsam verführerisch auf sie gewirkt hatte. Ja, sie war ziemlich sicher, ihm schon einmal begegnet zu sein oder zumindest sein Photo schon einmal irgendwo gesehen zu haben. Sie wollte ihre Zobelmütze wieder aufsetzen und stellte fest, daß sie sie nicht mehr in der Hand hielt. Sie mußte sie in der Ägyptischen Abteilung verloren haben. Sie drehte sich um und stieß mit dem Fremden zusammen.

Diesmal schrak sie zusammen. »Suchen Sie vielleicht das hier?« fragte er.

»Ja.«

Wieder dieses Lächeln. Es war überaus anziehend. Wie alt mochte er sein? In den Fünfzigern vielleicht. Möglicherweise war er auch schon über sechzig. Sie nahm die Pelzmütze von ihm entgegen. Er sah zu, wie sie sie aufsetzte, das Haar darunterstopfte und die Handschuhe überzog. Sie nahm sich Zeit, ihn genauer betrachten zu können. Er trug einen dicken Kamelhaarmantel über einem pfeffer-und-salzfarbenen Tweedanzug. Dazu eine rote Wollkrawatte und ein blaues Hemd von Turnbull & Asser. Er verknotete den Gürtel seines Mantels, knöpfte eines der Revers über dem anderen zu und schlug den Kragen hoch. Dann zog er eine graue Tweedmütze und Lederhandschuhe aus der Manteltasche.

»Sollen wir uns gemeinsam den Gefahren der Treppe stellen?«

Er hakte sie unter, und gemeinsam verließen sie das Museum. Seine Finger lagen mit festen Griff um ihren Arm. Sie spürte seine Kraft. Die Jahre hatten seine körperliche Kraft nicht gemindert. Ja, er hielt sie fest, aber sein Gesicht, seine ganze Haltung, drückte auch Charakterstärke aus. Die Treppe hinunterzusteigen erwies sich als gefährlicher als der Aufstieg. Vorsichtig bewältigten sie die Stufen. Als sie den schneebedeckten Bürgersteig erreicht hatten, reichte sie ihm die Hand. »Vielen Dank.«

Schneeflocken bestäubten seine Schultern. Sie fühlte den Drang, den Schnee fortzuwischen, widerstand jedoch der Versuchung. Er strahlte eine Wärme und Menschlichkeit aus, die sie faszinierten. Er war etwas Besonderes, und sie wollte nicht einfach von ihm weggehen. Er tippte mit den Fingern an seine Mütze und sagte lächelnd: »Auf Wiedersehen, schöne Frau.«

Aber sie rührten sich beide nicht von der Stelle. Es war Lara, die schließlich sagte: »Ich gehe in Richtung Innenstadt. Wenn das auch Ihre Richtung ist, könnten Sie mich doch ein Stück begleiten.«

»Es ist meine Richtung.«

Ihnen begegneten nur zwei Passanten. Einer von ihnen, ein

älterer Herr, rutschte aus. Sie eilten ihm zu Hilfe und klopftem ihn den Schnee von den Kleidern. Dann blickten sie ihm nach, wie er seinen Weg dicht an der Hauswand entlang vorsichtig fortsetzte. Ansonsten sagten sie kein Wort. Am Straßenrand nahm er ihren Arm, bis sie auf der anderen Seite waren. An der Straßenecke blieb sie stehen.

»Haben Sie es noch weit?« fragte sie.

»Ich wohne im Carlisle.«

»Das ist meine Straße.«

Er nahm wieder ihren Arm, und sie verließen die Avenue. Einige Schritte später blieb sie erneut stehen. »Und das ist Ihr Haus?«

»Ja«, entgegnete sie.

Die Tore zur Auffahrt standen offen. Inzwischen war es dunkel geworden. Der Wind war wieder aufgefrischt und wirbelte den Schnee auf. Schneewehen türmten sich am Zaun und an den Torflügeln. Stille umgab sie, so weiß, so kalt – auf unheimliche Art sinnlich. Sie hätten in Rußland sein können, in Schweden oder Norwegen. Irgendwo anders, nur nicht in New York. Das Licht, das durch die Fenster fiel, und die große Laterne unter dem Portikus, die im Schneegestöber hin und her schwang, verliehen dem Haus etwas Heimeliges.

Er strich etwas Schnee von ihrer Zobelmütze. Ein Vorwand, um sie erneut anzufassen, das war ihnen beiden klar. Eine kleine, aber bedeutungsvolle Geste. Er lächelte sie an und sagte: »Dann sehen wir uns wieder.«

Sie registrierte, daß er eine Hand flach auf das Revers seines Mantels gelegt hielt. Die Hand hatte auf dem ganzen Weg vom Museum dort gelegen. »Kommen Sie herein und wärmen Sie sich am Feuer auf, ehe Sie zum Hotel zurückgehen. Möchten Sie vielleicht einen Whisky? Oder einen Tee?«

Sie sah das Zögern in seinem Blick und nahm seine Hand. »Ich kann nicht. Meine Frau wartet auf mich. Sie wird sich Sorgen machen«, sagte er. Aber er machte immer noch keine Anstalten zu gehen.

Lara war nicht überrascht. Sie griff unter ihren Mantel und nahm den Schal von ihrem Hals. Dann knöpfte sie seinen

Mantel auf. Er nahm ihr den Gucci-Schal aus den Händen und wickelte ihn sich um den Hals. Der Schal war noch ganz warm. »Das wäre nicht nötig gewesen.«

»Ich finde schon.«

»Ich bringe ihn morgen früh zurück.«

»Nein!« entgegnete sie, eine Spur zu laut. »Behalten Sie ihn als Erinnerung an eine flüchtige Begegnung.«

Kapitel 25

Als Lara am nächsten Morgen aufstand, erwachte die Stadt gerade wieder zum Leben. Sie konnte eine Schneeschaufel auf dem Bürgersteig schaben hören. Von ihrem Fenster aus sah sie den Gärtner, der die Auffahrt freischaufelte. Einige Wagen bewegten sich langsam die Fifth Avenue hinunter. Der Zauber des vergangenen Nachmittags, der Drang, die erotischen Szenen jenes so lange zurückliegenden Tages heraufzubeschwören, fielen von ihr ab. Alles, was zurückblieb, war der warme Schimmer der Bewunderung eines älteren Mannes, eines gutaussehenden Fremden. Wie richtig es von ihm gewesen war, ihre Einladung nicht anzunehmen. Richtig für sie. Ihr war bewußt, daß es einer jener Augenblicke gewesen war, die eine psychisch reife Frau erlebt, gleich ob der Mann ein geeignetes Liebesobjekt ist oder nicht. Ein verheirateter Mann, der alt genug war, ihr Vater zu sein, und besorgter war um seine Frau als um sie, war ganz sicher nicht der Richtige. Auch wenn der Augenblick es gewesen war.

In den nächsten Tagen dachte sie oft an diesen Mann, an den Fremden, der ihr doch so vertraut erschienen war. Beinahe erwartete sie, daß er den Schal zurückbrachte. Aber er kam nicht. Sie versuchte, ihn zu vergessen, sagte sich, daß er nicht der Richtige war, ihre tiefsten Sehnsüchte und ältesten Träume zu erfüllen. Er war nicht der Mann, der ihr gestatten würde, sich zu erneuern und zu verändern. Aber wo war dieser Mann? Jedenfalls war er nicht unter den Möchtegernliebhabern gewesen, die ihr seit ihrer Trennung von Jamal nachgestellt hatten.

Einige Tage nach der Begegnung im Museum wurde eine Schachtel mit langstieligen roten Rosen für sie abgegeben. Ihren Duft einatmend, gestattete sie sich flüchtig die Phantasie, daß er sie geschickt hätte. Sie kam sich albern vor, als sie die beiliegende Karte las. Sie waren von einem netten Mann, aber eben nicht vom richtigen. Und so verdrängte sie den Fremden, der sie sicher nach Hause geleitet hatte, entschieden aus ihren Gedanken.

Einige Tage später änderte sie ihre Pläne für den Flug mit der Concorde und einer Privatmaschine nach Gstaad. Ihre Koffer waren gepackt, und sie war frühzeitig fertig, um zum Flughafen aufzubrechen. Statt dessen überraschte sie Nancy damit, daß sie ihre Pläne in letzter Minute änderte. Sie wies ihre Sekretärin an, ihr einen Nachtflug nach London zu buchen, für zwei Nächte eine Suite im Connaught zu reservieren und einen kleinen Jet zu chartern, der sie von London nach Gstaad brachte. Was Nancy besonders verwirrte, war, daß Lara sich hierauf ins Wohnzimmer begab und fast den ganzen Nachmittag Klavier spielte, bis es Zeit war, zum Flughafen aufzubrechen.

Der Steward, der sie von der Lounge in der ersten Klasse zu ihrem Platz geleitete, unterhielt sie mit dem üblichen Smalltalk: das Wetter, die Flugdauer, der Titel des Films. »Es müßte ein angenehmer, ruhiger Flug werden, Miss Stanton. Nur drei weitere Passagiere haben erster Klasse gebucht.« Ob sie Champagner wünschte? Um wieviel Uhr sollte das Abendessen serviert werden? Die ganze Aufmerksamkeit war aufgesetzt, zu offensichtlich rein professioneller Charme.

Sie entdeckte den Schal, der über einem leeren Sitz lag, im Vorbeigehen. Aber ihr ging erst auf, daß es ihrer sein – oder besser gewesen sein – könnte, als der Steward mit seinem höflichen Geplauder ihr aus der Jacke half. Sie blickte den Gang hinunter. Der Schal war noch da, der Sitz immer noch leer.

Jemand saß auf dem Fensterplatz daneben, aber sie konnte die Person nicht erkennen.

Sie schnallte sich an und blickte hinaus auf die Lichter des Kennedy Airports, der immer noch von den Nachläufern des Schneesturms eingehüllt war. Dieser Schal ... bildete sie sich denn ein, daß Gucci nur einen davon produziert hatte? Aber es war exakt der gleiche wie ihrer ... Ein Zufall? Das war ja lächerlich. Wollte sie sich auf dem ganzen Atlantikflug den Kopf darüber zerbrechen, ob er an Bord war? Wohl kaum.

Als sie in der Luft waren, löste sie den Sicherheitsgurt. Der Steward kehrte zurück, klappte die Armlehne des freien Sitzplatzes neben ihr hoch und dann die ihres Sitzes. »Mehr Platz.« Er schenkte ihr ein einstudiertes Lächeln. Lara bürstete sich das Haar und fuhr mit den Fingern hindurch. Dann nestelte sie am Kragen ihrer Seidenbluse. Sie hörte Zeitungsrascheln, dann ein Räuspern. Komisch, daß du bequemerweise seine Frau vergessen hast, sagte sie sich. Wenn er das tatsächlich ist, wo ist dann sie? Es schien unwichtig, aber sie mußte es einfach wissen.

Mit der Hornbrille sah er seltsamerweise jünger aus. Sie mußte unwillkürlich lächeln. Sie freute sich so, ihn wiederzusehen. Er war völlig in die Lektüre einer Zeitung vertieft und nahm sie gar nicht wahr. Sie nahm den Schal von dem Sitz und setzte sich. Er blickte immer noch nicht auf.

Sie trug einen dunkelbraunen Wildlederrock. Als sie die Beine übereinanderlegte, streifte das Leder sein Hosenbein. Er blickte auf. Er zeigte keinerlei Überraschung, nur Freude. Dann lächelte er sie an und nahm die Brille ab.

»Ich habe gelogen. Meine Frau hat nicht im Carlisle auf mich gewartet.«

»Warum?« Sie war verwirrt und fragte sich, warum er geglaubt hatte, sie anlügen zu müssen.

»Weil sich zu einem anderen Menschen hingezogen zu fühlen das stärkste Gefühl ist, das ich kenne. Und ich hätte nie erwartet, so etwas noch einmal zu empfinden. Ich wollte es von vornherein unterdrücken.«

»Sie müssen aber doch gewußt haben, daß ich Sie nicht abweisen würde, daß ich das gleiche empfand?«

»Ja, aber ich hoffte, mich zu irren.«

»Warum? Weil Sie gespürt haben, daß ich, im Gegensatz zu Ihnen, das Gefühl festhalten wollte?«

»Vielleicht.«

»Das verstehe ich nicht.«

»Wie sollten Sie auch? Körperliche Anziehung ist etwas sehr Komplexes, beinahe Unerklärbares. Ich bin Wissenschaftler und habe mein Leben lang nach Erklärungen dafür gesucht, warum etwas geschieht, und dann Mittel und Wege gefunden, zu verhindern, daß es sich wiederholt. Und dann bin ich Ihnen begegnet, und ich wußte gleich, daß es keine simplen Antworten geben konnte. Daß es verrückt wäre, nach ihnen zu suchen. Ein rascher Abgang schien mir die einzige Möglichkeit zu sein. Und jetzt das. Sie. Hier.«

»Die Götter sind mit uns.« Sie lächelte ihn an und legte eine Hand auf den Ärmel seines Jacketts.

Schweigend sahen sie sich an, glücklich über dieses unverhoffte Wiedersehen. »Vielleicht ein imposanter ägyptischer Gott, der vor Tausenden von Jahren in Stein gemeißelt wurde. Was andere Götter betrifft, bin ich mir da nicht so sicher.«

»Sie glauben nicht an die Götter. Ich dachte doch, als ich Sie im Museum sah. Und Sie glauben wirklich weder an sie noch an das Leben nach dem Tod, das ihre Zivilisation geprägt hat?«

»Ich würde ja gern, aber mein wissenschaftlicher Verstand gestattet es nicht.«

»Und als Sie vorgetreten sind, um den Fuß der Gottheit zu berühren ... Ich dachte, Sie würden nach etwas greifen, nach ...« Sie zögerte und fügte dann hinzu: »Ach, das ist albern.«

»Nein, nein, sprechen Sie nur weiter.«

»Nach ...«, wieder verstummte sie und suchte nach den richtigen Worten. »... Es hat mich an etwas erinnert, daß ich vor Jahren einmal beobachtet habe.« Sie schüttelte den Kopf und versuchte, ihre Verlegenheit zu verbergen. »Ich weiß, daß das keinen Sinn macht, schon gar nicht für einen Mann der Wissenschaft.«

»Vielleicht ist es gar nicht so unsinnig, wie Sie glauben. Es war ein sonderbarer Nachmittag.«

»Ja, ich bin aus einer spontanen Eingebung heraus ins Museum gegangen. Ich habe nach etwas gesucht, das weiß ich jetzt. Damals dachte ich, meine Beweggründe wären andere. Aber ich nehme nicht an, daß Ihr Museumsbesuch spontan war. Sie scheinen mir kein impulsiver Mann zu sein.«

»Da haben Sie ganz recht, das bin ich auch nicht. Ich war dort, weil der Schneesturm mich einige Stunden von Menschen und Arbeit befreit hatte, etwas, das mir nur selten widerfährt. Ich wollte diese freie Zeit nicht ungenutzt lassen. Also habe ich dem Sturm getrotzt und bin ins Museum gegangen. Ich wollte mir vor allem die Ägyptische Abteilung ansehen. Ich wollte schon immer dorthin zurück, sie ohne die Horden von Touristen besuchen. Es gibt nichts Unägypterischeres als einen Haufen Schulkinder, die von ihren ignoranten Lehrern vollgequatscht werden. Ich wollte die Kraft dieses Ortes fühlen, dieser Kunstwerke, mich in Ruhe an diese Zivilisation herantasten. Ich wollte in einem öffentlichen Museum so allein sein wie irgend möglich. Ich hielt es für ein perfektes Timing. Wer würde sich schon in dieses Unwetter hinauswagen, um ins Museum zu gehen? Nicht viele. Und ich hatte recht. Sie waren der einzige Mensch, den ich an jenem Nachmittag inmitten der pharaonischen Artefakte zu Gesicht bekommen habe. Und auch Sie habe ich erst wahrgenommen, als ich gerade dem morbiden Wunsch nachgegeben habe, etwas zu berühren, das so sehr im Tod verwurzelt ist und in dem Glauben, daß das Leben nach dem Tod bedeutender ist als das irdische Dasein. Etwas, was *ich* nicht glauben kann. Ich wollte die Bestätigung dafür, daß die Kälte des Todes nicht anders ist als die Kälte des steinernen Gottes. Daß tot tot ist. Und dann haben Sie mich erschreckt, mich unterbrochen.

Sie waren das Leben, wie ich es vergessen hatte, jung und schön, umwerfend in Ihrem Pelz und mit dem silbrigblonden Haar, hinreißend mit diesen grünen Augen und den sinnlichen Zügen. Ich fühlte mich bei Ihrem Anblick sofort neu belebt. Ich dachte, daß die Menschen sterben, ohne die Chance zu haben, zu leben. Es hat lange niemanden mehr gegeben, der mich daran erinnert hätte, daß dem nicht so ist. Romantische Liebe, Leidenschaft, Flucht ... Sie waren, zumindest für mich, der lebendige Beweis dafür, daß das Leben sehr wohl kostbarer ist als der Tod.«

Der Bann, den er um sie beide gewoben hatte, wurde vom Steward gebrochen, und Lara war ausnahmsweise froh, die diensteifrige Stimme des jungen Mannes zu hören. »Möchten Sie Ihren Champagner hier trinken? Möchten die Herrschaften zusammen speisen? Wenn ja, dürfte ich dann vorschlagen, daß Sie zu den Sitzplätzen der Dame wechseln? Dort haben Sie mehr Beinfreiheit, und die Tabletts sind an der Wand befestigt.« Er beugte sich vor und senkte die Stimme. »Dort ist es viel bequemer. Bei weitem der beste Platz in der ganzen ersten Klasse.«

Lara hätte den zu wohlerzogenen geschniegelten Steward namens Barney, wie das Namensschild verriet, küssen mögen. Sie ließ ihrem neuen Freund keine Chance, einen Rückzieher zu machen. Sie sah ihn und meinte nur: »Bitte.«

Er lächelte und stand auf und überragte sie. Sie fühlte solche Freude, ein solches Glücksgefühl! Er dankte dem jungen Mann für seinen Rat und bestellte einen Malt Whisky mit Soda. Der Steward entfernte sich lächelnd, zufrieden, ihr Leben zumindest für die Dauer des Fluges über den Atlantik gelenkt zu haben.

Lara erhob sich und kehrte ihm den Rücken zu, um auf den Gang hinauszutreten. Sie fühlte solche Wärme in seiner Gegenwart; Liebe, Zuneigung, eine starke und solide Männlichkeit und doch auch Sanftheit. Sie sah in ihm den besten aller Männer, einen ganz besonderen Menschen. Sie zögerte. Sie wollte sich nicht von ihm entfernen, diese Gefühle nicht verlieren.

Als hätte er ihre Gedanken gelesen, legte er ihr eine Hand auf die Hüfte. Sie schloß einen Moment die Augen, aus dem Bedürfnis heraus, die Welt um sich herum zu vergessen und nur noch seine Hand wahrzunehmen. Seine Hand glitt höher und legte sich um ihre Taille. Sie legte ganz flüchtig ihre Hand auf die seine und zog sie dann wieder zurück. Er ließ seine Hand sinken, und sie legte die ihre über die Stelle, auf der sie gelegen hatte, nur um seine Wärme zu spüren.

Verlegen und da sie nicht zeigen wollte, wieviel sie bereits für ihn empfand, gab sie vor, den antiken Navajo-Silbergürtel zurechtzurücken. Sie nestelte an den großen Türkisen an der Schnalle, erleichtert, daß sie ihm immer noch den Rücken zugekehrt hatte. Wieder einigermaßen gefaßt, trat sie auf den Gang, ging zu dem Platz hinüber, an dem sie vorhin gesessen hatte, und setzte sich ans Fenster. Er nahm neben ihr Platz.

Lara sagte sich, daß es ebensogut gleich hinter sich bringen konnte. »Aber es gibt eine Frau und eine Familie?«

»Ja, allerdings.«

»Das macht keinen Unterschied, wissen Sie.«

Er ging nicht darauf ein, wenngleich er entgegnen wollte: »Das sollte es aber.« Statt dessen fragte er: »Sind Sie verheiratet?«

»Ich war es. Zweimal.«

»Das tut mir leid.«

»Ja, mir auch.«

»Ich könnte Ihr Vater sein.«

»Aber Sie sind es nicht.«

»Sie sollten sich einen jungen Mann suchen, mit dem Sie sich gemeinsam ein Leben aufbauen können, jemanden, der Ihnen mehr bieten kann als ich. Ich kann einfach Ihr Leben nicht kaputtmachen. Ich weigere mich.«

»Warum diese Ausflüchte?«

Das schien ihn nachdenklich zu stimmen. Er strich sich mehrmals über das Kinn. Dann sah er sie an und sagte: »Sie stehen für eine Mischung aus Hoffnung, Furcht und Aufregung. Für all das, was zum Verlieben gehört. Ich glaube nicht, daß ich an diesem Punkt meines Lebens damit umgehen kann, so sehr ich es mir auch wünschen mag. Sich verlieben? Die Zeiten sind für mich vorbei.«

»Und was, wenn ich nicht zulasse, daß Sie uns keine Chance geben?«

»Dann werden wir beide sehr stark, ehrlich und mutig sein müssen. Ich zweifle nicht daran, daß Sie all das sind, aber was mich betrifft, bin ich mir da nicht so sicher.«

»Bitte enthalte uns nicht vor, daß wir uns lieben.«

»Zu vieles in einer Liebesbeziehung zwischen uns würde allein von dir abhängen«, entgegnete er, ganz selbstverständlich zum Du wechselnd. »Nicht weil ich es so haben wollte, sondern weil das Leben mich gelehrt hat, daß Beziehungen eine Frauendomäne sind. Und ›der Mann, der von einer Frau zur anderen wechselt, obwohl ihm das Herz schmerzt vor Idealismus, von der Sehnsucht nach reiner Liebe, hat das Reich der Weiblichkeit betreten‹. Das habe ich von Saul Bellow gelernt. Wenn eine Beziehung zwischen uns funktionieren soll, wirst du für den Erfolg sorgen müssen.«

Sie aßen und tranken, schalteten dann die Deckenbeleuchtung ein und redeten die ganze Nacht über Gott und die Welt. Über alles außer über sich selbst und ihre Gefühle zueinander. Sie sahen sich den Sonnenaufgang an. Der neue Tag gab ihnen Hoffnung, daß sie zusammensein könnten, vielleicht nicht immer, aber doch in Abständen, für den Rest ihres Lebens. Sie fühlten es, aber es war zu gewaltig, es in Worte zu fassen. Und es war noch zu früh. Sie beide fanden den anderen bemerkenswert, betrachteten ihn aber seltsamerweise nicht als das Wichtigste, sondern lediglich als die bedeutendste lebensspendende Kraft in ihrem Leben. Und bislang hatten sie einander noch nicht einmal ihre Namen verraten.

Eine Stunde vor der Landung zog sie sich zurück, um sich frisch zu machen. In der kleinen, von grellem Neonlicht erhellten Kabine versuchte sie, mit dieser neuen Phase ihres Lebens zu Rande zu kommen, nur um festzustellen, daß es wenig gab, womit sie zu Rande kommen mußte. Sie war verliebt in einen bemerkenswerten Mann, und sie machten einander glücklich. Es hatte nicht einmal einen Kuß zwischen ihnen gegeben, um den Handel zu besiegeln.

Sie öffnete die Tür und stieß mit Barney, dem Steward,

zusammen. Er entschuldigte sich wortreich und trat beiseite, um sie vorbeizulassen. Als sie wieder Platz nahm, war ihr neuer Freund nicht mehr da. »Der Doktor ist noch auf der Toilette. Ich nehme an, daß er sich rasiert«, sagte Barney, während er die Decken zusammenfaltete und die Kissen aufschüttelte, ehe er sie wegräumte.

Doktor. Als solchen hatte sie ihn bislang nicht betrachtet. Ein Doktor der Wissenschaft hatte jedes Recht auf seinen Titel, und doch war sie überrascht. Dann fragte sie sich: Ist er Doktor McLeod, Doktor Voplonsky, Doktor Jones? Doktor was? Jetzt würde er einen Namen haben müssen. Die Außenwelt holte sie ein.

»Er tut wohl auch gut daran«, fuhr Barney fort. »Die Presse wartet bereits in Heathrow. Photographen und das ganze Brimborium. Sogar ein Mann vom Innenministerium mit seinem Sekretär und zwei Assistenten werden dort sein. Das wurde per Funk dem Cockpit mitgeteilt. Es wurde der Vorschlag gemacht, ihn durch einen anderen Eingang zu schleusen, um ihm den Presserummel zu ersparen. Scheint ein sehr zurückhaltender Mensch zu sein. Er haßt solchen Trubel. Ein Pulitzerpreis, ein Nobelpreis und morgen irgendeine Ehrung im Palast. Er hat ein ereignisreiches Jahr hinter sich. Aber ich wüßte nicht, wie er der Presse entkommen sollte. Nicht nach dem hier.« Er zog ein *Time*-Magazin aus einem Fach. Ein gelungenes Porträt von Lara Stantons neuer Liebe zierte die Titelseite.

Sie konnte es nicht fassen. Die Zeitschrift hatte die ganze Nacht dort gelegen, direkt vor ihnen. Erst jetzt erfuhr sie seinen Namen: Doktor Evan Harper Valentine, brillanter Biochemiker. Hatte er nicht erstaunliche Entdeckungen auf dem Gebiet der DNA oder irgendwelcher Genmanipulationen gemacht? Natürlich hatte sie Photos von ihm in der Presse gesehen, aber sie war so beschäftigt gewesen mit dem wirklichen Menschen, daß sie nicht dahintergekommen war, warum er ihr so bekannt vorgekommen war. Das spielte jetzt auch keine große Rolle mehr. Er war eine weltbekannte Persönlichkeit. Hatte sie ihn nicht in einem Radiointerview sprechen gehört? Ihn in einem Fernsehinterview gesehen, in einem Bericht über einen Empfang ihm zu Ehren im Weißen Haus?

»Glauben Sie, daß er mir ein Autogramm gibt? Es ist ein wenig aufdringlich, die Prominenten, die mit uns fliegen, darum zu bitten, und ich tue es nur sehr selten. Eigentlich dürfen wir es auch nicht, aber ... ein Mann von seinem Format? Ich denke, ich werde es riskieren.«

Der berühmte Wissenschaftler war diskret an seinen Platz zurückgekehrt.

»Entschuldigen Sie, Sir, wären Sie so freundlich?« fragte Barney und reichte ihm das Magazin.

»Ich gebe Ihnen gerne ein Autogramm, aber erst wenn Sie mir in etwa zehn Minuten einen Kaffee bringen. Einverstanden?«

Barney verstand den Wink und zog sich ebenso glücklich wie hastig zurück. Aber er kehrte fast augenblicklich zurück. Evan Valentine hatte wieder bei Lara Platz genommen, das Magazin noch in der Hand. »Entschuldigen Sie, Sir, aber für Sie wurde die Nachricht durchgegeben, daß ...«

Evan fiel ihm ins Wort. »Nach dem Kaffee. Ich kümmere mich später darum.« Barneys Berufserfahrung verriet ihm, daß von ihm erwartet wurde, sich zu entfernen.

Evan wandte sich Lara zu, einen besorgten Ausdruck auf dem Gesicht. »Ich wünschte, du hättest nie davon zu erfahren brauchen. Bist du jetzt, da du es weißt, immer noch gewillt, mich an Bord zu nehmen?«

»Und ich wünschte, ich könnte behaupten, daß es keine Rolle spielt. Aber das tut es. Das einzige, was sich nicht verändert hat, sind meine Gefühle und meine Überzeugung, daß wir, nachdem wir uns gefunden haben, einander nicht aufgeben sollten, nur weil wir ein Leben außerhalb dessen haben, das wir miteinander teilen können.«

»Wir werden diese beiden Leben streng trennen müssen.«

»Das können wir, solange wir die Außenwelt aussperren, wenn wir zusammen sind.«

»Ich möchte mich nicht davon ablenken lassen, daß ich

ständig daran denke, was du gerade machst, wenn wir nicht zusammen sind. Wir werden stark genug sein müssen, nichts von unserem Leben mitzunehmen, wenn wir zusammen sind. Und um unserer Liebe eine Chance zu geben, kann ich sehr stark sein. Was ist mit dir?«

»Ist das ein Antrag?«

»Erst der zweite in meinem Leben. Aber bevor du antwortest, möchte ich meinen Standpunkt unmißverständlich klarmachen. Unsere Liebe wird immer eine geheime Liaison bleiben müssen. Ich werde dich neben meiner Arbeit zur größten Liebe meines Lebens machen. Aber wirst du auch damit zufrieden sein, immer im Hintergrund zu bleiben, als meine Zuflucht vor dem Ruhm und den Menschen? Wird es dir genügen, meine geheime Welt zu sein, in der nur du und ich und unsere *grand amour* existieren? Ich bin über sechzig und habe mich bisher noch nie auf den ersten Blick verliebt oder eine Frau begehrt, so wie ich dich begehre. Ich kann dich einfach nicht aufgeben, ohne zumindest zu versuchen, mit dir glücklich zu sein. Aber gewisse Grundregeln werden unverzichtbar sein. Wir dürfen einander niemals weh tun oder enttäuschen.«

Sie brachte keinen Ton hervor. Sie konnte nur stumm nicken. Ihre Gefühle überwältigten sie. Ihr Herz flog ihm zu. Wegen der Liebe, die sie in seinen Augen sah, wegen des nervösen Zitterns in seiner Stimme. Weil er sich gegen seinen Willen verliebt hatte. Weil sie sehen konnte, wie groß sein Bedürfnis nach ihr war – dasselbe Bedürfnis nach Liebe, das sie selbst ihr ganzes Leben empfunden hatte. Die Sehnsucht danach, im Leben eines Mannes an oberster Stelle zu stehen und dieses Gefühl zu erwidern.

Sie nahmen mit wenig mehr Intimität voneinander Abschied, als sie zwei flüchtige Bekannte an den Tag gelegt hätten. Er würde sie nach der Ehrung zu einer bestimmten Zeit im Connaught anrufen. Das sollte eine ihrer Grundregeln werden: einander zu bestimmten Zeiten anzurufen. Er würde sie nicht am Telefon sitzen und auf einen Anruf warten lassen. Eine weitere Regel lautete, daß jeder von ihnen eine Person ins Vertrauen ziehen durfte, jedoch ohne die Identität des anderen zu enthüllen. Lara wählte Nancy, ihre Sekretärin, er Elspeth, seine persönliche Assistentin. Er würde sich mit Mr. Smith melden, sie sich mit Mrs. Jones.

War dies das Rezept für eine große Liebesgeschichte? Wie sollte das möglich sein? Aber es funktionierte. Von Anfang an. Und es lief alles so, wie sie es sich erhofft hatten. Wenn sie zusammen waren, gab es für sie kein anderes Leben. Waren sie getrennt, gab es ihr gemeinsames Leben nicht. Und ihre separaten Existenzen überlappten sich nie. Sie arbeiteten an ihrer Liebe und ihrem Verlangen füreinander. Und darum ging es auch gut.

Lara war nicht bewußt gewesen, wie groß ihr Verlangen nacheinander war, bis sie das erste Mal allein waren. O ja, sie hatte ihn begehrt, das hatte sie schon erkannt, als sie ihn im Museum das erste Mal gesehen hatte. Sie hatte sich gewünscht, daß er sie nahm wie Max den chinesischen Zwilling genommen hatte. Aber die Liebe hatte ihre sexuellen Sehnsüchte verdrängt. Jetzt waren sie allein, er hielt sie in den Armen und küßte sie. Unglaublich, daß es ihr erster Kuß sein sollte, so sehr fühlte sie sich als Teil seines Lebens. Er war viel sinnlicher, als sie es erwartet hätte. Sie hatte sich von seiner konservativen, geradlinigen Art täuschen lassen, von dem Tweedanzug mit passender Weste ..., nur seine Augen, die sinnlich leidenschaftlichen, lächelnden Augen ließen ahnen, was kommen würde.

Er hielt ihr Gesicht mit beiden Händen umfaßt, während er sie küßte. Zwischen seinen Küssen sagte er immer wieder: »Ich kann einfach nicht aufhören dich anzusehen. Du bist so wunderschön.« Dann strich er mit einem Finger über ihre Wange, ihren Nasenrücken, ihre langen seidigen Wimpern. Er küßte sie mit einer Zärtlichkeit, wie sie sie noch nie erlebt hatte, auf die Augen. Sie schmolz nicht dahin unter seinen Küssen, und ihr wurden nicht die Knie weich angesichts seiner sinnlichen Liebe. Statt dessen fühlte sie sich belebt. Seine Zärtlichkeit erregte ihre Leidenschaft. Sein Körpergeruch war sauber und frisch wie von Zitronen und Pfefferminz. Sie konnte die Finger nicht von ihm lassen, konnte nicht genug davon bekommen, sein Gesicht, seinen Nacken, seine Hände zu streicheln. Seine blaß olivfarbene Haut war warm und fühlte sich nicht weich, sondern glatt an.

Als er sie auf die Lippen küßte, schob sie die Zunge zwischen sie und leckte über seinen Mund. Sie knabberte an seinen Lippen und fühlte, wie er ihr nachgab. Und je größer seine Hingabe, desto größer wurde ihr Verlangen, sich ihm ihrerseits hinzugeben. Alles, was sie war, alles, was sie je gewesen war und sein würde, wollte sie diesem Mann geben.

Sie löste sich aus seiner Umarmung, nahm ihn bei der Hand und führte ihn ins Schlafzimmer. Unter einer langen amethystfarbenen Jacke aus Crêpe de Chine trug sie ein schwarzes Kleid aus demselben Material. Weich und fließend umschmeichelte es sie verführerisch dank seines raffinierten Schnitts. Es war ein elegantes und doch provozierendes Modell mit einem Oberteil, das kaum ihre Brüste bedeckte und nur von schmalen Trägern gehalten wurde. Um den Hals trug sie ein Rubinkollier und an den Ohren ihre gelben Diamanten. Sie sah hinreißend aus, unübertrefflich elegant, jung und sinnlich. In diesem Augenblick bedeutete sie Evan mehr als das Leben selbst. Sie spürte sein Verlangen, seine Lust und seine Liebe. Sein überwältigendes Bedürfnis, sie viele erotische Tode sterben zu lassen.

Sie öffnete ihre Seidenjacke, und zum erstenmal strich er mit dem Handrücken über ihre nackte Haut. Sie ließ die Jacke über ihre Schultern und an ihren Armen herab zu Boden gleiten. Wie hypnotisiert sah er zu, wie sie ihre eigenen Schultern streichelte und erst den einen und dann den anderen Träger langsam über die Oberarme streifte. Sie öffnete den Reißverschluß auf der Rückseite des Kleides. Der fließende Crêpe de Chine glitt von ihren Brüsten, ihrer Taille, ihre Hüften und an ihren Schenkeln entlang langsam zu Boden. Sie stieg aus dem Ring schimmernder Seide heraus und stand nackt vor ihm – abgesehen von den schwarzen Strümpfen, die von elastischen Strumpfbändern aus feinster Spitze gehalten wurden. Sie streichelte ihre Brüste und fuhr mit den Händen an ihrem

Körper hinauf bis zu ihrem seidigen, blonden Schamhaar. Dann breitete sie die Arme aus, trat vor ihn, schlang ihm die Arme um den Hals und küßte ihn.

Er unterbrach ihre Küsse lange genug, um ihr zuzuflüstern: »Du bist phantastisch. Für mich bist du göttlicher als jede andere Frau. Nichts wird mich aufhalten können. Ich will alles.« Und dann drückte er sie mit einer erotischen Gewalt, die sie beide überraschte, an sich. Sie nahm seine Hand und führte ihn an den Bettrand. Sie zog ihm das Jackett aus, knöpfte seine Weste auf, lockerte seine Krawatte. Als er nackt war, hob er sie auf die Arme und legte sie auf das Bett. Er schob Kissen unter ihren Po, um ihre Hüften anzuheben, weil er sie aus einem günstigeren Winkel betrachten wollte und in dieser Stellung tiefer in sie eindringen konnte. Er war ein großer Mann, der sich nichts sehnlicher wünschte, als sich zwischen ihren Schenkeln zu vergraben. Er kniete sich zwischen ihre Beine und spreizte sie immer weiter. Er wollte sie offen und bereit sehen. Er betrachtete sie mit einer Art Staunen. Nur wenige Männer hatten sie je so angesehen.

Er streichelte ihre Scham, leckte und küßte sie. Er überhastete nichts, nahm sich Zeit, sie zu genießen. Unbeschreiblich sanft schob er ihre Schamlippen auseinander und senkte die Lippen zu ihnen herab. Er saugte an ihnen. Sie fühlte das zärtliche Knabbern seiner Zähne. Seine Zunge fand ihre Klitoris. Sie kam, und er schmeckte sie zum erstenmal, das fremdartige Aphrodisiakum, das sie für ihn war. Er schob zwei Finger jeder Hand in sie hinein und öffnete sie. Das erste Mal drang er mit der Zunge in sie ein, so tief wie irgend möglich, und sie kam erneut. Er labte sich an ihr.

Unfähig, still zu genießen, gestattete sie sich selige Seufzer und lustvolles Flüstern. Ihre Finger gruben sich fest in seine breiten Schultern. Er rieb das Gesicht an ihrem Geschlecht und küßte die Innenseite ihrer Schenkel. Dann wanderten seine Lippen aufwärts zu ihren Brüsten. Er biß in ihr Fleisch. Er griff nach ihren Brüsten, die verführerischer, erregender waren als alles, was er bisher gesehen hatte. Die ungewöhnlich dunklen Brustwarzen und ihre Höfe wirkten beinahe unanständig und weckten in ihm eine animalische Lust, die er längst erloschen geglaubt hatte.

Sie fühlte seinen Hunger. Er war ausgehungert nach ihrem Sex. Sein brennendes Verlangen rührte an ihr Herz. Sie sehnte sich danach, seine erotischen Bedürfnisse zu stillen. Er hob sie vom Bett, drehte sie auf den Bauch, zog sie auf die Knie und küßte die Wölbung ihres Rückens, fuhr mit der Zunge über ihre Pobacken und die Spalte zwischen ihnen. Schließlich hielt Lara es nicht länger aus und flehte ihn an, sie zu nehmen. Mit zärtlich streichelnden Fingern schob er die fleischigen, dunkelrosa Schamlippen auseinander und drang langsam in sie ein. Er kontrollierte seine Stöße, um ihre Lust möglichst in die Länge zu ziehen. Tränen des Glücks liefen ihr über das Gesicht, als sie in einem langen, genußvollen Orgasmus kam, der bald von einem weiteren gefolgt wurde.

Mit heiserer, belegter Stimme sagte sie ihm, wie sehr sie ihn liebe. Dann griff sie unter sich und umfaßte sanft seine Hoden. Sie liebkoste sie zärtlich und sehnte sich danach, sie in den Mund zu nehmen. Sie würden an ihnen saugen und sie lecken, um ihm noch größere Lust zu bereiten.

Er fühlte, wie ihr Orgasmus, warm, feucht und glitschig wie Seide, seinen Penis umhüllte und seine Hoden benetzte. Hatte er je solchen Sex erlebt? Eine Frau gekannt, die so bereit war, sich rückhaltlos der Umarmung des Eros hinzugeben? Er hätte sich nie träumen lassen, daß es Frauen gab, die zu solcher Hingabe fähig waren. Er fühlte, wie ihr Körper sich spannte. Sie erbebte und wurde von einer neuen Welle des Ekstase überwältigt. Er hörte, wie sie in ungezügelter Lust aufschrie. Seine Finger gruben sich in ihre Hüften und hielten sie fest, während er sie mit schnellen, gnadenlosen Stößen nahm, bis er selbst zum Höhepunkt kam.

Er brauchte es ihr nicht zu sagen. Sie spürte, daß der Orgasmus für ihn das Ende einer jahrelangen sexuellen Durststrecke war. Schweigend hielt er sie in den Armen, bis er schließlich wieder in der Lage war zu sprechen. »Das ist der erste Tag meines restlichen Lebens.« Und es war für sie beide ein Anfang.

Sie dankte ihm, indem sie ihn in dieser Nacht liebte, ihn küßte, wie er sie geküßt hatte, seinen Penis in den Mund nahm und liebkoste. Er war aufregend, leidenschaftlich und liebevoll. Sie saugte an ihm, bis er kam, und schluckte seine Lebenskraft, jeden Tropfen genießend. Bevor der Morgen graute, hatte er jede Öffnung benutzt, sie mit seinem Samen zu füllen. Sie war seine Herrin, er ihr Schüler, und er gehorchte ihr in Akten erotischer Liebe, die er sich nur selten zu erträumen gewagt hatte.

Wahre Liebe und Zuneigung regierten ihr gemeinsames erotisches Leben, gestatteten es ihnen, in ihren zuweilen beinahe brutalen Vereinigungen ihre animalischen Triebe auszuleben, sich an einer Art sexueller Verderbtheit zu suhlen. Lara konnte ihn dazu bewegen, seine geheimsten sexuellen Phantasien auszuleben, und er gestattete sich den Luxus der passiven und auch der aggressiven Sexualität. Sie war eine neue Sonne in seinem Leben, die Erfüllung all seiner Hoffnungen und Träume von einer Beziehung zu einer Frau. Und wenn sie das alles für ihn bedeutete, bedeutete er ihr nicht weniger. Sie beide empfanden es so, daß ihnen ein zweites Leben geschenkt worden war, und das hielten sie mit beiden Händen fest.

Es war, als würde sie gegen einen Strom aus weicher weißer Watte anschwimmen, in diesem Prozeß des Erwachens, und sie mühte sich zu widerstehen, dem Luxus friedlichen und ach so süßen Schlafs nachzugeben. Sie schlug die Augen auf, brauchte aber einige Zeit, richtig wach zu werden. Sie streckte sich und genoß das Gefühl des Körpers, der wieder zum Leben erwachte. Ihr Verstand holte ihren Körper ein, und ihr wurde bewußt, daß dies ihr erster gemeinsamer Morgen war. Sie setzte sich auf und lehnte sich an das Kopfende des Bettes. Dies war ein richtiges Erwachen. Er hatte die Vorhänge aufgezogen, und das gräuliche Licht des Morgens fiel durch die durchsichtigen weißen Gardinen. Die Bettdecken waren vom Bett gerutscht. Sie saß von der Taille aufwärts nackt da und ließ den Blick durch das Zimmer schweifen. Er hatte ganz offensichtlich aufgeräumt: Seine Kleider lagen ordentlich über einem Stuhl, die ihren über einem zweiten. Die Badezimmertür stand einen Spalt offen. Ein Strahl elektrischen Lichts warf einen Streifen auf den Orientteppich.

Es war eine sehr hübsche Suite. Die Wände des Schlafzimmers waren mit englischem geblümtem Baumwollchintz bespannt, mit pfirsichfarbenen, roten und tiefblauen Rosenblüten und grünen Blättern auf cremefarbenem Untergrund, dazu standen dort bequeme Stühle und ein Sofa. Die Kommode, der Frisiertisch und das Doppelbett waren aus massivem georgianischem Marmor. Die Bilder an den Wänden, hübsche Schwarzweißstiche von London im siebzehnten Jahrhundert, steckten in schlichten, versilberten Rahmen. Auf einem runden Tisch mit Marmorplatte stand eine große kugelförmige Vase mit weißen Gartenlilien. Sie schlug das Bettlaken zurück und trat nackt an den Frisiertisch. Sie nahm die Bürste und entwirrte ihr zerzaustes Haar. Dann hielt sie inne und betrachtete im Spiegel die Blutergüsse auf ihren Brüsten, dort wo seine Finger sich in ihr Fleisch gegraben hatten, als er ihre Brustwarzen und die dunklen Höfe um sie herum förmlich verschlungen hatte. Sie schloß die Augen und genoß die Erinnerung an die Gefühle, die er durch seinen Hunger nach ihr in ihr geweckt hatte. Nach weiterem Suchen entdeckte sie zwei weitere ovale, blauschwarz verfärbte Flecken auf ihrer Hüfte und der Innenseite ihres Oberschenkels. Sie hatte nie einen Mann gekannt, der so gierig nach ihr gewesen wäre. Er schien förmlich zu bersten vor erotischem Verlangen nach ihr. Sie griff nach ihrem Morgenmantel. Was war das noch für ein Versprechen, das sie ihm in der Hitze der Leidenschaft entlockt hatte? Nie etwas zurückzuhalten, sondern jede seiner sexuellen Phantasien mit ihr zu teilen, damit sie für immer gemeinsam im Reich der Erotik verweilen konnten. Im Licht des Tages schien es melodramatisch, aber dann dachte sie daran, wie er gesagt hatte: ›Unterweise mich. Ich möchte mit dir alles ausleben, in einer geheimen Welt, die wir mit keiner Menschenseele zu teilen brauchen‹. Er brauchte sie, das wußte sie, und er war ihrer Hingabe würdig. Und sie empfand noch etwas, was sie bislang noch nie empfunden hatte: Er war ein Mann, für den sie sorgen, den sie glücklich machen wollte.

Sie klopfte an die Badezimmertür. Er öffnete und stand nur mit einem Handtuch, das er sich um die Hüften gewickelt hatte, vor ihr. Auf seinen Wangen waren noch Reste von Rasierschaum. Das Leuchten, das bei ihrem Anblick in seine Augen trat, verriet ihr alles, was sie wissen mußte. Er liebte sie. Die vergangene Nacht war nicht nur ein wundervolles flüchtiges Abenteuer gewesen. Das wußte sie im Herzen, lange bevor sie an die Tür klopfte, aber die Bestätigung freute sie dennoch. Sie wollte etwas Geistreiches sagen, aber das schien ihr irgendwie nicht angebracht. Er lächelte sie an, beugte sich herab, küßte sie liebevoll und streichelte ihren Arm. Das schien zu genügen.

»Guten Morgen.«

»Guten Morgen, Evan.« So einfach war das, und diese Schlichtheit erschien ihr richtig.

Er hob sie hoch und setzte sie auf die Marmoreinfassung des Waschbeckens. Mit einem Finger entfernte er einen Streifen Rasierschaum von ihrer Oberlippe. Dann trocknete er die Stelle mit einem weißen Handtuch. Der Blick, den sie wechselten, besaß seine eigene stumme Eloquenz. Er war es, der schließlich seufzte, den Blick von ihr abwandte und sich im Spiegel betrachtete. Er säuberte seinen Naßrasierer in dem immer noch dampfenden heißen Wasser im Waschbecken und rasierte sich fertig.

Lara sah ihm dabei zu. Sie fühlte überwältigende Liebe und Bewunderung für ihn. Ihr Körper sehnte sich schmerzlich nach weiterem erotischen Vergnügen mit ihm, aber nicht nur um ihrer selbst willen. Als hätte er ihre Gedanken gelesen, ließ er die Rasierklinge in das heiße Wasser fallen, legte ihr die Hände auf die Hüften und schob sie auf der Marmorablage soweit zurück, bis sie mit dem Rücken an der Spiegelwand lehnte. Er löste den Gürtel ihres cremefarbenen Satinmorgenmantels und betrachtete ihren Körper einige Zeit liebevoll, ehe er ihr den Mantel über Schultern und Arme streifte, bis er in weichen Falten um sie herum lag.

»So ist es besser«, sagte er und sah wieder in den Spiegel. Er beugte sich über das Waschbecken und spritzte sich Wasser ins Gesicht, bis es sauber war. Dann trocknete er sich mit einem frischen Handtuch Hände und Gesicht ab.

»Ich sehe dir gern beim Rasieren zu.«

Er legte das Handtuch auf den Waschbeckenrand und streichelte Laras Schenkel. Sie mußte eine Sekunde die Augen schließen, so elektrisierend war die Berührung. Er drückte ihr einen zärtlichen Kuß auf das Knie und hob dann ihr Bein an. Er beugte ihr Knie und stellte ihren Fuß auf den Marmor. Dann wiederholte er die Prozedur bei ihrem anderen Bein. Er legte ihr die Hände auf die Knie und schob ihre Beine weit auseinander. Sie rutschte an der Spiegelwand soweit vor, daß er ihre Genitalien in aller Ruhe betrachten konnte.

In seinem Blick lag nicht lüsterner Hunger, sondern reine Freude. Es war ein liebevoller Blick voller Bewunderung und Zuneigung. Wann hatte ein Mann sie je so angesehen, demütig in seiner Leidenschaft und Liebe zu ihr? Die Antwort lautete natürlich: noch nie. Auch sie fühlte Demut angesichts dieser Liebe, so wie die Liebe ihrer Kinder sie mit Demut erfüllte. Nur daß das hier nicht die Liebe eines Kindes war, sondern die eines Mannes für eine Frau. Sie streckte die Hand aus und schob die Finger unter den Rand des Handtuchs, das er sich um die Hüften gewickelt hatte. Ein Ruck, und es fiel zu Boden. Sie strich mit der flachen Hand über seine nackte Hüfte. Sie lächelten einander an. Das Lächeln machte Worte überflüssig.

Er brach den Blickkontakt ab und wandte sich wieder seiner Morgentoilette zu. Sie sah zu, wie er nach Zitronen duftendes Rasierwasser auftrug, das sie an Sonnenschein erinnerte. Dann trat er wieder vor sie und neigte den Kopf zwischen ihre gespreizten Beine. Als er sich wieder aufrichtete, sagte er: »Das war mein Gutenmorgenkuß, Liebes.« Als er sie anlächelte und den Handrücken an ihre Wange legte, fühlte sie immer noch das prickelnde Gefühl seiner Lippen und Zunge auf ihrer Scham. Das Gefühl war so unbeschreiblich, daß sie zitterte. Er zog ihr den Morgenmantel aus edler Spitze wieder über und verknotete den Gürtel. Dann half er ihr von der schwarz-goldenen Marmorablage herunter.

Evan hatte sich bereits ein Bad eingelassen. Dampfschwaden stiegen noch vom Wasser auf, als er in die Wanne stieg. Sie hörte ein leises Klopfen an der Schlafzimmertür. »Ich habe uns Tee und die Morgenzeitung bestellt.«

Lara war überwältigt von dem Gefühl der Zufriedenheit, das sie empfand, von der Selbstverständlichkeit, mit der sie und Evan Teil des Lebens des anderen geworden waren. In seiner Gegenwart dachte sie weder an die Vergangenheit noch an die Zukunft, sondern lebte allein für die Gegenwart. Sie brachte ihm eine Tasse Tee und überließ ihn seinem Bad. Lara schenkte sich ebenfalls eine Tasse Tee ein und trank sie im Bett. Sie fühlte etwas, was sie in ihrem Leben bisher nur sehr selten gefühlt hatte. Es war eine seltsame Empfindung, so als würde sie sich in einem Übergangsstadium befinden. Sie nippte an ihrem Tee. Sie war an diesem ganz speziellen Punkt, an dem jedes Denken aufhört und jedes Verlangen ruht: Zufriedenheit.

Die Badezimmertür ging auf. Er schenkte sich noch eine Tasse Tee ein und setzte sich zu ihr auf das Bett.

»Was die vergangene Nacht betrifft …«

War es Verlegenheit oder Schüchternheit, die sie auf seinem Gesicht sah? Sie stellte ihre Tasse auf dem Nachttisch ab. Dann kam sie unter der Bettdecke hervor und hockte sich hinter ihn. Sie lehnte den Kopf an seinen Rücken. Er fühlte ihre Körperwärme, ihre Lippen, die ihn liebevoll küßten. Er spürte, daß sie es ihm leichter machen wollte. Er räusperte sich und bedeckte ihre streichelnden Hände mit den seinen. »Ich möchte, daß du weißt, was die vergangene Nacht mir bedeutet hat.« Er verstummte, offenbar unfähig, seine Gefühle in Worte zu fassen. Sie wußte, daß er zu den Männern gehörte, denen es schwerfiel, mit Gefühlen umzugehen. Sie eilte ihm zu Hilfe.

»Ich habe den ganzen Morgen nach den richtigen Worten

gesucht, um dir zu sagen, was die letzte Nacht mir bedeutet hat, wie sehr ich dich liebe. Wie ausgefüllt mein Leben ist, seit du ein Teil davon geworden bist. Aber ich finde einfach nicht die Worte, und ich kann verstehen, wenn es dir genauso geht. Du brauchst es mir nicht zu sagen, Evan. Ich sehe es in deinem Blick, fühle es an der Art, wie du mich berührst.«

Er drehte sich ihr zu, schloß sie in die Arme und zog sie auf seinen Schoß. Seine Kraft hatte sie in der vergangenen Nacht schon überrascht und tat es nun wieder. Er hielt sie fest an sich gedrückt, und sie legte locker die Arme um seinen Hals und lehnte den Kopf an seine nackte Brust. Sie konnte seinen Herzschlag hören. Überwältigend, die Kraft seiner männlichen Präsenz. Sie konnte nur daran denken, um wie vieles ärmer ihr Leben gewesen wäre, wäre sie ihm nicht begegnet. Er gab sie frei, und sie ließ sich von seinem Schoß gleiten und setzte sich neben ihn. Sie sah ihm beim Anziehen zu.

»Denkst du gerade ›Wie alt er ist‹?«

»Nein. Aber jetzt, da du es erwähnst, mußt du denken, wie schrecklich jung sie noch ist.«

»Touché. Die Leute werden dich für meine Tochter halten.«

»Nein, das werden sie nicht, Evan. Mach dir da keine Illusionen. Die Art, wie du mich ansiehst und wie wir miteinander umgehen, wird jedem auf den ersten Blick verraten, daß wir Liebende sind. Sie werden nur eins denken: daß du ein sexy alter Lüstling bist, der sich ein junges Ding angelacht hat. Ich kann damit leben, wenn du es auch kannst.«

Er lachte. »Noch ein Grund für uns, unsere Liaison geheimzuhalten. Wer würde schon glauben, daß der alte seriöse Evan Harper Valentine ein – wie du es so wenig schmeichelhaft ausgedrückt hast – ›alter Lüstling‹ ist?«

»Du hast sexy vergessen.«

Er lachte wieder. »Findest du wirklich? Und dabei haben wir gerade erst angefangen.«

»Sie haben das ›Sir‹ vergessen, edler Herr.«

Er lächelte bei dieser Anspielung. »Wenn ich mit dir zusammen bin, vergesse ich alles andere auf der Welt. Dann gibt es nur noch uns. Und so soll es auch bleiben. Glaubst du, daß du damit zurechtkommst?«

»Ich habe diesen Bedingungen doch bereits auf unserem Flug zugestimmt, oder? Ich habe mich rückhaltlos dir verschrieben und das, während dein hochfahrender Newtoner Verstand noch mit der Erkenntnis zu kämpfen hatte, daß du dich in mich verliebt hast. Ich werde meine unbedeutende, unwissenschaftliche Meinung nicht ändern.«

Der Blick, den sie wechselten, zauberte ein leises Lächeln der Akzeptanz auf seine Lippen. Hastig wechselte er das Thema. Es kamen Emotionen ins Spiel, mit denen er nicht fertig wurde. »Frühstück?«

»O ja, ich sterbe vor Hunger.«

»Unten im Speisesaal?«

Das überraschte sie. Sie hätte erwartet, daß ein Frühstück im Speisesaal des Connaught ihm zu indiskret wäre. »O ja, bitte. Ein richtiges englisches Frühstück ist jetzt genau das, was ich brauche. Ich bin gleich soweit.«

Als sie aus dem Bad kam, war er fertig angezogen und saß am Fenster, in die Lektüre der Morgenzeitung vertieft. Sie war erneut überwältigt von seiner Statur, seiner außergewöhnlichen Intelligenz und seine beeindruckenden Präsenz, als er angezogen und getrennt von ihr dort saß. Sie würde sich an den Gedanken gewöhnen müssen, daß dieser bemerkenswerte Mann, der am Fenster saß und Zeitung las, zu ihr gehörte wie kein anderer Mensch auf der ganzen Welt. Sie wußte, daß sie ihn glücklich machen konnte.

Er war ganz anders als der Liebhaber der vergangenen Nacht oder auch als der Mann, dem sie beim Rasieren zugesehen hatte. Er hatte so recht gehabt, als er ihr im Flugzeug gesagt hatte, daß sie zwei separate Existenzen führen müßten, eine gemeinsame und eine getrennt voneinander. Diese zwei Leben durften sich nicht überlappen, sonst würde ihre Beziehung nicht überleben. Sie konnte nicht anders, als die Maßnahmen zu bewundern, die er im Hinblick auf seine Gefühle für sie ergriffen hatte. Er hatte einen konservativen Lebensstil und lebenslange sexuelle Reserviertheit abgestreift und sich in eine junge, sinnliche Frau verliebt. Und gegen seinen Willen richtete er sich darauf ein, verliebt zu sein und ein Doppelleben zu führen. Sie würde ihn niemals aufgeben, eine Entscheidung, die ihr nicht schwerfiel. Beinahe machte sie einen Fehler, der ihre gemeinsame Zukunft gefährdet hätte. Beeindruckt von seiner Stellung innerhalb der Welt der Wissenschaft, von der sie wußte, daß sie selbst ihr nie angehören würde, wollte sie durch die Wahl des Kleides ihre Haltung demonstrieren. »Auch ich kann mich in Wissenschaftler- und Akademikerkreisen bewegen, in dieser speziellen Welt, die bislang dein Leben beherrscht hat.«

Es war ein Augenblick der Verunsicherung, erzwungener Akzeptanz ihrer Isolation vom Rest seines Lebens. Gerade noch rechtzeitig zog sie die Notbremse. Der egoistische Impuls, ihn zu jeder Zeit ganz für sich haben zu wollen, flammte auf und erstarb wieder. Er hatte sich in Lara Stanton verliebt, in alles, was sie war, gewesen war und immer sein würde. Es war unnötig, daß sie ein falsches Bild ihrer selbst schuf. Und so wandte sie diesen Fehler ab.

Sie wählte ein Chanel-Kostüm aus Kamelhaar, mit schokoladenbraunen Tressen an Saum und Manschetten sowie einem halben Dutzend Goldknöpfen an jedem Ärmel und vier weiteren vorn zum Verschließen der Jacke. Darunter trug sie eine ebenfalls schokoladenbraune, durchsichtige Seidenchiffonbluse mit einer weichfallenden Schleife am Hals. Dazu hochhackige braun-schwarze Kalbslederschuhe von Chanel und elfenbeinfarbige Strümpfe. Die Kamelhaarfarbe, nicht ganz beige und nicht ganz weiß, war perfekt, ihr langes blondes Haar hervorzuheben, das sie beschloß, offen und zurückgekämmt zu tragen. Sie sah jung, frisch und provokativ aus, als sie sich Evan präsentierte und in ihre Jacke schlüpfte. Sie registrierte seinen überraschten und entzückten Blick ob ihrer Erscheinung. Die vollen, aber festen nackten Brüste waren unter dem durchsichtigen Chiffon nicht zu übersehen. Sie zupfte die Jacke zurecht, so daß sie ihre Blöße elegant bedeckte.

»Du bist eine überaus verführerische Frau. Das hast du mit

Absicht gemacht, damit ich mich bei meinen *oeufs en cocotte* mit Parmaschinken an dem Wissen ergötzen kann, daß du unter dem Kostüm nackt und bereit bist für mich. Jeder Mann im Speisesaal wird mich beneiden.«

»Stimmt.«

»Darf ich erwarten, daß du die Absicht hast, mich an jedem Tag, den wir zusammen sind, auf die eine oder andere Art zu verführen?« fragte er mit einem belustigten Glitzern in den Augen.

»Ja, ich denke, davon kannst du ausgehen.«

Er lachte. »Wunderbar. Sogar mein altes Herz macht einen Sprung bei dem Gedanken an das, was mich noch erwartet. Ich glaube, es gefällt mir, dein Sexsklave zu sein.« Er hakte sie unter, und gemeinsam verließen sie das Schlafzimmer.

Im Fahrstuhl flüsterte er ihr ins Ohr: »Und unter dem Rock?«

Die Fahrstuhltüren glitten auf, und sie betraten das elegante Foyer. »Nichts«, antwortete sie in verführerischem Tonfall. »Ich werde niemals Unterwäsche tragen, wenn wir zusammen sind. Mir gefällt der Gedanke, nackt – offen und bereit für dich – zu sein, so daß du mich nehmen kannst, wann und wo es dir gefällt. Im übrigen scheint es mir zutreffender, wenn du uns beide als unsere jeweiligen Sexsklaven bezeichnest.«

Ihr gemeinsames Frühstück entsprach nicht romantischen weiblichen Vorstellungen, aber das war auch gut so, da sie Abschied nehmen mußten. Er mußte sich wieder seinem vollgepackten Terminkalender widmen, der eigentlich keine Zeit vorsah, sich zu verlieben, und sie würde einkaufen gehen und alte Freunde besuchen und mit ihrer Schwester Elizabeth zu Mittag essen, die vom Land in die Stadt kommen würde. Anschließend hatte sie einen Galeriebesuch vorgesehen, sofern die Zeit ausreichte, ehe sie zum Skilaufen in die Alpen aufbrach.

Kapitel 26

Lara hatte einen wunderbaren Tag verbracht. Zufriedenheit konnte so etwas bewirken, jede Kleinigkeit in ein freudiges Erlebnis verwandeln. Sie würden telefonieren, wie sie es vereinbart hatten, miteinander reden, wann immer es ihnen möglich war. Er hatte ihr eine Nummer gegeben, unter der sie ihn erreichen konnte. Er hatte die Telefonnummer, unter der sie die nächsten zwei Wochen zu erreichen wäre, sowie ihre Privatnummer zu Hause. Wann würden sie einander wiedersehen? Wann immer sie konnten. Es war umständlich, aber das schien unwichtig. Sie würden sich schreiben.

Das Telefon klingelte anhaltend. Erst glaubte sie, es wäre ein Traum. Schließlich gab sie dem schrillen Laut nach, der nicht aufhören wollte, und nahm den Hörer ab.

»Hallo.«

Erst Schweigen, dann: »Ich habe dich geweckt.«

Es war Evan. Beim Klang seiner Stimme war sie sofort hellwach.

»Das macht doch nichts. Wo bist du?«

»Es ist sechs Uhr früh. Ich bin eine Viertelstunde auf und ab gegangen und habe überlegt, ob ich dich wecken sollte. Schließlich hat mein Egoismus gesiegt. Ich wollte deine Stimme hören.«

»Ich hätte dasselbe, vielleicht sogar Schlimmeres getan, um die deine zu hören.«

Er lachte entspannt. »Das erleichtert es mir, ändert aber nicht viel daran, daß ich mich wie ein verliebter junger Bock fühle. Hätte mir ein Mann vor einer Woche etwas Derartiges prophezeit, hätte ich ihn für einen senilen alten Esel gehalten.«

»Sprich weiter. Ich mag es, wenn du davon sprichst, daß du mich liebst. Aber wo bist du?«

»Ich warte auf einen Wagen, der mich nach Cambridge bringt. Ich muß einige Unterlagen zur Universität bringen.«

»O, einen Moment dachte ich, du wärst vielleicht hier im Hotel. Wunschdenken.«

»Das wäre schön, ist aber leider unmöglich. Das ist heute meine einzige Gelegenheit, deine Stimme zu hören, und so habe ich sie ergriffen. Wie geht es dir, Lara? Und gestern, nachdem wir auseinandergegangen waren ... hattest du einen schönen Tag?«

»Einen sehr schönen sogar. Und du?«

»Meiner war sehr stressig, wenn auch zeitweise unterbrochen von Gedanken an dich und unsere erste gemeinsame Nacht.«

»Gut.«

»Nein, das ist es nicht. Kein Überlappen – erinnerst du dich? Ich muß noch lernen, mich selbst an das zu halten, was ich predige.«

»Verzeih dir, Evan. Das ist ein neuer Anfang. Genieße mich.«

»Du korrumpierst mich.«

»Ist das gut oder schlecht?« fragte sie neckend.

»Von beidem ein bißchen, fürchte ich.«

»Und?«

»Und ich hoffe, daß es noch lange so bleibt«, fügte er in sinnlich warmem Tonfall hinzu.

»Und in welcher Weise korrumpiere ich dich?«

»Indem du mich sexuell befreist. Aber das weißt du selbst, stimmt's?«

»Ja«, gab sie zu.

»Meine erotischen Phantasien laufen Amok.«

»Wie wunderbar für uns beide. Welches Glück wir haben.«

»Ja, das stimmt. Ich glaube, du hast etwas Animalisches in mir entfesselt.«

Sie lachte, ein sinnlicher, verführerischer Laut. »Wie unglaublich unvorsichtig von mir.«

»Macht dir denn gar nichts angst?«

»Jedenfalls kann mir nichts an dir und deinen sexuellen Wünschen angst machen. Im Gegenteil, es erregt mich.« Eine neue Heiserkeit hatte sich in ihre Stimme geschlichen, und sie erkannte sie als Verlangen. Ihr wurde bewußt, daß das ihr erstes erotisches Telefonat war. »Evan, laß dich gehen. Laß uns alle deine Sexphantasien ausleben.«

»Auf dem Weg von einem Termin zum nächsten sind wir durch Soho gefahren. Ich habe doch tatsächlich nach einem dieser ordinären Sexshops Ausschau gehalten, die ich mein ganzes Leben verpönt habe. Ich wollte erotisches Spielzeug für uns kaufen, Dinge, die dich erregen, dir Lust bereiten und dich auf die dunklere Seite der Erotik ziehen würden, auf der sich meine Phantasien abspielen. Ich möchte unwiderstehlich begehrenswert für dich sein. Ich will, daß du mich die ganze Zeit begehrst. Siehst du, was du aus mir gemacht hast? Du hast ein schlafendes Ungeheuer geweckt.«

»Einen schlafenden Riesen«, verbesserte sie ihn.

Evan lachte. »Ich führe mich auf wie ein junger Hengst. Ich muß versuchen, mir ins Gedächtnis zu rufen, daß ich ein alter Mann bin, der sich in eine junge Frau verliebt hat, deren Körper und Geist das Aufregendste sind, das ich je erlebt habe.«

»Eine junge Frau, die dich liebt, Evan. Du solltest immer daran denken, daß das zwischen uns keine einseitige Liebesgeschichte ist.«

»Lara, wir werden bald wieder zusammensein. Allein zu wissen, daß du da bist, auf mich wartest, ist das Aufregendste in meinem Leben.«

Ein Klicken, und er war fort.

Seine Stimme war wie eine Liebkosung gewesen, sein Verlangen nach ihr erregend. Sie verließ das warme Bett und trat ans Fenster. Sie zog die Vorhänge zurück und blickte hinab auf den Carlos Platz. Die Straße erwachte gerade erst zum Leben. Zwei Personen kamen durch die Tür von Baileys Geflügelhandlung. Ein Bäckereiwagen lieferte in der Mount Street Backwaren aus. Ansonsten war es still und ruhig auf der Mayfair Street. Es war ein grauer, feuchtkalter Morgen. Fröstelnd legte Lara die Arme um ihren Körper, um sich zu wärmen. Sie suchte die Straße nach weiteren Lebenszeichen ab. Warum? Sie wußte, daß er nicht dort war und auch nicht auftauchen würde. Aber sie starrte dennoch auf die Straße hinab und hielt nach ihm Ausschau. Sie wünschte, er würde sie überraschen und sie könnte ihn ein letztes Mal sehen, ehe sie abreiste. Albernes verliebtes Ding, schalt sie sich. Ihr warmes Bett lockte.

Sie zog ihr Nachthemd aus, ehe sie wieder unter die Laken schlüpfte. Eine Weile lag sie still auf der Seite und streichelte sie mit einer Hand. Ihre Finger glitten über ihre Hüfte und ihren Po. Sie fuhr mit einem Fuß langsam an ihrem Bein auf und ab, wieder und wieder. Ihr Körper verlangte nach Zärtlichkeit, Streicheleinheiten. Ihre Hände schlossen sich um ihre Brüste. Sie genoß es, ihre samtweiche Haut zu fühlen, ihre Hand auf ihrem Körper.

Was hatte er für sexuelle Phantasien? Und welche würde er mit ihr ausleben? Und was für erregende sexuelle Abenteuer würde sie sich für ihn ausdenken? Es gab so viele Möglichkeiten für sie, einander erotische Lust zu bereiten. Er hatte mit jeder seiner sexuellen Avancen gespürte, daß Barrieren sexueller Frustration einstürzten. Mit jeder aggressiven Forderung ihrerseits. Sie erkannte, daß fleischliche Liebe, vermischt mit der Sehnsucht zu besitzen, was jeder im anderen sah, sie verleitet hatte, die entsprechenden Schritte zu unternehmen, um zusammenzusein.

›Wenn wir uns das nächste Mal sehen, bringe ich dir eine erotische Überraschung mit‹, hatte er gesagt. Sie schloß die Augen und seufzte bei dem Gedanken daran, welche Freuden seine sexuellen Phantasien ihnen noch bescheren würden. Sie rieb die Beine an den seidigweichen Laken und dachte an die Überraschungen, die sie ihm bereiten könnte. Ihre Rolle als Verführerin bedeutete etwas in ihrer Beziehung. Er genoß es, sie erregte es. Wie aufregend, Teil der neuen, geheimen Freiheit dieses distinguierten Mannes zu sein.

Es gab sexuelle Stimulanzien, von denen er noch nicht einmal träumte. Es gab Sexspielzeuge, die ihre Liebesakte verschönern konnten, unglaublich verderbt und doch nicht ohne Raffinesse und Eleganz. Schöne Gegenstände, nicht die ordinären, billigen und häßlichen Plastikvibratoren und Accessoires aus schwarzem Gummi, die ihm in Soho angeboten werden würden und die mehr absurd als erregend waren. Sie würde eine Sammlung pornographischer Accessoires besorgen, die nicht abstoßend, sondern erregend waren, als Erweiterung ihres gemeinsamen Sexlebens.

Plötzlich fiel ihr ein, daß das, was ihr vorschwebte, hier in London zu beschaffen war. Wie hieß dieser Mann noch gleich? Wo war noch gleich der Laden? In der Nähe des Cadogan Square? Ja, das war's. Ein Privathaus im Herzen Londons. Jamal war mit ihr dort gewesen, als sie noch ein junges Mädchen gewesen war. Der Händler war ein entarteter Mann, eine Figur, die man nicht so leicht vergaß. Ein wahrer Bär, weich und doch irgendwie grausam, mit fleischigen Lippen, kleiner Nase und seelenlosen Augen. Er hatte einiges für Jamal und ihren Besuch in seinem Haus arrangiert. Jamal hatte sie Monate vor ihrem Besuch dort mit Versprechungen erotischer Genüsse verlockt. Er hatte sie gewissermaßen auf diese ganz spezielle Erfahrung vorbereitet. Sie hatte soweit gebracht werden müssen, alles zu akzeptieren, was dort angeboten wurde. Und sie war bereit gewesen. Jamal hatte ihr versichert, daß der Mann über die erlesenste Sammlung von Erotika verfügte, zu der ebenso Einzelstücke aus der Antike zählten wie geschmackvolle moderne Stücke. Ein Händler für das eine, ein Beschaffer für das andere.

Lara erinnerte sich, wie abstoßend sie den Mann bei ihrer ersten Begegnung gefunden hatte. Sie hatte ihn nicht in ihre Nähe gelassen, hatte sich nicht von ihm anfassen lassen und ihm verboten, an der Orgie teilzuhaben, die er für sie arrangiert hatte. Aber ihm hatte es genügt, die Orgie für sie und Jamal zu choreographieren. Nachdem er sich an ihnen sattgesehen hatte, war er zu einer zweiten Orgie gegangen, die irgendwo im Haus vonstatten ging.

Sie hatte in jener Nacht viel gelernt. Dinge, von denen sie nie geglaubt hätte, daß sie ihr gefallen könnten. Stundenlang hatte sie sich Jamal und dem Geist des Eros hingegeben. Sie hatten die Nacht und fast den ganzen nächsten Tag in jenem Haus verbracht.

Jamal hatte dort ihre erregendsten Sexhilfen gekauft. Der freudlose Hüne hatte ihnen alles Schmutzige genommen. Er besaß wunderschöne Artefakte, die in die körperliche Liebe einbezogen werden konnten. Welche Lust diese Dinge Evan bereiten könnten. Die Vorstellung, ihren Liebhaber mit völlig neuen Praktiken bekannt zu machen, regte ihre Phantasie an. Sie würde ihm einige Geschenke machen. Aber würde sie es über sich bringen, diese selbst zu besorgen? Die Liebe macht einen stark. Sie würde zum Cadogan Square gehen. Evan würde eine Auswahl der feinsten Erotika bekommen. Ein gewagtes Unterfangen für eine junge Frau, die bisher noch nie solche Einkäufe getätigt hatte. Das hatte sie immer den Männern in ihrem Leben überlassen.

Wie Evan sich über diese Geschenke freuen würde. Würde er wissen, welchen Mut es sie gekostet hatte, Hardcore-Pornographie zu beschaffen? Immerhin gehörte dies zu den Dingen, nach denen er sich in diesen späten Jahren seines Lebens sehnte: sexuelle Freiheit. Dinge auszuprobieren, die er bislang abgelehnt hatte, um neue Dimensionen der Erotik zu erfahren.

Lara erinnerte sich nicht an den Namen des Mannes, aber das Haus hatte sich ihr im Gedächtnis eingebrannt. Wenn auch alle Häuser am Cadogan Square gleich aussahen, eine Gleichheit, die ihr zutiefst mißfiel – die tiefroten Backsteine und die überladenen viktorianischen Hauseingänge –, würde sie es wiedererkennen. Vor der Mahagonitür stand eine chinesische Bronzeskulptur aus dem fünfzehnten Jahrhundert, die einen Hund darstellte, der auf den Hinterbeinen hockte.

Sir Mundie. Plötzlich fiel es ihr wieder ein. Das war sein Name: Sir Mundie. Wie hatte sie einen solchen Namen nur vergessen können? Der dicke Sir Mundie. Einige Stunden später tätschelte sie den Kopf des Foo-Hundes.

Sofern sie jemand beim Betreten des Hauses beobachtet hätte, würde ihm die Identifizierung nicht leichtfallen. Sie trug eine dunkle Sonnenbrille und ihren Zobelmantel, dazu einen breiten Hut mit Pelzkrone und Pelzumrandung, unter den sie jede Strähne ihres blonden Haares gestopft hatte. Und sofern doch jemand ihre Verkleidung durchschaute und sie entlarvte, würde er sich selbst für seine Schwäche für die Waren des Sir Mundie rechtfertigen müssen. Jamal hatte ihr versichert, daß Sir Mundies Reich der Sünde und der Liebesqualen zu den bestgehüteten Geheimnissen Englands zählte, sogar unter den Reichen und Perversen.

Ein ältlicher Butler öffnete. »Ich möchte gern Sir Mundie sprechen«, sagte sie.

»Haben Sie einen Termin, Madam?« Der Butler war eine Karikatur seiner selbst.

»Nein, den habe ich nicht. Aber wenn Sie ihm ausrichten, daß ich schon einmal mit Jamal Ben El-Raisuli hier war, wird er mich ganz sicher empfangen.«

»Äh, mit wem, Madam?«

Der Name verschaffte ihr schließlich Zutritt zu dieser sehr privaten Welt. Die Tür schwang auf. Im Inneren des Hauses war es unnatürlich still, als wäre das Gebäude von einer riesigen Glaskuppel eingeschlossen. Es sah alles noch genauso aus, wie sie es in Erinnerung hatte. Wo sie auch hinsah, kostbare und bezaubernde Möbel und Kunstgegenstände. Der Mann war ganz offensichtlich ein leidenschaftlicher Sammler nicht nur von Erotika. Aber so respektabel, ja elegant die Räume auch sein mochten, die sie durchquerte, es mischte sich doch in den Rosen- und Jasminduft das Parfum der Dekadenz. Es war unmöglich, unberührt zu bleiben von der Schönheit um einen herum und der unterschwelligen Verderbtheit.

Nur wenige Minuten verstrichen, ehe die Wohnzimmertür geöffnet wurde, nicht von Sir Mundie, sondern von dem Butler, der mit einem schweren barocken Silbertablett hereinkam, auf dem eine Kaffeekanne, Zuckerdöschen, Milchkännchen und zwei Tassen aus Sèvres-Porzellan standen. Dazu eine Platte mit Fuß, auf der waffeldünne Plätzchen lagen, und ein Teller mit fleischigen schwarzen Trauben. »Sir Mundie ist gleich bei Ihnen. Wenn Sie etwas wünschen, brauchen Sie nur zu läuten.« Nachdem er ihr gezeigt hatte, wie, zog er sich zurück.

Sir Mundie ließ sie beinahe eine Stunde warten, ehe er in Erscheinung trat. »Ah, die schöne Miss Stanton.«

Lara war überrascht. Bei ihrer letzten Begegnung war sie Miss Stanton gewesen, das stimmte, eine sehr junge und leicht zu beeindruckende Miss Stanton, die ganz verrückt war nach einem perversen Lüstling. Das lag Jahre zurück, und doch erinnerte er sich noch an sie. Er war beträchtlich gealtert und schien mit den Jahren mehr Umgangsformen entwickelt zu haben, als sie es erwartet hatte.

Er schenkte sich aus der silbernen Kanne einen Kaffee ein. Nachdem er eine Traube abgepflückt und auf die Untertasse gelegt hatte, nahm er ihr gegenüber Platz. Er nippte an seinem Kaffee und sagte dann: »Als Jamal Sie vor Jahren herbrachte, fand ich Sie wunderschön. Ein junges Mädchen, das sich noch einen Hauch von Unschuld bewahrt hatte. Eine ausschweifende Natur, die erst noch erweckt werden mußte. Heute sehe ich Sie als reife Frau, und hinter diesen grünen Augen brennt immer noch ein strahlendes Feuer. Ich bewundere Sie, Miss Stanton. Sie haben mir damals widerstanden, was mich sehr enttäuscht hat, da ich Sie sehr gern gekostet hätte.«

Sie errötete. Was sollte man auf solche Frechheit erwidern? sie begann die Eingebung zu bereuen, die sie hergeführt hatte.

»Das Leben ist zu kurz, den Dingen nachzutrauern, die man versäumt hat, Miss Stanton. Das war damals, und jetzt ist heute. Und Sie wären nicht hier, wenn Sie nicht glaubten, daß es etwas gäbe, womit ich Ihnen helfen kann. Womit kann ich Ihnen dienlich sein?«

Lara wußte wieder nicht, was sie sagen sollte. Sie suchte nach den richtigen Worten, Sir Mundie zu erklären, warum sie ihn aufgesucht hatte. Er kam ihr entgegen.

»Meine Kunden kommen nach Vereinbarung oder auf Einladung. Nur die Erwähnung Jamals hat Ihnen Zutritt verschafft. Ich bezweifle, daß Sie hergekommen oder seinen Namen benutzt hätten, wenn es nicht etwas gäbe, was Sie unbedingt haben wollen. Sprechen Sie, Miss Stanton. Seien Sie versichert, daß es keinen Grund gibt, verlegen zu sein. Ich denke, Sie erinnern sich noch, welche Freude es mir bereitet, Menschen zu ihrem sexuellen Vergnügen zusammenzuführen. Ist es das, was Sie möchten?«

Lara faßte Mut. »Nein, ich möchte nicht mit ihm herkommen. Er könnte sich nicht einmal vorstellen, daß es einen Ort wie diesen überhaupt gibt.«

»Sie wären vielleicht überrascht, Miss Stanton.«

»Sie haben recht, vielleicht. Und wer weiß? Vielleicht möchten wir ja tatsächlich eines Tages zusammen herkommen – wenngleich ich das im Augenblick bezweifle. Ich habe in diesem Haus einige der aufregendsten Momente meines Lebens verlebt, Sir Mundie.« Es war nicht ihre Absicht gewesen, das zuzugeben, aber es stimmte. Bei dem Gedanken daran hatte sie sich entspannt. Das Eingeständnis war ihr herausgerutscht.

»Welch schönes Kompliment, Miss Stanton. Ich danke Ihnen aufrichtig. Ich weiß solches Lob von meinen Hausgästen zu schätzen.«

Ganz plötzlich fühlte sie sich seltsam entspannt in bezug auf ihr Anliegen. Sie verstanden einander, den Grund für ihr Hiersein. »Er ist schon älter. Viel älter als ich. Er hat bisher ein sehr konservatives Leben geführt. Ich nehme an, daß er seine Sexualität den Großteil seines Lebens unterdrückt hat. Woher ich das weiß? Er hat diese … äh … Energien auf seine Familie verwandt, auf seinen beruflichen Erfolg, seinen Einsatz zum Wohle der Menschen. Er ist ein bemerkenswerter Mann, der auf der Suche nach einigen Antworten war und dabei auf mich gestoßen ist. Wir sind dabei, einander zu entdecken, und bestrebt, unser beider Leben Dinge hinzuzufügen, die wir in unserem bisherigen Leben vermißt haben. Ich glaube, daß er mit mir alles Sexuelle erleben möchte. Er wünscht sich das Abenteuer, seine sexuellen Phantasien mit mir auszuleben, und ich finde das über alle Maßen anziehend. Darum bin ich hier.

Ich möchte ihm etwas schenken, nicht nur mich, sondern etwas Erotisches, das unser gemeinsames Sexleben bereichert. Etwas Schönes, aber auch Verdorbenes – extrem Verdorbenes –, aber wiederum sollte es nicht vulgär oder kraß sein. Um es freiheraus zu sagen, Sir Mundie, ich suche Pornographie. Hardcore, das speziell auf uns zugeschnitten ist, auf diesen Mann, mich und die verborgene Welt, in der wir leben werden. Und als ich darüber nachdachte und mich fragte, wo ich finden könnte, wonach ich suchte, sind Sie und dieses Haus mir wieder eingefallen. Ich möchte eine Sammlung Sexspielzeug kaufen, schöne Pornographie. Literatur und japanische Drucke aus dem achtzehnten Jahrhundert, chinesische *objets d'art* ... alles, was Ihnen noch dazu einfällt. Tiegel mit den Cremes, die ich damals benutzt habe, und etwas ebenso Luststeigerndes für meinen Partner. Außerdem habe ich hier in diesem Haus den erstaunlichsten erotischen Film meines Lebens gesehen. Bis heute brauche ich nur an Ausschnitte aus diesem Film zu denken, und es erregt mich so, daß ich einen Mann will. Und Jamal hat mir erzählt, daß der Film einen Mann rasend macht vor Leidenschaft, alle Aspekte des Erotischen zu erforschen, alles, was den Schleier der sexuellen Realität wegreißt und einem Mann seine eigenen Wünsche vor Augen hält. Sie haben ihm eine Kopie verkauft, und wir haben den Streifen manchmal in unsere Liebesakte einbezogen. Ich möchte einen solchen Film für meinen Freund.

Und für mich Perlen. Ich hatte einmal welche. Eine sehr ungewöhnliche Perlenkette, die Jamal ganz sicher von Ihnen bekommen hat. Und noch andere Dinge zu unserer beider Vergnügen, aber vor allem für das meines Partners. Ich will ihn ebenso nehmen, wie ich mir wünsche, von ihm genommen zu werden. Ich möchte ihm größere erotische Lust bereiten, als er für möglich hält. Und ich möchte Sie bitten, mir dabei zu helfen.«

Lara kam sich unbeschreiblich sexy vor, allein so frei darüber zu reden. Sie fühlte, daß dieser unattraktive Klops von einem Mann trotz seines Äußeren und seiner Herzenskälte erkannte, was in ihr vorging. Vielleicht erregte ihn ihre Beichte ebenfalls. Aber ihre Furcht wurde durch das Wissen gemildert, daß, was immer dieser Mann war und was nicht, er der einzige Mensch auf der Welt war, mit dem sie je über ihre Affäre sprechen würde. Daß, sobald sie sein Haus verlassen hatte, die Außenwelt nicht existieren würde für Lara und Evan als Paar. Mit Evan darüber zu sprechen oder für sich darüber nachzudenken, war eine Sache. Einem anderen Menschen eröffnen, was mit ihr geschah, auch wenn es sich um jemanden handelte, der so denkbar unattraktiv war wie Sir Mundie, bestätigte ihr, wie groß die Verpflichtung war, die sie eingegangen war.

Seine Worte rissen sie aus seinen Gedanken. »Ich erinnere mich an Sie. Mit großem Vergnügen, wie ich erneut anmerken möchte. Und ich beneide Ihren neuen Liebhaber. Sie besitzen einen Sexhunger, den jeder Mann gerne stillen möchte. Und Sie sind sehr mutig.«

»Werden Sie mir helfen?« fragte sie mit leisem Zittern in der Stimme, das Evan galt und dem Impuls der Reife, der sie zu dieser Liebestat getrieben hatte.

»Ein älterer Mann, sagen Sie? Ein Gentleman, den Sie verführen. Ein Mann gewissen Alters, der in Ihnen all die sexuellen Genüsse sieht, die ihn selbst wieder jung machen werden, für die Zeit, die ihm noch bleibt. Ja, ich werde Ihnen helfen. Aber in einigen Punkten werden Sie mir vertrauen müssen. Bei einigen Dingen, die Sie vielleicht zu verderbt für einen Mann wie ihn erachten. Aber wenn Sie zweifeln, denken sie wie eine verliebte Frau und nicht wie eine, die bereit ist, erotische Tabus zu brechen. Ich kann Ihnen versichern, daß ich über diese Dinge Bescheid weiß. Mit wachsendem Appetit werden auch seine Phantasien gewagter werden, und Sie werden alles benutzen, was ich Ihnen verkaufe.«

Erst als sie auf der Straße und in einiger Entfernung des Cadogan Square war, bekam sie sich wieder einigermaßen unter Kontrolle, so sehr hatte sie Sir Mundies Sammlung von Erotika aufgewühlt.

Lara verbrachte ihren Skiurlaub mit Julia in Gstaad. In dieser Zeit telefonierten sie und Evan mehrmals miteinander. Ihre Gespräche waren, wenn auch nicht offen erotisch, voller Sinnlichkeit und Anspielungen, die sie beide erregten. Sie hatte angenommen, daß sie sich vor ihrer Rückkehr in die Staaten noch einmal wiedersehen würden, aber dazu kam es nicht. Ihre Lebensumstände erlaubten es nicht, aber Liebe und

Respekt füreinander wuchsen, und das Verlangen schweißte sie zusammen, wenn nicht körperlich, so doch emotional.

Lara gab Bonnie in der Tennishalle auf Cannonberry Chase Unterricht. Die Lektion wurde rasch zur Farce, da Karim kreuz und quer über den Platz wieselte, die Tennisbälle aufhob und über das Netz warf. Nancy kam und rief Lara vom Platz. »Ein Anruf von Mr. Smith.« Lara sagte den Kindern, daß sie gleich zurück sein würde, und sah im Weggehen, wie Bonnie versuchte, Karim beizubringen, den Schläger zu halten. Sie fand, daß sie großes Glück gehabt hatte mit ihren Kindern, daß sie einander so nahestanden und so glücklich waren. Traurig stimmte sie allerdings, wie schnell sie heranwuchsen. »Geh nur, Mum. Ich kümmere mich um Karim«, rief Bonnie ihr zu.

»Wobei habe ich dich gerade gestört?« fragte Evan.

»Beim Tennisspielen.«

»Ich könnte mich freimachen, wenn es bei dir auch möglich ist. Wir könnten fünf ganze Tage zusammen verbringen.«

»Wann?«

»Von morgen oder übermorgen an. Das hängt ganz von dir ab.«

»Morgen.«

Er lachte. »Ich liebe dich.«

»O, das ist gut. Ich hasse einseitige Liebesgeschichten. Wo?«

»Wo immer du möchtest. Ich will dich glücklich machen.«

»Wo bist du?«

»In der Toskana.«

Sie wußte, daß er sich dort zu Hause fühlte – in einem Ort in der Nähe von Siena –, die Toskana aber für sie beide nicht in Frage kam. »Und wo mußt du in fünf Tagen sein?«

»In Oxford.«

»Wie können wir möglichst viel Zeit zusammen sein?«

»Indem wir die Anreisewege möglichst kurz halten.«

»Ich fliege mit der ersten Concorde nach London.«

»Ein Hotel auf dem Land. Oder soll ich ein Cottage mieten?«

»Ich besitze ein Haus in Gloucestershire. Etwa eine Stunde von Oxford entfernt.«

»Ist es abgelegen? Ich will dich ganz für mich allein haben.«

»Abgeschieden und heruntergekommen. Ich hatte schon immer vor, es herzurichten.«

»Perfekt.«

»Ich hole dich am Flughafen ab.«

Nach drei Tagen wußten Lara und Evan, daß sie ihr ideales Liebesnest gefunden hatten. Es war ein geräumiges und wunderschönes Haus inmitten einer Parklandschaft, die ihnen so viel Privatsphäre garantierte, wie sie sich nur wünschen konnten. Es war noch viel schöner, als Lara es in Erinnerung hatte. Evan verliebte sich sofort in das Anwesen. Das Hausmeisterehepaar, das seit über dreißig Jahren dort lebte, war erleichtert, daß Lara Stanton endlich Interesse an ihrem Erbe zeigte. Und so gab das Ehepaar sich alle Mühe, es den beiden bequem zu machen, verwöhnte sie mit köstlichen englischen Menüs aus der Zeit, da das Haus berühmt gewesen war für seine Gastfreundschaft. Wenngleich die beiden älteren Angestellten eine sehr demokratische Respektlosigkeit ihrer alten Herrschaft gegenüber entwickelt hatte, wußten die beiden sich nach althergebrachter traditioneller Façon zu benehmen. In den fünf Tagen ihres Aufenthalts hörten und sahen Lara und Evan kaum etwas von den beiden. Sie zogen sich in ihr Cottage zurück, sobald das Dinner serviert war, und das Haus wurde für Lara und Evan zu einem Heim.

Tagsüber unternahmen sie lange Spaziergänge, erkundeten das Anwesen und machten sich mit den Farmarbeitern und -Verwaltern bekannt. Je mehr Zeit sie miteinander verbrachten, desto besser gefiel ihnen, was sie aneinander entdeckten. Nachts und häufig auch am Tage gaben sie sich dem Sex hin. Es war Lara, die Evan seine andere Seite offenbarte, und er war glücklicher denn je, glücklicher als er es in seinem Alter je für möglich gehalten hätte.

In jenen fünf Tagen überreichte sie ihm einige der Geschenke, die sie bei Sir Mundie gekauft hatte, immer darauf bedacht, den richtigen Zeitpunkt abzupassen. Ganz so wie sie es erwartet hatte, weckten sie seine Sehnsucht, Hemmungen abzulegen und sich in die sexuelle Ekstase zu stürzen. Er war fasziniert von seinem Sexleben mit ihr und immer wieder erstaunt, wie sehr sie ihn begehrte, welche Mühe sie sich gab, ihn zufriedenzustellen. Wie willig sie mit ihm in die Wellen der Glückseligkeit eintauchte, die er selbst so lange vernachlässigt hatte. Er schuldete ihr sein neues Sexleben. Und sie gab und gab, völlig uneigennützig, so wie sie sich nur selten einem Mann hingegeben hatte. Er benutzte sie schamlos, um sein neues Selbstbewußtsein und ihre Intimität zu erweitern. Sie waren glücklich aus der emotionalen Bereicherung durch ihre Liebesaffäre heraus.

Ihm war es zu verdanken, daß Lara ihr erstes eigenes Zuhause einrichtete. Die Restaurierung des Hauses in Gloucestershire war zwar eine gewaltige Aufgabe, jedoch eine, die ihr lohnend erschien. Mit der Zeit würde auf der anderen Seite des Atlantiks ein Cannonberry Chase im Kleinformat aus dem Anwesen werden. Aber mehrere Jahre war es nur ihr Zuhause, wenn sie zusammen waren und ganz unter sich sein wollten. Es war wie ein Spiel. Evan bestand immer darauf, daß Lara realistisch blieb, daß sie sich keine Illusionen machte.

Aber ihr gemeinsames Leben bestand aus mehr als tabulosem Sex und dem Aufbau einer geheimen Welt für sie beide. Sie lernten viel voneinander, zwangen sich, ihr idyllisches Beisammensein mit Theater-, Opern- und Konzertbesuchen zu variieren. Auch lernten sie einander besser kennen, indem sie herausfanden, was der andere über Gemälde in den Galerien und Museen dachte, die sie besuchten, und welche Gefühle die einzelnen Bilder in ihm weckten. Sie machten Skiurlaub an abgeschiedenen Orten, wo sie niemand wiedererkennen würde, und sie reisten gemeinsam, wenn Evan sich für längere Zeit freimachen konnte. Sie waren sehr vorsichtig und diskret, mehr Laras als Evans wegen. Wie er ihr im ersten Jahr ihrer Beziehung gesagt hatte: »Wissenschaftler und Nobelpreisträger sind keine Filmstars. Unser Glanz erlischt schnell, gewöhnlich lange bevor uns die nächste Ehrung zuteil wird. Aber glamouröse Frauen der Gesellschaft, so wie du, strahlen fast ihr ganzes Leben lang. Vor allem, wenn sie dazu noch intelligent sind und sich dafür einsetzen, die Welt zu verbessern. Wir werden immer vorsichtig sein müssen, mehr um deines Rufes willen als meinetwegen.«

Und das hatte sich als zutreffend erwiesen. Sie bereisten gemeinsam die Welt, aber es gelang ihnen dennoch, ihre Beziehung geheimzuhalten. Sie reisten nach Brasilien in den Regenwald, und dank ihm und seinen Ideen faßte sie den Entschluß, alles zu tun, den Wald und die Indianerstämme, die dort lebten, zu schützen. Sie flogen nach Hawaii, wo sie gemeinsam ein Haus erwarben, eine Zuflucht für sie beide inmitten jenes ersten Paradieses, das sie erworben hatte. Wenn sie nicht selbst dort waren, stellte Lara das Haus anderen Nobelpreisträgern zur Verfügung. Wenn der Glanz dieser Ehrung ihrer Genialität keinen Abbruch getan hatte, bekamen sie in ihrem hawaiinischen Paradies möglicherweise noch weitere Geistesblitze, die zur Rettung der Welt beitragen konnten. Zumindest war dies ein schöner Traum.

Die Jahre vergingen wie im Flug. Ihr Glück machte ihr das Leben leicht, und das wiederum inspirierte Lara, sich in größerem Umfang für die Erde einzusetzen. Sie befaßte sich wieder mit der Verwaltung ihrer Farm in Kenia. Sie besaß dort ein altes Kolonialhaus, wo sie für einige Wochen als Mann und Frau lebten, wenn sie die Zeit dafür aufbrachten. Sie waren niemals indiskret, verstießen nie gegen ihre Grundregeln. Lara geriet nicht in Versuchung, in ihrer Beziehung unrealistisch oder gierig zu werden.

Evan war sehr stolz auf ihre Erfolge, seit sie zusammen waren. Das private Glück gab ihr die Kraft, sich für zahlreichere Projekte einzusetzen als zuvor. Und wenn sie ihn so sehr liebte, dann hatte dies seinen guten Grund. Niemals nutzte er sie oder ihre Liebe zu ihm aus. Er war unbeugsam, was gewisse Dinge anbelangte. Er verbot ihr zu trauern, wenn er starb. Anstatt zu trauern, sollte sie ihre Energie lieber in die Arbeit stecken. Diese Gespräche schmerzten, aber sie wußte, daß er recht hatte. Die wichtigste Lektion, die sie in den fünf Jahren ihrer Beziehung mit Evan lernte, war die über ihre vitale erotische Natur: daß sie viel zu geben und aufrichtig zu lieben in der Lage war. Sie hatte ihn glücklicher gemacht als jeden anderen Mann in ihrem Leben. Und sie lernte sich selbst dafür mehr zu schätzen, auch weil seine geistige Kraft ihre eigene stärkte.

Die Familie, Julia, Jamal und Sam bemerkten die Veränderungen an ihr. Sie stellten keine Fragen, kritisierten nicht. Zurückhaltung erhält die Freundschaft. Aber ihnen allen war klar, daß es in ihrem Leben jemanden gab, der ihr mehr geben konnte als irgendeiner von ihnen es vermocht hatte. Ganz offensichtlich ein außergewöhnlicher Mann. Er hatte ihr Leben sehr erweitert und bereichert, seit sie ihn kannte, und sie empfanden nichts als Bewunderung für die Art, in der sie sich änderte.

Julia blieb auch weiterhin ihre beste Freundin. Lara hatte ihr sowie auch David, Max und Henry gegenüber einmal erwähnt, daß es jemanden gäbe, den sie sehr liebe. »Es ist eine sehr private Liaison, zu der wir uns niemals öffentlich bekennen werden. Es wird keine Heirat, keine Kinder und keine gemeinsamen Freunde geben. Es ist eine absolut egoistische, leidenschaftliche Liebesgeschichte. Er macht mich glücklicher, als ich es je gewesen bin. Punktum. Ich will nie wieder darüber sprechen.«

Wenngleich Laras geheime Liebschaft ihrer Beziehung zu Julia nicht schadete, veränderte sich ihre Freundschaft. Sie rannte nicht mehr zu ihrer Freundin, um sich zu beklagen und auszuweinen. Und auch die unbeschwerte Ausgelassenheit aus der Zeit ihrer Ehe mit Sam war Vergangenheit. Julia diente auch nicht mehr als die Rettungsleine, die Lara gebraucht hatte, um ihre Scheidungen, die Prozesse und gescheiterten Beziehungen zu überstehen. Dies waren glückliche, ausgefüllte Jahre.

Und was für Lara galt, galt in noch größerem Maße für Sir Evan Harper Valentine. In den fünf Jahren ihrer Affäre verbrachten er und Lara durchschnittlich drei Monate im Jahr zusammen, davon manchmal nur ein oder zwei Tage am Stück. In der Zeit, in der sie getrennt waren, hielt er es so wie Lara, widmete sich seiner Familie und seiner Arbeit, wenn auch nicht unbedingt in dieser Reihenfolge. Er versetzte die Menschen in dieser Phase seines Lebens in Erstaunen. Er fühlte sich nicht allein von einer Liebe und einem Glück beseelt, die er nie zu erleben erwartet hätte, sondern darüber hinaus von kreativem wissenschaftlichen Denken, das in gleich zwei bedeutenden Durchbrüchen in der genetischen Forschung gipfelte, den krönenden Erfolgen seiner Arbeit.

Kapitel 27

Lara war mit Evan in Paris. Sie saßen in der eichengetäfelten, mit rotem Teppichboden ausgelegten Bar des Raphael, ihrem Lieblingshotel in der Stadt. Sie liebten seine schlichte Eleganz. Um dorthin zu gelangen, mußte man sich todesmutig in den Kreisverkehr um den Arc de Triomphe einreihen und ein kurzes Stück die Avenue Kléber hinunterfahren, bis man zu dem Gebäude aus hellen Steinquadern gelangte. Dann betrat man das langgezogene getäfelte Foyer mit den schwarz-weiß marmorierten Fliesen, die mit Orientteppichen verblichener Grandeur ausgelegte waren. Man riskierte die Hölle, um in den Himmel zu schlendern. Der französische Stil.

Zwei gealterte Pariser Schönheiten saßen still in ihrer Nähe. Lara hatte ihre Unterhaltung belauscht. Obwohl sie nicht mehr die jüngsten waren, spielten die Damen immer noch die Koketten, oder zumindest ließen die Gesprächsfetzen, die Lara aufschnappte, dies vermuten. Evan berührte Laras Arm, um sie auf sich aufmerksam zu machen. Sie legte ihre Hand auf die seine und lächelte.

»Ich möchte mit dir in die Toskana.«

Das war eine Überraschung. »Ich weiß, daß ich gesagt

habe, daß wir nie zusammen in die Toskana würden reisen können, aber ich habe meine Meinung geändert.«

»Also, vielleicht sollten wir noch einmal darüber nachdenken.«

»Wie du meinst. Wir werden darüber nachdenken, aber nicht zu lange. Versprochen?«

»Versprochen.«

»Ich muß dich jetzt allein lassen. Nur für eine Stunde. Was wirst du in dieser Zeit tun?«

»Ich denke, ich bin ganz zufrieden damit, einfach nur hier auf dich zu warten.«

Er küßte sie und flüsterte ihr zu, daß er sie liebe. Noch ein Kuß, und er war fort. Sie blickte ihm nach. Warum hatte er nach all den Jahren eine gemeinsame Reise in seine geliebte Toskana vorgeschlagen? Sie hatten seit ihrer ersten Liebesnacht im Connaught in London nicht mehr davon gesprochen.

Sie hatte ihn am Morgen danach gefragt, wo er in England lebe. In London? Und er hatte erwidert: »Manche Menschen, die in England leben, schaffen es tatsächlich, nicht in London zu wohnen. Aber ich wohne gar nicht in England, Liebes. Ich unterhalte nur ein *pied à terre*, ein paar Zimmer, in meinem College in Oxford. Es ist praktisch, wenn ich dort Seminare abhalte, und es befindet sich in der Nähe des englischen Labors, mit dem ich zusammenarbeite. Aber England ist nicht mein wahres Zuhause, nur ein Zweitwohnsitz. Das Haus der Familie befindet sich in der Toskana, und dort lebe ich auch. Das nenne ich mein Zuhause.

Wir gehören zu jenen englischen Familien, die sich eines italienischen Zweiges rühmen können, der bis ins frühe achtzehnte Jahrhundert zurückreicht, als Mitglieder der Familie die Grand Tour unternahmen. Wir blieben und vermehrten uns auf beiden Seiten des Ärmelkanals. Ich besitze die doppelte Staatsbürgerschaft, so wie mein Vater, mein Großvater und diverse andere Vorfahren vor mir. Mein Vater war Engländer und zu einem Viertel Italiener, meine Mutter reine Italienerin, eine Colonna. Das ist mein anderes Leben, Lara, und ich werde nie mit dir dorthin reisen, so gern ich es auch täte. Kein Überlappen beider Leben, das haben wir uns versprochen.«

Und jetzt, fünf Jahre später, hatte er seine Meinung geändert. Warum? Für gewöhnlich gehörte er nicht zu den Menschen, die gegen bestehende Regeln verstießen. Der Ober kam, um ihr Champagner nachzuschenken. Lara lehnte sich auf ihrem Stuhl zurück und lenkte sich eine Weile damit ab, daß sie andere Hotelgäste beobachtete. Dann mußte sie erneut an seinen Vorschlag denken. Sie verdrängte das Warum. Im Grunde war es unwichtig. Sie würde nicht mit ihm hinfahren. Kein Überlappen ihrer beider Leben. Die Regel hatte bisher bestens funktioniert. In den Jahren, die sie sich inzwischen kannten, hatten sie nur sehr wenig über das Leben erfahren, das der andere führte, wenn sie getrennt waren. Sie waren über ihre Arbeit informiert, aber sie wußte nichts von seiner Frau, seinen Kindern – nicht einmal, ob er überhaupt welche hatte. Ebensowenig wie er von Bonnie und Karim oder einem anderen Mitglied der Stanton-Familie wußte.

Lara staunte ob der Liebe, die sie immer noch füreinander empfanden. Sie erschien ihr so neu und aufregend wie zu Anfang, aber gefestigter dank alledem, was sie einander gegeben und miteinander geteilt hatten, und ihr Liebesleben war immer noch leidenschaftlich erotisch. Sie hatte ihn zu einer Welt der Erotika verführt, die er in vollen Zügen genoß.

Sie dachte an den Tag, da sie ihm von ihrem voyeuristischen Erlebnis im Museum erzählt hatte. Sie hatte ihm in allen Einzelheiten beschrieben, wie Max den chinesischen Zwilling geliebt hatte. Die Episode hatte Evans Phantasie angeregt, und er hatte gesagt: »Das ist ausschweifender Sex, der im Angesicht der versteinerten Relikte einer Kultur des Todes ausgelebt wurde.« Nachdem er erst davon erfahren hatte, hatte es ihn nicht wieder losgelassen. Zwei Jahre später hatte er sie auf die gleiche Art genommen, in einem verlassenen Winkel eines wunderschönen Tempels tief in der Wüste in Oberägypten. Die Erfahrung war für sie aufregender gewesen, als sie es für möglich gehalten hätte. Sie hatte sich in die Hand beißen müssen, um ihre Schreie unkontrollierbarer Lust zu unterdrücken.

Sie sah ihn durch die Bar auf sich zukommen. Er sah immer noch so attraktiv und konservativ aus, wie man es von einem Mann in seiner Position erwarten würde. Ein grauer Flanellanzug von Savile Row war ideal, die Feuer der Lust zu verbergen. Sie lächelte, und ein Grinsen erhellte seine faltigen Züge.

»Hast du nachgedacht?« fragte er, als er sich zu ihr setzte.

»Nicht wirklich. Ich habe mich nur gefragt, wieviel du unserem Führer bezahlt hast, damit er uns in diesem Tempel in Oberägypten allein ließ.«

Er lachte, und eine leichte Röte überzog seine Wangen. »Das müssen wir eines Tages wiederholen. Das heißt, sofern ich es mir leisten kann.«

Dann holte er mit einem verschmitzten Lächeln ein kleines Päckchen aus seiner Jackentasche.

»Das war es also, was du zu erledigen hattest! Du wolltest mir ein Geschenk kaufen. Gibt es einen speziellen Anlaß?«

»Ich denke, du könntest allein darauf kommen. Und wenn nicht, ist es ein Geschenk, das für sich selbst spricht.«

Er bestellte sich einen Malt Whisky. Lara begann, ihr Geschenk auszupacken. »Nein, nicht jetzt! Wenn du nicht unseren Ruf ruinieren willst, wartest du besser. Öffne es oben im Schlafzimmer.« Er machte ein verlegenes Gesicht.

Sie aßen gemeinsam im Speisesaal zu Mittag. Hinterher, in der plüschigen Privatsphäre ihres Zimmers, packte sie ihr Geschenk aus: verführerische Unterwäsche aus schwarzer Seide und Spitze, so sexy und elegant, wie sie nur die Franzosen entwerfen konnten. Chic und doch erotisch provokativ, der Name des Designers ein Synonym für solche Dessous. Sie zog die Reizwäsche für Evan an, und sie liebten sich. Nach einem langen Urlaub auf Reisen zogen sie es vor, den letzten Abend unter sich zu sein. Sie wollten auf ihrem Zimmer bleiben und sich entspannt lieben – es sei denn, daß sie, wie es zuweilen geschah, von wilder, animalischer Lust gepackt wurden. Und so geschah es an jenem Nachmittag und Abend im Raphael.

Zu den positivsten Aspekten ihrer Beziehung gehörte, daß, wenn sie auseinandergingen, die Trennung nicht von Trauer überschattet wurde. Evan brachte Lara zum Flughafen Charles de Gaulle, von wo aus sie nach New York zurückfliegen würde. Er würde sich später mit einigen Kollegen treffen und mit ihnen zusammen mit dem Zug nach Mailand fahren, um eine weitere Auszeichnung für seine Forschungsarbeit auf dem Gebiet der Genetik entgegenzunehmen.

Sie gaben sich einen Abschiedskuß, und als sie sich aus seiner Umarmung löste, sahen sie einander in die Augen. Plötzlich ging eine Veränderung mit ihm vor. Das sinnliche Lächeln verschwand aus seinen Augen, und einen Moment lang wirkten sie völlig leer. Sie hatte ihn noch nie so gesehen. Es war keine Trauer, nichts in dieser Art. Sie fühlte sich beinahe krank angesichts der Veränderung an ihm. Dann schien er sich zusammenzureißen und abzuschütteln, was immer die erschreckende Veränderung bewirkt hatte. Das Leuchten kehrte in seine Augen zurück. Erleichtert eilte Lara davon. Aber schon nach einem Dutzend Schritten ließ sie die Handtasche fallen und machte kehrt, um zu ihm zurückzulaufen – und sie sah, wie er aus der schwarzen Mercedes-Limousine stieg und auf sie zurannte.

Er hob sie hoch und küßte sie leidenschaftlich. »Ich weiß nicht, was das zu bedeuten hatte. Denk über die Toskana nach. Über eine gemeinsame Reise in die Toskana. Ruf mich an, sobald du zu Hause bist.«

Am darauffolgenden Tag versuchte sie mehrmals, ihn zu erreichen, aber vergeblich. Anfangs dachte sie sich nichts dabei. Sie fuhr in die Stadt, um Roller Skates für Bonnie zu besorgen und Steven zu besuchen. Von Stevens Büro aus rief sie erneut bei Evan an. Er meldete sich immer noch nicht. Er und seine Kollegen hatten offenbar beschlossen, in Mailand zu feiern. Sie verdrängte die vergeblichen Anrufe aus ihren Gedanken. Als sie jedoch später die Madison Avenue entlangschlenderte, hatte sie plötzlich das sichere Gefühl, daß etwas nicht stimmte. In den fünf Jahren, die sie jetzt zusammen waren, hatte sie ihn bislang noch nie ›aus ihren Gedanken verdrängen‹ müssen. Es hatte nie einen Anlaß dazu gegeben.

Am Ende der Madison entdeckte sie eine Telefonzelle. Sie hatte plötzlich das Gefühl, nicht warten zu können, bis sie zu Hause war, und hastete auf das Telefon zu. Natürlich war es außer Betrieb. Sie betrat den nächsten Laden, ein Geschäft, in dem sie noch nie gewesen war. Dort wurden ausschließlich Perlen verkauft, und es war Kunden nicht gestattet, das Telefon zu benutzen. Sie sagte, es handle sich um einen Notfall. Allein es auszusprechen schien ihre Befürchtungen zu bestätigen. Aber Geschäftsprinzip war Geschäftsprinzip. Sie verließ das Perlengeschäft, verärgert über die Sturheit der Verkäufer. Sie fühlte sich sonderbar, war aber beherrscht. Einige Blocks weiter entdeckte sie eine zweite freie Telefonzelle. Inzwischen war sie besessen von dem Gedanken, Evan zu erreichen. Diesmal war das Telefon funktionstüchtig. Lara war erleichtert und spürte, daß sich diesmal jemand melden würde. Sie wählte seine Nummer. Es klickte in der Leitung, und dann hörte sie Elspeths Stimme. Lara seufzte und schalt sich albern, daß sie so dramatisiert hatte.

»Elspeth, Miss Jones am Apparat.« Sie lächelte in sich hinein; das tat sie immer, wenn sie Elspeth ihr Pseudonym nannte. Es war einfach kindisch, ganz gleich, welche Umstände sie zu dieser Charade bewogen hatten. »Könnte ich bitte Mr. Smith sprechen? Ich habe den ganzen Tag versucht, ihn zu erreichen. War das Telefon vielleicht gestört? Das ist das erste Mal, seit ich ihn kenne, daß er zu einer vereinbarten Zeit nicht in der Nähe des Apparates war.«

Schweigen. Sie versuchte es noch mal. »Elspeth? Elspeth, sind Sie noch dran?«

Lara hörte ein Schluchzen. Der Laut verriet ihr, daß ihre Sorge nicht unbegründet gewesen war. Aber sie mußte trotzdem Gewißheit haben. »Elspeth, reden Sie doch. Wo ist er? Elspeth, er würde wollen, daß Sie es mir sagen.«

Endlich antwortete Evans persönliche Assistentin. »Ich weiß. Es tut mir leid. Es tut mir ja so schrecklich leid.«

»Es ist ihm etwas passiert. Wo ist er?«

»In Paris. Ein Unfall. Mr. Smith ist tot. Bitte, ich kann jetzt nicht reden, Miss Jones.«

Laras Kehle war wie zugeschnürt. Sie mußte an die Luft, war jedoch unfähig, die Telefonzelle zu verlassen. Es war, als wären ihre Füße festgewachsen. Sie begann so stark zu zittern, daß sie die Tür nicht aufbekam. Sie kämpfte gegen die Ohnmacht an, die drohte, sie zu überwältigen. Sie trommelte mit den Fäusten gegen die Glaswand der Zelle. Menschen gingen vorbei, ohne sie zu beachten. Schließlich gelang es ihr, die Tür aufzustoßen. Gierig sog sie die frische Luft ein. Das war ein Alptraum. Es konnte nicht wahr sein, und doch wußte sie, daß es tatsächlich geschah. Wieder hämmerte sie mit den Fäusten gegen das Glas, diesmal von außen. Sie stieß einen gequälten Schrei aus. Ihre Knie gaben nach, und sie brach zusammen, halb in der Telefonzelle, halb draußen auf dem Bürgersteig. Schwärze. Das Nichts.

Evans Tod bewirkte bei Lara einen körperlichen und emotionalen Zusammenbruch. In den ersten Tagen nach ihrem Kollaps wurde sie rund um die Uhr gepflegt, aber die Tabletten und die intensive Psychotherapie trugen nur in geringem Maße dazu bei, sie ins Leben zurückzuholen. Im Leben wie im Tod war es Evan Valentines Liebe zu ihr, die Lara über Elspeth Kraft gab. Seine Assistentin traf nach diskreten Arrangements mit Nancy auf Cannonberry Chase ein. Die zwei Hüterinnen des Geheimnisses des Paares, die in der Vergangenheit verschiedentlich miteinander telefoniert hatten, setzten sich gemeinsam dafür sein, Evan Harper Valentines letzten Willen zu erfüllen.

Wenngleich die Familie wußte, daß Lara krank war, kannte in diesen ersten Wochen nur Nancy, ihre Vertraute, die wahre Ursache für Laras Zusammenbruch. Auf Laras und Nancys Betreiben hin wurde der Familie weitgehend verschwiegen, wie ernst Laras Zustand tatsächlich war. Das war nicht allzu schwer, da Henry und Emily nach einem Tennisturnier nach

Südfrankreich geflogen waren. Elizabeth und ihre Familie sowie diverse Stanton-Frauen und -Kinder hielten sich in England auf. Nur David, John und Steven mit einigen Stanton-Enkeln ließen sich regelmäßig auf Cannonberry Chase blicken. Und so argwöhnten nur ihr Cousin und ihre zwei Brüder, daß es möglicherweise weit schlimmer um sie stand, als es nach außen hin den Anschein hatte. Sie stellten nur wenige Fragen und mischten sich auch nicht ein. Aber sie kannten Lara gut. Als ihnen mitgeteilt wurde, daß der Tod eines alten Freundes sie tief erschüttert hatte, vermuteten sie gleich, daß es sich bei diesem Freund, um den sie so trauerte, nur um ihren heimlichen Liebhaber handeln konnte, mit dem sie mehrere Jahre so glücklich gewesen war. Sie hielten sich im Hintergrund, waren aber für sie da, wie sie es immer gewesen waren. Es war der weise David, der sagte: »Sie wird darüber hinwegkommen. Solange unsere La auf ihrem geliebten Cannonberry Chase ist, wird sie sich wieder fangen. Dieser Ort ist wie Muttermilch für sie.«

Und wer hätte das besser gewußt als Lara? Sie lag auf dem Sofa oder saß auf einem Stuhl mit Blick über das Anwesen, Kopf und Herz völlig leer. Nur die sanfte warme Brise, die den Duft des Ozeans bis zu ihr herüberwehte, die Blätter an den Bäumen, das Vogelgezwitscher und die Kinderstimmen irgendwo in der Ferne erinnerten sie daran, daß sie noch lebte und möglicherweise eines Tages wieder lieben würde. Nur Cannonberry Chase vermochte den Schock und das Trauma ihres Verlustes zu durchdringen.

Sie saß in einem Sessel am Fenster, als Nancy mit Coral und der Pflegerin kam. Die drei Frauen umsorgten sie, führten sie vom Fenster zur Frisierkommode, wo Coral ihr das Haar bürstete. Sie wählten einen hübschen Morgenmantel für sie aus, Ringe für ihre Finger, goldene Ohrringe und ein Armband. Seit Tagen machten sie sie zurecht, in der Hoffnung, daß sie endlich wieder Interesse an ihrer äußeren Erscheinung zeigen würde. Aber das tat sie nur, wenn Bonnie und Karim sie besuchten, wenn auch beide aufgrund der starken Beruhigungsmittel, die Lara verabreicht wurden, nicht lange bleiben durften. Coral zog ihr blaßgraue, mit Blumen bestickte Satinpantoffel an die Füße. Am Arm der Pflegerin ging sie zur Ottomane und legte sich hin. Sie blickte auf und sah, wie Coral sich eine Träne von der Wange wischte. Sie sagte nur: »Ich wünschte, ich könnte weinen.«

Nancy setzte sich ans Fußende der Chaiselongue und sagte: »Elspeth ist hier.«

Lara blinzelte mehrmals und rieb sich die Stirn, bemüht zu begreifen, was Nancy gesagt hatte. Sie blickte von ihr zu der Pflegerin, die eine Spritze in der Hand hielt. »Elspeth ist hier? Sind Sie sicher, Nancy?«

Ihre Sekretärin fühlte sich ermutigt. Lara schien zu verstehen und die Neuigkeit positiv aufzunehmen. Sie kehrte ins Leben zurück, zwar durch einen dichten Nebel, aber immerhin. Die Pflegerin nickte, als gestatte sie hiermit Nancy fortzufahren.

»Ja, ganz sicher. Sie möchte mit Ihnen sprechen. Wäre Ihnen das recht?«

Lara fühlte sich, als wäre ihr Kopf voller Watte. Sie schüttelte den Kopf, in der Hoffnung, hierdurch ihre Gedanken zu klären. Sie blickte zu den drei Frauen auf und sagte: »Nun, ich denke, die Spritze können Sie fürs erste weglegen, Miss Hicks.«

»Sind Sie sicher, Miss Stanton?«

»Absolut.« Dann an Nancy gewandt: »Bitte, ich möchte sie sofort sehen.«

Als Elspeth das Zimmer betrat, versuchte Lara aufzustehen, aber es war unmöglich. Sie fiel in die Kissen zurück, und das letzte bißchen Farbe wich aus ihrem Gesicht.

»Nein, ich glaube nicht, daß das eine gute Idee ist«, sagte Miss Hicks.

»Für mich ja. Das ist sehr wichtig für mich. Bitte.« Da war etwas, ein Anflug von Kraft in ihrer Stimme, ein Zeichen, auf das die strenge Miss Hicks seit Antritt ihrer Stelle gelauert hatte. Sie erklärte sich einverstanden, Lara mit ihrer Besucherin allein zu lassen. »Ich bin im Schlafzimmer, falls Sie mich brauchen« sagte sie und zog sich mit Nancy und Coral zurück.

»Ich hätte nie erwartet, daß wir uns eines Tages kennenlernen würden. Wir haben unsere Affäre von einem Tag auf den anderen gelebt und erwartet, daß es immer so weitergehen würde. Ich habe nie darüber nachgedacht.« Lara zögerte einige Sekunden, ehe sie fortfuhr. »Entschuldigen Sie. Was ich sagen wollte, ist ...« Sie schien verwirrt. Wieder zögerte sie, diesmal länger, dann hatte sie sich wieder unter Kontrolle. »Ich danke Ihnen, daß Sie gekommen sind.«

»Es tut mir leid, daß Sie es auf diese Weise erfahren mußten. Ich wünschte, ich hätte es Ihnen irgendwie schonender beibringen können, aber ich wußte nicht, wie. Es scheint einfach keinen anderen Weg zu geben, als es rundheraus auszusprechen. Ich weiß, daß es ein großer Schock für Sie war, für uns alle; für seine Familie, seine Kollegen, ja sogar für die ganze Menschheit. Sein Tod ist ein gewaltiger Verlust.«

Lara hörte ihr aufmerksam zu und konzentrierte sich auf jedes Wort, das Elspeth sagte. Sie biß sich nervös in die Fingerknöchel der Hand, die sie zur Faust geballt hatte. Elspeth war gewarnt worden, daß Lara starke Beruhigungsmittel bekam und, wenngleich die Dosis reduziert worden war, möglicherweise gedanklich etwas träge sein würde. Elspeth fuhr fort. »Aufgrund der Art, wie Sie beide Ihr Leben arrangiert hatten, wußte er, daß es Sie am schwersten treffen würde.«

»Er hat mit Ihnen darüber gesprochen?«

»Nein, nie. Aber schon vor zwei Jahren überreichte er mir sein Testament, Briefe mit Instruktionen, für den Fall, daß er unerwartet sterben sollte. Darum bin ich jetzt hier. Er hat mich geschickt, damit ich Ihnen helfe, einen Weg zu finden, Ihren Schmerz zu lindern. Ich soll Sie an Ihr Versprechen erinnern, nicht um ihn zu trauen.«

»Elspeth, hat er einen Brief für mich hinterlassen? Hat er einen Brief bei Ihnen hinterlegt? Eine Nachricht, eine Notiz, irgend etwas von ihm für mich?«

»Nein.«

Das war ganz offensichtlich nicht das, was Lara erwartet hatte. Als sie die Frage stellte, schien es, als würde sie ihre Benommenheit vorübergehend abschütteln. Ihre Hoffnung wurde zerstört, und das schwache Aufflackern von Energie verlosch wieder.

»Er hat zahlreiche Instruktionen hinterlassen. Die meisten betreffen seine Arbeit, seine Familie und Sie.«

»Nichts Persönliches, keinen Abschiedsbrief für mich?«

»Nichts.« In Elspeths Stimme klang so deutliche Verärgerung mit, daß Lara sich aufrichtete und aufhorchte. »Madam, Sie sollten würdigen, wieviel er Ihnen gegeben hat«, fuhr die Sekretärin fort. »Dieser bemerkenswerte Mann. Ich bin über dreißig Jahre seine persönliche Assistentin gewesen, war es schon, als Sie noch ein Kind oder noch nicht einmal auf der Welt waren. Wir lernten uns schon in sehr jungen Jahren kennen. Evan war ein guter, humaner Mensch. Ein Genie, ein ...« Die Emotionen waren zu groß für Elspeths britisches Herz, als daß sie sie so frei hätte aussprechen können. Sie brach mitten im Satz ab.

»Ich hätte nicht so mit Ihnen sprechen dürfen. Fahren wir fort. Ich bin hier, weil Sir Evan wollte, daß ich herkomme. Meine Instruktionen lauten dahingehend, daß ich Ihnen sagen soll, daß er Ihnen keinen Brief hinterlassen hat, weil er nicht aus dem Grab zu Ihnen sprechen wollte. Ich bin aus dem alleinigen Grund hier, Sie an Ihr Versprechen zu erinnern, nicht um ihn zu trauern. Und er wollte auch nicht, daß Sie in der Erinnerung an Ihre gemeinsamen Jahre leben. Ich soll Sie daran erinnern, daß diese Zeit unwiderruflich vorbei ist und Sie es sich selbst schuldig sind, Ihr Leben weiterzuführen. Zu diesem Zweck habe ich einen engen Freund von ihm mitgebracht. Er ist nichtpraktizierender Doktor der Psychiatrie. Außerdem ist er zufälligerweise Doktor der Philosophie mit einem Lehrstuhl in Princetown.«

»Es wäre leichter gewesen, wenn ich darauf vorbereitet gewesen wäre. Wenn wir Gelegenheit gehabt hätten, Abschied zu nehmen. Wenn ich bei ihm hätte sein können. Aber so ... ohne ein liebevolles Wort, ohne auch nur ein oder zwei Zeilen auf einem Stück Papier ... Soll ich denn gar kein Erinnerungsstück an ihn haben? Sie meinen, er ist einfach fort, aus meinem Leben verschwunden?«

»Sie haben Jahre mit der Trennung von ihm gelebt. Das war Teil Ihrer Absprache. Er würde nicht wollen, daß Sie jammern und sich aufführen, als träfe ihn die Schuld an seinem Tod. Daß Sie sich benehmen wie ein verwöhntes, verzogenes Kind ...«

Elspeth erhob sich von ihrem Stuhl und trat vor Lara, die nervös an einem weißen, mit Spitze eingefaßten Taschentuch zupfte. Elspeth riß es ihr aus der Hand. »Wie können Sie es wagen, sich so aufzuführen? Er hat Ihnen alles gegeben, wozu er fähig war. Sie zeigen sich seiner Liebe unwürdig, indem Sie sich so gehenlassen. Lassen Sie mich nicht die Jahre bedauern, die ich Sie und Ihre vernünftige Haltung in Ihrer Beziehung zu ihm bewundert habe. Sie und er wußten beide, was sie war und was nicht. Nicht ein einziges Mal haben Sie Ihr kleines Geheimnis Ihr öffentliches Leben beeinflussen lassen. Er ist tot. Und er würde sich wünschen – und das sollten Sie sich auch wünschen, wenn Sie sich von diesem Schock erholt haben –, daß Sie noch einmal von vorn anfangen, sich einen Mann suchen, mit dem Sie sich eine richtige Existenz aufbauen können, wie Evan sie nicht mit Ihnen haben konnte.

Er hat mich angewiesen, Sie daran zu erinnern, daß tot tot ist und Sie sich nicht an die Erinnerung dessen klammern sollen, was gewesen ist. Sie beide haben viele Opfer gebracht.«

Nach kurzer Pause fuhr sie fort: »Hören Sie, glauben Sie nicht, daß mir das hier Spaß macht, aber ich habe seinem Wunsch entsprochen. Sie machen es mir nicht gerade leicht, aber Sie sollten sich darüber im klaren sein, daß ich beabsichtige durchzusetzen, wofür ich gekommen bin. Sir Evan war der weiseste Mann, den ich je gekannt habe. Er hätte Doktor Graham nicht hergeschickt, wenn er nicht gewußt hätte, daß Sie ihn brauchen würden. Ich schlage vor, daß Sie mit ihm sprechen, so oft Sie können, um Ihre Probleme zu bewältigen. Ich wüßte allerdings nicht, wie Sie das vollgepumpt mit Beruhigungsmitteln bewerkstelligen können, wenn ich das anmerken darf. Sie sind ja nur noch ein Zombie.«

»Sie sind sehr hart.«

»Das mag sein, und es verletzt mich nicht, daß Sie das sagen.«

»Aber er hat Briefe bei Ihnen hinterlegt?«

»Ja. An mich und an seine Familie. Aber unsere Beziehung zu ihm war eine andere als die Ihre. Ich hätte eigentlich angenommen, daß Sie inzwischen eingesehen hätten, daß er zu großherzig war, Ihnen das anzutun. Zu intelligent. Er wußte, daß es Sie nur noch mehr belasten würde, wenn er Ihnen einen Liebesbrief aus dem Grab schickte. Er muß Sie wirklich sehr geliebt haben, Sie derart freizugeben. Sie können sich wirklich glücklich schätzen. So, und mehr werde ich nicht zu diesem Thema sagen. Nur noch eins: Könnte ich vielleicht eine Tasse Tee bekommen?«

Zum erstenmal, seit sie vom Tod ihres Geliebten gehört hatte, brach Lara in Tränen aus. Sie verlor völlig die Fassung. Durch den Tränenschleier sah sie den verlegenen Ausdruck auf Elspeths Gesicht, ihre Mißbilligung solcher Schwäche. Die resolute Frau mittleren Alters, die ihre eigenen Emotionen fest im Griff hatte, hatte Lara als einzige erreichen und aufrütteln können.

Als Lara sich durch Elspeths Augen sah, nahm sie all ihre Willenskraft zusammen, um sich zu fangen. Schwester Hicks kam herein, sobald sie sie schluchzen hörte. Ihre Tränen waren herzzerreißend, aber die Erfahrung sagte Miss Hicks, daß sie in diesem Fall einen wichtigen Durchbruch für die Patientin bedeuteten. Sie unternahm nichts, Laras Tränenfluß zu stoppen. Als sie sich langsam wieder beruhigte, trat sie zu ihr.

»Ich denke, Sie sollten sich jetzt ausruhen.«

Lara ignorierte den Ratschlag der Pflegerin. Statt dessen wandte sie sich an Elspeth, die sich inzwischen mit dem Gefühlsausbruch abgefunden hatte. Laras Stimme zitterte, aber sie sagte: »Selbstverständlich bekommen Sie einen Tee. Und wenn Sie mir ein paar Minuten geben, komme ich nach unten und leiste Ihnen und Doktor Graham Gesellschaft.«

»So ist es schon besser, Miss Stanton. Wir können uns wirklich nicht so gehenlassen.« Elspeth lächelte zum erstenmal und verließ das Zimmer.

Aus den paar Minuten wurde eine gute Stunde. Aber mit Corals und Miss Hicks Hilfe brachte Lara die Energie auf, sich anzuziehen und zu schminken. Als sie die Bibliothek betrat, kam sie Elspeth vor wie ein anderer Mensch. Das lange, silbrigblonde Haar war ordentlich zurückgekämmt, und das sorgfältig geschminkte Gesicht hob die Schönheit der jungen Frau hervor. Ihre Augen waren noch traurig und vom Weinen verquollen, aber sie hielt den Kopf hoch. Sie sah sehr sinnlich aus in der weiten weißen Flanellhose, der weißen Bluse aus Baumwollbatist mit tiefhängenden Schultern und weiten Ärmeln, die an den Handgelenken eng anlagen, und dem eleganten Schmuck. Wenn sie sich bewegte, verrieten die Konturen ihrer Brüste unter dem Stoff, daß sie keine Unterwäsche trug. Elspeth erkannte die Besonderheit dieser Frau und verstand, warum Evan Valentine sich in sie verliebt hatte. Lara war trotz ihres Alters immer noch eine Kindfrau. Ihre sinnliche, verwundbare Unschuld mochte sexuell anregend auf Männer wirken, weckte jedoch gleichzeitig auch ihren Beschützerinstinkt und ihre Liebe.

Lara war überrascht, als sie mit Doktor Graham bekannt gemacht wurde. Sie hatte erwartet, einen reiferen Mann anzutreffen, etwa in Evans Alter. Statt dessen sah sie sich einem Mann gegenüber, der nicht viel älter war als sie selbst. Er war groß, schlank, etwas schlaksig und trug eine Brille. Eine Aura stiller Intelligenz umgab ihn. Vielleicht ein Mann, der sich umgeben von Büchern wohler fühlte als in menschlicher Gesellschaft? »Was für eine wundervolle Bibliothek«, war das erste, was er sagte.

»Ja.«

»Ich bin Robert Graham. Ich hoffe, Sie werden mir gestatten, eine Weile mit Ihnen zu sprechen.«

»Über etwas Spezielles?«

»Das Leben.«

Lara sah sich außerstande, diesen Mann zurückzuweisen, und sie war überrascht davon, wie passend seine Anwesenheit ihr erschien. »Im Augenblick bin ich noch nicht bereit, Cannonberry Chase zu verlassen.«

»Ich verstehe. Ich werde Sie hier aufsuchen, so lange Sie es mir erlauben.«

»Könnten Sie es vielleicht einrichten, ein paar Tage hierzubleiben?« hörte sie sich fragen.

»Ja, wenn Sie es möchten.«

Laras Bemühen, sich wieder in den Griff zu bekommen, war offensichtlich. Sie vermochte das Zittern ihrer Hände und eine leichte Unsicherheit in ihrem Gang nicht völlig zu unterdrücken, aber sie legte ein gewisses Maß an Charme an den Tag, der, wenn auch noch gedämpft, seine Wirkung nicht verfehlte. Auch zeigte sie Elspeth und Robert Graham gegenüber eine feste Entschlossenheit, ihren Schmerz zu überwinden. Dieses Auftreten und Laras nachdrückliche Bitte, daß Elspeth zumindest diese Nacht und den nächsten Tag auf Cannonberry Chase bliebe, ehe sie nach England zurückkehrte, versöhnte Elspeth.

Lara blieb fünf Monate auf Cannonberry Chase. Robert Graham setzte der ständigen Pflege und der intensiven medikamentösen Behandlung rasch ein Ende und wurde zu einem gerngesehenen wöchentlichen Gast auf dem Anwesen. Und so wie er es bereits bei ihrer ersten Begegnung erklärt hatte, wurde das Leben zum Inhalt ihrer Gespräche. Schon bald war Lara in der Lage, einige ihrer Aktivitäten wiederaufzunehmen. In den folgenden Monaten besprachen sie offen die Geschichte ihres Lebens. Robert war tatsächlich ein sehr enger Freund Evan Valentines gewesen, und aus dem Arzt und Heiler wurde mit der Zeit auch für Lara ein lieber Freund und Vertrauter.

Sie begriff mit einiger Überraschung, daß sie zum Zeitpunkt ihrer Scheidung von Jamal sehr verbittert und unglücklich gewesen war und damals schon professionelle Hilfe gebraucht hätte. Statt dessen hatte sie sich in eine unrealistische und obsessive Liebe gestürzt, eine Affäre, die früher oder später in einer Tragödie enden mußte. Evan und sie waren beide an einem Tiefpunkt in ihrem Leben angelangt. Für das

Überleben ihrer Seelen hatten sie beide mehr gebraucht als das, was das Leben ihnen zum Zeitpunkt ihrer Begegnung geboten hatte. Jetzt, da sie in der Lage war, dies zu akzeptieren, erkannte sie auch, daß ihre Liaison mit Evan sie völlig beherrscht hatte. Nach außen hin waren ihre Leben streng getrennt gewesen, aber innerlich, dort wo es wirklich zählte, hatte es keine solche Trennung gegeben. Und so war bei Evans Tod ihr ganzes Leben in sich zusammengefallen. Der emotionale Zusammenbruch war unausweichlich gewesen.

Lara verstand jetzt, welch seltsamer Impuls sie während jenes Schneesturms verleitet hatte, das Museum zu betreten. Sie hatte im Rennen um die Liebe gegen Sam und Jamal verloren und sich selbst als emotionalen Versager gesehen, ein Zustand, den sie nicht länger hatte ertragen können. Sie hatte nach einer Beziehung gesucht, die sie zu einem Erfolg machen konnte. Sie hatte versucht, zu ihren Anfängen als Erwachsener zurückzukehren, zu der Zeit der unschuldigen Hingabe ihrer Jugend und Jungfräulichkeit. Lara hatte versucht, einen Mann zu finden, der eine Mischung dessen verkörperte, was sie in jenem sexuellen Akt zwischen Max und der Chinesin gesehen hatte. Einen sehr humanen und liebevollen Mann, der gleichzeitig auch animalische Triebe besaß, einen Mann, der sie liebte und gleichzeitig ihre erotischen Bedürfnisse befriedigte.

Robert Graham fügte dies alles zu einem Ganzen zusammen. Jetzt sah Lara sich endlich so, wie sie wirklich war, mit ihren Stärken und Schwächen. Sie hatte jetzt ein klares Bild von dem Menschen, der sie gewesen war – in der Zeit mit Evan und auch davor, als sie erst Sam und später Jamal geheiratet hatte. Sie erkannte die Schwächen in ihrem Charakter und ihren Ehen, und warum diese zum Scheitern verurteilt gewesen waren. Die Gespräche mit Robert Graham wurden zu einer Übung im Wiedergeborenwerden. Es war, als hätte sie ihre früheren Leben abgestreift wie eine alte Haut. Sie war nicht so etwas wie ein wiedergeborener Christ, sondern war ein wiedergeborenes Selbst.

Lara begann wieder Vertrauen zu den Menschen um sie

herum zu fassen und, was noch viel wichtiger war, zu sich selbst. Und nachdem ihr Selbstvertrauen wiederhergestellt war, blühte auch ihre Lebenslust wieder auf. Der Charme und die positive Ausstrahlung kehrten zurück. Die Menschen fühlten sich wieder zu dem Glückskind hingezogen. Sie nahm das gleiche Leben wieder auf, das sie sich geschaffen hatte, als Evan noch lebte, eine Existenz, die so ausgefüllt und befriedigend gewesen war. Und ihn hatte sie, wenn auch nicht vergessen, resigniert in einem Winkel ihres Herzens begraben, so wie er selbst es gewünscht hatte.

Lara hatte sich mit Evans Hilfe eine neue Identität geschaffen, das war ihr jetzt klar. Nachdem sie dies erkannt hatte, wurde ihr bewußt, daß auch die anderen Männer in ihrem Leben ihre Identität beeinflußt hatten. Und jetzt, wie ein Mann, dessen Identität von seiner Arbeit geprägt wurde, erntete sie den Lohn dafür. Sie hatte mit Evan diese prickelnde Mischung aus beinahe ehelicher Zuneigung und aufregendem Sexleben gehabt, wahre romantische Liebe. Und sie beabsichtigte nicht, sich jemals wieder mit weniger zufriedenzugeben. Einst hatte sie nach der großen Liebe gesucht, aber inzwischen wußte sie dank der Gespräche mit Robert, daß ihr viele solcher Lieben begegnet waren, mit all ihren Unterschieden. Sie zweifelte nicht daran, daß sie noch viele Fehler machen würde, ehe sie den Mann fand, mit dem sie sich endgültig niederlassen würde. Aber sie fürchtete sich nicht. Sie war immer noch von der Lebensgier beseelt.

Bis sie Evan begegnet war, war ihr Leben von Liebe und Verlust und Isolation innerhalb von Beziehungen geprägt gewesen. Jetzt mußte sie akzeptieren, daß auch diese große Liebe nicht perfekt gewesen war. Dennoch hatte sie sie der Liebe, nach der sie suchte, näher gebracht als jede andere Beziehung. Lara hatte nicht vor, die Lücke, die sein Tod hinterlassen hatte, mit einer Beziehung auszufüllen, die wieder nur eine Art Flucht war. Sie würde sie durch nichts Geringeres ersetzen als durch die Liebe eines anderen würdigen Mannes.

Seit Wochen ging es ihr wieder so gut, daß sie sich um ihre

persönlichen Angelegenheiten kümmern konnte. Mit Nancy und zwei Assistenten, die ihr halfen, die viele Arbeit zu bewältigen, hatte sie das Ruder wieder fest in der Hand. Lara war Henry ähnlicher geworden in seiner außergewöhnlichen Fähigkeit zu delegieren. Er regelte seine geschäftlichen Angelegenheiten mit der gleichen Gelassenheit, mit der er segelte, Polo spielte, mit seiner Frau Tee trank oder einen Präsidenten beriet. Und Lara ging ihre Arbeit fortan mit der gleichen Effektivität an.

Sie delegierte, wo es nötig war, und hielt mit Hilfe von Experten, die sie einstellte, ein Auge auf Menschen, Projekte und Resultate. Bald beherrschte sie die Kunst, Einigkeit und Enthusiasmus jener zu bewahren, die eng mit ihr zusammenarbeiteten, ob es sich um hochgestellte Persönlichkeiten handelte oder einfache Arbeiter. Sie setzte ihre Ressourcen sinnvoll ein. Sie wurde bewundert für ihre Fähigkeit, jedes noch so kleine Detail zu beachten und nie die Leistung aus den Augen zu verlieren, die sie von Arbeitern am Fließband wie von Vorstandsmitgliedern erwartete. Sie hatte von ihren Lehrmeistern viel gelernt. Harland war immer noch ihr Hauptberater und Vermögensverwalter. Sie verließ sich mehr auf ihn als auf jeden anderen, was gewinnbringende Anlagen betraf. Henry hatte all seinen Kindern diese Stanton-Regel beigebracht. Sie alle hatten danach gelebt und sich auf diese Weise einen Namen gemacht. Es war das Banner, das Lara bei Gesprächen auf internationalen Kongressen schwenkte, von Kalifornien über Amsterdam bis Äthiopien, wohin auch immer ihre Arbeit sie führte.

Sie war eine anspruchsvolle Chefin und zögerte nicht, Angestellte zu feuern, die ihre Erwartungen nicht erfüllten. Und doch nötigte ihr großes persönliches Engagement anderen Respekt ab. Sie war zu einer wirklich beeindruckenden Persönlichkeit geworden.

Der Gedanke kam ihr, als sie Reisepläne mit Nancy besprach. Es war ganz simpel. Als Nancy sie fragte, wo sie in Paris absteigen wolle, entgegnete sie: »Im Raphael.« Lara fühlte dabei keinen Schmerz, kein Gefühl des Verlustes wegen

Evan. Sie fühlte nur, wie glücklich er wäre, daß sie dorthin zurückkehrte. Sie waren an so viele Orte gereist, an denen sie glücklich gewesen waren. Sie wollte mit Freunden, ihren Kindern, der Familie dorthin zurückkehren. Und so beschloß sie, die Reisen, die sie mit Evan unternommen hatte, noch einmal zu unternehmen. Damit würde sie die Macht ihrer Liebe endgültig ablegen und sich freimachen für eine neue Beziehung.

David und Martha begleiteten mit ihren Kindern Lara, Bonnie und Karim auf ihre Farm in Kenia. Der Urlaub dort war ein Riesenerfolg. Sie lud die ganze Familie in ihr Haus in Gloucestershire ein, das erste Zuhause, das sie für sie alle geschaffen hatte. Auch dort keine Spur von Evan, was sie überraschte und es ihr ermöglichte, auch dieses Ereignis zu einem glücklichen Erlebnis für alle zu gestalten. Nach Rom reiste sie allein. Sie ging mit einem Grafen aus und vergab Roberto. Dann fuhr sie mit ihrem üblichen Gefolge nach Paris, und sie wohnten alle im Raphael. Sie segelte mit Max und ihren Kindern auf einem schwarzen Schoner um die griechischen Inseln, so wie sie es vor Jahren mit Evan getan hatte. Die Vergangenheit segelte nicht mit. Dank der neuen Stabilität in ihrem Charakter war sie an all diesen Orten sogar noch glücklicher, als sie es mit Evan gewesen war. Sie brauchte nicht mehr das geheime Leben zu führen, mit dem sie und Evan sich abgefunden hatten. Es gab nicht einmal mehr Gespenster, die sie heimsuchten. Er hatte recht gehabt. Tot war tot.

Sie besaß Ruhm und Macht, Erfolg und Glück. So wie alle Mitglieder ihrer Familie bewahrte sie sich ihren Platz im Licht der Öffentlichkeit und führte gleichzeitig ein sehr zurückgezogenes Leben. Sie war Verehrern nicht abgeneigt und genoß ihre Flirts, wartete jedoch auf die wahre Liebe. In jener glücklichen Zeit kehrte sie zum erstenmal seit ihrer dramatischen Flucht vor Jamal zurück nach Marokko, damit Karim seinen Geburtstag bei seinem Vater verbringen konnte. Eine Reise, die sie ihrem Sohn zuliebe unternahm.

In der einen Nacht, die sie im Mamounia verbrachte, suchte Jamal sie auf, nachdem Karim zu Bett gebracht worden war. Er versuchte sie zu überreden, zu ihm zurückzukommen. Er sagte das Richtige, war ganz Charme und Nettigkeit. Er gestand ihr seine Gewissensbisse wegen alledem, was sie seinetwegen hatte durchmachen müssen, versuchte alles, sie glauben zu machen, daß er sich verändert hätte, ein anderer Mensch geworden war. Aber nachdem sie am eigenen Leib erfahren hatte, zu welcher Grausamkeit er fähig war, fiel es ihr nicht schwer, seinen Avancen zu widerstehen. Lara war verblüfft darüber, daß er offenbar annahm, sie würde ihn noch immer lieben.

Und sie war überrascht, als er zwei Tage später in der Familienvilla in Cap d'Antibes auftauchte. »Ich bin so stolz auf das, was du aus deinen Leben gemacht hast«, sagte er. »Auf die Erfolge, die du dort erzielst, wo Regierungen gescheitert sind, Ich hätte nie für möglich gehalten, daß aus dir die Frau werden könnte, die du heute bist. Nimm mich zurück. Ich werde alles wiedergutmachen.«

Das war schwierig, weil sie wußte, daß er es ernst meinte und sie zusammen einen wundervollen Sohn hatten. Und es gab eins, was sie nie überwunden hatte: die sexuelle Anziehung. Sie war immer noch da.

»Es war an der Zeit, die Gespenster zu begraben«, sagte sie Julia bei einem Mittagessen im Harvard Club nach ihrer Rückkehr aus Marokko. Sie hatte ihrer Freundin erzählt, wie überrascht sie gewesen war, daß Jamal nach all den Jahren und der Bitterkeit versucht hatte, sie zurückzugewinnen. Wie verblüfft sie gewesen war, daß er sich selbst so sehr belügen konnte zu glauben, daß sie ihn immer noch liebte. Denn darauf hatte Jamal beharrt.

Als Julia ihr für das Mittagessen dankte, sagte Lara impulsiv: »Laß uns morgen in Harry's Bar in Venedig zu Mittag essen. Nur wir zwei. Wir verbringen ein langes, langes lustiges Wochenende zusammen.«

»Nein, nicht Venedig. Ich habe in bezug auf Venedig eine Überraschung für dich. Aber du mußt noch ein paar Tage warten, ehe ich es dir sagen kann.«

Kapitel 28

Lara lauschte dem Trommeln des Regens, der gegen das Fenster prasselte. Ein ohrenbetäubender Donnerschlag, und ein greller Blitz erhellte den Himmel, den Canale Grande und die Palazzi entlang der Wasserstraße.

Ihr Zimmer war luxuriös eingerichtet, mit antiken Fortuny-Stoffen und pflaumenfarbenen, korallen- und rubinroten Seidendamastbezügen. Auf dem grünen Marmorboden stand ein vergoldetes Bett, dessen vier hoch aufragende gedrechselte Pfosten mit goldenen Putten verziert waren, mit nackten Babies mit pummeligen Ärmchen, runden Bäuchen und verschmitzten Cherubimgesichtern. In dem Bett hatten im Laufe der Jahre diverse venezianische Prinzen genächtigt. Der Bett-Himmel war aus Samt und kostbarem Brokat, und die verblaßte Tagesdecke war mit feinen Blumen bestickt: Gänseblümchen, Rosen, Schafgarbe, Jasmin und Lilien, eine Blütenpracht, deren kräftige Farben stellenweise noch erhalten waren. Das Mobiliar war größtenteils venezianisch und ehrwürdigen Alters, es war mit Einlegearbeiten aus Marmor geschmückt, der aus den Steinbrüchen stammte, die vor Jahrhunderten ausgebeutet worden waren. Die Stühle und Sessel, die mit antiken Gobelins bezogen waren, zeigten eine atemberaubende Eleganz.

Die romantische Atmosphäre des riesigen, wunderschönen Raumes mit der sechs Meter hohen Decke und den Bleiglasfenstern mit Blick auf den Canale Grande wurde noch verstärkt durch Marmorvasen mit langstieligen Rosen und Lilien und den Gemälden an den Wänden: ein Donatello, ein Raphael, ein Caravaggio, allesamt in reich verzierten goldenen Rahmen. Es gab eine beinahe lebensgroße Skulptur eines nackten Jungen, und der riesige venezianische Spiegel war von vergoldeten, lackierten Mohrenfiguren aus dem sechzehnten Jahrhundert flankiert, deren Turbane mit geschliffenen Diamanten geschmückt waren. Ihre schimmernden, schwarzen Gesichter waren aus glattem, makellosem schwarzen Marmor.

Wieder ein Donnerschlag und grelle Blitze, fast direkt über ihr. Die Lampen flackerten. Der Lärm war kaum verhallt, als leise an die Tür geklopft wurde und Roberto eintrat. Aus dem Ballsaal im Erdgeschoß drang Musik von Vivaldi herauf. Wie gut Roberto aussah in seinem Kostüm im Stil des achtzehnten Jahrhunderts mit seinen Kniehosen aus eisblauer Seide, der Brokatweste und der schwarz- goldenen Jacke, das Ganze abgerundet von einer gepuderten Perücke. Er trug elegante spitze Schuhe mit breiten Schleifen und riesigen, mit Brillanten besetzten Schnallen. Eine schwarze Maske verdeckte die obere Hälfte seines Gesichts. Sie war vollständig aus Glasperlen zusammengesetzt. Ein Lächeln erschien auf seinen Lippen, als er Lara in ihrem Kostüm sah.

»Phantastisch! Wirklich, du siehst umwerfend aus.«

»Du aber auch.«

Sie drehten sich einmal um die eigene Achse, um sich zu zeigen. »Ein gräßliches Wetter, nicht wahr? Schade. Aber immerhin hatten wir vier traumhafte sonnige Tage.«

»Das ist die prächtigste Party, auf der ich je gewesen bin, Roberto.«

Er strahlte. »Ich bin nur gekommen, um dir zu sagen, daß ich jetzt nach unten gehe, um die Gäste zu empfangen. Die ersten sind gerade eingetroffen. Du brauchst dich aber nicht zu hetzen.«

»Ich weiß nicht, wie du es bewerkstelligt hast, siebzig Personen aus aller Welt herzulotsen. Und was für Menschen! Nur die Crème de la Crème. Es muß wahnsinnig aufwendig gewesen sein, diese vier Tage in Venedig für uns zu organisieren. Der viele Luxus und die liebevollen Details. Die Blumen und Süßigkeiten, die Geschenke und, und, und ... Du mußt Monate gebraucht haben, das alles auf die Beine zu stellen.«

»Habe ich auch. Ich habe mir geschworen, die beste Party zu schmeißen, die es je gegeben hat.«

»Das ist dir zweifellos gelungen.«

»Und ich hoffe, daß dieser Ball der schönste sein wird, den wir alle je erlebt haben.«

»Dann küß mich, das bringt dir Glück«, sagte Julia, die

ebenfalls bereits maskiert durch die Tür schwebte. Sie war ganz in Silber und Weiß gekleidet und trug ein extravagantes Diamantkollier um den Hals – das einzige an ihrem Kostüm, was nicht aus dem achtzehnten Jahrhundert stammte. Die drei gestatteten sich einige Minuten gegenseitiger Bewunderung. Noch ein paar Küsse, und dann wurden Roberto und Julia vom Majordomus gerufen und eilten erwartungsvoll nach unten.

Neben Lara wohnten noch mehrere andere Gäste im Palazzo. Weitere waren im Gritti-Palast untergebracht, der mit der Gondel in wenigen Minuten zu erreichen war. Bislang war es die amüsanteste und glamouröseste Party, an der Lara seit Jahren teilgenommen hatte. Roberto hatte wirklich an alles gedacht. Von dem Augenblick an, da sie in New York in die Concorde gestiegen waren, waren sie rund um die Uhr verwöhnt worden: köstliche Speisen, erlesene Weine, Einkaufsbummel, Ausflüge in die Stadt, Mittagessen in Torcello, Murano, Burani, dem Lido. Die Sonne hatte auf sie herabgeschienen, und die Nächte waren lau gewesen, mit einer warmen Brise, die vom Meer herüberwehte. Die üblichen Horden von Touristen waren wie durch Zauberei an diesen ersten Junitagen ausgeblieben.

Lara fuhr erschrocken zusammen, als erneut ein gewaltiger Donnerschlag ertönte. Die Lichter gingen aus, was nicht weiter überraschend war, da sie in der vergangenen Stunde mehrmals aus und wieder angegangen waren. Aber das war auch kein Problem. Ihr Zimmer wurde von Dutzenden dicker, weißer Kirchenkerzen erhellt, die in hohen, vergoldeten Kandelabern steckten. Schlankere elfenbeinfarbene Kerzen brannten in Wandhalterungen mit herabbaumelnden Strängen aus Steinkristall, die wie Diamanten funkelten. Hinzu kamen silbernen Kerzenständer auf den Tischen. Diesmal ging das Licht nicht wieder an.

Lara ging zum Fenster. Sie konnte kaum etwas erkennen. Offenbar war in ganz Venedig der Strom ausgefallen. Weiter unten über dem Canale Grande, irgendwo in Höhe der Piazza San Marco, zuckte ein Blick über den schwarzen Himmel. Er hielt sich eine Sekunde lang. Eine dramatische Nacht für einen Ball. Das Unwetter verlieh dem Fest eine prickelnde Atmosphäre. Fasziniert starrte sie auf das Wasser, das an der Fensterscheibe herabströmte. Ein weiterer Blitz, der beinahe auf ihr Fenster zu zielen schien, blendete sie. Einen flüchtigen Augenblick sah sie mehrere Gondeln, die sich der Anlegestelle des Palazzos näherten. Gäste drängten sich unter den Segeltuchüberdachungen, die sie vor dem Sturm schützen sollten. Die Laternen auf den Gondeln warfen gelbes Licht auf die Maskierten, die jetzt an Land sprangen und die Treppe hinaufhasteten. Regenschirme blähten sich im Wind, von den Bediensteten in Livree und Perücke schützend über die Ankömmlinge gehalten. Die Gäste eilten auf den Ball.

Mehrere Jungen mit geschwärzten Gesichtern und als Mohren verkleidet erschienen mit roten Seidenschirmen und Laternen am Eingang des Palazzos, um den Gästen zu leuchten. Drei weitere Gondeln legten an. Lara erhaschte flüchtige Eindrücke von rosafarbener Seide, smaragdgrünem Samt und Goldlamée, als die Röcke der Damen sich im Wind bauschten. Die Männer in ihren schwarzen Capes – es war sogar eins aus weißem Satin darunter – sahen umwerfend und geheimnisvoll aus. Es waren die Masken, die Lara ein Gefühl von Freiheit vermittelten. Keine Rücksicht auf Identitäten, keine Zwänge. Heute abend würden noch mehr Gäste da sein, als ihrer ohnehin schon großen Gesellschaft angehörten, an die hundert insgesamt. Was, wenn sie unter ihren Masken das gleiche empfanden sie wie selbst? Es versprach, eine denkwürdige Nacht zu werden. Allein die Anonymität der Masken würde zu Liaisons, zu hemmungslosen erotischen Begegnungen verführen.

Es war an der Zeit hinunterzugehen. Lara warf einen letzten Blick in den Spiegel. Eine Frau weiß, wann sie nur gut aussieht und wann hinreißend. Hinreißend, verkündete ihr Spiegelbild. Ihr Kleid war eine Kopie eines venezianischen Ballkleids aus dem achtzehnten Jahrhundert. Es war mehrfach von verschiedenen Altmeister gemalt worden und hatte einst einer berühmten Dame zweifelhaften Rufs gehört. Manche hatten sie als die makelloseste Schönheit ihrer Zeit betrachtet. Lara hatte es bis in alle Einzelheiten nachschneidern lassen, bis hin zu der phantastischen Maske aus Reiherfedern. Sie sah sinnlich und verführerisch aus und sehr gewagt. Das Mieder war so weit ausgeschnitten, daß das Dekolleté fast bis zu den plaumenfarbenen Höfen um ihre Brustwarzen reichte. Das enganliegende Oberteil und die geschnürte Taille betonten den Schwung des weiten Rocks, der sich über einem Gestell aus mehreren Reifen wölbte. An ihrem Handgelenk baumelte ein Fächer aus schwarzen Federn und Elfenbein. Das provokative Kleid und die Maske hätten sogar den Marquis de Sade persönlich verlocken können, sie auf diesem Ball zu erobern.

Sie strich mit der Hand über die Federmaske und lachte. In dieser Nacht konnte sie so provozierend sein, wie sie wollte: niemand würde wissen, wer sie war. Lara hatte sich gegen eine gepuderte Perücke entschieden und statt dessen ihr eigenes Haar im Stil des achtzehnten Jahrhunderts frisieren lassen, was mehrere Stunden gebraucht hatte. Aber jetzt, da sie ihr Spiegelbild betrachtete, sagte sie sich, daß die Mühe sich gelohnt hatte. Das Kleid war aus schwarzem Seidentaft und beinahe trägerlos, abgesehen von ganz dünnen Seidenriemchen über den Schultern. Sie trug Diamantohrringe und das enganliegende, mehrreihige Perlenkollier, das Emily ihr geschenkt hatte und das ihr erstes wirklich wertvolles Schmuckstück gewesen war.

Etwas lenkte ihren Blick auf ihn, als sie die breite Treppe in die Marmorhalle hinunterstieg. Er stand am Fuß der Treppe. Wartete er auf jemanden? Wie schade. Ihre Blicke trafen sich durch die Masken. Sie wußten gleich, was der andere dachte, und spürten die gegenseitige Anziehung. War es der Reiz einer praktisch gesichtslosen Erscheinung? Vielleicht lag der Reiz aber auch schon in den Masken selbst.

Er war groß und schlank mit dickem honigblonden Haar und ausdrucksvollen braunen Augen hinter den Schlitzen seiner Maske. Das schwarze Augenband vermochte die feinen, schön geschnittenen und unglaublich sinnlichen Züge nicht zu verbergen. Er strahlte eine erotische, sogar verderbte Männlichkeit aus sowie das Versprechen eines jungen, geschmeidigen Körpers. Es erregte sie, dieses junge Fleisch.

Er sah zu, wie sie die letzten Stufen hinunterstieg. Sie lächelten einander an, und er war verzaubert von den sinnlichen grünen Augen und dem verführerischen Schmollmund. Er senkte den Kopf wie in einer Verbeugung. Und dann, ehe sie die letzte Stufe hinuntergestiegen war, ließ er sich auf ein Knie sinken. Er hob den Saum ihres Kleides an die Lippen und küßte ihn. Welch eloquente, altmodische Geste! Dann richtete er sich wieder auf und bot ihr seine Hand dar. Sie ergriff sie. Er küßte ihre Finger und sprach zum erstenmal. »Ich glaube, Sie werden mir gehören.«

Lara war angetan von seiner Jugend, seinem Charme und seiner Selbstsicherheit. »Und ich habe in dieser Angelegenheit gar nichts zu sagen?«

»O doch. Alles. Aber Sie sind eine Frau, eine sehr verführerische und schöne Frau, und Sie werden Spielchen mit mir spielen, ehe Sie sich bereit erklären, mir zu gehören.«

Sie lachte und registrierte gleichzeitig den ganz speziellen Klang, eine Tonart, die sie beinahe vergessen hatte. Es war ein Lachen eines jungen Herzens, wie sie Leute hatte sagen hören, als sie noch ein kleines Mädchen gewesen war.

Er wich ihr keine Minute von der Seite, nicht für einen einzigen Tanz, nicht einmal einen mit der Gastgeberin. Er war jung, das sah sie trotz der Maske, spürte es an der Art, wie er sich bewegte. Aber das war ihr gleich klar gewesen, durch seine Direktheit, seinen Wagemut. Auch fühlte sie die Reinheit seines Geistes, die der Jugend eigen ist.

Sie tanzten und tanzten und tanzten. Da war etwas an der Art, wie er sie hielt, wie sie sich in seinen Armen fühlte. Sie wollte diese starken, sicheren, jungen Arme nicht mehr missen. Sie fühlte, wie die Jahre von ihr abfielen. Sie fühlte, daß sie zu ihm gehörte. Als hätte ihr in ihrem Leben etwas gefehlt, dadurch, daß sie ihm nicht schon früher begegnet war. Es war zwar verrückt, aber sie glaubte, daß er recht hatte: In gewisser Weise gehörte sie ihm. Die Maske war ihre Rettung; sie konnte sich dahinter verstecken und ungeniert mit ihm flirten. Sie konnte all die albernen Dinge sagen und tun, zu denen der Augenblick sie inspirierte. Die Maske gab ihr den Mut, sich vor diesem zauberhaften jungen Mann lächerlich zu machen.

Sein Timing war perfekt. In eben dem Augenblick, da sie gerade an sie beide dachte, sagte er: »Wir können einander alles sagen. Oder auch nichts. Aber wir brauchen nicht zu beichten. Ich hasse Beichten. Ich möchte dir nicht alle meine Geheimnisse anvertrauen, und ich möchte auch deine nicht kennen. Macht das einen Sinn?«

»Vielleicht.«

»Gut, dann verstehen wir einander. Dich in meinen Armen zu halten wird mich für jede andere Frau verderben.«

»Dann sollte ich dir vielleicht verraten, daß ich noch nie das Gefühl hatte, so gut in die Arme eines Mannes zu passen.«

Er lächelte mit hochgezogenen Brauen, ein Ausdruck, bei dem ihre Knie weich wurden. »Ich weiß«, sagte er. »Das liegt daran, daß du weißt, daß ich dich liebe. Daß du mir gehörst und die große Liebe meines Lebens sein wirst.« Sie wurden vom Ende der Musik und dem Beginn des Unterhaltungsprogramms unterbrochen. Er war sehr beredt und charmant. Alle schienen ihn interessant und amüsant zu finden. Aber er gestattete ihr nicht einen Augenblick, sich von ihm zu entfernen.

Der Ball erfüllte Robertos sämtliche Erwartungen. Es war ein glamouröser und ausgelassener Ball, von dem noch Jahre gesprochen werden würde. Der Palazzo und die Kostüme, der Wein, das Essen, die Musik, das Tanzen und die gute Gesellschaft, das Timing der einzelnen Ereignisse ... das war alles nur die Basis. Eine Gruppe von Schauspielern spielte einige Szenen aus *Der Widerspenstigen Zähmung, Zwei Herren aus Verona* und *Othello*.

Als Ausgleich für Othellos Eifersucht traten Jongleure und Magier auf. Zwei russische Ballettänzer überboten die Schauspieler noch durch ihre tänzerische Darstellung von Prokofieffs *Romeo und Julia*. Zigeuner mit ihren Violinen wechselten sich mit dem Orchester ab. Wahrsagerinnen mischten sich unter die Gäste und sagten ihnen schlau das voraus, was sie hören wollten. Die ganze Nacht über tobte der Sturm, und das Donnergrollen und die Blitze untermalten das bunte Treiben. Der Wind heulte, und der Regen trommelte unablässig gegen die Fenster.

Sie tanzten wieder, und er flüsterte ihr ins Ohr: »Ich möchte, daß wir nach Hause gehen, ins Bett.«

»Einfach so?«

»Einfach so. Du willst mir doch nicht erzählen, daß du es nicht auch willst?«

»Nein, das will ich nicht.«

»Ich werde dich heiraten, wenn es das ist, was dir Sorgen macht.«

Lara mußte lachen. Er fand seine Bemerkung ebenfalls amüsant und stimmte ein. »So bald wie möglich«, versicherte er ihr.

»Ach, aber du willst die Hochzeitsnacht vorab, ja? Nun, ich mag Männer, die wissen, was sie wollen, und danach greifen.«

»Als ich dich oben auf der Treppe sah, fühlte ich mich so zu dir hingezogen, daß mir der Atem stockte. Du erschienst mir verführerisch sexy, aber gleichzeitig hast du auch Liebe ausgestrahlt. Komm mit mir. Lieben wir uns. Ich weiß, daß du mein Glück bist, und ich glaube, ich könnte das deine sein. Könnte ich mich so sehr getäuscht haben? Doch sicher nicht, oder?«

Er nahm ihre Hand und führte sie aus dem Ballsaal. Lara hielt ihn zurück. »Und was, wenn du recht hast?«

»Dann wurden wir endlich von den Göttern gesegnet.«

»Hinter dieser Maske verbirgt sich eine nicht mehr ganz junge Frau.«

»Und hinter dieser ihr hungriger Liebhaber und künftiger Ehemann.«

»Du setzt eine Menge voraus.«

Als sie am Arm des jungen Mannes die Empfangsräume durchquerte, war Lara sich der erotischen Atmosphäre um sie herum bewußt. Um Mitternacht, der Stunde, da die Masken hatten fallen sollen, hatten die meisten Gäste es vorgezogen, ihre Anonymität zu wahren. Jetzt, in den frühen Morgenstunden, benahmen sie sich ihren geheimnisvollen Partnern gegenüber immer offenherziger. In der Halle im Obergeschoß, verborgen vor den Blicken der anderen Gäste, drückte der junge Mann Lara sanft an die Wand. Er hob ihr Kinn und küßte sie zärtlich auf den Mund. Seine Lippen wanderten seitlich über ihren Hals. Er zog ihr den Ohrring aus. Er leckte ihr Ohrläppchen, saugte sanft daran und liebkoste mit der Zunge die empfindliche Stelle hinter ihrem Ohr. Lara schloß die Augen. Ihr Atem beschleunigte sich vor Erregung bei solcher Zärtlichkeit. Wortlos liebkosten sie einander. Seine Zunge fuhr über die Vertiefung an ihrem Haaransatz. Leidenschaftliche Küsse und starke junge Hände, die ihre Arme und nackten Schultern streichelten, brachten sie beinahe zum Weinen – nicht aus Traurigkeit, sondern mehr aus einem Gefühl der Erleichterung heraus, daß der maskierte Fremde in ihr Leben getreten war und neue, jugendlich geistige Frische aus ihr hervorlockte.

Er trat zurück, ohne jedoch ihre Hand loszulassen. Es war, als wollte er sie betrachten, sich ihren Anblick für immer einprägen. »Danach habe ich mich gesehnt, seit ich dich oben auf der Treppe habe stehen sehen«, sagte er. »Ich werde nie vergessen, wie du in diesem ausgefallenen Kostüm mit der Federmaske ausgesehen hast. Eines Tages werde ich ein Porträt von dir malen lassen, so wie du jetzt vor mir stehst, damit alle unsere Kinder, unsere Enkel und ihre Nachkommen wissen, wer du warst, und damit das und deine Schönheit ihr Leben bereichern.«

Was sollte sie darauf sagen? Überwältigt von seinen Küssen und seinen Worten fühlte sie, daß er anders war als jeder andere Mann, den sie je gekannt hatte, vielleicht abgesehen von David. Sie streckte die Hand aus und zeichnete mit einem Finger die Konturen seiner Lippen nach. Sie lächelte, wohl wissend, daß sie die Liebe, die sie für ihn empfand, nicht verbergen konnte. Er legte ihr einen Arm um die Mitte, und gemeinsam gingen sie langsam den langen Flur mit den Fresken bedeckten Wänden entlang, ihre Absätze laut auf dem Marmorboden klappernd. Umgeben von den gedämpften Geräuschen aus dem Ballsaal, der Musik und dem Prasseln des Regens, eingehüllt vom Duft der Blumen und dem heißen Wachs der tausend Kerzen, die den Palazzo erhellten, sehnten sie sich schmerzlich nach Liebe.

Sie blieb vor einer Tür stehen, die von antiken Sockeln mit imposanten Büsten aus weißem Marmor flankiert war.

»Dein Zimmer?« fragte er.

»Unser Zimmer, denke ich.«

»Du denkst es nur?« Er zögerte. »Denkst du?« fragte er noch einmal. »Das ist für uns die Pforte zum Paradies! Ich brauche nicht erst darüber nachzudenken, und ich möchte auch nicht, daß du es tust. Vertrau mir. Meine Liebe reicht auch jetzt schon für uns beide.«

Unwiderstehliche Worte für eine Frau. Vor allem für eine romantische Frau, die sich nach der Liebe und Leidenschaft eines jungen Mannes sehnte. Sie war es, die die Tür öffnete. Er folgte ihr in das von Kerzenschein erhellte Zimmer. Als sie das Türschloß klicken hörte, klickte auch etwas in ihrem Herzen.

Er fachte das Feuer neu an, das in dem riesigen offenen Kamin entzündet worden war. Die Flammen loderten auf. Dann wandte er seine Aufmerksamkeit wieder Lara zu. Er schien es überhaupt nicht eilig zu haben, sondern ließ sich Zeit, jede Nuance ihres Entkleidens zu genießen. Er strich mit der Hand über die Federn ihrer Maske, ehe er sie abnahm. Es war für sie beide ein spannender Augenblick, als Lara endlich unmaskiert vor ihm stand. Das Leuchten in seinen Augen verriet, daß er nicht enttäuscht war von dem, was er sah. Mit klopfendem Herzen sah sie ihn an und wartete darauf, daß er das schwarze Band löste, das seine eigene Maske hielt. »Eines Tages können wir sie tragen, während wir uns lieben, aber nicht beim erstenmal.«

Ihre Hoffnungen erfüllten sich, als sie sein Gesicht sah. Aber sie war dennoch überrascht. Er sah ausnehmend gut aus, mit markanten und doch feingeschnittenen Zügen. Er hatte eine perfekte römische Nase, ein Gesicht, das weicher war, als sie erwartet hatte, und dazu große Intelligenz verriet. Unmaskiert war seine erotische Ausstrahlung noch größer. Es ging eine Art ungezügelte Sinnlichkeit von ihm aus – die Sinnlichkeit eines Mannes, der Frauen und Sex liebt und auslebt, was ihm gefällt. Das alles verrieten sein Gesicht und seine Art, sich zu bewegen, aber darüber hinaus sah sie auch Aufrichtigkeit und ein beeindruckendes Selbstvertrauen. Der junge Mann vor ihr war kein Träumer oder Phantast. Er glaubte fest daran, daß er alles kriegen konnte, was er wollte, und er zögerte nicht, es sich zu nehmen.

Er zog die kleinen Nadeln mit Diamantköpfen aus ihrem Haar. Die Hochfrisur fiel in sich zusammen. Die langen seidigen Strähnen legten sich hübsch um ihre Schultern und ihren Rücken. Er fuhr mit den Fingern durch die silbrige Mähne und hob eine Handvoll ihres Haares an die Lippen. Dann zog er sein Jackett, die Krawatte und die Weste aus. Lara öffnete die Häkchen ihres Mieders und ließ das Kleid über ihre Hüften zu Boden gleiten. Ihre prickelnde Erregung wuchs mit jedem Kleidungsstück, das sie ablegten.

Lara staunte über die Schönheit seines Körpers. Sein junges Fleisch verfehlte seine Wirkung auf sie nicht. Sie streichelte seine Arme und seine Brust. Seine Haut zu fühlen! Sein Geruch erregte sie. Er stand jetzt vor ihr, nackt und stolz, und sie selbst hatte nichts mehr an außer ihren schwarzen Seidenstrümpfen und den Satinpumps mit den Diamantschnallen. Er führte sie vom Bett zum Kamin und verteilte Kissen auf dem Boden. Sie legte sich auf sie, und er ließ sich neben ihr auf die Knie fallen. Er hob ihr Bein und zog ihr den Schuh aus. Dann hob er es noch höher, und sie sah zu, wie er ihr den Strumpf abstreifte. Der flackernde Feuerschein warf Schatten auf ihre Körper, als stünden sie selbst in Flammen. Er küßte die Innenseite ihres Oberschenkels, ihre Kniekehle, den Spann ihres Fußes.

Er brauchte sie nicht darum zu bitten. Sie spreizte die Beine, zog die Knie an und breitete die Arme aus. Er kniete sich zwischen ihre Schenkel. Sie konnte nicht genug davon bekommen, seinen Körper zu betrachten: die schmalen Hüften, die straffe Haut, das Dreieck buschiger Schamhaare, der große, potent aussehende beschnittene Penis, der schlaff an seinen Schenkeln ruhte, die weichen Hoden. Seine Genitalien waren in ihren Augen perfekt, sexy, der dicke Penis so wohlproportioniert in seiner Länge. Der Oberschenkel so kräftig und muskulös. In diesem jungen Fleisch und straffen Körper, den prächtigen Genitalien, der Charakterwärme und männlichen Erotik hätte Leonardo ein ideales Modell gefunden.

Es war, als hätte sie ihr ganzes Leben nach ihm gehungert, als hätte sie ihn in ihrer Jugend vermißt und seither nach ihm gesucht. Sie fühlte sich so jung, so jung wie damals, als Sam sie entjungfert hatte. In jener Nacht war sie für Sam bereit gewesen, so wie sie jetzt für diesen Mann bereit war. Nur daß sie inzwischen Gott sei Dank das verzweifelte Bedürfnis, geliebt zu werden, überwunden hatte. Das Bedürfnis war nicht mehr so drängend. Was sie sich wünschte, betraf nicht nur sie, sondern auch ihn. Ihr Leben mit ihm zu teilen. Ihm das erotische Vergnügen zu schenken, nachdem es sie selbst verlangte. Es erschien ihr ganz natürlich, weil sie spürte, wie sehr er wollte, daß sie ihn liebte und in die Ekstase entführte. Das für sich allein machte schon einen Teil ihrer Erregung aus.

Er zog sie an den Händen von den Kissen hoch, und vor dem Feuer, einander gegenüberstehend, nahmen sie sich alle Zeit, sich zu küssen und zu streicheln. Er sagte ihr, wie sehr er ihren Körper und seine Rundungen liebte. Wie er ihre Brüste und ihren Po streichelte, ihre Scham mit den Lippen liebkoste – das war nicht das linkische Grapschen eines unreifen Jungen. Er war ein Verführer, dem allein der Akt der Verführung Lust bereitete. Er liebte sie auf traumhafte Weise, mit der Lust und dem Verlangen eines klassischen Don Juan, und doch fühlte sie auch seine Sehnsucht danach, von einer Frau geliebt und genommen zu werden. Das schürte noch das schwelende Feuer in ihr, und ihre Sinne loderten auf.

Sie fühlte das Gewicht seines Penis in den Händen, die samtige Weichheit der Haut, die pulsierende Lust nach ihr.

Mit spitzer Zunge leckte sie die Unterseite seines Gliedes, bis sie fand, wonach sie suchte. Seine Hoden sacht in den Händen haltend, streichelte und leckte sie sie, bis sie ganz feucht waren. Sie saugte an ihnen und kam. Er war völlig frei von Hemmungen, hielt nichts zurück. Außer dem ultimativen Orgasmus. Den wollte er mit ihr teilen. Er seufzte lustvoll und war jetzt mehr als bereit, sie zu nehmen. Sie wartete, bis sie sah, wie seine liebevolle Lust in animalisches Verlangen umschlug. Erst da gab sie sich ihm hin.

Das war der Anfang für sie beide. Er hatte recht gehabt. Sie gehörten zueinander.

Der Morgen dämmerte in perlgrauen und blaßrosa Streifen am Himmel. Der Sturm war vorbeigezogen, aber die Piazze waren noch überflutet und die Kanäle angeschwollen. Im Palazzo war es ruhig, aber nicht völlig still.

»Das ist verrückt«, sagte sie. Ihr Glück stand ihr in die Augen geschrieben. Ihr ganzes Sein prickelte in erwartungsvoller Vorfreude auf die Abenteuer und die Liebe, die das Zusammensein mit diesem jungen Mann versprach.

»Liebe ist Wahnsinn.«

Sie ließen ein Chaos aus abgelegten Kleidern des achtzehnten Jahrhunderts in ihrem Zimmer zurück und schlichen, legerer gekleidet, leise den Flur hinunter, wobei sie versuchte, niemandem zu begegnen. Offenbar kannte er sich im Palazzo aus und fand mühelos den Dienstbotenaufgang. In der geräumigen Küche schien man ihn zu kennen und begrüßte ihn herzlich. Er schmeichelte dem Koch und dem Butler und neckte die anderen Dienstboten. Große Tassen Kaffee wurden vor sie auf den Tisch gestellt. Scheiben von frisch gebackenem, noch ofenwarmem Brot wurden dick mit frischer, süßer Butter bestrichen. Sie belegten das Brot zusätzlich mit einem halbweichen weißen Käse und nahmen sich von den fetten schwarzen Trauben. Der Koch brachte ihnen einige Scheiben rosaschimmernden Schinken. Während sie noch aßen, übergab ihnen der Butler einen großen offenen Korb mit gebogenem Tragegriff. Eine weiße Damastserviette mit dem Familienwappen bedeckte den Inhalt.

Dem Butler wurden ein paar Scheine in die Tasche gesteckt, dann nahm ihr Geliebter Lara bei der Hand und führte sie durch den Garten, um den Palazzo herum und durch das Tor, wo bereits eine Gondel wartete. Es folgte ein kurzer Wortwechsel, und weitere Geldscheine wechselten den Besitzer. Sie stiegen in die Gondel. Er nahm sie in die Arme, und sie lehnte den Kopf an seine Schulter. Der Gondoliere schwenkte das Ruder, und sie fuhren zügig vom Canale Grande in einen schmaleren Kanal. Sie folgten einem Labyrinth kleinerer Kanäle, während Venedig langsam erwachte.

»Was stand auf dem Zettel, den du für Roberto dagelassen hast?« fragte er.

»›Tolle Party. Bin mit einem gutaussehenden jungen Mann auf und davon. Keine Sorge, bin in drei Tagen zurück.‹ Und was stand in deiner Nachricht?«

»›Danke für alles. Habe die schönste Frau des Balls entführt‹.«

Kapitel 29

Sie verbrachten drei idyllische Tage auf einer kleinen Insel weit draußen in der Lagune, mehr als eine Stunde vom Palazzo am Canale Grande entfernt. Ein verlassener Ort mit wildwucherndem, hohem Gras und wilden Blumen und einem Kanal, der vom Meer her das Land durchschnitt. Es gab Ruinen (ein Tempel? eine Kirche? die Residenz eines Prinzen?), Skulpturenfragmente und Säulen und Kapitelle, die zerbrochen im Gras lagen. Einen Marmorstuhl sahen sie, der aus einem einzelnen Block gehauen war, und in Stein gemeißelte Löwenwappen, verwittert von Wind und Regen, die seit Jahrhunderten über den offenen, flachen Platz fegten.

Ein verfallenes Haus aus längst vergangenen Tagen empfing sie, das einen Innenhof mit einem Marmorbrunnen in der

Mitte hatte und umgeben war von ebenfalls halb verfallenen Arkaden.

Er zog sie mit kindlichem Enthusiasmus hinter sich her und zeigte ihr jeden Winkel. Er holte einen großen schmiedeeisernen Schlüssel unter einem Stein hervor, sperrte das Haus auf und öffnete die Fensterläden. Von den Fenstern eines der geräumigen Zimmer aus konnte man auf die Lagune und den Innenhof sehen. Eine Regalwand voller Bücher und ein stabiler venezianischer Tisch fanden sich dort. Neben einem riesigen Doppelbett mit frischen weißen Leinenlaken, großen Kissen und einer Silberfuchsdecke stand ein imposanter Dogenstuhl. Auf dem Mosaikboden, der ebenso alt war wie die Ruine selbst, stand ein schwarzer Konzertflügel mit einer vergoldeten Sitzbank, diese mit gebogenen Füßen und verblaßtem Gobelinbezug.

Von diesem Raum aus gelangte man in eine Küche mit einem großen Tisch und Stühlen, einer offenen Feuerstelle, einem alten Holzofen und weißem Marmorspülbecken. Dahinter befand sich ein Badezimmer, das von einer weißen Marmorwanne beherrscht wurde, die einmal ein Sarkophag gewesen war.

Eine kleine Motorbarkasse brachte täglich einen Korb mit Obst, Brot, Käse, Wein, Hackfleisch und frischer Pasta, die er für sie zubereitete, wobei er bei jeder Mahlzeit eine andere köstlichen Soße reichte: Tomatensoße, Pesto und einmal einfach nur Öl und gebratenen Knoblauch. Ansonsten ließ sich niemand auf der Insel blicken. Sie hatten sie ganz für sich allein. Nachts liebten sie sich bei Kerzenschein und im Licht der Kerosinlampen. Tagsüber genossen sie Sonne und Meer. Sie sprachen nicht viel, sondern zogen es vor, sich der Erforschung der Insel und ihrer Körper zu widmen.

Lara dachte an eine andere Insel in der Vergangenheit, aber er war nicht Sam, sondern ein junger, sensibler Mann mit einer Libido, die der ihren in nichts nachstand. Er war entzückt von ihrer hemmungslosen Sexualität, anstatt sich von ihr bedroht zu fühlen. Wie Jamal wollte er sie nähren, sie genießen, und animierte Lara zu immer neuen Abenteuern.

Zukunft sprachen. Bislang waren sie zu sehr mit Sex und Liebe, der Sonne und ihrer Insel beschäftigt gewesen, sich mit Worten aufzuhalten, über ihre Vergangenheit zu sprechen oder an die Zukunft zu denken. Jetzt holte die wirkliche Welt sie ein, und doch war es keine unwillkommene Störung, sondern eine Bereicherung einer bereits tiefen und traumhaften Liebe. Sie verstummten. ›Kleine Brüder und Schwestern‹ hatte die unglaubliche sexuelle Anziehungskraft zwischen ihnen neu entfacht. Sie begehrten einander. Sie hörten auf zu reden und gaben sich erneut dem Eros hin.

In diesen drei Tagen der Lust und Liebe mit diesem jungen Mann auf seiner romantischen Insel hatte er Lara gelehrt, sich gehenzulassen und ihre Lust in den Wind hinauszuschreien, wenn sie kam. Das hatte einen Nerv in ihrem sexuellen Sein getroffen, und sie fand eine neue Art von Sicherheit darin, ihre Lust auf diese Art herauslassen zu können. Hatte er denn gar keine Hemmungen, dieser wunderschöne junge Mann, der sie veranlaßt hatte, den letzten Rest sexueller Zurückhaltung aufzugeben? Erst als sie den Ruf des Gondoliere hörten, der gekommen war, um sie nach Venedig zurückzubringen, konnte sie sich wieder beruhigen und aufbruchbereit machen.

Lara sah zu, wie er den Deckel des Flügels herunterklappte. Gemeinsam schüttelten sie die Fuchsdecke aus und breiteten sie wieder über das Bett. Sie verschlossen die Fensterläden und sperrten ab, mit dem schweren Schlüssel, den er wieder unter dem Stein versteckte, ehe sie den Pfad zur wartenden Gondel hinuntergingen.

Lara schaute zu, wie ihr gutaussehender junger Liebhaber den Gondoliere begrüßte. Die beiden Männer schüttelten einander die Hand und unterhielten sich ein paar Minuten, ehe sie Lara an Bord halfen. Sie fühlte sich wie ein junges Mädchen, als wäre sie zum erstenmal verliebt, und der Gedanke, daß sie sich gemeinsam der Welt stellen würden, erfüllte sie mit prickelnder Erregung. Und als sie in der Gondel den Kanal überquerten, flüsterte er ihr Dinge ins Ohr, die ihr verrieten, daß er das gleiche empfand wie sie. Als sie die Mitte des Kanals erreicht hatten, blickten sie zurück. Sie lächelte, und er nahm sie in die Arme und küßte sie. »Ich nenne das Haus Aurelia.«

Als sie im Palazzo eintrafen, waren Julia und die anderen Gäste abgereist. Die ganze Gesellschaft war bereits nach New York geflogen. Lara hatte sich bezüglich des Datums ihrer Abreise vertan. Roberto, die Güte in Person, ließ ihnen ausrichten, daß sie, so lange sie wollten, über den Palazzo verfügen könnten.

»Wunderbar. Ich werde dir ein Venedig zeigen, das du noch nie gesehen hast.«

Am Abend aßen sie auf dem Markusplatz, tranken Cognac und schlenderten anschließend über bogenförmige Steinbrücken und durch ein Labyrinth schmaler dunkler Gassen nach Hause. Dort gingen sie hinauf auf ihr Zimmer, wo alles begonnen hatte.

Einander nackt in den Armen liegend und schier berstend vor Glück, riefen sie Julia in New York an, weniger um sich für ihr plötzliches Verschwinden zu entschuldigen als aus dem Bedürfnis heraus, ihr Glück mit jemandem zu teilen. Nachdem sie aufgelegt hatte, wandte Lara sich ihrem jungen Geliebten zu und sagte: »Julia sagt, dein Name wäre Charles. Ich habe nicht gewagt, ihr zu gestehen, daß ich völlig vergessen habe, danach zu fragen. Der Name paßt zu dir.«

Sie drehte sich ihm zu, küßte ihn und sagte ihm erneut, wie glücklich sie wäre. Das Zimmer lag im Dunkeln, nur von einigen Kerzen erhellt. »Lara.« Immer wieder sagte er ihren Namen. »Lara.«

Und dann: »Lara Valentine.«

Sie lag reglos da, und furchtbare Angst stieg in ihr auf. Sie schüttelte das Gefühl ab, weigerte sich zuzulassen, daß irgend etwas ihr Glück störte. Hatte sie sich vielleicht verhört? Wider besseres Wissen hörte sie sich fragen: »Was? Was hast du gesagt?«

»Lara. Lara Valentine. Das klingt hübsch. Mrs. Charles Sebastian Valentine.«

Der Zufall war verblüffend.

Wie seltsam das Leben doch war.

Inspiriert von dem Gedanken, daß aus Lara Mrs. Lara Charles Sebastian Valentine würde, rollte Charles sich auf sie. Liebevoll streichelte er ihr Haar und ihr Gesicht, liebkoste ihre Brüste und schob mit den Beinen ihre Schenkel auseinander. »Nimm mich in dich auf«, sagte er mit vor Leidenschaft belegter Stimme.

Sie griff unter ihn und teilte ihre bereits feuchten seidigen Schamlippen. Dann führte sie seinen pulsierenden Penis zwischen sie. Mehr Hilfe brauchte er nicht. Ein rascher, kräftiger Stoß, und sein Glied steckte bis zum Ansatz in ihr. Sie schlang die Beine um ihn. Noch ein Stoß, und sie fühlte ihn ganz tief in ihrem Schoß, seine Hoden fest an sich gedrückt. Langsam ließ sie die Beine sinken. Sie lagen auf der Seite, einander fest mit den Armen umschlungen haltend, verbunden mit Leib und Seele.

Seit sie ihm begegnet war, hatte sein junger Körper sie gereizt und erregt. Jetzt war dieser Mann ein Teil ihres Lebens. Für sie grenzten ihre Gefühle für ihn an ein Wunder. Sie lebte für ihn, und die Küsse ihres Schoßes waren ihre Art, es ihm zu sagen. Er genoß ihre Leidenschaft, liebte die Art, wie sie ihn küßte. So lagen sie lange da, vereint, und redeten.

Ihre Befürchtungen bestätigten sich: Charles Sebastian Valentine war Evans Sohn. Er erzählte ihr ganz beiläufig, nur zur Information: »Mein Vater war Sir Evan Harper Valentine. Er hat den Nobelpreis bekommen für seine Arbeit auf dem Gebiet der Genforschung. Er hätte ihn noch für viele andere seiner Beiträge für die Wissenschaft verdient. Er war ein wunderbarer Mann. Mein Held und mein Freund. Du hättest ihn gemocht. Und er hätte dich geliebt.«

Der Schock war beinahe zu viel für sie. Evan! Es hatte umfangreicher Seelenforschung bedurft, ihn zu vergessen, die Erinnerung an ihn ruhen zu lassen, so wie er es gewollt hatte. Er war tot, und jetzt war sie wieder verliebt, stand am Anfang eines neuen Lebens, einer Liebe, die weder egoistisch war noch geheim zu sein brauchte. Lara und Charles: ein Leben voller Anbetung und Liebe. Keine Grenzen, die sie hemmten. Die Art von Liebe, nach der sie ihr ganzes Leben gesucht hatte. Wie sollte sie ihn aufgeben? Aber wie sollte sie ihm von sich und seinem Vater erzählen? Das war für den Augenblick zu viel. Sie mußte es verdrängen. Ihre Sehnsucht danach, Charles zu lieben und von ihm geliebt zu werden, war zu groß, als daß sie es fertiggebracht hätte, ihn zu verlassen.

Sie blieben noch mehrere Tage gemeinsam im Palazzo. Lara hatte es schon zu Beginn, als sie von Charles Identität erfahren hatte, nicht über sich gebracht, ihm von ihrer fünf Jahre dauernden geheimen Liaison mit seinem Vater zu erzählen, von ihrer leidenschaftlichen Liebe zu Evan, und das Dilemma wurde mit der Zeit immer unerträglicher. Wie sollte es auch nicht, wenn sie sich das Leben ausmalte, das Charles und sie zusammen haben könnten.

»Ich bin Kunsthistoriker. Gastprofessor für Kunstgeschichte in Harvard und Cambridge. Aber die meiste Zeit arbeite ich zu Hause. Es ist ein schönes Leben. Ich reise viel und bekomme viele wunderbare Kunstschätze zu sehen. Meistens habe ich mit interessanten Menschen zu tun und nicht mit Dummköpfen – vorausgesetzt, ich meide Frivolität und Partys. Maskenbälle zum Beispiel«, neckte er.

»Ich bin beeindruckt.«

»Gut. Ich habe ein Haus in den Bergen, etwas dreißig Meilen von Perugia entfernt. Es ist ein traumhafter Palazzo, von dem manche Teile noch aus dem zwölften Jahrhundert stammen. Er heißt Palazzo di Fontefresca. Der Bruder meiner Mutter hat ihn mir vererbt. Ich war sein Lieblingsneffe. Meine Erbschaft hat mich zu einem wohlhabenden Landbesitzer gemacht, zu einem Landwirt in recht großem Maßstab. Ich sollte eigentlich in der Lage sein, für dich zu sorgen. Finanziell geht es mir recht gut, was sehr wichtig ist für einen Mann, der Bücher über Künstler wie Bernini und Caravaggio schreibt ... Ich könnte noch weitere fünf oder sechs Namen nennen, aber ich habe es nicht nötig, dir zu imponieren. Ich erzähle es dir auch nur, damit du weißt, welche Art von Leben vor uns liegt. Was ist mit dir? Du bist die zweite Hälfte des Teams. Kannst du dir vorstellen, in Fontefresca mit mir glücklich zu werden?«

»Ich liebe die Toskana. Und ich glaube, ich könnte überall mit dir leben.« Ihr entging nicht, daß er sich auf die Unterlippe biß und verstummte, da er sehr darum kämpfen mußte, sich wieder zu beruhigen, so glücklich machten ihn ihre Worte. Dann fuhr er fort, angespornt von dem Ausdruck der Begeisterung auf ihrem Gesicht: »Es ist ein wunderschönes Haus mit vielen Zimmern für Kinder und Gäste. Es ist von mehreren Hektar Olivenbäumen umgeben, von Pfirsichbäumen, Hunderten von Feigenbäumen und Weinbergen. Wir keltern einen sehr guten Wein.«

Dann erzählte sie ihm, wer sie war, von ihrer Familie und ihrer Verbundenheit, ihrer Arbeit. Sie sah die Bewunderung in seinen Augen und seine Begeisterung für die Existenz, die sie sich aufgebaut hatte. Sie wußte, daß ihrer beiden Leben wie füreinander geschaffen waren. Er verstand sogar ihre große Liebe zu Cannonberry Chase. »Wir können an beiden Orten leben«, sagte er gleich. »Es ist nur eine Frage der Planung. Wir können wie wohlhabende, arbeitende Zigeuner leben, nur ohne Wohnwagen. Ich besitze ein Flugzeug. Am Fuß des Berges gibt es sogar einen Graslandeplatz, auf dessen Instandhaltung ich sehr achte.« Und je mehr er erzählte, desto mehr Übereinstimmungen ergaben sich.

Er war beeindruckt, daß sie ganz allein den Atlantik überflogen hatte. Sie würden gemeinsam fliegen, ein neues Flugzeug kaufen, das groß genug wäre für sie beide, die Kinder und ihre Freunde. Er war der Mann, den sie heiraten wollte, und es gab nichts, was sie sich sehnlicher gewünscht hätte als ein Leben mit ihm. Und sie war die Frau, auf die er sein halbes Leben gewartet hatte.

Auf dem Weg nach Perugia, zu ihrem ersten Besuch auf seinem Berg mit den Olivenhainen und den Tausenden von Zypressen, der gekrönt war vom Palazzo di Fontefresca, machten sie in Rom Station. Dort suchte er einen Juwelier auf, der mit Renaissanceschmuck handelte, und kaufte ihr einen Goldring mit einem von Smaragden eingefaßten Rubin, der einmal Katharina von Medici gehört hatte. Er bezahlte ein Vermögen für das Schmuckstück und steckte es ihr an den

Finger. Der Ring war von so atemberaubender Schönheit, daß sie hätte weinen mögen.

Es war alles zu perfekt, zu schön. Sie war zu glücklich. Wie konnte sie ihm ein Geheimnis wie das ihre verheimlichen? Sie bemerkte, daß die Frauen ihm sehnsüchtige und ihr neidvolle Blicke zuwarfen. Zwei Tage in Rom, und sie verstand. Er war der begehrteste Junggeselle in Italien, Liebling des *demimonde,* und genoß den Respekt der versnobten italienischen Aristokraten.

Wie sollte sie diesen außergewöhnlichen Mann täuschen? Wie sollte sie ihm nicht von ihrer Beziehung zu seinem Vater erzählen? Wie? Sie wollte ihm nichts vormachen, wollte aber andererseits auch ihr Geheimnis nicht enthüllen. Nicht zuletzt, weil Evan es nicht gewollt hätte. Wie sollte sie nach all den Jahren ihre geheime Liebe gestehen? Unmöglich. Was würde Charles von ihr erwarten? ›Behalte deine Geheimnisse für dich‹, hatte er gesagt. Aber galt das auch für ein Geheimnis wie dieses?

Als er sie, nachdem er ihr den Ring an den Finger gesteckt hatte, bat, einen Hochzeitstermin zu nennen, lenkte sie vom Thema ab. Aber er blieb hartnäckig. Er wußte, was er wollte, und war entschlossen, sie nicht mehr gehen zu lassen. Er verstand ihr plötzliches Zögern nicht. »Hast du Zweifel?«

»Nicht, was uns beide betrifft«, entgegnete sie spontan.

»Ich glaube doch. Sonst würdest du nicht zögern, mir Ort und Datum zu nennen.«

Ihr Zögern wurde für Lara zu einem größeren Problem, als sie erwartet hatte. Sie hatte in ihrer Beziehung körperliche, geistige und emotionale Liebe gefunden. Allein der Gedanke, auf all das zu verzichten, ließ die Erinnerung an die Vergangenheit aufleben, an die trostlosen Zeiten, bevor sie seinen Vater kennengelernt hatte. Er zwang sie, konkrete Schritte in die Zukunft zu unternehmen, während ihr Geheimnis sie zurückhielt. Lara fühlte sich unbehaglich.

»Ein Altersunterschied von neun Jahren«, sagte sie. »Ich denke, das macht mir Sorgen. Ich habe das Gefühl, dir neun Jahre Babys vorzuenthalten, die du mit einer jüngeren Frau haben könntest. Mir ist aufgefallen, wie die jungen Dinger auf der Via Veneto dich angesehen haben.«

»Du denkst doch wohl nicht ernsthaft daran, unsere Liebe allein wegen des Altersunterschiedes wegzuwerfen? Daran hättest du denken müssen, bevor ich dich zum ersten Tanz in die Arme genommen habe. Diesen Einwand lasse ich nicht gelten. Basta.«

»Nicht ganz.«

»Ach, du hast noch eine Ausrede, mich nicht zu heiraten? Ich hoffe, diesmal handelt es sich um einen triftigeren Grund.«

»Nein, derselbe. Ich kann damit leben, daß ich älter bin als du. Aber kannst du es auch? Du sagst, daß es keine Rolle spielt, aber was ist mit deinen Freunden, was werden sie denken? Und deine Mutter? Ich wette, sie sing Hosannas, wenn du ihr eine ältere Frau als Schwiegertochter vorstellst. Dazu noch eine mit zwei Kindern und einer Vergangenheit!«

Allein der Gedanke daran, seine Mutter kennenzulernen, widerstrebte ihr zutiefst. Wie sollte sie damit leben? Wie sollte sie Evans Frau und seinem Sohn ein solches Geheimnis auf Dauer verheimlichen können? Aber wie sollte sie ihnen eröffnen, daß sie Evans letzte große Liebe gewesen war? Evan und ihr geheimes Leben gehörten der Vergangenheit an. Sie hatte sich in Gedanken und im Herzen von ihm distanziert, aber vergessen hatte sie ihn nicht. Er hatte es so gewollt; es war nicht leicht gewesen, aber sie hatte es geschafft. Nichts – nicht einmal, daß sie sich in seinen Sohn verliebt hatte, ihn heiraten und eine Familie mit ihm gründen wollte, ja nicht einmal die Vorstellung, Evans Frau gegenüberzutreten – konnte die Gefühle wiederaufleben lassen, die sie einst Evan entgegengebracht hatte. Was ihr zu schaffen machte, sie regelrecht in Panik versetzte, war die Unaufrichtigkeit. Dieses Dilemma untergrub diese Liebe und ihren Wunsch, mit Charles ein neues Leben anzufangen. Lara wußte, daß er die Liebe war, die sie als junges Mädchen nicht gefunden hatte. Die junge Liebe, die ihr versagt geblieben war. Die Art von Liebe, nach der sie all die Jahre auf verschlungenen Pfaden gesucht hatte.

Eine glückliche Zukunft lag vor ihr, sie brauchte nur zuzugreifen, aber ihr Dilemma machte sie zunichte. Seine Stimme riß sie aus ihren Gedanken.

»Meine Mutter? Nein. Ich habe wohl vergessen, es zu erwähnen. Meine Mutter ist nicht mehr bei uns. Ich habe beide Elternteile im selben Jahr verloren. Erst meine Mutter und beinahe auf den Tag genau sieben Monate später meinen Vater. Wie begeistert sie beide von dir gewesen wären! Und sie wären glücklich gewesen, daß ich eine so außergewöhnliche Frau wie dich gefunden habe.«

Diese Neuigkeit schockierte sie. Sie war zu erschüttert, die Worte zu finden, Charles ihr Beileid hinsichtlich dieses tragischen Verlustes auszusprechen. Sie versuchte, ihre eigenen Gedanken zu verdrängen und sich auf das zu konzentrieren, was er sagte.

»Es war so traurig. Sie hat lange Zeit tapfer gegen ihre Krankheit angekämpft, ganze drei Jahre.«

Lara wollte nichts mehr hören. Evan und seine Familie waren tabu gewesen, und sie wollte auch jetzt nichts von ihr wissen. Aber Charles fuhr fort, und was er sagte, machte alles nur noch schlimmer.

»Ich habe meine Mutter sehr geliebt. Sie war eine großartige Frau. Mein Vater und ich haben sie verehrt. Aber wir hatten viel Zeit, uns an den Gedanken zu gewöhnen, daß sie sterben würde, so daß der Schock nicht ganz so groß war, als es dann soweit war. Es war in vieler Hinsicht eine Erleichterung. Um so mehr hat es mich getroffen, als mein Vater sieben Monate später bei einem Unfall in Paris ums Leben kam.«

Sieben Monate. In den letzten sieben Monaten seines Lebens war Evan Witwer gewesen und frei, sie zu heiraten. Lara wollte nicht über die Tragweite dessen nachdenken und versuchte, das Gehörte zu verdrängen.

Sie führten diese Unterhaltung an einem sonnigen Nachmittag in einem Straßencafé. Die *beautiful people* von Rom nahmen gerade ihren Nachmittagsaperitif. Um sie herum war das übliche Stimmengewirr, Gelächter, Kellner, die umhereilten. Abrupt stand Charles auf und zog sie mit sich auf die Füße.

Er küßte erst ihre Hand und dann den Ring, den er ihr kurz zuvor geschenkt hatte. Dann zog er sie in seine Arme und küßte sie mit solcher Leidenschaft, daß sie für einen Augenblick alles andere vergaß.

Jeder freut sich am Anblick eines Liebespaares. Junge Römer an den Nachbartischen johlten, klatschten Beifall und riefen ihm auf italienisch Ermutigungen zu. Er ließ Lara los, und sie lächelten beide. Er war glücklich, als sie lachte. Für ihn stand fest, daß sie nichts auseinanderbringen konnte, ganz gleich, welche Ausflüchte sie machte.

Er nahm sie wieder in die Arme, und bevor er sie erneut küßte, sagte er: »Siehst du, wie die Menschen auf uns beide reagieren? Ihnen fällt der Altersunterschied ebensowenig auf wie mir. Sie sehen nur Liebe und Leidenschaft zwischen einem Mann und einer wunderschönen Frau. Und was tun sie? Sie applaudieren uns!« Dann legten seine Lippen sich auf die ihren, und er fühlte, wie sie sich an ihn schmiegte, die Lippen öffnete. Ihre Zungen berührten sich. Sie fühlte, wie seine Hände unter ihrer offenen Jacke ihre Brüste streichelten. Verborgen und doch für sie deutlich fühlbar war sein verhärtetes Glied, das sich an ihr rieb. Ihr wurde ganz schwindlig vor Verlangen nach ihm. Die verspielten romantischen Römer bewarfen sie mit kleinen Sträußen Frühlingsblumen, die sie zwei Zigeunerinnen vor dem Café abgekauft hatten.

Schließlich lösten die Liebenden sich voneinander. Lara war als einzige verlegen; Charles lächelte strahlend und verneigte sich nach allen Richtungen. Er drückte Laras Hand und sagte: »Jeder Mann hier beneidet mich. Du gehörst zu mir, und damit basta. Hast du mich verstanden?«

Darauf konnte es nur eine Antwort geben. »Ja«, sagte sie, und dann noch einmal lauter, damit es alle hören konnten: »Ja.«

Neuerlicher Applaus brandete von ihrem Publikum auf. Charles, dem die unbändige Freude auf das attraktive junge Gesicht geschrieben stand, ignorierte den Beifall. »Da du offenbar nicht in der Lage bist, ein Datum zu nennen, werde ich es tun. In drei Wochen vom heutigen Tage an. Du entscheidest, wo. Und jetzt sag noch ein letztes Mal ja.«

Stille hatte sich auf das Café herabgesenkt. Nur das Hupen und Brummen des Verkehrs, der sich am Café vorbeischob, war zu hören. Sogar die Kellner hatten ihre Arbeit unterbrochen, um ihre Antwort zu hören. Alle Gäste an dem Dutzend Tische verfolgten gespannt ihre Romanze.

Lara breitete die Arme aus, wie um die ganze Welt zu umarmen. »Ja!«

Rauschender Beifall und Gelächter von allen Seiten. Einige Männer erhoben sich, schüttelten Charles die Hand und schlugen ihm anerkennend auf den Rücken. Ein junger Mann küßte Lara auf die Wange. Alle redeten wild durcheinander oder gratulierten Lara und Charles. Er nahm ihre Hand und streckte die andere nach dem Ober aus, dem er ein paar Scheine in die Hand drückte. »Negronis für alle, die auf unser Glück trinken wollen.« Dann zog er Lara zwischen den Tischen hindurch zum Straßenrand, und sie sprangen in ein Taxi. Sie lehnten sich aus demselben Fenster und winkten den Fremden in dem Café zum Abschied. Lachend ließen sie sich in den Sitz zurücksinken. »Du bist verrückt, Charles. Was für eine Vorstellung.« Dann fügte sie hinzu. »Es war großartig.«

»Nicht verrückt, nur überglücklich. Na ja«, räumte er dann ein, »vielleicht ein ganz klein wenig verrückt. *Und* überglücklich. Laß uns zum Hotel zurückfahren und ins Bett gehen.«

»Ja, tun wir das«, entgegnete sie auf seinen Vorschlag.

Als er sie leidenschaftlich nahm, mußte sie immer wieder überwältigt daran denken, daß dieser gutaussehende, so vielseitige, außergewöhnliche und verführerische junge Mann und sie ein glückliches gemeinsames Leben vor sich hatten.

Er hatte so schnell gelernt, was sie sexuell erregte. Er hatte Wege gefunden, ihr multiple Orgasmen zu verschaffen, so dicht hintereinander, daß sie kaum Gelegenheit hatte, zwischendurch Luft zu holen. Er war neben anderen Dingen ein junger Hengst auf dem Höhepunkt seiner Potenz. Und diese wollte er auf alle erdenklichen Arten mit ihr ausleben. Er schien wie einst Jamal besessen davon, sie in die sexuelle

Ekstase zu entführen, und er genoß jeden ihrer Orgasmen. Er liebte es, sie zu streicheln und ihr erotische Dinge ins Ohr zu flüstern, von denen er wußte, daß sie sie erregten. Er liebte es, sie im dampfenden Badewasser zu lieben, sie anschließend auf ein Handtuch auf den Boden zu legen und ihren warmen Körper mit Mandelöl zu massieren, bis er glänzte und duftete wie ein ganzer Wald blühender Mandelbäume. Und er liebte es, ihren glitschigen eingeölten Körper an seinem zu reiben, während er sie von hinten und von vorne nahm, sich in ihr ergoß und ihr von den vielen Kindern der Liebe erzählte, die sie bekommen würden.

Sie ließen sich das Abendessen auf die Suite kommen. Sie aßen Artischocken, Pasta mit Sahnesoße, drei verschiedene Sorten Käse und Kirscheis – mit dem er ihre Schamlippen bestrich. Sie wand sich, als sie die Kälte auf ihren warmen Genitalien fühlte, und lachte, als die Eiscreme schmolz und er sie aus seinem, wie er sagte, Lieblingsgefäß leckte. Der Sex war ausgelassen und verrückt in solchen Augenblicken mit ihm. Er versuchte, ganze Löffel voll Eis in sie einzuführen und dann aus ihr herauszusaugen. In jeder Hinsicht gesättigt, schliefen sie schließlich am frühen Morgen ein.

Lara fiel erst erschöpft in tiefen Schlaf, aber nach einer Weile wurde sie unruhig. Sie wachte auf und versuchte wieder einzuschlafen. Sie wälzte sich von einer Seite auf die andere. Immer und immer wieder mußte sie daran denken, daß Evan ihr den Tod seiner Frau verschwiegen hatte und daß sie sich offen zueinander hätten bekennen können. Aber er hatte nie eine Andeutung über die Änderung der Umstände ihrer Beziehung gemacht, so daß sie hätten heiraten und zusammenleben könnten. Kein Wort. Nur dieser eine wichtige Hinweis. Sie hätte sich denken können, daß etwas nicht stimmte, als er sagte, er wolle mit ihr in die Toskana reisen. Und es war nicht einmal mehr dazu gekommen. Sie war so darauf gedrillt gewesen zu glauben, daß sie niemals gemeinsam dorthin würden reisen können, daß sie die Toskana einfach gestrichen und seinen Vorschlag nicht ernst genommen hatte.

Das letzte, was sie dachte, ehe sie wieder einschlief, war, daß sie Charles am Morgen bitten würde, nichts zu übereilen und sich noch ein wenig Zeit zu lassen. Es gab noch zu vieles, was sie im Augenblick belastete. Plötzlich erschien ihr ihre Vergangenheit als zu große Bürde für diesen wundervollen jungen Liebhaber, der so glücklich und friedlich an ihrer Seite schlief.

Lara hatte die Absicht gehabt, sich mit Charles hinzusetzen und vernünftig mit ihm zu reden, ihm klarzumachen, daß es voreilig von ihnen gewesen war, sich in einem leidenschaftlichen Augenblick vorzunehmen, schon in drei Wochen zu heiraten. Daß sie es sich im kalten Licht des Tages anders überlegt hätte. Das schien ihr der einzige Weg zu sein, ihr Dilemma zu lösen. Aber ihre Absicht wurde in dem Augenblick zunichte gemacht, da sie die Augen aufschlug, als er sie liebevoll und zärtlich küßte, ein Leuchten grenzenloser Liebe in den Augen.

Sie setzte sich auf, und er schob ihr Kopfkissen hinter den Rücken, damit sie es bequemer hatte. Sie betrachtete ihn, seine Jugend, seine hübschen Züge, sein ausdrucksvolles intelligentes Gesicht, die herausfordernd sinnliche Art, in der er seinen Körper einsetzte. Die Blicke der Frauen, wenn er die Straße hinunterging oder entspannt in eine Unterhaltung vertieft war, hatten ihr verraten, daß nicht nur sie allein sich zu ihm hingezogen fühlte. Er war ein leidenschaftlicher Mann, der jede Frau bekommen hatte, die er hatte haben wollen. Sein junger Körper, seine Vitalität, seine leidenschaftliche Liebe zu ihr sagten ihr, daß es Irrsinn wäre, vor ihm davonzulaufen. Und doch …

Sie lächelte ihn an. Er zog das Laken von ihrem Körper und betrachtete sie. Er liebte sie mit den Augen und seinem Herzen. Er küßte sie auf den flachen Bauch, streichelte ihre Hüften, umschloß dann ihre Brüste mit den Händen und saugte hungrig an ihren dunklen, verhärteten Brustwarzen. Er liebkoste die dunklen Höfe mit den Daumen und mit der Zunge. Sie vermochte die wohligen Seufzer nicht zu unterdrücken. Er zog sie auf seinen Schoß und sagte: »Guten Morgen. Ich werde dich an jedem Morgen unseres gemeinsamen Lebens mit einem Kuß aufwecken. Nur um dich daran zu erinnern, was für eine außergewöhnlich schöne und sinnliche Frau du bist und wie sehr mich deine Liebe ehrt.«

Sie hätte weinen mögen, so gerührt war sie von seiner Liebe zu ihr. Er fand ihre Klitoris und rieb sie mit geschickten Fingern, die er dann zwischen die Lippen des Schlitzes unterhalb ihres Venushügels schob und so tief wie nur möglich in ihrem warmen Schoß vergrub. Dann, während er sie leicht in den Armen wiegte, streichelte er ihre bereits feuchte seidigweiche Vagina. Lara schlang die Arme um seinen Hals und legte den Kopf an seine Brust.

»Ich muß damit aufhören, und du mußt dich anziehen. Aber erst rufst du deine Kinder an. Ich habe unsere Pläne geändert. Wir werden heute nicht nach Perugia fahren, und du wirst Fontefresca auch noch eine Weile nicht zu Gesicht bekommen. Wir essen mit ein paar Freunden auf dem Land zu Mittag – genaugenommen sind es meine besten Freunde. Hinterher fliegen wir mit der Concorde nach New York. Die Kinder holen uns am Flughafen ab, und ich nehme euch alle mit zu meinem Strandhaus in Malibu, LA, wo wir einige Tage gemeinsam verbringen werden. Es wäre schön, wenn die Kinder mich kennenlernen und mögen würden, bevor ich ihr neuer Daddy werde.«

»Ich muß erst darüber nachdenken, Charles.«

»Was gibt es da zu überlegen? Ich muß sie ja irgendwann kennenlernen.«

Langsam und widerwillig stellte er seine Liebkosungen ein. Er leckte seine Finger ab und lachte. »Probier mal. Schmeckt immer noch nach Kirscheis.«

Er trug Lara ins Bad und ließ sie langsam in das duftende Badewasser gleiten, das er für sie eingelassen hatte.

»Und warum LA?« fragte sie.

»Ich muß irgendwann diese Woche zwei Gemälde im Getty Museum begutachten. Das Fax ist heute morgen gekommen. Es ist wirklich sehr wichtig, und ich bin nicht gewillt, dich zurückzulassen.«

Sie blieb in der Wanne, während er das Telefon holte. »Kneif jetzt nicht, Lara. Das ist wichtig für unsere Zukunft.« Er sah auf die Uhr. »O Scheiße! Die Zeitverschiebung. Du kannst jetzt gar nicht dort anrufen. An der Ostküste ist gerade fünf Uhr früh. Das macht alles zunichte.«

Lara hoffte, daß ihr die Erleichterung nicht anzumerken war. Sie wollte erst ihr Dilemma lösen, ehe sie die Kinder ins Spiel brachte, was sie jedoch Charles schlecht erklären konnte. Vor allem da sie sich mit jeder seiner Gesten hinsichtlich ihrer gemeinsamen Zukunft ein wenig mehr in ihn verliebte und der innere Drang, ihm von sich und Evan zu erzählen, immer stärker wurde.

»Nein, tut es nicht. Es erfordert lediglich kleine Änderungen. Du und ich werden nach LA fliegen. Du erledigst deine Arbeit, und wir lassen die Kinder nachkommen. Ihre Nanny kann mit ihnen rüberfliegen.«

»Versprochen?«

»Versprochen.«

Mit dieser Lösung war er sehr zufrieden. Dann sagte er, sie solle sich beeilen. Als er das Bad verließ, sagte er: »Hosen.«

»Hosen?«

»Zieh eine Hose an. Du hast doch eine im Gepäck?«

Er sah zu, wie sie sich in die honigfarbene Lederhose zwängte, die saß wie eine zweite Haut. Mit nacktem Oberkörper ging sie durchs Zimmer und bürstete sich das Haar. Sie wußte sehr wohl, wie sexy sie aussah, nur mit engen Lederhosen bekleidet. Jamal hatte gesagt, das läge daran, daß sie die verführerischsten Brüste hätte, die er je an einer Frau gesehen habe, wegen der dunklen Brustwarzen auf milchigweißer Haut und des Kontrastes ihrer Form und Größe zu ihrer schmalen Taille.

Er nahm das Polohemd zur Hand, das sie sich herausgelegt hatte, und half ihr, es überzuziehen. »Sehr sexy. Aber als wenn du das nicht selber wüßtest!«

Er begehrte sie, und das gefiel ihr. Er erfreute sich an ihr, und das gefiel ihr noch viel mehr. Jetzt hielt er ihr die passende Lederjacke hin. Sie nannte sie immer die eleganteste

Motorradjacke der Welt. Sie schlüpfte in die Saint-Laurent-Kreation. Er schloß den Reißverschluß. Die Jacke saß ebenso eng wie die Hose, so daß kaum etwas von ihren üppigen Formen verborgen blieb. Die kurze Jacke reichte ihr bis zu den Hüften, und Charles ruckte daran, dem Bedürfnis widerstehend, ihr einen kräftigen Schlag auf den Po zu versetzen. Er hatte so eine Ahnung, daß sie zurückgeschlagen hätte. Frauen waren unberechenbare Wesen.

»Du siehst umwerfend aus.« Er begnügte sich damit, mit der Hand über ihren Körper und zwischen ihre Beine zu fahren. Neckend legte er ihre Hand auf den Reißverschluß seiner engen Jeans und bewegte sie auf und ab, so daß sie seinen anschwellenden Penis rieb. »Schade, daß wir keine Zeit haben. Aber ich kriege dich später.«

Sie legte den Kopf in den Nacken und lachte ihr verführerisches, verderbtes Lachen. »Ich habe Hunger.«

»Wir frühstücken auswärts. Ich muß einen Stop einlegen, und bei dieser Gelegenheit essen wir in einem kleinen Lokal, das dich begeistern wird. Komm, ich bin spät dran, wir müssen los. Du wirst es vielleicht nicht glauben, aber ich muß arbeiten, und du begleitest mich.«

»Was ist mit Packen?«

»Darum brauchen wir uns nicht zu kümmern. Die Zimmermädchen wissen Bescheid. Unser Gepäck wird noch vor uns am Flughafen sein.« Er nahm ihre Hand und führte sie aus dem Zimmer.

Draußen vor dem Hassler standen der Türsteher und einige Leute um die Maschine herum. Er beobachtete Laras Gesicht. Ein Lächeln erhellte ihre Züge. »Das glaube ich einfach nicht.«

»Das solltest du aber. Du bist nicht der einzige Harley-Fan.«

Das Motorrad glitzerte in der Sonne. Es war ein perfekter Frühlingsmorgen in Rom. Sie würden auf seiner Harley Davidson durch die Stadt fahren. Sie ging um die Maschine herum. Sie hatte zu Hause das gleiche Modell. »Es juckt mir in den Fingern, selbst zu fahren.«

»Nein, nicht in der Stadt. Ich kenne mich hier besser aus und komme auch mit den wahnsinnigen römischen Autofahrern besser zurecht. Hier in der Stadt kommen wir schneller voran, wenn ich fahre. Aber sobald wir außerhalb sind, kannst du übernehmen.«

Er schwang sich auf die Maschine, trat den Kickstarter, und der Motor dröhnte auf. Lara nahm auf dem Soziussitz Platz. Sie genoß das Vibrieren der Maschine unter sich. Sie fuhren mitten durch das Zentrums Roms, und sie erlebte die Stadt von einer Seite, die sie noch nie zuvor gesehen hatte und die ihr unvergeßlich bleiben würde. Außerhalb der Stadt hielten sie in einem seltsamen Wald aus Kiefern und Zypressen, zwischen denen wilde Blumen wuchsen. Dort legten sie sich auf den dicken Nadelteppich und redeten.

Die Kinder beschäftigten ihn. Er wollte alles über sie wissen. Lara fiel es nicht schwer, über die beiden zu sprechen: Sie betete ihre Kinder an. Es gab kein Thema, über das sie lieber sprach. Er merkte rasch, daß, wenngleich sie Bonnie nicht weniger liebte als Karim, der Junge einen Charme besaß, dem sie einfach nicht widerstehen konnte. Sie erzählte ihm, wie schwer es ihr immer noch fiel, Jamal seinen Sohn sechs Monate im Jahr zu überlassen. Er stellte keine Fragen zu ihren früheren Ehemännern, und sie erzählte auch von sich aus nichts von ihnen.

Sie nickten kurz in der Sonne ein. Er sah aus wie ein Adonis, wie er schlafend auf dem Waldboden lag. Wie viele Herzen mochte er gebrochen haben, bevor er ihr begegnet war und sich in sie verliebt hatte? Die anderen Frauen taten ihr leid, weil sie wußte, daß er in ihr alles gefunden hatte, was er sich wünschte, und er für den Rest seines Lebens bei ihr bleiben wollte. Und ihr Zusammensein war himmlisch. Sie hatte ihre Jacke bereits ausgezogen. Jetzt zog sie sich das Polohemd über den Kopf und lehnte sich an einen Baumstamm, so plaziert, daß er als erstes sie sehen würde, wenn er die Augen aufschlug. Sie wartete, daß ihr Geliebter aufwachte.

Und sie war das erste, was er sah. Ihr platinblondes Haar schimmerte im Sonnenlicht. Die sinnlichen grünen Augen lächelten ihn an. Er drehte sich auf die Seite, stützte sich auf den Ellbogen und genoß ihren Anblick. Nach einer Weile kroch er zu ihr hinüber und öffnete den Reißverschluß ihrer Lederhose. Auf dem Nadelteppich, umgeben von einem der betörendsten Düfte der Natur, gaben sie sich der Fleischeslust hin. Er nahm sich Zeit. Ganz langsam drang er in sie ein und nahm sie in einem langen Crescendo sexueller Erlösung. Sie kamen zusammen, und das machte den Akt zu etwas ganz Besonderem für sie. Sie wollte ihn für immer in sich lebendig halten, und er war darauf bedacht, daß nicht ein Tropfen seines Samens aus ihr entwich. Sie rührte sich kaum. Sie fühlte sich emotional erschöpft von ihrem Liebesakt. Es war Charles, der ihre Hüften schließlich soweit anhob, daß er ihr die Hose wieder überziehen und den Reißverschluß schließen konnte. Dann knöpfte er seine Levis zu, nahm ihre Hände und zog sie auf die Füße und in seine Arme. Er streichelte mit beiden Händen ihren Rücken. »Ich liebe dich, Lara. Die beste Zeit unseres Lebens liegt vor uns.«

Er reichte ihr das Polohemd, und sie zog es über. Er klaubte vereinzelte Nadeln aus ihrem Haar und brachte es in Ordnung. Dann sah er zu, wie sie ihr Make-up richtete, bis sie wieder perfekt aussah. Sie schwangen sich auf die Harley, und Lara schlang ihm die Arme um die Mitte für die holprige Fahrt durch den Wald auf die unbefestigte Straße, die sie zu ihrem Treffen mit seinen Freunden bringen würde.

Lara fühlte sich ausgelassen jung, sorglos und frei. Sie legte die Arme fester um ihn, glücklich in dem Bewußtsein, daß seine Jugend und Liebe in ihrem Schoß eingeschlossen waren. Sie war glücklich und sehr verliebt, mindestens so sehr wie er.

Sie mochte seine Freunde, die sie herzlich aufnahmen. Ihre Gastgeber lebten in einem Palazzo aus dem sechzehnten Jahrhundert, der vollgestopft war mit allerlei Kostbarkeiten und dessen Wände eine erlesene Sammlung italienischer Renaissancegemälde schmückte. Dreißig Personen fanden sich zum Mittagessen ein und wurden großzügig bewirtet, wenn auch vielleicht mit etwas zu viel Wein.

Lara entdeckte noch eine weitere Seite an ihrem Liebhaber.

Er war bei aller Zuverlässigkeit der spontanste Mann, mit dem sie je eine Affäre gehabt hatte. Er änderte seine Pläne mit verblüffender Lässigkeit, und sie folgte ihm in allem. Sie flogen nicht mit der Concorde. Statt dessen reisten sie nur für eine Nacht nach London. Wie, wann und wo er ihre Pläne geändert hatte? Sie hatte keinen Schimmer. Sie hatte nichts gesehen oder gehört. Aber irgendwie hatte man ihn beim Mittagessen ausfindig gemacht, und er hatte sich bereiterklärt, am nächsten Morgen in der National Gallery in London zu sein.

Nach diesem Termin flogen sie doch noch mit der Concorde nach Washington und von dort aus weiter nach LA. Lara fand das Leben an der Seite von Charles Sebastian Valentine schwindelerregend aufregend. Nicht nur, weil sie ihn liebte und er ein attraktiver junger Hengst und Intellektueller mit dem Lebensstil eines Jet-set-Playboys war. Oder weil er so beeindruckend wirkte in seinem grauen Dreiteiler von Savile Row mit passendem Hemd und Krawatte von Turnbull & Asser und monumentale künstlerische Entscheidungen für jene traf, die nicht über das Wissen oder den Mut verfügten, selbst zu urteilen. Er strahlte eine Größe und Autorität aus, die sie noch nicht an ihm gesehen hatte, und sie beobachtete, welche Wirkung diese Ausstrahlung auf die anderen Vertreter aus Kunstkreisen hatte.

Während sie in der VIP-Lounge auf ihren Flug nach LA warteten, erschienen sein Broker und sein Anwalt. Er hielt eine dieser hochtrabenden Geschäftsbesprechungen ab, die sogar einen erklärten Körperschaftsgegner beeindruckt hätte. War das wirklich ihr Liebhaber? Sie staunte über seinen scharfen Verstand und die Sicherheit, mit der er ein Geschäft tätigte. Einen Augenblick gestattete sie sich daran zu glauben, daß er die Verkörperung all dessen war, was sie von einem Mann erwartete. Und wie sollte sie mit ihm leben, sich mit ihm eine stabile Existenz aufbauen, ohne ihm die Jahre mit seinem Vater zu beichten? Dieses Dilemma hing immer noch wie ein Damoklesschwert über ihrer Zukunft.

Das Haus in Malibu gehörte ihm. Er hatte es zu der Zeit

gekauft, da er noch den wohlhabenden jungen Strandcasanova gespielt hatte. Das erzählte er ihr zumindest. Er liebte das Haus und den Strand. Er erzählte ihr von seinen Plänen, Karim das Surfen beizubringen; Bonnie natürlich auch, wenn sie es wollte. Lara führte täglich lange, lustige Telefonate mit den Kindern. Schließlich arrangierte sie, daß beide nach LA geflogen wurden, um bei ihnen zu sein.

Seine Freunde in LA waren jung und wie er: aufregend, kreativ und erfolgreich. Sie waren amüsant und interessant. Er hatte ganz recht gehabt – ihr Alter war unwichtig. In ihrer Gesellschaft fühlte sie sich nicht älter. Im Gegenteil. Bei ihnen fühlte sie sich so jung, wie sie es waren.

Am dritten Morgen ihres Aufenthaltes im Strandhaus in Malibu frühstückten sie auf dem Balkon mit Blick auf den Pazifik: Kiwis und Erdbeeren, Grapefruit und Kirschen, schwarzen Kaffee und Vollkornbrötchen mit Butter und Honig. Es waren nur wenige Menschen am Strand. Die Millionen-Dollar-Häuser entlang des Sandstrandes waren in kalifornischen Sonnenschein getaucht. Charles sagte, wie sehr er sich auf die Ankunft der Kinder freue, wieviel Spaß sie haben würden. Daß er ihre Ankunft in zwei Tagen kaum erwarten könne.

Es war nur eine Kleinigkeit, die in Lara jedoch etwas bewirkte. Sie erinnerte sie daran, daß sich hinter der Fassade ihres Glücks weiterhin eine Vergangenheit verbarg, die sie belastete. Sie hatte immer noch nicht damit abgeschlossen.

Es fing ganz harmlos an. »Ich mag deine Freunde hier in LA«, sagte sie. »Sie sind ein bißchen verrückt, aber lustig. Dieses Mädchen, Mandy, ist mir aufgefallen. Ich glaube, sie ist immer noch in dich verliebt.«

»Sie gehört zu den Dingen, über die wir nicht zu reden brauchen«, entgegnete er. »Wir waren einmal liiert, aber das ist lange vorbei. Denk immer daran, daß wir uns nicht alles beichten müssen. Das ist langweilig, unwichtig. Wen kümmert, was gewesen ist? Die Vergangenheit und ihre Fehler. Die blutenden Herzen, meins, deins oder das eines anderen, der in unserem Leben einmal eine Rolle gespielt hat. Zurückzublicken ist albern – und gefährlich.«

Er trat zu ihr, küßte sie auf die Lippen und strich ihr über das Haar. Er beugte sich herab und küßte die zarte Haut zwischen ihren Brüsten. »Ich bin vor vier zurück. Ich wünsche dir einen schönen Tag«, sagte er, der falschen Bonhomie mit einem Amerikanismus spottend, den er verachtete. Sie begleitete ihn zu seinem grauen Ferrari. Er setzte sich ans Steuer und winkte ihr, als er losfuhr. Kaum daß er verschwunden war, füllten sich ihre Augen mit Tränen. Sie war froh, daß es ihr gelungen war, die Tränen bis jetzt zu unterdrücken.

Als er am nächsten Morgen aufwachte, war sie fort. Sie war davongelaufen. Sie hatte eine Nachricht für ihn hinterlassen; eine entsetzliche Lüge: »Ich wußte nicht, wie ich es dir sagen sollte. Es war eine wundervolle Affäre, ein Urlaubsflirt, den ich niemals vergessen werde. Verzeih mir.« Den Medici-Ring hatte sie auf den Zettel und den Zettel auf ihr Kopfkissen gelegt. Sie wußte, daß er erschüttert sein würde von dem, was sie geschrieben und getan hatte. Sie wußte, daß es grausam gewesen war, sich so davonzuschleichen, aber sie hatte einfach nicht anders gekonnt. Sie hatte eine Chance gehabt, glücklich zu werden, aber die Vergangenheit hatte sie zunichte gemacht. Und sie konnte einfach nicht aufhören, zurückzublicken. Und so stürzte sie in ein tiefes Loch.

Cannonberry Chase, Karim, Bonnie ... alle waren für sie da, aber nichts schien mehr so zu sein wie früher. Deren Liebe konnte nicht ersetzen, was zwischen ihr und Charles gewesen war. Wie hatte das geschehen können? Wie hatte das Schicksal ihr Glück auf so grausame Art zerstören können? Aber wenn sie glaubte, einfach vor Charles davonlaufen zu können, irrte sie. Wenngleich sie nach außen hin tapfer eine heile Welt spielte, war jeder Tag ohne ihn eine Höllenqual.

Kapitel 30

Emily saß auf dem Rasen an der Südseite des Hauses, als Lara von ihrem Nachmittagsausritt zurückkam. Die Szene sah so malerisch aus wie aus einem Familienporträt: der weitkrempige Strohhut und das hübsche Sommerkleid ihrer Mutter; die gedeckte Teetafel mit der gelben bestickten Tischdecke aus Seidenorganza, die sich in der warmen Sommerbrise bauschte, das Silber, das auf dem Tisch glitzerte, und das weiße Porzellan, das in der Sonne schimmerte – und das alles auf dem gepflegten Rasen mit Cannonberry Chase im Hintergrund.

Emily war allein, und das war ungewöhnlich. Als Lara sich ihrer Mutter näherte, fiel ihr auf, daß man Emily ihr Alter inzwischen ansah. Wenngleich sie immer noch das gute Aussehen und den Chic besaß, für den sie berühmt war, und auch die New Yorker Gesellschaft noch fest im Griff hatte, war die Zeit nicht auf ihrer Seite. Zum ersten Mal war es Lara zwei Abende zuvor aufgefallen. Nach einem gemeinsamen Abendessen hatten Henry und Emily ihr eröffnet, daß das Anwesen an sie fallen würde, sollte einer von ihnen sterben. Sie hatte sich immer noch nicht ganz von dieser Überraschung erholt. Es war ein unerwarteter Ausdruck der Liebe und des Respekts der Familie, den sie sich so hart erkämpft hatte. Sie wußte, daß sie mit dieser Geste zur künftigen Matriarchin erklärt wurde, nicht allein über ihr geliebtes Cannonberry Chase, sondern über die Familie. Darauf hatte sie nicht spekuliert, und sie hätte sich eine solche Ehre niemals träumen lassen. Lara wußte, welche Überwindung es Emily gekostet haben mußte. Cannonberry Chase war ihr Lebenswerk, ihre große Liebe – und Lara jenes ihrer Kinder, das sie am wenigsten liebte. Sie fragte sich, ob Emily mit ihrem Leben glücklich gewesen war, etwas, das zu fragen ihr nie einfallen würde.

Emily bot ihrer Tochter eine Tasse Tee an.

»Es ist ungewöhnlich, dich ganz allein anzutreffen, Mutter.«

»Allein ist nicht ganz richtig. Dein Vater hat mit mir Tee getrunken und ist dann zum Segeln gegangen. Und Sam war mit Bonnie hier, aber sie sind auch irgendwohin verschwunden. Und alle anderen habe ich fortgescheucht.«

»Soll ich bleiben, oder ist es dir lieber, wenn ich gehe?«

»Nein, bleib. Wir könnten plaudern, so wie du und ich es bisher nie getan haben.«

»Über etwas Spezielles?«

Emily ignorierte ihre Frage. »Lara, erwägst du eine weitere Heirat?«

»Warum fragst du?«

»Weil ich den Eindruck habe, daß du nie glücklicher warst als in deiner Ehe mit Sam. Und ich glaube, daß dir deiner Abenteuerlust zum Trotz die Institution der Ehe gefällt.«

»Das stimmt.«

»Hierin sind wir uns gleich.«

Das war vermutlich die erste und einzige Übereinstimmung zwischen ihnen, die Emily je festgestellt hatte. Irgend etwas war im Busch. Da sie Zuneigungsbekundungen seitens ihrer Mutter nicht gewohnt war, machte das Gespräch Lara eher verlegen.

»Ich habe damals nie gefragt, was schiefgelaufen ist, und das werde ich jetzt erst recht nicht tun. Aber ich weiß, daß Sam immer noch im Hintergrund wartet und dich wieder heiraten möchte. Wirst du seinen Antrag annehmen?«

»Ich habe in letzter Zeit darüber nachgedacht.«

»Das wäre keine sehr glückliche Entscheidung, fürchte ich.«

»Ach? Es gab eine Zeit, da hast du ihn für den idealen Ehemann für mich gehalten.«

»Das war einmal. Immerhin hat er uns im Stich gelassen.«

Immer noch dieselbe unnachgiebige, unversöhnliche Emily Dean Stanton, dachte Lara.

»Nein. Ich würde mich für den jungen Mann entscheiden, mit dem ich Tee getrunken habe und der das hier für dich dagelassen hat.«

Emily holte den Ring der Katharina von Medici aus ihrer

Handtasche. Der Schock, den Lara beim Anblick des Rings empfand, war so stark, daß ihr einen Augenblick schwindlig wurde. Emily nahm die Hand ihrer Tochter und steckte ihr den Ring an den Finger.

»Ein klein wenig zu groß, denke ich. Aber nicht so, daß du ihn verlieren würdest. Ein sehr schönes Stück. Ja, ich würde mich an deiner Stelle für Charles Sebastian Valentine entscheiden. Aber ich denke, du mußt sehr bald etwas unternehmen, Lara. Er ist sehr böse auf dich. Tatsächlich hat er dich als Lügnerin bezeichnet.«

»Charles hier? Wo ist er?«

»Weg. Er ist aus lauter Verzweiflung gekommen. Aber nachdem er dir quer durch das ganze Land nachgejagt ist, meinte er, der Ring würde für ihn sprechen. Ein cleverer Zug, wie ich finde.«

»Hat er sonst noch etwas gesagt?«

»Nur daß er dir nie wieder nachlaufen wird. Wenn du ihn willst, mußt du zu ihm gehen. Ich würde vorschlagen, daß du die Rollschuhe anschnallst, Lara. Dieser junge Mann hat Charakter und Willensstärke. Und er ist sehr verliebt.«

»Ich glaube einfach nicht, daß wir dieses Gespräch führen.«

Die beiden Frauen schwiegen einige Minuten. Emily schenkte Tee nach. Dann nahm sie wieder Laras Hand, streichelte ihre Finger und strich mit dem Daumen über den Rubin. »Was hast du ihm gesagt, Mutter?« fragte Lara mit belegter Stimme.

»Was hättest du denn gewollt, daß ich ihm sage? Daß du von Italien nach Hause gekommen bist nach Cannonberry Chase, wo du seither ein recht unglückliches Dasein fristest? Daß du gewillt bist, dich für den Rest deines Lebens damit zufriedenzugeben? Ist es das, was ich ihm hätte sagen sollen?«

Lara ließ sich langsam von ihrem Stuhl gleiten und kniete sich neben ihre Mutter. Sie legte den Kopf auf Emilys Schoß und weinte. Emily legte zögernd eine Hand auf Laras Kopf und strich ihr über das Haar. »Engelshaar. Wunderschönes Haar. Wie gesponnenes Gold.«

Emily reichte ihrer Tochter ein Taschentuch. Sie wischte Lara eine Träne von der Wange und sagte: »Laß uns diesmal eine anständige, große Hochzeit hier auf Cannonberry Chase ausrichten. Du hast noch nie ein solches Fest gehabt.«

Der Flughafen war einige Meilen von Perugia entfernt. Lara setzte in einer perfekten Landung an. Die Formalitäten erwiesen sich als weniger umständlich, als sie erwartet hatte. Sie konnte an nichts anderes denken als daran, schnellstmöglich zu Charles zu gelangen. Sie hatte sich entschieden, und jetzt konnte sie nichts mehr aufhalten. Glaubte sie zumindest.

In Mercatello, einem Dorf von etwa einhundert Seelen, wie sie schätzte, da es einen Friseur und ein Café gab, hatte das Taxi eine Panne. Sie sah auf ihrer Karte nach und versuchte es zu Fuß. Der Aufstieg zum Gipfel des Monte Vibiano schien nicht allzu schwierig. Immerhin war es nur ein kleiner Berg. Das Taxi mit ihrem Gepäck sollte nachkommen, sobald es repariert war. Sie hatte weder die Hitze noch ihre eigene Ungeduld berücksichtigt. Und sie hatte auch nicht damit gerechnet, daß am Monte Vibiano die Straße endete und in einen unbefestigten Weg überging. Sie begann, der gewundenen Straße bergauf zu folgen.

In ihrer Ungeduld hatte sie den schnellsten Weg zu Charles wählen wollen. Als Lara Emily an der Teetafel zurückgelassen hatte, hatte sie gewußt, was sie zu tun hatte. Daß es zu spät war für eine weitere unbefriedigende, vorübergehende Beziehung mit Sam oder Jamal. Oder mit irgendeinem anderen Mann. Sie kehrte zu Charles zurück, weil ihn zu verlassen ein destruktiver Akt gewesen war, der ihrer beider Leben hätte zerstören können. Sie würde tun, was nötig war, damit sie zusammenbleiben konnten.

Monte Vibiano war kein Dorf, nicht einmal ein Weiler. Eine wunderschöne toskanische Villa ragte hinter Mauern und einem imposanten schmiedeeisernen Tor auf, das leise knarzte, als sie es öffnete und den Hof betrat. Einige wenige kleine Häuser blickten auf die anderen toskanischen Berge herab. Dahinter erstreckte sich nur scheinbar unberührtes Land, mit einem Trampelpfad, der weiter bergan führte. Da Lara fürchtete, sich zu verlaufen, beschloß sie, Charles von der Villa aus anzurufen.

»*Pronto.*«

Sie mußte die Augen schließen und tief Luft holen, um sich zu fangen. Das war das erste Mal, daß sie seine Stimme hörte, seit sie ihn verlassen hatte.

»Charles, ich bin's, Lara.« In der Leitung knackte und zischte es. Er klang, als wäre er eine Million Meilen entfernt. »Charles«, rief sie in den Hörer. Endlich meldete er sich wieder.

»Wo bist du?«

»In Monte Vibiano. Kommst du her und holst du mich ab?«

»Du bist auf der falschen Seite des Berges aufgestiegen.«

»Holst du mich ab?« fragte sie erneut.

»Wenn du jetzt gleich aufbrichst, müßtest du vor Sonnenuntergang hier sein. Folge einfach dem Trampelpfad. Du kommst erst zu einem Zypressenwald und von dort aus zu den Olivenhainen. Geh einfach immer weiter, bis du Frontefresca siehst. Ich werde dort sein und auf dich warten.«

»Du könntest mir zumindest auf halbem Weg entgegenkommen.«

»Du bist weggelaufen, und du mußte den Weg zurückfinden, Lara, allein.«

Sie war verblüfft von seiner Schroffheit, aber sie wußte, wie grausam sie selbst gewesen war und wie sehr sie ihn verletzt haben mußte. Sie trank mit dem Besitzer der Villa, einem gastfreundlichen und reizenden Mann, der Charles kannte, einen Kaffee. Er erklärte sich bereit, sie mit seinem Geländewagen soweit wie möglich zu fahren. Von dort aus würde sie zu Fuß dem Trampelpfad folgen.

Sie bekam spektakuläre Aussichten zu sehen, Landschaften, die unbeschreiblich waren in ihrer Schönheit. Hin und wieder sah sie ärmliche Hütten und alte, schwarzgekleidete Frauen. Eine von ihnen gab ihr eine Schale kalter, frischer Ziegenmilch zu trinken. Die Sonne hing tief am Himmel, ehe sie langsam in leuchtenden Farben unterging. Bis zum Palazzo war es nicht mehr weit. Verschwitzt und müde von dem langen Aufstieg blieb sie stehen und legte eine Hand über die Augen. Durch die Olivenbäume hindurch blickte sie in die Sonne, die hinter dem eleganten Palazzo über ihr versank. Da sah sie ihn den Berg hinunterlaufen und ihr zuwinken. Sie rannte los, so schnell sie ihre Beine trugen, und sie fielen sich in die Arme.

»Ich dachte, ich würde sterben ohne dich«, sagte er und küßte sie mit drängender Leidenschaft.

»Und ich bin ohne dich ein klein wenig gestorben. Von dem Augenblick, da ich dich verlassen habe, habe ich mich gefühlt wie ein halber Mensch.« Sie küßten sich wieder.

Er schob sie sanft von sich. »Woher soll ich wissen, daß du mir nicht wieder davonläufst?« fragte er. »Wie soll ich wissen, daß du diesmal bleiben wirst?«

Sie trat beiseite. Sie hatte das leise Singen vor ihm gehört. Lara zeigte durch die knorrigen Olivenbäume hinab auf Bonnie, Karim und ihre Nanny, Nancy und Coral. Dann schlang sie die Arme unter seinem Hemd um seine Mitte, streichelte liebevoll seine nackte Haut und sagte: »Weil ich meine Familie mitgebracht habe.«

ENDE